U0133135

湘绮樓日记

〔清〕王闿运——著

王勇——点校

岳麓書社·长沙

2021—2035年国家古籍工作规划重点出版项目

国家出版基金项目

湖南省社科基金基地委托项目《王闿运史部著作整理》（17JD17）成果

目 录

光绪十三年丁亥

五　月

丁亥五月丁巳朔　阴，有微雨。礿祭祖庙。昨夜宿办，今晨待事，至巳乃荐，午馂后，少愒，夕食已上镫。与书裴月岑，又片致左斗才，荐陈锐伯弢。夜始复寝。

二日　晴。戊午，夏至。晨起黄式熙春台来，邀至西北市看田。新涨道淹，船至涝刀，饭于高岭，步至檀木岭，度长岭，过桥，取小径至立山塘周姓宅，彭朵翁长女婿家也。黄氏为其女夫继妻，七月而寡，得其遗产，抚前子分居，今依次子铁仙，即黄侄婿。从周门步至马屋看田宅，颇可安身，但须大营造耳。寿生发沙，不能行，还饭周家，度不能还城，闻竹坡有大宅，因横度罗汉庄，径樟树下。壬戌访徐寿衡，遇其大父于门店，下舁陪礼处也。魏氏有三大屋，今欲卖矣。竹坡旁山有李氏新屋，曰大坡，山浸湿不可践。李总兵东升母扶杖见客。会暮，欲宿魏十三家，主人不在，且嫌无因。中人周姓要余往宿蛇觜，药店逼侧，且喜息肩，与其父子闲话，同夜饭，遂居店房，热甚。

三日　晴，晨雾。舁夫晏起，度岭八里至罗汉庄，前送子春葬泊舟于此，今黄氏衰矣。过劳愚翁墓庐，饭于庄北，易舁夫二人，乃先至城，已步行烈日中数里矣。出庄径苏托堤，堤尽，渡浏，十二里至城，循驿道，从铁佛寺东入北门。方饭，陈芳畹来辞行。夜过龚云浦。得竹伍书。

四日　晴。借银还节账三之一，百孔千创，殆过笏山，然簏余百廿金，而家中见钱搜索尽矣。扰扰竟日。

五日　晴。晨起催四女出城视殡，家中四人舁之，遂无人理节事，过午犹未办。杨儿来，宧婿不来，章孙、彭孙均来。未祠三祀、三庙。罗庆章送粽，家粽亦佳，食未饱。晡食肉将败矣，自来无如此酷热。夜家人俱倦，睡，余热再起，滋女亦畏热而醒，唤出小坐，还寝犹汗。

六日　阴，稍凉。始理家政，为过夏计。李佐周来，言筠仙将让皋比。与书辞之，云只可行走而已，若效沈桂芬之于王文韶，一旦轻举，为天下笑。八指头陀来，云唐兴寺被民人劫掠一空，亦犹十年前上林寺也。

七日　晴。文廷式道溪来，约会谈陈寓，待课毕往，则已出游矣。与长者期约不信，未必自知其非也。将过笛仙，嫌为残步，乃还。宧女还。暮雨。二黄来做中。始闻蝉声。

八日　晴。午后出送文举，已去，与伯严略谈。答访皮、刘、唐、梁、张郎，均不遇，诣刘韫翁、但少村、子寿，均久谈。子寿处设酒脯，再诣蓬海已暮矣。左斗才催客甚急，至则筠仙、俞鹤皋先久待，方知为大绅之会，言请书启事，以久累，不能多金，仅可六十金耳。从丰八十，可叹笑也。有此主，必有彼宾。

九日　阴。少村来谢步。晚至心安处，问卜事，遇龚云浦久谈。曝衣。

十日　雨凉。看小说，作书箱。晡后，左斗才、逸仙来。出至筠仙处，会盐务首士傅、杨，俞思贤监院、李中书、周荔樵便酌，久论闲事，微及教读事。俗人以杜举之子诱窃人妻，遂欲波及杜身，可笑也。杜亦实玷庠序，不在淫行，况其子事耶？后世喜以阴事论人，遂成风气。夜大雨。

十一日　雨，至晡霁。孔吉士宪教来，黄郎望之暮来。

十二日　阴晴。比日督课无暇。懿儿愈钝，师劳功不半，所谓使牛执鼠也。朱典史送裴信来。罗秉臣送弥之信来。归尚未与弥之通问，因作长笺报之。曝云衣。夜过萧道。

十三日　阴。先王考忌日，设奠，素食，谢客。苏彬自沛南还，叉鸡未得反折把米，乞食之难如此。胡子勋来。夜检书籍。京报，倪豹岑得豫抚。

十四日　雨。总理群书，粗从其类，各作箱箧盛之。冒雨答访孔吉士不遇。过刘少臣，闻二使有钉封至，撤调九员，自一品至九品，大要银钱事耳。午后晴。左斗才、张仲卣来。昨荐陈锐于左，关书系余手定，而陈三立为请益，能益几何？使鄙夫轻士，深悔为居间也。夜月冥蒙，俄生湿雾。

十五日　晨阴，辰雨。筠仙书询代馆时刻，约以午初，如时往，已先待于讲舍。五年三聘不敢就，今言代，故可试来也。李佐周亦来。讲生在者八人，先后相见。筠仙欲待余释衣，辞令先去，佐周已先去矣。独坐时顷乃归。

十六日　午前阴晴。移学堂至曾祠讲舍，儿女四人及王生昌麟均用筠送火食供之。晡雨，舁入馆，遂留宿，纨、复均未归。笠云、稺衡来，少坐遂去。

十七日　癸酉，小暑。雨。莪入学，与懿儿均早毕课，外傅之效也。暮携纨复游浩园。罗伯庚子龣来谈。江西段生、李生继燔来见。

十八日　雨凉。周生昌牧来见。二使入城。黄颠弟来，言田事。蒲圻吴京官海来拜，送拔贡朝考卷。夜过僧房，笠僧又送余还。五更闻枧筒内有转轴声，起唤人，并不应，还寝，鸟鸣欲曙矣。

十九日　晴。两黄生来，问春秋国有无爵者十七，无姓者十五，此出何书？对以非所习也。若遇陈之驼必能知之，此亦学者所当考。宋、清人往往留意于此，余亦九方之相马耳，不可训也。李佐周云御纂中有之，余初未寓目。蓬道人来。夜归，过心安谈，月明。

廿日　晴。晨起登楼，家人均未起，独步入馆。程伯汉来谈。梁鼎芬、胡婿来，论庶姓系上代同姓，不为昏者，以庶姓别于上为证。《左传》薛，庶姓也，则与周公为昏。虽一通而一蔽，不若仍旧说为安。功儿生日放假，懿遂独居一房，数起视之。吴僮逃去，遣戴明来直宿。夜凉。

廿一日　晴。与书少荃、晦若，为达景韩信去。复贺搢绅一函，并其子妇烈诗。几达空函，若移之少荃，是又一般浩矣。由此观之，浩亦未必失志而后空函。古今成败论人，往往如此。门者言傅青余暴卒，愕出不意，心震荡久之。晡后往看之，果死矣。迅速无常，又复可喜。杨商农来。

廿二日　晴。朝食后，课未半，纨言今日复女生辰，因携之归家，登楼小坐，吃包卷，仍步还。席研香遣人来送五百金，并书言书院事。

廿三日　晴热。彭孙来，言朵翁病未愈，其父亦未归，又言次妇当待兄归乃还。甫去，家人报次妇已还矣，夜遣诸女视之。

廿四日　庚辰，初伏。吴僮又逃去，还家觅使力。坐楼上乘凉，看家谱，待饭久之，吃炒羊乃下。罗小源来，日光满街矣，张伞至院。杨福祥新昏，起假来，令移入馆。舁至傅宅陪客，陶、俞、李、左先在，诸客来者无多，城中人士多避骢马者，坐及三时乃得出。过雨珊、胡子政，夕日愈烈，至商农千寿寺寓，解带捐舁，散步还家。晚饭毕，携复女至馆，遇陈伯严夜谈，设酒果豚肩，饮二杯，微醺，久无此境矣。

廿五日　晴。理半山书信，装成一册。城中诸少年改《长恨歌》咏卞、龚事，云曾重伯所为，遣问之，答云二陈作也。丁德威来。伊甫学士之孙也。复贺搢绅、席研香书。夜热。

廿六日　晴。茙女被暑，还家暂休。道香僧来，送《法苑珠林》，卧看一函。夜还，眠楼上，亦不甚凉。

廿七日　晴。闻功儿亦病暑，步还馆视之。周姓来，言刻工生事，恐其捏词相激，故来告知。城中闲人多，故事多也。周居北门，盖一滥衿。李舟来寻筠仙，误闯客坐，亦久谈而去。彭畯五来，夜谈。看《法苑》。

廿八日　晴。生徒唯余二人，馆甚清净，而天暑殊甚。谭心可来，辍洗见之，多谈周子岩。震伯夜来谈。看《法苑》百卷毕，廿年未翻阅矣。功病暑去。

廿九日　晴。晨还，遇茙女入学，恐其淘气，早饭后仍还馆。寄、道两僧来，请吃面。夕阴，有风，至浩园乘凉。次衡已去，彼初欲为龚谋，今不能施力也。窈女归，云避暑。

晦日　晴。稍凉，犹不能事。今年初伏奇热，从来未有。茙、复不来，晚还宿楼上，亦竟夜未被。复、真俱烂漫睡，稍能安枕耳。

六　月

六月丁亥朔　晴热。坐卧俱不适。真女又索提抱，暂令安稳，则为己累，舍而去之。出门，诸女、孙儿等复欲相随，辄又还室。龚总兵来。寄、道二师来。夕浴毕，亟出还馆，遇黄春台言田事，与同至三卡，余先入馆。日阴风起，虽不甚凉，然尚可坐。顷之黄来，久不去，曾重伯、罗肫甫来，同谈。食豆粥，初更散，即眠。

二日　晴。早起蚊散，乃得稍作书，废事半月矣。为滋校《尔雅》《说文》所无字，颇费斟酌。即此一小小文字，经卅年未能定，无怪古今无人定也。复古者不知孳乳之义，从俗者遂开鄙倍之原，《尔雅》文字尤难。遂归。寝楼下。

三日　己丑，大暑。约客集碧湖，晨往，无异夫，便步行日中，亦不甚热，至则大风凉。寄僧先在，雨珊继至，道、笠两僧，胡子正，罗君甫，筠仙，陈伯严，曾重伯先后来。更邀开福住持自修、知客常静及蜀王生，功、懿两儿同饮，僧则设粥。申初散，过两阵雨矣。夕在家，复大雨，遂留，仍宿楼下。

四日　庚寅，中伏。晴凉。可坐，携复女、纯孙步至四方湖，畏日仍还。吴僮送茶僵而烂手。独步至馆，真女先来，旋去。小睡。校《尔雅》。筠仙送诗来，长篇劲韵，犹似少年才思，文人固不老。夜有微雨。

五日　阴凉。晨起和筠诗，彼韩我白，不能争其奇警。懿儿课早毕，还家视茙等，遇研郎于道，要还小坐。微雨时作，步过龚云浦，还馆已暮。夜惊再起。

六日　晴光甚皎，风泠然善也。左疡医寿终，遣功吊之，来往五十年矣。刘、潘两生来见。胡贵献白瓜。校《尔雅》毕。憍梵安处第一，迦叶供养第一，舍利弗智慧第一，目犍连神足第一，阿那律天眼第一，迦旃延解义第一，婆拘罗省事第一，优波离持律第一，难陀端正第一，婆陀解疑滞第一，天颁菩提好衣第一，罗雪持戒第一，般陀变形第一，文殊弥勒物邻受法第一。

七日　晴，骤凉如秋。讲生呈课，分三班入见，亦略有讲论，但泛语耳。张雨珊来告归。夜月朦胧，乘凉归家，暑伏身热，夜寐不甚适。

八日　阴晴，风凉，午雨。女课毕，还馆。将出，彭笙陔来，遇雨不得去，余遂不得出。真女、纯孙同来，俱午睡。雨后凉蝉，甚有静趣。

九日　阴。小疾，不知寒热。待异不来，至晡步出。过子寿家，有侄妇丧。黼堂家侄孙三日而殇。蓬海家孙女殇。黼云外间殇折甚多。夜过心安，要小虞来谈，兼扎汇银还账。心安闻传讯，神色遽恶，亦人生难堪之境。常持此心，则名宦矣。夜月步还家，中夜起坐，久而不寐。

十日　晴，午有微雨。看《翻绎名义》廿卷毕。宋僧普润所作，非训诂体，不为佳制。刘年侄信敷来，云在城就馆，岁八十千。午卧，梦口授令旨，封保之为大中大夫，自称“孤”，似曹操也。

十一日　晴。疾未愈，食不知味，颇以为苦，乃知饥渴之外别有关心。子瑞送《沙志》稿来，为改作一篇。能病食味，不能病文味，差为可乐。道乡张仲卣来。看《金汤》篇，殊无意义。夜月，两孙来。

十二日　阴。浓云微雨，便纯秋意。作县训导朱母杨寿诗。孺人遣信请归，云有家政，思之不得，还则言寿子通瞽婢，余意便令将去，房妪以为不可，云恐被转卖，遂依律离之，纷纭甚。雨。雨止，步过笛仙、价藩，遇吴雁洲、徐叔鸿久谈。还馆，殷默存待于门，甚怨望不得见。余云无之，方行。热当解衣而遇客，反甚怨耳，与谈不相干事。食瓜三片。

十三日　晴。李幼梅来。早饭，价藩来，延入食坐，食毕欲谈，仪陇胡之庆孝廉、萧道台、攸县欧阳生来。秦殿基、陈镇藩监院、佐周来。与书竹伍，言乔口田不可佃。午阴晦，似将大雷雨，俄而自霁。夕过少村、鹤皋、蓬海。还馆少坐，还家领真，懿儿伤暑亦归。

十四日　庚子，三伏。晨阴欲雨。乘凉访彭石如，未开门，因过胡、秦，与胡略谈还。真女亦暑疾。午食三瓜。看小说。

十五日　晴。鹤皋来，云不敢入讲舍，恐是非相牵也。问何口舌，亦不复相对。言万荔门勘水灾事，颇有承平之想。真女病卧竟日，夜复闻孺人惊叫声，慧孙病厥，声唤扰攘，顷之乃定。功儿亦归，学堂遂空。

十六日　晴。风凉，纯乎秋日。孺人亦发疾，家人遂有六七病人，真女小愈。乘间至馆，五生入问题解。夜过萧小虞。

十七日　晴。复热，息偃家中，一无所事。

十八日　晴。朝食后入馆。萧送汇银来，家中久无钱，顿成富有。秦生、彭石如来。送石如还家，因留夜饮。热不安寐，再起纳凉。

十九日　乙巳，立秋。愈热，滋女亦病，晚始至馆，一坐仍还。寄禅来，言长沙母讼子，县令笞其母。

廿日　晴热。朝食后入馆，无事大睡，夕还。食瓜。易妪去，几不肯出门。近日女佣无能有胆，渐不可制。婢仆则无用，有恶亦无可倚，方知战国奴僮风气近古。夜热。

廿一日　晴，稍凉有风。晨遣茙、复视殡，便入学，自携真入馆，文育疾愈亦来，散学八日矣。更顾一妪领真，今日犹未至，仍归视之。夜尚可寐。

廿二日　晴。黎明即起，家人皆睡，仍携真少寐，起已晏矣。看《洪稗存集》一过，乃知廖平《春秋十论》之意。晡食后步还馆，娄妪已来，不必问其胜任与否，便可脱卸也。夜遣功儿视彭稷初。与王生论大学之道及今日拨乱之法，要在省官专任，散权并心，然苦无人材，仍就所知，姑试不可而已，必有舜、禹以代共、鲧也。夜热，然可寐。

廿三日　晴。点《春秋传》，“五亦有中，三亦有中”，旧说与三互见，知为卿，非也。三卿，大国制。五大夫，二伯制。鲁兼有之，自淆等威，故讥其“作”。伯国盖得发六军，与王同。异者，王令六卿分将，伯自将一军耳。《诗》曰：“周王于迈，六师及之。”文王初为西伯，即有六师之证也。大国则古不过二军，周乃有三军，鲁欲自同列国，因置三军，定三卿分将之制，废五大夫之制，故言“作三军”。而复舍中，则改制可知。若言作中军，则似于五大夫中立一中，今乃舍五大夫之中，改制之意不见也。五大夫无中军者，以非五军，而云五亦有中者，鲁五制明，今复云中，是为五亦有中，故特明之。鲁自是不见命大夫，盖废于此时，非真复古。齐、晋、宋皆并见四五卿，是公国之制。伯国即公国也。若立卿，不必互见。又诸侯有立卿之道，《燕记》有小卿也。夜与王生论词章，及同时文人。

廿四日　晴热。觅瓜未得，竟日逃暑高卧。

廿五日　晴热。朝食后浴，出吊瞿三嫂之丧。新昏眼前，便六十矣。其夫妻典故最多，为书“福倍容姬”诔之。支宾唯有左、孙，客亦廖寥。少坐时顷，命还，舁人径还馆，亦听其所往，至即改装，步还家。次妇生日，萧然无办。炎甚，留家，晚斗牌，两小女缠绕，颇倦于提挈矣。夜再起，短夜若岁。微月迎曙，大有秋怀。

廿六日　晴。晨步入馆，为胡贵族子与书俞鹤皋关说官事。鹤皋复书，云前已说矣。岂胡贵招摇，先私求之耶？抑早知我必说，而先已为地也？此皆嫌疑之际，非君子所宜预。午门[1]�仙来，则云劾提督事，亦众疑我。我初不知提督名姓，患生于不可

①“门”，应为“间”之误。

防，尤令人怃然不乐。有名不可以无位，石隐之流盖有见也，亟遁迹而可矣。窊婿来，坐半日，留饭去。得欧阳节吾书。

廿七日　晴热，仍九十四分。子威来。杨松龄、沙年侄来。沙取墓志文去。筠仙来书，告知吴雁洲、彭稷初等，以长沙令误断母子狱为名，上告院司及首府，语侵筠仙。与书孔吉士，迁怒寄禅，词甚愤愤。且引李韩言《碧湖诗集》招动浮薄，以为远见。小题大做，且笑且叹，与书解之。筠以不得当官，愤懑不可矶，湘吏欲假公议倾之，然后鱼肉士类，此密谋也。筠不知机，为众人鼓动，而犹恨湘士，此不及余。夕过陈、罗、郭，均言此事。还家。

廿八日　晴。携真女入馆，早饭后乃送真还。检旧诗，为刘景韩书册。晚饭毕，步过心安，因还家小坐，初更还馆。顺孙、伯严先在，谈刘令狡诈之状，似太着力，未必真如此，而以告院司翻案，激之使愎，则亦细人之雄，华邦未能然。二更客去，少坐乃睡。

廿九日　晴。质明呼仆从起，家中夫力亦至，昇至李幼梅家，则已有拜生客出门去矣。幼梅所后母徐，守节卌年如弹指顷，今年几死，故大作生日。客不甚多，陪客俞、陶、周，皆少纵即逝，尤不可解。余坚坐三时，唯见一生客恽道台，余皆宿熟者。徐、王未至，想早去耳。还，答访永安牧李常霖未遇，归食麪饭，小睡。晡食未饭，夕乃炒饭，佐以蔬素，甚适而饱。夜，纨女请斗牌至鸡鸣，真眠于怀，信乎九子奶母也。李佐周夕来。

七　月

七月丙辰朔　晴。真醒，余尚困，不得已而起，小坐，食扯糖，孟秋朔上市新饵也。长沙荐新皆有时，所知者六月朔月饼，旁蟹，七月朔扯糖，八月朔冬笋，九月朔羊肉面，皆风景可忆者。步至馆，看王生课卷，余以为极庸者，陆学使以为开拓心胸，推倒豪杰，拔之第一。眼力相去悬绝，重阅之亦自可取，非盲称瞎赞也。张雨珊送诗来，且言马屋可葬。

二日　晴。书诗册。浩园新铸观音像成，乃三段合之，故易就，然非古法，未往看也。午饭甚早，步还家，则亦已饭。稍理女书，仍携真昇至馆，真复求归，夜送之还。闻冯姨子来，未遑料理。

三日　晴。晨闻炮声，知二使，开门往看，殊散漫，不及在蜀之赫弈也。乱时乃能使贪者廉，此又古所未有。饭后出城看轮船还，浴，少时午饭已具，未食。夕将饭，萧文昭来，误以为蜀人，避走还家，遂留未出。

四日　晴。晨令房妪约束其子，赏假暂出，奶妪摄其事，余遂摄奶妪，留家料理。玉簪盛开，余无秋花。检旧书札，将次录之。夜斗牌。三更寝。五更雨。

五日　庚申，处暑。晨雨，旋阴。戴僮汤足，余急避还馆。得辛眉书，文诗俱美。黄耀堃来送关聘，即与书辞之，云此来为郭代馆，今关书列郭名，岂有先生忽为东家者。前言甚明，又岂有明知不能就，而为空头人情者。此举皆以诈伪相交际，措词颇难，书词乃无罅漏。冯弟来，播子亦来。未复小雨，热仍八十六分。雨珊来。夜待送茶，独坐至三更，犹热不可衣。播去，冯留住。

六日　晴。盛阳烁人，不可出室，幸风气尚凉耳。复辛眉书。改龙验郎妇墓志文。刘伯卿父死送一障，自题四字，答其洋油之惠也。暮还家，筠仙送关来，变易其词，而情理肫正，惜本意为调剂寒士起见，根源已误耳，仍以前书辞之。夜打牌。

七日　晴。朝食后舁入馆，旋出吊刘伯卿，闻黄寿菩之丧，遇陶菊溪，不相识矣。过雨珊未遇，与其子略谈。过少村，云其冢妇丧及钦差札，知案情之事。还馆晡食，筠仙复送聘来，词愈支吾，不可礼说，姑置之。西日愈烈，作真女祭帅芳词，未毕，汗背透衣矣。步还家，大风起，稍凉仍热。看设酒果，家人皆至，五女、一子、两孙女、一孙皆行礼，以帅芳周期，且忌日将近，借乞巧名招奠之也。懿儿手痛，夜啼。

八日　晴热。朝食后入馆。陶菊溪来，恭谨殊甚，令人不安。学生尽去，无事，只跂足而卧。彭稷初来，与同出过徐、陈，皆不遇，分道各还，过价藩。还家。

九日　晴。懿就医，因还馆。余午至申出，值雨，过笠云方丈小坐，仍还，待霁始归。

十日　晨阴。访稷初、陶菊溪、李仲穆，李宅依然几席，禹翁家业可保。还馆已饭，至家亦已饭罢，独食不饱。午雨，理三女点书，茙殊有麻蝈学生之风，尚不及纨。夕斗牌，二更散。看贺蔗农诗文。夜月凉。

十一日　晴，不凉。朝食后入馆，馆中正食，可谓全无学规者。稷初年饭当报，因治具招诸姻子来饭，多还乡去，改约三客，申集讲舍。袁守愚最先至，雨珊、伯汉继至，稷初、杨少六、黄望之最后。酉食亥散。少六独抄课文。至人静乃去。

十二日　晴。功率随丁还家庀具，余亦午归，热甚，令改晨馔为午，菜果乃得鲜洁。及晡，大风，遂凉雨，始除暑气。

十三日　晨雨，辰霁。凉可夹衣。午尝祭三庙，以长妾祔食，疑于祝称，因念士妾有子乃祭，祭必以其子主，盖无卑鬼之礼也。因祝曰："使孝孙女滋荐常事于所生母莫氏。"庶乎礼以义起者。邀冯哥、王生来食新，俎豆鲜美，主妇职犹未废，三席一百二品，我孔熯矣。熯，劳也。既馂，功出城化包，因至胡婿家小寓，应学使经古棚试。

十四日　阴，风愈凉。小女皆着绵衣。朝饥催饭，携黄口数人饱食，步至馆中，大睡。梦与杨锐言朱肯甫取优生事。久之饭尚未至，舁出，答访余教官子范，因过祝澹溪，解衣步还。索食甚急，饭罢，复步还馆，几百夜未亲镫火，今夜始伏案少坐。

十五日　阴凉可绵。为刘景韩书册页七开。得寿衡书，肫然以不能荐达为恨，虽不知吾志，要为不负职也。平生交游，仅见此人，而其立朝复未能推此意，岂独智于我耶？功试毕还馆。夜看尔雅。

十六日　阴凉。余校官，请作寿序，乞袁守愚作之，为点定成篇。看《尔雅》。夜率懿还，笼镫还馆，早眠，俄醒。功未睡，因作试帖一首示之，题为“东风扶留”，颇窘于对配也。齿痛。

十七日　阴，稍暖。朝食后始至诸生斋房巡视，唯善化唐祖澍有疑问，余皆敷衍。余居此三月，亦敷衍告去耳。梁小穆、李同生子、字雨人。罗顺孙、浏阳王、长沙曹、徐甥及其姑子沈生萱圃均来。笠僧、尹和伯夕来。呼懿同还。

十八日　晴，复热。余热疾，懿癣发，均不入馆。在家教授。楼上已可坐。功望取古甚切，无其能而觊其得，甚可闵也。夜报取第十，实为侥幸，比之去年正相反。

十九日　晴。家居课读。“世愚侄”罗世显来，不知何渊源也。出见之，一老秃翁，自言贡举，再褫革。今方有求于我，询其来历，则与英子相识。顷之朱伯玉来，亦其州人也，坐久之，朱又更久，疲于接对，还斋困卧一日。未食。夕步至馆，刘年侄来，久坐。二更仍还家。

廿日　晴热。欲往南门看桐生，适得镜初遣信，夕往已暮矣。

价藩亦在，同坐遐龄庵，待镜子科考出场，还已二更，功犹未出，顷之至，云惫矣。小儿不耐劳，又好考，殊可怜也。夜斗牌。

廿一日　白露。晴热，复九十余分。入馆改《鸱鸮笺》，大通《诗》旨，由识“鸮”字为“号”之假借。故知多识物名，非曰博学，乃圣人教人学诗门径耳。以此一字，并淮夷并兴、伯禽墨经事亦知其由，重写定之。宿馆中。

廿二日　晴。子寿来久谈，甚言郭、曾之丑。爱憎之口，今乃知之。夕还家，初更案发，功仍第二名，覆试去。次云来，谈至二更去。夜热，鸡鸣起。

廿三日　留家课读。桐生来。夜，功始出场。近日学校考试懈废如此，固卢象昇所不料。夜斗牌，孺人大胜，余屡败不成军，遂起罢去。

廿四日　晴。朝食后入馆，日烈可畏，白露后得此，亦一异也。积纸五六轴，半日了之。筠仙来谈，其爱憎又甚于黄，余皆唯唯而已。袁守愚来，夕食后乃去。陈伯严来夜谈，知“涂山氏”又来听榜。与过笠僧舍，少坐去。

廿五日　阴。热仍未减。书横幅千字。涂山来，言电报已至，钦案尽为烟云。午后微雨。写横辐毕。自晋以来，言书者罕言笔，盖坚笔硬纸，不劳工巧也。唐人始有王、欧优劣之分，欧不能用硬毫，笔工始贵矣。宋人则软笔硬纸，明、清尚软纸，笔亦分兔、羊二种，各以为是。近日纯尚羊毫，软笔软纸，古意荡然矣。阴暗蚊多，暂归萧散，至门则慧孙厥死，家人扰攘，坐楼上久之。雨大至，夜镫风摇，乃成秋景。将晓，瓦堕惊起。

廿六日　阴凉。朝食后步还馆。看唐诗。询门斗，唐绍五何人？云悫慎公之孙。初不省记，阅课单，乃佳人也，颇能问难。又问彭外甥浏阳瞿生与门者骂娘事。门者云瞿三更至，已得入而混骂。彭氏甥真有外家风，宜门者之骂之。午治具招客，陈程初先至，龚、但、庄、刘继至，戌集亥散。坐客赞菜，主人甚得意。心安云劾署提李胜乃龙湛霖，余仍保明其诬，赌一东道，以坐客为证。

廿七日　晴。写扇一柄。注《尔雅释草》廿余条。罗锡章、皮麓云、何价藩来。午治具招梁少穆，余、朱两教官，李监院。余、朱先至，李先去，二更前散。

廿八日　晴。还家课读，注《尔雅》。李石贞孝廉来。

廿九日　晴。课读，注《尔雅》。彭鼎珊及其从子来。夜过心安不遇，至陈伯严处谈。

八　月

八月乙酉朔　晴热。课读，注《尔雅》。

二日　晴。风稍凉，犹纻衣。晨设荐祖考生日。始食蟹、芰。午间闻曾郎娶良为妾，当兴讼，往问之，云帅姓女，曾发八字，已入门矣。至镜初处，遇叔鸿久谈。至学院街寻李孝廉不得，往来小古天妃街，十余往反，过善化学，答访罗世显孝廉，永定人也。过黼堂谈时事，问落地税所起，亦不甚了了，日夕遂还。遇黄春台泥谈，闻翰仙子已至长沙，即日仍去。夜倦早眠。大风不凉。

三日　阴。待龙夫未至，仍还馆。为但少村改《厘务书目录》，略以《周官》欸总廛布，分货税行帖，不及筠仙之博考也。夕携懿还，因过龚、庄，庄处复遇龚，谈至二更还家。功亦还。

四日　晴。糊楼窗，因至李祠看戏，两班合演，观者如堵，复还，携懿往，则挤不容人。夕坐小楼，新月已娟。夜早眠。

五日　阴，午后晴。朝食后还馆，遣问龙郎何日可归，云须节后。此处散无住处，因先往衡阳，定八日行。为笠僧题宋吴言《随心咒经》即《多罗尼咒》也。后有方法如医方，列所咒诸物，殊堪一噱。书似东坡，正崇宁时体格。吴言似是荆公婿家人，经为海盐僧寺所藏，上列千字文号，岂书全藏耶？注《尔雅》。验郎来。

六日　晴。为唐五太耶书《陟慕台记》。笠、道、寄僧来。筠仙送脩金节礼来。余本欲早散，则泯然无迹，家丁、门斗合为此谋，致落恒蹊。躬往商之，且退关聘，不遇而返。杨丁浮开花账，欲混王生，王生遽斥之，无人臣之礼，蜀士派也。事亦闪灼，不知谁是。注《尔雅》至“芃绵”，无证说之。

七日　辛卯，秋分。阴。晨还家。李佐周来，同过筠仙，遇丁次谷，善化令。不得尽辞，但退关书，火食银、束脩百金代筠捐起湖亭，节敬作舟资，门礼充赏，颇有使金如粟之意。还家课读，料理节事。胡婿来，未暇谈。黄叔琳来，已忘其字矣。同出答访王石丞，谈萧小虞事。至馆清理火食，颁赏，毕。夜月甚明，热似六月。

八日　晴。黎明起，检点告去，待船户不至，仍还家。朝食，遣人挑行李还。课读，并为滋女讲《说文序》，但嫌其多，知经生不能文也。过午日愈烈，闻船户待发，张伞行，出大西门登舟，则香客先在，且载鲍鱼，冯格格作事不妥，固应如此。未初帆行，戌初过湘潭，亥初泊上积滩，行百廿里。

九日　阴凉。比昨日如隔百日矣。午间大睡，起注《尔雅》，惜无纸，未能写定耳。几一月始毕二篇，比廿三年前初至衡阳时，思则胜，力则减矣。又无人承学共讲，岂德孤乎？湘水甘而不冽，烹茗殊不发味，看功儿所校《说文》，以弟死遂废，余无此琐细工夫，亦无不完之功，子女俱不能学也。帆行百六十五里泊黄石望，昨泊鼓磉望下，今亦泊望下，逆风未便夜行也。

十日　阴。微雨风寒，行望中甚久，辰正乃帆行，六十五里过衡山城，舣雷石，旋发。注《尔雅》。晚饭穿洲，泊草鱼石，行七十五里，共行百卌里。独寐，醒思作一伤心语，亦复大难，唐人能事也。

十一日　阴，风止。忆乙年驰三昼时，百端交集，乡居不可轻舍，前人为失计也。局促辕下，遂无了时。午饭后至耒口，无风篙行，几两时乃至东洲。船当待验，径行无诃问者。书院建于洲尾，登磴即是。少淹携舆儿游雁峰。莲弟出，不相识，俄乃悟焉。遣入城换钱，因告少淹，向夕还。讲生先来见者八人，未便问讯，晚又来一人，看所帖课卷，居然成章，甚可喜也。舆仍痴不瘳，将与户齐矣。

十二日　阴。待饭甚久。辰巳间商霖来，又顷之，乃朝食，与同入城，少淹同行。船舣湘东杨宅前，询主人已出，入铁炉门，吊沈礼堂子友篪不遇。至程家少坐，铸郎、屼樵出见，一人极相识而不能言姓名，亦不便问之，后询之，许星吾也。同访晴生，便约至程家饭，谈，暮，船还。畯五同来，夜谈，问《公羊》兼及谶纬，遂达鸡鸣。乃寝。复见两讲生。

十三日　阴。晏起，朝食后少睡。唐生来见。杨郎伯寿、屼樵来。杨别六年，遂有须矣。去年几中，而被掣卷，云即畯五补之。坐一时许去。商霖来，言田事，嫌生地，且远，辞之。畯五先去，商霖同夕食，亦去。与肇甫少淹改字。携舆游洲西，见许公祠，无碑记，盖旌阳令逊，以为水神也。昨肇甫问“高寝”，偶阅《说苑》有之，而说不可通。夜雨寒。十一夜梦人赠人句去：“至德通仁智，双身亘古今”，云讥讽之词也。

十四日　阴，有雨。午与肇甫及蜀客余泛湘至柴步登岸，过慎义典，看岏樵古琴，中刻“太和丁未雷氏制也”，质轻音越，可云秘玩。又新得大唐永定瓷碗，出自古圹，然非佳陶。听桂古香弹渔樵。商霖来，至其家饭。伯寿、畯五继至，闻仲复得桂抚，勉林免使，亦在人意中。戌散。还馆已二更，早眠。

十五日　阴晴。晨起，答诣院生十八房。因登楼看山，衣冠待客，分四班入贺节。贺子泌第三子来，已成人矣，云家用不能敷，三弟皆无业。早饭后商霖复至，因留坐。至午渡湘，登东岸，至雪琴家不得入。访杨八、丁生均不遇，问讯絜卿子，还至余滋山房，昨日客俱集，伯寿为主人。看荒园，有朴野之致，布置未佳耳。设食亦洁，月上乃散。渡湘，月渐明，至乙夜愈明，与畯五、肇甫坐后轩，觉凉，乃还室。少坐，先寝。

十六日　晴。写两扇皆不成字。畯五论救兵，则义不必月。录《春秋笺》，误加二句，当去之。午后稍睡，丁笃生来，坐良久去，遂睡着。杨、程来，未闻也，俄起陪客。肇甫设酒招余及诸君午食，至戌乃入坐，留丁为客，散已二更，步送丁、彭、程、杨，分船还两岸。小步洲前不得径，乃还，复至后院看月，即还寝。

十七日　晴。晨写一扇，字稍成章，下款又误。饭后大睡。杨八耶慕李名浚。来。客去，写字二张，行款未美，此[①]来应酬生疏，亦精神不周充也。看朱允倩音学书，改假借当转注，可谓妄矣。九三五三、一二一五八、二六一九四、五三五二五、一二六五二。[②] 夜早眠，复起食饼。

十八日　晨醒，晏起。邀肇甫渡湘，至程宅，畯五已先到，

① “此”，应为“比”之误。

② 此上数字，原为苏州码。

同饭，遂与商霖俱至杉木潭看山田。田少山垅，虚劳四舁，废然而返。唯无赖百人抢茶子，因而惊散，此行非无功耳。比还已上镫，复饭程宅，夜与畯五、肇甫俱还东洲。

十九日　晴。肇甫欲余卜居鄢湖，云有田可买，坚欲往看，再辞不得，徒步而往，午日甚烈，殊劳动也。写对五联，扇一柄。杨伯寿请作其父墓志，皆捐金市义之举，于行甚难而叙述不生色，故知古今文不相及亦多在此。袁镜清海平来催卷，因求相见，云曾在邵阳相遇，久忘之矣。又言及夏嫂家事，则已卅余年，恍惚犹忆之。老来忆远而遗近，世事渐多故也。晡同隽五泛湘至丁笃生家，舟子遥见莲弟，呼之不应，登岸乃相遇。日将夕，主人候久，复游杨园，见谭进士、刘举人，与刘同集丁宅，程、杨亦在，二更散，与肇甫同还。

廿日　晴。晨起复与肇甫渡湘，至伯寿家约同游鄢湖，至则姚熙甫、马午云先在相待，马言多无谓，殊难酬对。久待商霖，巳初乃至，同饭，舁至茶亭，看湖滨地势陵迟，非可卜居之所。大风难行，旋还杨宅，遣人取行李，将附舟还潭。商霖必欲代觅，遂淹行计。出门望船，则沈友篪、程屺樵渡湘相送，船须明日乃行，复与江、彭、杨、沈、二程及舆儿渡湘宿程斋。

廿一日　晴。船须夜发，与六子闲坐一日，各睡觉吃饭，无可谈者。日暮登舟，六子相送且各有赠，愧荷而已。移泊杨泗马头，听弹唱“采茶”，亦复入调。甘眠至夜半，乃闻舟行，月明露重，未出看也。程有麻沙本《玉髓经》。

廿二日　丙午，寒露。晴。晏起，闻爆竹声，云至樟寺，乃起，辰鸡鸣矣。鸡鸣有五候：丑、卯、辰、午、申，而古人罕言申鸡。行百五里泊老油仓，距衡山一舍。

廿三日　晴。晨泊雷石，待帮船，修橹至申初乃行。看子泌

《尚书绎》，未能胜江声也，共学不适道，亦余之过，又其好名欲速成使然。夕泊石弯，行六十里。

廿四日　晴热。晨露水寒，不可伫立，午风燥物，便欲绨衣，如差三月节候，在半日间，尤可异也。下水舟摇，不能作字，竟日冥思耳，夕泊淦田，行百五里。舟人云明日当有风，或然也。鲁为二伯国，有三孤五官，其余大国则置三卿。今以晋、楚并霸，因改同大国之制，立三卿领军。擅改王制，故讥“作”也。三孤王官不领军，其有征伐盖依天子出军。例，公自将一，五官将五，其遣将或一或四。亦从其宜。鞍战四卿帅师不讥是也。云“古者上卿、下卿、上士、下士”者，见鲁先制三监为上卿，五大夫为下卿，以无中卿，故无中士，异于侯国也。《王制》曰：“其有中士下士。”说者以为小国无下士，次国无中士。以此观之，则公国无中士，下天子，殊大国。“五亦有中，三亦有中”者，伯国亦有中军，君自将，故必言“作三军”，乃见改制之意，而舍中军复古见矣。

廿五日　晴。晨二绵，未午遽热。舟人买米舣三门，又舣渌口，日烈如炎，必有风矣。欲换小船先下，复嫌不稳。此次为程郎牵掣，致坐货船，未能行己意，虽前定，究亦己轻举也。使幸不遇风，余为过虑，要亦意计之所宜及，非道长者不知。吾平生去就，实为合道，但太易退，则轻耳。昨夜思，一月毕志太急遽，且尽今年而可。泊渌口。

廿六日　晴。无风仍热。行十五里至沱心。或是唐兴寺。水浅胶舟百余，纷纭半日。赋诗二首，遂泊滩上，未移寸步。

廿七日　阴。顾命“伯相”，所谓二伯一相，三公也。太保毕、召为二伯，毛独称公，则冢宰。“命士”，师司士也；“须材”，具武备；三公并命者，大其事。桓、毛独太保命者，尊太保。太保尊于公，故独称官。称官则当名，周公死，毕公代东伯也。毛公虽为冢宰，内事犹让太保，尊老臣也。午后烈日，行十五里泊上弯，舟人买米，复停一日。

廿八日　晴。行七八里，复浅于籍箕港，将午乃行，十五里马家河。热风，出仓纳凉，未至易俗河，已见昭山。湘潭地势抱湘，故有潭名，唐时都督府当在此。石头则连水水口别起一鄣，与县城无干也。望涟口久之乃至。自杨梅洲以下水势稍迅，泊仓门，登岸访朱训导、朱编修。主[①]英子家，其二子已长成，必能读书，似胜吾两小子也。夜英妇弟萧来见，字可舟。朱卓夫来要，谈下生疑恨事，既有实证，作书诘之。夜宿英书斋。

廿九日　晨微雨。与可舟过沈子粹，云今年自蜀还，唯知旧事。饭罢，朱、沈同来，谈一时许，出游城隍祠，还，剃栉。雨势欲成，凉风飒然，始有改节之感。云未归土，不知久奄亲丧者何以为心也。卓夫云约首事会议志事，留待一日无消息，出城看风色，未可即行。萧妇兄来见，夜仍宿英斋。雨滴秋花，颇似桂阳南阁。感赋一诗。

卅日　雨。沈子粹来，同访吴少芝，还朝食，治装毕，为两生改文，亦颇明白。云似多文采，大要可学。戴表侄来，久坐。过卓夫。待雨止，泥行出城，遇六弟同行。立观湘门，云禁止附船，必就岸顾搭。乃上至义渡，坐划子搭飘江，半日无一船至。欲还，榜人强请附一煤船，登舟，旋泊文昌阁下。半夜潇潇，至三更少止，橹行劳久，三时许乃天明，始至昭山耳。昭山以上，潭而不流，又湘潭所由名也。

---

①“主”，应为“住”之误。

九 月

九月乙卯朔　阴雨南风，异事也。帆行如缆，盖水涸利上，过昭山乃稍驶，至靳口又潭不流，大雨随至，到岸过晡时矣。着钉靴入城，雨如汗，汗如雨。询知子寿嫡母丧，傅青余已出殡，哲生亦将归柩，有赴至，未往吊也。生不见面，死乃烧香耶？鲁瞻假归，遣信相闻，顷之来谈，不似往年豪逸，送余画扇、蜜李。夜取《小正》补《尔雅》。

二日　阴。课读半日。夕出，吊子寿。过小虞，云近为巡抚所憎，发疾，不能见客。还，步访鲁詹，途遇陈、罗、何朴元，因要鲁詹来共谈。

三日　晴。心安、龚镇来谈。午坐无事，自抄七律诗。妻继母姨侄王姓来告帮。

四日　晴。先曾祖忌辰。因检日记，十年前曾误作生辰，设荐，今年家人亦云是生日，亟厘正之。余虽不逮事，而主祀已卅载，频客于外，致不能分生忌，可叹也。业已约客，因改约夜间，稍致分别，实与葆芝岑无异，又复可惧。鲁詹、心安夜来，便饭，久谈。孔吉士、彭石如来。彭言彭棣翁家事，逐其孙妾，别立曾孙，自云有继绝之功。

五日　晴。程伯汉来，亦言彭事。柢甥、鲁詹来。命舁出城，至桃花段寻龙郎庄屋，过石马、洞泉二铺，巡山行七八里乃至，已夕矣。地生刘小三亦在，验、舒、荔郎均出，同验、刘步看田庄一处，还宿龙塾。

六日　晴。验郎留停一日，云其父生辰也，允为稍留。晨同看劳氏墓庐，乃还朝食。午舁出，同彭佃看田庄一处，夕食后复看龙庄一处，夜看画舫录。仍宿龙斋。

七日　晴。验、刘同入城，饭后行廿余里，至黄土岭分道。余寻镜初于太一寺，门有二舁，则子威及一不知名人先在。谈校书事，云《通鉴》须精校，以委子威。设素食罢，胡、刘参将。先行，余少坐，谈诸子，还过半山殡宫，入城始晡。家中全无料理，乃命铺设。夜与孺人出堂，受儿女孙妇贺，食饼斗牌。

八日　壬戌，霜降。晴。晨起验郎来，要坐楼上，具汤饼。朝食时，乃至堂中贺孺人生辰，旋复设面。午间胡婿乃至，龙嫂、胡妇均来。彭氏清理家产，请客及余，余不往，孺人命功往，至夜未归。彭氏老妇来，余甚讶之，询为虎臣孙妇，欲争继产。

九日　晴。大风，一步不可行，杜门养高。小虞来、罗庆章来求馆。笠僧、涂山来。抄历年律诗毕，得五十余首。鲁詹来，余当偿其存款七百金，欲其作赎屋价，即从存项千金提款归屋价，如此庶免樛葛。

十日　晴。沈善化来谢，未见。笠僧约往靖港，久待客去，乃不能出，将午始与笠、祝、素三僧同出草潮门，值门闭，绕出大西门，紫云寺僧遣知客慈安来迎，买舟即发。先遣送襆被人竟不相待，遂无铺盖。笠僧更要王生同游，亦未办装。闲游而有逃荒之色，殊可笑也。逆风不能进，上三叉矶看地，夕发，复停泊回龙洲，三更后复行。三叉矶有故城基，云是湘州治。

十一日　晴。晨至靖港，入紫云寺，云杨泗将军于紫云台得道，故取名也。寺僧明静出迎，延登楼，云欲余作记，又要土豪侯翁尊楼。陪余。朝食后渡湘，登铜官山岸，至柿港下船，茗饮茶肆，倡女弹一曲，有马头之声。夕至侯店，还宿祠寮，看戏。

十二日　阴。晨起看戏，侯翁设饮款客，饭罢，舁行还城。十里新康，十五里白沙洲，十五里回龙洲，十五里三叉矶，渡湘已夕，急行还城，门半闭矣。中渡汭、暂二水口，归闻潭船已来迎。�、镜俱来寻。城中督、查二道俱摘顶，坐匿名文书未获人也。下生殊有明臣之风，故是高攀龙、左光斗一流人，向上则范仲淹也。彭稷初夜来，云欲要功儿往彭宅坐镇。恐生多口，辞之。夜斗牌。

十三日　阴，始寒。改功儿赋，课读。稍间出，答诣庄、龚、萧。约镜初来便饭，鲁詹亦至，同谈诸子。镜意欲分道、政两门，各为一编，言道者如《易》《孝》《论语》《老》《庄》，言政者如《诗》《书》《礼》《春秋》《管》《韩》《史》《汉》，各从其类，悉载全书，兼及术艺，仿杜、马二通而略用藏经例，以便学者。虽是纂集，然工繁体大，恐未易成也。夜雨。

十四日　阴。课读。至午出，诣黄宅取银，但馆索债，镜、庵谈经，还已向夜。将携诸女往县，闻妻妇言仲三家不可居，怅然不乐。寿子复来讹诈，行同无赖，尤为可憎。巡街委员云领之去，竟不能致保正，遂令栖身红轿中，更可怪也。斗牌。

十五日　晴。鲁詹、商农、黼堂相继来，坐谈至午，详言卞抚奏片，引"父子聚麀"之语，为章疏中奇文。龚云浦送修亭银，交陈程初。黄望之送云存千金来，以一百还鲁詹。刘春禧、蓬海来。夜月清寒，致为佳赏。

十六日　晴。鲁詹、云浦、筠仙、寄僧、吴雁洲、李幼梅来。云萧小虞被卞诬作揭帖，上书自辨，卞遂释然，可讶也，然撤去万金差事矣。但少村送借银三百两来，留充家用。潭船来迎，发行李，晡食毕登舟，携莪、纨、复、真四女以行，寿子妇、子亦令还县。出城已夜，移舟泊西湖桥。

十七日　晴热。无风，缆行竟日，始至包殿。诸女登岸行塍埒间，无可观。夜月蒙笼。

十八日　鸡鸣风起，舟人云有大雨，待晓乃行。微雨细风，过昭山乃稍潇潇。晡至县城，发行李入宾兴堂，诸女至英子家暂寓，余亦寻往，宿英书室。

十九日　雨。竟日课读。沈子粹、朱卓夫来。将出阻雨，暮至宾兴堂，不遇一人。

廿日　晴阴。朱训导要饮，因出诣城中文武印委各官，惟见吕县尹，厘局遇雨珊新到，见陈翁竹友，厘局小委员也。访杨、龚、王，皆妻家亲戚。父母党皆无可寻者，颇增忉怛。晡至朱伯玉学舍会饮，同坐者匡泽吾、黎保堂、朱、沈、吴，皆县人旧识者，未夜散。与书谭、维。

廿一日　晨雾，朝食后大晴。家十三弟及开池六弟来。郭雨人徒弟来，云近作礼房。皆因余入县署，知踪迹者偃室，信不可入也。午后至沈子粹家会饮，坐客二朱、郭午谷、吴仲芳劭之，坐谈颇久，未暮散。与吴同过卓夫，复与同至育婴堂，访杨省吾，闻谭心兰来，与卓夫同至恒隆堂访之。约谭至朱处议《志》稿。夜梦会诸菩萨，余眷属多在。至一尊前，玉碗盛青李，亦有红者。余每食一，梦缇则请尊者布施，上坐难之。则再取食，涩口螯牙。凡食四五枚，坐者乃许，即出，似证道矣。梦缇先出，余后。当出傍门，余必欲由正门，门口皆为二轿所塞，旁有无数缝工设案，皆布衣，似未竟之业。余手掀轿开门欲出，且令缝工悉散，已而转念当付半山收拾。半山自内出，余云尚有一面缘，意其必留我。半山殊落落不相顾，但送余出门外。闻梦缇呼云："相公丢书丑。"余大不然之。挥巾而誓曰："当与半山再为夫妇。"更誓曰："且生生世世为夫妇。"出门遂飞升，心身怡悦。但自闻喉息声，遂醒。

廿二日　晴。朝食后十三、六弟复来。六弟自言学稼之苦，与为学无异。卓夫约游花圃，携三小女同行，从西禅寺后过，因与僧人小坐。谭心兰在宾兴堂相待，芙蓉园主萧生设茗留谈，未暇酬酢，要卓夫还。与心兰论故城，请其考说，郭午谷、吴仲芳亦在，取《志》稿还。复携小女步寻板石旧寓，见门对，知陶园不远，复见唐氏义门，似有乔木，裴回生感。夕过吕令会饮，杨、朱、二郭、一胖人，似相识而不知姓字，侍者促散，客殊不欲去，多言讼事，余但恭听，欲洗耳矣。

廿三日　丁丑，立冬。晴。子云早来，谋余所驻。朝食后，卓夫来，始除外堂，并借邻房，移诸女从余居书室，箱笼悉取以来。满妹婿吕姓、杨荪吾、沈、吴先后来，遂尽半日。寿山从子六郎来，云在谦吉钱店。蔡四耶来，辞未见。夜雨。

廿四日　雨寒。午至杨营官处会饮，吕、张、朱、郭、陈同集，看菊，入见其妻子，夕散。长沙进士、户部李梦莹后至。

廿五日　晴。晨过峙云，还朝食。侄婿龚生、李雨人来。午过宾兴堂，心兰考故城见示，大要必以城基为据，仍本朝考据派也。县人士公请，吕、朱官师为客，朱、杨、二郭、王、陶、徐、龚吉生。为主人，燔豚脍蟹，颇为文费。客散后，又与朱、徐少坐，乃还。

廿六日　阴，有雨。杨送食物，萧藻送菊。午过二吴熙、梅。饮，张雨珊、心兰、二朱、沈子粹同集，暮散，步还。黄河入颍，怀山襄陵，朝出二百万金治之，起三废员，公事自应如此。幼铭自此可光复，且脱离南海矣。欧阳蕃来见，鸦片行主，又身家不清者，于理不宜见，以容物接之。明日请看菊，则不宜去，又以好戏诺之。余性不逆物情，论立身者则不宜学。寿子流落为丐，来见。

廿七日　晴。朱、徐送火食卅千，悉还前账。遣询王亚家，将往欧阳速客。龙副榜来见。剃发毕，携真女舁往陶祠侧周家花园看菊，尚有佳者，坐客十余人，余与二吴、沈、徐、小询、季子、季林同席，二更还。

廿八日　晴。欧阳送菊。检《省志·地理沿革》。遣胡贵回省城买冬笋。寿生油祸索钱，初不料其至此。送朱卓夫回乡去。

廿九日　晴。遣要子云来早饭。检《沿革》毕。携三小女看书院，寻卅八年坐处，了不复忆。龙八来，云当往衡。得常婿书，复之。

十　月

十月甲申朔　晴。家十三弟、六弟来。偶询钱漕事，十三能知之，便令合算稿草赋役。龚文生来。朱、吴暮来，约为看菊之会。罗君甫来。

二日　晴。家一老耶流落无食，与书张雨珊谋一烟缺，适雨珊来，留谈久之。茂苛况女、吴妪，二人并唐突，俱训饬之，遂无所事。

三日　晴。要子云同访城中首士，见二郭一龚，龚宅在闲地，甚似京城王府，颇有形势。还小愒，龚吉生来，同步至学舍看戏、赏菊、吃蟹，坐客欧阳生、吴、沈、龚、徐、郭午谷，二更散。

四日　晴。晨起待舁，携永孙从立马鸭卵路至姜畬，饭于乾元美店，迪亭及其兄留饭，两妇、四孙出见。许婿父子来，约过一饭，期以明日，遂行。从七里石井铺诣石牛塘旧宅，茶亭新祠倾圮，移高祖主于此，大似破落户，不胜感喟。昔日乞丐居大厦，主人栖门屋，世事反复，诲永孙以在勤之义。五世群从集者十五人，内有一差二丐，可叹也。夜宿土室，与开枝过义山看田。

五日　晴。鸡鸣起待事，推石山弟主祭，长房玄孙也。尚有桂七更长，以聋农不习仪，故推石山。质明祭毕，余为祝，已馂遂行，至姜畲食时耳。访许乾元久谈，午饭，看其子试文，未能入选。四族女出见，云五十八矣。饭罢即行，投暮始至，晴热倦眠。

六日　晴。理《志》稿。遣询户口保甲，唯有户数，令就门牌一一数之。午间杨营遣招看菊吃鸭，往则雷塘观道士及吴、朱、沈、葛伯乔、郭午谷先在，夕散。

七日　晴。石山来，为寿子求情，闰子适在，嫚骂之，石山笞之不服，因助挞之。黎友林次子季伯来。夜理《志》稿，觉倦乃眠。遣莲弟送蟹笋饷外舅。唐春湖来，夜答访之。

八日　辛卯，小雪。杨营官、朱教官来。郭熙臣来，言户口尚有不能查者。春湖言数万户，实不过数百户耳。晡后步送朱伯玉还慈利。抄《志》稿。

九日　晴。萧、李二生来。罗顺孙、少芝、子云来。作《赋役志》。刻工回长沙。

十日　晴。晨过子云，借钱万二千作零用，近笏山所谓不节者。作《赋役志》。夜对月持螯赏菊，独坐至三更。

十一日　晴。《赋役志》成。访王亚不遇，答访李户部，颇谈碑版，初学未入门者。道旁屠沽皆知名，似胜东家孔子也。还已向夕。

十二日　晴。朝食后过龚郎家，蔡侄出见。日午，查吕谦恒不得，闻外有呼者，吴劭之与李道士及一麻子，客来小坐，同出访子粹不遇。游兴未尽，因同出城看旧书。至雷坛观，屋闷不可坐，同至余庆堂吃饼。出，至三官殿看花，未入，兴尽遂还。与劭之步从雨湖入城，询麻客乃熊老晓儿，吾故人子也。六弟来，云细二娘死，无棺以敛，余施助之。

十三日　晴。子云晨来，云卓夫复至。饭后杨俊卿来，卓夫、吕明府继至。夕携三女出拱极门，过匏叟门，忆十八岁时醉眠处，不胜凄怆。夜过宾兴堂，郭熙亭交《户口册》，李雨人谈《节孝册》。还要唐、朱来吃菊羹，唐辞不至，朱至二更去，余亦倦眠。

十四日　晴。永孙生日，晨起甚早。唐春湖来借《省志》去。子云复来，查吕谦恒乃湖广主考，建议分闱者，祀之湘潭，殊为无谓。迪亭引其甥许维蛟来受业。留沈子粹同坐，吃面去。朱卓夫次子来见。

十五日　晴。为许生改文一篇，交迪亭带去。作《礼志》。看《申报》，子和复起督河，又云与巡抚会办，奇文也。尹和伯来。李进士借书去。

十六日　晴。龚郎陪与循来，兼要午饭。龚吉生亦至。午舁出，答访朱郎，至龚家会亲，更有吴少芝，王季江、谷山子、润卿从子、龚婿也。龚氏三子均出见。夜步还。

十七日　晴。朝食后出行游，朱、唐、徐相待，送火食，因发工钱，久坐乃去。尹和伯复来。夜过宾兴堂，复遇少芝，饮败酒一杯，味殊不恶，踏月还。理《志》稿。

十八日　晴。晨醒，为三小女所搅，遂不得眠。子云来，开池复来，言云湖田不可得。王季江来问经义，似留心学问者。沈生萱甫昨来，属其作《货殖传》。朱卓夫云，道光时铁冶盛，则有萧东阳、王济泰诸家，后复专货刚铁，近因资水通舟，铁改由资至汉口，刚亦不甚销。咸丰初，盖半为军器，半为农器。向来药材俱在此卖买，今犹为大宗，而以附子为最多。茶盐本多而利渐少。道光以前无票局，近则有十余家，动辄数十百万，以前不过数百金耳。夜理《志》稿。

十九日　晴。鸡初鸣，舁夫来，遣茂还家，易滋来，莲弟送之去，便至晓不寐。朝食后，携三女游行，还颇倦。子云及刘心斋来，谈城中大家。刘舜钦来，郭玉兄女婿也。云玉嫂尚健，将来看我。王润卿、陈瑞征、刘福生来。夕出访杨俊卿，遇杨七舅、朱编修，暮还，少愒。夜看《艺文志》。

廿日　晴。晨过子云，取志局当补诸条，还乃朝食。家石、三、六弟来，郭五嫂来。夕出拱极门，望来人，乃从熙春门入相值，还途，滋女先，其母后至。苏彬复来求信与张孝达。秀才抢亲，夤夜来叩门，狂徒也。

廿一日　晴。晨过宾兴堂，问抢亲事。朝食后，待胡贵誊信，至午不成。孺人促行，遂出西门，至浮塘已晻矣。外舅及三杨久待，方食。夜谈潭事。

廿二日　晴。晨起，蔡家人犹未起，至辰巳间乃贺生日，未设面，饭罢即行。从山道至姜畬，小坐乾元美。循大道至云湖桥，问王六猛家，见开枝方饲豕，其继妻孙氏及二女出见，留宿客房，四哥亦来。

廿三日　丙午，大雪节。晴热。朝食后与开枝舁看田庄三处，麻王塘一处可用。至雪丐义儿宋家，其婚家谷姓及甲总均来，同看房屋，舁夫饭焉。至北风屋，则无一可取。途遇桂六弟还，同饭。谷、甲夜来，泥谈田事，亟起避之。与桂六谈，刘松山故其马夫也，自云必不负老王大人，如违誓，红炮子穿胸死。后以营中洗炮，推枪子误伤，果穿胸焉。桂六送丧还。又言王老虎家负心。又言松山军无故而叛，往攻无备，骈死数百。久待开枝不来，将睡，石山、刘姑耶来，余遂卧对之。

廿四日　晴。早饭甚晏，念四哥，故翼云大伯子、俊民之兄也，今将死无葬具，为起谷会五十石强，族中有余家助成之。饭后舁行十五里至姜畬，往乾元商会事，吃莲子而行，愒鸭卵铺，见门帖书“莲开并蒂”，有二少妇，未知谁是莲也。十里至立云市，有一胖人相呼，差孙也，亦与坐谈顷之，遂行入城。正晡食，信行送家书，报生孙，遣人报孺人。过宾兴堂，子云已去，与唐春湖议志事，云子云当开去差使，仍留额驸，春湖荐赵启麟教谕代之。三所采访犹未齐，闷闷。得珰书，大有左二嫂之风，常氏报应不爽，然珰似重有怨抑者。与书席研香。

廿五日　晴。卓夫来，云赵可不请，宜即请吴劭之。余云撰表非通人所屑，恐未可也。春湖复来久谈，又有闲客来，竟尽半日。尹和伯献蟹形山，与书商霖代买之。

廿六日　晴。孺人忽来。初使还，云明日至，自云本约今日，传语误也。访宾兴经课本末，大异吾闻，方知采访不易，众凭案牍，余绝不信，亦有偏也。夜早眠，内室斗牌，搅至鸡鸣。

廿七日　晴。孺人质明去，余亦旋起。六弟及其妻女来，卓夫、春湖复来。家一老耶来求计，筹思无以庇之。

廿八日　晴。郭五兄外孙刘生来，久坐，与讲书，不知其有闻否，以其年小，姑教之耳。家九节妇及其外孙女来，颓然老矣，可哀敬也。钱子宣来，云曾在子迎处相见，则忘之矣。杨营官来相请，云陪铸翁及萧小泉。铸即雪师欲拳我者也，萧又富商，均吾所欲见，虽病，强诺之。往食未毕，寓中来言，江、彭已到。亟还，留谈书室，留宿宾堂，自送之往。舆儿未往。

廿九日　阴。昨夜有雨，客起甚早，余未须，已来小坐。闻船可行，同往看风。芝题、新妇并出见，次妇同母兄子也。船不能发，仍要客上，同至芙蓉园，余还小愒。畯五已还，云买得《湘军志》二本。少甫不知何去，遣要彭新娘来，令六女为主人。舆儿买带，日昃未还，又待少甫，将夕乃食，并要芝题来。饭后，小夫妇并归舟。余与江、彭谈至二更，乃送至宾堂，遣三儿伴之。

复与卓夫小坐，听谈郭武壮公阴私，殊不当言，使客识破翰林耳。

晦日　晴。南风小作，行舟告去，送三子并遣莲弟还，女客亦俱去。理《志》稿，石路、马头、公田、会馆，皆以一表了之。

十一月

十一月甲寅朔　晴。志局采访草率，众皆以为固然，可慨也。文鹿野之子谷鸣来，与吴凤山同行，皆过七十矣。将分寿嵩夫妻母子各居一处，又思令其自生活，皆无长策。

二日　晴。重抄《沿革》说。沈子粹嫁女，令滋女书一联赠之。眉弯翠黛梅梢月；箧有鸳鸯蜀锦云。夜分，子粹仓皇来，云有急事，以为其女不肯嫁也，问之，乃轿行索钱，求书告知县，为之失笑，从其言行焉。林生来。

三日　晴。卓夫来，送钱二万，尽还零债。始遣寿嵩妇子去，脱离苦海，皆大欢喜。又与雨珊借钱三万，送修社钱与吕明府，顷之复退还，云官中自出钱建立。

四日　晴。将送诸女还家祥祭，暂辞吕明府，兼过杨梅生。开枝遣报云湖谷氏田可买，令与乾元谋之。又遣佃夫送佃字来，十亩佃规加至百廿余两，可叹也。世锄、世同固为败子，而公田私家诸子亦可恨甚矣。念此，使人无子孙之计。

五日　阴雨，甚寒。徐氏二姊来，老矣。无复灵慧之状，亦可伤感。遣萧三哥觅船不得，方知湘潭无官舫，唯往来宾兴堂闲谈。

六日　阴晴。自出看船，拉子云同往，坐小划上，至十四总，呼一倒爬而归。遣发行李，至午，诸女或步或轿俱登舟，开行六十里泊滩上，小有南风。

七日 雨。北风，晨过平塘，午乃近城，风起不能复下，遂拢驿步。待家人不至，冒雨入城，羊裘尽湿。今日本先孺人忌日，遂不进食，至设奠后乃饭。过唁小虞，旋还。

八日 晴。辛酉，冬至。出访刘馨翁、筠仙、黼堂、蓬海、少村，各入谈，遂暮。将诣黄宅，未能去，以郊日未敢凶服，不可行吊也。

九日 晴。真女生日，始在家为设小食。弥之生日期近，属作寿序，迫无以应，坐楼中逼成之。筠仙、幼梅、少村、黄亲家、彭石如相继来。日晡，序半成，始出。临子寿，棺未宿办，用其母棺，盖讳死故如此。还过叔鸿、云浦。夜步过心安。

十日 晴。邓寿序成。至城隍祠看戏，便诣笛仙，劝其写字，仍还看戏，遇竹苏。还诣价藩、见安，遇郭于道，与还，谈京、苏事。陈伯严来，云卞抚不事事，但日嫚骂。此人殊悖谬，以弹章而怨怼朝廷，无君而又自尊其官，皆非恒情，不得以鄙夫目之。

十一日 晴。半山大祥，诸女设祭，余斋居待事，欲为书主，主已蠹矣，近不祥也，而长妇云恒有之。黼堂、小虞、章孙来。章云李巡检家被劫，河西都盗贼纵横，乡人纷纷入城。

十二日 晴。始理《志》稿，抄《卫偃传》未毕。笛仙来，云不能写字。子茂儿来，欲挟书干桂官，辞以不识。出贺叔鸿取妇，新妇未至，还。过价藩，步还，遇罗师耶，延入少坐。夕食毕，略理书籍，看石仑森状词后抄假上谕，其人盖妄人也。纨女请斗牌，入局未久，心安、小虞来夜谈，二更去。三更少睡，四更局散，梦缇就寝，厨人已起具食矣。舁夫食毕，颇怪余未起，余实未睡着，因起食毕。复女亦起相送。余以太早，吹镫复睡，小梦，天始欲明。仆妪亦竟夜未睡，向来所难得者。抚辕发炮，乃舁而行。

十三日　晴。出南门始见日，舁夫行疾而愒多，巳正乃渡炭塘。遇一女轿，踪迹可疑，云易俗李氏，相逐行。申初至，入拱极门，纨女望母姊处也，恻恻有离别之意。宾兴办饭相待，朱编修挑斥厨人，其实亦无大谬。龚吉生、郭午谷、子筠同坐，唐春湖先来相看，不夜食，先睡矣。甚倦即还，闭门甘寝。渭莱甥孤子来见。

十四日　晴。晏起。饭罢，谭心兰、子筠、卓夫、桂六、石山、许生来。同徐、朱看吴劭之病，颇沉重，不清醒，少坐出，还小愒。刘舜钦引傅财主来荐田，约晡后往看之。作湘潭《旧国表》，翻史书。莲弟、吴儿来，云得南风，故迟久乃至。夕食，舜钦复来，同出拱极门，至二胡涂岭看田，无山可葬，即还，闭门小睡。二姊自七弟家还，桂、石两弟，王师奶，迪，廷，搢，绂俱来相候。夜誊《表》稿。

十五日　阴风，欲雪。晨同春、筠步过谭心兰，陪饯卓夫，午散。还寓，遇黄丙斋，余同岁入学第一人也。中举亦十八年，过六十矣。七堂戏酒饯卓夫，复招余为客。便访雪师不遇，至主敬药局，主人十余人，多不相识，戏亦无聊，戌散。今日心兰言隐山九洞坤人，不入城市，同治三年有往卜居者，彼中人犹称道光四十四年，乃不知县城曾失守，可喜也。又言四大名山，乃罗修渭一人私言，不足据。

十六日　晴寒。作《循吏传》三篇。吕明府招饮，往则戏酒，请卅余人，余居二坐，与黄寅宾、舒昺、杨梅生、罗把总、聂捕厅、郭熙臣同席。看十龄童子演老旦，音容俱胜，至三更乃散。

十七日　晴霜。晏起。朱卓夫、张姨侄、黄艺圃、子筠、丙斋、子粹来。作传三篇。

十八日　晴。未起。子粹来，约看田。杨梅生来午食。开枝、石山及中人来，议云湖田价。看经课卷卌余本，颇费目力，盖精神不及十年前矣，此亦衰不自知者。诸卷中，唯唐永澍为可教，有一知《公羊》者，则尚未入门也。《雒诰》“王在新邑烝”，记周公已还政，王行时祭于雒邑明堂也。祭岁，用特牲、馈食之礼，荐岁事于文、武，同室合食，但各用一牛耳。此明堂之礼，庙祭所无。不记日者，用岁首元旦也。告祭礼用特牲，此用二牛，故特记之。王宾，周公也。《大传》曰：“尚考大室之仪。”唐为虞宾，周尚文，故不言周宾而改曰王宾。王宾，即尸也。杀牲升烟之时，尚未迎尸，故特记其咸假。咸，皆也。偕王俱升，以贰其事，示授王天下也，此禅代非常之礼。“入太室祼”，而后别宾主，其礼盖王牵牲，公答君，卿、大夫序从，既朝践乃祼。周公不更迎尸，以公实宾，非尸也。祭不用尸，唯此祭耳。太室即明堂，不曰明堂而曰太室，亦以禅代在太室，不用新名也。唯祭岁是元旦，故下必明言在十有二月，嫌册不能一日作成也。成王即以是日即位，未即位而先烝者，以用公摄政摄祭，但在镐京，其祀于雒邑，必曰“予不敢宿”，公不敢再在雒摄祭也。王已于冬烝正位。而又必于岁首受终者，又不敢使公不满七年，使烝祭，实摄公者然。此君臣谦退文仪之至美，非周不能有此，非我不能知之。

十九日　晴。早起，送卓夫，犹未起。朝食后往，方会食，待久之。子粹来，卓夫犹未有行意，乃舁出熙春门，十八里至罐子窑，循山行十里至画林，问田所在，乃一垅坳处。子粹携鱼肉火腿留饭，朱家无坐处，饱餐而还，入城已暮。夜族中弟侄久待谷姓，更请两中人至，议价千八百金，余未可也。

廿日　晴。开枝复来，言中人尽去矣，许桥佃户退押银卅两，以佃约交迪亭收租。此来仅得办此。厘局来言王师耶可充巡丁，资以千钱遣之。况氏来，斥责不去。杨俊卿来，言外舅复病。揩子来，与师耶俱留饭去。作《志传》，看《文征》。

廿一日　晴。朝食后至杨家回步，复约便饭，午还。石山复来，言况氏不可从夫，狗儿不可从母。余亦漫应之。胡姓来，其妻曾陪半山宿，忘其字矣。黄少耶来，言英子复往福建，吾家人不能安静，可叹也。高船行、胡徒弟、搢子及傅姓均来相扰。作《志传》二篇。

廿二日　晴。春湖、子筠来。午后颇得清静，理《志》稿。黎尔民子来，亦言莪洲田事。午过杨宅饮，雪师子春儿、江西火计陈华甫、郭熙臣同集。华甫前在蓝山助余修志，今复相遇，匆匆廿年矣。云“访旧半为鬼”，不虚也。向暮步还。今日得杨玉书书，似为黄生作介绍者。雪师甚不满雪琴，云：“每战必败。”

廿三日　乙亥，小寒。晴。抄《志表》，烦赜数百条，一一理之，颇为可乐。子筠、子粹及黄湘浦来，便约会食。午间少睡，子粹儿来延客，颇短易实甫，出言冒失，未甚答之。同往其家，更待唐春湖同集，夕散。萱甫适来送《货殖稿》，属其加采辑。同筠、粹访胡、黄生，始知为九弟妇兄。

廿四日　晴。理《志表》，大费日力，乃见无字处皆有文章，甚有可乐。萸生、陈华甫来，看《湖南文征》，亦稍有可征，非尽无用。

廿五日　晴。愈煊，而冻创自发。遣觅梅花不得。理《志表》竟，《官师》篇成，自此专考论人物矣。非驻此不能若是迅捷，然实未尽日力，有似泛蜀江，行少住多，自然而至。午过华甫，兼访月峰，答访余子范。过不忍堂会食，皆县绅耆少俊也，共十五人，夕散。作表论纯乎马迁，理足故如此。

廿六日　阴，晴煊。子寿发引在即，犹无一办，作一联一文。才志冠同侪，年来尊酒深谈，始识胸蟠千古事；吉安从一出，海内藜床独坐，谁知根满五更心。执笔期必成，亦竟成矣。检箧又得其去年来书，可怆也。补《志》稿数条。石山及其甥来。晏生来荐田，皆在十都，不合意。看《申报》，笏山竟引疾矣。所谓近于知耻者。然子弟为卿，则为蛇足。夜遣娄八还。

廿七日　晴。晨起开门，功儿在外，云将迎余归过生日。余亦欲还，英子妇固留至再，且请子筠来说，当即从之。翻《宋元学案》，多所未闻，一日遍览，颇形竭蹶，至三更乃毕。子粹来，言梅林田屋甚好，可买，出千五百金矣，不必往看。

廿八日　晴。编宋时县人士。删去路振。《宋史》明云祁阳人，居湘、潭间，谓湘源、潭州之间也。旧志据以为湘潭人，谬矣。石山、唐姑耶父子来。子筠夜来，及二姊、英妇等馔饮，因打牌至夜分。

廿九日　阴，有风。宾兴六人来，吃面兼送礼。子粹留打窖，措子亦来拜生日，同饭，至二更始散。黎保堂来。刻字人来。送曹、杨书。

十二月

十二月癸未朔　阴。功儿往外家。理《志》稿。微寒欲雪，将归未果。

二日　阴，有雨。作《志传》。李姓自闽中还，传樾岑、老张信。又有陈蔚翁同来，云曾访数次，不知何许人也。

三日　阴晴。作《志传》，翻《李湘洲疏稿》，其有关系者皆未见录。其《倭议》一篇言夷务，切中今日事，贾生之流。

四日　阴晴。作《周石芳传》《陈北溟传》，始得先世。欲考其文集，遍求不得，诚可笑也。将还省城寻之。

五日　晨发。天似欲晴，行十里，雨至欲还，舁夫强进，二十里仍雨，亦未甚苦，乃行。未至廿里许，遇梁山秦生。天色似暮，行甚急，及至城殊早。看豹子岭颇有秀色，将卜宅焉。闻笛仙之丧。吕生雪棠复自远来，心忙无暇，匆匆且睡。

六日　雨寒。当出吊彭、黄，苦无心想，且休一日。暇与雪棠谈艺，约曾郎来会之，夜饮且谈，吕、曾不甚相酬，盖以我在。

七日　雨雪。出吊彭孙，径访镜初久谈，乃至黄家，谭心可、徐定生、程伯汉陪客。余令功儿先归，代之支宾，至暮乃还。从李黼堂借《梁溪集》，集二种。寻王以宁事，有二处无与王事，余未能细看也。道荣堂有文无诗，己丑前诗别行，李藏无之。

八日　雨。家中妻女并作粥，留过今日始去，实亦未能行，为雨所搅，傔从皆忙不彻。晨出城，送子寿殡，尚未至，还城，相遇正街，仍还至开福寺，立待过丧。见徐定生彳亍泥行，不可不往，因至殡所，则唐、陈、谭三亲家先在，程初支宾，盖为谭来。待久之，吃包子而返。黼堂来，云欲请功儿写墓志。上楼翻《梁溪集》。夜斗牌，先寝。

九日　雨。发行李，要吕生助修《志表》。曾郎欲同上湘，移舟待之，将暮果至，便发。风小行迟，小拨船遇雨极困，携纨、真两女同来，差不寂寂。夜饭船仓，与曾谈至三更。

十日　雨。巳初乃至观湘门，曾郎先去，余待吕及女先上乃上。至寓稍愒，饭罢，子云来。夕至志馆。请吕寓其中，余仍还寓。作《陈传》疑窦甚多，方知记载不易。夜欲雪。

十一日　雨少止。作《陈传》成，初以为一日功，乃十日矣。刻期成书殊难，明当奋发。晡至志馆，遇郭花汀，以意识之。

十二日　雨竟日。舁至志馆，看作表。己亦携研以往，作传，半日不成。午有张晃仲阳。来见，出诗相质，幽苦，是卢、孟一派。自云昨来值夜，宿逆旅，非常穷苦，求笔作诗，主人亦不与，大似郑元和。留饭与谈，因留宿馆中。夜欲与谈，蔡四耶来相搅，避还寓。遣要客来，蔡复闯入，久谈不去，余无心听之。夜早眠。雪。

十三日　雪。早起，张诗人约来不至，朝食后为看诗一本，至志馆送之去。作《罗传》未成。杂客时来，十六叔外孙来学讼，自云言氏优免不当差，今船行强派，且讼之矣。

十四日　雪。作《张传》，稍有条理。刘舜钦至馆，坐一日，论差拘团总事。许生来送年礼。

十五日　雪。晨起。蔡四耶至馆，与陶虎臣索钱，大闹半日不去，吃炒面乃去。吕明府来，云必须带钱回去，方有成局。又言差拘团总，绅士公禀殊为多事。以为绅士必输，及去，乃枷差以谢，又可怪也。曾郎云"枷"即"坐诸嘉石"之"嘉"，声同，加"木"耳。夜与吕生论后世人材孱陋，不用世家之故。科第进士寒畯，皆不识大体，贵游不读诗书，故两伤也。沈萱甫夜来。

十六日　雪雨交作，始冰。看新《张家谱》，作《张传》成。迪亭来。石山来夜谈。改许生文。

十七日　雨竟日。作《罗传》，计日不能千字，若在家愈不能成一篇。回思日试万言时，才欲钝矣。文虽渐老，不若昔之涌泉也。

十八日　雪。作《志传》。蔡天民来，夜谈不去，大意要向书院索钱，而以骂惧之。夜改许生文。雪，月甚明。

十九日　晴。作《志传》，改文，俱毕，将检行箧去矣。子筠仍不来，殊无人可问。

廿日　晴阴。子筠来，尽检新采访诸条归之旧稿，自此可撤采访局。吕明府欲取振谷为刻费，黎保堂不可，意在为难朱卓夫也。积谷局以此回覆，吕即提各局公费充数，可谓甘为鱼肉，不为刀俎者。乡人管公事，徒供人欺侵耳。唐五先生来，言对岸太平街有田屋可买，冒寒往看之，以乞火为名，入屋略视。主人袁姓，赠我炭元，似养炉者，盖不急于售田。匆匆还城。两女入内寝。

廿一日　阴寒。出辞行，志局留饭，出从城东绕城西南，仍出北门，至十八总而还。唯见吕粤峰、陈华甫、郭熙臣、罗瑞征、碧珠弟润生、王亚、雅南弟及九、五、六三弟妇，两从女。入城过吴劭之，入谈，还夕食。诣别沈子粹，遇吴仲芳、刘心斋、李雨人，尚未诣郭午谷，已夜矣。还至志局略谈，唐五先生来，田事不成。子云来送票。石山及其从舅、表侄来言讼事，殊不肯去，设酒促之犹不行，乃直催客曰“可去矣”。痴人真无可奈何也。

廿二日　晴。送行者族友皆至，唯沈子粹亲致豚蹄，朱九衣狐脊褂为异，行李遂至十担，同行人至十一，亦一异也。志局附三百千刻费，借卅余千分送族戚，六弟必欲借二万，竟不能应之。水师营官不能派船，至县中差拘之，得一永州杷杆，索价四千，官价千二百，仍酌中，以二千七百与之。石山送狗儿来。夕发，乘流稍驶，通夜棹行。

廿三日　晴。晨正至城，到家尚俱未起。今日乙酉，申正立春，早泥尚冻。至价藩家，问镜初未下乡，恐冰释即还。遣信至陈总兵处取银还但少村。今年实亏空八百金，皆半山本银也，息银亦至二百，负债累重如此，故知节用之贵。筠山所谓不节之嗟，及谁咎也？镜初来谈。夜饭至三碗。

廿四日　阴。终日纷纭，殊无所作。午后食饼，半饱。出访少村、心安皆不遇，遂还，已暮。罗顺孙来，谈县事颇晰，故有旧家之风。

廿五日　晴。晨食包子过饱，未饭。价藩、黼堂来。稍理年事，将还文债。夜斗牌。

廿六日　晴。扫舍宇。少村来，还银三百去，旋送银一百来。

廿七日　晴。街巷可步，携女孙至李祠。夜斗牌。

廿八日　雨。岁尽无事，人客寂寥，今年似异常年，欲还文债，亦无心想。

廿九日　风寒。年事殊无端绪，家人不得力之故。将老如客，亦复任之，唯出二百千还账而已。阅《申报》，笏山已交印。

除日　风寒，夜雪。早起至暮，皆无所作，唯春山子来借钱，送以二千，并发压岁卅千。夜斗牌，领真眠。

光绪十四年戊子

正　月

戊子正月癸丑朔　雪寒风冻。待家人俱妆竟乃起。祀三庙、三祀。受贺，吃年糕。客无径入，唯杨郎依例来。真脚痛不能行，坐卧须人，颇为所困。夜未久坐，二更即眠。

二日　雪冻。笔墨俱冰，中馈无替人，孺人仍自操持。舅没姑然后老，此时子妇本不能与政也。出贺年。唯熊鹤翁，胡、黄两姻家始入。熊言决河，将合埽，有人舍身则必合，已愿身填之，且约四月同往。坐上有一俞生，似陈三立妻弟也，与闻此言。行城中未半，还已上镫。夜雷霆霆，疑是墙壁倾颓声，过乃悟，欲四更矣。

三日　雪雷并作，浓云似春霖。时无事斗牌。胡郎兄弟来。齐氏表妹儿来。

四日　雪。冰解，将出城，怯泥，斗牌竟日。笔墨既冰，未理文事。夜大雨，屋漏如注，顷之大雪。

五日　雪霁。始庀家政，议移书房，择日入学。斗牌竟日，至三更乃罢。孺人望子甚切，余询以教育之方，又不能对，乃嫚语相答。若在当年，必切责之。今既悟恩礼容覆之宜，但听其尽言，而亦自止矣。

六日　大雪。夫力不备，移卧具犹甚迟难。舁至曾祠，几不能悉至。将暮，三子及吕生乃来。石山属冬孙于余，亦携之来。更令吴僮来服役。此集乃有不可教诲者四人，未知能少有改移否。

袁守愚来家，云必欲见，与之少坐。祠门遂无行迹，柳柏纵横压倒，檐桷亦折，雪深一尺矣。

人日　大雪。将出城，恐不能行，遂止。定日课，未及试行，以书札多未集，亦须雪霁涂干，乃能移致，大约须月半后耳。笠、寄、自、常四僧来。价藩来，同至浩园看雪。思力臣大雪登楼之作，弹指再生矣。笠僧设斋，更招叔鸿同集东堂，将暮散。叔鸿复过余。强要价藩复来，价恐暮，亟去，鸿亦乘夕光归。寄僧索解诗，自僧约斋集，复招寻，少坐。夜与吕生说匏叶文章之法。

八日　庚申，雨水。晴。作《志传》二页，倍两儿书二本。欲抄经自课，惮繁未能也。家人来报桐生之丧。遣功还视其母。夜与吕生谈诗，因说少年高兴老来不作之意，所谓功成身退，非才尽也。

九日　晴。雪不肯消，溜通而已。作《志传》二页。罗君甫衣冠来。倍书二本。闻梦缇疾，还视之。诸女斗牌，二更散。寝觉甚早，与梦缇隔床谈至曙。

十日　阴。登楼为帅生作书寄锡侯。作桐生挽联。文葆送亲来，旋看授室成名，卅年情敬欢无间；连枝惊雪折，正有孤男弱女，高堂慈顾恸如何。朝食后携真女至馆，督课如额。始看《金史》，作《志传》二页。待夕食，久不至，日甚长也。蓬海来。功儿往临其舅丧，明日去，令今夜还家料理。真女留睡馆斋。

十一日　阴。晏起晏食，不及作日课，唯倍书一本。帅生来，罗郎又来。午至家，衣冠出吊四丧，刘、彭、刘、黄并入。出城视半山殡，即从五里牌雪行至墓。省先茔，舁夫甚困，还已投暮。雪中望城边林树剧佳，以上墓不可作诗，故无所咏。

十二日　晴。作《志传》，点《金史》，倍书二本。梁三、胡子威来。夜讲《通鉴》。素蕉僧来。今日城中有三失：绅士公宴府县，交通官府，一也。文武不殊，侍郎下侪走卒，二也。刘抚新丧，于比邻戏宴，三也。初不关余，无从救正，亦所谓莫往莫来者矣。夜作韫翁挽联。一士定东南，更轺车重采榛兰，中兴盛事留嘉话；八旬娱富贵，看兵气销成弦管，三湘福地葬神仙。

十三日　晴。作《志传》，点《金史》，倍书二本。张伯阳来学诗，遣担行李来，居后斋。杨侄、陈伯严来。

十四日　晴。倍书二本，懿毕诗书，舆始倍《周官》四本，略上口，不可究也。为袁守愚写册五页，未及作志。胡女家请春酒，遣舆往应之。改《敝笱笺》。送懿还家，己亦舁访镜初，闻未到城，归待节祀。梦缇病未愈，夜寝不安。

十五日　晴。在家与诸女、女孙过节，放花爆。夕招吕、张便饭。夜寻袍褂不应手，怒吴妪，去之。月明颇寒，怯于坐赏。祀三祀、三庙毕，吃汤丸，早寝。

十六日　阴。春风始动，登楼作一诗。出步巷口，阻泥而返。舁出答访左斗才。还馆倍书，点《金史》，理《志》稿。

十七日　阴。作传，点史，倍书，讲《鉴》，始如课程。稷初自黔还，来谈。夕步还家，因懿踊跃思归，故命同行。功儿还白外家。始欲作《春秋大夫名字表》，夜创其例。三更雨。

十八日　阴。诸女诸孙来看石桥，同往登楼，大风。侯翁来，言靖港差诈索捆团总，善化令拘团总，差以揉针欲杀之。揉针者，以药煮针，揉入肤，初不痛楚，终当自死云云。未必如此甚，亦理之所有耳。诸女去已夕，雨大至。点史，作传，倍书，如额。舆讲《通鉴》，扯去数段，问其何心，不答。夜梦半山同床，陈母径来披帷，余急起拱立旁室，有吟者云。晨尚忆之，今不复忆。"银烛老能昏莫漫，□□空山有白云"，末句似不祥也。而不解陈母何以至。

十九日　晨雨。素蕉僧来，言豹子领有田可买，昨梦岂其祥耶？死而有知，或陈母为致力，故来示耳。道香僧亦来，要至祠旁会徐定生。□福来送薰肉。点史，作传，倍书，如额。

廿日　晴。作传，点史，倍书，午毕，舁还家。答访稷初，遇程伯汉，言彭家事，主人意悔，无可再谋，而切怨李黼堂，此事惝怳可怪。雨珊来，言团练事，是非亦纷纭无定，总不离筠仙所言："汝等皆闹意见耳。"过镜初久谈，遇张燮安侄孙。夕过梁平江晚饭，陪李师耶，遇陈万全及票号客费、齐倅令。夜还家，诸小女请斗牌，勉为一局。二更后寝，甚热。

廿一日　戊申。阴，大风，至午小雨。夜大雨，风愈甚。本欲出城，幸未行也。午过黄子襄家陪吊客，小郭在焉。陈海鹏亦巍然老宿，令人叹笑。坐顷之，还馆。点《金史》一卷，余无所作。

廿二日　霁。修书，点史，倍书三本。龚郧镇来。夕游浩园，石葵云已有柳眼。

廿三日　庚戌，惊蛰。晴。笠、道僧同出，至局关祠、府城隍祠，复携懿还家。乃过陈伯严，得罗惺士赴闻。再至家，携懿、真至馆，修书，点史，倍书，毕，已夜矣。真早睡。

廿四日　晴。点史一卷。将修书，罗顺循来，遂久坐。殷默存来。洪联五来，忘其名，既见乃悟焉。云俊臣新立书院，延之主讲。程伯汉今来问途，正欲寄银玿女，因还家作书，兼邀常婿来读书。与书晴生，令转致之。小楼少坐，仍还馆。

廿五日　晴。将出答客。昨约看田，遂少待。至午舁出南门，约吕生挈舆、懿郊游，久待未来。过豹子领，看田屋，不甚开展。还至黼中，遇吕生，遂要同过，小惕新开铺。余仍舁还，至城南桥待三子，久之，懿先至。又待久之，将夕而未至，乃与懿先行。

立城门待久之，吕、舆乃来，从者复不至，已夜矣。还至馆，冯姨子来，切责之。夜补《志传》数则。

廿六日　晴，始煊。修书，点史，倍书四本。冯弟自去。夕还家浣濯，又遇易同年来聒谈。小雨。

廿七日　晴。修书，点史，倍书二本。见郎、右梅、尹和伯来。闻刘伯固暴死。午又见馆生六七人，舁出送叔鸿、梁少穆、沈孟南，过镜初，皆不遇。答访安徽委员张尧臣，小坐而还。胡郎及其兄子夷来，至夕去。安床移前房。李主事来求一榻之地，亦聒谈无谓。

廿八日　阴。功儿复往豹岭。王怀钦子来。六弟来。小坏人来。点史，背书三本，修书五百余字。夕过浩园，香儿、龚镇在涂寓闲谈，因坐话久之，亦无谓。因改旧句云："常如意事无八九，不可言人有二三。"记三日谈友也。

廿九日　时雨时晴。修书，点史，倍书二本。郭见郎及其弟与刘生同来。李雨人、吴劭之及馆生来见，有两年再侄，一陈、一李，陈盖同年子之子，李则英子年侄也，皆未问其祖父名字。纯孙来，宿馆中。雨珊夜来谈。靖港僧来。夜晏眠。

晦节　晴热。点史，倍书一本。朱教官还书银来。朱香孙遣信约谈，待舁夫久之乃至，出已晡矣。过家未入，至香孙处泛谈，出诣李幼梅处，陪饯叔鸿，舫仙、程初、张元玉、雨珊同集，戌散。汪伟斋还，往视之，未遇。潮湿艰行，舁夫甚困。

二　月

二月癸未朔　晴热，夕风。修志，倍书一本。王鹟甫、张尧臣、刘都司国胜来。午还家发银换衣。过心安久谈，僮奴遂相失，又待久之，已夕食矣。过吴、李寓，见曹子而还。曹有王岣云之谤，不容而移家也。功儿将以其子后仲章，发帖请客，并以礿祭庀具，遣令还家。夜雨，点史。

二日　风寒。水银顿缩二十分。点史，修书，倍书三本。看夏嗛父《明鉴》。计日课千字，今六十日才得四万字，少其半也。刘知县来。

三日　雨。点史，倍书二本。程伯汉、彭石如来。价藩遣约午饭，舁往已晡。有二叟先在，程初亦在坐，徐定生、叔鸿续至，饭毕已夕，舁往王纯甫寓。还家，诸女嬉娱。子初寝。

四日　晴。留家斋居。笛仙族子来，求作笛兄墓志，楼上见之。夕，三子俱还。考币长短，郑注言丈八尺。拟定告庙礼：初设位，再拜，祝告奠币，又再拜。仲章所后子见，用段脩为挚，祝告奠挚，再拜遂退。此皆意定，未知合否。三更宿楼上，冬孙夜眠不安，频搅余睡。

五日　晨起衣冠待事。大雨，阶上俱湿，巳初少止。礿祭祢庙，次孙名良，嗣仲章。孺人功丧，遣功儿亚献，次妇三献，吕生为祝，礼成乃馂。舁至讲舍，以继嗣会诸姻家，黄、彭两婚家俱不至，客来者熊鹤翁、李仲穆、吴少芝、李幼梅、陈梅生、胡子威、郭建安、胡婿、杨儿、吕生，饮酒颇多，二更散。与书吴粤抚。

六日　雨。沈子粹、吴、曹同来。午舁答访侯翁，过问杨商农病，赴龙宫住持法裕招，饮酒食肉。周生，易清涟，陈伯严，涂稺衡，笠、静两僧同集，申散。赴龚镇招，陈德生、左子建、杨玉科从子、陈海、李琴同看戏，二更还馆。点史二卷。

七日　晴寒。心安、梅生、罗君甫来。点史，倍书三本，讲《鉴》至夜方毕。步还，吃鸭面，仍携懿笼镫还馆。衡道吉庆殂，船山书院自此当复少窒碍矣。

八日　庚寅，春分。晴。午出答访刘知县，过子威、镜初。还家，上学，看茙书写字一张，始授《尚书》。夕步还，修书，点史，倍书二本。

九日　晴。修书，点史，倍书三本。刘应元来见。清书一箧。均题眉记之。夕还家，茙始读《尚书》。还作《简堂传》成。不采事实，纯乎史法。

十日　晴煊。桃棠争放。点史，倍书三本，看懿写字，遂听舆讲书，于此得二刻暇，夕还。心安来，言黄宅佃屋事，云笏山已租定矣。雨珊来。今日诸生试书院。夜分不寐。

十一日　晴。修志，点史，倍书二本。晡后携懿还，复倍一本。夕看花，小雨，急行至馆，大雨至矣。

十二日　晴。昨夜大雨，不意霁也。点史，倍书一本。刘定甫来，言船山书院事，百说不了。午出，送定甫，过筠仙，遇任师耶，复送任翰林行。还家，路干。点书，看字，毕，携真女至馆。夜约雨珊、笠、稺衡登楼看月。稺衡复至斋看《志传》。黄麓生子子霖孝廉来。

十三日　晴。晨起写书眉，多错误。修志，倍书一本，点史一卷。邓鸣之来。胡子勋兄弟来。夕食甚晏，还家，值雨，遂留吃春卷。茙今日生日，斗牌，三更寝。

十四日　雨寒。钟尔濂来，邓氏亲戚也。早饭后携真入馆，看字，点书，已毕矣。点史，求笔，尽失之，悉挞两儿。倍书，点史。

十五日　阴。倍书一本。看写字，未毕，稺衡、笠云来，约同至局关祠去，犹未行，复还。罗禩来见。从园门约雨珊同至崧生故斋，至道香僧舍共饭，更约周郢生来，佳儿也，殊不似其父，笠西定有好妾。斋散，还家。江生已至，在馆相待，仍还馆。夜谈，听雨。江生更携其子来，年十九矣，小名泰交，俱留宿馆中。

十六日　雨。先府君忌日。独坐楼上，点《金史》。

十七日　阴。晨舁入馆，馆中起学，监院周铣诒荔樵。中书来，旋出。朱文通、郭庆藩、陈海鹏、杨鹏海、陶少云、俞锡爵来送学，久待筠仙不至，未初始行礼，先谒船山，次求阙。鹏海指视王三叩而曾六叩，云京师昭忠祠礼也。余心疑焉，我非地方官，何为而行官礼，以宾礼主度，依而行之。席上言下生疑我事，语侵俞鹤。本直言也，乃似刺讥，出口大不易。有人言今日卯后地震，思之床果簸摇，近有因也。酉散还家，点《金史》，作《志传》。

十八日　阴晴。晨出至皮家送葬，日已欲中矣。还吊子襄，留陪客，与陈德生、俞伯钧、陈定生、李次琴、唐三太杂谈。午出答访邓鸣之，过鹏海还。家石山弟来。孺人上湘，夕食后去，石山亦从去。看写字二张。

十九日　晴。午前在家点史，倍书，修书。筠仙来，言选诗事。午携懿至馆，看栽桃。写字，讲《鉴》未半。出，至家，携真、懿、健孙同游花局，还宿家中。

廿日　大雨。在家课读，兼点史，修书，舁至城隍祠，素蕉设斋，僧俗八人，稺、郢、幼梅、笠、体、玉泉僧。唱曲，至酉散。答诣少云，忌辰，宴客，不入。至馆已夜，舁还。

廿一日　阴晴。晨起将还乡侍祠。舁夫无饭，辰正乃行。渡湘循靳，六十里宿烧塘。

廿二日　晴。早行，十里至道林，取别道问大托营，过许桥至祠。族人半集，待至夕乃毕至。微雨渐大，至夜倾盆。映梅父不能养儿妇，诺为代养之。梅宇族子捐廿金助埽墓公费，号为挂通山。迪子开捐，余助十金。

廿三日　乙未。雨。晨起待事，附近者犹未至。辰初行礼，令桂六主祭，余与石山分献，皆族望也。巳初会食，凡十六桌，而佃户、轿工有八桌，至者不过四十人，小儿有十余，行礼殊草草。午初，石山、绂子要至李弯看地，主人崔姓，小坐出。与石山同至棋头，分道取山径至妻家吊外舅。夜至，戌宿内厢。

廿四日　晴。昨日夜大雨，以为当雨行，及明而霁。又欲早行，妇翁留饭，不忍拂老人意，至巳乃发，以为必不能至，急行到观音港，始晡耳。舁夫请坐船，正欲乘涨泛湘，即从其请，登舟瞬息而至，卅里未半时也。登岸五里，乃去半时，到家酉初耳。略理学课，点史，未修书。

廿五日　晴。点史，倍书二本。朝食后待街潦，向午乃携懿、纨、真及两孙步至馆，遇见郎，示所上张之洞书，同坐浩园海棠前片时。功、舆上墓，乃还馆课读。殷生来。看近人诗五本。晡后看写字毕，未倍书，急还，课茙女书字，亦未毕，夜矣。访筠仙，云方打坐。至馆，补写日记，看抄报，作《志传》。

廿六日　晴。点史，看诗，倍书，写字，毕。夕食，周荔樵来，言修书必须要钱，不能白效劳云云。还家课字，点史，至夜打牌，二更还馆修书。闻子规。得岳森书。

廿七日　晴。写书眉毕。郭人亮来，谈武壮公遗事，娓娓可听。点史，看诗，共十三本。倍书二本，补阙课字，仍改文二篇，遂暮，携懿还。夜雨。作笛仙墓志，点史。

廿八日　雨寒。设斋，请七僧不至，唯两人至。又久待镜初至，将夕乃来。馔具草草，谈亦不甚畅。斋罢，作《志传》，课诸女书，与书彭丽翁。

廿九日　晴。至馆点史，倍书，看诗。闻湘抚督闽浙，王赓虞仍来抚湘，前欲其去，今欲其来，非独人材愈难，亦阅历渐增也。

三　月

三月壬子朔　晴。点史，倍书，看诗，讲《鉴》未毕，还家课读。仍还馆，作《志传》。

二日　晴。点史，倍书未毕，稺衡来，守等改寿文。萧希鲁颇有才名，文乃不成片段，全无理路，竟不能改也。商农来。午回家，因携懿俱，看写字，作《志传》。

三日　阴。出城往碧湖，携舆、懿从，至门而雨，立罗妪檐下，不胜今昔之感。雨少止，复前，至开福寺尚早，纨、真及两孙女、纯孙俱来看网鱼。顷之陈程初至，唯三人舁之，前后无从者，带勇官所罕也。寺僧俱出，稺衡、庄、但继至，李幼梅亦来。碧湖之游，未有若此少人者。午集酉散。大雨雷，俄顷而止，街池已溢矣。

四日　雨，午后少霁。湘孙十岁生朝，放学一日，功亦留家吃面。余未待，携真至馆。及门，轿辕绳散，欲步入，竟隔水不得入也。龙少舒来求铭碑。夜还家，吃面。作《志传》。

五日　晴。懿饭后，仍以道泥不入馆，倍书，写字，毕，余至馆已暮矣。点史，看诗五本。

六日　晴。写笛仙墓铭。点史，倍书未毕，舁出答访邹教官。过筠仙，方唱戏，未入。至家，遣送志石使道乡刻之。夜还馆，真从来。得衡州信。致晴生书。

七日　晴。道乡送志石来，已尽磨去，大似羲之门生文也，叹惋久之。朱耻江、黼堂、鸣之、黄郎、松甫、曾郎、礼初、道乡来。写字，倍书，讲《鉴》，点史，毕，还家课读。夜月微明。作《志传》，闻布谷子规，心凄怆欲伤，然无可语。过价藩少谈还，本欲久坐，不乐，遂寝。

八日　阴。晨至馆，点史，倍书，看字，讲《鉴》。待饭未至，还家已饭后矣。看字，点书未毕，雨至。舁至筠仙家看戏，熟人多在。与熊、谭、罗、杨同坐，陪孙春皋，未二更客散。轿夫拥挤，步出不得镫，暗行还，未上楼即寝。朱翁送花四种。今日己未，谷雨。牡丹无花。

九日　雨寒。留家，写信一封，复梁少木，又作寿诗二首。夕食，先还馆，点史，倍书，夜作《志传》。与丁世兄秉卿问恒少庭子侄名字，皆以宝氏。而恒镇如子名巽字子申；少庭长谦，地山；次丰，子年。有干馆三千金。

十日　晴。作《志传》，还家乃点史，看诗，似又较快，盖人心好异，功夫贵提撕也。懿亦从还。

十一日　晴煊。晨还馆，甫理《志传》，陈处遣告开福之集，云但、庄已先至矣。步往，果然。幼梅亦在，春阴甚丽，又步至龙祠啜茗乃散。未携《金史》，但看湘诗，罗小溪竟亦不凡，自胜诸劳。以天将雨，召诸子还侍祠。

十二日　阴。县中送刻志钱廿万。曾祖妣生辰，设荐，馂毕，还馆。作传，点史，倍书，讲《鉴》，看字。真女及两孙从来，欲送之还，俄而大雨，夜雷电。看诗五本，日课罕能周遍，今日差为如额。

十三日　晴。晨写笛仙墓志，不如意。价藩来。朱家催客，出小吴门，往则熊、郭、陶、小及雨田兄弟方衣冠围坐，顷之，右梅、鸣之、曹铭之来，乃更衣过右园，周吟樵、俞鹤皋、余尧衢、朱婿、王石丞、周荔樵续至，设三席，申正散。还家。夜雨。

十四日　雨。朝食时，舁至馆。刘生往笛仙家代馆去。点史，作传，倍书，看字，讲《鉴》。午后雨甚，遂不能还。点书，看字，选诗。得京中公信，言名宦事。

十五日　阴。点史，倍书，作传。夕食后出，泥不可步，待轿，至夜乃来。还，点书，看字，毕，已夜矣。坐楼上看诗，点史，遂至鸡鸣。

十六日　晴，时欲雨。舁至馆，倍书，看字，作传，以昨稍劳，遂未点勘。夕还，已不辨笔画，看字两行，又不欲待茙课毕，即径还。作传。微寒，早寝。

十七日　晴煊。写涂寿序，又待洗菜毕乃出。答拜文廷式、周给事、殷竹伍、潘营官才福、曾礼初、王石丞，至少村处会饮。周给事、张厘员、李子静先在，余尚以为来早，乃已迟矣。无聊应酬，殊无真意。王养丞县丞颐安，复得相见，鼎丞弟也。

十八日　晴。王县丞来。点史，倍书，看字，毕，还家课读。大雨，因与诸儿女夜食，遂留看斗牌。

十九日　晴。路干，步至馆，点史，倍书，修志。未还家。

廿日　复雨。舁出，答访张、王，因至重伯家，会梁星海、文道溪、陈子俊、伯严、顺孙，看饮酒杂谈。还家，看写字。夜得重伯片，言文道溪无礼，众皆不然之，未知何故。书生聚会，意气相陵，牵率老夫。责人正礼，徒示我不广也。既欲泯其迹，遂不复问。畯五来。

廿一日　雨。一日在家课读。绂子及晟子来，言田事，约往看之。芟草移花，芍药盛开，聊缀春景。夜还馆，看字，点史，余未及理。公呈请建裕余山专祠，徇长善请也。文孝廉为使裕子孙能重此事，犹有古风。陈子濬来，言文以余言与醇王倡和，疑其讥己，故盛气相陵，若是则余戏谑之过也。但余意初非谑之，谈中其隐故耳。此与对俞鹤皋言下四先生事同，皆多言之咎，非轻言之过。

廿二日　雨阴。撍子复偕一人来荐田，遂亦留之同去。城步戴生署善化训导来访，与邓子石相好而稳秀过之。午还家，纷纭，殊不欲去，将夕乃行。过陈子，告以当去，恐文、梁来而不见，疑我拒之也。长者为行不使人疑，此正不可不检点。陈出，罗在，遂入见告之。出草潮门，登舟已暮，夜行，未至昭山，风息遂泊。杨事晓父子操舟，空仓居我，给事甚周。

廿三日　雨。大水。至县城外已向午，停九总。遣撍去，留绂、日同往黄泥塘。云隔水宜船，至沙弯，呼云湖拨来，仅容一褥地，余据之，二子无被。以为即日到，及行甚迟，雨又大至，泊落笔渡，云明正德微行落笔处也。夜寒，数被日成唤醒。

廿四日　雨。晨至姜畲，步至乾元美，辅、迪二子已朝食矣。小坐，唤轿，绂、日步从。大雨，又寒泥，行甚困。至黄泥，田在山阪间，不可卜宅，遂投干湖塘晟子家宿焉。晟子苦贫，其母尚在，亦甚供给。舁夫一人逃去。

廿五日　丙子，立夏。雨。谚云："立夏无雨，退田还主。"农占宜立夏雨也。朝食后复同往六塘冲、东坤，俱不甚合意。中人来追还，云便湖可买，退圃旧宅也，曾伯王父之居，意欲收回，欣然还干塘。饭后往看之，屋大房小不可居，地形亦不甚周正。惟印心弯宅树尚茂，庞农正富，不可得也。废然而返。复居日子家，中人时时来谈。

廿六日　雨。当还姜畲，来路已隔水，乃复至灵官庙，坐拨子径下，舁夫闲坐而已，以悔逃者。昨夜忽思看开枝，故为此行。泊云湖桥，开枝病少愈，言近地有田半顷可买，留饭，往看，遣其从子从去。至石泥塘稍下，地虽人坡坎，而外局甚宽，三年卜葬不得，勉就居之，其外谷湖塘公山也。且俟券成再议，令报开枝，使成契，欣然而还。计自前年至今，疲于求问，无意得此，或有缘也。越山至南柏塘下船，午至姜畲少停，迪子来船，数语而别。从袁溪及樟树港皆有涟浦，水涨则通雨湖，不复由涟口入湘。水行甚急，计四时游三处，至城始夜耳。宿英子家，遣招石山、子筠来谈。

廿七日　雨。唐春湖招饮，并约杨梅生来。梅云谷氏田亦就，我答以俟秋。饭后舁至观湘门，划子不肯唤船，往还三次。复至梅宅看舅母、内侄，借四版送上郴船。坐客杂遝，余坐外仓船头，船人又恐慢客，殷勤相礼，复不堪其扰，勉入少坐，啜茗。竟日斜风细雨，折戗而行，到城犹未暮。既舍舁被，自携《志》稿，背水二渡，入大西门，从盐署呼轿还家，喜可知矣，若再迟则无被无食，饥寒并至也。芍药盛开，病儿满屋，然皆非余子女，信药王之有种。夜与三女打掀。道上及到家皆每日打包，看志一二条，示不忘其事，殊未暇撰次。夜雨。

廿八日　晴，午后雨。舁入馆，二李、潘生来问河务。看京报，长善驻防杭州，桂亭遂死，可愕也。倍书，看字，点史，作《志传》，如额。

廿九日　雨。七女病甚，请吕生往诊之。晡后还家，倍书，看字，点史，看诗。大雨竟夜。

晦日　雨。佣工不能舁，更呼夫力，舁至馆。倍书，看字，讲《鉴》，已暮矣。因留馆宿。作志。

四　月

四月壬午朔　晴。作《志传》，倍书，讲《鉴》，看字。晚步还家，倍书，看字，点史，打牌。

二日　晴。晨至馆，粗可步，倍书未毕，子瑞、蓬海来。罗君甫及两刘生复来。讲生请看科举文，遂未毕课，客去补完，已向暮。还家上镫矣。但看字，未倍书，夜看诗，未点史。理卷稿，始毕八卷，余诸财主无可安插。

三日　晴。步至馆。郭见郎已来辞行往南海，彭聪郎亦来久坐，何棠孙来。客去乃倍书，看字，讲史。阅馆生试文，无合式者。龙氏三郎来，催济生墓碑。周生来问书。拓笛仙志石。余愔复来接诗本。可谓事多。夕还家，倍书，看字，毕，点史半本。

四日　阴。煮豆，点书。朝食后舁出，答访曹副将，过�仙谈河决，至熊叟寓打诗牌，陈、王、周、俞诸少年集字、下棋，云昆子谈蜀事。半食，辞出，答访戴训导。至刘总兵处，黼堂、石丞、德生、雁峰先在，�仙后至，吃熊掌、烧猪，雨至舁还馆。

五日　大雨竟日。倍书，看字，讲《鉴》，作《志传》，毕。待舁夫，参差往来，至夕乃归。倍书，看字，看《诗》，点史，坐至四更，登楼看彗，未见。

六日　晴。作书复周云昆、吴少芝。点书毕。朝食后又少坐，乃至馆。倍书未毕，李雨人来看字，讲《鉴》。看胡婿所作小学书，说“医”“酏”为一字甚佳，余皆不免敷衍其说。转注为字属，亦与转字不合，转注定当以有声为说，方有眉目也。留馆宿。

七日　晴。《志传》始有头绪，与刘生对姓名，作一目录。竹伍来，言洲地已不能争，退财呕气，颜色甚沮。吾无以劝之，惟引之于古人，竹翁意似不然。倍书，看字，讲《鉴》，毕，还家，看字，倍书，点《金史》，毕一本。

八日　晴热。晨至馆倍书，看字，清理新送各条，校对入志。午后还，楼不可坐，在东斋亦有日光，初入四月，炎气逼人，可怪也。夜月，无事，方须小愒，忽有来催客者，云客待久矣。初闻刘家请，以为丧家套礼，置弗之，省及再至，乃知曾诺刘即用便饭，荒忽如此，极为惭惶，步月赴之，周、朱、崔坐久，俱仿佛如梦也。二更后舁还。

九日 晴，愈热。朝食后往刘家陪吊。院司已行礼去，唯陪客徐、陈、谭、李、郭、陈、俞。方早饭，笏山已至，入见，略谈出。至客坐，客无至者，诸人纷纷去，余独与笏山谈。一日陪客三人耳，一王一徐一程也。丁次谷便衣来，饭后与程伯汉同出，还馆大睡，苎衣流汗。陕西、江西二藩均被考，尚未知何人代之。

十日 辛卯，小满。热。倍书，讲《鉴》，看字，毕，回家夕食。笏山约来，草馔待之，妇女失指，误送学馆，可笑也，因未食。戌初大风起，吹楼欲倒，书籍尽湿，竟不能料理，匿房中，久之稍定，已初更。笏山来，论丁文诚好名可哀。观其意自命传人，尚不知去文诚几劫，吁可怪也，此等皆缙绅之妖。嘿然未答。舆、懿还家。

十一日 寒，风，晴。朝食后至馆，因过研仙看其铺设续娶。理《志》稿，前稿已为功儿送入鼠穴矣。思桂阳怒云之事，判若两人，今则默然而已，此乃老顽，非和平也。然爱子不如妾，故亦不怒，非强制也。

十二日 晴。倍书，讲《鉴》，看字。午后还家，点书，点史，夜还馆，斋夫高八来。阅浏阳卷，日十本。

十三日 晴。倍书，理《志》稿。看舆儿论笔纵横，不知谁所代作，抑由抄袭，且置不问，所谓贤愚不絓怀耳。午还，点书，讲高宗肜日，为私尊其父，以昵证艺，似为佳说。

十四日 晴。纨女十岁，放学一日。熊鹤翁来劝捐。汪纬斋来谈，归半年，别十年矣，始得相见。皮麓云与黄子来言闽事。

纷纭半日，本欲偷闲，又复对客，可笑也。

十五日　晴。素食。点史半本。诸儿均还待，祖妣忌日，设奠事毕。余久怠事，因还馆。

十六日　雨。倍书，看字，讲《鉴》，理表，毕，舁出贺曾理初取妇。新妇未至，与介石、筠仙略谈。重伯留，复坐待亲迎者，前马先还乃出。雨稍止，还家点书，点史，未阅卷。

十七日　晴。晨起龙八来，言孺人已至，遣迎之船。顷之与复女俱归，言桐生未葬，遣呼三儿还，唯长者至。余因还馆，毕日课，理《志传》《表》。夜早眠。遣三、四儿还家。

十八日　晴热。馆课毕，周荔樵来，取抄诗去。黼堂来，久谈耆、恽事。理殉城百十三人名业，初欲为表，继思当为传，仍未能定。晡后还家，点书毕，无事少坐下，宿后房。

十九日　晴。晨还馆，倍书，看字，讲《鉴》，毕，未及作他事，但阅浏阳课卷，毕已夕食矣。当还而懒行，罗少耕弟来见。舁至家，窊女还，遂留家宿。二更后倦眠，闻雨。

廿日　雨，仍煊。坐楼上，写册页一条。舁夫促行，遂至馆。点史，理《志》稿，倍书，看字，讲《鉴》。狗儿读《士冠》毕，携还，浣濯。点书未毕，雨至，遂留，点史一卷。刘即用来。

廿一日　晴阴。作书寄蘧庵、锡侯，交王县丞带蜀，因答二周，送王，均不入。还馆，倍书，看字，讲《鉴》，理《志》稿，看诗。三台为谒者、御史、尚书，今通政、都察、军机也。自来含胡，因讲芝麻鉴，乃分别之。留馆宿。

廿二日　晴煊。要刘兰生清采访新条，补一二传。看字讲《鉴》时，倦欲眠矣。夕食后还家，欲看字、点书，镜初来久谈。

意欲以“杞[①]子伯”为“杞子伯”，发绌杞之例，以后则或伯或子，分承两大股。其说亦新奇可喜，但除“郑伯男”外，无可证左，恐不足据耳。同过价藩，夜还家点史。

廿三日　阴，午雨。早闻莲弟回，问之未至，已而乃还。余每小事能先知，不知所以然。见肇甫书，送礼颇依京官门生礼。还馆，倍书不熟，看字，讲《鉴》。作龙济生墓志竟成，亦一奇也。北风甚寒，薄暮舁还，风吹轿顶飞去，仅乃至家。点书，点史，夜早眠。

廿四日　晴凉。晨携真女至馆早饭，写墓志稿。懿疾还家，余亦至家。少坐出城，饭于开福，南瓜不至，自、静、度三僧及二曹同谈半日，看湖边水田。苏彬自广州还，略问孝达事，大概闭阁自用，云将军、巡抚俱避其锋，似胜卞生也。

廿五日　晴。陈郎兆葵、复心。宋生芸岩。两吉士来，与久谈。夏生彝恂间至，似不能安坐者，未便问之。懿仍未上学，讲《鉴》毕，理《志》稿数条。张、许、刘三客并去，遂还家夕食。倍书，点史。

廿六日　阴。晨凉，步至馆。芸子来。梅生来，谈竟日，大约杂问别后事，无关键语。食韭饼甚佳，舆亦告归。功与芸、雪俱出访客，独坐待夕。

廿七日　雨凉。与芸子谈书院事，午间芸子辞行，雪、功出送。懿未来，余亦还，点《金史》。比三日未作事，今年颇倦学，非佳兆也。夜卧楼上，无人过问。刘少臣来，谈琼州。

廿八日　晴。携真入馆，朝食后出，答访陈吉士、王国椿、鼎之从父。梅生，过镜初、蓬海。出城看宋，船已开去矣。至程初处

① “杞”，应为“纪”之误。

补祝，设二席，仅七客，唐、王、陶少云、萧叔衡、朱文通、易瓒舟、李幼梅，落落晨星，戏筵一乐，夜分乃归，早寝。

廿九日　晴。早起登楼，点《金史》毕，计百廿日，得廿四本，五日始得一本，比廿年前减半功。

晦日　晴。抄《志表》。筠仙、监院来，言选诗事。夕食后还家。

五　月

五月壬子朔　晴热。馆生散学，来辞者十二人。始补《春秋表》。来者刻工六人，吕生专其校雠，余心懒，未暇理也。倍书一本，抄《志表》。云南考官庞鸿文、黄桂清，贵州蒯光典、赵亮熙。

二日　晴热。还家。倍书二本。热甚，不能食。

三日　晴。愈热，看暑针不至九十分，烦闷似大暑时。夜步还，仍返馆。罗顺循来，言保安捐流弊无穷，此蜀省例，湘省不必仿效，亦犹钱调甫以东道例例之西道，反大为行李之累，为政者不可不知地俗，况古今异宜乎？连日均逃暑，静卧不事，五十余年所无，亦可为异也。复还家，夜热而起。

四日　阴凉。留家，未入馆，节债寥寥，稍为容与。曾重伯来。

五日节　骤大风寒雨，意萧萧似深秋，亦一异也。要吕生来过节。午祀三祀、三庙，贺节。杨、彭来，旋去。诸女斗牌。黄郎兄弟来。未陪客，亦为简率，人欲暇逸殊不易，正似明武[①]、熹

① “武”，原误作“毅”。按下文，“刘”为刘瑾，明武宗时太监。“魏”为魏忠贤，明熹宗时太监。“毅”为崇祯朱由检庙号。

偷闲，委政刘、魏，非所恤耳。古人酬酢有时，故无此劳。夜至鸡鸣乃寝，孺人坚辞就侧榻，令我不安，然无容席地，使半山犹存，更不知作何安顿。又不知《螽斯》百男者，亦能居环堵否。罗研翁复当作何节减之。

六日　晴凉。入馆，倍书，讲《鉴》，未作他事。夜雨。

七日　热。朝食时还家致斋，竟日坐楼上，唯看《八代诗》五言八卷。以吕生请定宗派，略分宽、劲二种，大要成局度者为宽。

八日　己未。礿祭祖庙。晴热雨汗，巳初成礼，始馂。午后招吕、夏两生更馂，鲥已不鲜矣。此日热蒸，为自来所无，意似伏暑土润时。待胡生来见，方知前送茶树者为胡虞生字象贤，即郴客也。无可位置，许为致书江汉关道江蓉舫。今日本请纬斋，客欲改明日，归馆后复令家人办具。

九日　晴热。倍书，讲《鉴》，看字，毕，还家待客。皮麓云已至，热甚，具浴，乃出谈。纬斋、陈伯严继至，夕散，送客步出至又一村还。

十日　晴。写联屏十数纸。涂稺衡、张雨珊来。午出城，答访王鼎丞，见其二妾，谈山西分银事，然后知曾沅甫辈真劫盗也。过周荔樵，还馆，步至陈伯严处，熊鹤村、王石丞先在，筠仙、杜仲丹继至，会饮。谈金同知欧杀卖饼儿，城中官张皇支吾，殊出情理之外。戌散，还家。今日滋女生日，斗牌。作书与江蓉舫。

十一日　晴。朝食后还馆，倍书，看字，讲《鉴》。吕生戒行，为谋资用。过心安处久谈。昨代人作其寿序，询知曾至闽也。日长心杂，聊寻笠云闲话。吕生、功儿校刻《春秋表》成，刷四本。夕食后还家，真女相随不肯离，坐楼上久之，雨至乃下。熊妪复上收衣，待其下复上，醴面乘凉，还寝。

十二日　癸亥，夏至。晨起召三儿均还家，待送吕生，即同朝食。雨大至，吕生欲自馆所行，复还送之，客去大睡。稍理《志》稿，检《谥法考》，求县人死兵赐谥者不得，乃知原稿亦曾检阅，尚称能搜采者。夜坐甚凉，而蚊多不可镫，坐，略翻诗本。作书寄罗总兵、曾昭吉。广东考官恽彦彬、褚成博，广西王祖光、崔永安，福建黄体芳、吕佩芬。

十三日　阴。废事已一月矣，重定工课，每日仍作《史赞》，点《元史》，教书。以今日忌日，俟明日行之，但倍书，看字，听讲《鉴》。午正还家，设奠祖考，三儿俱归。至夜吕生来，云船尚未至。留谈，雨至，吕至馆宿。

十四日　雨。竟日在家课读，过午乃还馆，点史，补赞，倍书，听讲，看字，修志，俱毕。夕过雨珊，又要笠、稺来谈。

十五日　阴凉。见日晨起，遣吕登舟。功送其外姑安葬，舆送吕，留懿自侍，读《成公》至半日，晡后乃倍书，讲《鉴》，写字。余点史，补赞，作志成，还家课读。

十六日　晴凉。至馆，日课均如额。又增校《志》稿，看课卷十本。还家已夕。但倍三女书，未点书也。稷初来，商农来。

十七日　晴凉。绂、晟子来，云欲至江南，求信与凌善人。石山、桂六弟父子来。一日五族并集，亦极盛也，但无考生耳。日课半毕，未还家，石、桂留宿斋中。看课卷。

十八日　晴凉。三湘潭人为志事来。心安来。未及点史，懿疾亦未倍书，甫用两日功，又懈矣。还家晡食，倍书，点书。夜坐庭中纳凉，颇伤岑寂，听雨。

十九日　阴。石、桂来告去。放学一日，出游至城外，入小西门，过镜初、重伯遐龄庵，坐雨，洪井待路干。复至玉泉山看烧香，误以观音斋日也，还乃觉焉。夕寐馆中。袁绶愚来谈。

廿日　雨凉。功儿生日，令其两弟还家，因免送饭。异过贺心安生，便坐楼上看课卷，兼寐愒，斗牌，闲坐闲行。镜初来，言“宣、成兄弟”当改为“文、宣兄弟”。

廿一日　晨起还馆，点史，补赞，讲《鉴》，作志，校稿，并大睡久之。未夕便睡，遂不更起。

廿二日　晴。点史，补赞，讲《鉴》，修志，早毕。午饥，还家索食，已过晡矣。今日复女生日，设汤饼，因待至夜烧鸭具面，妻女斗牌。三更大雨，登楼看课卷数本。茙亦病。湖南考官陈懋侯、冯煦，四川张百熙、赵以炯，甘肃孔祥霖、周克宽。

廿三日　晴。早起，登楼乘凉，复睡。向午点书毕，还馆，点史，补赞，校志。

廿四日　阴，有雨。点史，补赞，讲《鉴》未毕，王石丞来。筠仙送《省志》，作公书。因览近年保举得官人姓名，亦不甚多也。步至家，待舁，携真出城，至毛桥，水已漫矣。乘四版入开福寺门，郭、李、曹、易、朱、饶、李均先至，陈、严后至，荷花已开，甄远云已食新莲子矣。席散，雨至，顷之止，还家大雨。看课卷毕。

廿五日　雨。舁入馆早饭，点史，补赞，讲《鉴》。大睡。王理安自江阴来，志正纠纷，得之甚喜，请其入馆，云待明日。夜理课卷，蚊扰复罢。

廿六日　大雨。点史，元钞价，一定可买米三石，四定值一女。补赞，理《志》稿。君孺来。午饭后看字，讲《鉴》，倍书。当还家，功儿先去，遂不能出。夜与君孺谈。

廿七日　晴。点史，补赞，理《列女表》，兼作传。午后伯严来约，同至王石丞处会食。余先往，林弟、曾郎先在，陈、周、蒋后至。蒋言私和人命事，出钱卌万。前筠仙讳言之，不知何故。诪张为幻，一至此耶？亥散。

廿八日　晴。午始还馆。筠仙来，言主考已知名矣。雨珊来，言邪说复劾李联英。君孺夜谈诗。得戴女书。

廿九日　晴，风凉。昨报次妇疾，还，作书复戴女，并请曾昭吉访其婿何如人。与书张冶秋，调入书院，兼赠廿金，了帉债也。发浏阳课卷去。①

六　月

六月廿三日②　晴凉。晨待砌缺。恂乘舁，扇障面先入缺。请助修《志表》。始上馆缺。佳，为加一饭。点史，补赞。刻工要钱，复与一千。黄郎来，送银六十两，云助修作。谭心可则六万皆不当受者。得竹伍唁书。外舅遣人来看，手书详虑，真同戚者。晡后大雷雨。

廿四日　晴凉。点史，倍书，讲《鉴》，毕，至家看间墙，令改短前后，以便升降。余作一堂，匠人皆不识其制，累说不明，习惯难悟如此。晡后硬雨数点。

廿五日　晴。点史，倍书，讲《鉴》。不理志事者十余日矣，唯闲以消夏，极为怠弛。得吕生宜昌书，凡行两旬始到。

廿六日　昨暮雨，晓晴。点史，补赞，倍书，讲《鉴》。郭郎来。杜生恐空馆，且谋代者。一小馆动有议论，可叹也。《元史·本纪》竟无一事，虽赏金一两亦记之。宋濂等真盗臣也，然犹不免死，知盗固难媚耳，抑不知濂识止此，故不能清析耶？

廿七日　晴。点史，倍书，讲《鉴》。往欲考六州胡未得，大约在《突厥传》。写对一幅，书法颇佳。晚过郭、陈郎，兼至家一

---

① 原刊本至本日为止，缺本年六月初一起至十二月除夕止共七个月。

② 自六月廿三日至十二月除夕日记，原刊本佚，据残抄本补。

看。罗抵甥来。

廿八日　晴。补赞，点史，倍书，讲《鉴》。留张通典食瓜，因论瓜事，及近城中疫气，日有死者。又闻邓郎见鬼攀辕，此鬼殊鹘突。善化训导来。熊妪去。

廿九日　晴。点史，倍书，讲《鉴》。儿妇性强很，其行事出情理外，少壮时以为在我所驭也，及老方知堕其术矣。往说女子远近俱不可养，然则无法制之，此言非是，知其不可远近则能养矣。小人亦然，小人即民庶，非驱走细人。天下有此二种人，日与我相接而费调御者。又有三种人不可理喻者：一官人，一儒生，一商贾。然则君子诚孤立。又读书当须阅历，亦非少壮便能明礼。古人所以三十而娶，至三十时即陷溺，不过十年已悟矣。彼根未固，权未久，较易制也。舆问《纵囚论》是非，余云此小人好议论之文，雅所不喜。凡古事已行，无可论。纵囚事尤不能踵行，何必论之？夜热。

晦日　庚戌，三伏，立秋。晨未起，朱文通来寻，三人皆未起也。点史，倍书，理《志》稿。雨凉。还宿楼上，过心安谈。

七　月

七月辛亥朔　晨凉，步还。外舅、十三弟、常晴生、四老少并寄书来。常报珰生一女。点史，倍书，讲《鉴》，校刻《志》稿，颇患不给。见郎来，同出过筠仙、周学处小坐。

二日　凉雨，顿秋。校志甚繁，无暇赏也。数十年但劳于烟墨，亦与簿书期乞何异。复外舅书，言谭、张印卷事。夕过浩园，池水清冷，满眼秋色，斜风吹雨，凄然而返。熊鹤翁昨送诗来，即和之，而来不已，真健者也。始宿内房，密帐犹有凉风，夜起寻被。

三日　阴。《县志·官师》始成定稿，失去明表，几不知其头绪，补亡不易也。儿女均往家中看上梁。龚云浦、周笠西、李幼梅来。夜□□王文烨、王文若。《元史》。

四日　阴。倍书，点书，并补昨日课。以思住宅狭小，家人龃龉，儿妇懈惰，宜乘此焚荡分居。且妻性刚褊，又惯专断，令从子居，乃知艰难也。吾向未了家事，将自此节之，庶合遇灾修省之道，亦欲以佚老，此二义又相反，未知得通否。《金史赞》极难理。至顺二年五月，诏以湘潭州民户四万奉明宗幄殿。元制，诸帝后崩后各为宫，分主其幄殿。后薨，妃嫔迭[1]，初称某宗皇后。元年敕：累朝宫分，官署文移无得称皇后，止称某位下娘子。脱忽思娘子继主明宗幄殿，赐户四万，为汤沐。亨忠毅悫。张知大节，不慕攀龙。阎称法祖。彦通强敏，见谓疏庸。俨黠为公，构刚于静。刘、张来相唁。

五日　凉，大雨。涂、黄从乡间来。�仙来，言傅家事。舁出，答龚、周。过家看工，便访谭、曹不遇，雨如竖竹，因过见郎而还。道上频遇塞会，官民无耻，复为此戏，非佳事也。点史，倍书，如额。

六日　午前晴。心可来，谈盐事，顷之澍雨。澍雨即所谓蹬竹篙雨，儿女均出看之。余独坐校志，为顾子立辉改课文，文已经斧，余又斧之。筠文殊不入题，但多道理耳。倍书，点史，如额。雨至夜不止，颇忧之。

七日　晴。午有硬雨，浓云已合，未澍耳。儿女均步出，奴僮潜去，唤人不得。出至藩后，遇塞神，迎之行，过街取便道还家，甫至大雨，厨房尚未架起。吴四老耶自安徽还二日遽死。校

①“迭”下应缺一字。

增《志传》，倍书，讲《鉴》。黼堂送陈抄石天际稿，仍前录也。侨寓离心，无心节物，夜唯食瓜一枚。山东考官盛昱、陈与冏，山西徐会澧、吴同中，河南长萃、刘名誉。

八日　晴。新谷已芽，赖有皎日。朝食后少睡，儿女喧起，携七小儿至家看会，步还。荔樵、石如来。罗君甫来。次妇回。夜讲《鉴》，点史。新月幽凄，正帅芳魂归夜也。

九日　晴。点史，倍书，讲《鉴》，毕，少睡。夕步至彭寓，答访石如不遇，即还。

十日　晴凉。熊鹤翁、杨梅舅、陆衡斋、雨珊、三馆徒、沙年侄来。沙送文石。点史，倍书。夕雨。苏四领银十两、钱五千。

十一日　晴凉。三伏遂过，实为多幸，秋热不能厉矣。办具纷纭，颇有清兴。秦县丞送礼，其弟昨信来有求，今信来复云有求，皆自以为豚蹄而不知其鸡米，吾家凤哥成例具在，令滋收之。陈伯严来，言袁守愚、郭庆藩俱大病垂危，余以为此两人皆不死者。黄河复故道，则余料事亦有差，信大道之不易言，而予智终不自绌，且记此验之。《元史·五行志》言：灾变至，修省者次也。又次则不知所以修，不知所以省。吾今被灾，而不知其故，殆又次之流耶？周次荣同年来。

十二日　晴。庀具辛勤，家人俱不暇给。午后过家中视新屋，仅创一堂地，犹未平也。独坐楼中，待仆从无至者，久之胡贵乃来，一人料检一室，移案安床，子夜方妥。少寐，莲弟又来送夜被、笼镫，直至床前，殊惊人也。

十三日　晴。待馈，晏起，三儿已先来，令还馆陪客，功儿点过堂去。午还，坐堂上，易六郎、段海侯来。甚有凉爽之气，将晡则热矣。家人以次毕至，菜筐复堕，重整斋豆，申正行礼，乃安神坐，事毕而馂，已夕矣。家人毕还，余乘月归。

十四日　晴。尹生高卿自秀山还邵阳，下湘来看，余问当干群官耶？答云不也。蜀士云好利，而余弟子宋、尹俱超然霞举，甚为可喜。留谈竟日。衡山刘拔贡来。《理安录》遗还，正值大雨，题为“鲁人为长府”，取长府棚也，而自居鲁人，似不合体。与对饭甚甘。

十五日　晴凉。遣船送尹生，因待其辞行未出。午间商农来，云李文恭妾死，长妇复丧，二日之间，疫气流行，甚可畏也。顷之高卿来辞行，促之去。将出吊幼梅，浓云殷雷，少卧遂寐，起已夕食，天亦未雨。步至李宅，主人未敛，亲者俱在堂下，握手而出。过子威，答访陆恒斋不遇，遇刘岳镇，复至南岳祠答刘，未归，诣汪纬斋不遇。寻阿弥街迷道，与僮相失，自问而得之。易郎已待于门，少谈，见王子，纵横大有武气。出过镜初，谈用钱事，不甚分明，盖犹公钱公用之义，非谋国如家者也。还过樊西，寻周次棠，已昏黑，不辨门径，乃还馆。

十六日　丙寅，处暑。晴。暑针仍将九十，而不觉热，此表不可信也。寻《志》稿发刻，大有增改，急切不能送去，挥汗草之。周荔樵、邓鸣之、傅竹淑、唐春湖之子相继来寻，心亦忙迫，然犹校定五十五页，乘日送交镜初，今年第一勤劳结实工夫也。晡后大雨，旋晴，甚热。

十七日　补改《志传》一篇，余请理安检点。今日反暇，为杨生改文数篇。商霖来，云已定馆舍矣。又云江生即解馆，则似太早。李溋初来，云其弟传稿太褒，恐为人笑，何其与沅甫异趣如此。倍书，讲《鉴》，点史。

十八日　晴。遣舆儿往看程生。倍书，点史，写扇，校《志》稿，讲《鉴》。欲出似雨，不果。

十九日　晴。邓沅郎来，致辛眉书，云弥、保皆不来。点史，校志，补赞，看近人诗。夕至徽馆访程生，遇二衡人，不甚识之。还见一人坐客坐，亦不识之，问之乃与祝甥偕来者，朱亭张生也。与祝甥略谈，即促之去。得镜初书，言吴雁洲禁小钱而徇其管家，致被反哄。宜令吴交出门客，以谢乡里。

廿日　晴热。正午往李宅陪吊客，客殊寥寥，与王石丞、黄碧之坚坐至申初，主人成服乃入吊。石丞去，余待轿夫，望之陪我，李、郭诸郎亦出，欲留饭，轿至乃得去。

廿一日　晴。晨出，欲访龚镇，云已出矣。遣招祝甥来。修表，补传，倍书，点史。夜复遣问龚镇，乃云手痛。营营青蝇，将何所止。还家督工，三女一孙侍行。暮雨。

廿二日　晴。祝甥来抄表。龚镇来。陈郎兆蠡、王莼甫、杨省吾来，言保安田事。午过龚，食蒸鸭，皮如纸而汤甚美，唯暑蒸饺则不对景。杨郎伯琇来。吴雁洲来，言禁小钱事，甚怨镜初避祸委咎。涂山客亦以曹氏害人，余与镜交廿年，固非流谤所能惑也。

廿三日　雨。价藩来，言面奉镜恉，其昨书言错误，余亦不信也。价藩方内人，其言必方之依。熊鹤翁来催捐桥钱。午出答访杨、陈、杨、王，还借李书，便看蓬疾。送《志》稿与镜初，问价言，果非镜意，庶几智者能止流言乎！方内外不相及，《齐物论》尽之，余之闻此，若蚊虻鹳雀之过乎前，镜初其犹有蓬之心也夫！还馆，正见家夔入院，城中耳目已异，匿名揭帖人可少安矣。有此等庸妄人，何怪王之自负。

廿四日　晴。将还宅，道湿未出，午乃率小儿女往督工。沈生萱甫来寻，与同还。邓氏女婿亦来，致弥之书。看辛眉所刻书至夜。夜热。

廿五日　晴热。倍书，讲《鉴》，点史，检《志》稿。采九、杨、程来，余仍踞厕，惊起覆畚，不修容之过，几同伯子牛马矣，无他故，贪自适意，不勉强耳。夕过筠仙，问昨访何事，云李中堂欲要至天津，托其代探去就耳。誉新抚有君子言。夜热妨眠。河臣遣戍，河果不南流也。

廿六日　晴。真女醒甚早，遂亦早起，除倍书外他无所作。与书少荃。前承寄声，未皇修慰。昨筠兄戍鼓来，问及龚总兵，亦言垂念之殷，具仰贤相照微，乔辈笃旧，感荷感荷！前访钤阶，非欲谋馆，诚以自食其力，不至饥寒，惟向老山居，欲营亭馆，思假在高之力，为集万金，承谕其俟充饶，自当待其优暇，此亦古今恒有之事，知明公不怪其赊。至于游履所经，瞻仁知止，更不必拘以事守，要之期月也。筠公不能达意，故以笺闻。又写扇一柄。出访采九，兼送卞抚，已驰去矣，可谓悻悻也。邓子连来。

廿七日　晴。陶虎臣来。亲故至省者渐集，分日燕食。午约陈郎澍甘、周郎雪池、易郎申甫、邓郎子沅、杨郎伯寿、程生、祝甥同饭，午集酉散。商农来。

廿八日　晴。海侯、子铨来寻君豫，云已去，上县矣。曾郎来，留朝食。谈王抚、成中书相好事。午间君豫还，言船须晚发，留谈半日。邓子竹来。雨珊来。营勇捉人事。杳量金提，玄羿不赀。总循异贯，员应分枝。懿铄为质，醇素用情。夜大雨。

廿九日　阴凉。步答陶虎臣，还，采九来。娥婿来，言有信还武冈，索书寄其叔父。冯絜卿二子来。与书辛眉。辛眉九兄先生亲家道席：秋期盛集，日企清尘。贤子来，得手书，乃知养道深居，殊无游兴。及观大著，心醉目营，四海比邻，又爽然也。孝达①钦迟高名，托诚羔雁，越行甚易，胡不往从？岂闻彼乖崖，托之惮发；或云天行见异，将俟来年。□□②顷为长李所邀，亦当北迈，预与君约，如两家子有与计偕者，便俱率领入京，借此将雏，成

① 原抄本“孝”字下漏一“达”字。孝达，张之洞字。据《王壬秋尺牍·致邓亲家》补。

② 信函中缺字为“闿运”自名。

其比翼，发皇耳目，开拓心胸，且自陶情，何须坐老乎？河不南徙，政自东传，颇引新机，洵讦且乐。否则蒲编斑管，日作生涯，揭晓①之后，再有续报。祝融之警，兆应旅人，或亦其祥耶？使还颇促，故不多及，专颂双祺。不具。□□②再拜。八月朔日。又与邓弥之书。弥之老兄亲家先生道席：久未相见，望因秋赋送考一晤谈，及闻贤子言留居不来，大失所望，采九亦为怏怏，后生固无论也。大寿礼应趋祝，仅以文代，乃又迟迟后期，不加责言，猥承奖借。功儿所书，弟初未检察，俱蒙许可，幸多矣，当遵谕庄书寄上也。思贤行所无事，殊愧素餐。明岁合肥见邀，若两家子弟同中，已约辛眉同送，借得游谈，老兄必亦欣然。舟车旅食之资，力能供给，知兄忧贫，聊欲图报，无烦计画矣。倘不果所愿，明年亦必谋一会。弟频有灾劫，占为奢僭之咎，然意兴不可减，或亦可厌胜耳。时事不及言，大要不必言。因便寄书，并颂欧婴百福。

八　月

八月庚辰朔　晴。点史，倍书，讲《鉴》，补《志》稿。邓郎子竹来送诗。夏生送《志》稿来，欲改未暇也。冯絜卿两子居园楼，当约一饭，宜先答访。至园中呼门不应，闻了哥声甚清脆，有念蜀游。顺天学政周德润，江苏杨颐，安徽钱，江西龙，浙江潘衍桐，福建乌拉布，湖北赵尚辅，湖南张亨嘉，河南陈瑞③莹，山东裕德，山西管廷鹗，陕西柯逢时，甘肃胡景桂，四川朱善祥，广东樊恭煦，广西黄煦，云南王丕釐，贵州陈荣昌。

二日　辛巳，白露，中。晴凉。杜贵墀仲丹来访，匆匆去。晨设荐先祖考。早饭甚晏，因便约客，段海侯辞不至。江生及程郎来。子连来甚早，坐两时许乃催去。采九、寄鸿、子竹先后来，

① 原抄本“揭”字下漏一“晓”字，据《王壬秋尺牍·致邓亲家》补。
② 缺字为“闿运”自名。
③“瑞”，应为“琇”之误。

兼约彝询，自啖甚多，犹未嗛，夜欲更饭，强节之。

三日 阴凉。点史，倍书，毕，过看新楼，极有意趣。便携真游李祠。还，江生父子来。船山院生旷、子敏。唐、凤韶、哲臣。冯、漱璞、廷耀。曾、嗣元、荣甲。邹士霖、桂森。夕见。夜复携儿女看新楼。

四日 晴。点史，未及倍书。马岱青、萧镜藻保臣。来。马午云、王鲁峰、许教官来。常晴生送土物，云患病不能应试。王谷生、黎保堂来，送志资，易银钱百一十元，未知曾十何意也。江生复来。彭石如、徐甥夕来。夜讲《鉴》。君豫自县来。有求名者，与书筠仙令求之。

五日 晴。衡、清生员罗、蓬仙。李翰卿。来，言程、杨欲要主衡学，以倡经业，且欲为造屋，似黎氏之于胡安国也。余欲居京辇，意不愿即往，终当一成之耳。点史，倍书。还家看屋，因过心安，言学使录送事。筠仙以余所求名条仍送心安，多此一转，因更增二名，与书送去。还至门，见踵门候见者，意必求送名也，问之果然，其人为易秉范，芸垓子也。�山大婿以外县旅生而结昏金刚，盖得军机之力。

六日 晴。晨起即欲看入帘，去早难待，便访黎、王，送真女还，仍过杨伯琇、翰琛斋、许心吾、邓七郎、张沅生、胡子正、李黼堂、郭、汪见安、判官庙江、程寓。还遇蓬道人来送考。将夜乃得食，食肉甚多。

七日 晴。晨率诸女还家，朝食后步出，答访邓子沅、常汉筠、杨少六，俱不遇。至邓子连处，子竹亦在，彼更引见同州张生及罗幼官。又至衡清馆答马午云，谒段海侯不遇，过陈郎澍甘、陈舫仙、文擅湖纬不遇。江生夜来。午夜胡贵唤办饭，笑其太早，因起送考，舁往步归。府学拥挤殊甚，寻胡郎不得，云已入矣。程、席亦不可见，乃还睡。

八日　晴。晏起，日高五丈矣。乃至贡院前一看。还，朝食毕，犹才点毕三学。巳正往宾兴馆会齐送考五六人，坐待一时许，往院坪中，方及浏阳，久之，令功儿暂还馆愒，君豫不肯，还坐，坐棚中。未正，湘潭开点，申初毕。肇甫相待久，倦欲眠，因息。顷之，肇甫去。夜讲《鉴》后携两子往待封门。初月飞光，人镫扰扰，太平景象也。三更始阖，又少坐乃寝。

九日　晴。验郎来，言芝生荐余主讲校经，余曰是增一重障碍耳，于公于私无与也。官人畏贫，故殷殷代谋，又不及黄晓岱望余登第之为雅切耳。闻芝生提学江西，湘使则张亨嘉，未见全单，得之和尚云。夜讲《鉴》。

十日　晴。晨起甚早。滋女小婢不可使，牵买[1]之，得十万钱，送助营建。郭庆子亦送三万，由雨珊致之，义不可受，势不可却也。倍书毕，出看放牌，拥挤多人，不似前时，接考者殆难辨识矣。靖港李新和相遇相揖。三牌后君豫还，未夕功儿亦出，文尚可中，诗则荒唐，以词章自命者乃至如此。午间罗郎来求书，自言其不轻索人书，意甚轻率，为作数语箴之。世族名家，或时贫素，当思自异于寒士。儒门素业，自有超俗之韵，固宜谦以接物，慎于发言。今有纨绔，轻简威仪，傲而对客，则人士切齿，童子匿笑。至于旧家子弟，率易轻脱，谬比于贫贱骄人，是自忘其尊贵也。人爵、天爵之说，矫世之激谈耳。使曰梁惠国主，孟子儒宗，相提并重，辱莫甚焉。而曰彼以其富，我以吾仁，何视仁如粟帛也。余起寒生，颉颃卿相，时有唐突，至今悔之，若稍有凭借，不至狂肆也。或借口矛盾，因分疏其流派也。以示后生。[2] 肇甫来，告去，兼引王言如同来，托为道地。今年题甚平板，未知作法。"君子笃于亲"一章。"诚之者，择善"二句。"千岁之日至"二句。"方召联翩赐圭卣"得"宣"字。"圭分桐

① "买"，应为"卖"之误。

② 此文疑有脱误。

叶赐，卣赍秬香传”，欲押一稳韵，难矣。夜月裴回，有伤往事。

十一日　晴。早饭颇晏，饭后即往举场送考，未午即入。诸女荐其生母，令作二椅披，久之不至，借用藏缎。承祭者生有八副，死无私服器，余之过也。然廿年蓄积，正不易复。八指僧自衡山来。江西客来寻肇甫。郭孙来相看，言语无纪，近清狂也。

十二日　晴热。校严、李诗。采九来，谈元江永昌之政。云顺宁有大蛇，身在城，头在西山，有疾风吹卷，飞出风檐。又言刘、潘、刘、杜、岑不能优劣。

十三日　晴热。放牌迟于常年。看经题，乃用伪古文《书》，招牌打尽矣，王君豫犹欲张毛帜，廖季平治《穀梁》类也。未便深言，又未知其诚否，然不敢戏谈，盖言经不可游移，守汉法也。筠仙来。邓鸣之闯然来。京报，价藩不堪造就，刘秉璋乃欲造人耶？可谓蝙蝠不自见。

十四日　阴。晨阴惧雨，送考未衣冠，因早还。彭石如来，正校志本，匆匆对之。采九又来，言谭心可盐行事，督销干没甚重。众营室粗完，自往泛扫，途遇雨珊，立语而别。至家阴雨，凉风酣眠，赏秋而不知其气悲也。润子叔缠皮，亦无如我何，但节账不了，心安又欲借钱，乃假开福捐项应之。

十五日　晨雨。晏起。陈程初来送原银，凡用共不过二百金，而诸事皆办，乃还馆，犹未朝食，何晏也。顷之三僧一涂来，已向午矣。议拜节宜还家，待夕食毕而去，携真、纯从，诸女续至，孺人复来，两子亦至，稍清书画，月上祀二祀、三庙毕，受贺，仍还馆看月，月朦胧。笠僧后邀至园桥，郑、涂同行，过张寓，兼邀二陈、文、夏同往，剥栗雪藕，无甚可谈，片时各散。入室少坐，已鸡鸣矣。八指来，问马先生，以题诗示之。

十六日　阴。质明放牌，客、儿俱未出。写对联两副。看京报，薛云阶主试顺天，正丁价藩不堪造就之时，当其撵薛拔丁，岂料有今日，升沉由命，非智力所及也。而刘督假子之势，轻易语言，亦丁有以招之矣。午后过屋，待妻妇移还，匠役纷纭，至暮乃能至，乘月还馆。

十七日　丙申，秋分节。晴。子连早来，留饭。徐甥来，遣觅船上湘，役使奔驰一日。功儿亦以考优投文，终日蒙营，两不相喻，殊可笑也。点史数页。采九来。

十八日　晴。晨起还家待荐祖妣，自辰将午，送馔乃至，行礼毕即还馆。发行李，遣人至城外启半山殡，先送灵舟，舟初舣驿步，便妇女近上，又恐日晚柩不得上，人使不足，往返迟误，仅而得办。理《志》稿，对杂客，疲矣。中间邓、胡两婿，程、杨二郎来，亦未暇深谈。夜为杨郎写扇一柄。

十九日　晴热。晨起检残稿交君豫，兼嘱夏生移入内斋撰成之。陈总兵请陪参将，欲辞之。闻龚镇不至，雨珊又来约，乃步往。烈日甚灼，至则更有一育婴委员，亦似红人。设食甚晏，散已未正。还家，正上梁竖柱，稍坐。梦缇欲送圹舟，待余轿往，复步还馆，余轿未至，别遣轿夫往，比余出城已夕矣，亦仅而济，匆忙可笑也。热不可被，终夜不掩，幸蚊少耳。

廿日　晴。晨未起，苏三来，莲弟留之作饭，因令襆被同去。巳初开行，祭川祇，发神福，微风挂戗，秋日极炎，暑针至九十度。补《金史赞》。儿女仍照常课，懿倍《定》《哀》，生，点赋四句，温赋四页，《诗》二页。纨、湘孙点书及《楚词》四句，温《礼记》《檀弓》。舆读《易》一卦，抄《诗》一页。茙无课。夜泊暮云司。

廿一日　晴热。晨点书毕待饭，未初至县，舣文昌阁，遣莲弟上岸寻石山，唤轿夫。顷之，船泊观湘门，石山已至，久之轿夫来，申初矣。永、云两孙，寿、狗父子来相看。石山换钱来，余匆匆即行，轿夫健疾，急行至姜畲，已暮，宿乾元，许、张来共饭。

廿二日　晴凉。晨起饭晏，行时已辰正矣。过茶亭，询四眯，已出。至戴湾六弟处，邀刘姑、倪表同去看屋，又度祠地，环石牛山塘而行。开枝饥疲，饭于四眯处，仍至云湖桥上倪店少坐。唤拨船，并载轿夫行。夕至姜畲，船未至，夜过乾元少坐。遣放轿夫，独坐船，下湘迎船。

廿三日　风凉。晨有雨，但卧听风波声，至袁家河乃起。省船尚泊涟口，至始朝食。理儿女书课，纨、懿、湘孙各倍《礼记》，点《礼记》。茙、舆倍《系词》，写字一张。舆讲《鉴》。余改阅刘儿《史论》，补赞一首。维明正色，举[①]白从容。阿哈专阃，用赗无终。琢支浚棣，纲策山东。弼讥后戚，东平圪墉。哈、希[②]、二张、大节、亨。邓俨、巨构、贺、扬[③]庭。阎、公贞。刘、仲[④]洙。杨伯元。列传卅五。二完颜苏色[⑤]、元奴。传卅六。安春[⑥]、贾、铉。二孙即康、铎。传卅七。孟、铸。宗、端修。二完颜、闾山、伯嘉。珠格[⑦]传卅八。张、炜。高、竑。李复亨。传卅九。承晖、布萨、田、琢。完颜、弼。蒙古纲传四十。[⑧] 大风，船不能发。

---

①“举”，原作“峰”，据《史赞》改。

②《金史·列传第三十五》无姓名曰“哈”“希”者，二字当有误，疑为裴满亨、斡勒忠。

③“扬”，原作“禓”，据《金史》校改。

④“仲”，原作“正”，据《金史》校改。

⑤“苏色”，《金史》作“撒速”。

⑥“安春”，《金史》作“按出”。

⑦“珠格”，《金史》作“朮虎”。

⑧ 按《金史》中，张炜、高竑、李复亨在《列传第三十八》，承晖、布萨在《列传第三十九》。此处卷数有误。

廿四日　阴晴。风愈壮，但气稍暖耳。船仍不发，督课，懿倍《檀弓》及余词，纨、湘倍《王制》，舆读《易》，日一卦，不能上口。抄书亦未送阅。夜讲《鉴》，补赞一首。

廿五日　阴。风止，行十余里，大舟胶不能进，因思庄子水小舟大之言，解人意智也。换坐拨船，顾一只，未正至姜畲，携四女至乾元，遣信至戴弯，顷之还船，送银箱于乾元。开行，帆风，以被为帆，亦芥舟之义。至湖江口，入云湖，石山必欲先往，命苏三子来报，云无屋可顿。今赁宅上塘，去此五里，薄暮，女口当急入宅，因令行李、二舟及子女先去，余留守柩。日暝，雨零风凉，颇增秋感。至乙夜，六弟两子来迎，步至上塘，自提镫行，不知南北，可二三里乃到田家，居旧宅，门窗仅存，如被乱后逃彭庄。儿女已澜漫睡，与石山同榻。

廿六日　晴。早起与石山步过云湖桥，至开枝家，冯甲总已先在，同早饭。与刘孟湘同步至曲尺塘公山庄屋，四兄又先在，顷之迪庭及其甥许生来，周行四塍看地。乡人舁柩者不合力，但怪柩重，数息乃至，除地为殡宫，毕涂之。许生设奠，未具食，仍还开枝所矣。食毕，开枝甚困，惫不能行，石山留诊方。余与迪、许、冯、刘同出，仍至曲尺塘，环山塘弯看田。迪、许还姜畲，刘还戴弯，冯送余还上塘，取捷，解袜涉水，几不能步，薄暮还家。静安弟自城来，言尹田亦失契，且言修谱事。上十七都有周璜者，倚富横行，捶死胡椒客。有四十八庄，庄置一棺，卒无以敛，乡人盛称之。且云璜弟玠亦恶，号周三、周四，其死也车裂以徇。未知何时人，或云乾隆中人，当取旧志考之。石山又言第二伯曾祖，神医也，治一妪哑证，不知主方，闻野鸡鸣，知其山多半夏，妪好食鸡心，因煮姜三斤，甘草一斤，取汁日饮而愈。又治厥死者，柴胡三斤浴之，顷之呻吟而起。年九十，悉召诸求医家，设酒谢之，遂不复出。余高祖六子，长退圃，好游乐，其子亦世其家。有木偶，复为妖，木马亦驰于楼，家骤落。次医，次讼，次即先曾祖，好诗酒书画树艺。次拳勇绝伦，手挽牛角，坠之田中，蹂禾稼成平土，至今号十八亩丘。次博，一家输九千谷，辄取其甥刘氏谷偿之，刘亦不问也。后子孙竟以此成隙。皆可纪载者。长居印心湾，次昂角塘，次莲花塘，次许家桥，五、六分居石牛塘故宅东西头，至同治初乃卖与雪师二百卌亩，价几万金，以为善价，其后平价，今又为巨价，不售矣。夜讲《鉴》。

廿七日　晴。早起，遣福生从石山去。苏三取箱回。乔子来，言殡已安厝，且论起屋。午略安顿，始令上学，舆读《讼》不熟，抄《大雅》，毕《乡饮》"每荐"。懿倍《曲礼》《易传》《尔雅》，抄《诗》至《苗黍·序》。湘孙疾，纨亦不读。夕出闲行，兼修礼邻农。有滕翁，年七十八，神貌正如我，而须更黑，奇健也，有曾孙矣。夜讲《鉴》。与熊妪语，愿人也，差能不欺，而众以为诈。凡人人不易知，妇女尤不易知，圣人亦以夷狄草木视耳。今日无报至，功儿必来耶？

廿八日　晴。晏起。补赞一首。程采世科。任熊祥老孝。范拱、刘豫文臣，直言守礼。刘枢、杨伯雄竟能臣。王翛阴德、老奸，极有风力。伯雄久于詹事。萧贡注《史记》。缔达赞善。张翰治剧。任天宠。"暴主乱朝，必有桢干。豫亮之廷，范刘文谏。雄达宫僚，张任谙练。翛称风力，采荣科选。"程、任、孔、范、二张、刘、王、杨、萧、温迪罕、任传四十三。张、贾、刘传四十四。珠格、高、任四十五。[①] 张、胥、侯、巴古拉、师传四十六。舆读《师》不熟，抄《诗·颂》

---

①"珠格"，《金史》作"朮虎"，在《列传第四十四》，"任"字衍。下句"张"指张行信，当在《列传第四十五》。

一页。懿温《诗》，倍《易》《尔雅》。纨读《礼器》毕。少春频欧。之美数家，讲陈龟鉴。资暇代言，洛城哭感。杨、赵、韩、冯、李、雷、程传四十八。玉璧渊震，俱起文科。半千震耀，威卿不阿。三子来借轿，云其父明当下县，与以十金，令买木料，起造祠堂。茂书不复成诵，未倍。夜讲《鉴》。实伦设义军长校，保太原。讹可守河中。撒合辇，深水长人，谄。河南强伸，赤身，迷魂墙。洛东渡河。约赫德战淮、汴者"卢鼓椎"，纥石烈即"卢"也，如冠九之宗祖。实伦、讹可、撒合辇、强伸、胡土、色埒吾塔列传第四十九。① 聂天骥、赤盏尉忻宜入《忠义传》，乃附崔立，可笑也。

廿九日 晴。补赞四首。兀典撤船，翻害李生。女欢吝酱，归德尸横。照碧运剑，差胜台城。庆山弃镇，死念生灵。徒单、石盏、蒲察、庆山奴传五十四。益都殉徐，死不改髻。亳军之乱，宾有深计。奴申完陈，聚为敌殪。乌登醉息②，柺栳歼蔡。與读《比》讲《鉴》，抄《礼》至"不崇酒"、《诗·维清》。懿倍《困》至《未济》，《释亲》至《丘》，抄《黍苗》三。纨倍《礼》并及《惜往日》各一篇。夜渐雨，园庭桂始开。一夜三起。

九　月

九月己酉朔　阴。补赞四首。與读《小畜》，讲《鉴》，抄《诗》《礼》"献大夫③"。懿读《王制》"封国"，倍《释山》至

---

①"实伦"，《金史》作"石伦"。"色埒吾塔"，《金史》作"纥石烈牙吾塔"。

②"乌登"二字当有误。据《金史·列传》卷五十七"醉息"为完颜娄室（中娄室、小娄室）等人事。

③"大夫"，原稿作"夰"，字书无其字，当是"大夫"二字之连写。"辩献大夫"，《仪礼·燕礼》文。

《木》,《易·谦》至《离》,抄《隰桑序》。纨点《郊特》。湘孙复病,请乡医诊之。谭翁来。夜雨。茙、懿字复无法,令各作一张,守而教之。

二日　微雨竟日。《金史赞》始毕,文颇稳称思,目则迟矣,此老少之别,无壮少之异也。舆读《履》,抄《天作》“献工”。懿倍《易》毕,《尔雅》毕,抄《隰桑》,倍《两都赋》,温《两京》。茙、懿各写字一张。纨温《老子》,点《橘颂》。李三自蔡家来,功儿附书,云考取林绶臣之下,可感也。始林授鸿甥读,功尚童稚,今得与同考,一可感。吾子乃不及林,又一可感。周提督送茶菊锦缎,兼以书来告到任。

三日　大雨。李三去,附书外舅,言居乡之意。竟日多卧少事。懿倍书、《诗》,抄《白华》,临帖。舆读《汰[①]》,抄《成命》,讲《鉴》。滋写屏幅一纸。

四日　壬子,寒露。晴。晨率舆、懿、纨、复、真往山塘,至桥西,开枝遣儿来迎,云已从姜畬朝食还家,田已兑价矣。因往剃发,剃工云三十年前曾为余栉,老病烟饮,不可录拔也。坐待地师,久不来,携两儿至山塘,绕从林后往,复从前还,仍至戴湾,三女已归。地师来,复同至山塘上屋后山看地定穴,便令择日。暮色已合,与两儿取大道还上塘,甚煊,可单衫耳。讲《鉴》毕,早眠。

五日　大雨。三子送葬日来,便在明夕,方督课,中心怆然,遂令儿女均废业。乔生偕木匠来。冯甲总复来。遣苏三往姜畬庀葬具,少定,儿子闲旷无事,仍令写字,余亦作《靖港楼记》一篇。

六日　晴。异携真女至山塘看茔地,掘圹才二尺许,石灰未

---

①“汰”,当即《易》之《泰》。前日懿读《覆》可证。

至，不可仿常法筑底法筑底。此间作圹皆和湿灰，云坚则成石椁，改葬曾见其坚固，亦姑听之。冯甲来助葬，开枝弟亦来，云石潭石灰甲湖南，岁可十万金，一石当三石，一斤值三钱，亦三倍常灰也。诸女续至，复衰裳往启殡。酉初倪地师来下柩，甚生疏，视之危惧。夜月照山，独往裴回，夜不可筑，因苫盖之。携五女宿庄舍。四兄、刘婿均来，夕去。

七日　晴。筑圹土工八人及冯、刘、四、六兄弟俱来饭，偕佃户姜姓母子料理。日烈不可督工，亦不能听督，任其用彼法作之。

八日　晴。议作丙舍，兼立祠堂，往周家量度规制，计费二百千，裁得三间屋，亦甚费也。开枝促成圹，未夕已封，在乡间为巨工矣。冯、刘亦来饭去。次妇来省。

九日　晨用少宰祭墓，大设四席，待工人久不至，自往茶亭请四兄还舍，迪亭亦来会。满绅来吊，唯持爆竹绕墓放之，亦乡俗也。至午方食，地师、木匠复至，迪亭两回皆步行廿余里，加厚于我者。议围山种椒，凡作土藩工百廿丈，费廿余千。种松十万，费十万钱。昔余欲横栽百万松，甫十中之一耳。未正五女往开枝家，余步还热甚，面黧黑矣。开枝遣舁来迎次妇、孙女去。夜讲《鉴》。张子持来久谈，悉问经学，亦有志之士，乙夜乃去，始复毕讲。欲作《后石泥塘行》，笔势多趋中晚唐，再改未纯古，夜思“掌”字韵起，乃稍机局，然欢愉难工，不及前作也。云湖水尽川原敞，高平十云烟如掌。置宅冯冈可万家，百年乔木葱葱长。南州衰气乘己庚，故家十室九替凌。吾宗此时尽被败，明年海内风尘生。迩来二纪始休复，重入山中访茅屋。清秋桂椒西风香，四山林木苍然绿。中兴家业谁最贤，盛衰人事非由天。富贵浮云不可致，兄读弟耕三十年。当年身不践南亩，自料儒冠断相负。山田半顷手自耕，十岁秋收三万斗。丙舍松杉拂云日，攒柯接叶苍苔厚。荷锄余力及瓜芋，更与湖堤种榆柳。翻思昔岁山川枯，行人愁怆日月徂。亦如庸臣当国柄，坐令四海成榛芜。家国陵迟财用涩，但仰租税烦供给。政刑百废不复兴，仰天坐叹何嗟及。吾家四十八宅余一存，溪园四十野火焚。朝廷特起曾与胡，收召豪杰同忧勤。我虽贪天盗人力，亦有微画参湘军。归来相劝一杯酒，山塘刲羊作重九。少年堂堂如逝波，万事茫茫信何有。故宅重新易主人，楚弓得失不须论。巢由尚欲买山隐，羡尔桃源长子孙。杨泗庙至杨梓塘石路五里，张氏族人公修塘北五里，有桥，亦张族所建。

十日　晨雨，顿凉。待发行李，恐不能去，遣往止之，则已至矣，雨亦顿止，凡五人，四往返乃尽。余留待主人娶孙妇入门乃行，至晡不至。闻张子持言湘潭中式二名半，急欲看录名，乃行至开枝宅，石山已至，两子方在桥头唤船。山桂初香，看市北四方树，盖梓树也，叶不同形，故名四方，树亦稍方，余未见楷木，不知是否。船须明日乃发，十余人俱宿开枝家。

十一日　阴。晨起至船，待发，已过食时，遣次妇、六女率真、湘由陆至姜畲，余俱从余坐一拨船，水陆俱以午正至乾元店。辅、迪坚留妇女住一日，许婿亦预午饭，云余先约定也。前日漫言之，实不省记有否，闻其至城买羊，因往一食，比行已过晡。舆、懿从嫂、姊往外家，真女复来从余，因率四女、熊妪、莲弟俱行。茙吐呕可厌，听其昏睡。初更至沙弯换倒爬，即泊沙湾。

十二日　阴。晨移观湘门，送契与杨总兵，令交县印，并问可假贷否。杨大惊怫，且言棣甥欺彼。留饭，入内稍谈，还船欲食，不能复饭，吃茭白、油条，送三小女入城，寄三子家。余试过皆不忍堂，则子筠正在与帅西林谈，托其代拨二百金与乾元，且便取千缗尾数以行。子筠云同人俱欲请一饭，约集宾兴堂。吴劭之亦来会，送纸索书，且言秦中书索书云云。看名录，县人中式四人，韩、杨、石、谭也，一副榜陈姓，居城中，皆不相识。平江大贾儿高中，盖枪替也。余多老生，亦似有鉴裁者。至三子家少坐，再送真女还船，复亦同回。道遇陈佩秋，腐气可掬，大要求荐馆。再至宾兴堂，则诸人无至者，唯唐春湖及吴、杨、徐账房同饮，吃羊肉颇佳。复过杨宅取契单，杨侄送余登舟，托荐校经堂，大概为其弟谋耳，而陈义甚高，允为谋之。志局送钱六万五千，夷钱卅，云已清结矣。又欲取版刷印百万，但供刻费，定价每部千六百，且俟成书再议。唐、吴、徐、杨登船相送，闰子亦来，与之三百八十钱，从所请也。为三百八十钱尾随廿日夜，殊可感闵，不复厌恶之矣。施舍最难，余尚非雪中送炭人。刘孟言胡荔村巡捕家有大镜，久欲谋送锡侯，托其问价，此则如锦上添花，而实一介不取也。论事故不易，故知人为难。待两儿一日不至，初更开船，半夜至昭山，放流，船人俱甘寝。余不寐，然烛作书。雨作旋止。

十三日　阴。晨至枯石望，微雨南风，起帆行廿里，舣草潮门，怀遗像登岸，至家安楼中，此大古之虞礼也。与孺人谈不数语，芒芒至馆，遣迎诸女，发行李。文擅湖在此小住，正早饭，已向午矣。阅《申报》未毕，馆生李登云、左幹青来见，一正一副，新举人也。黄郎希仲、谭心可、黎郎锦彝来。余初至而客盈门，岂非八字所招乎！胡杏江、邓婿来，留饭去。夕至家，纷不可理，少检点之。携复、真、纯孙宿馆中，夜早眠。

十四日　晴凉。抄近作诗，写扇，《志》稿尚无头绪，未能理也。电报湘臬擢陕藩，叔耘来作湘臬也。薛氏一时之盛，季怀不及待耳。舆、懿从外家还，复女回家浣濯，遂不肯来。慧孙来，复欲去，自送之。还与苏四论造屋厅事，不敞，令改之。真女独戏不须伴，殊有成人之风，凡少无父母者易成立也。为左青生改朱卷文四篇。叶举人德辉与袁守愚来。

十五日　晴。作《谭拔萃传》，令两儿理书。陈伯双来，谈闱中事，湖南实无房官，非尽考官之不谛也。又言明年为治乱枢纽，已欲还乡，姑待之。所见与湖南两学使同，所谓海内知其不可也，亦甚危矣。沈萱甫来，言馆事，又欲入讲舍，皆以有饮未便。新疆南八城，又谓之东西各四城，东则哈喇沙尔、库车、龟兹也。阿克苏、乌什，西则喀什哈尔、英吉沙尔、疏勒也。叶尔羌、莎车师也。和阗，而吐鲁蕃别有五回城，不在此数。北自巴里坤始，西有三县，隶乌鲁木齐。乌垒也。又西伊犁北岸亦有八城，皆汉名，则以营为屯，今悉毁矣。伊犁，元阿力麻里元帅府。乌木，元别失八里元帅府。吐鲁蕃南至哈密，元火州曲先元帅府。皆统于行省，治阿母阿辽，曰寻思干，今喀什罕国也。

十六日　晴。午出答客，过伯双、陈万全不遇。过震伯、镜初、郭子静、筠仙谈，镜处遇价藩，筠处遇廖逵宾，还已晡矣，索食甚急，震伯复来，吃饼。夜还家，凉风作霜，已复将寒。孺人论家事，每不如意，正言斥之。默默独坐，遂无与语者，乃起步还，并迎真女来。

十七日　晨起欲霜。携真女寻笠僧同出看菊。昨与震伯论歌行当换笔不换腔，李白多换腔诗，韩、苏则不知换笔。杨梅生送印契来，云陈明府不取税银，但索一诗。黄望之来久谈。黎郎来，字桂生。

十八日　晴。朝食后还家，遇价藩。闻外舅来省，因往看之，不遇。途过沈萱甫、杨笏生，云子筠有信，刻工、木工索钱甚急，无以应之。作《汤孝子传》。

十九日　晴暄。复过外舅寓不遇，至玉泉寺看烧香，妇女皆似鬼道中人，乃知古人贱女之义。外夷尊女，盖即净土也。还，无事可作。寻僧借钱不得，乃往望之家取得二百金。龙郎请开北，与欧阳鲁亭同事，即萧小虞火计也。儒家子争趋于利，笛、皞乃有此儿，亦义方之不豫。园丁送菊来，且要僧同看之。复书子筠，兼送婚贺。今日霜降。看《元史》。

廿日　阴，有雨。晨起设荐，曾祖考、先妣皆生日，以正堂方筑地，就馆中行礼。雨珊来。邓婿来告行。外舅来谈，未去。筠仙来，言今日议开轮船马头，集股往买船，约往看客，至则诸人多散，唯少大、左四、刘、陈、欧阳曜、杨怀庆、贺子博在。陈玉三出资一万，余遂无及二千者，可以吓退小商，恐不能成也。设食，盖朱家折银，至夕散。步过外舅寓，二更还。

廿一日　大雾，晴。散步过外舅。点《元史》，倍书，讲《鉴》。佛怜僧设食，要君豫同斋，请镜初不来。显宗僧请写字，书横幅甚恶。饭后醴陵廖生来见。闻俊臣至省，领真女步往访之，白须飘萧，颇清于往日，自言病后精神少减，甚称少荃，而不甚推丁文诚。将夕犹未饭，不便久谈，乃别而去。与书梁平江、谢少大贺节。

廿二日　大雾。笠云僧荐一粗使来，同看月季，误以为海棠。点《元史》，倍书。宣“小者难”。午出答访常霖生，遇马午云，极谦，言文不佳。丁果臣孙允钦子来求信去。黄子寿、王石丞甚言龙研仙荒唐。余与皞臣至交，不能喻其子于义，由权力不足也，若有尺柄，必可止之。至外舅寓，方睡未入。谭心兰送《中星表》来，兼言讼事，其从子告余情节，无可致力者。元时追赠颜子父母妻谥。又帝后俱缠羊毛，坐待薰劄，方知欧阳纥遇白猿，以帛自束，真有其事。又有金锦，名讷克，实今藏缎也。俊臣夜来。

廿三日　晴。俊臣衣冠来，刘定甫道台来。浏阳马生允昕新举来见，年廿四，有曾祖母，五世同堂，可喜也。倍书讲《鉴》，点《元史》十页。今年殊无心于学业，由其失主人公之故，非精神顿衰也。刘培元送酒。夕遇外舅，送余邝祠而还，余复送至寓。

还馆，黄亲家来。夜至俊臣处。

廿四日　晴暄。马亚魁、冯副考来。陈设，邀筠、俊陪伯双，夕集亥散。多谈前定数术事及科第门族。驺从索钱，声喧于内，伯双甚不安，余云此非君所能弹压，地方无吏治耳。既请客，不可禁呵其从人，好言谢之，俄顷乃定。刘酒已败，不可用。

廿五日　晴煊，复至七十五度。早饭后出，答访冯、刘，冯辞刘会。冯乃衣谷妻兄也，久知吾名，亦油滑人，非朴学。过家看工，云此月可毕。还，答访马生。同县举人韩力畬、谭聘臣来见。

廿六日　晴，愈煊。晨起，要理安清理《列女表》。心安来，还五十金，兼约同过雨珊早饭。陈总兵约陪俊臣游开福寺，舁往，俊臣已至，筠仙、唐鲁英、俞鹤继至，饭罢往西门吊程伯汉之丧。喻子、皮鹿门、周镜吾俱在，入城已暮。夜热。讲《鉴》。

廿七日　晴。自理《列女表》竟日。李雨人及新副榜陈寿南来。易由郎、祝映汉、王石丞来。夜雨，稍凉。

廿八日　雨止，仍未冷。理《列女表》毕，凡七八创稿矣，犹未次第。六弟子敬生来，致石山公信，言志局兑二百金，竟未得一文。驾无底船，风利不泊，亦可忧也。且往筠仙处会饮，俊臣、张珣、昆生、陈程初俱会，途中轿堕破散，步入郭门，夜仍舁还。与书弥之。定船山讲席。

廿九日　晴。与书汪伟斋，借廿万钱。理《列女表》。张昆生来。舁过王石丞，至又一村陪俊臣饮，俞、唐为主人，筠、程为客，戌散。

晦日　晴。晨过俊臣，论天下事，无中肯语。仍暄。懿倍《春秋》又一遍。理安欲归。伟斋送钱十万来，且言已继李氏，并先取一妾，又买大宅去五千金，甚竭蹶也。遣三子还乡，令功儿从往冬祭。又过一关，尚少五六十万，未知何措也。笏山所云“不节之嗟”，嗟则否矣，窘则有之。夜讲《鉴》。与书瞿海渔托借钱。

十　月

十月己卯朔　晴。写对，倍书。李雨人再来。雨珊来午饭。改《志》稿。沈萱甫补廪来告。复朱雨田书，请作若林墓志，以若林得吾文易易耳，求当于难得者，未欲诺之。夜讲《鉴》。

二日　晴。写对幅，校改《五行志》，倍书，讲《鉴》。

三日　晴。熊鹤翁来，问桥捐事，兼促写扇。杨商霖来，云仅存千三百金，已用罄矣，若在八月前则不买田而悉以借我，恐未然也。出答访三贡、何、黄、周。二举，刘彬、刘钜。因过伟斋，皆不遇。至镜初、蓬海处，谈出世入世事。又答访王梦虎庆衍，名呼刘、李，一大提督，淮军派也。过门不入，午出晡还，甚倦于酬对。夜校定《志》稿二篇。唤纨来，欲得一女使，林三乃荐一村妪来，甚似烟馆中人，亟遣之。

四日　壬午，立冬。晴。少村来。校《节妇表》凡十余过矣，而不能记忆，甚可愧也。倍书，看字。纨始理书，更唤莪来。夜讲《鉴》。

五日　阴煊。校杨刻《志传》，不及邹刻甚远，业已刻成，止能修改矣。看乙岁日记，书法颇佳，又说“菉菽”亦可取。镜初送行褂，云世尊说法，天人献衣，以吾能说《春秋》，故有此赠。近得道人心镜也，拜而受之。写诗卷一幅。

六日　阴雨，稍凉。校刻传一本。周笠西来，言墨卷多抄人他题文以取隽者。文心无不通，亦作者不切题使然。倍书，懿倍

《诗》一过。讲《鉴》，诸女尽还。夜检湘潭寺、观、祠、庙总作一表。

七日　阴风，颇寒。抄《寺观表》。丁孙来，言厘局有馆可得，与书但道台谋之。还家看屋，东邻开三窗，正对窥暇，有似庐同隔墙恶少。近日正有陶、劳争墙斗伤事，两故督家俱失体面，此等事宜置不问，理谕家人，不必复言。还馆夕食，三小女复来。懿背《易经》甚生。夜讲《鉴》。将吊若林，访朵园，以酬一岁之约。

八日　阴，大风。朝食复闻异夫已至，欲趁十一还城，因仓卒出城，小毛衣犹寒，行久之，乃至石子铺，问途犹有卅里。遇二黄生同客舍，有一人自言尝见我，未之省也。促行，傍晚乃至屈坤新屋。入吊出，与任芝田、李子章之子陶臣、郑七爷、唐三太相见。芸[①]田要至账房，见朱俊卿，致花边四元，托办一席为奠。夜与芝田同房宿。

九日　阴。朝食后芝田要往其家，见其妻子，妻见六十矣，犹未甚老。略谈数语，取山路过乌溪桥，渡苦椒岭，十三年旧路，闻名始悟焉，即古大路也。十里至青山铺，又八里至下马坑，道旁即东坡坳，所谓千年老屋也。朵翁将出，遂不留待，余入门无所之，其孙芝棣在焉，又有点痘医生在客座，入书房少坐，循山径至朵翁精舍，署曰"瓜豆棚"，为屋七间，亦精致可坐。顷之朵翁及其三子鼎三还，入见两亲媪，一肥一瘦，俱六七十矣。即宿豆棚西厢，谈至子初，又独看书至丑初乃寝。月明花影，颇有幽趣。冯树堂子右铭同饭。

十日　晨雨三阵。冯子去，余待饭毕雨止乃出。循旧路过青山铺、苦竹坳入山至朱家，孔搢皆、张荫楼、戴进士等皆至，与

---

① "芸"，应为"芝"之误。

芝田陪点主礼宾，雨恬出谈，夜设奠上香，吃成主酒。还宿若园南轩，月明菊香，无心赏玩。

十一日　晴暄。朱妾出示并蒂莲，云若林因莲折而死，近花妖也。雨田家复有芝生，而子遂高魁，一吉一凶，恶乎定之？雨田送橘。晨食甚晏，饭罢即行，擂阶踵至，十里安沙，十里新华岭，朱家设尖站，饮橘皮酒一小杯，不饭遂行，已日睉矣。十五里渡水，渡河入浏水之小川也，案图则是涝水。五里白马铺，十里鸭子铺，五里步渡浏水，五里入城。询知功儿未归，疑其溺死，遣人往探之。林三荐一小女来为佣，年始十八岁。城中近有顾婢者，疑其未妇也，而自云嫁十年矣，呆弱岂可驱使？九、十女来眠，姑令伴之。文世棠来见。

十二日　晴。初至尚无心理事。看京报，屺山死矣，念其有墨合之惠，宜赠一联。十六年前话官情，如君事事从心，毕竟难期林下乐；三千里外同门馆，顾我匆匆归里，至今遗恨海天琴。晨还家，室工粗毕。懿、纨点书。陈倍之来，久不见之，子死家贫，几如刘静山矣。自云犹有六子二女，但啖饭耳。任芝田子亦不力，固不足论，然如任、陈者何限，正内有佳儿。作书寄芝生，荐廖二去，并寄《春秋表》与之。过罗海渔、曹价藩。夜讲《鉴》。佣女辞去。

十三日　阴。始理《志》稿，写诗幅，倍书，讲《鉴》。夕率二女还家，新屋始成，登楼小坐。还馆，列诸祠寺，乃知吾县人俱好造寺，家有一祠，他县所无也。李小泉除漕督。

十四日　晴暄，蒸润如春。率三女、懿儿看马射。理《志表》竟日。见郎、守愚来，言刘督内召，杨徙蜀，刘代杨，魏代刘，边备愈弛矣。萧死唐兴，殊出人意外。曾履初来，云介石与陈池生结昏，已为媒也。刘以劾芥帆免，疑为所中。郭云四御史因受鲍金而劾之。夏生云刘为李所力保，半月前即有此信，迁除外间具知之，尽谣言也，亦非美事。因诵姚合诗云：“一日看除目，三年损道心。”有慨乎其言之。倍书，讲《鉴》。吴妪复来，四仕四已矣。夜雨不寐。

十五日　阴。理《寺观表》竟，写对联四副。镜初论三科九旨，旨大于科。旨三科则廿七。新故旨、内外旨、远近旨、详略旨、笔削旨、为讳旨、信史旨、五始旨、七等旨。功儿自乡还。

十六日　晴。出答拜康吉人解元、翁炳南等，皆不遇。至熊鹤翁、胡子威、彭先生处，少坐而还。还即畏寒，蒙被而寝。

十七日　晴。先府君生日，强步还，设荐毕，仍至馆卧，遂病。瞿新郎、邓四耶来久坐，留客饭去。余夜睡，昏昏然忽似悸散，乃觉神识之大，斗室中若无边旷野，已身不知为何物，皆精气散越所为也。

十八日　晴。卧一日。懿倍书，《易》毕。夜讲《鉴》。子瑞来。

十九日　晴。丁酉，小雪。见郎来。孺人不来问疾，自以为有礼法，因妇女来力斥之。疾亦稍闲，本不须人问，但礼不可废耳。死可作达生，当扶侍，虽方外犹有问疾之礼，况余素无疾，尤当慎耶！镜初来，言子襄约便饭，小坐去。初夜孺人来，便留不去。讲《鉴》。

廿日　晴。晏起，犹未食，稍理事，倍书。舆儿[①]殊不知世事，令看余律诗，夜念十首。孺人还家，遣令上湘贺外舅生日。

廿一日　大愈。复生急欲去，欲觅数十金与之，了不可得，使龙研郎谋之，久不报。昨与筠仙假得百金，挥斥尽矣。闻龙招火采金，已佃大宅，往看之。适长妇率次孙来，周岁叩喜，小坐令出。诸儿女皆还家。率功儿看火祠大戏，乃陈羹土饭。还过福

①“舆儿”，原作“丰儿”。按作者次子代丰已死。

源龙寓门，方屏人对客，未知作何计画。天阴欲雨，还家食饼未饭，小寐还馆，儿女续至，觉倦乃眠。夜雨。

廿二日　有雨，稍寒。重校《节表》。丁孙、杨生、见郎来。倍书，讲《鉴》，如额。功儿来馆，留宿。

廿三日　刻字人送板来，检查列传。刘孟湘自云湖来，出示和诗，留居北斋。家无客被，赁之不得，正冬寒，非长物故也。《节表》必须总校，非可继续为桥渡，复未检得，仍然坐愒。曾佺宗聘石氏女，谭祖梁聘欧阳氏女，石世绥聘朱氏女。

廿四日　阴。校《妇表》，倍书，讲《鉴》。见郎来。验郎来片，问借钱事。

廿五日　阴。舆儿生辰，放学一日。阅近人诗，校《寺观表》，刻工缮录，精细可喜，为通校一过。子瑞来。与书杨梅生。

廿六日　阴雨。过镜初，论"同盟于幽"，当有"公会"，以为柯盟之效。但汉本无"公会"，师说皆以为公不与。今以传例推之，同盟同欲，善词也，公实与，故不时而月，与廿七年相起。公与而去公者，讳上要盟。而今同，知实公与者，公不同，则不得为同，同即讥内，清丘是也。此无讥文，从月例，知公实与。至筠仙、李佐周、庄心安处谈，还已暮矣。家中无饭，因至馆食。讲《鉴》毕，更令懿讲《杜诗注》，看近诗及课卷。

廿七日　阴。看课卷八本，龙验郎来。倍书，讲《鉴》。懿儿虚实字不辨，令讲《杜诗详注》，每夜二页。

廿八日　晴。看课卷，作《志表》，选近诗，颇尽目力。二瞿郎来。郭少大人请午饭，至申乃往，俞、李同坐，筠仙亦至，夜散甚迟。讲《鉴》《诗》。大雾，几不辨人物。

廿九日　阴雨。周荔樵、李佐周来。看课卷，作《志表》，夕还家，寝于东房。

十一月

十一月戊申朔　雨。斋居抄表，寒风颇重。

二日　己酉。蒸祭曾庙，辰正行事，午初篹[①]。看课卷十六本，因留夕食。夜携真女还馆，即睡。

三日　阴。倍书，看诗，阅卷。午睡。夕过周笠西会饮，王石丞、谭心泉、郑子蕙、李佐周同坐。石丞言巡抚迁调者五省，游子岱擢粤藩，何枢川臬，高紫峰擢桂抚，郑言卫移山西，奎移苏，崧移杭，沈移徽，陈六舟改三品卿，此除授又出人意外。夜还家，诸女皆留，独至馆讲《鉴》。严秬香来。

四日　阴。昨坐频闻客坐嗽声，初不疑有盗敢声响。及就寝，复闻之，呼问，云后房应声也。又闻门开，呼之，旋阖，盖不疑是外人。已而又闻户开声，乃呼功儿起，久之方出视，正见一人入下室，而左户室反关，乃呼前后人起。禽一盗，令纵之，门斗不肯，至晓犹未去，日旰余起，始谕遣之。盖送官官纵，不如自纵并示恩也。此盗无异于清昼攫金者，岂次青入主之祥耶？朝食功儿去，临王仲霖之丧。余看卷选诗。黼堂来。邓三郎来，言罗秉臣还，无所遇。笠云送纸来，请心庵书。倍书，讲《鉴》《诗》未毕，外报生火，遣工役并还家，顷之已灭。

五日　阴。倍书，检《山海经》体例。见郎来。彭笙陔来，言万寿山工程拟派四督，盖以内府例，汉人所谓“宫中府中俱为一体”者，四督无以应耳。子夷、子正来。

六日　阴。朝食，龙老太来拜，请其少坐，已而周荔樵、俞

---

①“篹”，应为“馔”之误。

鹤樵继至，往客厅，则诸君迎刘、李、郭，主者纷集矣。顷之霞仙先至，次青、意臣继之，众客纷纷叩贺，余亦同王、胡双叩。更与李郎陪客，客多不可陪，筠仙来，余遂暂退。曾、黄郎、陈伯严、傅竹湘、彭石如及其从子来，余少避，还家，不得食，仍还馆，馆餐欲毕矣。饭罢寄禅、顺孙来，夜看客散后讲《鉴》《诗》。

七日 阴。先孺人忌日，辍业，步还家，登楼静坐，待奠毕乃食。未饱，欲来携真及纯孙还馆。理《寿妇表》讫。得雨循书、杨总兵书，即复片令去。气甚煊蒸也，已受凉矣。

八日 阴。倍书。懿诵读久久不上口，又失《通鉴》一函，甚闷，聊出闲行，便过镜初，谈经甚畅，因约明日一集。步还家，又过价藩。召懿还，食饼，乃率两儿及真还馆。得弥之书，字迹潦草，殊为可讶。

九日 雨。真生日，送还家。约笠云一斋，朝食后舁还。风雨甚冷，登楼检书已半失。顷之笠云、寄禅来，食包子汤饼，镜初至，方食，价藩至，因设楼上，镜留讲《春秋》，去时已上镫，遂宿正室，被褥单薄，为之感怆。

十日 晴。晨闻路干可步，真欲从行，纯孙亦从至馆。君孺来，云县中来三人相助成书，亟遣迎之，皆辞不至。饭后劭之、子云、杨笏生来，拟作《诰封表》，又必要分文武，皆可从也，久之乃去。罗锡章来，未得多谈，询之何枢已至。得萧绮笙赴，又作一联。澧选愧先□，坐看云霄鸿鹄举；津门悭一面，空怀骢马玉珂来。夜雨。

十一日 雨，午后霁。初命早出，待至午乃得行。子云又来，汪镜清继至，价藩已催客矣，匆匆可笑。看课卷久毕，置数日犹未定等第，复检校之。贺蓬海生孙，答访刘春禧俱不遇。过劭之诸君寓，少谈，便访朱经魁恩绂、任芝田。过商农，以为必不遇，乃正在家，云将诣价藩。余先舁往，曾举人先在。陶宅子师亦举人，称兖翁，未知其姓。商农、徐寿鹤继至，食蚝、芋，皆桂产也，正半山忌日，竟以供之。席散还家，余烛犹明，登堂悼之。刘荫渠尚欠一挽联。卅年节钺不骄奢，被服儒生，同时将相清无比；三仕升沉忘喜愠，韦编易学，晚岁优游德益尊。

十二日　晴，晨雾如雨。午出诣少村，便过傅郎不遇，诣黼堂久谈，主客俱鼾睡，亦佳话也。寻言舫丞不遇，过伟斋而还，过晡矣。讲《鉴》《诗》，看《列女传》，皆当重刻，明日当先了此。夜过雨珊。

十三日　晴。滋女还，未来馆，遣迎纨女来。子云早来校表。余作《烈妇表》，竟日未了。原本淆杂，欲一回了之，故反费多手，今日方知竭蹶之故。治世者可更张，不可补苴，拨乱反正，先正之也。少春来，落落不相入，但求速去。纨睡不醒，令懿送之。

十四日　雨阴。朝食后少村来，以银三百两见借。至左侯家陪吊宾，其妾子主丧，众云当如李氏以嫡长孙为主。左妾在君门与嫡子同居，不能有子，然律令斩衰，斩不主丧，反以功主，议礼者殊可笑。或又云嫡承重孙加缌为功，则又似有主道。要之皆不足论，以今世无行礼者也。然则功孙在主人位，其子以杖即位耶？命士异宫，嫡孙为众主可也，同室而嫡孙姑避亦可。众宾毕集，为留一时许乃还。筠仙旋来，论代者，意主汪镜清。余云欲我斟酌，则须更举人，乃以石丞配之。又云求者甚多，而不举其名，又未知何人求也。雨珊来夜谈。讲《诗》。

十五日　雨。作书复弥之，又与书刘子。胡郎今日上京，借刻字人十金送之。功儿往送，一日不还。初患无钱，有钱复无人料理，琐细可厌，姑置之。写字五张。滋来省，旋去。晡与雨珊同过商农晚饭，成静斋、徐寿鹤先在，汪镜清从至，�仙来，又久之始入席，夜散。还家轿杠断，倾跌至地，未伤耳，甚愠，小坐还馆。讲《诗》《鉴》毕，将三更矣。今日诸生并未告去，与谈学术。

十六日　阴。晨起欲理事，忽忆寄禅催诗序，随笔作之，甚有理致。作《列女传》，清理刻板。纨及真并随滋来。夜讲《鉴》《诗》，换银清账。

十七日　雨。《列女传》粗有端绪。午出答访张学使亨嘉，字燮均，尚未入署。至镜初处谈《春秋》，镜以大眚为桓公死月，眚为忌日，大眚则忌月，以下夏五月首时为起文。又说三外同盟皆公宜与而不与。又说盟于黄为黄人，与盟越相起。又说女栗为周地，与贸成①相起。祭叔来聘为私行，与公子友如陈相起。俱为细密，大眚说尤佳也。还过行台，见燮均，开明不似翰林生，似可友也。夜雨。松、笠、寄谈诗。食饼。讲《鉴》《诗》。

十八日　晴。闲息一日。黄同年子永祥来，云以武功补抚标守备，当引见乃到任。其父字立五，盖名源樵者，有赋数十篇，属为改定刻之。镜初来，云暂还乡。功儿来，云张庆送闽物，有兰四盆，印石甚多，其弟乃生员，又可讶也。闽纱甚佳，而不知送此，其所以为张庆。

十九日　丙寅，冬至。晨起霜寒，还睡，待辰正乃起。写扇一柄，因录冬至诗，复题一律。霜蔼晴光瑞气暹，迎长重喜复阳占。祠堂笙酒为宗燕，御仗貂珠隔晚帘。佳节每抛梅解笑，绣纬定掩线谁添。今年至日堪游赏，怅触韶芳雪鬓鬑。罗均甫来，问诸少冶游踪迹。午携三女游浩园，石洞甚热。招吴、徐、杨便饭，匆促治具，亦颇得烹饪之宜，

① “成”，应为“戎”之误。

酉散。夜讲《诗》《鉴》。

廿日 晴。晨还家看木器办否，家徒四壁立。看闽物，留朝食，还馆写字。商农来。狐裘甚热，凡裘能热不能暖；英夷传热之[①]未确。何棠孙、胡杏江、周郢生来访，君孺适遇之，因陪久坐。欲检《志》稿，未能细思，姑又置之，然后知吾衰甚矣。似此终成坐废，不能自振，奈何奈何。得蜀书及彭朵园诗。朵园劝我无干李相，未知其旨，盖亦与筠前说意同，尊崇合肥，蔑视举人之义也。查例载以妾为妻者杖八十，准其更正，即未闻有子当丁忧而临时更正。主可绌妾，子不能留母，业已继母，仍当持丧如母。其主自可听其更正，不祔庙不立主也，以杜取巧匿丧冒考补官之弊。

廿一日 晴。始作《山水志》。夏生入手即误，余几从误，乃知图学亦须入门，但吾则无师，岂真天分耶？粗心细心之别也。雨珊来，谈及野秋赠刘女金，为书谢之，因及后代学术之别。看木器，定买一堂。夜讲《诗》《鉴》。

廿二日 晴。作《志》稿，未倍书。晨过雨珊，因至僧寮见王晴舫，还家小坐。夜讲《鉴》。

廿三日 晴。作《志》稿，经三日始得一角。罗丈要[②]稿甚细，似当存之，彼地图固专门，但不文耳。夜讲《鉴》《诗》。汪伟斋来辞行。

廿四日 晴。作《志》稿，亦未倍书，还家，言送汪程仪。纯孙欲从来馆，携以俱来，顷之欲去，令夏仆送之。夜间家人来，云跌伤其头，此固余不老成，无所怨也。夜讲《诗》《鉴》。

---

①“之”下当脱一“说”字。

②“要”，应为“原”之误。

廿五日　晴。作《志》稿，未遑他事。午间还家看纯孙，云请祝由画水矣。真女从返，纨、复留家。两儿欲买衣褂，孺人大以为不可，殊有宋儒气象。得曾岳松书，逾年复，函中皆泛语，又不知其何意。昨得梁少木书，似将撤任，亦不知其何意也。伟斋来辞行。此复。

廿六日　晴。倍书，作《志》稿。见郎来，云幼樵新昏勃豀，故李相诈病以解之。出送伟斋，因过周荔樵、刘竹汀、蒋幼怀，惟竹汀得晤谈，还已向暮。讲《诗》《鉴》。

廿七日　晴煊。蒋幼怀来，云东官弟也，讶其甚少。云李氏丧，为丐伤人，告之长沙令，及讹诈其佃户。官中事大抵类此。黼堂世宦，今而得反之尔。子玖来，言陆学使属新使以优生，大为所斥，并先招覆，亦不之许，所谓一厢情愿者也。荐才美事，奔竞恶俗，二者相似而久不分矣。谌妪来，门斗所荐者。倍书，讲《鉴》。

廿八日　晴。作《志》稿未半页，子仪来。午携真女步还家，楼上偈，热可夹衣。功儿铺设数日犹未办，宅匠、衣工、手民均来餽祝，又官派也。夜寝甚热，未甚安眠。渐雨。

廿九日　雨。将过讲舍，孟湘来贺生日，避居房中。顷之呼面点心，复将舁出，君孺亦来，遂不能去，复不敢出陪客，假寐久之。盲女来拜生，子威、见郎又至，出谈留饭，均辞去。播子继至，余乃得舁还馆，与客夕食，播子从来。真女饭后即眠，夜大风，溺炕，呼吴妪起料理，顷之昧爽矣。恒子来。讲书。

晦日　风雨。稍寒，始生火。作志数行，出谢寿，外客有李郎、陈、罗，新客有蒋若锴，仆仆一日，唯胡家人谈，还已夕矣。夜初五女均来，散学一夜，讲《诗》《鉴》毕，遂令各戏。

十二月

十二月戊寅朔　雪。张东丈仲弟修事来。将出城，雪止遂罢。作《志》稿，倍书，讲《鉴》《诗》。唐武士来送诗。

二日　阴晴。作《志》稿，倍书，讲《鉴》《诗》。二族子少瑚、樾生来，皆钱店伙计求生路者。崔侄婿及龙阳一生来。朱荷生来。若林子。

三日　阴晴。作《志》稿，西路始毕，倍书，讲《鉴》《诗》。刘采陶来。夜围炉与君孺、刘梦湘谈。

四日　辛巳，小寒。阴晴。晨出答访张二丈不遇。顷之送东翁诗话来。笠云与刘希陶来。筠仙来，未及谈，张二丈来，将夕食，客不得去，又张每来而值余食，故不能不见之。检《山水图》未得头绪，才作数语而罢。夜过希陶。

五日　阴雪。殷竹翁来，留点心，甫毕，未谈，价藩、黄松郎来。黄望之训束其少弟，弟乃妄讦以帷薄不修之事，外人欣欣张大其词，余因问之，云有之。余云无问有无，但杖妄言者而不及其他，必郭宅退昏，谨受币而更嫁人，礼也。或其妹羞忿自死，亦为冤报，明者坦然处之，躬自修省，此外别无辨白之道。凡事自有经义，门内思掩义，此无难处。与价藩同过笠西斋集，客未即来，仍还理事，顷之夕食，饭毕更往，希陶、筠仙、朱耻江同至，笠师、一心为主，道香、寄禅为宾。初夜密雪，得诗一首。尘居恒望客，冬静正宜僧。雪共高人至，诗知冷处能。暗风摇砌竹，广殿炯寒镫。此意萧条极，闲吟砚正冰。夜讲《诗》《鉴》。

六日　晨雪。朝食后出，访竹翁，便过朱郎，乾云已回乡。至右铭处谈河海事。过家携饭至馆，已向暮矣。夜讲《诗》《鉴》。

冰。过希陶处吃蟹。

七日　晨遣要客归，客故不暇，日又太近，因改期俟闲。希陶来。作《志》稿，未得一页，已费查考。偶放笔，真女问云："修志成耶？"为之一笑。因稍辍，携三女与希、笠登楼。午日销冰，阳和颇丽。还作数条，夕食后便大睡，至子夜方起，又销一日矣。

八日　晴。笠云设经局关祠，便饭，从陈宅穿往，道香未归，见伤手之陶公孙，询之，云愈矣。坐久之，念念在修志，仍还。宁乡范夔勋来送诗，自云欲谋卒岁之资，求片干王、郭两抚，诗仅成句。陈伯严来。戴表侄来，均食粥而去。复携真女赴腊斋，舁去步还。夕食仍回馆作《志》稿，中路粗毕。陈又铭来，同坐希陶处。

九日　阴暄。作《志》稿。功儿来。抄《史赞》。懿点《曾问》毕，令温书。讲《诗》《鉴》。竹伍来。

十日　阴煊。作《志》稿，倍《春秋》一本。希陶问分法，取蝯叟临帖示之，比之钱梅溪，不啻胜百倍，盖钱初无法也。自写二张，则不成字，似又不及钱。午后出访黼堂，不得入，至家少坐，已过夕食，往筠仙处陪客，黄少春、王益吾、希陶均先到，又铭后至。谈周惠生所藏汉印，因忆廿年前蝯叟失去甚多，此殆其物，今又将卖去，索价三千金，必将归于吴大澂，此亦骨董中一大公案也，但未免臆断。又论张、黄公案，与筠仙不符。大要筠强不知以为知，余好知人所不知，皆不合礼。夜热不成寐。谌新来，令守真女，入便倦睡，孩气可喜。讲《鉴》《诗》毕，云已三更，其实甚早。

十一日　大风稍寒，大雨如春。作《志》稿，稍有端绪，君孺力也。若无吾两人，竟亦不成，若早成，又不如不成，此似有因缘，湘潭之幸，吾之不幸也。早过希陶，云今日药师佛生日作会，四僧设斋，未与。偶思地图无经纬度，请竹翁来补之。张通典、希陶相间来。夜讲《诗》《鉴》，倍《庄》篇。

十二日　风雨冰寒。地图送殷处，遣取单图来，未至，因无所事。黄母遣人来请，意必清官兄弟事，往则非是，乃清官交匪人捶门者，并约舫仙来议之。余主禁锢，舫主劝悔。舫非了事人，但不推辞，尚为可取。子寿亲交多陈未①，独余托末契耳。陈、谭未离，陈义胜谭，余则非所知矣。子襄亦扶掖出谈，小食而还，已将暮矣。道中遣要客，又铭先至，一梧、筠仙、希陶、雨珊均集，设坐房中，酒肴清旨，多谈算命事。云太乙数每人有数字，刘岘庄得"劳兼制休复制粮全富"，张冶秋得"翰京差抚富"，雨珊"举兼府任藩"，恭王"王极斩"。岘庄又有一"瓜"字，云似孤而有子也。须钱六百，余亦欲往问之。戌散，尚未饱。讲《诗》《鉴》。

十三日　雨寒。作《志》稿。与书筠仙借钱，悉倾所有用之。佃户及甲总暮来，此退佃银当出质库，先定之矣，非此亦不可典也。

十四日　晴，晨大雨。作《志》稿。复往黄宅，问清官何为挺撞，一语也无，大似与循。因令暂往乡间，年内且从我居。还作《志》稿。得筠仙书，疑我不能还，竟不往借，而前加诘驳。余云公大似笏山，宋学流敝也。凡不敢倍程、朱者，必先自处无过而后行其私，是以为人所笑。余无故识破一老友，正似留仙骗钱行径。七十老翁，学识绝人，自谓品行坚卓，而临财曾不及一市侩。谁谓宋学不害心术乎！

---

①"陈未"义不明，疑有误，或系涉下句而衍。

十五日　阴。先曾祖妣忌日，素食。儿女并还，设奠。余待午后乃还。子真来，属书与芝生求馆。夜还讲《鉴》《诗》。

十六日　阴。倍书一本，作《志》稿，《山川》篇成。乡三老并去，质金钏，得八十金遗之。回拜唐楠生，过镜初，云左子将汰之，杨三谋也。杨便进退人材，殊为可笑。讲《诗》《鉴》。

十七日　阴。将理交代，送来恶诗，尚余百数十本未省，日看五本了之。镜初来，云已被汰，与王定安前事同，可为结交少年者戒。然笑侮镜初者，多亦不自立所致。倍书讲《诗》《鉴》。

十八日　阴。倍书，看诗，讲《诗》《鉴》。

十九日　丙申，大寒。阴。子玖送杭茶、扇。借银二百，遣召苏四结屋账。夕赴又铭寿苏之局，筠、玖、梧、珊同集，寒甚，馔精。夜还讲《诗》《鉴》。

廿日　晴。看《诗》，倍书。午与希陶至家，则破败零落可伤，不必身后而睹荒残之景，胜生挽也。登楼少坐，步过李佐周，筠仙先在，谈《湘军志》，筠意欲集资自修。抚台谋馆，可谓不挟贵者。夜讲《诗》《鉴》。

廿一日　晴。弥之来书，索回信，作二纸分寄弥、保。刘外孙久留不去，亦不知其用意。明净设酒润笔，要心安、张惠甫、涂稚衡陪，希陶同坐，一净馔，请笠、寄、道三僧用斋。酒间忆丙申消寒，力臣方被谗，满坐目笑心安及余，今又与其子同集，而时移事异，可胜慨然。

廿二日　晴。街干可步，携二小女还家。子夷来，坐久之，复携女步还馆，纯孙从来。夜讲《诗》《鉴》。

廿三日　晴。希陶为我假三百金，每月息分二，举债出息，四十年前事，今复尔矣。尚少二百金，未能脱然也。倍书，讲《诗》《鉴》。

廿四日　雨。出还少村百四十金。答访傅竹湘，荐馆师郭子仁。遣问黄郎，未还。小雪。亟还倍书，讲《诗》《鉴》，看诗本。

廿五日　雨。黄郎作霖送其从弟来，云暂寄我处，俟大母怒过而谋之。看诗数十本，初以为今年不能毕，乃竟欲遍矣。君孺《志》成，归度岁，尹和白同去。

廿六日　雨，晚晴。少村来。诸女还家度岁。看诗十余本。夜讲《诗》《鉴》，倍书。

廿七日　阴晴。近人诗毕阅，分为三束还之。移书箱家。黄郎衷女子衣襦，为舆、懿所见，令亟易之，乃惭而遁，余亦如放豚也。仆从毕去，功儿又来，留宿门塾。夜过希陶，吃面，还即寝。

廿八日　雨。晨令儿僮检书箱，凡四五往还，移物未尽，累赘若此，殊非有道之家。再过希陶，正午还家，一无所办。妻妇忙年，尚有岁景耳。将夜过�仙，退关送诗目，云方宴客，信闲暇也。希陶作“乖”字韵诗，再和已穷于押。夜寝颇热，与妻异枕，从来所无也。

廿九日　小尽。雨竟日。年账易清，杂用歧出，凡三质钱犹未能清理，大要奢侈所致，亦习俗使然，明年真无以过。城中人之官气，乡情尽矣。夕饮甚甘，夜待祀门，至鸡鸣上床，俄觉，已闻人家出行，虽未守岁，似守岁也。雨潇潇有雪。

光绪十五年己丑

正　月

己丑岁正月丁未朔　元日。雨雪杂作，而不甚寒。辰起祀三祀、三庙。待滋妆已晏，家庆毕，朝食，向午矣。饱食假寐，掷骰。登楼方欲有作，杨郎来。功儿出贺年，余遂清坐。湘绮楼者，余少时与妇同居之室，时所居无楼，假楼名之。家临湘滨，而性不喜儒，拟曹子桓诗曰："高文一何绮，小儒安足为。"绮虽不能，是吾志也。后居衡石门，始建南楼，蛟螈潜兴，二年而圮。岁在丙子，复还省城，假北城纱帽塘东陈氏宅居焉。堂室卑喧，稍事营葺，为小楼临菜圃，屋危可望湘船，女帉九龄，独登跃焉。既覆瓦，唯露远山而已，不复见湘水。然当代贤豪不遗僻陋，无不知湘绮楼，故枉过者暇则登视。而妻老且病，不能楼居，遂专为余书楼。又十三年六月丁亥，族孙妇遗火，悉焚居室，独西厢及楼得存。陈氏赎宅银既来逾年，今无宅可还，非事礼所宜，乃亟庀工，将谋更造。张雨珊告余曰："城中如陈舫仙、谭心可皆言君力不给，宜有赙补，而郭玉池亦赞成之，度此宅五六十万钱可复故观矣，君可无勤。"余欣然曰："是吾志也。"往昔何蝯叟城中无居止，余尝言宜各造公宅，使安琴书，因循未果。今陈、谭诸公高澶渊之风，垂念及兹，虽未敢当，然不可辞隗始之义。顾旧宅不足相容，又限于地，屡欲更其制，令足栖主祏，共四祭，请出私钱，从诸君役。改其制如试馆、家祠，一厅一堂，书室二椽，增楼为内外二间。焚后二旬起工，三月乃毕，费钱百七万，而湘绮楼复成，上更作曝衣楼耳。瞰湘帆如在槛外，湘春雪月之景毕收于望。余或还家无所居，则讲读于此。别于先人云湖之庄更作庙寝，依《周礼》士制以居妻子妇女，亦对云峰为湘绮楼，从吾名题之。彼楼临涟水，云湘者，湘潭地也。或在他乡，则曰湘绮寓楼。独客羁游，各从其所居馆之名。盖迁流卅六年，旧私三造楼，再厄于水火，而后得有两楼。比之彭雪琴于钱塘、衡阳奏建两龛，诚雄劣之不同，而其经营之勤，仍寄之情，及诸公之义，皆有可纪。又前记遣大女篆屏，初无录本，及毁，唯忆数十字。昔人欲刻金石，以期永存，乌知及身而遂遗亡哉！乃补记，因自追录旧铭，铭曰：莹莹物性，高深相养。谋野宜幽，在城思旷。亭亭兹楼，通廊相向。身安容膝，神超四望。如舟陵风，在樊斯旺。卢牟六合，攀跻百丈。郭建郎来。

二日　雪。出贺年，惟诣陈右铭、刘希陶、黄郎三家。黄处询清官踪迹。雨雪交下，舁人湿衣，乃还。希陶来。

三日　雪竟日，至夜可六寸许。围炉赌博意钱，家人分万钱，出者寥寥，曾不及十之一，利孔不一之象如此。言利者务聚敛，亦不得已之谋，然又生怨，圣人所为谨施敛也。诸女看迎春，云国忌不出，亦非典礼。

四日　庚戌，立春。晴煊。遣人往讲舍搬木器，因亦便往，与希、笠谈半日还。希陶读礼，点句甚细，因假家本，令校版本之伪。

五日　又雪。熊鹤翁送诗，自署“八九翁”，真寿人矣，即和韵答之。作《才女传》。

六日　晴。稍理旧稿，作《楼记》，竟悉遗忘，功儿亦不记识，可叹也。申携真女过希陶处会饮，李佐周先至，余与筠仙同到，待朱耻江久不来，顷之真亦睡去，四人谈至二更散。得俊臣书。

七日　晴。作《才女传》毕。笠、道二僧、杨商农来，久谈，又似乎镜初谋馆者，岂腐鼠犹在孔、释之怀耶？志高行污，至为难测。将过鹤翁未果，午往上林寺斋集笠、常、自、东四僧。至家更帏垫，复往筠所，丁、李、瞿先在，李、刘复至，坐间多谈礼政，虽未合经，犹胜游谈，至戌散。还，移床上楼。

八日　晴。始作《列女传赞》，成一卷。但少郫招两学使不至，余及右铭、定甫、孔吉士同坐，设食颇精，云已易厨役矣。

戌还。改《经解》。

九日　晴。改《艺文略》，思倦稍休，刘希陶来，作饼沽酒待之，不食而去。夜始复讲。

十日　晴。改《艺文·六艺略》毕，语多离宗，不易下笔也。沈生妻诗稿已失去，又未记其名，当更问之。作书复俊臣、程郎。筠仙遣送二百金，云朱家所赆。盖为我谋之至，而不自知其不忠也。正当需用，亦不择而受之，古人律身不如此。迟一日则质物，息取五分之一，亦正济所需也。希陶又约斋集，过午舁往，待昏乃还。

十一日　晴。黼堂约饭，朝食后往，子玖、张、唐至，何棠，周、郑二生俱先在，申初散。谈校书，瞽者视有目，乃至空格跳行，皆先属读者，心想甚周，骤不及思也。张、何、周皆北上，天色晴和，游兴翩然矣。

十二日　晴。连七日日色皎然，冰雪未化，今晨更有霜，而寒色其凝。看前两年日记。作《艺文略》。与书吴劭之。夜讲。

十三日　晴。晨常氏女婿敦竺来见，且贺年，留居楼上。改《艺文略》。过但少村饮，瞿、王不至，右铭、定甫、孔、搢皆同坐。

十四日　北风，不甚寒。已约朱宇恬往乡，因过希陶，要同行，道遇唐楠生，至则蒋、张师耶先在，筠、篷、俞、皋、周笠樵后至，看花无佳者，申正还。舁夫争先，蒋、周不竞。夜讲。

十五日　晴。街潹可步，城隍住持招饮。写字，夕行香贺节毕，吃汤丸，因携儿、女、孙女及常婿看镫，一无所见，花爆无佳者。真女睡先还，四女同轿还。余携懿步还。舆买爆，聊应节，始觉蜀中繁华。

十六日　阴，晨后雨。陈程初请早饭，客来甚晏。答访熊老翁，送桥捐与唐三太，希陶、陈瑛同饭。张雨珊来，登楼谈。夜讲《鉴》，改《艺文略》毕。

十七日　复晴。裘温不可着，始换绵衣。作朱岳林墓志成，即书与之。看园花已尽萎，十年之功，废于一旦。郭嫂、玉岑弟妻、女来。晚过右铭饮，陪希陶、潘小农、田月郙多谈女事。右铭言河北讲舍发一红芙蕖，而舍生得解元，众以为瑞。希陶引小说云："凡有兆者，皆不复显达，以其器小，得一事便希奇也。"坐中以为名论。夜讲《鉴》。

十八日　阴，有雨。滋女还，其子新殇，来散闷也。少村来，门不能入轿。今始有大轿来，乃知之，已无及矣。看湘潭《方技》，欲改作，竟未能起手，姑又置之。夜讲。

十九日　阴。答访本县陈明府、张师耶怡仲、张少耶仲潜、陈瑛、阎秬香，皆不入。至少村处谈，六部九卿具疏谏铁路，本朝无此事，近把持也。劫于威则惧而结党，党又不同则益其威，于此乃得，反之则篡杀相寻矣。明季廉耻已消，又二百年澌灭无余，此事只是患失心所激而成，以为举朝则必不得罪也。至曾祠访希陶，笠云、道真、常静、黄子霖俱在，同过雨珊，至郑七、簠臣处。早晴，涟舫、筠仙复至，未初还。得雨苍书，又作一回梦话。夕间敦郎告假省姑，二女亦去，十一妇亦告行，楼中清静，始遂我怀，连日拥挤喧嚣甚矣。是日乙丑，雨水。湛香来。

廿日　阴雨。风寒，复着大裘。筠仙约客廿四人看戏，未初往，至申辞出。赴刘牧村招，至则主人衙参未归，坐客祝、吴两学官，黄、段两江西人，至夕乃设食，可以报去岁之迟至矣。得宋、戴、京、蜀书。

廿一日　阴。连日废事，欲汲汲补之，展卷沉吟，又复半日。应人之求而作文，无以异于酒食征逐，甚无谓也。与珰女书。张东丈弟招陪院幕陈子，便过希、笠，遇武冈张举人，坐水榭，从陈宅出，至张子寓。张子始以府经禀到，名贵昭，字仲潜，尚非不可教训之人。坐客唯有陈、松、陆、吴，皆嘉定人。夜讲。

廿二日　阴煊。复绵衣。李佐周、胡子勋、杨少六来，登楼久谈。周荔樵复来，作《志传》未数行而罢。晡过周笠西，陪但少村，罗瀛交、蒋幼怀同坐。夜讲。

廿三日　大风，稍凉。作《志传》，倍书未一本，健郎来，言携女远游非计。余作事自以为审，既闻其言，嘉其能谏，与书更商之，晡过蓬海饮，王石丞、筠仙、陈海鹏同坐，二更还。六弟长子及其甥唐子信、冯甲总来。

廿四日　阴雨，更寒。作《方技传》成。近岁文思不复泉涌，似甚难纵恣，岂才尽耶？右铭来。夜讲。

廿五日　阴。改舆儿《尔雅释草同类异名考》，未三四条，颇觉滔滔汩汩，岂袁枚所谓治经则文思茅塞者耶？又罢之。更翻《志》稿，改沈生《货殖传》。帉女归省，夜设饼。讲《诗》《鉴》。湘潭三人去，又二族子来。

廿六日　雪未白瓦，顷之晴。校《志》稿，尚有渡桥公田表未理也。见郎来，云携女去似分家，宜酌留一二，以示维系。讲《诗》《鉴》，斗牌。郑茀臣来。

廿七日　阴寒。作《货殖篇》，未能拉扯，姑就所知者略述之。夜讲。斗牌。

廿八日　阴晴。王石丞再过我，昨晨往答之，已辰正矣，尚琐门酣睡，观此知吾家尚为有天日，比二早亦晏起，以避寒气。梅生、黄修元来。价藩来。修元云吾县有治《公羊》者。湘潭经学诚盛。希陶、笠云来送行。子玖来，言船已觅定，遣人往视之，未得底细。刻日不遥，万事未理，大有楚武心荡之意。更作《货殖志》成，但须作张墓志，便可脱身矣。客来不断，未晡食。夜饭，斗牌。

廿九日　阴晴。晨至子玖处问船，云无着落。至黄郎家，问清郎从行否，似无去意。彼初以我必不允，今反堕吾术也。凡事准诸道，则智计无所施，庶几利害不得至吾前者。君孺来，让坐待之。一日无事。十七都张子持来。夜讲。朱家遣人来，言船不容人。

晦节　阴。遣苏彬看船。欲作张志，罗锡华、陈玉山、陈三立、筠仙、黄郎、曾昭吉、夏生、贺子泌长子、两族子、少湖，六，寿山兄子。月生，寿山之子。易生、尹和伯相继来。见郎送菜，添设，便请君豫，饮半杯，微醉，少睡，登楼谈，顷之已三更矣。明日朔旦，不作墓文，因起稿数行而罢。讲《诗》《鉴》。夜雨。竹翁送图本来。

二　月

二月丁丑朔　晴。黄、朱二子，逸梧，邓郎，国华，见郎来，坐谈至半日。客去，作张志。朱郎恩綍字荷生。言别顾一船可否，余雅不喜轮船拖带，遂辞之。轮船实未来，而待者已数十人矣。作书谢竹伍。

二日　晴。明日祠祭，当斋宿，然功儿怠忘，昨始庀具。先约刘定甫一集，不可再辞也。余以将行，委事儿子，故疏忽至此，亦不虔矣。罗承恩送程仪，辞之。出答访张尧臣。见黄母，言潘郎不能约束，宜令同去。而黄家老少皆欣欣，议为完婚成家，奇矣。便过见郎、子仪、蓬海而还。过刘馆，欲入，嫌其太早。至家云已再催，飞舁急行，乃云客待久矣。请申刻而未初至，犹嫌其晚，改早而不知会，愦愦哉主客也。筠仙、徐芸丈、俞鹤皋、王一梧同坐，皆未携镫，摸黑而归。

三日　阴晴。质明待事，辰正祠祭祢，巳正饮福。午正出贺但少村，遇筠仙，访幼铭不遇，便出西门，答访周提督。遇子玖船在旁，登舟少谈，坐人已满，而云可腾仓，谬也。至林少湄处，一梧亦至，龙老、王道继至，二更还。朱恩缙、乔生来辞行。

四日　晴。张怡庭丈来谢墓铭。《东墅铭》无稿，亦为阙略。蒋师耶、刘希陶来。希陶讼刘牧，王抚批，嘲其无瑕，不即不离，比于查阅朱卷，有灵笨之殊矣。遣苏彬觅船未定，午招胡、黄、杨、郭诸郎春酌，馔祭余也，食毕客去。王石丞乃催客，至则筠仙不到，俞、杨、林先在，陈鹏后至，谈归政，恩赏李相紫缰，未知汉臣几人得者。四五人皆不能举其故事，亦疏于知今也。春暖似三月时，暑针至七十余分。是日庚辰，惊蛰。

五日　晴。料理行计，写字数幅。过别希陶、笠云，笠云不遇，遇蓬海。还，遣散林三、戴明、王升、陈佣、湛妪、吴婆兼石山，同常婿还。常儿乡曲浪子，举动可笑，幸见人尚规矩耳。夕过黄郎饮，张子容、谭、陈陪客，方晡而往，子玖遣来要行，雇船已定，复就瞿船，便发行李。夜还，匆匆不知从何处说起，且令斗牌，三更散。

六日　黎明方觉，便盥洗，步出西门登舟，诸人尚未起。答访周署提，周又寻至。纨、真先登舟，功儿送两弟来，滋女最后，已巳初矣。朱乔生、子玖俱仅一见。小轮始发，过铜官胶浅，顷之乃涽。夕至青洲，又浅，遂泊芦陵潭。大风有雷，顷之霁，新月春星，汀洲初绿。子玖过谈。

七日　晴。更热，仅可单衣。大雾，巳初乃发。湖涸成港，轮舟拨货乃可行。夕至高山望，去岳州十五里，城陵卅里，子玖云万石湖堤也。伯严、播阶来谈，设面。二更后欲讲《诗经》。《内则》"使姆衣服"，《文王世子》亦屡言"衣服"。衣服者，家庭朝夕服也。服谓左右事佩，少贱见贵长，必佩而后敢见。

八日　阴。晨起大风，至午遂寒，以腊前计，两日气候相去可六七十日。泊一日。伯严等不复能来。讲《诗》《鉴》。黄彻《碧溪诗话》，平生所未见。

九日　有雨成冰，愈寒，风亦未息。再泊一日，并子玖亦不能来，多睡不事，暮讲《诗》《鉴》。

十日　风稍息，犹不可行，再泊一日。讲《诗》《鉴》。

十一日　晨霰，风息。将发闻雷，船人云不可行，复稍停。午发，过岳州，伯严登岸去，船行将至鸭阑，复还待之。溯江行，廿里泊荆脑，即观音洲也。吕生屡之观音洲，余初不知其处，今乃得之。抄《世系表》，旧谱所有者已毕录，凡十二纸。夜与乔生过伯严、播阶船稍坐，复要还舟谈。先还，过子玖谈，二更陈、孔来，子玖设面，将三更乃散。

十二日　晴。行一日，至暮，夜泊牌洲，嘉鱼地，凡二百八十五里。讲《诗》《鉴》，改《尔雅释草解》。伯严过船谈。

十三日　阴雨。行百五十里至汉口，过午矣。雨霁，泊大马头。夜看花爆流星，甚迅疾可喜。询马力斯船未至，议坐招商船，不能多占房仓，且留一日待之。

十四日　晴。大雾，久不过江，约乔生同访鹤楼旧址，携两儿、两女坐官渡船以往。入汉阳门，风景依稀，楼既毁，乃见其基址甚阔，比青羊宫殆可相埒。从斗级巷至府后街彤云寓中，不遇，仍至鹤楼，携儿女还船。彤云已在舟中，尚不甚老，面色更红润，年六十五，别十余年矣。云为周福阶所恶，罢任另补。便留子玖船同饭，又过船小坐去。夜月甚明，询华利轮船不来，定坐江裕。乾益升送菜，雨恬盐栈也。看《沪报》，醇王引宋孝为法，吴河督请尊崇，因宣示原奏，云本朝远过前代也。

十五日　晴煊。朝食后瞿氏三子均来谈，移行李上江裕轮船，子玖家媫坐大间。余初看上层人杂不可坐，账房朱生迁余右房，伯严、播阶定上层，朱、傅同房，与余隔一房门，此外竟无相识者。移床稍定，与瞿十五郎同坐红船过汉口，子玖、乔生同去，并携真女行。至南岸粫官渡局，彤云迎于门外，小楼两层，亦甚雅洁，设食甚饱，投暮还。月明江净，轮船灯管颇云朗丽。亥正开行。伯严未午食，轮船例不具食，今特设待余，因邀同饮。开船时已倦，遂睡。

十六日　晴。辰正起，已至武穴，将午乃泊九江。德抚女选罢还宫，所坐官船当就马头，移船江心让之。税务司妻婢还国，至未正乃至。比到小孤，晡后矣。今日家忌，账房又为余设素食，甚饱。终日游谈。

十七日　晴。午至芜湖。税务司来看船，至石头小舣，欲登岸，亦无伴同行也。至账房食一日。夜遇葛培义、田副将。田好集唐诗，而用苏、陆句，俞、王为作序，不能指示，余乃告之，彼意似不乐，然于理当如此也。曾涤丈日记云“又作一大无礼事”，未知何等无礼，若不可书，何为日记？余昨忌日而使妪梳发，此则大无礼之可书者。夜停镇江，夏生来。有五尼自芜湖来，睡我房外。夜又二湘人来，睡门外，此亦无礼。于船山论当究已不自顾船。余以前年遇盗，有戒心，故贪海便。若于礼当追究，咎携女出之未合，又近于宋学拘迂，直以未能早坑故耳，子玖则难免白沙之诮矣。

十八日　阴。晨出江阴口，船中襆被悉持去矣，颇有感伤。午入吴淞口黄浦，泊金利马头，移行李至三洋泾泰昌栈。账房朱、施并言可就船拨船，因留滋等在船，余与伯严、撍阶上岸，坐小车飞行洋街，亦自可乐，真女从来。夜赴朱生招，陪子玖，复新园晚食，天仙园看戏，滋亦去，瞿妻同来，子正散。携舆、懿、真居栈房，遣莲弟上船护视滋等。

十九日　乙未，春分。前年至上海，亦春分时也。撍阶有友郑君能知物价，托买小件。研郎、梅生与熊、刘来相看，因议同船，共顾新添驾时轮船，闽抚本钱。船重不能载货，此与湘人欲作轮船载人同意，皆贪利而失利者，湘幸未成耳。同人集议，买办索定钱，以廿元与之。闻即夜当行，则恐未能。子玖亦即移船。自往迎滋、纨，上岸乃朝食，正过午矣。同孔、陈至杏花楼小食。同孔，郑行市中，买钟、镜。还与伯严赴子玖招，陪买办，未去。聂仲芳来，唐寿崧南生亦来，未遇。唐，同县人也，向未相识。仲芳来，无所言，泛酬而去。至第一楼隔壁聚丰酒馆，子玖、朱、傅先在，施、朱后来。酒罢，至丹桂园看镫戏，颇为工巧热闹。伯严先去，云船不容人，又人数错误，当别定船。子正还，儿女已烂熳睡去，唯滋未入，久之乃登楼。撍阶来，言请买办之非，云士、商不可为朋，况买办夷奴，而学士与周旋，甚乖于礼。此言与余合，然与时局不合。伯严亦还，睡已丑初，月胧人静，惜无花耳。

廿日　晴，稍寒，有风。朱买办来，请游天主堂。午携两女立桥遥[①]，逢施省之驰车来迎。还客寓，衣冠，将往制造局俟伯严同往，纨、真并从。可十余里至徐家汇，光启故宅也。教士黄姓，设茶点，请看堂馆，大抵似佛寺。别有博物堂，尽藏鸟兽皮，云有人专收掌，皆得自中土，无海外物，颇以自矜，云中人不能收

---

① 此处当有脱误。

藏也。将登天文台，雨至未上。别有女学堂，亦未去。驰车亟还，颇闷，欲吐。小坐茶馆，散已上镫，雨湿不可行。验郎在孔房相待，云抱芳园书店欲请一饭，未知肯去否。余云无所不可，但雨不可。已而雨少止，复来邀，因往聚丰园。客别有四川陈埙字伯雅，言曾相见于曾传涽心泉处，又言顾又耕尚存，凌监发财云云。验郎同伴刘小山亦在坐。又有一贾客冯春江，不知何业也。设食亦甚草草，少顷即散。孔、陈复往花会，孔以连发正论，中辍不去，正论之有益也，若清议未泯，人心不至披昌。子玖附丰顺船，明日即发。

廿一日　阴，风寒。朝食后复携纨、真坐马车至制造局，答访聂、唐，唐云曾相见，忆是壬午交《志》稿时，唐曾与也。又闻谭青崖碧理亦至此，小坐驰还。陈、龙、夏、熊、刘俱来，云已附海定，今日可去矣。步出看书店，至抱芳阁，店主鲍廷爵言冯乃扫叶坊友也。闻郑厚余言李勉林将入都，坐小车往访之，修路不可通车，步行泥淖，一工人指往西，西乃荒野僻巷，询知李寓在东，还即得之宝顺五弄，云闲步外出。旋即坐小车驰还，道旁见辛夷盛开，比昨桃花为存本色也。仲芳请听戏，令两儿、纨女往应之。又与唐公送席，力辞不受，独与滋谈立身居家之道。外楼洋油火发满地，有能者以呢垫压之乃灭。若往听戏，乃大笑话，以此知老客不轻出，非过慎也。灾眚有定，要以无可悔为合事理，今夕即不成灾，初非吾智所料。洚水儆余，其谓是乎？夜间又传入一片，云勉林曾至此。又知余先往为合理，盖李病间，不比诸处可不问也。久闻《野叟曝言》之佳，买视之，即王弢友人所作，不足观览，亟退去。夜分始寐。伯严来呼门，云六槃来。初未思及，再三不解，开户乃悟焉。披衣坐少时。令访搢阶，顷之复来辞去，已及鸡鸣。

廿二日　晴煊可游。三子引一都司来，便留早饭，无都司坐处，而阑入就坐，余欲退去，已约搢阶来饭，遂勉共食。如此不知起倒人，而欲谋差遣，难矣哉！斯美船至，争发行李。余携真女坐车至招商马头，登舟看仓，秽杂不可安，佣保蹀躞，勉入铺垫。俄闻言此船当修舱，纷纷俱去。携真登岸，误入招商栈，真云不是。此女小已留心，有似其母，从之东出，街市宽平，饶似京都，徘徊久之。孔傔湛姓先还，余待日暮乃归。郑厚余邀往益庆楼，车夫故绕道，索钱半百，未暇致思，遽为所卖，又自哂也。菜浓淡相间，虽少，颇有心思。夜还，复至丹桂园看戏，当场出局。本地狭斜风光，庶几陈民风之遗意，倡优亦当复古耶？

廿三日　阴，复寒。闲坐一日，念待船争仓非计，遽问招商局委员吴姓，采言马、沈即当至，已为定海晏矣。顷之沈能虎来，一见乃悟朗山之子也。薛叔耘亦在此，搢阶往访之不遇，约游不果。夜看外国戏法，弄鼓累盆，殊无足睹。

廿四日　晴。无事倦游，闭门闲坐。

廿五日　晴，稍煊。通州轮船将开，陈伯严亟欲行，留同坐海晏，云留一日则须十金之费，不费又不能，故亟去也，亦可谓自先利者。因令店家往看仓，报云有仓，自往看之，杂器不可坐，强令腾后仓，携懿、真往待，又呼英子来，久之无成。上岸至万安楼，店亦不恶。访何朴园，均束装矣，因要来饭我所，孔、陈并来，饭少不供，已而俱散。出乘马车答访马、沈，兼诣叔耘，比徐州别时，风骨顿异，相随时改，信居养之能移也。余则异是，未知优耶劣耶。夕至聚丰园，赴马、沈招。马名建忠，黄通政所谓汉奸者，曾为郭、曾随员，美秀而文，自言奔走之材，未见凶恶之状，而众人拟之金、黄，金尚不及，黄实过之也。沈则寻常能员，未能自固。叔耘后至，谈时事，主铁路甚坚，亦未深叩所以然。夜散迷途，三返益惑，乃乘小车还。沈云汉臣紫缰，前有张廷玉、杨遇春，满臣则多矣。

廿六日　晴。遣询孔、陈，船已开。独坐竟日未出户。叔耘送书，看毕十本。送赆，辞之。

廿七日　朝雨，午晴。携真、复至宝顺里，访勉林，已能缓步，云将往天津。约之同往，云尚须十余日。计十九年未见，颜色似更充实，无复前豪耳。有一子四孙，家无甔石，信有命也。浏阳县运不及无锡，故李、薛升沉顿殊。夜改功文，说“学干禄，禄在中”，为禄即是学，子张歧之，孔子合之也。禄者，行政之资。闻见者，为学之要。人可无禄，不可无闻见。因闻见生言行，因言行尤悔，故学，是“禄在学中”之说。

廿八日　晴，稍煊。待船稍久，逆旅困人，欲迁移未能也。午间闷睡，郑厚余来，要入城，云已申初矣。入新北门，至城隍祠，其地甚宽，盖盛时游赏之处。桃花未开，盆中皆小枝扦插者，凉风倏起，凛然寒色。同出城看大自鸣钟，乃别而还。上海街屋隘暗，犹见海遥荒县之制。城人亦多，未知何业容之。

廿九日　晴，复寒。朝食后携真女及两儿步从西郊，由马场渡桥，游静安寺。有西、申两园，门外有第六泉，沿途皆夷商、村店，篱落相望，耦居无猜，但屋制不同耳。往返可廿里，还已晡矣。临水二桃未开，且瘦细似棠棣，商人不知花事，遂亦无好事者。少睡。郑厚余来，约夜间听书。海晏船到，后日当行，江裕船又自汉口还矣。作《湘潭志序》，未得机势。此月但游戏，一无所事，而文思柴塞何也？书馆妓女九人，弹唱六曲，花钱二百文，似廉甚贵，游戏无贱如此者。厚余送茄瓜。

三　月

三月丙午朔　雨寒。复可衣裘。郑生云黄式穀当来相请。待半日不至。马湄叔来，兼约吃番菜，久谈时务，云轮船不能拖带，浅水则尾昂，轮不能激水也。若得二万金，可容五百石，坐五十人，长沙不能通行。亦甚言铁路之利。酉正至海天春，马、沈设饯，送赆百金。

二日　阴。晨命看船，船人未起，朝食后自往看之，留二仓，不便出入，改定门口二仓。乘午潮，发行李，余复上照料，儿女均发，携舆先行，余共一马车。既上，余复上至招商局，答马、沈还，门闭不可开，待匠，半日乃得鞋，步上江裕船，发家书，还船已夜。郑厚余引黄式穀来，要吃酒听戏，坚坐不去，勉往一吃，子正还船，旋寝。寅正开，守雾，无雾遂行。

三日　晨起食饼，巳初朝食，饭甚软美可食。叔耘来谈。正午船摆荡，行可四百里。顿觉烦热，勉坐接谈，客去即寝。儿女均欧吐，唯懿未吐，吴僮亦不吐，然俱卧矣。晡时少食，余人皆不能食。往看叔耘，仓寂静无人。风寒颇厉，亦即还寝。

四日　晏起，船尚在碧海，未见黑水，云已过矣。巳初朝食，船已定，人皆起食。饭后过叔耘，谈欧阳健飞妒吴参将，请卞生劾罢之。洋人将食，出至外间，风寒不可立，仍还仓。对房任公子出谈山西作令事，昂千弟也。夕过成山。

五日　庚戌，清明。风稍止，船行如江，作诗一篇，纪佳节之游。适叔耘来，因示之，结句未得佳，凡三改始妥。夕至大沽口，拨货，竟夜喧嚣，将明乃发。

六日　阴，微雨，至午霁。行百廿里，将及五时乃至，暂寓佛照楼。甫定，后族子少湖已至，云与六坡同海舟，朔日到矣，可谓捷足也。任昂千弟之骝字群北，同船接谈，似胜其兄。晡后坐东洋车至督府，行可十里，门者皆相识。入内客坐，坐久之，李相始出，云用电气熨面，并服补筋药，今将复元，唯言语稍吃力。薛叔耘待见已久，余谈及，乃命延入。余见主人多言伤神，乃辞退。过晦若，相见甚欢，云伯寅得总昆冈，李鸿藻、廖寿恒同命湖南，唯曹榜眼得房考，余无相识者。将暮还店晚饭。《三月三日从叔耘司使兄泛海有作，即送入朝》：轻寒万里春无迹，碧海平波芳草色。万斛舟浮一叶来，素浪惊飞如鹭翼。重三上巳接清明，令节良游旷荡情。流波本欲通天汉，钻火还应就柳星。成山一发横烟树，岸外斜阳光若曙。却惜秦皇不遇时，鞭桥怅望蓬瀛路。天际故人从鄮来，当年一炮海波开。喜接新莺入丹禁，共出樊笼览九垓。沧溟蠢蠢千年晦，不及江湖有灵怪。猋轮坐运恣汪洋，始翔六合通无外。迟日春花烂漫游，潮声随月更西流。明朝好折潞沽柳，绿满兰皋嘶紫骝。

七日　晴，烈日大风。晦若书来，言不宜出门，且云督府馆我于吴楚公所，闻之甚喜。湘淮断断廿年矣，非少荃不能设吴楚公所，非闿运不能居吴楚公所，旷然大同，郭筠仙辈已觉小眉小眼，况沅甫以下耶！作书报受衡、雨苍、景韩，并寄书、银与孔措阶。

八日　晴。朝写老子，纨已遗忘，不能默录。午携懿、真将入城，半，送真还，余亦入督府寻晦若，见汤伯述、张又樵。张唯谈医，不欲论事。余亦未敢深言，与见诸名士迥异，盖道不同也。未夕还。始倍书，讲《诗》《鉴》。

九日　晴，日烈可畏。看已注诗话。与书宋生。芸子仁弟无恙。前得手书。具谂邸吉。去岁同学，北榜胜西，今又得李，潘，必多佳选。但华美实伤，又在先达诱倡之，玉女所以思吉士也。闿运区区所以望蜀才者不在卿云之黼黻矣。还家二年，敝于编录。方赎故山，创作堂室，城宅不戒，土木大兴，负债累累，求者无极，适有燕使，因遂蝉脱。来书云云，未遑深究。今者携持弱小，安抵津门，督府除馆相容，不复言瞽宗之事，比之丁公，更为优假。虚名窃忝，大架狼犺，唯有闭户潜研，聊充市隐。吾弟与皋卿并茂才德，尊经首选，宏我汉京，若并得留贤，唯须养望。廖、刘明慧，深浅不同，而并嫌轻躁，因时箴之，使进大道，则友道隆矣。杨生闻浙安详，想亦习濡功利，不可则止，同则为谋，勉之勉之。所贵乎为学者，廉顽立懦，化育英才也。师友之间而有所未孚，此吾八年所以自咎而辞去，且终身不欲言教学，芸子有心人，能勿伤乎？一士有成，千秋为美，愿无以自轻也。湘士多我慢，又不如蜀，而坚忍或逮之，其教之当施斧斤，仆病未能。吾衰久矣，且期暂置，以俟河清。初到尚未移寓，念急相闻，可与皋卿共观之。少湖又来。郑又悝知府送所刻《金石跋考》，释“北”为“分”，即通为“匪”，颇得《六书通》之妙。夜讲《诗》《鉴》。

十日　阴。朝食后晦若来。余先遣人视公馆，云方迎桂抚，午后可移。客店月费百千，势不可久，因之[1]晦若步至公所，视之方扫除，无他人，亟遣移寓。余入督府，主人出谈，闻会试题“行夏”四句，自丁未以来无此冠冕题，盖翁所拟也。亲政而仍就学，恐政议有歧，然于文事则盛矣。夕还，儿女均至，厨无烟火，遂不夕食，诸人买饭食之。晦若复来，照料周至。夜月。

十一日　晴。昨与少荃论题，夜思得一文，醒尽忘之，因补作一篇。晦若、伯述来，因看荒园，登春台，客去文成，写送之。少湖移来，督府馈米脯。朝晡食始半饱，无须如许米也。取木器，竟日苟合矣。夕食复寒，步往访晦若，巡捕千里方[2]借床几，小坐，步还。夜闻风声人语，起视之，小雨如尘，俄闻点滴。北方少春雨，欣然听赏，遂至天曙。

十二日　阴。晦若借诗稿去，忘携行卷，大为荒忽。春寒恻

---

① “之”，应为“与”之误。

② “千里方”，盖为绰号。其人当即下月十二日之胡千里良驹。

恻，课读多暇，复有似于石门，乃知十余年匆匆，非心之累。春寒高馆静，新雨夕阳闲。十载劳尘事，残年厌故山。安心难自遣，闭户即无关。又忆桃花过，窥园扫石斑。积寒乍间，已复小疾，竟日昏卧，至夜讲《诗》《鉴》，又睡至三更，乃起解衣。郑幼惺族弟业纶来，口吃，人老实。

十三日　晴。朝食后至督府，访景翰清、白镜江，均小坐。景言湖南轮船事，当咨湘抚，前之招商局思开马头，恐不诬也。晦若犹未得食，辞出还寓。仍从桥道入东门，府学外即耶稣堂，殊为相逼。至营务处答访郑幼惺，看吴清卿古文字书，并津局书目，书值不廉，亦无多种。讲《诗》《鉴》。

十四日　晴。发家书。杨瑞生来。景、白、汤子来谈。夜讲《诗》《鉴》。

十五日　阴。吴僮病颇剧，卧两日矣。倍书二首。《春秋》至文，《礼记·月令》。午赴汤伯述招，游海光寺，步至铁桥，同晦若、白镜茳去，携真同往，循城直南，寺在机器局旁，有新碑，云康熙时僧相南募建。初坐行宫外，侍卫呵去之。仁皇闻梅花香，遣问，因依所指，造寺为丛林。柳墅行宫在旁，今为武备学堂，唯此寺功德独存。寺有赐钵，中书金字经，曲笔随势，书体工整。寺僧自然，烟霞客也。设食未半，真求还，令苏三送归，斋罢，已斜阳矣。入城至伯述家少坐，仍与晦若、镜同至桥头，乃别而还。寄书陈小舫，询丁家事状。海光寺有法国送来大钟，式异中制而其鸣嘶。

十六日　阴，复寒。无事，长日仍须自课，舆请抄《尔雅》、检《说文》诸字。晦若书来问讯。午食后往一谈，遇陈容门弟，电报馆主也。夕，晦若送至门首乃去。

十七日　晴，始有暖风。少荃来，门者以例辞之，亦合吾例，但交情所不可，又似挑斥其不排闼矣。此等，主人皆不及知，吾未官亦被牵作傀儡，官或反愈耳。补作《海光寺诗》。东卫兰锜旧，琳宫饰佛新。钟音华梵外，棠树浅深春。散步思芳草，闲僧话贵人。海军非得已，绳武在南巡。

十八日　晴，稍煊。晦若午来，匆匆去。郑幼惺请酌酒肆，期申刻，晡来催，步往，客悉不至。坐久之，陈协领芝卿。来，坚坐两时，张、吉。胡、口。孙、子林。徐晋詹。乃至。天津馆菜有名，亦不异余处，但多糖色耳，鸭鱼均不佳。夜月上乃还。借得《老子》，抄注二页。黔臬放田国俊。

十九日　晴，复寒。抄《老子》二页。晦若复送《墨子》来，今年大约须注二子也。夜至督府，逢饯法使，与晦若小坐还。讲《诗》《鉴》。

廿日　晴，大风。抄《老子》二页。勉林、幼惺来谈。倍书，讲《诗》《鉴》。

廿一日　晴，仍有风。勉林来，言当移同居，甚喜，欲留饭，坚辞去。抄《老子》二页。儿女忘携《曲礼》，暗录与之，草草作二千字经题也。忘《穀梁传》说，买局本看。倍书，讲《鉴》，如额。

廿二日　晴。除。抄《曲礼》二千字，抄《老子》二页。勉林来，将请西人诊病，在此候至申初而去。酉初阴云如墨，黄尘涨天，雷周空行，已而雨至，淅淅霎霎，俄顷云散，复霹雳如劈柴，然不甚响，雨遂止矣。北方稀春雨，甚可乐也。夜晴。倍书，讲《鉴》，如额。

廿三日　晴。朝食后勉林移来，凡三相见。抄《老子》毕，便叙其意。夕入督府，一谈勉林起病事。

廿四日　晴。始抄《墨子》，凡三起手，均未毕，今重作，想亦不能毕也。郑太尊来，送《琵琶崽图》求题，余云有玷官箴矣，在下位无风纪之任，姑托戏言，实犍椎也。倍书，讲《诗》《鉴》，如额。

廿五日　晴，热如三伏。抄《墨子》，课读，如额。命舆、滋抄文，每抄必误，乃知抄胥亦不易得。

廿六日　晴。昨看京报，一梧竟引疾，可谓巧宦耶？因诵《汉书赞》云："广德当宣，近于知耻。"① 善善从长，故高人一等也。朱耻江来，云不能覆试，且求盘费。余曾馈十金，盖负彼二十金耳，此账当还也。留饭而去，又欲写免票，盖不肯空过者。孙有父官风。晦若书来，云日记屡言食饼，今且十日未食矣，复令作之。舆小病似疟，未讲书。

廿七日　晴。朝食后耻江复来询船事，遣往招商局问之。作书与朵翁、聂仲芳、马、沈，招商送。成都李绍庚来，出范濂书，属为张罗，何生意兴隆如此，向不拒人，允为图之。晡食后过晦若，主人出谈，疑知余来而特至者。论铁路、毓庆及江、广官中事。又论游子大言归不退，盖巧于钻营者。夜食饼。与勉林谈旧事。

廿八日　晴。今日换凉，晨气犹寒。与少湖步至紫竹林，日中行，可三绵。至义和看耻江，至四合看李绍庚，皆劝其早去。耻江必欲得免票，转求郑幼惺托人取之。若孔子不乞邻，必直告以不能，而耻江大恨，所谓乡人之不善者恶之，正圣人之所欲，余未能也，上又不肯。还始巳正，饭罢小睡。抄书，倍书，讲《诗》《鉴》，与勉林谈，复晦若片，皆成日课。恒儿疾尚未愈。

廿九日　晴。李绍庚复来求书干请，亦真半团本领，不肯空过者，为书寄鄂生。倍书，抄书，讲《诗》。夜大风吹楼门开合，

① 按，此约《汉书》薛广德、平当、彭宣等《传》赞语为之，《汉书》原文云："薛广德保县车之荣，平当逡遁有耻，彭宣见险而止。"

登楼合之。昨夜看火焚木厂，光照甚近，久之乃息。

晦日　晴。将看花西郊，待人同往，久之不至。前湖南提督李长乐来，廖二盟兄也，今调直隶，代郭松林。淮军武人见文官，虽谦实倨，前已言之矣。甚不欲接之，既出，当温良恭让，因请入谈。午后至集贤书院后花园看花，还，复问路至西郊解元庙。康乾时芥园，名士所膻也。刘云亭兆祥来，见勉林，因请出谈，郑太尊亦在坐。看花三家，俱无可买，唯桃花始盛耳。夜讲杜诗，抄书。

四　月

四月丙子朔　晨作看花诗一篇。人间惜春尽，地冷留花晚。江南芍药暮，蓟左夭桃满。良节及辰游，西庄去尘远。新杨散夕圃，芳风始苕展。安知时已暮，但喜晴初转。翔燕影飘翩，和禽语绵软。物荣并欣欣，客意何怅惋。还临漕渠静，归悟尘日短。无以晋魏情，叹息巢由蹇。日阴风凉，坐小车渡渠，至柳墅，答访李提督，因便讯杨宗濂。柳墅旧为行宫，后卖地，复买还，建武备学堂，掘得太湖石，即供御园旧物也。曾未百年，顿至如此，何必黍离乃堪心醉。坐久之，杨不出见，还至杏花村，坐车入督府，至晦若斋，与伯述谈。伯述云“解元”乃“芥园”之误。查氏水西庄，厉樊榭、朱竹垞所寓也，今无复基址，复增一惆怅。要之皆斗方名士胸襟，不在其位，不与人忧，一笑对之耳。往为丹初题烟客，有云：江南人自谓风流，乃至国破家亡，皆其诗料。余正未能免此。还闻游子大来，无可谈者，亦不必见之。夜讲《诗》。

二日　晴。补抄昨日书，以《墨子》诸篇文重复易厌，改抄《经说》二纸。朝食后携真至河北街初来店，答访刘知县，不遇还，日烈可畏。倍书毕，少睡，晡食后步至木厂看子太，已行矣。

夜讲《诗》《鉴》。

三日　晴。抄书，倍书。华容蓝昆山步青县丞来。刘云亭来。何营官送菜，勉林却之，强余受之。长日课闲，悠然自适，大隐朝市，有由来矣。山林不独枯槁，应酬正自不少，不若处人海中，为江湖雁儿也。夜讲《诗》《鉴》。近年夜间未能多作字，盖衰眊之渐。

四日　雨寒。抄书，倍书，如额。午间风云阴，已而开霁。步过督辕，约晦若同赴白镜江招饮，至则已去矣，其从人云在铁路公司。行泥中往寻不得，复还过桥，镜江遣舁来寻，适相值，乃近在咫尺。乘舁往，闻语声，景翰清、晦若先在，待伯述至，酉初入坐，戌初散。天津鱼翅甚佳，盖曾侯所由出，余菜不可啖。白，晋人，而无西菜，是特设也。步还颇倦，讲《诗》《鉴》未毕，勉林来，请作挽幛四字，吊贺幼甫。四字最难安，久之未得。

五日　阴，仍寒。晨未起，晦若片来，报景韩擢苏臬，孤生无援，忽有显授，未知所由也。抄书，倍书。懿温《春秋》《书》《诗》始一过。小睡，遂寐。近日颇似阔人，每日有睡课。《墨子》书言王公不贤者有三种：一骨，二无故富贵，三美好。“无故富贵”，所谓循资格运气好者。自以为当富贵，而非亲非美，天下之人莫能议之，加此四字，足令千古失笑。

六日　辛丑，立夏。晴。倍书，抄书，毕。小儿女出看塞城隍神，至夜乃归。刘云亭来辞行，坐久之乃去。早间有县人周兰亭者亦来相访，自云贺搢绅之旧主也。言谈亦甚似贺，乃知沆瀣流派非虚。谭之似左，谭何人哉，心可也。张之似张，固不足怪。

七日　阴。点书至《玉藻》，思“缁衣”屡说不了，忘欲一韦弁衣耳。因定为韦弁，即爵弁之衣，但殊弁色，则缁衣专属大夫，乃可通矣。“羔裘豹饰，缁衣之宜”，“鞸韐有奭”，均依此说之。

一生积疑，豁然大朗。抄书，倍书，讲《鉴》。入城答访周金声。

八日　晴。朝食后答访何营官永盛。何云李提督属黄提督照料，当往通候，便至大悲院，飞一片而还。景韩来，云未朝食。余以勉林饭晏，便令同食。及设之，已食矣。客去，抄书，倍书，毕。夜步至宝成楼答访景韩，不遇，大风欲雨，即还。见火光，东岸复火，登楼久看，将夜分，欲睡，雨已湿地，风稍息矣。讲《诗》《鉴》未毕，即寝。

九日　晨起甚早。辰初复至景韩寓，宾客盈门，余少坐即出。景韩约过我早饭，午正来，入谈，同饭。勉林亦来，谈久之去。抄书，倍书，毕。黄提督全志来答拜。王知县福谦来，未见。暇日甚多，小步堤上，看作马头，云童侍郎枢将到。昔日成都送行，复在此相送，亦有缘也。夜与勉林过景韩谈，二更还。晦若先来，未见。

十日　晴。朝食后往督府看《题名录》。少淹、梅生、重伯均中式。蜀士中者六七人，湘人识者五六人。湘多能文之士，蜀似不如也。还未理事，景韩来谈，三时许乃去。昨得陈小石书，复一函。夜讲《诗经》。

十一日　晴。抄书，倍书。景韩来，问资斧足否，因请其代假三百金，预备还账。夜讲《诗》《鉴》。《宿赞公房》是罢官后作，仇注编之陷贼，其愦愦如此。雨过苏端则未授官时残杯冷炙之慨也。杜好吃而多怪，殊无名士风流。

十二日　晴。巡捕胡千里良驹来，初忘其名，已乃悟之。出谈凉棚事，一棚须百余千，此为奢华。崔国恩出使米利根，为土匪翰林别开捷径。刘瑞芬、周馥联翩而起，又安徽藩臬开府之阶也。抄书，倍书，讲《诗》《鉴》。

十三日　晴。晨过景韩送行，辰初还。午正景韩又来。熊妪支银寄供子读，儒之为蠹，大矣。抄《墨子》，毕一本。倍书，讲《诗》《鉴》，食饼。

十四日　晴。始服夹衣，俄而污之，心甚不喜。纨女生日放学，唯余抄书二页。属莲弟具馔，而终日不得食，误以为无客，不须食也。草具汤饼，令人不饱，欲责厨人，则非其咎，亦甚愠也。晡入督府，坐晦若处，逢陈容民而已。张丰润来，谈肃党，云可作一书。恣意讥评，盖犹世俗文人笔端之见，非知著作者。以其言推之，则三直臣之不为国计，亦可知矣。主人亦出谈会墨，夕还，早寝。幼樵又问《公羊》，初不欲示之，固问，乃送例表一本。

十五日　晴。先祖妣忌日，默居素食。抄书、倍书、讲《鉴》，外无所作。李提督书来，马会不得来，此人似有信，胜其统帅郭武壮公也。

十六日　晴。抄《墨子》错误，且置之。郑太尊请题狎妓小照，愠其无礼，久不下笔，偶思雪琴“小姑”事，因作《采桑子》二阕，序云。癸未军事，为中兴一大关纽，吾友彭、张南防，幸无败阙，然为之捏汗屡矣。有游南海参军事者，作携妓看剑之图，阅七年，于天津请题，因作二阕，前借酒杯，后题本事，亦他日一段公案。　小姑吟罢英雄老，再起南征，转恨余生，凄诉琴声杂鼓声。　微之也悔从前误，误了莺莺，莫误卿卿，可惜风流顾曲名。　书生却有元戎胆，醉罢蒲桃，笑摘红蕉，茉莉花前宿酒消。　思量冷暖吴钩剑，重把灯挑，细捻香烧，一卷兵书付小乔。午后抄书、倍书，夜讲《诗》《鉴》。

十七日　晴，风凉。抄书，倍书，毕。暇日尚长，看杜诗。午睡。夜讲《诗》《鉴》。

十八日　愈凉，复可二绵。京畿均求雨，寒而旱，亦灾中之异也。抄书，倍书，午课已毕，不待放学，聊复游行。至晦若处，闻叔耘改京官，出使大英。又云豹岑来问讯。玉池先生道席：瞿舟促发，捉笔长征，小轮畏风，八日下汉，缘途逗留，行过一月，吴挚甫先已篡立矣。督府馆我于吴楚公所，联络湘淮，时与张军犯往还而已。一日谈及清卿奸邪之奏，少公云："君意若何？"闿运对曰："唯抚台能称抚台，公大学士，我老学究，皆不以为然也。"家夔来文，又言轮船，民情不便，则公所云抚台要办者，又是谣言，又何抚之不谋乎？铁路，父子异议，香涛独蒙褒赏，海军不谓然也。闿运论之，公之行湘轮，李之开津路，皆为家门外宜有此一洋货，高兴之举也。以两公一代伟人，高瞻远瞩，得意之笔而鄙论如此，又何怪天下之揣测纷纷，张香涛、李黼堂之妄听妄论乎？先生休矣！不如专攻郑康成，剽学黄山谷之横恣优游也。家书来，闻公多谢病避客。常怪公爱见客，而外论反恨其不见客，足知议论难同，要之能谢绝孙、吕，则大妙矣。伯寅生平积恨，一旦得舒，颇收假古董。而湘士则皆佳者，涤丈有孙，能承清选，亦借以笼络不羁，尤为可喜。闿运破船多载，篮盘盖天，随处荒唐，卒无龃龉，唯颇畏教学，又不喜言洋，以此无职业耳。右铭遂打死矣，以此又差自慰也。初夏唯清和绥福，不尽。与书豹岑，并寄书筠仙。

十九日　晴。郑幼新来。抄书，倍书，得家信，寄诗本来，甚喜，复完如赵璧也。

廿日　晴。作书上外舅，唁桐生妻丧，兼发家书。从景韩假二百金，寄刻《志》之资。陈宝子余来，云其弟客死，来迎柩耳，而先至京师。初不知其所谓，盖向京官募资，诚可怜也。昭卅一年《左传》："十二月辛亥朔，日食。"《史墨》曰："庚午之日，日始有谪。"前屡引用，寻不得其传。

廿一日　晴。抄书，倍书，讲《诗》《鉴》。余无事。

廿二日　晴。工课如额。罗顺孙来，与赵芷生启麟同归，云尚须往芦台一行。谈今年取士荒唐，以伯寅、伯证俱号文宗，而不识真龙，故知破格不易言。

廿三日　晴。舆儿点《左传》始毕。《左传》可笑处极多，亦荒唐文也，而二千年尊之如经，则吴獬、廖平又不足道。苏佣与熊妪日寻干戈，吾初以为道术能教之，乃殊顽犷，殊为可愧。夕至晦若处，并答访吴巡捕良驹。

廿四日　晴。始搭凉棚，棚匠，官差也。课读未半，陈子元来，电传一甲无相识者，湘人杜生得传胪。彭石如兄弟来，称述圣德，极有泰平之望，留午饭，夕去。陈宿西斋。与书曾劼刚。劼刚先生仁弟阁下：到津即当通问，因李勉林同居，彼尚不能执笔，嫌于一急一缓，遂迟至月余矣。阿咸荣选，不但继先公，一足申君兄弟场屋之志，兼以不羁之材，缀行彀中，去其跅弛，而养其精锐，尤可喜也。闿运去年顿营两宅，遂至负债三千，若留家乡，无词搪塞，假以应聘为名，挈孩北上。四川教读，已疲精力，不欲更与北士为缘，讲席实不顾也。少公亦知其意，但授馆馈粟而已。然久住则无名目，将俟凉秋更游。方今铁路生风，海军气沮，言效法者顿成土苴。时局暗更，明者宜知其几，幸无以为狂愚耳。家夔昨覆湘轮之议，老气横秋，九州时事可知矣。闿运此来，从者将廿人，于孟子之汏廿之一也。因前年匆匆未满缘，故复此行，都门则不再入，恐前与伯寅成言在耳，不可翻覆。专此敬贺大喜，不具。瞿子玖书。子玖仁兄世先生台席：江行悉荷提挈，复命竟在宣后，何亟亟耶。盖大沽逗留，有前缘耳。闿运于六日到津，即书奉候，甫两行，笔误而止。昨闻中子夭殇，群儿惊惜，并云聪明绝世，非尘中人也。恩慈悼痛，岂独孔妻悲向而已。然庄生所寿，达者知之，若犹相对欷歔，便妨深爱，想能洒然也。闿运来此稍迟，已无坐处，然此特官话，其中曲折已告劼刚，彼若不信，公亦可不信矣。然与筠公书云闿运到处荒唐，此则官话中之私话，又未知诸公信否也。余俟新命续闻，先此奉慰，并复，兼问同安。不具。

廿五日　晴。求雨十日矣，风日益燥，主人无忧旱之心，唯勉林时时言之。又闻郑太尊妻丧，甫至半月而死，信有前定。步往看之，则正成服，不入而还。石如已来，移居右房。晡后乘车往答顺循，并发家书，值其与赵芷生俱出。至子元处少坐，俟还，同要向城，不肯，乃还。两日未抄书，倍书、讲《诗》未辍耳。

廿六日　晨起，抄书三页，写信四封，课读如额。而日甚长，睡两觉犹不能夕，以此叹物外不忙，人生难老也。

廿七日　晴热。课读如额。

廿八日　晴。马“汉奸”来，谈论甚欢，云尚有兄欲相见。岂一门之多才乎？其人一之为甚，兄弟并进，则未可也。

廿九日　晴热。马汉[1]兄约饮，当往答之，因欲与晦若小酌，便约之。晦辞以病，乃独往，至紫竹林，过海关，将便拜诸官，见忌辰牌而止。吴僮失道，待久之不至，乃还，云失帖包。稍休，纳凉。入城唁郑太尊，拜杨鹄山，过周金声宅，解衣啜粥，热不可忍，久之乃凉。夕步巷中，过杨门，知马已来，因入相见，复引至严小舫宅，设食。宁波，马孙也，无甚可言，唯马辨慧澜翻，杨执礼甚恭，而嫚骂阎丹初，又有不顾身家之概，浅人非恶人也。亥正乃散。舁还。轿银一两，几与京师同价。两儿先睡，未讲。

卅日　晴，风凉。纨、懿各读毕《礼记》一篇，未点书，看《左传》句读，抄书，倍书。懿《春秋》二遍。纨《月令》三遍。杨主事来，云改直隶知州，加道员，被返劾，永不叙用，匆匆而去。夕过晦若，看京报，留馆单，孔、尹并用知县，然升沉自此判矣。夜讲杜诗。

五　月

五月丙午朔　放云、贵考官，无知名者。午后雨。抄书，倍书。复同二彭渠堤少步，犹未洒尘，夜始湿庭阶耳。讲《诗》《鉴》未毕。解衣便睡。

二日　晴，晨凉，午燠。抄书，倍书。懿《月令》生，不可

---

① “汉”，“汉奸”之略。

理。验郎文[1]来，云将附船便去。还其六十元，为书一扇。客用顿尽，更向晦若假之，夜送卅两来。

三日　晴。补作《柳墅诗》。柳墅无遗迹，村居考御碑。旧宫存市帖，余石想芳池。坼卖金能几，祈招悔可知。泥沙今浪掷，真觉患贫痴。倍书，抄书一页。看朝考单，梅生、雁甥、陈生长樞、夏、唐俱一等，曾二等，馆选当有五人，后四未知谁得失也。夜讲《诗》《鉴》。

四日　晴。放学，斗掀。唐仁廉提督来，杂乱无章，勇将难以理求，颇似衍义张飞、李逵一流人物。闻唐已去，诣杨未遇，遇救火者。王生昌来。

五日　晴。蒋师耶、李侄来贺节，衣冠见之。周兰亭来，与勉林同会谈。午间家人贺节，打掀。熊妪发怪不食，以佳节未敢诘问，吞声而已。

六日　晴。晨始闻熊怪事，则云小姐不合呼令出拜节，为倚势凌人，因数吾骄蹇事不一，听之无一中肯者，笑谢不敏，大似曾沅浦谈《湘军志》，孟子所谓“与禽兽奚择”者。由君子观之，此等不待自返，亦足以知物情异趣，非礼法所格，既增见识，又开心胸，可喜之一端也。自寅初闻啼怨便醒，至辰初犹余怒，怨毒之于人甚哉！因起抄书，至午大睡。倍书，夜讲。

七日　晴。府县祈雨，设坛蛇祠，以此为次。晨即喧呶，朝晡食皆相过迎。竟日未出，倍书，抄书，夜讲，如额。今日壬子，芒种。

八日　晴。抄书，倍书。改夜讲于晡后，以有余日也。左楚瑛子辅来，云自保定请假还湘。开展胜其父，行谊恐不如也。夜热。

九日　晴阴，午后风凉。半日六雨而俱不沾尘。倍书，抄书，早毕。为景韩铭妻墓。夜以滋生日放学，复纂《周易经传》毕成。

---

[1]“文”，应为“又”之误。

十日　晴。风日朗爽，大似秋光。滋生辰，斗牌。夕入督府，待引见单，至二更乃还。报竟未至。

十一日　晴。熊儁季英来，羽胪从子也，貌颇似其仲父，以海运留津八年矣。晦若送电报来，湖南选吉士六人，杜、曾、二陈、吴、唐皆妙才也。蜀士三人，傅、高、陈，不及宋、尹矣。课读，抄，讲，如额。

十二日　晴凉。两广、闽考官无湘士。作刘妻志成。欲求一孔女故事作起句，竟思不得。杨营官遣人来迎，兼呈其从子文诗。十四龄童子，颇有思致，比余十四时似尚胜也，为点定付之。课读早毕，抄书三页。夕要二彭过熊世兄。

十三日　晨大雨，有寸水甘泽，人心甚喜。先祖忌日，素食，深居，课读如额。言钟鼎者以《墨子》吉日丁卯为最古。

十四日　晴凉。晨起未饭，杨弁至，以舁来迎。至瓦庄，始见火车，则板屋数十相连，前一锅炉牵引以行，可至数百丈，行处旁地皆震，人亦摇摇，但不晕耳。其速如飞，八刻可二百里，然道中屡停，至芦台已晡矣。杨瑞生来迎，云李提已遣舁来，宜先往彼处。乘舁入署，故通永镇牙门也。向荣始居此，以海防增戍，故设镇焉。村人塞神，出看，因至杨营，见尹俊卿孝廉，少谈，还宿李处。夜雨。

十五日　晴，稍热。晨粥后往杨营午饭。杨与罗近亭孝廉来迎，罗似陈作梅，同步出，饭罢复舁还，杨亦仍来同食。夜看蓝鹿洲杂著，以能吏被劾，语皆夸饰，从前误信之也。

十六日　阴。卯起辰行，李，杨均送至车旁。独坐房，方甚得意。至塘沽大雨，忽来两官人，芒芒登车，自言知府王燮丞，其一未问其名字。未初始至瓦庄，道断不能行，东洋车遽居奇，乃坐骡车还，甚饥。询知石如已去应考。得劼刚书。

十七日　晴。倍书，抄《墨子》成一本。陈宝子余自沧还，留饭去。夕要畯五，携儿女辈欲往何营，念月迟，还太晚，未至而还。得宋生京书。杨营官送银折来。

十八日　晴。懿、纨课早完，俱往蛇祠听戏，报雨泽也。大睡三觉，遂销半日。得子云书。抄书三页。湘洲文学盛于汉、清，故自唐、宋至明，诗人万家，湘不得一二，最后乃得衡阳船山。其初博览慎取，具有功力，晚年贪多好奇，遂至失格。及近岁，闿运稍与武冈二邓探风人之旨，竞七子之业，海内知者不复以复古为病，于是衡山陈怀庭相节推之。陈君少游吴、蜀，藻思逸材，冠绝流辈，所为诗已骎驶驾王、朱。及倦游还乡，见大邓及闿运，旋复官浙，与二邓及溆浦严子同幕府三年，诗律大变，具在集中，可览而知也。船山不善变，然已为湘洲千年之俊。怀庭善变，而诗名顾不逮，闿运耻焉。数数与书曾、左，推怀庭政事，因其文过闿运远甚。时曾、左操东南进退人材之权，雅信用闿运言，独于怀庭泛泛赏之，竟绝不与论诗。左不喜文，不足怪。曾于文事最心好，独失怀庭，可惜也。怀庭屡补剧令，治民得法外意，宽猛唯所施，又屡为同考官，衡鉴在骊黄之外，俗吏亦泛遇之，不知其文理也。坎坷孤吟，篇章益工，又屈柔六朝高澹冲远之韵，为七律诗，自唐以来所未有。世人但目为诗人才人，何足知其人与诗哉！所最不平者，以闿运为胜怀庭，几欲使我同巴人下里之流，每一思之，又大噱也。虽然怀庭精信释典，知名实皆有因缘。今其子鼎官翰林，亦藉藉与俗忤，不遽大显。君诗诚恐久即佚散，非仅汩没是惧，爰依定本编为之集，以闿运能知君，故为之序。不及诗之所以工，而直尊君以配船山，于船山有贬词，于君无誉词，可知矣。复宋检讨书。芸子仁弟史席：留馆高选，文名已振。子元来，乃云欲俟三年后改外任，可为莞然。凡虑过则愚，有庸人所不为者，而奇人故为之，此一说也。陈之戏耶？子之诚耶？吾唯洗耳而已。来书念欲相存，此自至情，但车仆往返费十千，可供京官半月粮，亦可省也。已遣人觅宅淀园，申前年之志，但未知能得否。湘士入翰林者有陈伯商，落落雅人，颇与俗忤，闿运世交也，可与往还。浙之黄仲弢亦好事，无江湖气，皆与介性相宜。至于异议殊趣，正通人所乐；观听多闻，寡见悔尤之所由，非欲吾贤一之也。狷以自持，通以博学，二者相须，然后可论政学。皋卿谒选，能得湘令，则为佳耳。升沉不在此，但惜其弃书太早，恐临事自用，又恐胆识未壮。出京时必可相见。

并问近好。

十九日　晨作陈诗序，遂未抄书。景韩入觐，过此来谈。至曾祠楼上看戏。北屋必作戏楼，工作甚费，又不能别用，与石山同一浪费，南人所不为也，盖古制之存者。倍书毕，遂放学。夜与勉林过景韩谈。

廿日　晴。作书复蘧庵，凭川藩答之，因讯锡侯。抄书二页，倍书，毕，登戏楼，甚热，遂下。夜触凉发热，甚困，不能动，蒙被卧，久之乃苏。夜雨。

廿一日　晴。晨起闻景韩已发，交折差致蜀书，因讯晦若，亦数日不通问矣。杨瑞生来，留饭去。勉林欲销假，自作禀稿，而无根据，劝令改之，坚不信从，湘营派也，宜其不能官耳。疾未瘥，卧一日。

廿二日　晴。疾小愈，犹未事。夜得电报，湘考放陈冕、高赓恩，一无行，一无文，湘士扫地矣。陈兆文得陇差，亦赓恩之流。黄门上从子遂如蜀，使丁文诚在，便当抗行，蜀士亦何不幸。陈子余移来。

廿三日　戊辰，夏至。疾愈，能坐，抄书三页，倍书，毕。与蒋墨卿答严小舫，值其妻病笃，同访汤伯述不遇。还，得家书，寄志书样本来，并得钟婿书，报十一耶之丧。又尹生送麋茸，卢生四六启，应接不暇。

廿四日　阴。疾后小发，盖未掩身所致，初以为晏阴已成，未之防耳。似热似冷，颇难过，日过午少差。作县志序，一笔写成，所谓如数家珍者，盖此等文，本吾专门也。夜讲《诗》《鉴》。雨。

廿五日　阴。借马营中不得，舁出吊郑幼樵。欲过督府未决，拈一字占之，得“瑞”字，哑然曰：王耑，行吊不过人也，无日出。遂还。作《序目》，颇得意。夕食后步入，与少荃、于汤剧谈。与王理安书。理安仁兄先生道席：浙使促程，贤宾阙待，仍承宠送，适愧粗疏。窃计祭酒扳缠，商农衹候，必居左席，不屑蜗楼。在北还书，未即申问。昨得儿子书，乃知独隆高节，终仰裁成，《志》稿全清，高轩乃去，非言可谢，顾已增惶，谨即拟上序文，直书本末，寄呈点定，便可付刊。方志中有陈小心乃曹镜兄本师，已索曹稿底，忘撰增入，并乞再索，用例语补于上篇之末。其词即求代作，不必又拘泥笔迹必须原手。其余阙略者可增则增。黎文肃子来书，以其父引刘昆云云，为薰心利禄。贤哉达识，欲过陈咸。此语得之亲闻，涉笔实录，初无讥刺之意，且黎子前已熟读，未闻异词，今复有言，自可不论。然嘉其志概，欲全其孝，即将闿运所论二句删去。亦乞转致黎子及同志诸公，俾知闿运阳秋，初不借官书说私话，故毫无定见也。诸表有宜与传相间者，亦求照开呈目序，定其前后。来样又少《桥渡》《石路》二表，又须将城图改为沿革十三图。其作中星诸表者宜并列名，均求垂念公私，代为妥定。高陈谬丑，不足辱贤。倘肯北来，谨留函丈，计期一月便达，亦使京师群公知吾宗大有人也。专此奉谢，即颂。还复子云书，《志》书样本请校之，序今始欲作成矣。简堂子锦彝书来，言其父传语不佳，求改之。辨其父语非父语，识虽高于父，诬矣。嘉其孝志，允为改之。

廿六日　晴。作《志序》成，前直叙事，后乃为韵语，又别一体，亦学《史记》也。作书请君孺定次序，自编序目寄去，因寄家书一纸，并示宜增改者。计今年场前必有书出。散学一日，作包子庆之。夜雨。

廿七日　晴。抄书三页，倍书，毕，始晡耳。日殊多暇，看《湘志》四本，舆讲《鉴》毕，更讲《史记》。“水波土石金玉”，向来无解。土石、金石皆须分别炼化。“波”即“破”也，“水”“准”古一字，“准”盖定其质耳。然二字生拗，终难意断。又“帝喾生而自名”，亦不可解。名当受之父母，岂可自名？盖当时无名姓之制，喾始制名，尧乃制姓，亦近于对策习气，较胜清翻者耳。

廿八日　晴阴。抄《墨子》，高兴久之，写一章，又错误。倍书毕。晦若来，为长乐初儿通情意，索挽联耳。卅年肃党，今将结局，以数语了之。海淀昔游非，尊酒久疏铜钵句；湘民新奏在，崇祠终慰鼎铭心。章孙来，赠钱四千，令往京居。

廿九日　晴。晨欲吊志钧，以勉林纱褂太重，更买一轻疏者，群官已集前厅，未能即出。饭后，汤伯述来，陈容民来，同登舟叩头毕，还馆小坐。王亚从兄来。尹俊卿将回湘潭，急校《志》稿寄去，未暇他事。至暮差欲毕，首痛，过勉林，送搽帖药试之。小凉，夜寐不能兴，便至晓。

六　月

六月乙亥朔　晴。似校五月加热，岂天数果有异耶？抑人心为之也？校县志毕。与书裴樾岑。樾岑仁兄先生节下：前闻新命，以为不日当莅敝州，遂至逡巡，又过半岁。伏维海澨清暑，道养弥和。数载以来，眠食佳否？公事之余，何以遣日？甚念甚念！闿运德不称名，凶咎叠至，城宅焚荡，山居未就，颇有负债，暂避天津。而教学已疲，精神稍钝，不欲复居讲席，则亦不能素餐。以今岁黄牛，聊俟过厄，明春当入云湖终老矣。一切眷属，会有别离，将与世疏，不能不感。连年北行，有无限系恋，即无边潇洒也。知音在远，我劳如何。敝县志昨始成工，秋初刷印，当即奉上。感公至意，幸得有成，然非寿等乔松，岂能见其杀竹，故先寄拙序，以慰前情。在此又写成《墨子》一本，兼携有儿女课读，殊不寂寞。寓在吴楚公所，暂亦未至甚热，若入伏烦蒸，尚欲在西山消夏，否则且住为佳耳。久宜通问，因循便过三月，实为迅速。轮便尚得再启，先颂道安，不具。尹俊卿来，留饭，不待而去。夜讲《诗》《史》。

二日　晴凉。罗近亭树勋及王星垣来，留饭而去。交《志》稿与俊卿带去。

三日　阴。余尧衢太守送瞿信来。吴知县移前房就医，勉林招之也。午后余来谈。作书寄彤芝，交其带去。午后暴下，甚困。终日未事，唯倍书、讲《诗》《史》耳。家夔移滇督。邵小村起病抚湘，红人也。蒯德标谪海外。邓华熙来藩鄂。岑公恤典极优，弟授滇臬，子擢京卿，更隆于曾、左。

四日 晴凉。稍愈，犹不思食。倍书，抄书一页。陈复心来，延入，则夏生彝恂同至，云将还衡。邓镜臣炳麟来，代粟孝廉致馘子书，云前半月已至此。留饭，辞去。陈、夏留至夕乃去。余过晦若，夜还，则陈舟去矣。郑盦先生道席：前凭伯澄呈拙卷，未蒙取中，而门下徒党多荷甄拔，具征鉴裁。宋生获留，尤仰亭毒，书启家所谓感同身受者也。咫尺光尘，亟欲再对，息壤在彼，谊不伪言。想玉宇高寒，暑尘不到，而回想淀园、南洼之游，遂不可追，怅忆平生，心乎薆矣。闿运妄言多谴，灾见焚如，山居未营，债台将筑，聊借北行，小作停顿。而外间议者以为此人即将穷饿，干谒要人，会待吹嘘，拯其沟壑。虽无伤名教，而颇费应酬。漕渠秋清，翩其逝矣。留京弟子一经品题，俱长声价，唯衡阳夏时济自负材气，不后群贤，未上龙门，频遭点额。今闻曹仲铭修撰为言于高尹，欲求湘藩书启一席，未卜成否。公与同僚，一言九鼎，谨附名条，求为道地，非但侪之文廷式、张羊令之列，亦以广采听之声。其余同学有闻者殆难胜数，他日脱颖，自当相见知，愿无以吴獬为悔耳。

五日 晴。倍书，抄书，讲《诗》《史》，如额。优贡明日朝考，浏阳王性如大挑一等，还湘，过勉林，因来言阅课卷事，欲余出题，以费心辞之。因言教书不可取钱之理，其言河汉而无极，迂远之论，非世人所闻也。读书为学，本非世俗事，又何怪乎？

六日 晴。夜雷风有雨。课读如额。写对子一联。季和补副都，盖为铁路针砭，非但例尽，故裴、薛均不得得其遗缺矣。

七日 晨雨。起已日高矣。倍书一过。今暂听读。抄《墨子》至《经说》篇，大费安排，至起稿乃可誊耳。夕要畯五过何营官，本欲纳凉，反坐笼中，幸不甚热。叔芸来，未遇，日暮马烦，亦无所见之。

八日　晨闷，午后大雨，竟日秋凉。抄《墨子经》三页，倍书一首。夜讲《诗》《史》。《秦本纪》："王弟长安君成蟜伐赵，反，死，军吏皆斩。将军壁死，卒屯留、蒲鶮反，戮其尸。"昔问自庵，未得其说，今看之，文理自明，乃屯留三县卒反，即壁旧统，故追戮之也。成蟜云王弟，则阳翟姬有四子。夜不寐，起而书之，并看《辛未北游诗》一卷，颇嫌湘潭人寻话讲，有刺刺之词。

九日　雨。勉林移入支应局。吴挚弟移李房。抄书未一页，便睡。汤伯述来，同郑文焯、小坡来访，苏抚客也，汉军举人，易、朗、张、羊友也，开朗有性情，非文、廖之比，留饭而去。欲往温味秋处，会雨而止，又潇潇意。

十日　甲申，小暑。大晴。将出，逡巡未果。与畯五论算法，惜精算者不能言理，致术道不通。夕访温味秋，颓然老矣，无复前兴致，小坐而还。倍书，讲《诗》。

十一日　晴。嘉兴何敬中来访，字退庵，云曾在西边干谒无成，今居天津守处。汤伯述招陪文小坡，又有一主人曰姚岱翁，招两技侑酒，一南一北，云翘楚也。食蛙蝘新藕，又至南技家食瓜，舁还。夕食未饭，坐小车至春元栈访小坡，留饭久谈，乘月还。

十二日　阴，甚燠。始浴。何敬中又来久谈，送经济议论文相质。午后大雨。抄《墨子》。夜雨如秋，并考官电报亦不能传至。吴畯五自收烟作墨汁，云三百钱可得一两。讲《史》，秦刻石"久并来田"，本纪"学著人"。

十三日　抄《墨子·经上》毕。涂稚衡与刘顺伯于祐来，留食去。夜过晦若，询知陈郎伯商得浙副考。胡郎取二等，得教职。范溶亦教职，中书则无报也。又知小坡未行，遣约来谈。倍书，讲《诗》《史》。

十四日　晴凉。何心如营官来，云周金声约彭、涂于酒楼，余问有技无，答云清局。因知其欺，亦且信之。遣约小坡晨来，过午乃至，与伯述同来，特担酒待之。酒甚佳，而汤不以为佳，疑彼惯食佳者，又过于求我也。晦若约来不来，至酉客去。讲《诗》《史》，倍书，抄书一页。

十五日　晴凉。勉林、郑寄凡、温味秋来。倍书，抄《墨子》，将理其先后杂见者，便须类草稿，半页而罢。理烦者宜极缓，则不能厌。畯五试火车去，已而空回，云晏矣。午雨。家世名公子，吴中老客星。有才容啸傲，未壮已飘零。颇阅升沉趣，闲看洞阙铭。南飞同海鹤，比翼渡沧溟。　高李金台会，风流四十年。至今燕市月，多向虎丘圆。词客伤心地，包山小隐天。知君留坐处，容我一茅椽。　惜别歌潮落，将离感夏寒。柳株烧更绿，鸾翮锻应难。旧梦随仙仗，疏狂薄世官。圣明求《五噫》，我便觅渔竿。夜讲《诗》《史》。

十六日阙。

十七日阙。

十八日　阴凉。抄《墨子》，倍书，讲《诗》《史》。夜过景韩，不遇还。雨。

十九日　晨起云昏风寒，遂如八月，感叹还寝。晏起，抄《墨子》，倍书未毕，蜀士张、廖来，曾、陈同至。吴羲甫来谈。景韩又来，去已暮矣。午间始闻新蝉，感时物先后，南北差二月。又新看《瘦碧词》，夜作一阕，用《齐天乐》，吴语叶音，从近派也。绿槐凉雨高楼静，凄凄嘶声还咽。楚梦无凭，蜀魂乍返，不记其时相别。寒吹玉叶。是早日听伊，弄音清切。得意初来，一庭花影送残笛。　如今素秋又接，便孤吟到夜，空伴啼蛑。南国芳华，夕阳弦索，打叠罗衣收歇。西风漫曳。斗惊起离心，玉壶冰热。细算流光，唤人愁第一。夜寝甚迟，讲《史》《诗》毕，已子初。真睡，丑初矣。蚤扰，复三更寅正始睡。日记本尽，市中但有细簿，放笔辄透纸，而价倍南中，始知和峤持筹，亦大费本。

廿日　晴。稍有伏意。张生夫妇均来，及廖、曾、陈，留饭去，设瓜藕。廖留宿陈斋，谈今古学。夜讲《诗》《史》。

廿一日　晴。看廖生《经说》，欲通撰九经、子、史成一类书，亦自志大可喜。夕过晦若，主人子病未出。

廿二日　晴。朝食后宋芸子来，留居外斋，谈京中蜀事。

廿三日　阴，午后大雨，遂竟夜。抄《墨子经说》毕。看宋大赋。县人谭中书来，云与吴、黄同行，小坐去。

廿四日　雨至午。吴雁甥偕谭聘臣来，早饭已过，别设待之。宋生索萧银去，一夜不还。讲《诗》《史》。

廿五日　晴。曾昭吉致家书，云欲干李相，余云李正失意，宜入都干醇王。醇朴直，犹欲讲洋务，不知时局已变也。留饭不留宿，以宾客太多，有似哥会，年貌又与王爵一相当，而无护身符，故避嫌云。倍书，讲《诗》《史》。

廿六日　晴。江南考官与陕西对调，复有升迁，亦骇人闻也。曹状元乃副李端遇，亦为罕事。黄少溪偕雁甥来。是日庚子，大暑，中伏，而气凉如秋，午夕俱雨。与黄、吴谈半日，未遑他事。自入伏来，日课遂停，常时酷热犹伏案，今年凉健，乃更游谈，负此时光，稍欲振之。味秋画《忆别图》来，开幅题诗一行辄错谬，废然自叹，甚矣吾衰，更裂去，快快不乐。夜雨甚寒，凄然早睡。

廿七日　晴。宋、曾俱欲入都，晨起送之，乃无行意，欲出，泥泞。为宋看赋二篇。论当世人物无虚心者，由天分不高。宋天分亦中上，未知虚心与否。凡闻言而辄逆者，即愚顽人也。六十耳顺，旧有无忤之说，亦近知道，但此乃学之初基，六十则太迟耳。作书与劼刚。得二妹儿书，欲假贷营葬，亦复一片。又得子瑞甥书，则未遑复矣。教习单竟未见，亦一异事。过午，客尚未行，谭、吴、黄又将去，自往送之。还食瓜，乃饭。中庭凉甚，方与小女斗牌，李生滋然新得广东令来谢，延坐少谈，仍及书院中事，可谓书痴。发家书第五号。

廿八日　晴凉。倍书，抄《墨子》一页，文繁浅可厌，故减之。题温味秋《梅花图》，苦无佳句。

廿九日　晴凉。王生光棣来早饭，云李生稽勋同至，午后船始到。晡食后王与陈生同出，不还。夜雨，二彭亦出饮，院舍凄清，讲《诗》《史》后便睡。

晦日　雨，至辰霁。抄书二页。陈吉士长樞来，仍请主浏阳经课。正欲考“袪袂”，便拟题付之，兼为书扇。河决章丘上游，东明亦岌岌，郑州幸免矣。倍书，纨《月令》极熟。夜讲《诗》《史》。

七　月

七月乙巳朔　晴。容民、伯述来谈，即同入府，欲看少荃，非时，小坐晦若斋，食瓜。看刘继庄小说。己丑生人，顺治五年。乙亥卌七岁，名献廷。日阴还馆，已申正矣。未理工课，因朔日不可全废，抄书一页。夜讲。

二日　晴，颇有暑意。王生告去，欲作包子饴之，竟未及待。倍书，抄书，毕，夕课遂罢。纳凉至子正。

三日　阴，更暑，颇患蒸闷。抄书，倍书，午浴觉寒，知今年无夏也。编修王懿荣请搜采本朝十三经，又请续开四库馆，徐桐阅看，尚无违悖字句，为之代奏。字则无悖，意则有违，固非徐桐所知也。中言《礼记》《周礼》江浙人方撰集，未知所指。

四日　晴凉。陈曼秋偕萧润泉鉴来，神明报人也，留饭不肯，遂去。倍书，抄书三页，复常程，夜未讲。

五日　晴凉。杨瑞生来，李提遣探踪迹者。其族人见山衣冠来拜，云荒唐人也。抄书三页，倍书，剃发，作家书，竟日匆匆。夕偕畯五步至估衣街，访瑞生，行陕巷秽迹处，周身不适。世间自有活地狱，而其中人殊安乐，又枉耽忧也。从大街还，食瓜，设汤饼。讲《诗》《史》。

六日　懿疾，唯纨读。抄书三页。夕食更早，半日无事，登楼纳风。夜大雨惊起，两女亦起，听雨，清兴潇然，不知暑往，时已丑正矣。

七日　晨大雨。小女起登楼赏之，俄而长风吹云，朝日淡光，有似秋末。抄书一页。院中半未起也。与滋女论骨牌名有极佳者，求谱更定之。得樾岑书。夕过晦若、容民。

八日　晴，稍热。待放差，电报至夜乃至，湖南无人。夜与石如言，其兄弟行事殊有古风，宜其不谐于俗。如责戒族子，吊丧躬送，皆近人所不行矣。从陈生处取牌谱，夜看至四更。尚热，庭中亦无风，乃寝。今日倍书，抄书，讲《诗》，均如课程，唯《史记》未限页数，以将食粥，遂止。勉林来，候杭将，云病不能兴，又言少荃疑我久居无聊。盖以己度人，而有此想。

九日　晴热。倍书，抄书。陈伯严与譔子夕来。譔便移来，陈仍夜去。

十日　晴热。抄书，倍书，两儿均不如式，各鞭三四。譔子与陈约今夜当去，而云不往，为铺床无高板床，令两儿就地板铺席。石如以己床送上，尤不可安。已而得一床，乃各复旧。已而譔子复去。裕督左迁，时事咄咄可怪。

十一日　乙卯，立秋。晴热。抄《墨子》，毕一本。倍书。佣妪断断不可复耐，因令觅灶养，几不能具馔，亦可笑也。夜讲《诗》《史》。雨。

十二日　晴。抄书，倍书。汤伯述来，云翁叔平请假还吴，张移楚督，铁路必兴。李移粤督则慰其弟。李权终移张矣，然举措不顺，恐终有变。

十三日　晴。常年尝新日，此地无稻，聊煮鱼翅会客一食，觅蔬果新者亦不可得。放学一日，夜携两小女看盂兰会，妇女均簪素兰。

十四日　晴。抄《墨子・义篇》毕，以其论守城者为附录。庄子云"刻核太至，则必有不肖之心"，墨本兼爱，而至守城杀人，法至密，与立说违反，所谓不肖之心也。凡事必求有成，敝必至此。藏子与伯严来，留午饭去。

十五日　晴。伯严来告行，请免单，与片晦若求之，云礼拜日不可得。寻常免单易得而求之要津，故难如此。晦云扦洋字无洋字之别也。午走送之，并遣还其卌元。据云六十九元，熊生掣骗廿元，未归款也，此当问之孔播阶。小坐宁安居，遇林二大人。已而凉风吹雨，久之不落，步归，雨随至，至东门大雨，乘车还，入门倾盆蹬竹，四时不止，房中穿漏。

十六日　雨意未霁，时复蒙蒙，多登楼避湿。倍书，抄《墨子》一页，看"季邦桢"下行李。夜初梅生、重伯、守愚同至，留宿西斋，谈竟夜，上床已黎明矣。

十七日　阴晴。晨正欲眠，"季邦桢"拖轮放气，声正尖厉，惊起，重伯正露卧庭中，唤醒之，梅、绶皆起，朝食后去。藏子还。伯述来，言主者将馆松椿于此，以吾久寓妨之。额、刘殊胜于王莲堂，然久客累人，即将去矣。遣看漕船，云济宁不可通行。夜雨，讲《诗》《史》，抄书一页。

十八日　晴。藏子告去，往洋行暂司笔札。遣问三客，将行矣，往送之，唯有行李小轮，人已先去。计《墨子》尚须廿日方毕，欲辍之，将由漕渠，惧陷滞而不济，将由海还，则无聊矣。此行与瞿赌胜，不免轻速，行事固难中节。少瑚为蝎螫，薰掌尽黄，可笑也。倍书，抄书一页。夜讲《诗》《史》。三月记督抚名籍，至今百日，晦若云大更动矣。再书之。直豫台川不动尊，新加广督五徽存。两湖四浙苏□□，谭卫双张是独门。

十九日　阴雨。晨闹接官，松、翁并集，午前始散。倍书，抄书，讲《诗》《史》。

廿日　晴凉。石如昨夜还，竟不及知，晨起乃见焉。畯五亦于饭后还。倍书，抄书，计程少二日。得荫渠子思谦书，所谓谷怀者。郑幼惺来。晦若片来，言叔平昨到，为门者所拒，初甚疑讶，思之必其仆从属我门者，诡词也。此等小事，非曲折深思不能知，少一毛包，则大谬矣。夜讲《诗》《史》。蒇子来。小儿夜出看盂兰镫。

廿一日　晴。松藩晨发，群道毕集。饭后出，拜客辞行，唯见督、府、关、道、鄂臬、郑守，余皆不入，未初毕。步入督府，问伯述名条事，因询晦若、翁师事，幼樵出谈，意不以孝达为然。孝达口舌为官，无一豪事业，而必为传人。传人如此易者，亦其平日好事，爱文章，而不重气节有以致之。中材以下，宜劝为之，而周、徐、瞿、王犹不能，此其所以为传人。

廿二日　晴，复热。二彭出游。勉林来。倍书，抄书。黄总兵全志送赆，辞之。伯述为石如觅得一馆，差不虚此行。

廿三日　晴。与书少荃，送二条。倍书，抄书，甚暇。夜讲《诗》《史》，甚热。

廿四日　晴。将访勉林，怯热不果。倍书，抄书。章孙来，无所遇，挟寿、衡二书，书虽无济，义可感也，犹有老辈之风，此等人宜不得意。郭人凯来，松林长子也，文静似其母，以主事候选，言语支梧，正言诲之。倍书，抄书，夜讲《诗》《史》。江少淹夕至。

廿五日　阴，午后大雨。伯述来，谈半日。少荃送赆，却之，留二百金作舟资。郭乔生送土物，受之。海关道赆百金，却之。抄书三页，讲《诗》。

廿六日　晴。李提送赆百元，受之，彼以我有伯才，以答其意也。结杨瑞生银折，多用卌金耳。夜步至北郊看练军，屯垒甚有法，误行至右营，折还前营。答郭子、廖生不遇，遇之涂。蒇子亦至，夕复同一朱弁来。抄书，讲《诗》。张楚宝士珩来。

廿七日　辛未，处暑。勉林来。午睡甚久。未正入督府，还晦若卅金。遇刘永诗父子，云祭酒之子，未知其父名也。入东门，访勉林、蒋师耶。已过申初，约张楚宝酒楼小叙，不知其市面，往来侯家汇，仍还渡处，遇苏三。退入于泥，弃履着吴儿鞋，至酒楼，前伯述约饮处也。楚宝言史学记载为急，出示《诗》《史》，兼令二妓侑酒，亦前人也，各赏一金，取一花还。江生置银包室中，俄顷失之。

廿八日　晴凉。少荃、幼樵、晦若、伯述并来送。张楚宝复来，求作墓铭。放学。作书致豹岑，饯江生，与杨瑞生还银折，便复李提。招周金声来，令定车坐游戏。蒇子来，李绍生来，应接不暇。闻有女客来，急招江生、二彭同出。江生并约两儿及王、李同饮酒肆。李勉林送菜，便留杨军门饮。少荃复送饮来，累辞可耻，受之，便还瞿子久，彼此账已在瓢把矣，应耽惊也。

廿九日　晴。治装将行，儿女往看火车，遣江生、周总兵护之。送水礼者纷若，皆不可却。午后诸子归。伯述来催客，殊不欲往，迟至申正始往。吕定祉不至，冯培之在坐，桂芬子也。见张逊之，误以为陈养泉。幼惺复召妓侑酒，仍前人也。余出答访杜副将、张楚宝，复至汤宅，已昏，又来一妓，亦前所见者。少坐散。至督府辞晦若。

八月

八月甲戌朔　晴。杜将、杨游、伯述、晦若、容民来送行，勉林亦来。遣苏彬往干徐将，挟张席珍书以往，初以为如昨日，火车即至，后乃知须待夕车，送者久待，乃辞而行。用小船送海口，张楚宝遣炮船从行，复自来送，午正登舟。李、王生失去行李，未及来送。石如兄弟、江生、蘵、均二子俱坐余舟。至暮未到，送者饥寒，皇皇然，余告以有处分矣。及至，海晏船果相待，且言后日方能行，泊北塘，夜宿。

二日　晴热。待早饭，至午初乃得。饭后换船，酉初开，戌至塘沽买煤，夜分复发。

三日　晴。平行一日，至烟台二更矣。上人下货，迟至鸡鸣始行，烟台饶频果，二百钱十斤，遣买未至而发。

四日　晴。泛黑水，洋船轻，以水灌之。张买办论电报妨商贾，利买主。然则电信即平准之意，铁路为富庶之原，英人所以抑末者。此又一论，惜不令孔吉士闻之。巴陵陶窳字甄夫《施烈妇》诗，注云东瓯人，湘潭黄汝材妻。　二月辞蒂花，沾泥犹自香。营巢燕子来，衔之入画梁。画梁岂弗美，故情不可忘。东瓯施家女，兰如名字芳。幼小失怙恃，被掠卖为倡。有客黄汝材，娶之出平康。汝材性嗜酒，羞涩余空囊。兰如朝揽镜，十指羊脂莹。绣文作饔飧，不怨室如磬。楼居十二年，举案无不敬。汝材一朝死，痛欲殉以命。伯氏谓兰如："自汝入我门，我家如花谢。有子犹可守，无子汝当嫁。"兰如掩面答："理实如伯言。妾夫肉未冷，如何忍出门？须待丧葬毕，乃可议所婚。"伯氏大欢喜，将鬻富室子。兰如旋闭门，整衣仰药死。宗族为设祭，用流百世芳。刚鬣已献之，柔毛未得将。纠众缚伯氏，活人作死羊。祭毕放之去，观者如堵墙。此事足劝戒，后人慎勿忘。

五日　晴热。午后泊上海招商马头，遣章孙觅船至苏州，得小船，仅容一人，价银六元，十人挤坐，略分内外，几如句践马坊也。舣太平马头。

六日　晴热。乘早潮舣老关，乘晚潮行二十余里，泊香夏。沿岸夷房整洁，商舟明丽，望若神仙，而其中丑蠢奸商，表里之不相侔如此。

七日　晴热。逆风缆行，云九十里，不及六十里，夜泊断港，蚊扰人嗟，又为小女驱蚊甚劳，情殆不堪，数起明烛，仅乃达旦。

八日　微雨。行廿七里过昆山，六十里至吴门，绕城壕行十余里泊胥门，已夕矣。步至庙堂巷，访文小坡不遇，遣报刘景韩。回舟，景韩已遣舁迎。入署略谈，云李眉生画样所造也，初更还。

九日　阴。晨复遣问小坡。乃无寓处，往看湖南馆，前房湫卑不可居。还令过船，船至镇江，价十五元，犹不肯去。议论间，梁生、黄小亭、钟瑶阶来，云已腾房，乃发行李，与黄步由正街至馆，则三女已先至，房未腾出。小坡来，要饮酒楼，游顾园，访俞应甫。夕还，见篷盖在门，景韩已在客坐相待，入谈。顷之去。竟日未食，夜始安床下室。景韩送薪米。

十日　晴。上舍魏生昆仑来，晦先子也，将侯之孙，言已腾上房二间，谢云不必。盘仲来，不见廿六年矣，意气犹欢。午后舁出，遍诣同乡文武官，唯见吴主簿刘葆吾，雨珊戚友也，盖云帆之裔，自命不凡。极热，亟还。

十一日　晴，稍凉。赵伯璋曦耿来，未见，笛楼尚书后也。苏省颇有湘中名家子，盖承平时以宦苏为乐。盘仲招饮。张生来。将游师子林，已晚，步至小坡处，同往魏处，赵及郭子美族子寅阶字辅卿先在，肴榼犹有旧派，堆书盈屋，亦招牌也。还复过小坡稍愒，步至寓中。胡、黄生及黎四郎来。又有唐次乔与黄小亭来。小坡与张生夜来，看月，初更步至吴学前，乃别各还。

十二日 阴。晨起署臬朱竹石之榛来，碧湄弟子也，有细人名，而貌丰颀不似浙中鼠目人，颇类庄心安，盖俗吏亦加诸之。李新燕贸庭来，鸣九父也。景韩继至，两司同集，近官场热闹戏矣。张捷三来，丁文诚旧将，年七十四，名胜全。李巨川乾、刘葆吾恒德来。刘来最早，先已辞之，乃待至两时许，亟延款谈。黎尔民来，约游留园。俞曲园红顶来，云雪琴必不能再出，而外间言其已至鄂矣。微雨间作。少坡夜来，取诗稿去。

十三日 阴。郭辅卿来。尔民约十钟至严船游宴，至午乃出。携真出城，朱修庭道台先在，有船女一人，榜妇二人，客皆不至，复招小坡、张生同集。舟至留园，园主盛旭人七十二生辰，聋昏矣。还船已夕。黎、文转从关门上，余与修亭坐严船还，榜妇出致款款，约游虎丘，乘月入胥门，乃散。是日丙戌，白露，殊不凉爽。

十四日 阴凉。黄、小亭。唐、次乔。钟、尧皆。汪、贻尊。梁公请，魏盘仲、赵伯章同饭，未初散。步出欲往阊门，乃误西至沧浪亭、五百祠、两书院、府学，取苏府前街至臬署，与景韩泛谈而还。朱修庭来访，请游虎丘。

十五日 阴，午雨。本约盘伸出游，待之不至。张生来，约游师林，亦未往。午间大雨。夕食后同乡十五人公请，来者十二人，与二李、二周煦，松丞年侄。濂，月溪，老苏州。同坐。李甚骄贵，频催菜，此来盖特情也。夜儿女拜节，斗牌，子初倦寝。小坡步月来，谈至丑初乃去，多言韵学及音乐。庭月朗寒，始有秋色。

十六日 晴。晏起，犹冷，始着夹衣。出访二朱、福清、之榛。一李，景卿。舁夫言李居甚远，仅至朱处，旋别至竹石寓，谈湘军旧事。待小坡来同饭，朱饮馔有名，惟抓楪无厨派耳。

十七日　晴。朱修庭要游虎丘，自吴学前坐船过皋桥，出阊门，循渠，泊山塘下，登阁眺望，非复前景。饭于月舫。招僧云闲弹琴三弄。上虎丘寺，与鸿慈凭阑，望吴城平远，繁华犹似旧都。修庭因不能来，小坡寻砖去，久不至，与椠仲、张生访贞娘墓，亦不似前地。出山门，寻前看戏处，不可得，五人墓成花圃，亦前所无也。买花六盆，山茶、绣球尚花，紫薇未谢，举置船头。复至报恩寺吃面，上船还，至马头已昏黑。

十八日　晴凉。晨抄《墨子》未半页，饭至，独湌。午前椠仲约赵伯璋来，同至玄妙观前后看女衣，要张生同行，并看木器，殊有佳者，但贵重难载。张云此地能包捆，俟行时再酌定。椠仲要饮酒楼，吃九百文，亦足以饱。小坡先至已面，余已饭。诸子饭毕下楼，买羊毫三枝。至观游览，则不忆曾至否。沿街看古董，至张生寓晚食，菜皆家制，极有吾家味。夜风，借衣还。昨至虎丘，失半臂衣，今失烟合，每日必有所丧，无所得也。与魏、赵、郑同出，将至门乃别，各散。

十九日　晴。朱竹石来久谈，至巳始饭。朝食后椠、璋同来，云李玉堂请听戏。步出阊门，入蓬莱戏园，看乱弹梆子，大非苏州雅音，扑打颇灵巧可喜。夕入城，便过镖局，访陈仲贺。祖煊。复至文小坡处夜饭，朱修庭、张生先在，饭后看扇册，及《万松》《兰亭》。小坡、张生送至寓，谈至月午乃去。

廿日　晴热。日烈风燥，草花并萎。刘葆吾、陈仲贺来谈。选衣服，看绣货。午间小睡。小坡来，同过景韩，遂尽一日。夕从城上还。

廿一日　晴。倍书，抄书。始稍理课。看衣服亦费工力。命纨、真过曾彦家。午访赵、魏不遇还。夕食过朱竹石，谈往事，夜遣迎两小女，仆佣并出，逾时不还。伯璋来约游师子林，辞以不闲。

廿二日　晴热。待小坡同往师林，亦过午乃至，云可舁往，余又不欲。出示李建中墨迹，临颜书，颇逼真，属为题跋。已又要余步城上，从市中还，已夕。看小坡赠诗。

廿三日　阴。张生晨来，云约往天平，不知朱、文以迎新抚改日也。喜无烈日，因命两儿、小女同张步往师子林。从门外直东，至临顿路又直北，可二里，便至师林。破门无楄，人取钱廿一，乃听入，云高宗所定也。故属师林寺，今名画禅寺，倪云林故宅后园也。夺僧以与园主，令为公地。破烂不堪，石林尚存。窈曲无穷，甚有匠心，又上下皆可步。非云林不办此，流连久之。真行步亦子细，知游趣者。老妇云，石皆有名。又一浙人指云本名五松园，师子林俗名耳。张云"师"当为"石"，亦为近之。出访拙政园，有枇杷园，海棠坞，沈德潜题。远香堂石皆黄赤可厌。坐顷之，复访师林，未入，还从玄妙观，饭于源兴楼。过张寓，答访曾光文。携舆、真还馆。懿留张家，至夜乃归。小坡夜来，始忆李册未收，寻之不得，余心绪甚恶，无兴酬对。客去，更遍询同舍，竟失之矣。心疑章孙而无以穷之也。

廿四日　阴。竟日懊恼，以失人传宝，非长者行，自咎不检也。倍书，抄书，聊以解闷。夕将出城，雨至未果。庭桂已花，凉雨间作，旁皇步久之。索食不得，强令煮面，极佳。

廿五日　雨。写屏对，抄书竟日。作二诗，皆有意兴，夜起书之。

廿六日　阴雨。倍书，抄书，《墨子》竟欲毕矣。午将出胥门，云阴旋返，至门雨至。

廿七日　晴阴，有雨。朝食后李新燕提督来，言巡盐易办，出则定矣。客去后出。请槃仲换银，李复在内，未入。过赵伯璋，遇郭、姚，尚未饭，因还。抄书三页。小坡来，朱竹石、曾参将、张副将、高伯足长子稺东名荫都先后来，客散已暮。夜雨。讲《诗》。

廿八日　阴。携子女看秋衣，便过槃仲，云楼居不便延客，因至小坡家谈，顷之雨大至，遂连夜不休，借轿还。

廿九日　雨。午晴。抄书三页，未及倍书，大睡至餔食。周月溪来，欲求解甘饷，视其才力，恐未可去，劝其改图。小坡来，要往会饮，客为傅星查怀祖、沈知府赓虞及仲复子砚传。夜雨潇潇，舁还。壬寅，秋分。

晦日　阴雨。倍书，抄书未毕，日色向昏，出答访曾、朱、张、俞，因过吴恒仲英、陈寿昌嵩佺。赴景韩处，主人迎护抚未还，仍至馆稍惕。待催而去，小坡已至，尚有保山二客，一令一翰林，似是兄弟，而令吴姓，编修自云翁姓，听未审也，景韩意在恤官，亦近于知治者。近日吏治刓敝，无所不当恤，要视设施何如。

九　月

九月甲辰朔　晴。抄《墨子》毕。傅星槎、高稚东、吴仲英来。夕食甚早，而客至，未饱。步至王府，基地颇旷敞。访杨见山于醋库巷，答访胡虞笙于马医科，昏，不遇还。汗沾衣，而非热也，人身时被湿蒸，惟吴越为然。夜作汤饼，始有行意。

二日　晴热。作《墨子叙》。出胥门，寻严女船不得，还。刘葆吾来，携真、懿同游沧浪亭。遇河南董判、安徽胡令，皆知我姓字，盖与其长官往来，故名字彰彻，非文名彰彻也。李次青云海外有人知，误矣。不免酬对，略坐而起。葆吾又无暇游览，亟还吴簿馆，小食而还。陈嵩佺先来，未遇，又来久谈，读《庄子》以“其子以文之”为句，云假于文以张其知也。近人皆能破旧读，时有新义，夜倦，早眠。

三日　阴热。倍书未毕，刘、张、汪来。缪小山昨来，未见。步往百花巷访之，见潘太傅故宅，门庭甚壮，不似京官里第也。而门题“祖孙父子兄弟伯侄翰林状元宰辅之家”，则著书之庐，真为雅素矣。百花巷有东西，东皆工商小屋，无费宅。费在花包庵，复往寻得之，小山正寓其处，新进士父子亦还。谈次，丑诋沈品莲，未知何义。约游天平。出门雨作，及馆门大雨，遂至夜不绝。讲《诗》《史》。晋儿谣“共太子更葬矣”，此文无理。“葬”当为“生”，下云“后十四年晋亦不昌，昌乃在兄。”“生”“昌”“兄”为韵。又按：更葬者，喜之之词，下乃吊之，“葬”亦与“昌”“兄”为韵，不必改字。

四日　大雨竟日。倍书，写册，题册，皆斗方行径也。夜讲《诗》《史》。小坡来。

五日　雨仍不止。松泉约饭，呼轿夫，不肯去，借靰鞋步往，丁僮不识路，引至抚署前，曲折行，余自问讯，乃行过久矣。入门，衣已湿，傅、文先在，出示碧湄信札，设食不旨。坐待轿来，欲往景韩处，小坡拉往子寿处，相见，亦如曲园不多言，盖包周身之防，以余为凶恶棍徒也，知疑谤重矣。出，雨仍浓，还馆已夕。

六日　阴。朝食甫毕，竹石来，巳正乃去。张生、景韩、钟巡检引蒋典史朝琛、刘主簿、高郎荫都、胡虞笙、小坡继至，遂不得入惕，饭于客坐。要小坡同过竹石，还欲雨，因分散。题册，讲《诗》《史》。竹石送饮。松泉、小坡夜来，谈至子初，雨不能行，复坐至子正去，俱有赠诗。

七日　晨雨。和嵩佺诗。懒性高才不解官，每辞清要独蹒跚。迷途归去田无秣，秋思吟成澧有兰。注毕道经常自读，奕残棋局厌重看。知君齐物先齐己，一笑浮云四海宽。又为槩仲题诗二首。偶忆前游访白鸥，暂随征雁过西楼。故人官久贫仍健，吴地秋清饮破愁。曾见繁华知宦味，喜闻弓冶笑潜修。别来令子才名盛，老矣浮云倦可休。　湘上霜晴桂树孤，与君大艑泛重湖。几人肘后悬金印，一笑花前看绿珠。世事浮沉云万变，洞庭岑寂橘千株。闲官住久如家隐，游客重来索酒逋。倍书。夜儿女为母寿，放学。

八日　雨。晨起，同馆官、幕来贺生日，谢不敢当，设面，无酒。朱竹石要饮，小坡同集，申散。过景韩少谈，辞其送银，景韩收[①]题云助女嫁装，余云巧立名目，甚不可也。还馆已夕，晚饭，斗牌。

九日　强霁，雨意仍浓。倍书，讲《诗》《史》。嵩佺夜来，费吉士午来。小坡代文道溪要饭伎家，辞以非舁烛可往，有意联络，近世故也。梁生招饮，见长沙曹先生。夜月。王亚兄自津追来。

十日　晨晴，红日甚丽。早起出，托赵伯璋买衣，过槩仲，看小说部，学《红楼》，极无条理。郭辅清、曾道亨来，与赵、魏、曾同出，看衣买箱，劳劳半日，还过张生寓，甚饥疲矣。又遇文道溪，定明日出游之约，因还夕食，实朝食也。刘葆吾再来相寻，托看家传。文、张同来，少坐，俱要往文寓，门逢朱修庭，同步行至小坡处，待惠同知来会食，夜雨又至，舁还。今日途遇赵惠甫子贞吉，年卅余矣，而如十余岁人，但颜色老苍耳。询知杨世兄字吉南，杨仲鲁师八月化去，当唁诔之。卅八年践历清华，荐左定东南，从容自享承平福；九十人半悲宿草，寻师别吴会，飘泊难供婴练仪。游子大署抚。

十一日　晴热。朝食后船人来，定明日去，因答访费屺怀、

---

① “收”，疑为“改”之误。

文芸阁，皆不遇。复过橥仲，又遇二赵、郭、周，问游程次序。还夕食，竹石来，吴恒仲英来。夜过嵩佺，逢小坡相寻，还至其寓。遇吴子培，能楚语，絮谈乡居事。雨至，舁还。

十二日　雨。张生片来，云船不能渡桥，将自觅之。缪、费约游虎丘，因雨未去。看小说竟日。

十三日　阴。景韩来。午雨。倍书，讲《诗》。张生来，云北榜已发，周郢生中式，不记其他。

十四日　丁亥，寒露。雨竟成灾矣。文芸阁来要小吃，已而不果。倍书未毕，将出访竹石，刘主簿来，絮谈两时不去，遂不得夕食。雨复沉沉，甚闷损也。

十五日　晨见红日，知不能晴。子寿来，泛谈李菊圃，然有恕词，异乎吾所闻。道始可行，携真散步，借《北录》未得，还小睡，已而雨至。为刘主簿改其家状。刘云帆父达斋，名玮潭。达斋弟茗柯，名玮泽。达斋又字湘客，子椝校、试楘、权之。校之子若璪，亦庶吉士。权之子若璹、若珪，璪、珪皆至道员。

十六日　晴。小坡约游阊门。携真步至汪园，待道溪至，与同往。真行甚迟，恐不能至，遣呼夫力负之，迷途，不至，入小妓楼少愒，复入一妓馆点心。广东姚姓，名声诗，字咏和，为主人。又有一朱令及张生，席散，坐小船上镫船，挟三妓俱至盛园而还。还船雨至，联句，和美成词一阕，舁真俱还，竟日未饭。雨至，半夜旋霁，见月。

十七日　晴。饭后过竹石不遇。看小说竟日，倍书、讲《诗》，不暇他往。赵伯璋夜来。郭、黄两县丞来，郭云子恬子也。

十八日　阴。朝食后周松丞来，同出。将往橥仲处，雨至遂还。竹石、小坡来，夜月。

十九日　阴雨。小说看毕，即《野叟曝言》也，竟有大版断烂不全，尚及百万言，可笑已极。谈宋学于淫场，无一字是矣。子寿约蔬酌，昇出，答访朱修庭不遇。至藩署西园，小坡、景韩继至，竹石辞不来，颇少谈友，席间无佳话。雨声尤壮，念灾怃然，戌散。

廿日 雨自昨夜至今夜不止，庭院湿透。坐厅堂看《广韵》竟日，小坡所集吴陵云、段玉裁注及自注者，欲余加笺古韵，余无韵书，当先作，乃可定部分。倍书，讲《诗》，写对三联。

廿一日 雨。刘葆吾来。看《广韵》毕。椠仲、伯璋来，要饮酒楼，更约曹先斋、文小坡。椠云《曝言》出乾隆时一老儒，南巡时欲进呈，门人知其不可，以素纸如式装之，当呈，开视无一字，大哭而止。此真异闻也。今原本藏潘氏，内有残脱，皆其女所撕去。又有《蟫史》，亦奇书，当觅观之。九岁时曾见之，似无可取。看京报，滋轩复入都，意在晋抚耶？戌初散。夜讲《诗》。下午书课未毕。

廿二日 晴。出要伯璋看衣，将往阊门，夕矣，还。饭罢，朱修庭要饮持螯，投暮往，尚在抚幕未回，楼上喁喁，不知何人。坐久之方至，小坡又徐来，啖三脐已饱，主人昏然欲睡。同小坡步过惠中书，遇陈嵩佺，相与聚谈甚乐。俄云雨至，步还，未讲《诗》。

廿三日 雨竟日。《南录》至，无亲友中式者，但知夏儿高魁。懿儿生日，放学，摊钱。惠世侪来，送馒头、酥鱼，夜谈。

廿四日 雨。倍书，检韵。刘葆吾来。李库使来。朱竹石来。感寒小疾。讲《诗》。

廿五日 阴湿如蒸露。疾困昏卧。惠世侪要张生来谈。倍书，讲《诗》。

廿六日 晴。起较早，然已将辰矣。地湿如汗，风燠相蒸。

薛叔耘来。看《广韵》数页。要魏坤能同诣赵心泉，单衫步行，汗透外衣，伏暑无此多浆。还夕食，曾彦在内，小坡在外，呼食不得，而厨人与吴僮斗狠见血。饭罢，与小坡同至竹石处小坐。已夜，雷电忽至，还即暴风，顷之小雨。夜起觅火不得，徘徊还寝。

廿七日　寒雨。惠、朱、魏、赵、刘相继来，遂尽一日。客去甚倦，讲《诗》毕便睡，竟夜酣眠。

廿八日　寒雨。叔芸送全校《水经》，张石舟极诋戴校攘窃掩袭，所谓大典本者并无其说，作伪终当发觉，甚可笑也。然全于此书实为专家，戴殊不必须此，当时若直据全校，岂不更美？恐戴亦未得全本，偶相同耳。托之大典则为欺人，宜有此报。惠师侨招饮，因欲过景韩，呼舁，久待无从人，独过傅星槎、文小坡，俱不遇。至师侨寓，主人未还，表侄出陪。顷之星槎来，师侨、子复、小坡、嵩佺来入坐啖谈，戌正散。讲《诗》。客游不量时，所至见愁嗟。北海主人不悯旱，但闻邻鼓儿童哗。吴中台司独忧民，秋霖一月颜瘦洼。无麦尚可黍，寒雨伤稻连荄芽。西畦种绵黑烂死，马羊齿落无余花。东南财赋首苏松，秋成在眼一跌蹉。公中积谷时可发，官但持斋不平粜。成灾豁免有例条，剜肉医疮贫到骨。官宁为民不为身，度支困乏方算缗。且请停军省制造，不取不予国用均。台司笑谢非所及，北海南海能嗔人。去岁黄河费亿万，前者晋灾千万银。中间俄法起大役，公私骚动万万云。一省偏灾瞬息过，火车利足财輧輳。林公荒政彼一时，吴中减赋民不殷。解衣推食非惠政，不若女织男耕耘。雨亦不可息，祷亦不可止。北海方能用西法，吴若效之民谤诽。嗟我来游翻杜门，却羡津沽走尘轨。寻知政事见本原，救菑不恃免税恩。昔闻尧舜耻施济，后来濡呴称仁人。圣心已知用不足，郊宫灾异法戒谆。恒旸恒雨迭变怪，奈何言利仍谆谆。李张黄刘一时杰，乘权得位思经纶。阴阳错迕咎有在，罪己亦是迂儒言。且理狱讼发仓囷，奉职率吏布皇仁。劝督农女锄奸民，庶哉富矣教化醇，重来讲德歌颂新。

廿九日　壬申，霜降。倍书，写字。为韩升兄求丧费，与书竹石谋之。竹石公事无假借，颇有辣[1]手。微雨竟日。

十　月

十月癸酉朔　阴雨。黎尔民、景韩来。竹石晚来，谈半日。倍书，讲《诗》。懿告假一日。

二日　晴。晨过伯璋不遇，遇郭辅清，同诣周月溪，又过小坡不遇，还，倍书。伯璋来，要往玄妙观买丝绦、《蟫史》。复至木竹衣店，遇刘主簿。微雨已至。刘去，赵不肯还，借伞淖行，到家已夜。小坡来。看《蟫史》至丑初。

三日　雨。朝食后吊韩，送一元。知宾四人，一湖北人，未相识，少坐，退入。刘主簿来。午过竹石，食鱼羹。小坡云嵩佺约饮。酒罢，至尔民局中少坐，舁还，雨大至，冒雨行至陈寓，则无约会。顷之小坡至，相与大笑，坐久之，复冒雨还，鞋袜俱湿。雨竟夜不止。

四日　雨。倍书。将出，待舁久不至。顷之子寿来催客，冒雨舁往。小坡先在，嵩佺、张生后至，席间谈西皮、二黄之异。子寿自云能知之，请问其意，不能明言也。闻弦赏音，本不可口传，余于此太无所解。藩署菊花山甚高大，俨然一山也。夜讲《诗》。

五日　晴。倍书。诣赵伯璋，取衣箱回，因过景韩，具言与藩朱参差事，犹有余愠，蕴借人乃褊急如此。颇劝以和衷之义，当先善竹石，否则更为刚公所笑。还寓已暮，夜讲《诗》。滋讲《丧服》。

---

①“辣”，疑为“棘”之误。

六日　大晴，始有霜意。赵伯璋、朱修庭来。傅星槎亦来谈。客去，倍书。张生、刘葆吾来，顷之寿、景俱至，小坡、修庭亦至。要小坡同坐，谈荒政，俱无实心。修庭要吃羊肉，同步至阊门正街酒楼，嚣杂不可坐，大似入客店，数十年未有之苦也，匆匆散。至小坡处，欲谈，修庭复遣要至竹石处，步往已二更矣，遣人谢之，修亦自去，因要小坡至馆。遣送张生还，因迎三小儿还。至子初儿女未还，小坡亦未去。滋讲《礼毕》一篇，因悟诗"麻衣"郑笺之误，更定之。

七日　晴。藩使送历日。竹石送添装百元，尽还衣价，交伯璋料理，并约同出买零碎。待至申正，韩宅算账未结，舆儿出游未归，饭罢始还，已暮矣。与槩仲同至惠师侨处，遇二客，未问姓名，要惠同至小坡处吃羊肉，甚清醇，不觉过饱。同坐者又一伶儿，未问姓，亦向人长揖，居然官客也。槩云文之同年弟兄，朱姓。非伶儿。后问之，实伶儿也。张生亦先在，至戌初散。湘船来问行期，以无货辞之。

八日　晴阴。伯商来。晨过叔耘，未起。倍书。午过槩仲，问伯商行止。驺从在门，入则叔畴亦在，并见槩仲二子。长子藩石，方从京试还，周郢生之流，亦发品也。叔畴则拥肿不似少时，今年新中，颇似富翁。同席小酌，方议送扇对，余暂还馆。曾挚民无下落，王德榜得黔藩，可谓有志竟成，迟彼卅年节钺也。刘主簿来。

九日　晴。晨未起，叔畴来，入内见诸子女，留饭，辞去。旋步出胥门，登其舟，伯商甫登岸，仍见叔畴，并见其从子少仙，陈佗之子也，佗死三年矣。间关至常州，戒烟写字，似可成立。日照船窗甚烈，还城，遇伯商于门，未暇呼语。倍书，看《广韵》。遣问湘船。小坡、张生夜来。昨夜忽畏寒，今日多睡，两客来未见。

十日　晴。慈禧生节，群官早朝，闻喧始觉之。起，答访蒋、唐，唐即艺农子也。还，两儿逃学出游，携真往府城隍祠看戏，未得其处。还遇赵、魏、郭、姚，要买杂物，令莲弟送真归，已同赵等至玄妙观旧学前看衣，无相应者，买里绸八匹。赵先还家，余同三人至馆小坐，复同至伯璋家，吃家乡海参席，颇饱闷，不能多食。夜步月还，早眠。

十一日　阴。会馆祭先贤，用涤公生日，请余主祭。昨辞，待李匠兄久不至，仍主焉。在位者六人，行礼三处，叩头卅六。新来蒋理问，言孝达政事及保之教吏，颇为新闻。赵心泉来，并不及回看事，亦殊疏略。昨梦曾沅甫化为女人，而仍朝衣，金绣靴。余推令主祭，彼甚欣然，已而何蝯叟科头至，余云当推贞老。盖昨日槃仲言何引将发，有汪道欲焚其柩，故见梦耳。心泉又来约游灵岩，订后日便往。馆人会食，余不欲与，步至齐门，独游北寺塔，云吴王为太后立，名通玄寺，工费百万，今不能复修矣。寺名移唐额，旧为开元、重云、通玄，自来巨丽。百亩布金园，天龙愿力存。佛镫余汉火，废沼接齐门。兴灭偶弹指，荒凉易断魂。香桥回步晚，扰扰市尘昏。小坡、张生夜来，小坐去。

十二日　晴。郭辅清约饮，槃仲因要听曲，午前步往，府城祠街戏园破落不堪，人亦寥落，演段尚有法度。懿、真侍行，先归。夕至醋库巷郭寓，唐三哥、赵伯璋、钟瑶阶先在，食鱼皮、雉羹、饼、粥，夜还。

十三日　阴煊。赵心泉、唐莘之来，约游灵岩。朝食后携懿同往，黄小亭、杨少林皆赵约往者。出胥门，坐蒲鞋船至木渎，云不能前矣。换小船至灵岩，雨至，同人皆有阻意，余鼓勇先登。冻雨洒衣，时作时止。要寺僧同观日月泉、馆娃宫，匆匆还。小艇复还木渎，赵设酒馔甚备，即宿舟中，船娘以榻相让，诸客散睡三仓。奇石花山里，夫差旧馆娃。湖光云雨角，琳宇玉千阶。妖鼓鸣吴郡，行宫仆晋槐。登临惟吊古，寒雨助悲怀。《图经》云："花山在吴西三十里。"

十四日　晴寒。晨兴，待食毕，复换小船，从旧路至光福。《图经》云："在县西北七十里，木渎在吴西南二十七里。"今光福距木渎三九，水陆可五十里耳。寺有铜像，宋代获于水滨，余误以为吴像。僧房有碧湄书联。亦见太湖、包山。问道，未甚了了，乃先游玄墓。玄墓邓尉烂熟故事，忆之，竟忘其说，可叹也。从寺渡桥上小岭过费家，河皆南行，旁多墓舍。至一处，见"太湖飞翠"，知是胜地。一僧云，从左去便得元墓山，盖即支硎也。上有圣恩寺。图经云："山在吴西南廿五里。"今在五十里外，则不相附。然三峰禅院，非此无以拟之，对岸吾家山，所谓"香雪海"者，康熙中曾蒙临望，僧舍万间，今唯三四百间耳。坐还元阁，看湖。僧云四宜堂尤佳。复引看松风水月、三尊大像、拜佛趺印、法华大钟。又欲示御赐编钟，俗名"踏奶踏"，钟乳各有异声，余未欲看，辞之。日已将夕，辞出，访司徒庙，从潘墓西行，误从荒塍绕越，顷之方至，寺题"柏因社"，有三怪柏，楼礼文昌，云司徒大王。出数步，便得来路，不二里已度岭，至船觅食物不得，返棹还木渎，晚饭开行，假寐，俄觉，已至城矣。月色正佳，仓门俱闭，亦解衣酣眠。

十五日　戊子，立冬。晴。晨露正浓，船娘促起，盥着啜茗讫，俱登岸。入胥门，从金剪桥至馆门，心泉别去，小亭同入，门尚未启，纨、真已起矣。左琴生主簿来拜，往谈。还食，出访魏、赵，遇何芰亭之子，赵妹婿也，约明日往阊门买布，云船已至矣。午间赵、郭、何、曹同来，刘主簿聒语至暮乃去。湖光飞黛色，胜地识中峰。古佛庄严界，空堂寂静钟。楼台曾涌现，謦欬偶从容。有法犹须灭，无心问古松。

十六日　晴热。约槃、璋同看苏布，买苏毯席，便留午饭去。小坡、辅清亦来，食毕，步往阊门，还过石子街镖局少坐，风起雨至，避于西城桥。郭携懿儿还馆，余与魏、赵至惠师侨处吃烧鸭，甚酥脆。主人病倦，不尽欢耳。曾文山亦同坐。席散，雨大至，冒雨还，大风旋止。吃饼后乃寝，将夜分矣。

十七日　晴。晨寒，晏起。张生来，言廖学书。唁杨世兄，写对联不成，因置之，闲游。景韩来，言吴灾，奉诏发徽号银五万助赈济。凡上徽号，每字加月费五千两，以十四字为度，亦如勇号有月支也。夕携懿、真至申祠，令入张寓，步还已夜。槃、阿[①]、小坡来坐，至丑初始去。

十八日　阴寒。改会馆联，书之。文武翊中兴，翩然楚客听吴咏；循良有先正，谁比云汀继道荣。并书三联。倍书，讲《诗》。与书景韩，为伯璋求差。陈嵩佺夜来。

十九日　晴。左、李联姻，馆人毕会，避出游葑门，至织造处看吴衙场。寻高郎寓处，过郭辅清，迷不得其门馆，即还馆。看圉人争马，甚有凌轹馆人之心，湘将之风于是衰矣。周煦山夜来，言刚抚得总督书，甚敬礼之，欲与以厘局军务，犹未决也。

廿日　晴寒。将往问船，陈、胡适至，云尚须三四日也。田副将来，明山。字海筹，撤江阴任来，以向雪帅借钱，李提假以报怨也。

廿一日　晴寒。脚跟已冻。看《广韵》平声毕。图出误入者，将为古韵分合之说，未暇校也。诗亦有古今韵异，向来无人道及。

---

① “阿”，疑为“何”之误。

资斧将竭，比日省啬殊甚。午作饼待曾彦，兼蒸肉剥蟹，聊酬数餐之贫。夜讲《诗》。小坡请阅其少作。

廿二日　晴。倍书。纨读杂记毕。计归时复似移家石门时，女经从《祭义》起也。弹指二纪，恐不能更二纪优游，则薪传亦终尽耳。朱竹石来。小坡夜来。

廿三日　晴霜。携懿、真、莲弟步出阊门，问南船果来否，乃无消息。还，定由江轮上驶，过别景韩，留便饭，夜归。小坡、嵩佺来谈。叶损轩来见。

廿四日　晴。莲弟看船不妥，更遣苏三定南旺船。晨送诗还小坡。叶损轩言曾注《丧服》及《礼记札记》在景韩处，借来一看。因过伯璋、槩仲，遇郭辅卿，言其邻儿识我。前日曾出寻未晤，小儿能识人，余不如也。还寓暂愒，出访竹石话别，复还夕食，曾彦方在内室，饭于外斋。过别子寿，看菊，便留夜饮，更邀小坡、叶临公、谢孝廉、武进人。诸迟菊可宝。来陪，散已三更矣。苏城无夜市，而诸署咄嗟有办，官厨习侈也。张、曾夜来。

廿五日　阴。舆儿生日。同乡闻余当去，俱来送别。梁叹嗟亦来，遣往船上照料。余仍写对四幅。景韩子昏，送对一联。绣藻新晖，吴歈送喜；玉梅初月，朝镜修容。又题竹石《芦舟图》，吴恒所画也，恒来求题。又为小坡写诗册，及嵩佺册页。客入者藩、臬、朱道台、二周、赵、刘、魏父子，卖绢牙郎曾彦复在内，留面。同寓钟、黄、王、唐、章、魏纷纷继至。日已欲暮，即起登舟，步行极热。夜至舟送者惠师侨、周月溪、槩仲、伯璋、梁章、田明山、刘葆吾、周松丞。送程仪者景韩、银钱。以下俱食物。小亭、曾光文、张生、魏、赵、黎、朱、刘、二周、田、文、惠、陈、叶、梁。至二更始散，泊胥门马头。寄翁暄书银。

廿六日　晴。黎明开行，至阊门外新安马头小泊，买布、菜，午初乃行。卅里泊浒墅，所谓枫桥寺钟者也。看叶大庄《经说》。唁陈芸敏，并附挽联，托损轩寄去。高志绝尘踪，暂别海云旋跨鹤；缁帷促星驾，独令洛士阻登龙。

廿七日　晴。晨发甚晏，得顺风，帆行。五九路至无锡，从南至西门将十里，行良久，乃泊接官亭。无锡吴知县子佩来迎，云已备船，请游惠山。小坡、张生昨夜到，先在黄步相待，请不入城，径往山上。申初移北门，至黄步墩，询寺僧，云无人到。登楼旷览，嵩佺留对颇佳。移泊府城隍祠下，日已西斜，饭后二客不至，小睡醒，二更矣。小坡遣县船来迎，仍至西门，吴令账房客蒋小槎作主人，具妓船酒馔，三女祗奉，船娘与小坡赌酒至醉。三更散，更登岸至妓馆。舁还船上，吴更送酒馔、点心。

廿八日　晴。晨待小坡等不来。汤女金珠来。久之郑、张乃至，移船入梁溪，登惠山，看第二泉，上云起楼，昔日优婆，一无存者。呼柚实为文弹，设茗果，子女皆侍游，金珠亦从。石洞甚佳，跸路尚存，亭馆不可复寻。与小坡止半山，舆儿与张生登顶未下，或云已还舟矣，遂下，至船。久之张生乃至，坐艇子还汤门前。县遣舆迎至侨署，见城中荒芜残破，殊难复旧。饮半，报火起，吴出赴救，仍令蒋陪。顷之还，云火焚民舍半间，不为损也。托小坡寄叶书，托叶寄陈函，并还小坡《广韵》，索还《墨子》抄本。赏汤女花粉，女甚感荷，更送泥孩一床，大有所费。无锡妓轻财，犹有承平旧风。饮散还船，甫及亥初。郑、张亦还省，苏州之游毕矣。

廿九日　晴。晨开缆行。朝食后为陈郎写屏一副。申正至常州城外，泊西门马头。遣买篦一圆，得十五件，招牌卜恒顺。又看床，花甚粗笨，价亦不廉。陈八郎来见，云其兄欲留余半日，旋送菜来，询阳湖旧家子弟，均无继起。学派常州盛本朝，风流文雅似刘萧。百年江介英华尽，剩欲金阊问褚陶。伯商又送菜。

晦日　晨发，九十里至丹阳，日始晡耳。丹阳便有清定之气，两岸堤亦整洁，似漕渠之制，前游避贼未至此。倍书，讲《诗》，促懿温古唐诗。夜雨。

十一月

十一月癸卯朔　雨，至未初霁。过新丰镇，多豚蹄腊，价甚贱，裁百五十文一斤，以余脯尚多，未买。申正至大闸口，丹徒江浦也。初作闸，今则桥也。遣觅绂子来，询轮船事。

二日　晴热。朝食后登岸，过浮桥，眺望江山清阔，信为胜郡，寻辛未游迹，已依稀矣。江畔有山，云瀛台山，已为夷人所占。携儿女往来，独往金山脚，以隔水未上。还舟，大热，人皆单夹衣。夜雨如春，潇潇甚乐。

三日　南风蒙雨。待船未至，移寓六吉园，江楼明敞，致为快心，比前寓江神祠楼有仙凡之别，官不如商，利使之然也。发行李去一千，每日费一千二百，减于上海之半。发箧题诗，为船户求赏败兴，又可笑也。夜风甚壮，闭窗乃无声，闻亦洋工胜华匠之故。南风霏蒙雨，寒江动春气。舍舟登江楼，清晖暖远至。漾漾万里流，长空写吾意。瓜步横苍湄，烟樯矗如荠。孤屿静娟娟，乘潮阅人世。古来楼船战，摇荡山川势。事过存想劳，年徂客情异。徒怀飙举心，怅望浮云翳。三更风大作，则发石翻江，停舟荡覆，喧呼曹动矣。半夜不寐，作诗寄文小坡。郑叔问及张生祥龄相送惠山，舟行不及，却先夜至，余至黄步还舟始见，作一首：新知有余欢，晴游展归趣。百里共平流，谁知即歧路。弭棹依虎丘，登楼访黄步。孤情照初月，别思生溥露。佳人既未来，山径碧已暮。云窗余旧凭，泉声子新悟。同心不同赏，挥手谢烟素。吴无锡具妓乐酒船，送登惠山，还集县斋，作一首。名山岂泉名，妖女艳云花。楼台蔓草荒，岚石吐清嘉。跫来余足音，贤长喜不遐。画舫扬棹讴，明镫出吴娃。良政远声色，娱宾燕有加。高斋屏伎乐，清尊话烟霞。此邦患士浇，未暇惩民邪。从来戒征利，奢俭可隆洼。凋敝今不苏，炫靓岂可夸。所愿同笙歌，拄笏饮江茶。

四日　大风，阴寒。与书刘景韩。赵晴帆来，绂子同事也，人甚朴诚，意亦肫至。夜与绂庭待轮船至四更，甚寒遂眠，意不欲去，又闻无房仓，遂寝。

五日　晴煊。将游焦山，唤舟嫌贵遂止。儿女各读生书，夜讲《诗》。与书马、沈、李相。

六日　阴风。早食，答访赵晴帆，便令顾船。绂子唤红船，乃须一千，少年不可与作事如此，此皆不知艰苦者。既已唤来，匆匆便发。过寓门，携二子两女以行。至山脚大雨，不可步，怅怅而返，仅绕山麓左行，看诸庵密比如人家里巷。《瘗鹤铭》为积草所秽，炮台列兵以守，无复雅观。至定慧寺客堂独坐，登舟遂还。写字七八纸。

七日　阴雨。先孺人忌日。坐待轮船，静无一事，偶寻张总统妻状，按其年岁，都不与所闻相符。李妹丁亥生，至乱时已卅矣，不应尚未嫁，而诸弟依以居家。又其子年卌余，亦非寇中生，乃云被掳嫁贼，兄欲杀其夫。似非事实，因依其本状，作墓表一篇，文甚斐恻。作书与楚宝，并托凌问樵寄去。初夜见一船过，疑为江裕，又嫌太早，询之果江裕，登舟觅得一大间仓，即移入居之。遇朱乔生，亦意外相逢，甚巧可喜。亥初发，赵叟送画、笋、蚶、银，意甚肫挚。

八日　阴。平明已过石头，夕至芜湖，遇朱耻江、陈梅生，皆无意相逢，船中颇不寂寞。竟夜酣眠。

九日　晴阴，有雨。午过九江，视德女登岸处，垂柳枯条，风景顿异。懿儿日讲《杜诗》二页，舆儿游谈唯恐不足，竟未尝侍余顷刻也。夕至黄州，有月，四更夷伙敲门索消票，五更泊汉口，遂扰扰不眠。

十日　晴。晏起，待唤船，久不至，自登岸寻之，至龙王庙马头而返。算船钱廿八元，合银廿两不足，买办仍为具朝食。朱乔生唤大船先至，移具登舟，已而小船至，统仓不分内外，乔生固要同船，并约耻江，小船怏怏索钱，舍千二百，犹不满意。余初欲自顾一船，与工人坐卧，众皆以白费可省，因挥令去，遂占正仓，甚不安也。夜独眠。梅生先去，未相闻，大约营营于欧、左、裕、奎之间矣。

十一日　晴，南风。半山忌日，诸女素食。懿始理书。余感寒，一日未事，间看全祖望《水经注》。张石舟丑诋《四库》校本全取《全书》，事本可笑，而张亦太甚也。乔生欲借小轮拖船，电致江督，用耻江名请之，余以为必不可得。

十二日　晴，南风。懿往买花爆，不能得，乃知好弄，非痴儿也。朱乔生要至其栈房会食。歙鲍辅臣来，朱弟同年也。闻香涛已到，懒不能问。

十三日　晴，南风。江电还报，许借轮船。水雷已去，逆风上水，同舟唯事借拖，不复有开行之意，捷径之误人如此。李提督子德斋来，以荫发判广东，亦求轮拖来者。比夜月明，无复佳游，夕与乔生同至梅生寓，一看不在会馆，乃在阳差寓处，翰林身价亦稍贬矣。二李三刘号五徽，王张沈邵浙封圻。五旗一直湘三节，潘卞张谭共马丕。

十四日　晴，南风。正欲开行，耻江又欲待轮船，更停一日。阳楷、梅生同来。

十五日　阴，雾。得北风，行一日，泊东瓜脑，云百五里。

东瓜曾再宿，不记年月耳。夹岸杨柳疏黄，洲树犹碧，尚似秋末风景，仲冬江行所无也。课读如程。

十六日　阴。未明即发，缆行霜地，水手殊可闵念。朝食时，沈臬船驶至，今日开行未三时，已度我前，轮拖之力也。矻矻穷晨暮，初更泊浮洲，云在小泠夹，外距嘉鱼尚三十余里。今日缆行甚迟，水程甫八十里，陆行沿江仅六十里。

十七日　阴晴。帆行，午过六溪，闻钲爆，知舟过例祠神处也。望新堤，至夜乃至，稍舣，上岸买炸面食物，未几即行，未夜半也。叶大庄诗，久思酬报，苦无佳格，偶作四句辄罢。俄而诗思忽发，援笔成篇，甚有逸致，吟讽再四乃寝。

十八日　阴。质明南风忽作，行半夜，仅至螺山。《洞庭归舟酬叶损轩赠别诗一首》：卅年不见林屋山，东南竹箭青琅玕。江山才俊相映发，使我万里开心颜。石林才子文章伯，暂学陶潜出彭泽。故人假节选宾僚，拄笏清秋看山色。郑公子，陈翰林，外台三妙成知音。山塘黄花五湖蟹，一醉可抵千黄金。怪君来迟惜秋暮，放我扁舟踏霜去。郑生写作红树图，青山一发南徐路。图背题诗别思深，梦中吟想见君心。折腰便作尘中吏，挥手还思海上琴。只今海内风流歇，世业传家只闽越。林陈沈叶多故人，春兰秋菊长无绝。君更传经比贺刘，岂但诗句陵沧洲。山中旧宅松竹好，眼底浮云风月秋。新篇旧制落吾手，应胜与君三日留。长江浩荡白鸥冷，南洲冬树青青影。归舟乘月过君山，犹似吴江酒初醒。午得北风，夜泊城陵矶上。

十九日　阴，有雨。晨欲舣岳州，已而得风，遂行，渡湖频阁浅，有风如无风也。然四日至湖，已为顺利。辰初船遂胶滞，竟不得进，北风大作，看人张帆如走马，时有风吹来，近者俄顷辄过，独余舟入泥尺余，风浪不能掀摇。询其地近高山望，即来时避风之处，忆蜀江祷风如响应，何湘君之不及江神耶？诗以祈之。荆巫验风反，河汶感波迎。尝闻巽坎难，每恣江海行。归舟顺长风，大壑翔杳冥。快意偶一失，泥沙困修鲸。篙橹遂无施，鰕蠃欲见轻。目送驰千帆，心飞惊四溟。时哉不能驾，守此竟何成。不如无舟楫，顺逆可忘情。夜未改衣，风不安枕。

廿日　晴，大风，寒。水退见泥，乃知竟横洲上，恐此船守洲，今年不能去矣。湖中每有一舟浅胶，而非人意力所及，相传神留值年，以待张乐也。舟亦不必甚大，要使人知之耳。拟待风息，拨船各去。

廿一日　晴。风息，旁船尽活，唯余船必不能行。二朱拨小船先去，余更遣榜人招数十人推之，索钱四万，犹不能移分毫。船身裂缝，乃呼倒爬，移家径去，榜人一病者从。午饭后开行，至夜半泊琴矶望，小愒仍行。

廿二日　阴。顺风行，至夕泊扁担夹，风止遂停。

廿三日　晴。缆行，午后顺风，帆行，过乔口，日斜矣。风长，舟驶至朝宗门始昏，携真步入城，儿女先后舁步均归。孺人还母家，功儿复生一女，余俱平安，亦可喜慰。至二更，功乃还，云耻江先至矣。

廿四日　晴。发箧陈书，登楼设坐。朱乔生、耻江、何棠孙、王石丞来。石丞言周荔樵盘踞，能令筠仙喜怒，王逸梧亦畏之。往问逸梧，信然。夜作书上外舅。子瑞来。

廿五日　晴。抄新诗未毕，出访筠仙、镜初，闻曹介藩丧，两司中人不得竟用，可惜也。何朴元来。

廿六日　阴。时有微雨。出访笠云。逸梧来谈词。饭后访谭文卿、王石丞、周荔樵、何伯元、黄母、胡子夷兄弟、杨朋海，还已夜。

廿七日　晴。见郎来。余尚未起，甫盥须[①]，已登楼矣，留共

---

①“须”，疑为“頮”之误。頮，以水洗面也。

朝食。热不可裘，易衣出，过李佐周、陈伯严。陈处遇君孺，遂不往访。县书成，皆其力，实无遗憾，可感也。约同还家，伯严留之夕食。余出过周笠西、朱香孙而还。君孺、望之来。

廿八日　晴。筠仙招陪李郁华主考，意不欲往，辞以有约，复改早食，不能再辞，往则主人未开门。复往寻罗顺循，谈顷之，欲还家，遇商农于巷。商农晨来访，方写诗未出，旋闻有生客，遂辞以出。今复相见，云筠已催客，因复同往。佐周先在，李、郭后至，陈吏部亦至，筠云此为邵抚送李之菜，李实当为主也。席散，未昏。还家欲愒，云朋海已催客矣。窊女还餪祝，登楼见之，令其勿待。即往杨处，则刘春禧、王石丞、李黼堂、罗瀛交俱先在，王雁峰亦与，谈邵抚生日，而母即死，故不用红垫，不言生日。今邵尚有母，而消息不通，盖继母也。又言某官亦无生日，则因贫时母生日无人过问，因感而不作生辰，可备寿序典故。二更散。窊女尚未去，随班拜祝，设饼未食，急促之归，已夜深矣。余未食饼，至子夜与君孺谈，复进三枚，乃寝。

廿九日　辛未，冬至。阴雨。晨起最早，初归见庙，礼毕，面未具，别买食之。已而儿女庆祝，设二席，余在内别食，复进二碗。午间子瑞来，登楼相见。周郢生、罗顺循、陈伯严俱来访，君孺邂逅相见。与儿女揎牌，数为客扰，夜乃安息，而雨凄凄似欲成雪矣。

十二月

十二月壬申朔　微雨。刘春禧、周笠西、王一梧、镜初来。镜、王与君孺言《道藏》多未见书，湘中当求一部，湖州金盖山尚有之，此可为与朱竹石书增一话料也。李主考来谢，未见。

二日　阴雨。看浏阳课卷。说"公徒三万"与"作三军"不合，取旧笺增改之。

三日　晴。梦缇还，果更老瘦如枯树矣。相见如宾，殊无可语，各有猜虞故也。弥之前乖，孺人后离，皆吾境界过高，不合时宜之故。亦彼好谀恶直，致相扞格，聊为前后眷别作一梦影耳。儿女俱放学，惟夜讲《诗》二页。胡子勋、杏江来。

四日　晴阴，至午微雨。步出访熊鹤翁，道湿舁还，因过春禧、李郁华，均不遇。至夜欲雪，移宿楼上，熊妪去，彭鼎三来。

五日　晴。看课卷。鹤翁、棠孙、吴子名毓煃，子俊之子。来。子瑞来，正睡，直入内寝，惊起，延坐，三儿鹘突故也。

六日　阴。胡子夷来访君孺，君孺出城避之，恐其索县书也。黄郎、松圃来，言周氏之衰，令人三叹。暴富学奢，本不足为盛，其败也，并覆其门户，故曰淫殃而赏善者，殆不多觏，各随缘受报而已。故论世法，以佛理为圆到，死生利害不得至前，有道者又不在世法中。

七日　晴。街泥不澈，终日闷坐，看课卷毕。读抄报，奎斌改谪察罕，铁路议效矣。袁守愚、何朴元来。

八日　晴热。坐室中食粥，汗出洽夹衣。素蕉送粥亦至。易衣，要君孺出访朴园，入劳家，废池改馆，已似故园，又增一凄感。因至浩园寻僧谈空，要笠僧至家啜粥，过花肆看梅，差写尘心。饭后，同黄笃志、新生俱步访筠仙，遇陈龙门，攒眉对之。与君孺至郭厅少坐，英郎出见，谈家事甚了了。恐夜，不待筠出，步过一梧，云亦未食。士夫渐有官派，谈谭敬甫，甚有贬词，以得鄂抚为怪。

九日　晴，南风甚热。将送君孺还湘，念行迟，不如待风。筠仙、伯严、顺孙来。

十日　阴，将雨。朝食后即束装登舟，与君孺同步出城，比发已晡矣。二更至县，步入宾兴堂，无人焉者，唯有堂书萧某。与君孺同宿西房。

十一日　阴。吴少芝、杨福生、徐甥、王谷山、黎保堂、龚吉生陆续来。与君孺、吴、徐至萧园看花，还饭。与沈子粹步至杨园买梅，还，至蒇子处，两儿已长成，能作文矣。

十二日　阴雨，寒风。朝食后舁至侯塘，见外舅、诸弟侄，杨舅在焉，几不相识。与循寒疾，居烟火中，夜谈无精神，宿裁缝房东，前分居时曾数宿处。

十三日　晴。外舅具馔相款，食毕告行。至姜畲，小坐乾元店，取山道至庄屋。屋未窗，然明净可居。取床来，因过开枝，姜佃设食。夜宿半山寝室，刘佃妇来上香。

十四日　晴。朝食时未食，至乾元已过午，乃饭。行至城，夕矣。君孺犹未去。子筠已来，李雨人亦至，论收捐事。

十五日　丙戌，小寒。晴。诸君议贻我二百金，余犹以为不足，向来于银钱有让无争，今乃反之，穷极无聊之谈也。非财之穷，乃礼之穷，若不争，则竟无得矣，亦膰肉脱冕之类耶？今夜将行，为此留待，陈明府又约后夜集饮，以未见，当往谒，未能辞也。杨俊卿来，言王明山病甚。夕，同人约公宴。

十六日　晴。与沈子粹至城外看陈梅生。看衣，得一马褂。还，会饮，论催捐事，当先从郭正泰始，众难破脸，余独任之。戴表侄来。

十七日　晴。郭正泰店主花汀六老耶来，面催之，诺诺而去。杨营官来。陈明府嘉榆星田来谢，不敢见。夕往会饮，梅生、子筠、沈粹同坐，陈公多言闽人及张学使，未及文政。夜煊。

十八日　阴。同人公送六百金，留百金湘用，买舟而还。辰正开行，至暝始至平塘，展被遂卧，二更达水陆洲。

十九日　晨雨，旋止。换小舟至草潮门，步入城到家，以为可卒岁矣。又闻刘希陶所假三百金来索债，茫然无着。得文小坡、棨仲、杨世兄书，寄诗本来。寄禅来，同过重伯、镜初，谈《春秋》。长妇满月，见孙女，令设汤饼，不办。

廿日　晴煊。看历年日记。以王祭酒欲刊余词，检稿未得，有数阕佳者，皆不载。算结刻志工价，取版以来。曾郎履初来，言韵学。严秬香来，未见。邵抚丁艰，新藩病故，何枢知府骤跻布政，可谓乞儿乘小车也，然视沈臬已为淹滞。乐山王兆涵来见，字镜芙，以优贡分湘令，尊经旧弟子也。云孝达有将败之机，刘子雄中书夭逝，皆吾党之衰事。园丁送花三本。

廿一日　晴煊。风景甚似癸未年，惜少宴集，聊散步近地赏之。邵抚丁忧，辕门仍常验看，似亦非礼，宜即日移寓也。楼居懒接客，胡子夷来，不可不出，已而笠、素、道三僧来。镜初步过，谈《春秋》，亦颇如廖平今学之说，盖《礼记》多述孔制，然著为典章，则唯《王制》《祭法》为然，《曲礼》似不可尔。复苏州三书，交李砌匠寄去。夜大风，吹窗尽启。

廿二日　欲雪欲晴，仍未甚寒。无事，抄录旧文得三千字。子瑞、逸吾来。唐妪上工。

廿三日　阴雨。检史书，抄《桂志序》，旧词本久不见，忽检得之，改沙头词数字。见郎来，云湘抚放张煦，与城中四官合同而化。昨看课案，亦如官册，思湘人正如湘官，何造物之善搏人也。稷雪夜敲，孺人送灶，余独在楼，蠢妪相伴，回思二纪以前，又是一境，并小词亦懒作矣。周环族裔请改刊斩龙官之语，痴人偏好说梦，亦吾之过。

廿四日　雨雪间作。抄《桂志序》，成一卷，卅年未满，今乃充之，尚余两序，须另起也。

廿五日　晴，霜冻。余纸抄经、子三序。家人作年糕。郭见郎来。

廿六日　阴暖。因起感寒，体中不适，一日未事。看儿女移房，污秽狼藉，不觉悲愤。思吾身后，无复雅致，诸儿皆豚犬耳，为之辍食，已而释然。见郎送豚蹄，未知其故，岂自居弟子馈节物耶？沈护院，王移居，俱不暇过问。莲弟衰弱，思取妇，助以十六金，力非不足，心无余耳。前在蜀辞昏，未知其故，今长大无成，乃取重醮妇，故不能多资之。镜初问："为人后者，降其昆弟，不见昆弟报文。今同母六弟出后而死，仍服之期，礼宜从后，君以为何如？"答曰："姑姊妹有逆降之例，欲其外成。今大宗义重，疏族皆齐衰三月，本昆弟从本服无疑。宗子无功服，故经不见，空其文。君所服，是其非后大宗者。后既非礼，服可缘恩，亦当从本服。"归检《礼经》，乃明有"报"字，问答皆似说梦也。

廿七日　阴暖。王生、朱雨田送年物。小疾，一日未食，写字一张。

廿八日　雨，颇寒。始点《元史》，一日毕二本。昨夜始看十页，甚竭蹶，今伏案过笔，乃甚容易，益知工不可荒，熟能生巧也。

廿九日　微雨，更暖。点《元史》一本。钞一定，未知几两，以文义看去，似一定百两也。今谓一定为五十两，岂其遗语耶？

晦日　早起，铺设堂室，颇为妥帖，看家人理岁事。点《元史》二本。二更后始祀神、庙，及复寝，已丑末寅初矣。

光绪十六年庚寅

正　月

十六年庚寅正月壬寅朔　阴。晨醒，早起迟，祀三祀、三庙，已及食时矣。王生、胡子勋、扬儿、胡郎均入见。夜与妻女斗牌，至子罢。还楼寝。有雨。

二日　阴。一日未见客。午睡起，抄《史赞》一页，看《元史》半本。夜斗牌，至丑罢。

三日　阴晴，有风。点史半本，抄《史赞》半页。午后斗牌，夜假寐，遂至丑初始醒。房妪犹未睡，移镫解衣即寝。

四日　阴。出城展墓，南出东还。微雨云开，郊原秀野。城门早闭，比入未晡，已半掩矣。

五日　雨竟日。抄《史赞》一页，看《元史》三本，《刑法志》杂抄条律极可笑，唯作《后妃》《宗室》《宰辅表》，亦可笑也。笠云来。

六日　雨。见郎来。今日约两局，须早出，未暇陪客，及出已过午，竭蹶可笑。至吕月峰处，酬其前意。至熊鹤翁处，约行酒令，客唯王湛园子先在，观弈二局。恪士、伯严来，掷升官图，日已将暮。至陈舫仙处，诸公毕集，相待行礼，至东厅团拜，□、文、雁、逸、镜五翰林，李、陈两总兵，扬、郎、李三红顶，陈革员、傅郎、唐八牛、叔从、陈定生、陶少云与余凡十七人，设三坐看镫戏，吃赤脚鱼翅席，二更散。还斗牌，吃包子，子初寝。抄《史赞》一页。

人日 晴。《史赞》毕《三国》一卷，将并《元史》合成二本，以了廿史之业。此事大不易了，宜乎曾涤公虚愿未偿也。

八日 晴。看《元史》，补作赞，至终日乃休。

九日 晴。街干可行，懒出，且龈痛。点《元史》，补赞，和熊鹤村诗。

十日 晴。商农来，谈湘人故家衰落可待。筠仙招饮未赴。点史，补赞。

十一日 晴。龈愈始饭。吕月峰送名条，求转交越督。点史，补赞。夜看镫市，步月还，寂寥无可观。

十二日 晴煊。周姓人自言周环子孙来，辨斩龙杀人之诬。问筠仙钞锭多少，未得确证。瞿海渔来。

十三日 晴煊。补赞，点史。涂山客及三僧、黼堂来，云祝金莲殉主。武人姬妾多轻生重恩，亦一时风气也。将出，懒行、遂止。半日斗牌。

十四日 晴，稍凉。补赞，点史。陈伯严来。午后斗牌，夕至黄亲家处，经年未过从，以简御简，亦太简矣。待迎春，至子初乃寝。

十五日 丙辰，立春。晴光甚丽。罗顺孙、曾重伯、筠翁来，言湘水行轮船事。夜月剧佳，祀祠、庙毕，免贺节，但吃汤丸，斗牌至夜分。熊妪来，求为其子送入义学。寿嵩一老耶来，已行乞且病，将为道殣矣。①

十六日 晴，极煊。清衣箱，正可夹衣。午出，答拜王阆青，即诣逸吾新居，会饮看戏，设八席。城中士夫大半皆至，以徐芸翁最老，年七十八。主人从弟菊生最少。正绅多趋文卿，异绅多趋

① 此夹注原刊在“祀”字下。

阆青，且云已放闽抚矣。有一都司与尚书对坐，亦异事也。拥挤纷纭，复似程寿星做酒时。余与文卿、海鹏最后散，还始亥初耳。

十七日　晴煊。买舟上湘。君豫遣相闻，因步访，要至家谈半日。黄亲家来，亦坐半日。检书带至湘潭，唯经、史、诗三种需用，余皆高阁矣。补赞。搢子来，云无钱纳税，须贷银一两余，亦可叹也。巙巙当文宗时，请置宣文阁、崇文监检讨等官十六员，以备经筵进讲。

十八日　晴煊。夹衣犹热，知当大风。待船久不至，检器物尽散失，焚余所存尚无人爱惜，生平衔箸之痴可大悟矣。苏四傍晚始来，已不及行。夜起，大风，遂寐。无为。

十九日　风，大雨。小书箱已去，端坐听读，询诸儿女，以恒儿从学之故，无能知者。以余善诱，而不能训童萌，信所谓中人以下，不可语上，故欲见郎以至浅近者诲之，然亦未必能开其茅塞，聊尽吾心耳。竟日检点，物多遗毁，甚愠家人全无照料，颇有责怼之词，既而悔之。夜与梦缇率两女斗牌。

廿日　阴。风息，船人促行。沈子粹来，得凌善人书，送苏砖三百。午间一老耶来，面目残毁，云病不起，余无以拯之，急出门登舟。莲弟自定一嫠妇施氏为妻，久欲为外家续一脉，资其昏费，便令熊妪伴之上湘乡居，已先在船矣。匆匆即发，忘携笔研，竟日拥被睡，不食，夜数起数眠。五更泊万楼，苏都司同行。

廿一日　阴。晨至观湘门，遣约石山弟来，要同至乡庄起屋。开枝儿侄逃农，出作闲民，亦勒令回乡。往还三次，已过午矣。移泊沙弯，换拨船，将行时，薄暮，遂止。夜月，大霜。男女主客卧一仓，余支二椅中横卧，一转侧须起立乃能回身，凡六七转，即六七起，然甚暖软，未觉苦也。

廿二日　大晴，南风。晨发甚迟，泊姜畲未上。迪亭率兄子来见，立谈顷之，仍发。夕至山塘，移家具未毕，已初更矣。布置稍妥，分散各睡。

廿三日　晴。族子卅来，言其父请早饭，并云有客。朝霜未消，待晞而往，少坐，饭半盂。石山留谈，余先返，欲遣开枝父子相见，因令舁往迎之。顷之四兄先来，冯甲总亦至，木匠文、赵俱来饭，论作屋工价未定。冯甲欲包土工，估工五百。石山云不多。因令及吉日开山，至晚乃去。看史，补赞。为苏四作书与于晦若。

廿四日　晴，午后阴。苏四去，石山亦往桥市，竟日未还。乡人谭、周及甲总刘姓来。许生来。土工四人，木匠一人及三子皆来，食近斗米矣。乡中惟以饭聚众，《周官》得民者九，此亦富得之支流也。看史，作赞，终日伏案，近岁以今日为最勤。

廿五日　晴煊。换绵衣。迪亭及兄子来。《元史》年代参错，大整理之，不能作赞，每日点阅一本。

廿六日　阴。筑墙起工，土木纷纭，请石山主之。买灰石潭，冯甲总主之。点史毕，邀石山访四哥于颜阁塘，又游云峰庵，还已暮夜。检谱册。

廿七日　晴，大煊。木瓜、宝珠花俱开，南风甚壮，有似初夏。点史，作赞。夜可纳凉，四更后转风。检谱册。

廿八日　北风大作，至夕愈壮，吹瓦摆树，气亦骤寒，然尚非春寒也。笏子妇彭来，言将嫁女，铺盖未办，欲假钱十千，姑饮之。茂修复来，欲讼“叫鸡”，正言拒之，默默不得意。点史，作赞，抄谱册，竟日未闲。夜与石山谈家事。写对四幅。谭心可母尚少一联，须补送。瑶岛百年觞，兰膳共传归养乐；玉关游子线，绣衣长话倚闾忧。

廿九日　庚午，雨水。大风，颇寒，时有雪。陈顺来，送伯甥书。检谱册，点史一本。夜霰。

二　月

二月辛未朔　阴。抄谱册毕。点史一本。苏都司还。正欲还城，留与同去。复楚宝书。

二日　阴。资用将绝，入城谋之，觅舟不得，乃舁行。至姜畲，四老少妻复在乾元相待，与以四千，留饭而行。遇雪狮还葬，送者寥寥，忆壬戌相遇时，正如冰炭，惟我依然栖栖也。行至城中，已上镫矣。试入，闻春湖、子筠皆在，又申前议，兑得百千，船到桥直，果然。因附九十六千入乡营造，欣然买舟，春湖留饭乃行，已初更矣。行一夜犹未至城，微雨如尘，天黑不辨上下。

三日　阴。晨雨，到城乃止，地湿如经日雨者。从大西门入，家人方起。剃发。登楼，点史一本。暮出，泥滑，不可行，至抚署而还。

四日　阴。晨点史一本。与书唁谭心可。将出买木器，道更滑于昨日，盖夜又雨也。午后携真女、纯孙游花圃，遇吴赞清同知。游浩园，与笠僧至廊下折樱桃，已将残矣，乃更早于蜀，今年春气快也。王七十，下小十。《元史·忠义传》。苏砖运到，久未取，始遣运回。

五日　晴寒。点史一本。出诣筠仙未遇。携女孙看花还。独往荒货店及衣庄看木器、皮服，过熊老翁处小坐，看李西涯诗刻。还颇倦，早眠，真女复上楼睡。

六日　阴。点史一本。土工治堂甓，前门无人照料。乃独出，访蓬海、见郎、黼堂、王石丞，见郎不遇，蓬海甚衰老，黼堂亦瘦，可怜也。看京报，王秉恩被劾罢。去年此日正得意，游子为不近情矣，亦张郎有以致之。凡一荒唐人，必害其同类一二人，而己故无恙也。以云鬼不势利，何时运之不同，落溷飘茵，语太笼统。点《元史》一本，明日可以毕工。夜雨。

七日　雨寒。点《元史》一本，五十本两年始毕，犹为勤力，周荇农所谓鲇上竹竿也。见郎携舆儿来。寄禅来。致程郎书，并示弥之。游诗格韵衰退，尚不及禅作，可慨也。丁祭，燔肉不至，盖以余未入城也。

八日　雨寒。作《史赞》四首，祠祭斋居，诸女散学。甃砖毕工，始有整洁堂阶，盖九十年家无此制矣。败易兴难，可为深惧。比之诸官人弹指楼台者，又不相侔也。夜视濯溉。舆儿归。

九日　雨，甚寒。晨起待事，至辰巳间乃行事，礿祭考庙。初献后，误再稽为三叩，临事懵然，衰如夺魄，不胜惭惧。午间约见郎，胡子夷、子静兄弟，杨绍麓馂食，至夜散。风雨步行，亦反劳客。

十日　阴寒，有雨。补《史赞》，检书箱，夜听懿儿讲《诗》。舆上学去。

十一日　阴寒。补《史赞》。杨商农来。看京报，二旬万寿，加恩免礼。盖钦献笃慈，不依穆典，又不欲张大以取谏讽。然代言降诏，已近恢夸，不若一以慈旨从事，此则施行之未审耳。《辘卢金井》，废圃寻春，见樱桃花感赋。　玉窗长别，分今生、不见泪痕弹粉。春梦潜窥，蓦相逢傍晚，亭亭似问。背人处、倩妆谁认。朝雨香残，斜门烟弹，耐他思忖。　常时上林芳讯，见玉妃侵晓，撩乱双鬟。妒杀夭桃，占东风不稳，如今瘦损。悔前度①、挂心提恨。又欲成阴，一时判与，早莺衔尽。夜寒脚冻，春霜威犹如此。有月。

---

① 此处应为三字逗，“悔”下原有“去”字，当是衍文。《六家词钞》《湘绮楼词钞》均作“记前度”。

十二日　晨雨，旋止。阴寒，稍霁。清书，看小说，休息一日。夜斗牌。

十三日　晴。逸梧片来，问词牌名，未得。茙女生日，两女放学，作饼。方食，伯严来，报聂郎得沪关。此等迁除，前代未有。权奸与藩镇表里，而一出于大公，方知墨敕斜封为有纲纪。珰自衡阳来省母，兼嫁妹也。外孙女名带孙，半岁矣。其从妪曰二老姆，顾工戴盈科，皆淳朴。自一山川，竟日闲游，随手看书，九九八比，均有悟入，老将智矣，宜孔子有加年之叹。

十四日　晴。路始可行。逸梧、雨珊、王令先后来。当上湘料理，觅船待发，俟饭后，黄昏矣，登舟即眠。顷之闻风涛捩舵声，以为两船相傍，波摇舵转也。听久之，无人语，起看烟澜空静，明月清佳，惜寒重，未能独赏耳。泊东狱涧。

十五日　乙酉，惊蛰。晴。晨见日光，船人尚卧，知为逆风也。支版为案，聊起写书。夕至万楼，久之乃泊观湘门，登岸，至宾兴堂，正遇迪亭，云钱尚未兑。与过龢子家，遇砚甥，云子云得曾孙，已还家矣。还至堂中，萧某为主人，甚仓卒。顷之，沈子粹、搢子来，苏三来送被，遂眠。

十六日　家忌不外食。晨起待苏三不至。子粹复来谈。巳初始至沙弯，误行正街，至壶山折还。循湘岸至周益泰，迪子、苏三均先至，上船即发，微雨时作。晡至姜畲，迪上岸去，日已夕矣。既夜，乃至炭堂，暗行，见房中灯火甚盛，久之乃至。熊妪在房，余同石山同房，土工犹未及十之三。营造信不易。夜改包工议，自往买木料。莲、熊合而生子，余欲掩其事，故留熊于乡。

十七日　阴。检《元史》。悉列诸人名，次其前后，各以一语志之，亦殊可乐。乡人来者相继，颇倦厌于酬接。

十八日　雨阴。土工禁戊，停一日，算账。检《元史》。

十九日　雨阴。观音生日，爆竹声喧，独游林中，久之始返。作赞，颇有条理。乡人颇有贺生子者，为之匿笑。

廿日　晨雨，朝食后止。呼舁夫从姜畲诣蔡饮，小坐乾元剃发。山行久之，乃至外舅家，其家人半往翁家。黄昏与循还，同食，看园花。

廿一日　阴。叔止言木料须匠自买，付钱八十千，请石山召匠包办，令三夫力还山塘，余留一日。

廿二日　晨起欲行，大雨不果，复留一日。与妾吃切面条。雨风竟日，看宋人小说、本朝古文。

廿三日　大晴。将行已晏，叔止约同船下湘，余以须两舁烦费，不如陆行，径省蔡家，俱言觅夫甚难，乃饭而行。过访李杞三兄，未正至城，久坐正一堂，乃知石亭八父之子，乃晋庵弟，寓此。其子初不相识，亦未呼之，堂悬联，款署士达，而字非七父书也。昏乃成行，至蒋步觅船，湘水暴涨，索价一千，命划船包顾，回旋波浪间，凡三四还反，得一划子，仅容一人，竟去钱七百，然劳险殊剧。夜半雨又至，泊枯石望。

廿四日　雨。晨泊草潮门，误舣粪池侧，急登岸，叔止先去。余至家询之，已寓客店矣。饭后乃来，旋去。安研楼中，寂静无事。

廿五日　雨。朝食时叔止来，要功儿出买衣物。余出访又铭、筠仙、曾郎、陈淀生、黄郎，俱久坐，还已昏暮。中过易云阶儿仲晦家，不遇。黄宅请易代媒也。

廿六日　晴。陈总兵来。饭后访逸吾、文卿，至叔止寓中，不遇。还写《韵》，看京报，聂缉槼①得沪道，江人镜得淮运，许

---

①“槼”，应为“椝”之误。

仙屏得河督，赵环庆守吾郡。

廿七日　晴。约曾介石午饭，不至，招叔止来，又铭、邓元郎来，留邓饭，亦辞去，设食不旨。写《韵》殊无眉目。

廿八日　戊戌，社日。阴晴，有雨。文卿、李佐周、幼梅、罗郎、陈伯严、陈淀生、黄郎、望之俱来久谈。弥之赴继母丧。朱郎乔生送罗幼官干馆折子来，云王诗正大有更动。张雨珊得襄办，亦干馆也。吴妪来求贷，未有以应之。佐周约陪郭、王，丁、杨、小郭均在坐。又有一胡子，号直臣，不知其姓，食亦不旨，夜散。有雷。

廿九日　雨。日记差一日，案其事殊不差。纣问箕子，亦非全愦愦也。王石丞暴死，阅抄报，蒋寿山亦死。嵩丘之游，少一东道，人命迅速，尘事逡巡，余生平行事往往后时，方笑已之匆忙，不知时之驹隙也。邓三郎求书干篁仙，久不通问矣，为作两纸与之。丁次谷言欧阳莲使家一妇人阑入，提其子妇置床上，乃向索银物，则自起开箧与之。此等人舟中多有，今径人深闺，可谓鹘突矣。欧阳家在箴女家对门，问之乃不知有此。检韵一日，稍有把握。朱宇恬送罗折，陈裕三竟不送左折，当往催之。左妇自来问信。

卅日　庚子，春分。雨竟日。出答朱郎、陈镇，并不遇，便过胡氏诸郎谈文。诣见郎书斋，设宾主之拜，过李幼梅还。小愒，复舁往筠仙家，陪任芝田，坐客陈镆、彭万樵、左佩勋，殊为总杂。夜还，独坐，又嫌岑寂。

闰二月

闰月辛丑朔　阴寒。抄《韵》。箫唐来，致宾兴堂书，求改胡椒客两条，此事戏笔无益，徒增口舌。易笏山尝规余修词不立诚，亦有见也，后当忍俊，复书遣去。

二日　阴。登台，看湘波雾滃，雨从西来，饶有春景。写《韵》竟日。检《英华》，寻颜庙碑未选，但选郭庙文耳。此书平生未尝通阅，可为送老之闲课也。任芝田来。夜雨，有雷，大风。

三日　雨。写《韵》竟日。

四日　晴。遣苏三送书往县，并与书徐子筠。邓沅郎求书干篁仙，可谓奇想，从其意而与之。他日弥之无奈此诸子侄何。写《韵》。夕过浩园，遇吴赞清、黄晓墀，名逢昶，樾岑随员也。买花七八株。

五日　晴。潦可行。晨出看花。午携女孙看戏，无入处，还过芝田，道逢胡尚志，天阴欲雨，还家，果有微雨。写《韵》，栽花。夜雨不寐。黄生求书与凌，并复缙子一片。

六日　阴。道湿，风寒，闲居写《韵》。夕赴逸吾招，陪又铭，朱、肯甫从子。李、仙伯儿。张、雨珊。杨商农。同集，谈孝达不行轮船，及裕三当封侯云云。

七日　晴。写《韵》，午睡。筠仙来，笠僧、郑甥来，同至龙王宫、左相祠、陈臬寓而还。为功儿改文二篇。

八日　晴。写《韵》毕，尚无部分，论音繁碎，殊不易简，姑置之。笠、道二僧来。

九日　晴。晨携复、真看牡丹，尚未拆蕊，入浩园，不见一人，至张雨珊处小坐还。午诣黄家，言招赘不便。遇李次琴，误以为李介生，询之乃黼堂令彼代媒，因往拜之，与黼堂久谈，还家已暮。梅生来，便答之。

十日　晴。次琴、黄松郎来，言已赁屋迎妇，明日纳徵。新抚入城，门馆寂寥，似简于交接者。

十一日　晴。晨起，筠仙索书，为刘时旸干豹岑，依言应之。午初衣冠待媒人。小雨时作，幸未成滴。申初易郎、李弟始至，客去小惕，未夕食，夜斗牌。胡郎得会同教官。窊女匆匆归去。

十二日　雨。晨兴，往郭家吃面，陪客，二李、一蒋、二张来，客一富、寿官。一寿，鹤翁。冒雨还。镜初来，云有病不能覃思，盖思锐则苦也。雨珊来，镜避去，虽不喜见俗客，亦心褊之故。命功儿写喜对，送蔡侄昏贺。遣莲弟还山种荷藕。

十三日　阴。看两女作篆。见郎来久坐。沈萱甫复来，遂谈半日。夕食后甚倦，乃出寻镜初，谈至戌还。

十四日　晴。看滋女作字竟日。筠仙送嫁资，兼订阅卷馆，其意必欲为我致谋，余不得已从焉。复书云。公之爱我甚矣，然知我则未也。不受助妆，而受助钱，文义自相违反。

十五日　晴。路滑可行。竹伍来，甚健步，因自送之，至又一村还。王生来陪媒，甚早至，遣功儿陪坐一时许，至申余乃出。又久之，易仲惠、李稺秦来。酉初入坐，戌正客乃去。

十六日　丙辰，清明节。晨出看花。午舁出城，上墓还。过竹伍，舍舁步归。少惕，赴右铭寓，陪督抚，既至则唯祭酒、吉士而已。谈时政，示前年致卞抚书，将以解朱纯卿之疑也。夜月甚明，逸吾邀过商农，闻二更乃散。

十七日　晴。滋女送装，晨起检点。午至广通恒，陪谭、陶、左、李、三王看戏，演段甚有精采。二更散，携三长女看月。

十八日　晴，大热。滋女加笄，胡三嫂执其礼。余无事出，寻镜初、竹伍谈，还。欲从东还，遇张抚，从而西，欲穷所往，望尘不及，乃还。项、汉未遇时，俱观秦游，余老矣，犹喜观盛闹，童心未忘也，岂有觊耶？彼可代耶？夜复与诸女看月。片与裕三，问左馆。

十九日　晴，大热未减。午正李、易二媒宾来。未初，黄郎来迎女，家人习于俗，不复问礼节，余亦任之。未正，滋乘花轿往，余未往婿家，则古礼也。

廿日　晴，愈热。楼中亢旸，几不可居。看王伯厚《纪闻》及近人笺注，至申乃出，谢客十余家。还少愒，已夕矣，仍出谢客两家。至东茅巷黄四嫂所租许宅会亲，唯楼生及陈淀生二人作陪，黄氏复衰矣。酒罢，至新房看滋，意尚怡悦，即还。

廿一日　晴。遂可单衣，看《申报》，景韩迁闽藩。彼为滞缺，未知能开府否。竟日如五、六月气候，夜忽大风骤雨，四面漂摇，幸不在船舫中。

廿二日　阴凉。看王《纪闻》，有似《兔园册》，非著作也。而本朝人多效之。绍盐道来访，谢未见。文卿来久谈，竹伍继至，筠仙后到，设馔谈宴，宾主甚洽，文卿云久无此乐矣。然颇提衡节镇，有历诋之词，而于新抚无间焉。戌初散。点《礼笺》一本。

廿三日　阴，夕雨连夜。今日癸亥，耕藉，出东门觅农坛不得，忆在南门，问苏三云在北门，可怪也。生长省城，不知社稷坛壝，亦殊可笑。朝食前携两小女至抚辕，遣复诣医，画痰核。还食，复携真看花，春事阑矣。午答访绍实庵荣，云系乙卯同年，其兄壬子同年也，终于理藩院，即绍祺耶？谈翻译及史学，不知《公羊》为何书，而自言报销案无腥膻，似是自守之人。龚镇索挽联甚急，频忘频警，夜乃作之。力战定溪蛮，至今甲马灵风，应共席荣同祷祀；中山悲谤箧，那更郧猿暮雨，顿令江汉失干城。以祝金莲殉死，故末句及之，继思龚氏或讳其事，又改一句也。与书惠同知。

廿四日　雨阴。新婿来见，滋女还觐，请陈伯严及胡郎陪新客，内则无设，旧例也。酉去。

廿五日　雨。苏四送蒲桃一本，植之井阑。滋女转脚，窊女亦去，家中检料室物，一日俱毕，不为劳也。

廿六日　晴。新移花藤，欲雨，南中旧少春晴，而今年雨稀，亦为异也。竹伍来，谢谱序。张巡抚煦来，谢未见。晚欲闲步，而无所往，乃过右铭，欲要诣筠仙，顷之陈裕三来，久谈，已暮，乃还。看梦缇作盐蔬，手自料理，犹有妇工。又云窊女当从往会同，初出窠也。

廿七日　晴热。午出吊龚镇，答张抚，还无所作，欲出无所往。夕寻笠僧不遇，遇素蕉还。至本街，乃见笠步于前，则与镜初同行见过，要至门，又遇瞿海渔，同入闲谈，然无惬心语，以三客不相类也，兰兰奢奢，泛应而已。闻黄合生死矣。

廿八日　晴热，午雨，旋止。小疾，昏睡竟日。镜初有约不至。

廿九日　晴煊。单衣犹蒸闷。看惠栋《汉书注》，“今此谁贼”，文理不通，信元和生员之陋也。生员、翰林，本朝无通人，积习移之使然，亦犹进士官少能吏，彼拘墟之见重也。然则举人乃人材之薮，宜克斋、季高偏贵之。

三　月

三月庚午朔　晴热。窊女回，云当往会同。婿亦来辞行。与论学校，但可奖善，而不必惩恶。佛光所照，冤苦得解，而君子所至。多所不容。得守一官，治一方，其民士苦矣。徒能苦所治，所不能治者恣睢自若也，人亦何苦为君子之民吏哉！故居末世，唯有弘奖。“先有司，赦小过，举贤才”，正是此意，此非阅历不能知。始闻布谷。夜半风。

二日　辛未，谷雨。旦雨，大风。遣问重伯行期，报劼刚之丧，涤丈长房遂衰矣。西法不教子，死遂无复负荷。中国未惯，见此不能不伤，凡恃一人者，当以为鉴。然邓禹诸子各执一业，亦无闻者，则又爽然也。午过文卿集饮，陪客为俞、唐、陈、郭、朱、陈、郭，皆文故吏也，夕散。诣逸吾，谈文卿少文，盖自谓有文者。

三日　晴。晨诣浩园，复不遇人。午至西门，询竹伍，行矣。过镜初，谈固穷。余非不乞食者，而穷亦甚，盖犹有所择，若不择亦未必得食也。然则虽穷死不得为固穷，其不求仕亦无门耳，又何得言固耶？直论才望，则可附古贤耳。镜初甚富，而亦言固穷，则是以不遇为穷，殊不与陶令伦。滋女还，送窊行。朱雨恬来，甚有老派，言陈鸣志起家闽粮，与聂弟同，湘人信多材。

四日　晴热。孺人率子妇还母家，检点行李，至午乃发。长孙女生辰，其母遽去，悲啼思亲，因令纨放学陪之。土木工纷纷皆令散去，苏三辞往江南，附书赵翁，令随曾郎去。顷之人还，言曾船已发。夜骤雨旋晴。

五日　晴热。竟日单衣。放遣人匠，方欲静理，常婿来，无房可居，处之外楼。竟夜蒸煊，无一刻凉爽。

六日　晨起始热，顷之转风，稍稍风壮气凉，至午后复可重绵矣。风吹楼如欲飞，然安如山。竟日卧看小说。陈定生醵贺筠仙，人出三千，搜家中乃无有，城中奇窘也。喜不与商贩接，差云清贫耳。夜食菌面过多。

七日　阴雨。复寒，可裘。看杂书，补注《丧记》。尊长临丧之位，略如君临臣之节，此皆向未致思者，信讲习之易疏也。

八日　晴。晨起，有蜀使来，言钟氏送玉岑柩还，正在窘迫，意外增此营办，又费摆布也。命中不得刻闲，非行之悔。典束帛，得钱六千资之。

九日　晴。朝食时觉饱闷，昨夜食粥一瓯耳，遂伤食，亦一奇也。周德茂来，言钟婿送柩，并呼畛遗孤出，令告外家，意极肫肫也。出答访沈长沙、朱永顺、何布政，皆未见。过李稚、秦蓬海、郭见安，见安遣询舆儿踪迹，始知盗抄经解题，与胡九同作，盖九所属也，往诃之。笠僧来，报雪琴之丧。比丧二卿，殊为可惜，留之固自胜新进者，亦国之瘁也。还出西城，寻周客不见，遇少村还船，便询所止，云尚未定。少一来。石珊报莲弟妄为，与书训责之。人事匆促，心殊不乐，因出寻筠仙，遇黄觐腴，老矣，不复相识。过答李果仙，夕还。徐巡捕来，未见。见钟婿账簿，料理井井，意殊可感，夜作书谢之。

十日　晴煊。徐巡捕复来，致巡抚意，云曾在刘故抚处相见。满口湘话，不知何许人。罗肫甫来，昨过之，故来谢。片与王生，荐杨舅。功儿还。昨因文卿言，复思得"南亩"专指藉田，南、东，则天子诸侯之分。《记》曰"天子亲耕于南郊，诸侯耕于东郊"，误被《左传》用作典故，反沉霾其义矣。《左传》不解东亩为何意，而云"戎车是利"。晋之至齐，岂亦尽东亩耶？然则齐伐晋，戎车不亦利耶？若以出境乃利，齐独不可先得其利，御之境上耶？此时未东亩，何以晋亦利？谬剌殊甚。又解"君子车庶"，以《易》"蕃庶"证之，亦为新义。

十一日　晴。作诗送陈明府移蓝山。饬儿女检书，将往山庄。夜大风，复寒。

十二日　阴。晨荐曾祖妣生日。遣觅船不得，大风动屋，令功儿觅舟，云明晨可发。将下行李，雨至遂止。夜为竹伍作寿文。

十三日　雨。昨船已发，更觅一舟。大雨，风。莲弟来，襆被均下，床几皆空，遂令玿居□室，余居寝室。

十四日　雨，大风少息。晨携懿、复、真同行，冒雨登舟，午后始霁，至县城夕矣。遣戴僮送诗、片，莲弟买食物，约在沙弯相待。既至，舟人皇皇欲行，复移对岸。俄呼一拨船，亦皇皇相从。莲等寻船，呼声甚急，遣迎之来，即刻移船，月明风定，复还沙弯。

十五日　晴阴。拨船不欲行，敂半日，换二船，至晡乃发。改《高宗肜日》一篇。泊袁家步。

十六日　晨小雨。午过姜畬，晴。迪亭、许甥来，各取《志》一部去。晡到山塘，真女睡澜漫。携懿、复至庄，熊妪眼角青肿，石珊弟诉我以莲耶云云。“不知事”三字足以尽杀逆之变，理固然也。少一委工径去，亦不知事之驯谨者。夜摒挡房榻，有似远归，半寝再起，鸡鸣乃寐。

十七日　丙戌，立夏。晴。看《元史·耶律留哥传》，似已作赞，寻之不得，可怪也，姑再作之。夜抄书一页。开枝来，病有起色。

十八日　晴。看史未毕。开枝与其亲翁刘姓来，谈志事，因同至刘佃家晡食。夜觉目昏，因停抄字。月明人静，春色犹浓，掩关暂眠。石珊唤我，未起也。少一、木匠俱去，遂无工佣矣。

十九日　晴。看史，清篆字。典臣兄来，余询何早，云今日葬从弟眯七耶。方悟族兄之丧，往鱼形山看之，十二弟已至，柩窆矣，临穴哀之。还庄，三族兄弟同来，小坐去。夕食，天阴，携两女再往，则俱食于佃家。少坐，觉将雨，遂别而返，夜微雨。

廿日　雨。莲弟昨告去，晓遂不来，以为去矣，遂无人炊，煮昨饭食之。石珊往鱼山吃鸡去，昨约我，未能偕也。看史，作赞。

廿一日　雨。竟日看史，清字，旧写存者千不得一，独部首存十之九，尽黏缀之。

廿二日　雨。看史，清字。莲、熊闷炒，斥之不止，遂绝不与言。此事不必怒，而不可忍，余于此大有涵养，留莲如故。

廿三日　晴。复、真始仞字，每日便可逾十，真心较静细也。《元史赞》毕，理其先后，便成一种著作矣。繁琐为各史之冠，而文较雅饬，碑铭之力也。出看溪涨已消。

廿四日　雨。瓦船至，佣工不能运致。魁孙之从父来，言讼事，亦斥之不止，此皆人生应有之磨难。检《元史》，尚余三本，须补赞。

廿五日　晴。运瓦船索饭，无人料理，唯恃熊妪一人内外支持，真有兼人之用。方知乡间取妇，不以贞顺为美。作赞，理课。寿子复来乞食。

廿六日　晴。昨夜扰闹未寐，晨复为瓦船所唤起。开枝遣儿来约早饭，强往，吃粉蒸肉，还看史。珰、茙、纨女来，一时总集，几无容人处，布置顷之已定。少三来，云其子堕水，请石山诊之。赵甥来。作《元史》目录。

廿七日　晴，朝食后有雨。熊妪去。午晴热。《元史》次叙未易整理，粗为条列，尚多牵缀也。彼本随得随抄，初不任咎，以史法求之，乃阅者之过耳。石珊往石潭去。

廿八日　晴。日烈气凉，静坐尚可夹衣。始抄赞成草本。计一百廿日，始阅五十本，如此则廿四史亦只须十二年，乃今已廿六年，作辍之患如此。本不欲看《明史》，因此复取点勘之，未起手，祠族三人来，送采访册，留饭去。石珊夕还。

廿九日　晴，晨有雨，旋止。极煊，皆纻衣。写对四幅。作云峰庵扁字，笔小不成点画。重抄《元史赞》。

卅日　晴。开枝遣儿来舁诸女，命珰往见之。文柄来，致五嫂寄儿书。蔡家遣迎珰去。

四　月

四月庚子朔　晴风。昨夜相惊，以盗，半夜不安寝，真女暴疾，小便频数，一夜十余起，晨命珰检行箧，饭后去。懿儿思母，泣卧不起，以在情性中，任其静思。抄《元赞》二页。真女仞字满百矣。《内则》：“教子，六岁以方名。”今学僮剪纸书字，一一仞之，至逾千，则能自读矣。汉律当讽九千字，亦未必一一尽识，要之《爰历》《皇将》，取便成诵，未若方名散文，识之审而易教也。

二日　晴热。烦闷殊过三伏，至异也。抄《史赞》两页，检《明史》，寻杨应龙兵事在万历年，吾家旧谱云避杨乱者误，续修并削之，则矫枉过矣。夕看晦若书札，因作书寄之。房中热不可坐，又蚊扰，移枞席林中。写二纸，并寄伯述书。

三日　阴。热稍减，犹似六月。今日壬寅，小满。遣工开圳翻池种莲、芰，午后雨，冯甲担荷还，自看种之。《元赞》录毕，放学半日。懿复疾，三日矣。

四日　晴。始点《明史》，前赞失去，更作之。种瓜芸菜。

五日　晴。点《明史》。迪子来。许生送鸡肉饼饵，正思溲面，顿食二枚，久不饱市饼矣。夜闻犬吠，城中佣妪夜来。得篁仙、雨苍书，经课卷到。《明史》余十余页，未能毕工也。

六日　晴。看课卷。幼二族子来，携其长孙，云孙妇被父母夺嫁。书与子筠谋之，遣孙去，留二宿。

七日　晴。看卷毕。幼二去。定等弟，无一佳者，强取五本略有思路者。邹子翼儿代立，自命通材，实无所解，然诸生中好手也，与胡氏为伯仲。

八日　晴。遣懿从莲还城，并寄北书，午去。看《明史》。晡后北风。

九日　雨。寒可二绵。石珊疾，卧一日。牌甲来查团，纵迹支离，一翁携四女，别无媸属干盘诘也。看《明史》，并补写方名，整理谱系，日课较勤。

十日　晴，稍煊。改许甥文，看《明史》，写方名，倍书，抄谱。刘喜翁来，送《志》一册。

十一日　晴，晡后风雨。看《明史》未毕，张子持来，坐一日，夕去，遇雨矣。写方名，倍书，未抄谱。

十二日　朝阴，午风寒。插茭菰、红薯。看《明史》。昔余悦水石，所至临池轩。陶夏静且长，起坐凉风间。明漪朗余目，荷芰助芳鲜。以兹多所营，馆宇非一山。信美岂不劳，朅来归故园。茅茨始欲剪，炎气中林烦。赖有清圳流，濊濊复弯环。茭药久不理，丛绿蔓可删。东溪移芙蕖，西涧插菰竿。新雨洗清泚，芳意冒春涟。有情尽余私，依倚此日闲。风物既吾有，方惜曩寄悭。

十三日　晴。看《明史》。为复、真仞字，为纨倍书。

十四日　晴。纨生日，放学一日。看《明史》。刘喜翁来。写扇一柄。莲晡还，云从靳口奔驰百四十里，为臬索课题，可笑也。饭罢出题，遣寿子去家，寄枇杷来。

十五日　阴。先祖妣忌日。看《明史》。素食，不他事。夜雨。

十六日　雨寒。看《明史》，仞字，倍书，早毕，始作谱稿，序二世事迹。

十七日　晴。作谱稿。看史，仞字，倍书，如课。

十八日　阴。晨出闻雉雊，行山林间，清润宜人。蔬菜乏绝，至戴弯谋之，恰有三百青铜钱，已觉富有。看史，仞字，倍书，如课。

十九日　晴。寿子还，得弥之、雨苍书。振五塞外书来，求调剂，并寄家书，遣送去，得钱三百。润子索其弟供给，因取入公，大富矣。

廿日　晴。看史，课字，书，如额。将还城觅钱，遣觅便船，云无有也。

廿一日　朝起最早，询莲弟亏空及横逆本末，许谷十石助之，令别居。本图续外家，而反得恶妇，虚此经画也。看史，课读，作谱稿。石山昨出今还，土工将毕。

廿二日　大雨竟日。幼[①]二携孙芒芒来，云徐子筠有书，特走送，而又失之。方知乡间人情状，真可笑闵，谕譬之去，废我半日功。夜与书文卿。

廿三日　阴晴。莲弟告去，因令送谭书。盛佃孙来，致子筠书。云捐项已缴，求改削而已。又云进士报至，未详其审。午间少眠，醒闻有人坐我坐上，石珊舅也，夜乃见之，云湘潭未中人。刘孟湘来，匆匆去。

廿四日　阴晴。留张翁住一日。刘孟复来，开枝继至，垣墙始毕工，亦有丐者来。饭罢，四兄来，约明日饭。看史，仞字，如课，撰谱稿成一篇。

廿五日　晴。欲至昂角塘，畏日小坐，看史，写扇，过午未去，已遣催矣。芒芒往，则孟、开久待。饭罢，石珊先去，余三人少坐。雨至，复待霁而行，半里大雨湿衣，开枝面如墨，避林树，遇谷湖佣工，令掖行。至毛坪，坐冯姓家，姑妇款客，二子俱奔走延纳，待异而还。

廿七日[②]　雨竟日。看史，点书，课字。木匠来取工价，亦留

① “幼”，原作“又”，据上文改。

② 廿六日日记缺。

住设食。日斗米，乾元送来二石，聊济朝晡耳。乡中以食聚人，耗谷不少，家家习然，殊不计也。幼二复来求助，谕之不听，遣之归。莲弟还，送来五十金及课卷二包。茂修复来求助，亦挥之去，看史，课字，如额。

廿八日　雨。看课卷竟日，仅得九十本，夜蚊扰辍之。

廿九日　雨。遣觅船下湘，未至，看史，课字，如额。屠人来索肉钱，以十千与之，并遣二匠去，顷之还，云无人换银，仍存开枝处。饭后刘廿七来。待诸女毕去，乃登舟，已夕矣。未昏即至湘潭，大雨不能换船，遣约子筠来，遂宿观湘门下。

五　月

五月己巳朔　晨朝大雨相继，午后乃至草潮门。吕生待于家，入门见妻病，心甚烦，又未朝食，不能与谈，久之乃定。晡后看《申报》。送藩课卷去。

二日庚午　晴。看史，课字。午睡毕，复点史，竟一本。作书复文卿，送还百金。夕诣筠仙谈，俄还。见对门酒炉作饼，令取肴汤试之，待至二更乃至，劣不可吞。诸女又睡。舆儿还。

三日　晴。看史半本。令吕生代阅课卷。晡后出城，将上湘，大水逆风船，一夜不能至，自携襆被还，令戴明试往。筠仙、亦梧来谈。筠送徐卷金。

四日　阴雨，燠凉不定。晨闻呻吟声，以为妻病将革，顿觉气涌，体甚不适。自辛巳以来，自谓忘哀矣，遇急仍志懑气盛，哀情故在也。遂卧半日。

五日节　癸酉，夏至。雨竟日。看史半本，忽然不乐，罢之。过午乃祀，祀庙。作书寄复雨苍。滋女还，即去。夕食，孺人仍出坐，亦能终席。夜早眠。真女复小疾。

六日　雨。看课卷竟日。果臣子峋义来，为其从弟求书干景韩也。询其兄，死扬州矣，恨不能早振之。

七日　晨雨，密如雾，咫尺不见人。看课卷竟日，定等弟毕，送去。李佛翼来。

八日　雨。礿祭，斋宿，雨止亦未下楼。偶翻《法苑》。复、真仞部首字毕，计四十五日，得五百卌字，日多二文也。

九日　晴。妻、子俱病，至午乃馔具行事，竟不得食，礼成，解罢小复。行游至镜初处谈，遇胡杏江，还饭半碗。今日迎《藏经》，城中始有佛书。

十日　晴。笠、道二僧来。镜初来。看《明史》，仞字。夜与吕生楼上杂谈。

十一日　晴热。看《明史》。食豆粥。与书谭敬甫，片复篁仙。寄僧来。

十二日　庚辰。晴。朝食后出，答访徐巡捕。诣笠僧不遇。子夷来谈。清官始来见。搢子来。夜过一梧，谈肃党事。看《明史》半本。夜热。

十三日　晴。素食独居。张打铁来。先祖忌日，午后设荐，汗如雨。席研香子来谢，未见。研香与余颇相知，今求墓志，其人无风趣，墓志文不能佳，不愿作也，碑传则可，而诸子不知文，故辞之。仞字，读史，如课。

十四日　晴热。程郎书来，请余游衡，并治雪琴丧，本欲去，因令来船待一日。诸处当吊者多，大作挽联。雪琴云。诗酒自名家，更勋业烂然，长增画苑梅花价；楼船欲横海，恨英雄老矣，忍说江南百战功。劼刚云。海外十年官，军国多艰，归朝未遂还乡愿；相门三世业，文章继起，史馆新除作传人。俊臣夫人云。勤俭著徽音，列戟门高，更喜诸郎班禁近；忧虞增阅历，鸣笳归早，重还故里即神仙。研香云。书生大将同时夥，独与君论战识兵机，精紧恨先衰，史传功臣输第一；少伯千金当世豪，更筑室藏经聘名士，资多不为累，曾家百顷太寒伧。又得力臣三子赴，未能作诔，以二元代之。

十五日　晴，风凉。晨起欲出，纷纭久之，近午矣。出城至开福寺，陪筠仙、文卿及逸梧、幼梅饮，陈程初为主人，竟日谈笑甚欢。还家晡食，梦缇病复发，忧之煎心，天不许人极乐也。夜坐楼上，甚闷。

十六日　晴。晨起发行李，步出朝宗门，登舟即行，南风甚壮，正似甲寅水师舱船时。尔时与曾、彭旦夕谋话，可忧可乐，今故人殆尽矣。风日依然，山川如旧，惜两君不再见此，留与闲人叹赏耳。点《明史》二卷。大睡一日，夜泊昭山下，行六十里。

十七日　晴。午后至县城未泊，泊十六总。措子登岸，使贵孙来言讼事，挥去之。移泊铁牛步，行五十里。点《明史》一卷。

十八日　晴。点《明史》二卷。帆行四十里，缆行四十里，泊空灵岸。夜风不凉，始闻蝉声。

十九日　晴阴。点《明史》二卷。行五十里泊朱亭。

廿日　阴，稍凉。点《明史》一卷。为沈子萃书横幅，因作即景诗一首。重霄朗晴光，朱夏气昌明。烈烈凯风长，嘉禾应时荣。晨兴出郊间，首路始南行。清湘正安澜，黄浪已复平。我行非祇役，沿溯览回萦。青林郁炎阴，凉耳唱蝉声。万物各有性，趋时岂劳生。念昔水军居，盛暑促治兵。贻我今日逸，山川尚纵横。长日不可虚，沧波更相迎。顾己忽忘老，沉吟洲渚情。

廿一日　己丑，小暑。阴晴。携来《明史》点毕，二旬仅六本，须秋初方能补完也，且补三赞。昨宿石弯，今竭蹶裁得六十里，泊枫树望，夜得凉风。比日昼倦不能眠，殊负此困人天气。

廿二日　庚寅。晴。写字二张。缆行甚速，午至樟木寺，得小顺风，晡后至湘东岸。彭家以舁来，因入吊雪琴孙，见黎、张、哨官。热不可坐，渡湘将至程宅，云商霖东洲去矣。就俊臣谈，遣招商来，与同至其家，宿旧寓斋。

廿三日　晴。晨过湘访丁笃生，彭宅代主者，日高春还。云俊臣已先来，顷之复至，作竟日谈。贺子泌两子伯笏、仲乾及王兰台族兄、辅世、桂古香、沈子粹、笃生、张副将来，屺樵及其从子并出见。

廿四日　晴热。俊臣子子声、渭春。来，吾以渭春为童生，与言考试事，后询之乃知县，且已得缺矣。陈培之来。为雪琴作行状，低头则汗，罢之。夕过俊臣，又见其二子，云九子九女也。

廿五日　晴热。无所事。俊臣招饮当铺，酒罢，论程氏兄弟参商，二人皆有意见，产已析矣，忿犹不平，可怪也。式好为难，吾前见二邓、二刘，后见春甫二子，皆以为必和合，后俱龃龉，固由谗嫉之人，亦清议不能维持，大要一才一不才乃可安，两贤必相厄耳。

廿六日　晴热。吴少芝来。贺子夜来，求作其父序传。作行状。

廿七日　晴。长日坐销，殊为郁郁。屺樵设酒当铺，俊笃同席，热甚未饱。

廿八日　阴，稍凉。作彭状，无文法，信笔所至而成之，自然有波澜，亦不恶也。商霖请俊笃、段怀堂来陪夕食，食时复热。

廿九日　晴。彭状成，过万言。初未尝检点，后乃补述谭、张一案，即前日记所载包公案也。此事盛传于江汉，后查樊口，不劾李督，声名顿减。盖雪琴亦侮矜畏强人，外能缘饰耳，孔子所以有见刚之叹。

卅日　晴凉。贺子来。俊臣来，为铸郎改课文。写扇四柄。俊论日记无事可记遂已之，此正不知日记之用，专防人每日无事也。无事而必记，则有事矣。连日看俞荫甫杂抄，亦有可观。

六月

六月己亥朔　晨料检诸事皆毕，重校彭状，改定赴书。俊臣来，谈一日。湘乡校官唐翁同朝食，复设加豆，庶乎干糇不愆者。吴少芝、张子年来。午后常莲生来，为彭作主人，设酒相待，燕菜烧猪，非礼也，三辞四辞五辞六辞不能免。丁笃生亦来，肴馔极劣，又甚迟延，食竟已夜。浓阴北风，出门畏雨，凡三返，雨竟不至。乃出柴步门，俊臣必欲步送下船，苦止之不得。起兵时同袍稀矣，犹有劝捐之�仙、所员李小泉、书办凌姓、门丁丁桂、营官杨载福，此外知姓名者盖鲜。夜泊石鼓。

二日　庚子，初伏。晴凉。半夜行，平明过大步，午舣雷石，晡至石弯下。遇大北风，似欲翻江倒山，雷云骇人，以为当澍雨，急避沙岸。小睡醒，则风止雨霁，云无去所，饭熟开行，正似黄粱梦醒时。作一诗寄俊臣云。初伏惊秋早，归舟卧晚风。所嗟人意倦，不共水流东。江海无穷事，曾胡百战功。与君闲话尽，今夜听鸣虫。补《明史赞》三首。五更起看星，夏夜实不短。然无风未桨，顺流放舟，裁至三门耳。

三日　晴。晨舣渌口买菜，至涟口方过午。帆行入涟，未至姜畲，大风吹舟疾行。昏过姜畲，未夜便泊南北塘，待雨，久之不至。笼镫行，上云峰，误循山下，至一大塘，未知何处。复出巷口，见盛虎界石，乃知已过曲尺塘矣。又取西北行，见略彴乃识途，汗湿短衣，复为风干。从刘家入，十三弟迎门，询知平安。少坐即睡，新粉壁甚凉，蚊亦绝少。

四日　阴晴，甚凉。晨起发行李，遣寿子下省省孺人，请工收拾打扫洗涤竟日，移居右厢。

五日　晴凉。开枝来。渔人献鳖，招四兄来饭。开枝疾作，舁去。看《明史》一本。

六日　晴。始抄《史赞》，暴书，点《明史》一本。莲弟还，责数之。夜雨凉。得朵园书。

七日　乙巳，大暑。阴。看《明史》竟日，甚竭蹶。寿子还，得陈芸敏、孔吉士书。功儿言孺人病小愈。夕暑，俄雨，遂凉。

八日　阴晴。看课卷，欲以一日了之，竟不能久坐。坐看百本，起行已觉背痛。移席门口，晚风甚凉，不能久坐，遂罢。夜雨。

九日　阴。数雨，愈凉。瓜不可食，伏日所罕见也。看课卷六十七本，定等第，以童生冠军，长沙之无人如此，前三名皆外县生也。复朵园书，遣莲送去。晡后小睡，冷醒。秋风早至。

十日　阴凉，有雨点甚小。晨起抄赞。朝食后点《明史》一本。将稍休理谱稿，张子持来，遂不去。夕食后送客，看荷花，夜看月，乘凉。补昨点未毕传一篇，补赞一首，遂寝。

十一日　阴，有雨点。晨点史，补赞，抄毕四本已夕，典臣兄来遂罢。熊妪复来，莲亦随还，正无人时，得之亦喜。将欲生事，可闵也。夜食瓜。

十二日　庚戌，中伏。晴。正夏日光明，暑气未生，亦佳辰也。抄赞遂及一日，太繁难理，明欲减之。午浴。食瓜甚甘香，惜太少耳。已而凉雨，全消暑气。点史半本，写方名廿。木匠赵甥成工醮神。

十三日　晴。木匠去。点史、写赞各一本，方名廿。典兄来。夜理谱稿。

十四日　晴。点史，抄赞一本，方名廿。凉风甚快，夜月逾明。周皓人兄弟来，云峰，雪师师也。后问田生，云非兄弟，族父子也。

十五日　晴。抄赞，写字，点书，如额。圳莲盛开，折归供云。理谱稿，作先传。

十六日　晴。点史，写字，抄赞，早毕。夜月清凉，将出登云峰，以无伴未果，佣工蠢蠢，不足与踏月也。

十七日　阴。日课如额。午后有雨。遣人至姜畲，负米泥行，甚困也。

十八日　晴。颇有暑意，然未觉热，日课早毕。周、田生来问学，为叩两端。忽暴风横吹雨入檐丈许，雷电交至，若有神物降庭，足骇心目。因客在，未出看，奇景也。雨止已夕，稍倦小睡，起作先传。

十九日　晴凉。日课如额。补作《史赞》二首。督工种菜。

廿日　晴，稍热。日课如额。冯甲总送豚蹄鸡鳖。姜佃来求贷，云食谷罄矣，其母病恐不起，巫祷多费，不能支也。夕登前山，访周荫云，已去小试，惟田生在耳。

廿一日　晴，午南风，大雨，有雷。日未点史，夜乃毕之。写方名，作先传，惟未抄赞耳。前池未成，时有积潦，亦自汪洋沦漪。

廿二日　庚申，三伏。晴。补抄《史赞》及本日日课，早毕。夜作先传。子初立秋，先一刻雷电小雨，过子方霁。再起，求火未得，小坐还寝。

廿三日　晴，稍热。日课早毕。作先传。

廿四日　晴。日课如额。皎日南风，甚似蜀中宴游之景，作诗追悼，久不成章。数史书，少点四本。

廿五日　晴。遣问船下湘。包荷叶肉。小疾。甲总来，请明日议团规。日课早毕。

廿六日　阴凉，有雨，午后晴。至云湖桥市，会团甲牌官议禁烟盗，舁往步还。日课如额。

廿七日　晴。食米已罄，借新谷舂之。石珊云当先荐后食，杀鸡煮肉荐高祖，遂约开枝来饭，典兄亦至。饭后步至曲尺塘，还则莲、熊喧闹不已，均拚命胡言，坐而视之。日课已毕，晚待石珊还，小坐遂寝。

廿八日　晴，稍热。田谷半登，舂作荐新粢盛。莲、熊大闹，午始各散。日课如额，更补赞一本。

廿九日　晴。日课如额。午后雨雷，黑云甚浓，雨势不大，顷之开霁。

卅日　晴。午后亦有阵云小雨，燠凉不齐，尚暑蒸也。日课如额。悉抄前赞，补作三首。

七　月

七月己巳朔　晴，风凉日烈。日课如额。夕欲作家传，月生来，少湖从弟也。致少湖书，云杨银已还讫。夜作南大兄传，甚为亹亹有情。

二日　晴。点《明史》二本，抄赞，写方名，如额。月生辞去。

三日　晴。补作《史赞》四本。船舣以待，未午，行李毕发。莲妇辞去，石珊还县，并同船下湘。午前开行，戌初舣县城，石珊上岸，余未能上，即开行。半夜迷道，问簰上乃辨上下，已欲明矣。

四日　日出到南门上岸，入城还家。点史，写方名，如额。

夜访筠仙，云鼻疔未愈，不能见客也。至陈伯严处小坐而还。吕生来。子夷来。

五日　晴热。点史，写方名，如额。纨书已生，不能理也。伯严、吕生来，闻豹岑之丧，嵩山地主尽死，不可游矣。顺循来，言劼刚以内热死。

六日　晴，风不凉。点史，写方名。真、复仞字，功儿覆试去。徐甥来。夜与吕生过浩园寻僧茶话。

七日　晴热。点史，写方名。笠僧来。今夜七夕，诸女无所陈设，独上曝衣楼，徘徊风露。功儿还，云将生乳痈。

八日　晴。点史，写方名。周拐子来，言蜀游事。永、云两族孙应试，吾家复有三人入场，所谓慰情胜无者。夜雨雷电。今日丙子，处暑。

九日　朝食时大雨，顿凉。看课卷竟日，日课尽停。

十日　晴凉。课卷阅毕，点史一卷。夕过文卿、一吾谈，步月还。永、云来，居内楼。文卿云雪琴谥“刚质”，古今谥“质”者，一时思不得其人。后乃知是“直”字。

十一日　晴热。点史，倍书，仞字，写方名。徐甥来。

十二日　晴。日课如额。得陈小石书。李作舟来。珰女眩仆，顷之乃苏。

十三日　辛巳。晴热。尝祭，停课一日。点史未辍。午后合祭三庙，尝新稻。顺循、伯严夜来，同出步月，看盂兰会，已废矣。思次青朝服拜忏时，如昨日事，已不胜人天之感。看黎莼斋去年来书，从字纸堆中得之，初未知何日到也。

十四日　晴凉。点史，倍书，仞字，写方名。吕生来。孙文昱来，妻侄女婿也，与一朱廪生同见，初无昏姻情，盖书痴害羞，非不知礼。罗抵甥，杨儿来。夜月极佳。得景韩书。

十五日　阴，有雨。点史，倍书，仞字，如额。写方名五六十，会意、指事、象形字毕录矣，尚不及千文，可知古字之简，定以无从者为象形，有对无字者为指事，余皆会意也。如“牟”“芈”非不类指事，比之“上”“下”则迥不侔。

十六日　大雨竟日，顿凉。点史，倍书，仞字，写方名，如额。永、云两族孙去听案。

十七日　雨竟日。日课如额。

十八日　晴。文卿来，言捐振事，并言其孙入学。问筠仙愈否，久欲往看，未暇也。点史，倍书，仞字，写方名，已有日不暇给之势。许生取经得挑覆，来寻廪保。吕生来。永、云归，告去。三妇遣人来迎，贤母也。儿不甚佳，亦未遽不才，惜其失教耳，因送之归。便过筠仙，云尚未收口，已能出谈。

十九日　晴。点史一本，《明史》毕，《廿四史赞》毕功矣。犹有《唐》《五代》二旧史未加点，始知点毕全史之难，仍当以余年竟之，暂可息手，若矻矻，又似书痴也。写方名，亦可送老。倍书、仞字皆未毕，出诣黄母，女嫁后尚未往，其简如此。过蓬海、黼堂。黼堂云寒疾，不出，便诣见郎而还。今日见黄子湘久谈。

廿日　晴。日课既罢，点书，遂无所事。倍书，仞字，写方名，各以片刻了之。胡子正、彭鼎珊兄弟从子来。石如、芝林留饭去，炒羊丝甚佳，竟日谈话。许生入学。胡杏江亦来。

廿一日　晴。补作《史赞》三篇，甚费安排。始录谐声常用字，日加十文。见郎、胡子夷来，蓬海来，言冒籍事。

廿二日　晴。作《史赞》，并抄底本，竟日未闲。倍书，仞字，犹嫌其扰。写方名卅文。欲出无可往。吕生来。

廿三日　晴。倍书，仞字，写方名。彭石如来。顺循来。

廿四日　晴。壬辰，白露。热。王益吾来。罗均甫来学书，门斗来请廪保，余乃避入。抄《辽史赞》、倍书、仞字均未毕，颇为客扰。写方名。

廿五日 晴。送《史赞》示筠仙，兼托借钱，复云不能也。子夷、喻洪胜来，坐久，欲出，晡矣。吕生来，未多谈，步至胡宅，与三、五谈。杏江来。旋出至蓬海家午饭，约子襄、见郎同集，甚为款洽。

廿六日 晴。寻墨不得，知已失之，儿女多顽，一物不得着身，可叹也。出答访五、彭、杨茀生，访镜初不遇，还写方名。至陈伯严处晚饭。

廿七日 晴。写方名。滋女还，云上湘须缓一日，珰女复留三日待之。行色已成，无所于事。杨商农来，求志书。倍书，仞字。

廿八日 晴。写方名，倍书，仞字，作谱传。得李勉林书，极无紧要，去信钱二百。府送卷银。

廿九日 晴。看课卷竟日。吾县有许姓兄弟，县役曾孙也，曰铭鼎、铭彝。或曰振鹏经学深细，文章《尔雅》，差可继我而起，可异也。词赋则孙文昱亦将成章，县中未为无人。

八 月

八月戊戌朔 晴。今日戒行，阅卷未毕，外间纷扰，独坐楼上，如隔尘凡，至午后乃毕，定等第。检行李，晡命诸女登舟，待饭至夕。滋亦暮来，与珰俱至，茙、纨、复、真、懿俱从，移泊驿步门。健孙从，夜半啼，欲归。

二日 晴。晨送健孙去，取洋铁桶还，已过朝食，缆行甚速，夕泊鹞崖。纨、懿温书，未倍。

三日　晴。微有东风，戗行过县，始朝食。舟子不欲泊，余亦急欲至庄，遂张帆而过。晡泊湖江口，步还，唯熊守房，呼人力，皆至姜家营葬去矣。久之乃见姜满，令往舟边，日已衔山。步出前山，始见珰、莪舁来，懿与复、真步至，滋、纨后到，已夜。道士皆借屋安床，狼藉不堪，粪除铺陈，夜分始得廓清。又失去《诗笺》、铺垫，皇皇求索。开仓安置仆从，至子始眠。

四日　晴。理书，写方名，补书赞二首。遣懿吊姜佃，送钱四百。开枝来，为刘叟送画，年八十矣，云绘有《孝图》，求题，诺，当访之。刻工来议谱版。

五日　晴。珰当还衡，遣觅夫役，乃有两班争之，纷纭久之，始派寿子往送，留五人散役。出县借钱。写方名毕，将行，舁夫散矣，更集之不得，过晡乃行。至乾元，刻工相待同行，未至鸭卵铺，已昏暮。舁夫脚本创而强夜行，必不胜役，因步十余里，至立云社，笼镫行，无烛，取赛神烛然之，凡三换乃至城。入宾兴堂，闻倬夫来城，稍喜，待其归，与谈至鸡鸣。

六日　晴。子云来，与言借贷事，意甚皇遽，同至解元家小坐各散。与倬夫出访许铭鼎兄弟，引愈、湜访贺故事以为己荣也。过杨营官，郭积谷留饭。遇诸首事，同出游城西北诸池，秋光甚佳。还稍愒，游杨园，遇葛伯乔，纯乎篾片，要过土栈，设饮招妓，三更乃散。挡子，甘月卿、陈、黄所狎。甘，桂卿家人也，言诸郎猥亵事甚习。

七日　晴阴，顿凉。闷坐。许少卿笃斋来，待子云不来，强借百千不得，得廿千，买菜果还山。与朱倬夫游曹园，还，卧至夜。

八日　阴。晨起，坐上有人，视之石山也。意欲索钱，谢以无有。子云来，亦云极窘。倬夫约同还云湖，久待不行。胡凤藻孝廉来扳谈，见其眉宇，以为武弁，问萧某乃知之。云施补华死矣。午后倬夫无行意，乃独舁出南门，取瓦亭道至姜畬，饮许甥大八家，家人均出谢，设席中堂。张打铁、铁夹及许生妻兄作陪，日夕乃行。至败仙桥已昏黑，从微月中行，循山还山庄，未饭而寝，半夜不寐。

九日　晴凉。戴弯二族女久欲来嬉，遣舁迎之，并遣迎蒇妇及乾元二妇来乡，以重祠事。料理厨馔，舂米，备柴炭，拮据纷纭，殊未易集。写方名。张正阳、石灰窑冯甲、王明山子均来相闻。桂六子华二来，请莅分关，辞以不往。

十日　丁未，秋分。晴。华二还，言石山不至。朱倬夫来，要过故宅。王提督二子设食，并招周荫云来陪，看房间仍前狭小，提督朴贫可风也。其父继妻出见。倬夫盛称此事为孝养，云卒得其力，以支拄大宅。盖乡间与城中风气殊绝，各有市野士农之分。饭罢，还已暮，城中人始回，三妇犹未至。明晨当祭，兼有诸客，无人助办，乃请王一鼓刀，余自主调和。又无炉炭，纷纭半夜。

十一日　晴。晨起办具，邻里来贺，送礼皆辞却。祭品卅五，未午俱馔。许生、乾元美二子、开枝继妻、姜佃新妇俱来，诸女祭半山祠礼毕。倬夫亦至。日夕余乃得食，食亦不恶，饮酒半醉。倬夫去，女客散，斗牌至夜分。

十二日　晴阴。滋从蒇妇去，遣熊妪送之，始得安帖。大睡两时许，寂静无人。王振生来。云峰二周及赵生暮来。讲经。

十三日　阴，时有小雨。始抄《论语》，写方名，点《辽史传》，补赞。借钱开节账。夕，衡州夫力还，三女遣小婢还，供母役，并送鸭蕨。得晴生书。

十四日　晴。写方名，倍书，抄书，点史。六弟来。开节账，借乾元卅千应之，得半还耳。莲归，致程郎复书。夜半滋女轿夫还。

十五日　晴。中秋节。点书一卷，未写方名。看小女斗牌，云峰周田来约看月，便请午饭，留其同饭，先去。待夜，儿女拜节后，月上，乃携懿、纨、复、真同上云峰。三女先还，懿留，吃茶酒枣鸡，甚美，不似乡厨。坐客有李姓军官，左督旧材官也。月将午，乃归。

十六日　晴热。倍书，点史，写方名。抄《论语》，理谱稿。戴弯族妇来。

十七日　大风不凉。四女均往开枝家。懿独侍读，日课竭蹶，几不如额，为抄赞费力耳，亦缘起较迟。周、田生夜来。

十八日　晴。开枝来议放砖事，过重九则土心不澈，须及此秋旸也。桂早花枯，灌之。遣莲送小鬟去。日课如额，夜录谱齿序。

十九日　晴。日课如额。《史赞》甚费日力，每日点一二卷而已，以文少，亦已半毕也。夜过开枝，小儿女并从，然炬乃得还。周、田生复来。夜梦与曾、徐、李申夫谈，清言娓娓，甚可乐也。

廿日　大风，颇凉。日课如额。正欲他作，八十画师刘力堂来，名光锷，王君孺为作生传，可谓荒唐也。出画求题，并赠余《四蟹图》。尚能行五六里，昨跌不损，今日复能访友，矍铄哉！玉岑妻来，送谱稿，兼欲送神主。汉人多事，家家立主，流弊害人，虽不甚剧，殊可厌也，惜不得童佛庵来盗取之。复女始读《论语》。

廿一日　晴。日课如额。绂子妇来，致镇江书，与书谕之，留饭去。张子持来，谈考试事。四兄来。夜起看月星，摇摇欲堕，碧光县若可摘，奇景也。

廿二日　晴。玉岑妻去，开枝弟及映梅父来，言“叫鸡”讼事，亦譬谕令去。日课未毕。木匠昨来铺仓版。

廿三日　晴，颇凉。日课如额，但《论语》一页未补耳。《辽史赞》欲毕功矣，少则易成，铢寸积之，便不嫌烦琐也。茙过开枝家，诸女暂去，仍还。

廿四日　晴。纳租佃户来五人，每人半斤猪肉待之。日课如额。始作《五代史赞》。刘力堂复来，问独行、笃行之分。张子持来，取志书一册去。

廿五日　壬戌，寒露。始分芍药，移牡丹。晴。日课如额。抄《辽赞》毕，作《梁赞》。欲点句，恐费日力，但浏览而已，以前已评点也。茙夕还。

廿六日　晴。日课如额。莲来，致子瑞书，送冬笋。周荫云抄《禹贡》毕来，请点勘，无所疑问，盖尚未了然也。家中绝油一日矣，以糜费，故裁之，亦又无钱也。包工作砖，佣者毕集。木匠去。

廿七日　晴，渐热。莲去。日课如额。石坤二族孙来，名新字国桢，名弼字振湘。云烧去庄屋，来勘灾也。搢子来。姜石来，问比期，一不应之。周翼云来。

廿八日　晴热。晨昏异候，晨绵夕裨也。日课早毕。张子持来，执贽，辞谢不敏。日课仅完。

廿九日　晴。开枝来看砖。搢子去。日课毕，出游。还看《五代书》，颇有典故，但似小说耳。

晦日　阴，欲雨。日课如额。茂修来，欲诉讼事，不能开口，乃偷谷菜而去。

九　月

九月戊辰朔　阴，欲雨。土工惶遽。余云恃吾福力，必不狼狈也。然阴云甚浓，殆将不济。看《五代书》作赞，每日七八卷，甚费排比，方知隋前书有条例。日课毕尚早，步答谭团总。至昂角塘故宅，仅余三椽，云九栋皆倒。又云九塘七湾十三坝，皆王家庄业，今存者稀矣。从大路还，皆平原旷宇，犹有气势。

二日　阴，俄晴。朝食后云峰书生更邀三客来相访，留谈半日。日课如额。莲来，致衡书。假得千金，以百金还宾兴堂，如鱼得水，有玄德入蜀之喜也。

三日　阴。日课如额，料理工匠营造事，遣散乡佣。看周抄《禹贡》，改张文。田生来，执挚。夕携三女至戴湾。

四日　晴。未抄书，亦未看史，以将入城也。儿女检书，亦未倍书，但改文，写方名。得俊臣书。

五日　晴。晨遣莸乘舁出县待船，至午后方遣儿女上船，独留久之。唤少三来，交屋，登舟过晡矣。遇张生立谈，至南柏塘大风，舣舟登岸，复遇周生送饼。夕过姜畲，属迪子纳粮，还店账，给工价。夜半至县城，正四更，未能登岸。

六日　晴。黎明入城，莸犹在蘖家，诸女并往。余至宾兴堂取钱，换船，往石珊寓，同登舟，待至午前始开。逆风行久之，夕始过昭山，夜行少泊，云至枯石望矣，顷之复行。

七日　晴。旦泊草潮门，入城。未检囊橐，与循已至，工力纷扰。觅床不得，夜乃支版为榻，不暇他事。

八日　晴。孺人生日，儿女贺祝，女客亦有至者。朝食后至筠仙处还银。李佐周来，少坐去。作《史赞》。

九日　晴。始复课读，竟日矻矻。筠仙来。与循小疾。作《史赞》，写方名，毕，已夕矣。

十日　晴。丁丑，霜降。与书裴月岑。樾岑仁兄先生道席：去岁奉复书，与少荃同读，共叹情文。未几即闻传说不如意事，并言从者勤劳，意兴索寞，见僚属辄默无言。窃意得道甚深，内外交养，朝命夕冰，必非善测。旋由闽藩寄达一言，及敝县志书一部，还信云旌节已迈。昨见恩旨，知许还乡，幸甚幸甚，遂初可喜也。淮上秋清，时物尤美，山梁水嶡，或犯清斋，霜笋雾菌，必多文宴，亲戚情话，何减朋友之乐耶！闿运今岁小筑山庄，幸可容膝。检点书籍，粗皆卒业。明岁六十，便可佚休。惟山妻病困，惧将先我，幼子蠢劣，非复芝兰，然四美难并，少安已足，幸此生差无负也。湖南清绝，公所不忘，若命驾来湘，当送君还里。手此奉候，补寄志书。何竹孙来，言闽事。蔡家专人来，言棣生病危，促其兄还，匆匆即发。夜携诸小女过浩园，坐月下，笠僧还，要入啜茗。今午步过桐石园，访邓翼之。彭石如来。

十一日　晴。作书致景韩，因令吕生拟陈太翁墓志。日课如额。抄《史赞》。索三笺于王逸梧，亦为芸敏索之甚急也。

十二日　晴。作书复芸敏，干寿衡、舫仙，改陈志，写方名。孺人疾发，独居房中，甚冷落。遣儿女往侍，皆烂漫睡去。功儿上湘，次妇告归省，无人可使，乃自往伴焉，终夜不寐。

十三日　晴。晚桂满城，香不见花，亦秋景之佳者。王生引颜钧来。吕生续来。寄各书。翼之来。彭桐生来。陈伯桃来，送新诗。午赴文卿，陪杨、刘两公子，兼招楚瑛，至夕乃散。过何二少耶处，已不能入矣。夜月极明，心绪未快，早眠。今日停课一日，接对宾客，惟写方名五十，不可断耳。

十四日　晴。翼之来，日课如额。《晋书》列传尤猥杂，为编次之，未有次第，夜欲为定之。孺人不食三日矣，病甚苦，心神不安，因辍不作。夜未解衣，凡五六起。三更后西门火，登楼望之。

十五日　未明起，问梦缇，为煎药，令代水饮。出贺黄母生辰即还。吕月峰来，久聒而去，饭至不得食，甚无奈何。吕生言梦缇病欲减矣，神气果清。日课稍密。

十六日　晴。妻病实未愈，端坐忧之。陈伯严来，强一出，则文擅湖、胡子威、彭石如相继来。日旰，客未去，避入写方名，看《五代书》，不复能细心矣。吕生往鄂去。夜抄《论语》。

十七日　晴。日课聊点缀而已。作刘希陶书，还银十二斤。又复子瑞书。功儿还。至李佐周处，遇萧文昭。感寒不惺惺，夜睡颇早。微雨。

十八日　晴。日课不如额，以《史赞》无头绪。笠、道二僧来，同至张璧翁处。还刘银，独至但馆还银，无人收领，乃先还黄郎百金，步还。夕过王、颜寓，谈蜀事。

十九日　晴。日课始如额。凡烦琐文字，迟而理之，自有条绪，但未取欧史校余所排比有同者否。独坐堂前，罗顺循偕陈伯严来，言迎医事。出答访左楚瑛、刘人鉴、彭石如、陈伯桃、吕前县。访镜初、胡子威、李幼梅，还尚早。次妇还。至局祠看戏，入僧舍茗话。

廿日　晴。曾祖及先妣生辰，设荐毕，馂汤饼。幼梅来，求作其母圹铭。日课讫。妻喘颇甚，游以写忧，访雨珊不遇，过伯严小坐而还。滋还省疾。

廿一日　晴，燥甚。终日面食。日课早毕。妻病未加，夜间心始宽。妻家使来，云妻父病亟，又增懊恼。余生平无伐檀绝粮之事，唯以人病厄死丧为我祸罚。每闻一人病，如捕役、欠户之逢比受杖，如是者亦数十比期矣，觉刀锯不足畏也。

廿二日　晓未起，舆儿来，云母请余往。入室则无言，心知别矣，无可奈何。日间未变证，犹以为可延数日。日课虽草草，仍如常程。夕稍寐，觉不安，舆至，云病革矣。往视已绝，儿女痛哭，余不能哭，干憑而已，然比期从此断，终夜皇绕以报之。元微之所云唯将开眼报未展眉也。一时不知计所出，请彭鼎三来问之。黄氏婿来。

廿三日　晴。遣赴亲友，沐棺办敛具，皆功儿自主之。颜伯琴，王镜芙，瞿海渔，张雨珊，胡子夷、子政，彭石如、鼎三，李幼梅，郭多孙，陈伯桃、伯严，罗顺循、肫甫，李佐周，胡子勋、子威，黄望之，朱秬泉，黄婿，杨绍六并来吊。郭见郎、陈定生、瞿石嗣来。周郢生兄弟、吴少阶来。海渔、子夷、健安、石如、黄郎均待大敛盖棺后乃去，散已夜半矣。

廿四日　晴。治服扫堂。郭少大来。筠仙、逸梧、李辅翼来吊。湘孙回，儁五送之，兼来吊。

廿五日　壬辰，立冬。成服。吊客别记，助奠者海渔、畯五、顺循、伯严、陈伯桃。申正夕奠毕，送客，阖门，各就丧次成服，时汗如浆，但衣夹耳。

廿六日　晴，愈煊。稍理书楼，坐楼上。何伯元特来吊。

廿七日　晴。南风极煊，但可夹衣。遣赴三女及辛眉、程郎。作《史赞》。夜雨。莲去。

廿八日　雨，稍凉。写方名，作《史赞》。大风吹楼，岌岌摇动。

廿九日　晴，始寒。写方名，作《史赞》，检欧记勘之，但觉榛芜满目，史才信不易。如我所定，甚有头绪，未费一月功也。考朔奠仪，未言朝夕。盖朝奠不待言，记云“不馈下室”，是废一馈耳，非竟日不馈也。

十　月

十月丁酉朔　晴。作《史赞》。设朝奠。周笠西特来吊。写方名，看课卷十本。

二日　晴。《五代史》阅毕。竟日钩考，随阅随作赞，未遑他事，至夜毕工。自己巳起，至今廿二年，而孺人不及见矣。沉思专力时，仿佛闻謦欬者，固由新丧，亦精神散漫，老态使然。夜暇无事，看课卷十余本。

三日　晴。日课久停，当专看课卷，心忽忽不乐，困眠久之。见郎来，闲谈，去后始稍伏案，看卷廿余本，写方名，已夜矣。元寿二子来，欲混吃也，斥之去。

四日　晴。看课卷，写方名，与书问与循丧事，遣戴名去。李幼梅来上香，陈总兵亦来。

五日　晴热。写方名，看课卷，毕。张正旸来吊。衡州信来，送彭《行状》，及谭、郭书。正旸夕去。

六日　晴热。定等第，写方名。郭巡捕来吊。滋女还，应七夕奠后去。夜有雨，至曙复雨。

七日　晴热。文卿、萧叔衡、曹东瀛来吊。戴明还，云蔡家正治丧，十一日迁殡。当往赴之，办祭轴，作挽联。善门积庆更恢闳，文雄一世，子掇高科，纵蕲黄赞画不论功，共识奇才甘坐老；孤女终身劳闵育，满望六旬，归娱八帙，奈霜露惨凄遭命至，独扶残喘溯寒风。可谓熙伯造哀，哀之至也。送课卷去。写方名。

八日　晴。将上湘，待奠物未具，留一日。写方名。夜微行出，看杨宅丧具，即遇陈德生，尚未知余有丧，背殡外出，必当彰露，可畏也。行还胫痛，盖拘坐半月余矣。

九日　晴。但少郕来，以门不容舁，谢未见。发行李。舁还但百金，晡后登舟，忽焉已夕。舟人有待不开，闷卧仓中，半夜始发。旋复舣舟，微雨。晨至城，晤朱卓夫，雨少止。念呼船不能到，舁至姜畲，出七里铺，误行新桥路，久之舁夫乃悟，急还大道，至新店夕矣。步度岭，泥滑甚，从石井铺请人引路，笼镫，取山径至庄。步行彳亍，至门月明，待锁开而入，铺被即寝。

十日　晴，甚煊。晨兴，顾工分赴姜畲，及留家炊养。匠人复来，纷纭久之。乃仍原夫取南北塘道至姜畲。迪庭买山地改葬其曾祖母，以二丈五尺与之。饭罢，行至石塘，见杨家门庭修整，畦菜青葱，无武家习气。又八里至蔡家，入门临丧，不闻哭声。小坐唁问，复临棣生之柩，小儿推排相撩，夕奠时稍一惩之。夜觅宿处不得，丧事总总，亦太总总矣。设奠外舅，凄然有感。

十一日　丁未，小雪。晴。晨待遣奠，闻哭声，则已将载，止门外久之。客饭四辈，凡八十余桌乃毕。午初行步执绋，绕冈原行十余里乃至殡所，去本屋数十步耳。白衣送者数十人，皆徒行，甚惫，非宜也。辞殡还，庄中遣迎已至，饥甚促食。食毕，飞行，佣工张六甚勇，卅里不稍息。乘月还山，食粥毕，遂寝。

十二日　晴煊。命张六、寿子拚扫堂室，栽海棠窗前。木匠来。议起门楼。冯甲、周翼云来，借书经去。姜畲葛生来，不通姓氏，余以为周生也，问久之乃知为葛，云有诗卷相质。城措担不归，待久之。杂人皆散，月明如昼，不胜相思。闭门寝不寐，俄稍朦胧，闻叩门声，周六还，检书未失，乃得安眠。

十三日　晨微雨，已而大晴。丧逾廿一日矣，始濯足易垢衣。遣人还家，作书毕，乃朝食。写方名。木匠复来包工。周荫云来谈。夜雨糊窗。闻曾九帅死，今年收拾红顶不少。

十四日　晴。写方名，始作谱稿。田生及周来，送陈梅根诗。

陈以诗名久矣，乃未成句，今来就正。欲实语之则不可，欲虚奖之又不安，未敢看也。小雪犹衣夹，深山复挂单。月如春夜暖，镫避晓光残。人静空声涌，魂孤远梦难。不眠虚闭户，万一鬼相看。　但讶冬晴久，谁知岁暮催。无家虚鹊语，有梦扰蚊雷。独月应劳转，罗帷已厌开。邻鸡不肯唤，长夜恨难裁。

十五日　晴煊。乔生来。开楼门室窗，写方名，作谱稿一页。夜月极明，醒不成寐。

十六日　晴，愈煊。写方名。张子持来。三妇遣人来，请示与其长子议昏，还书许其自定。吴儿还，云功儿出城看地，夜未归庐。家中无人照料，甚非宜也，当还守殡。

十七日　阴，犹未冷。写方名。迪子来，送地价五十金，除账外存六金，虽精于算，我犹获利也，留饭去。同往树山看地，兼望行人，置银地上，无过拾者。天阴似暮。小睡起，殊不夕，裴回久之。夜撰谱稿，自此日课有恒。二更后雨，精神渐爽，谱成六页，页可千言，眉目清晰。又看陈梅根诗，亦颇经营，宜其自负。不遇师友，枉抛心力，作评语喻之。韩门诸子郊、岛、仝、贺，各极才思，尽诗之变，然罕能兼之。宋人虽跅弛如苏，黄，颓放如杨、陆，未有能泥沙俱下者。前唯李东川之歌行，陆士衡之五言，足当此四字，而格调迥超，不露筋骨。元遗山本�碧小品，拟韩、孟劲弓，始复纷糅，自谓变化，犹亦谨守绳尺，微作狡狯而已。大作才气雄浑，词藻奇崛，殆欲熔金入冶，抟土成人，但格律难纯，位置无定。又七言长篇一韵到底者，可以纵横，转韵成章者，必须回婉，一阴一阳，忽离忽合之境，可以神会，难以迹求。集中时有驳杂之处，亦为大家二字所误。观其下笔，前无古人，逮其落纸，颇惊俗目，故取径高奥，实不离乎本朝，由其遗貌取神，不知神必附貌。自明以来，优孟衣冠之诮，流谬三百年，下至袁、蒋、黄、赵而极矣。究之诸家，亦复自成一色，非浪得名者。彼诗不可学，则非叔敖，彼诗若成家，仍招优孟，立说自穷，欺人自欺，达者宜早鉴之。特彼以畏难而苟安，此以求高而更失，所谓过犹不及也。夜大风，搅眠。

十八日　阴雨竟日。写方名百字，作谱稿。借米炭，三子为致之。大风未息。

十九日　阴。风止雨霁，复见微阳。写方名，作谱稿。市羊城中。周荫云来。

廿日　阴。仍煊，但可绵耳。方名欲尽，日课须改，加誊谱稿一页。石珊及华一桂八弟之子也。来。写方名，仍五十，止五日已补足矣。再待一日，或当自下。田生送火脯羊肩。城羊瘦不可得，乃知博士之廉，故不可及。

廿一日　阴。晨见日，暮雨连夜。方名纸尽，仅得廿七字。理谱稿二页。夜煊，半夜雨。

廿二日　雨竟日。灶火不然，至午始食。莲弟还，云尚未到家。周、田来。抄谱稿一页，谱纸亦尽，暂停夜课。看葛生斯砥诗一卷。

廿三日　阴。遣莲还家，令吴儿往姜畬，觅炭二石。独居多卧，寒日甚长。晚得纸，抄谱一页。夜雨。

廿四日　雨竟日。抄谱稿一页。炭发不然，至午犹不得炊。族子代顺来，待饭两时许，乃吃四碗而去，朴农也。抄谱稿又一页，犹未作夜课，知山中日甚长，竟日一饭亦不饥也，又知山中食甚省。

廿五日　雨。晨起磨墨，抄谱稿一页。周生来，借书《大传》，问书义数条，午后去。复抄谱一页。寒风细雨，颇有雪意，将夕小寒，夜复煊，蚊飞往来，犹似初夏也。夜梦至一处，若云普陀，巉岩累积，视之非石，似多年石灰和泥沙积磊者。又似有苔痕，无径可上。心愿登焉，则坐而腾上，每腾辄坐，如此者十数顿。回视右畔天空，如浓云夕照，金光红蒙无所见，已绝顶矣。复当下岩，则有两白光夹太阳穴提余下，每下辄飞光夹焉，如此者亦十数。至一洞门，光止门外，照门内如白日。门前一池，内洞龃龉，若供案，若墙壁，立石参差，内云佛坐也。池水浊秽，余悲敬跪门外，祷曰："若菩萨慈悲，水当澄清。"久之风吹水，以为有神变矣，已而仍垢滋，但稍开耳。仰视见若梁上悬珠彩，上网络，下流苏，长可五六尺，高三四尺，珊瑚珠结成，亦古不华。须臾白光飞动，心知当还。去，复见楣上三四榀，左榀堆珠成字，笔画如凤尾，凡四字，惟第一"璀"字可识，余皆珠字，文皆如凤尾。未及审视，复有神光往来，榀字移动，皆"世"字也，或真或篆，或八分，悉金书，尽"世"字，无他文。愉悦而寤，起而记之。

廿六日　阴，午见日。抄谱稿。竟日无人至，惟石灰客夕来。山中未携历日，似闻今日大雪节也。

廿七日　晴，颇有霜意。抄谱稿一页。过戴湾看石珊，将梳发，无栉工，仍还。前后二甲总来，留饭去。抄谱稿一页，计日二页，尚少三页。

廿八日　大晴。尽补日抄，复得二页，明日便有赢矣。挑砖五人来饭，遂尽半月之粮。朱通公子孙来，送南瓜。石珊来，留饭，至夕乃得食，把火俱去。夜看《杜诗》，张元素本也，廿年前犹豪士，数年便成乞儿，今死久矣。夜睡半觉，忽闻推门声，心讶偷儿如许胆大，明烛不寐，意颇皇皇。既而思之，重门击柝，为民守也，若闯入己室，但当谈笑处之，无格斗之礼。遂坦然安寝。

廿九日　晴，复煊。木匠、砖工并集。呼葆初族孙来，欲令执炊，俄顷逃去。张子持来。抄谱稿四页。

晦日　晴。竟日抄谱稿成，无意毕此一公事，殊快意也。天似欲雪，复有归思。石珊来。夜雨。

十一月

十一月丁卯朔　雨。检谱，作《耆寿表》。张六还，得功儿书，欲以二三十万钱买地，可谓愚也。思谕止之，则嫌省费，不言又非义方，踌躇久之。人方为刀俎，我为鱼肉，而踊跃奋迅，庖丁必以为不祥之肉。妻也，视余夫也，余不得视犹妾也，非我也夫。又闻岘庄督两江，夜便盘算两江大政，未之野而攘臂，余定非有学养人。通宵不寐。

二日　阴。遣吴童还，张六送之。石珊来告去，饭后并发。独坐守屋，灶煤火盛，烧饭箅几炎上矣，料理久之，洒足浣衣。检耆年七十以上者并表之，分七、八、九三等，未便观览，仍当改作。颇倦欲眠，明长、张佣来叩门，搅我不得寐。子持送豚蹄鸡鱼。

三日　雨。写方名。周荫云来，讲书，送冬笋，留飧去。检谱，作《葬地表》。迪庭送豚蹄，烹之，竟夜。

四日　晴，稍寒。写方名，兼补十三日停课所欠，得七十字。作《葬地表》。

五日　晴，大雾。遣送豚蹄与开枝。周荫云来，送《经解》，为改定之。写方名，作《葬地表》。夜阴。

六日　阴晴。写方名，作《葬地表》，改张文，复改周《解》，说“达大家”“达王”，较胜前说，知心思多蔽，不自觉也。不问则不达，未讲学之故。甲总来，搅扰竟日。

七日　阴。昨思值先孺人忌，在丧，当废祭，不可废忌，忌虽远犹重新丧，既皆素食，仍存其意，饬厨人疏水而已，写方名，作《葬表》成，但当画格写之。夜雨。

八日　雨。写方名，抄《葬表》，精雅绝伦，前无作者。昨夜不寐，今夜安寝，不觉至晓。

九日　雨竟日。写方名。王七篾来，族弟也，石牛坝房三十九叔之子，名世德，字廷秀，云父子合致百千，可以赡家。有四子，无一亩。午饭将去，大满来，少三亦来结账，竟日未暇。理谱稿，夜乃抄集。

十日　阴。大满复来，云还姜畲。满绅来，言樵采事，与迪庭龂龂，云当自往争之。留饭去。写方名，抄墓表。

十一日　丁丑，冬至。晴。始开侧室二窗，揭瓦重盖。抄墓表。张佣荐轿工田四，急欲余试之，闻当往祠堂，因请即行，迟久之，未欲往。午日甚皎，强行十余里，至史家坳，中过瓦下塘，有美樟，余族故物也。又七八里，过炭托、白洋塘，逢一小儿导行。至祠，大满先在，茂修从之。办饭毕，清绝房神主，寥寥不及百坐，男左女右，分五层，尚不甚淆杂。无所得，惟得六十六族父兄弟二主及心茂家主，适逢故人，亦异事也。谱中改名甚多，今乃知改名不知故名矣，习非成是，亦可叹也。夕无天光，闭龛暂息。三裁父子及伍铺诸孙来，夜月甚明，欲出而阴，三更后大风。

十二日　晨阴，朝雨。左龛主已毕，开无所得，遂复藏之，惟于粉面书记名字，略扫尘土而已。舁夫饭罢遂行，误登一山，上下甚劳。微雨如尘，小松满坡，山色苍茫，亦有景物。久之乃得故道，则已过白洋塘矣。午后至庄，仍无人至，大雨随之，夕食后遂夜。匠工俱去，闭户独居，写方名八十三字。大风撼窗，俄而雨霰，开门视之，月出照地，有影，林木如画。

十三日　大晴。待匠作书架，留一日。夜月微寒，写方名，作谱稿。登楼清书，汗出透衣，顷之复冷，天气失常如此。三更后工毕乃睡。

十四日　晴。朝食后匆匆下县，案上笔墨多未及检，至乾元小坐，殊无章程。至城寻迪庭，亦不至。与朱倬夫、吴劭之谈，还石珊钱十千，倬夫坐至鸡鸣乃散。镫息暗谈，亦殊不觉，可谓坦率者。

十五日　晴。阴雨相杂，夕见虹，俄屈为霓。晨兴时遽行，舁夫足痛，未遑恤也。既至弯桥，乃觉焉。呼夫力，索钱三百，又吝不顾，至兴隆桥甚惫，强进至樟树岭，实不能前。余又无鞋，一步一纳履，乃易草屦，渡诞登，雨至。复舁至大托铺，唤一人，八钱一里，舁至黑石。将舍猴岭，店恶不可入，又草鞋步进。天色尚早，遂欲赶城，未至社坛，昏黑矣。出雩坛，迷道，复还，行至灵官渡，乃觉焉。已暗，又雨，携木匠踉跄入，舁夫落后，时初更，犹未关城，不图此生复见升平夜景也。至萃和轩吃面，亦四十年未入此地矣。还雨，到家视殡，未食而睡。

十六日　晴。南风大热，地润如春。写方名，抄墓表。吕生来谈。徐巡捕来送脩金。将夕，冻雨如伏日，夜反风，有雨。

十七日　稍寒，阴雨。方名写毕。

十八日　晴。出城看地，小坡杂树，颇有幽致，而右脚三坟可憎，踏草遂还。筠仙送彭《志》稿来。

十九日　雨。始定遣赴。郭巡捕来。郭见安来，看郭志，报伯寅之丧，侍从遂无好事之人，可慨惜也。乡中无人料理，遣招熊妪往，三辞三召，乃定同去，张木匠送之。

廿日　阴。欲往县市觅钱，亦附熊、张以往。日夕登舟，船人以南风不发，与熊谈半夜。船人亦不安寝，唯张鼾睡耳。

廿一日　北风帆行，未午至县，船人给余登岸，则十三总马头也。正旁皇间，见一云湖船，亟移登之。舣一日，夜不发，细雨廉纤，一步不可行。木匠辞去，夜睡始甜，数月未得此，差偿辛勤也。

廿二日　雨。乡市均不可到，再出为难，因舍舟呼轿至城。寓宾兴堂，待赴人，云尚未至，与朱倬夫谈。熊、张自还山庄去。

廿三日　雨竟日。呼舁往看杨梅生，方有新讼者，意气消沮。与张雨珊同饭，饥不择食，至夕与倬夫同还。

廿四日　阴。陈伯桃来。赴人至，云昨夜始发，又可异也，遣还乡。雨珊来。至偕子家，其长子欲下省会葬，令约石珊同行。少湖二胡之妻，自称六妇，诉其家事，堂屋梳头，诚无规矩，然任其梳头，则亦不可，谕训之，许与以钱。至夜赴人始还，云吊者已半去矣。不可再迟，因令石珊呼船。至二更后登舟，则又要一客，及偕妇遣工送儿与我、仆，共六人。蜷局盈尺之地，高不及肩，信为受苦，视云湖舟宿有苦乐之别，竟夜未尝解衣。船人迷道，行一夜仅三十里。

廿五日　大风，晴阴。船人不能船，往来游荡，一日仅达小西门，入城已暮鼓矣。迪子、镇孙来吊，束装欲去，稍留，昏黑，急令出城。今日辛卯，小寒。

廿六日　晴。营地已定，请石珊城外督工，功儿索钱甚急，无以应也。黄亲家来设奠。

廿七日　晴，晨雾。许生铭鼎特来吊，不饭而去。吕生来奠，举声而哀，余为再涕。定虞祭礼。考葬服免、散、麻，吊服弁、绖，则朝夕哭，宾不绖也。三虞卒哭，去麻服葛，受八升之冠，故三虞皆免，以示易冠有渐，“由文矣哉，由文矣哉”。夜不寐，思《檀弓》言“卒哭，吉祭而祔”，又“沐浴”，宜别有祔礼一篇，今亡矣，当拟补之。士大夫无主，盖卜二尸，与祫礼同。

廿八日　晴。未明起，待吊客。郭、瞿来赞事，陈程初来，留支宾。午后乃稍稍有人来，凡五十余辈，盐道绍石庵门外降舁，辞之不止。熊鹤翁九十，犹固欲设拜，跪辞，扶止之。竟日不能饭，夕犹有客至，夜乃得饭。

廿九日　晴。得此二日，丧事办矣，今日余生辰，家人不哭。吊客来者九辈，则哭以待之。功儿出城去，夜设祖奠，族弟族孙俱设奠。张生来赞礼。

十二月

十二月丙申朔　阴。吕、张具遣奠仪，久不行事。功儿来，促之，甚哉其无礼也，略责数之，而无悛容。此子下愚，不可悟，渐染俗习，已入骨髓，然而不能显达，则所谓“耕也，馁在其中”者乎？欲不送丧，义又不可，强行至城门，送客仅五人，亦见功儿之无知友也。周六衡在茔主葬，苏四佐之，余径还城。微雨蒙蒙，夜有雨声。

二日　丁酉。阴雨。今日鸡鸣下窆。郊外无止宿处，未能亲事，亦功儿为之也。凡拘忌时日，必须烦费，迫促期会，则不能成事，此又阴阳家所不知。盖无意陷人，而自使人陷，九流皆有此敝也。吕生来，定虞礼。功儿过午乃还。张生执礼，中多脱节，题桑主代尸，安之东堂。功儿复出城去，张生、雅南均还湘去。

三日　阴，微雨。出城视窆，舆儿跣从，后至，还接之，遂入城。周鲁衡夕乃还。家中有客，无人主持，殊不成事，强坐至二更后，索物事俱不得。醇王称本生皇考，其妃入宫称太后。

四日　己亥。再虞，自定其仪，请见安来执礼。见安嫌主人拜太多，以为妻不可拜也。六十年辛苦，得九拜而犹靳之，宋学之流传如此。雨淅淅竟日，夜见星。

五日　庚子。晴。三虞用今馔，合祭礼也，兼谢赞宾，朱、吕、郭、瞿先后至，胡、彭均以疾不到，日侧行事，夜初更散。

六日　晴。吕率诸子出城埋重，余出谢客。从西度南，还从东向北，入者十余家，仆仆于行，实不过行二十里耳。夜早眠。

七日　晴，晨寒午热。送黎尔民、何性泉吊仪，复刘希陶、邓弥之兄弟唁赙。出谢余客。答访江督刘岘庄，廿余年未见，卅余年相知，昨道逢未谛。今日审之，清贵人也，不似没字碑，亦不似老儒官，较之坐客有灵蠢之别。夜热而忽然有雪。

八日　阴煊。将回乡居。李佐周来，杨福生继至，来取志版，未知谁所使也，亦未知何以先不取而今复取。已唤船，将自携往，又不知其何因，遂待其自运。只身将往，风色不顺，怯于舟宿，姑留一日。夕过�仙不遇。昨于刘舟见一少年，云家岳传须请我作，送史馆，岳母意也。未知谁婿，今问戴明，乃知是劼刚女夫吴生。

九日　晴。晨出朝宗门，得一小船，甚整洁，携戴童以行。北风顺利，未昏至县，船人不辨城门，告之不信，皇皇岸前，负余而登。至宾兴堂，倬夫今日生辰回家，惟萧某在。晚饭，换省票于土栈，每千扣卅四，五十千亦须去银一两，故知在省换银，无甚利也。夜早眠。

十日　雨，有雪。唤昇夫出谢客，还饭于堂，复出城谢客，俱未入，出街已正午矣。昇夫老，怯行，余急欲到，两俱皇皇，情景可笑。至姜畲许乾元处，增一夫力，便觉从容。云开风息，家山在望，又甚乐也。至庄，亦洁饬胜常时，旧犬入衣，不胜欢跃，并接鹅还，待买酒肉，至静钟过，乃饭。

十一日　晴。昇夫去，买菜姜畲，独坐写书，待之至夜分乃还。今日丙午，大寒。甚煊。

十二日　阴。桂子来，云迎石珊未能至，其父病甚，欲假钱待用，以店账一款二万一千与之，并躬往视。开枝病深矣，犹未易绝，今乃知死不易也。凡暴卒者皆或夺之，惟虚损者为尽其命，若老而无病则为仙也。留饭，未忍扰之，步还，颇饥。终日食残剩羹饭，然有本味，不嫌陈腐也。夜月窗虚。

十三日　雨，蒙蒙淅淅至夜，成春雨声。写文二页。欲补祔礼，尚未坐尽，姑徐之。田生来。士祔于大夫，则易牲。士虞祔皆特豕，大夫虞祔乃异牲。士不祔大夫，今得附者，是宗子之礼，或特异其礼，褒进之也。故得用少牢从大夫。凡云易牲者，皆大夫礼。妾无。妾祖姑者，易牲而祔于女君可也。易牲亦得如女君，升一等也，此谓大夫之妾。其妻云云则不易牲。不易牲，不摄盛也。夫已非大夫，故用士礼，以大夫牲得用少牢，亦不得用太牢也。妻未命，故不得盛其礼。

十四日　晨雨至午。写衡阳序始毕，今年逋课也。登楼检《礼记》《墨子》。陈梅根来，留谈诗，不暇，仅饭而去。周荫云来同食。午后晴，夜月，早眠。田四还。正甘寝至三更，桂子来报其父丧，遂不眠，待晓。

十五日　阴。晨待异夫不至，步看开枝，未小敛，方欲具食款客，因急还。翻《礼记》一过，补注数条。士祔大夫，唯宗子，而得易牲。易牲者，虞祔异牲之名，唯大夫有此。旧说皆误。张子持来，留饭去。乡中以食为先，余不胜其对食，知学堂账房不可少。夕再过视开枝，待小敛，入凭之人多，不得近，遥望而已。请作挽联者纷纷。

十六日　雨竟日。重改彭志，亦未得佳。颇寒。张子持来，请作挽联，拟三幅，亦无佳者，令张自作之。

十七日　阴，风寒。作孺人墓志，比何莲舫贞烈夫人似差有可书。周荫云请写楄，子持来写对子。

十八日　阴。晨步至戴弯，奠开枝，尚未载，方食，遂还。朝食毕，闻炮声，复至大路，从柩至萧山。乡人颇多路奠者，放爆仗以过丧，其设酒者二处，皆拜谢之。雪师孙肥重不佻，近保家者。尚未开圹，又还。作志铭毕，似胜彭作。盖志铭宜于女妇，若大题小文，万难讨好。张六来。检真西山集，无所谓朱通公。

十九日　晨赴开枝家为写主，因留食，用鱼翅席，其子繁华，不及父明矣。饭罢还，为周生题田楄，写二联。孝弟渊懿，温恭博敏；崇壮幽浚，晶白清方。　龙德而学，不至于谷；香风有邻，庶同如兰。作书复文心。周生复求书，又书一联。觅舟未得，舂米得二石，至夕始竟。桂子来，言借钱事。石珊来，亦言借钱，不宿而去。许、周送豚羊。

廿日　晴。晨复觅船未得，乃定陆行。饭后过姜畲，答张生，其兄殷殷留坐，将杀鸡，乃辞出。过辅迪门少谈，至野鸡塘，访石子坤，爵一出，以为佣保，欲问其家主，闻其呼吉弟，乃悟焉。卅年不见，云曾于祠中一见，竟不忆也。其子曰振汉，又一子清狂不慧，俱未娶。云明年并为取妇。已而振湘还，至其私堂，其母出见，年始五十。呼其子妇出，云一大一小，并用子妇礼见，余未能辨也。爵子长余三岁，殷殷留宿，再出乃得去。至瓦亭，遇搢子同行。至黄龙巷，昏黑。强过雅南家，其妇及尺五妻出见，未入门，立谈三四语。暗行至城，朱、萧俱出，待久之始还。三更后睡。

廿一日　大风，欲雪。晨眠，闻呼者，忘身在何处，顷之乃悟。起行，风雨交加，至诞登，已过午，渡舟悉匿，唯划子送客，惮险，未敢行也。同舟六人，皆不能桨，逡巡并去。田四自云能榜，渡夫反云不能，余斥之，因数其通同卡索之罪。惧而开行，连失二篙，又折一桨，不能泊岸。风吹伞散，停舟中流，岸上二人大骂而至。移舟泊岸，迎一妇人及诸少年来，始溯流放渡，居然《水浒传》行径声口，抵岸夕矣。狂浪打舟，张六死灰色。不能复进，乃宿罗家逆旅。妇贤而未孝，田四又诃其姑，余亟止之。燎火烘衣，夫力杂至，以夕食为朝食，饭罢，又倚被坐至二更，雨雪打窗，主人云落雪块矣。田四寻话讲，与主人妇隔壁谈渡船事，至三更乃睡。

廿二日　晨起，雪止，可二寸耳，然得之足应冬景。道上几绝行人，行廿里始稍和暖，云开雪消，复晴矣。今年天时一晴一阴一雨周环相间，早知昨当雪，今当晴，明当阴，已中其二矣。过猴石时，恍惚尚在前，顷之已至金盆岭，遂见城阙，实五里，而居人言九里。入城到家，正午时，始朝食，殊不饱。夕食乃甘，米未发水故也。抄老叙一篇。诸女皆移楼居。得俊臣唁及程郎挽联。

廿三日　阴。天时竟可测知，则明日雨无疑也。课小女仞字，因令诸儿女复课。吕生来，论墓志不宜大题，彭志竟不若蔡志。精心结撰不及随意挥洒，灵滞所由分也。文卿来，有志军大，不嫌闽、甘，诚为上进。晡后雨雪，夜饯尸，写栗主。

廿四日　阴晴。昨夜严寒。考定袝礼，粗有眉目，吕生因留宿。余侵晓未能起，起又待妇女盥沐始行事，已过食时。功儿往墓霾桑主，吕坚欲往，终始赞事，可谓尽情礼者。竟日无所为，又改定“易牲”一说，以袝女君者为妾母。夜更排次丧礼。有雨有雪。

廿五日　雨阴。家人晏起，余晨出以警之。过文卿不遇而还。重补丧礼仪节。陈程初陪吊，设酒谢之，兼要祭酒“怪鸟”陈伯严谈宴。

廿六日　雨。待夫力，至午始出，寻谷山石作墓志石，忆在朝阳巷，戴僮乃从西牌楼还出坡子街，舁夫困而无功。过筠仙，遇李舟，亦不得谈。急至鹤翁家，客毕集矣。打诗牌围棋，皆草草。鹤翁竟席不举箸，唯饮两三杯耳。年过九十，有由然也。同坐者陈、曾、三俞，俞恪士新从庶常馆还也。

廿七日　雨，晦。遣田四去。作丧仪粗毕，付舆儿抄之。看筠仙条程，其意欲教人预备，人无喻者，为题后数百言发明之。得雅南及王、沐两弟告帮书费三千二百文，皆遣之去。

廿八日　晦阴，始冻。得曾甥书。理子女课。吕生来送菜。夜寒，向火犹觉脚冷。

廿九日　阴，欲晴。昨夜有冰。见郎来太早，竟未能起，朝食具乃起延之。不受脩金，以功儿不分三节，近套礼也。当改送米油之类，方为不俗。

除日　阴晴。春山子来收年例，依例赠以二千，比之一饭千金，诚为多愧。筠仙来。夕奠，余未出，以在庙嫌见主而无礼，反致礼于妻主也。定丧礼未妥，姑已之。

光绪十七年辛卯

正　月

辛卯正月丙寅朔　晨起甚晏。阴晴，可步出。午至浩园，访二僧，旋还，默坐。杨子来，言沈臬擢藩，甚确。

二日　晴阴。三儿晨出视墓，将夕乃还。抄旧文。吕生来谈。

三日　晴阴。朝食后出南门，携真及湘孙、盈孙舁往先墓，则茔围新划一角，石阑并盗去。昨遣儿来看，竟不来，宜人之视如无主也。因思子仪父墓被发，但流涕自咎，少日懦之，今老矣，亦只有此法。寻道至新茔，可三里而近，石阑整洁，亡人独有福，又可感也。前以三鼎诒讥弟子，今妻妾墓并侈于祖茔，又时会偶然，但恨游子之不能常理松楸耳。还，先舁行，阻水，久待舁夫不至，还寻已远。从荒山行，丛冢迷望，反循大道，复西步数里，乃得小石径，店妇云舁待久矣。城门未掩，可过晡耳。至见郎、蓬海家，不得入。还颇倦，不及去年入城之远，而足欲弱矣。

四日　大晴。彭鼎珊、瞿海虞、胡子晋均排门而入。杨商农便衣来，云汤子惠子娶镜初女，已成昏矣。子惠死久，孤子始昏，岁月又甚长。滋女遣人来，云欲归。遣房妪视之，还云其祖姑留之矣。吕生来，谈儿女上学。

五日　晴。两日并得繁霜，然未觉冷。许姓修墓，土工误划土，遣功儿往问之，久未去。余自步出，过熊鹤翁，云新年忽痛，为之怅悒。复过胡家，见子正，又至乐家巷，寻得钱唐许寓，一人久乃敢出，云正诗也，字则忘之，自云青渠弟子。言修墓事甚久，出遇功儿来，遂还。黄宅遣迎，云女婿闹至祖母房。余往，见其横蛮不可理喻，遂归。至夜滋还。

六日　晴。朱秬泉、郭见安、二许师来。步访筠仙不遇，至俞恪士、陈伯严处小坐。丽日甚和，寻西园荒圃，看左祠，无门可入。还过商农不遇。夜至吕生宅，步月还。

人日　晴。寻道僧，遇陈华甫，便至其家，询笏山踪迹。还抄《史记序》。杨都司来求差，荒唐人也。

八日　晨雨，昼阴，颇寒。黄郎、望之、彭孙来，朱耻江来，皆不可不见者。陈华甫、吕生来，谈半日。诸小女仞字亦费工夫，竟日无所作。夜雨。

九日　雨晴。理功课，竟日无客。抄书错误。看吕生《公羊疏》，精细墨守，佳作也，但恐未易成。说“子同生”极新确，余所未思，为点勘之。看功儿写字，不及前十年远矣，殊为可惜。夜阴无月。

十日　阴晴。过九一翁。午集诸少年围棋、斗诗，并掷骰竟日，二更始散。

十一日　阴晴。督课竟日，稍有条理。吕生来谈经。

十二日　晴，东风甚壮。督课竟日，有落字，欲令舆补之，辞以不暇。异哉，吾儿无教乃至此，又不独黄郎无人理也。此等皆乱世填劫之人，以夭为幸！今日丁丑，雨水。蓬道人、常和尚来。

十三日　晴，大煊。得四老少书，便复一片，并告二瑚子以六嫂堂屋梳头之事。记淑姐小名，久之不识，已健忘矣。家事多不关白，大非前此规矩，舅没则姑老，今姑没舅亦老耶？可为鳏寡无告作一注脚。夜步市，看镫。月寂寥。

十四日　晴阴，仍煊。陈芳畹、胡杏江、吕生来，谈半日。

夜风无月。

十五日　晴阴。纨女上墓，懿从之。书训黄郎，墨道也，然自是儒家文字集中上乘。吕生、陈伯严来。梁平江少木来，欲复五铢钱，以绝私铸，盖误以铢为分，非如寻常言复古者。夜无月。

十六日　雨阴。课读竟日。搢子来。茙抄《诗》将成一本，欲携原本去，检《国风》不得，云舆假与人矣。小儿不知宝其父书，既失《论语》，复欲亡此，固不如兑谷之为愈。镜初约来会，正拟还山，为留五日。

十七日　雨阴。课读如额。检楼上时艺文，尽斥下之。弱冠时甚恶此等物，而功儿少独好之，余犹能一举，儿乃不得一荐，笃好无厌，甚可哀也。出送陈郎，答梁令、陈尉，皆不遇。访镜初，亦未来。将访"浊流"，以当迂道，乃还。过王君豫。

十八日　阴。遣莲上湘治装，便从此往衡。茙《诗笺》尚欠十九页，为卒成之。夜抄六页，令补经文，月出方罢。

十九日　晴。王君豫来谈，罗顺循先来，张雨珊后至，君豫留饭乃去。夜抄《诗笺》十一页，《大雅》写毕。夜阴。

廿日　雨。将上湘，复留一日。课读如额。夜雨床漏，唤茙起烛之。始雷。

廿一日　晨雨更甚，视帐后已湿，被蓐将濡，乃卷置轿中。饭罢径行，雨幸不大，三十五里宿诞登，逆旅妇言善化差役拘渡夫，大扰四船。夜雷。

廿二日　晨雨甚密，待朝炊熟，犹未止，乃饭而行。酬逆半千，偿折桨二百，渡夫祇候甚恭。至樟树领，雨大至，置轿雨中，衣尽湿。顷之少止，强行三十里，至宾兴堂，无一人主者。小坐，步三子家，乘明复还。初更，朱倬夫还，少谈即睡。

廿三日　雨细如尘，云阴甚重。既办雨笠，催促前行，闻舁夫言，瓦亭饭店日煮两石米饭，欲往尝焉。至则辞以无有，容色甚倨，信乎其有挟持，又非左右望者，乃饭于鸭卵铺。至姜畲，令径过，而推塘工人往报，迪子自来迎，往陪子师，许甥亦至。未饭亟行，舁夫濡滞，至暮乃达，此番不似挂单，居然如归矣。张八自室中出，俄顷遁去。张佣不还省母，诃遣之，留推卢自炊，明烛夕食。夜雷雨。

廿四日 雨，至食时止。戴湾族子来见。姜佃、周砖均至。黄昏独卧，闻叩门声甚厉，以为莲船当至。熊妪来，言有一客，起问之，自称黄辑堂。久之乃忆为南学生，突如其来，未知何事。张佣既去，空屋无器具，幸迪子午送一席九簋，可以供给。与坐谈良久，乃知为求书与唐督销者，亦奇想也。无被无巾，尽以我所御者与之，心甚不乐，然无奈何。

廿五日 晨起，黄未醒，久待不兴，乃饭。莲唤工挑担，菜果稍集，已不欲食矣。黄起，正点心时，又饭一碗。客去，田生来，瓦窑来，久不去。开枝长子来见，云欲从行。训谕之，无言而去。乔子夜叩门，买竹一竿，从来者三人，莲卧不起。今日抄《史赞》三页。田云明日得四辛卯，为天地同流。

廿六日 雨。张、周来。抄《史赞》。迪子来，午饭去。杨毅生子锡吾来，年十七矣，伶利有曾重伯之风，夜谈不睡。

廿七日 阴雨。杨子去，留所作两本，夜为点定。抄《史赞》。团总、甲总来。遣工送米下湘。与书少荃。

廿八日 阴。张生来问礼，检《礼经笺》示之，便令抄录。祝甥来，甚寒，犯风而至，与张俱宿北房。

廿九日 晴。昨感寒，一日减食。团总请饭，甲总请至仓屋集乡老议事，纷纭半日始还，张生已去，陈眉根来，催看《雨丝集》，守候乃去。《史记序》抄毕，徐生来书，催唐寿文，夜欲毕之，复懒而止。

二月

二月乙未朔　早醒晏起。祝甥去，赠我其父遗衣。礼不可受，当还之其家。天气晴阴，稍步后园，看种竹，乡人分移本为“栽”，培子为“种”，甚合小学，不许误呼也。抄谱稿。周生来。

二日　晴，日光甚皎。感寒，仍重裘。二许生自姜畬步访，小谈，便饭，送之出山，还，汗沾浃矣。抄谱稿，作唐文，处处切双寿，必取之作。

三日　晴阴。晨尚不欲食，遂至晡。田雷子遣舁来迎，至其家，则近在云峰后。宾客甚众，已有去者。入见其叔父、诸舅及诸生客，唯周、张生相习。云设四十卓，而有笾豆加羞，可谓繁费也。食包子三枚，竟不饭，夕还。

四日　晴阴。起较早，抄谱稿竟日。颇游山间，桃萼如黍，春气何迟也。竟日喜无客来。驾鹅寄谭处，甫取还，夜游不归。前四夜自来叩门，方喜其驯，忽不肯入笼，强闭一宵，昨遂不还。寻之毛血平芜，知其负命偿丁矣。从长沙远来，死于此，信有定数，为之喜叹。

五日　阴。刘子霞儿来，执贽，请学经，还贽受帖。名曰炳奎，字少琴。其族父刘甲介以来。代元妻父。闻喜翁之丧，一日遽死，中风证也。十二弟来，十三弟亦继至。上冢工人大满弟弥宇儿来，纷纭满室，正无奈何，又一轿来，云萧顺生也。诸人去，萧留宿。夜雷雨。

六日　阴雨。戴弯招族人戒饬子弟，余不肯去，耻于空去无补耳。作书与杨儿，并荐萧师。待一日，夫力还，无回信，漂矣。

十二弟来，议起公屋。十三复来，谈久之，各去。抄谱稿，六日作辍无绪，亦得三十余页，乡间日长如此。萧留谈一日，颇自负书法。

七日　阴雨，大风，有晴色。工人不来，客不去，支吾甚窘。张铁生遣其徒二人还书借书，亦留饭去。因并催萧去，久留费工钱也。抄谱稿。夜初，杨书来，托词不请。莲来，得雋丞、景韩书。十三来。景韩言钱少，行小洋角。甚为急智，计臣才也。蘧庵父子书唁，并送赙奠，当辞之，未遑复书。先报雋丞，约衡阳同舟。夜思子寿热肠，当有以报。再与书子襄，论清官事。皆佳文，惜未录稿。

八日　晴。莲去。田、周、张生来。张欲从游，告以繁费，且可及时来学，因令坐南厢读《易》。冯甲来，同往石牛王妪，余每来辄致礼，故当报之。因留，设酒，孙师周浩人作陪。出至盛坤，寻花鼓不得。自开枝病废，团规渐坏，至是明同犯禁。余不忍其披昌，略示禁意。周行吉田界，可八九里。还抄谱稿。

九日　晴。王妪自来答拜，奇文也。搢子率其从子名雋来。张生亦来读《易》。乔子来。致刘子椴书，问《经解》秘本，告以秘本则学台不取，已见绌于王祭酒矣。抄谱稿。盛赓唐来，送豚蹄母鸡。乡居鸡充斥，大非石门气派，人客与土仪辐辏，成都成邑，不虚也。古人以此为侈，余以此为厌，非礼也。二子留宿北厢，余畏寒先睡。夜雨。抄谱稿未毕。

十日　雨阴。抄谱稿。满绅来照料，以下房处之。张生借前后《经解》来。翻《千佛名经》一过。秀生去，搢子亦往石潭。

十一日　阴。抄谱稿毕，分十一房。石珊、搢子来，留宿北厢。

十二日　丙午，春分。阴雨。抄《汉书序》三页，重检《大传》注题之，作汤饼。乔生来作工。

十三日　阴晴。石、搢饭后并去，出门望船不至，抄改丁诔。黄昏莲生始来，云功儿不许顾船，以价贵也。曾元曰无酒肉尚是孝子，此则无酒肉以养，又专为养志者。俊臣亦去，则匆促不可解，急令莲夜去顾小拨数船来。

十四日　阴晴。戊申，社日。唐人言社者皆云桑柘影，似春深矣。社日人牛并息，女停针线。桃李未花，山川寂静，竹标葳蕤，罕闻人声，乃社景也。过此农忙，始有春色。抄《汉书叙传》毕，初不自意能成此卷，可见随事有成亏，而玩日多矣。

十五日　晴。竟日待船，未甚伏案，亦抄范赞二页。范自谓无一字虚下，而《后妃赞》字字虚矣。田、周、张、周厚人。来。访桃花至立马山吴家，已昏黄，无所见。步月至南柏塘，访花鼓，亦未见。从山下下至湖口，循山径，与周荫云同还。小愒，闻扣门，许生铭彝。及虦子两儿与舆、懿同来，杨都司亦来求信。客去，儿留宿北厢。

十六日　晨起，始鸡鸣耳，复还睡，待发行李。先府君忌日，素食毕。恐雨，步上船，一钓钩甚宽稳。乔生从行，行李二担。误至南柏塘，已发乃知之，复舣舟待上。至姜畲送谱稿墓图交迪庭，遣招许甥同去，久之乃发。逆风甚壮，泊袁河，令乔生下省接书，书与朱倬夫。挥都司令去，令诸生自定日课，为点试文一篇，令四生诵之。自抄范赞一页，夜月极佳。

十七日　晴。午夕频睡。抄范赞二页。行三十余里泊马河对岸。夜月。

十八日　晴煊。三子作文，三子读余抄范赞。行三十余里泊凿石。初误以凿石在山门上，视图乃审。

十九日　晴，稍寒。桃李竞开。抄范赞毕，并司马补志，欲改作赞，未审也。行四十余里泊昭灵滩上。船人不知戒，幸水涨石没，又无风，不碎磕耳。

廿日　晴阴。得东北风，帆行三十余里泊朱亭，遇雨遂不进。剃发，半日，至夜乃毕。

廿一日　晴。缆行二十余里，泊不知地名，或云油麻田也。抄《汉书赞》毕。改“禫佩”及“佩象环”旧注，复改“适君所”旧说，皆目前未明者。

廿二日　晴煊。可单衣。晨至樊田，泊久之，船人殊不欲行，托云南风暴至。已而又发，本可至衡山县，寸寸迟延，过石弯而暝。

廿三日　晨露如珠。起啜茗小坐，复睡。向午始过衡山，八里耳，师行三十里无此竭蹶，解惰之尤萃于此舟。行十余里泊雷市，不复欲行。余不能忍，责呵之。强进八里，泊老牛仓。

廿四日　阴。有北风，帆行六十里，泊七里站。初夜大风雨雷，幸不漂摇。改《昏礼》注，定为大夫取子妇之礼，以老雁定之。船漏小坐，待雨止乃寝。

廿五日　雨蒙蒙，不甚寒。行半日，始过章寺。得顺风，行十里风止。艰难寸进，仅夕始至东洲。有生徒二十余人来迎，门斗斋夫村陋，不成局面，此乃真先进礼乐也，惜孔子不能从耳。初更得饭，箱笥纵横，不复能理。设床知不足精舍，雪琴云为余特造者。檐户碍帽，喜无人居，可避负盘。行李虽富，钱米俱无，明早便无食矣。

廿六日　晴。晨兴，将遣人入市，太远，仍就斋夫觅食。遣船去，问首士，索钱自换银，办饭。本欲入城，会懒，故未去。久之，程生来，问丁笃生来否，告以尚未。因令取课卷，则云须由丁专政，因促之去。顷之丁来，云道台甚不明白，不敢与论事，欲我先往谒。于人情世法，宜先去，遂定明日拜客。湘水骤涨，水尽赤，然不过增数寸耳。雷生来见，嘉禾人，院中老生也。得段海侯书，欲余介之张孝达，此必夏生谬策，不知夤缘之道者。程生送米肉、铺垫。

廿七日　辛酉，清明。阴晴不定，初起甚煊。见院生二人。程郎长子来。留轿夫随丁相从，渡湘，诣彭、萧、杨、丁，皆非旧景，唯笃生得见。直下，从石鼓对岸渡，入北门，出小西门。入大西门，唯清泉潘令、沈师得见。道台隆书村出辕，再往乃见。程郎家遇丁、袁、唐，丁不得谈。野风颇寒，佳景增烦，心俱不乐，程留饭，亟辞还。溯渡良久，益闷闷，风雨倏来，归对新柳柔桑，无穷枨触也，好诗料。舆始讲《诗》。

廿八日　风雨。晨作书与蘧庵。杨八踬、程岏樵、蒋少尉、筠。隆书村兵备俱来答拜。彭公孙佩芝来。大风，劳客问渡，无以款之。院生三辈及丁伊翁二孙来，其一执贽受业，令居内斋。夜看课卷，舆讲稍迟。

廿九日　阴晴。王佣去。四生入城，遣送卷还道署。杨伯寿、三贺郎来。二贺，年家子；一贺，子泌子。与新吾之子同来。又一生傲而无文，云西湖院生也。岳屏馆师黄英青来，癸酉拔贡也。言新署府王同知病故，学使夕过将试。桂阳四生告去。得朱雨恬、刘静生书，俱有请托。

晦日　晴。检谱稿。桂阳何岳立衡峰来，自云乡里不容，陈伯商之流也。搢子及萧郎携健仆来。萧求馆不得，困而归我，且留待事。沈子粹来，坐久之。报云弥之船至，急出见之，皤然老矣，且目昏怯行，然肥益甚，留设酒饼，子粹同坐。夕登舟看顺孙，并见弥妾。夜谈经学，弥之殊不以为然，余亦夷之，以为不足语，两俱失也。二更还，弥舟遂孤泊院外，少年时必不若此，此亦久而疏也。遣舆儿送顺甥添箱二十金。夜讲。

三　月

三月乙丑朔　阴晴，始煊。晨起见曙光，以为月明，如此三数，既乃哑然。待弥之起而登舟，卯正矣。又久之，移泊铁炉门，吃包子蒸盆渥饭，向午舟忽开动，云将解缆，乃登岸。弥之多礼，凡三四拜，余皆忘之。一曰贺朔，二曰道谢，三曰不再辞行，四曰告别。留心于此，宜其不暇看经。然则不拜者书痴，多拜者又不知礼意矣。入城寻程郎，正宴客，则陈仲英、陆恒斋俱在，亦奇逢也。仲英似有烟饮，年貌尚未老，快谈半日。还舟上湘，看陈氏《清芬录》毕，到院小睡，起，夕食毕，遂暮矣。理谱稿。始闻子规。

二日　阴暄。携两儿渡湘，看杨六嫂病。其子均往萧家，独往园中，芜落不治，水□藤花甚开，余无可观。顷之主人还，留设点心。还，孙司马家煜来。理谱稿。诸生覆试去，院静无人，夜雨雷。梦与少泉戏论甚久。彼云当考幕府，出题取贤，首经全卷。既又出夷器见示，内有一虫甚恶，长可四尺，广二尺，头排蟹螯数十，身示磊砢圆节，云出则必杀人。投以纸丸，虫自取吹成火，吸食如洋药，饱则睡去。俄一媪投纸不中，余知必有变，密拔后户，戒家人曰："闻声则走。"已而喧言中堂被毒死矣。虫亦自死。余入视之，其家人方成服。惊悸而醒。虫名烟包，余呼为琵琶虫，云雅俗名也。其性似强水，使骨肉立焦化。少荃好西学，其果有此耶？抑张姑耶之化身也。记之，以俟他日之验。

三日　晴煊，日光已逼人。检谱稿。胡江亭来访。佳节无侣，负此风光，去冬今春皆多佳日，益知余数奇也。王思上来，石门旧邻也。

四日　晴煊。检谱稿，墓地粗毕。常宁尹生来，取《周官笺》去。厘金孙同知来答拜。南风甚壮，夜电。船山族孙来见。

五日　晴。益煊，单衣犹汗，诸生皆绵夹衣，知余腠理未固。院生渐集，日有来见者，皆欣欣向学，可喜。夜大雷电风雨，顿凉且寒。贺郧仙年子来送礼。丁生来就学，其兄再送之，有情有礼。

六日　雨风。寒，重绵。代府石牧来拜，误以为首事，已乃觉之，遣谢，已入矣。名汝钧字平甫，前在曾家所见，有俄妇者也。云赐祭彭尚书，奉檄代使。段海侯来，取仪礼去，云八字不准，不及初学时奇中。盖所谓再三渎则不告者，非八字不验也。看士相见礼，乃悟《论语》“大人”之训。读书忽略可叹，竟终身鹘突耶？年六十矣，而日有新知，所谓有童心者。“与大人言，言事君”，则大人必非“明两作”之“大人”①。下云“狎大人”，又非诸侯。郑以“卿大夫”训之，较确。海侯又云“不言而信”，谓爻词惟有“无咎”“元吉”等类，其说深细。

七日　雨。欲入城，竟不能去。墓表已毕。丁生兄来。早饭，闻有习《穀梁》者，复取视之，旧以为必不能通。今看似亦可自通，但未暇比校耳。

八日　阴，欲雨不雨。入城答石代府、潘清泉，复不遇。过俊臣少谈。答谢孙翼之同知，稼生弟也。沈臬藩甘，陶子范擢疆抚，文卿赐朝马，毅斋遂废矣。《论语训衡》有录本，程生收得之。余书不患不传，殆无散佚之虑。海侯云“日月夹命”，与镜初

① 按《易·离》：“象曰：明两作离，大人以继明照于四方。”作者盖以此“大人”为指君。

说同。余访之西湖讲舍，彼方研经。余戏云："'日月夹命'乃得读矣，子何易视书生耶?"夕还。子粹送钱四万，持还，起厨舍，并欲莳姜。

九日　阴晴。杨伯琇送，踯躅。作书与王纯浦，为雅南谋食，并与书曾甥。写对联一副，寄朱雨田，其子作教官，能兴经课，耒阳曹生不甚满之，要为难能，故奖之及其父也。并书扇帧及许生二联。夜胧月。改《楚词注》及《诗·白茅》"包""束"二条。

十日　阴晴。乔生回山庄，送之渡湘。还作谱传。程生来，儁臣继至，久谈，不饭，去已过晡矣。夜讲并看文。丁生送菌脯。李馥子正来。

十一日　乙亥，谷雨。阴。检《管子》抄本，竟未全写，久置行箧，殊不一视，可笑也。吴县潘维城谬云引翟灏考异，"三归"见《轻重》篇，荒唐可笑，费我一日寻讨。程孙请讲《礼记》，兼欲作《礼经表》，劝许生创之。

十二日　阴晴，晡后雨。道台送学，两县不至，近日下吏骄蹇如此，亦纪纲扫地之征。两教官、代府石来。丁、段来，作主人，过午始散。院生来见者数辈。作谱传，无纸已之。

十三日　阴晴。借《论语》，复抄三页。杨伯琇送玫瑰。讲《诗》《礼记》。《击鼓》"求焉林下①"，乃悟余五十年被诸儒瞒却，有似廖登庭桶底说《诗》。

十四日　雨。遣觅蚕豆，始得尝新。抄《论语》三页。懿读《大学》始毕，温《公羊》《易》《书》各一过，似渐上路。

十五日　阴晴，极煊。泛舟至铁炉门，入城答访隆书村兵备、

① 按《诗经·邶风·击鼓》原文作"于以求之，于林之下"。

袁海平教授、张虞陔训导，还船渡湘。小睡，将晡始起。诣彭家，俟衡守致谕祭文，文颇雅切，云黄国佐之辞也。宾客集者卅卌人。余坐客厅，与儁丞、贺郎、程、杨、丁、段、姚希甫陪袁、欧二学官。段海侯、胡江亭后至，俱让余为客，不安。因入园中，绣球、木香盛开，亦尚整饬。祭使至，祭毕便去。众客毕贺，设酒，儁丞亦让余坐，丁、贺、程、杨陪客，昏散。还，舟甫至，大雨电，待雨止乃上。珰还奔丧过此，寓杨氏。

十六日　风雨。遣留珰住。开垣作门，以便出入。改文三篇，抄《论语》。夜讲书颇久。“文擅湖南[1]”、刘静生来。

十七日　阴寒。看匠开门。遣两儿、二仆并往迎珰，独坐园中。西禅寺僧秀枝来，言讼事。晡后珰携女及仆妪来，令两儿移外斋，余亦移坐廊下。抄书二页，讲《记》《诗》《杜集》如额，但未倍书。懿儿甫及程，比日又懈散，教童萌甚不易。

十八日　雨竟日。抄《论语》三页。萧杞三子来。算千室地不了，觅通算生算之，始与郑合。因巡斋房，诸生应课去，唯十余人在，俄顷而毕。夜讲《记》《诗》。说《北风》，依旧说未安。“惠而好我”，言不虐者。“携手同行”，昏姻之词。言“同归”“同车”，皆稼[2]词也。“莫赤匪狐”与“莫高匪山”同调，赤狐、黑乌皆人所憎，而狐必喻君，又未知其所指。

十九日　雨。陈诚漾纶来见，即“巢”读为“蔟”之人，习《尔雅》者。云初取正取，刘道降为备取，今来府试，不入院也。抄《论语》，讲书，如额。看不通文四篇。移柑树。

廿日　竟日水长一丈，风寒似冬。樊衡阳来，云二十余年前

---

① “文擅湖”，人名，加一“南”字，戏之也。
② “稼”，应为“嫁”之误。

为桂阳吏，目即相知。得宋生京书，云伯寅题诗未成，旧图犹在，成一梦矣。黄子襄官话十足。二胡子书记翩翩，甚可乐也。抄《论语》，讲《记》《诗》。

廿一日　阴晴，时雨。抄《论语》，夕泛舟绕洲看鱼子。还，讲书如额。

廿二日　晨霁，午后复大雨，竟日湘涨，又增二三尺。抄《论语》，倍书，讲书，如额。珰欲下湘，遣问便船。又乞药，栽于杨园，复得五种。

廿三日　阴，午后雨。抄《论语》四页。日课早毕。登楼看水。夜讲《干旄》。补分《周官》熊虎旗三种六物，以乡遂分之。定“乌”为“鹑”，又改“鹑”为“雕”，以“流火化雕”也。凡此皆臆说之最确者。与书宋芸岩。

廿四日　阴晴雨。晨未起，章副将率巴河哨官杨千总来，云有船可坐，请明日去，因谈彭家事。抄《论语》四页。诸课如额。

廿五日　晴雨无准。午饭后珰去，登舟，大雨忽至，俄而又霁，率带孙即行，两儿送之。抄《论语》，作李志，诸课如额。复移入内斋。芍药盛开。

廿六日　晴，稍煊。课如额。姚希甫来。程生讲《礼记》，颇多忽略者，未遑勘补。

廿七日　阴风，复凉。课如额。水时长时退，似欲雨。久未入城，乘夕兼送春，棹小舟下湘，至城访隽丞，懿从往。隽丞风帽重裘，小坐，恐夜，过江南馆，三十年前旧寓也。逆流桨难，逗暝仅至，夜果雨。还始讲书。

廿八日　壬辰，立夏。雨竟日，玫瑰多落。课如额。夕听讲《芄兰》，乃知“威仪容止”者惠公朔也。因得“北风”之说，夜改定之。

廿九日　晨阴，朝食后大晴。土工先知有好日，余不及也。常晴生来，得畇书非志，复为眼明。看《申报》，抄《论语》一页，客至而罢。程岏樵、杨伯琇、欧丽生来。砖瓦纷纭，甚为热闹。

四　月

四月甲午朔　晴热。晨出点名，升堂待问，初无请业者，出题而退。抄《论语》二页，点计得六十纸。初夏觉烦，暂减其课。懿始温书一周，又自作《经解》一篇，似有进功之意。

二日　晴热。入城访晴生，舟至太史马头，嫌迟登岸，因入南门，至詹有乾问做墨。过岏樵，买衣被，问陈母疾，往视之，隽丞先在，留坐久谈。雨欲大至，出柴步，访晴生不遇。呼船上湘，寸步难移。雨止云开，从岸步行，先到。程、陈俱送食物，热甚，稍息乃饭。抄《论语》三页。讲书如课。丁送脩金二百元。

三日　晴热，可絺矣。看《图书集成》，抄《论语》二页。说“摄斋升堂”未妥，已之。沈子粹送全席，初以为他人所馈，彼无处销而送来，若鱼人之馈子思也，既乃知其专诚，则甚谬矣。水师黄将来答。

四日　晴。抄《论语》。看类书，陋本也，重复脱漏，不可算，又加三节，不足称浩博。说“三臭”为不食雉，终不妥当。通“色斯”为一章，“比德于雉”之说不谬。两儿无薄被，买旧絮二铺，并还账十元。得陈芳畹书。萧顺孙抄《管子》毕。

五日　晴。抄《论语》十篇毕。看《集成》。夕雨。

六日　晴。左芘生孝廉来，言盗劫事。余晓以今日小大官，谁能办贼者，不必言矣。看课卷，顷刻而毕。段怀堂来。

七日　晴。监院送课案来，须奖十六千，而不敢署，其畏事如此。抄《论语》，阅课文。为陈芳畹书干盐道，并送银五两。夕泛湘至东岸，杨郎出游，雨将至，入其学堂，见胡敬侯及杨二弟，月出乃还。

八日　晨日甚佳，顷之阴翳。因起早无事，便巡四斋。南风吹雨，不能坐立，旋下，还卧，久之雨止。院生攻苦者有七八人，附郭者皆出游，无课，首善之不善，往往如此。程生来，云其太婆已愈。署府正接印。大风雷雨，又死一人，不知何祥也。衡守之凶甚矣，然曾不能为损益，言灾异者何说之词。

九日　阴。复寒，可绵。抄《论语》三页。海侯来，言礼。近日学人相望，大非十余年前风气。留饭去。抄《论语》三页。

十日　晴。与书孙同知，托荐萧馆。抄《论语》。署守周蝶园。杨子杏来，妻姻也，留饭，去而周来。得张楚宝唁书。

十一日　雨。泛湘，答访樊、周、欧、刘、黄、德、周、刘得人。刘甚[1]萧鹤祥之短，姑漫应之。夕还，始念滋当独居，即以少湖妻伴之，方为妥当，当自归料理。夜为杨子作经斠，题耑，未抄稿。

十二日　晴。乙巳。晨兴，为懿儿点毕《礼记》，待饭久之。又为许生垫付火食。小舟与萧、搢入承口寻船，船皆夜行者，悔其来早，大要索三日火食耳。日炙甚热，促发，已夕矣。月行百里，泊老牛仓。

十三日　晴。昨夜未睡，五更始安眠，晨不觉舟之泊否，询以何时至雷石，则云过矣。昼夜不停，鸡鸣正至下漇，稍舣待曙。

十四日　丁未，小满。晨起甚早。自涟口至沙弯，行经一时

---

[1]“甚”下应缺“言”字。

许。遇一云湖船，与揩子换船，同至姜畲，送萧郎四元，船钱二千，洗手上岸。至南柏塘，雨作旋止。步还山庄，则破落不堪坐，前已成荒塘，大加申饬。热甚，不雨，殷殷然雷。闻劫盗四起，秧烂雨稀，而余方营宅，未宜也。作《李郭氏墓志》成，铭乃至佳。唤冯甲令送省信。夜雨。尹妇复生一子，待其长成，以为外室。

十五日　大晴。已是溽暑，不胜照灼。发张信、李志，与石珊、仲三家书，作贺寅臣墓表，数年逋债，一日偿毕，文思猋发如此。先祖妣忌日，乡中正无肴菜，乃真疏食也。周荫云来，将浴，待水，久之不至，客去，夕食。清静无事，暂睡，遂酣至初更犹未醒。夜雨梦觉。不眠至曙。

十六日　阴凉。内外佣俱晏起，自起呼之。凡人习懒最易，绅、熊皆黎明即起者也，而今若此。北风清冷，复有从船之思。步月忆山，及来无月，乃知良赏难并，文心相印也。时雨生寒，空堂敞静，鹊噪鸠呼，日长如年。彭芳说佩必有环。非佩上之环，乃旁佩也。佩有定制，环无定制，可佩玦、韘、觿、弦、韦、兰、纕诸物，随人意。故孔子不佩玉环，而佩象环。王逸说“无所不佩”，谓此佩制，非谓正佩也。夜久不眠，月明虚室。

十七日　阴晴。朝食不饱。未午，迪子来，请书扇，揩子及三裁缝致祥来，戴弯桂子来，人夫纷纭，复见喧阗，俱午餐去，揩子独留。迪言三月四日大风拔木。自宁乡至六都姜畲一线，覆屋涌水，压死九人。吉、赣尤甚，雨雹大者如牛。十五日复风，亦大雨暴潦云。

十八日　晴凉。复衣绵。朝食后待信不至，闷甚，大睡至午乃兴。杉塘人夫送床柜，凡十人犹未尽，费脚钱一元，亦浪费也。损衣缩食，而侈于杂用，乃余之一敝，大要由以人从欲致此。蔡天民步至，二周亦来。蔡喧聒无章，询其来意，云“君得润笔甚多，宜以见分”。余许以一年所入全与之，但令代觅生意，乃无言而去。熊妪又哭诉其诬，询其子所自来，坚不肯对。譬晓百方，亦卒不能诬我，但必不认莲奸耳。天下事非情理可度，今日乃逢再扰，几不能安，谁谓人不能累我耶？冯甲还，云功儿病。书中旨皆置不答。

十九日　晴。唤夫力，陆道还衡。朝食后行。午尖平山，阴，余未饭。夕宿花石，甚早，店人频诘果宿否。天阴微雨，未暝而眠。道闻蝉声，甚讶其早。

廿日　晴热。早饭丫口铺，午过杉皮桥。询路所向，云当由东湖，及将至，又云不由东湖，望见之耳。白杲①、东湖皆当铺，而白杲市大不似昔年，殊寥落贫薄，盖误记耳。自白杲至界牌四十里，明日犹有九十，不能至，复步进。欲宿国清，役夫告劳，乃宿易渡，声如“鸭头”，去国清四里。宿亭中，大风吹帐。蚊乃入巢，比醒，已被咬矣。

廿一日　雨意甚浓，至国清雨作，强进六里，饭于黑坳。山径深微，茶树数万，幽腴佳土也。雨大注，舁夫径睡，仅留长寿孤坐，令唤土人代舁。云必不能至，挥之去，则又云可至。索钱二千，即如数予之，令招二人相助，此二人全不能舁，恃用贤耳。过罗汉寺，访寄禅，一茶而出。渡蒸，访晴生于德丰，云已去矣。至太子马头而夜，不办洲之所在，沿湘呼舟，仅乃得达。张、田生已到三日，许斗维逃去矣，余如释重负。

廿二日　阴晴。诸生课皆如额。懿儿始毕《礼记》，亦竭其才矣。且当与讲论，不必记诵。因令日讲三页，从《内则》起。抄

① “白杲”，衡山地，今作“白果”。

《论语》一页。讲“衿缨”，得《昏礼》证之，又通《尔雅》二条，并通“青衿”之说，钩贯交通，亦可乐也。令许生说之，亦自相合。始定“婴”为帔。制程，舆复补讲《诗》《礼》。得陈芸敏谢书，并送润笔。

廿三日　阴，有雨。晨寒午燠。与书迪子，遣乡工还。抄《论语》二页。校《管子》十页。

廿四日　晴。抄《论语》三页。午前未事，后乃伏案，几不能毕课。秦麓笙次子炳礼子和来，云新得盐局，又将求文。方出笔单，而贪便宜者又至矣。近世以文学为戏，世风习俗，不能喻晓也。夜校《管子》十页。

廿五日　阴。抄《论语》三页。偶听懿读至“庶子不禫杖”，因考《丧服》，大夫子从大夫而降，皆大疑也。其母不可言降，妾无所谓降，此句当专谓庶子为妻，若在父之室，则又非为后者，文与女嫁反同。此庶子云其母，必与嫡子异母。士妾缌，子亦不可服期，岂士不厌子耶？在父之之室，庶士以下，父子同宅者，或者与君子子异，若众子则皆禫无疑。杖不即位，则众子所同。校《管子》十页。

廿六日　晴。许生说庶子为庶女，极有贯穿，说经正轨也。乘阴出，答秦郎，辞不敢见。欲自上，畏日因止，改日再往可也。还，抄《论语》。丁生来，借上卷去。夏生时济自江南来。校《管子》。

廿七日　晴热。始浴。秦蓉城来，多年老客，今又仕而已，已而复官未仕矣。自云积资渐空，恐寿则困厄，有阅历之谈也。谈半日乃去。言刘捕厅事，王夔石亦自可人。抄《论语》，校《管子》。

廿八日　晴。朝食后巡四斋，殊无所益，虚应故事而已。泛湘至盐卡，答子和，因渡岭至南门，访容臣，乃正从雁峰寺旁过，十余年足迹未经，似异境也。入城看程郎、儁丞，皆留点心，竟日乃还。热不可坐，立船头稍凉，复闷。比到院，汗浃衣矣，犹讲书毕课乃眠。夜思《易》有九圣人，可以九卦配之。《履》，配伏羲；《谦》，配舜；《复》，颜子；《恒》，黄帝；《损》，文王；《益》，神农；《困》，箕子；《井》，尧；《巽》，周公。

廿九日　雨。朝晦，房中不辨色，解愠得凉，始有生气。抄《论语》三页。讲"南乡""答阴"，殊未思及。

卅日　晴。癸亥，芒种。犹凉。还沈子二十元，布店杂账六元。从儁丞借笔写对子。抄《论语》。讲"南乡"，已得其义。夜卧，稍愒，闻珰来，欲上岸，已黑暗，殊不能行，明镫四五照之，复、真俱至。得蓬海凶问，前书未复，人命迅速，可骇。

五　月

五月甲子朔　晴。晨出点名发题。王家杞卧未起，顷之，嚣于楼。往视之，方与皂童对食，呵止之。移研外斋。闻功儿贫病。复陈芸敏书，并寄二十元与之。又还珰三十元，瓶之罄矣。抄《论语》二页，课诵如额。

二日　晴。多与珰谈，稀在外斋，唯讲听时时一出。抄《论语》，未及三页。珰明欲还，至夜无轿夫，遣莲生往觅，辞以不能，改遣陈升夜往。

三日　昧爽起，外间皆睡，仅有二夫，无轿无饭，过巳乃行，犹吾一人所经营也。仆从俱衰家之奴，偃蹇无耻，然无如何。泛湘，携复、真送姊至铁炉门上岸，船夫亦欲假余力以还，故弃船而陆。至衣店买衣，渡湘步上，遇小渡船，复坐而还。程岏樵及卜云斋、刘定生来。唐哲城叔韶来。客去，夕食已暮矣。夜雨忽至，淅淅竟旦。

四日　阴。节事虽不必料理，亦颇废业。馈物事者相继，而府官无过问者，其不知事如此。看课文三篇，遂了一日。抄《论语》一页。

五日　晴。谢客，素食，率儿女，令粗存丧礼。未午而饭，诸人尽出，独坐看《周官笺》。复从两兄诣雁峰寺，夜还，腹痛，安之对床，半夜大吐而愈。

六日　晴。两贺郎来。始理功课，三日懈弛，渐欲荒矣。两女始仞字。珰还书，言廖妪已死，从市上觅得一妇，云当携女来，又新闻也。夜下湘，访卜云哉不遇，至程二郎处，少坐而还。

七日　晨阴，风凉，俄而闷热。沈子趣、杨杏生、罗阳生来。罗，衡山人也。云在思贤讲舍相见，左幹青之友也。沈言访禹碑，杨言考试，并示新诗。

八日　晴。遣答杨生，因寄饼飽。看课卷，半日毕，乃巡四斋，唯耒阳谢生颇能讲论。陈玉送一鸠盘茶来，两女无人照料，亦令服役。

九日　晴。大加浣濯。许生母病告去。抄《论语》三页。夏半骤凉，湘涨数丈。

十日　晴。四川左姓复来搅扰，又得雅南书，索借甚凶。适值小病，卧竟日未起。珰家复送纸包人事来，皆无聊之极事。湛妪告去，吴儿久游不还，院中遂半日无人。

十一日　晴。疾小愈，犹未理事。左生又来，送字画，求书扇。程商霖来。

十二日　阴晴。大南风，俄顷止。阴雨，遂夕。书扇二柄。舆儿暴疾，程、田再请迎医，从之。

十三日　家忌，素食。院中起频晏，自起申警之。贺子泌三儿来，入院肄业。舆疾渐愈，医犹未至。夜坐无事，改《尔雅》注数条。午后雨，夕止，三更后雨复大作。

十四日　雨，蒸热不快。自督课外，一无所作。夜月甚佳，无地纳凉。程生送鲥鱼，馁矣。

十五日　晴。嘉禾雷生来见，比初见时少恂谨，盖知余非之。呼黄一芟草剪竹。

十六日　己卯，夏至。晴，正热。胡江亭、段海侯来，俊臣踪至，畅谈，留饭，至夕乃去。夜月，至丑不寐。

十七日　晴。闷热尤甚，然可绵布衫，改诸生课文数首。夕携小女泛舟中流，亦无好风。院生多以领膏火为志，作谕戒饬之。丐妇来上工。

十八日　晨雨，至午不绝。大睡，向晡乃起。巡四斋稍久，还内夕食，遂暮。始闻蜩蝉。

十九日　雨。抄《论语》，改课艺。讲《少仪》，繁琐多须补者，文句亦晦涩，儒生书也。夜凉。

廿日　雨，午始稍霁。晨毕诸生课，晡携两小女、程生入城，步至俊臣宅便酌，程郎作陪，姚、胡、海侯同集，夕散。复雨，舁登舟，已暮，溯湘暗行，至院已打睡钟，饭半碗即寝。

廿一日　雨。湘涨五尺。新楼将成，凭窗吹风甚快。田妪告去。舆讲《七月》，筋脉殊不属。

廿二日　雨阴。复女十岁生辰，放学一日。偶思雪琴建船山书院之意，作一联，不可县示，亦如曾涤生挽联也。海疆归日启文场，须知安定传经，南岳万年扶正统；石鼓宗风承宋学，愿与重华敷衽，成均九德协箫韶。朝食忽然伤食，又洞泄两次，盖湿寒所搏，困卧一日。樊衡阳再遣招饮，作书辞之。

廿三日　雨。小愈，犹未食。秦子和偕寄禅来，谈半日去，饭以清供，但无佳品。

廿四日　雨。复疾，困卧。得帅锡林求荐书，甚愧负之。

廿五日　雨。疾未损，求食未得，市远人蠢，动形支绌。看《申报》，滨江时劫番客，犹以天主教为词，但焚不掠。朝廷下诏，词颇侃侃，异于昔之忸怩矣。许生书来告辞，因寄吴少芝课题。问“弄瓦”，忽然有疑，改为接子之礼。而“弄”字无所见，观其铺排，必为大典，非抓周之故事也。夜凡二起，复泄。

廿六日　雨。复因吴题，改“缁撮”，分为贵子，造士二等，亦颇该括。又因舆儿讲“斧钺”，悟良冶学钵之说，直是教儿捶碎故金耳。非常截直，是则可乐。比日改经说，均系倩代，非正业也。

廿七日　雨，竟日不止，正一旬矣。余亦一无所事，庶几知时者。写诗四首，与许生铭鼎，使终身诵之。作募化请经疏。诸生纷纷应考去，因思得“考”“老”转注一义，将欲推之。

廿八日　雨止。早课毕。秦容臣催客，穷老故人，当急赴之，巡斋匆匆，应故事而已。诸生乃有欲问者，余暇则人忙，余忙则人暇，亦可笑也。泛湘至大马头，待舁，将一时许乃至南门朱家丝线店。此间徽商之富者云能办具，亦殊不佳，色香尚洁耳。同坐者陈子声兆槐、秦子和、程屼樵、二朱生，夕散。步至卜允哉处小坐。程郎命舁送至舟，还尚辨色，闻瞿侍学放福建，宋生主桂考，喜可相见。

廿九日　阴晴，未热。为允斋书扇，便作一诗。十日蒙蒙雨似春，伏前添制夹衣新。鲥来已卖鱼苗尽，鹃老仍撩燕语频。无客尽容苔上坐，酒床微讶竹欺人。痴龙莫道甘霖遍，蓟北江东苦剧尘。复朱雨恬书，便寄问�仙病状。半月未事矣，垂老不能复振作也，然此心不忘。朱嘉瑞来答拜。

六　月

六月癸巳朔　阴，有雨。始理谱稿次弟。寄禅来催客，泛湘至柴步，遣迎俊臣同往，至则甚早。坐久之，蒋养吾儿来，丁、杨、秦、程继至。写字五张，俊写四张，字较大，精神愈于我。府县借寺迎庄心安，抚委办东安者。唐掠席谷，而人不直席，国法人情不并行也。

二日　甲午，小暑。晨晴日皎，朝食后阴，无风。颇烦，移坐新轩。

三日　雨。作谱传，看浏阳课卷。说“闷宫”为郊室，引记“将事上帝，必先郊室”，为先告后稷，故颂姜嫄，其所以颂姜嫄，则为致夫人而发也。

四日　阴。湘涨欲平，登楼看水。督课看卷，颇觉竭蹶。

五日　阴。久不抄书，复写一页。楚狂见颂屈原，《论语》特书接舆，盖其名重，非以接车下而名“接舆”也。“歌过孔子”，必孔子坐而后可言过。移床新室。

六日　阴。唐葆吾来，五十三矣。云家有五人童试，喜艺公之有后，且有曾孙，能取前列矣。

七日　阴。晨起出湘岸看水，还则云吕生来，妻死于产，已又谋归乡试，匆匆来觅钱，无以应之。质曾甥貂裘，以为可三十金，晚乃得十金，又可笑也。留居一夜。看浏阳卷毕。

八日　阴。庚子，初伏。晴。万事无心，匆匆入城，寻常晴生借钱不得。至程家，遣觅之来，假得四十元。以十二元偿浏阳奖钱，以二十六元与吕生，遣吴僮送之，并迎其妻柩殡山庄，兼视熊砖，匆匆去。余留程饭，迎儁丞、晴生同坐，程郎父子亦还。夕乘月还。“狐”妪苦死求去，如湛法遣之。

九日　阴凉。与书罗镇。稍理逋课。新轩毕工，唯无门出入，匠人告去，云新谷可刈矣。乡农无食，则割热[①]禾，故衡、永六月必尝之，乃可割也。作谱传毕。

十日　晴凉。将入城，常宁三王来。一曰安拜，字静卿，优贡举人。其师荣光，未问其字。携子来见，赠出韵诗一篇，云亦识弥之，殷殷好名者。因随之出，则懿讲未毕，留听之，精神殊不相贯，遂罢。登舟，步上仙姬、灰土二处，答访唐葆吾、秦容臣。入城欲买衣，云在城外，乃过俊臣，尚早，因至程家。欲午睡，两丁生入，铸生亦还，殊不得愒。乃至安记，则唐、秦已至，俊、丁、琇、晴先后来。久之乃入席，热甚，至戌散，登舟昏矣。乘月还，院中寂无人，夜来花香，仿佛成都景事也。

十一日　晴光甚朗。始复常课。尽移床几至新轩，分四室以居子女。风凉敞适，今年初定居也。

十二日　晴。“狐”妪复来，无人，亦任之，大有坐皋比梳发之意，貌不逮耳。使为妖冶，则众议沸腾矣。于此知人之妒美不妒恶也。为丁生改《经解》。

十三日　晴，始有热意。昨夜解“九旗”“七旗”不了。今早分而二之，乃断葛藤。又考诸星祠方里未得，此等所当仍前典者，杜君卿引《月令》，皆我所未见，姑依而载之。夜雨，秦师来，设杏酪。

十四日　风凉。抄《论语》。改彭生《经解》。两女新仞字，久藏不检，已恍惚矣。凡教学必须精神与检点，少有不到便陵节

---

①“热”，应为“熟”之误。

也。夜月极明。

十五日　晴，仍凉。秦子和来，致其兄书，求作父墓志，书词甚美，前辈不及也。对岸有佛寺，云是尼姑，欲看之，夜往，则恶僧数辈，泛舟而还。朦月照窗，夜起裴回。乔生从乡庄来，云新谷八百一石，已登场矣。朱彝鄂生来。

十六日　晴，风凉。抄《论语》一暴十寒，居然欲毕，计功本不过三月可成，今以六月成之，犹为得计，较胜不作者也。西禅寺僧送莲蓬，且请往，议以寺田充丛林，为下院，开念佛堂。普明辛勤缔构，徒孙赌博□觊荡尽，亦因缘中一障碍也。

十七日　晴。抄《论语》两页。夜讲愚人宣骄讥王，使之轻出，为汲生增一见识。

十八日　晴。庚戌，中伏，大暑。出巡四斋，惟见铁锁，下谕拘集令还。午稍热，可浴，湘落二丈。秦容臣送纱衫。四生告去。

十九日　晴。晨起讲读毕。令黄一留。永、云二孙，弱冠文童，不及顾工见识，可叹也。午舁渡西岸，从雁峰入城，城中新生纷然。程生兄弟并出，携银无所交，待其子来，宾客又多，匆匆交付，而出西门。寻西禅寺，竟迷不得道，问人无知者，误至西湖书院。海侯赤脚送客，携懿儿入坐，顷之，云将归去矣。更还大西门，乃得寺路，子粹既先在，又有黄小山从子为主人。坐久之，寄禅来，陈郎子声出谈，酉初散。循南崖还，呼渡不应，得门役船，乃济。

廿日　晴。日烈风凉，幸而逃暑。晨起抄《论语》成，以与文育。看李竹屋文诗，全不成章，可慨也。道光不及咸丰，嘉庆又不及道光，乃知曾涤生真伟人。

廿一日　午后无风。检谱表。刻工来，云须再誊正，因遣令暂去。程生晚来，报筠仙丧，竟不入相，妖言无凭也。其品第在余存吾、罗慎斋间。

廿二日　热。检前齿序稿，繁不可理，耐心寻之，仍自有端绪，谁云乱丝不可治也？破半日功誊之。

廿三日　晴。思得一作表捷法。多分门目，乃后合之，此算法乘除之法，以繁驭简，宋后儒所不知也。作挽联三对。

廿四日　晴热。改朝课，但写字，讲诵皆于正午后卧听之。申初大风，漂雨入中堂，窗帘尽断，乃得骤凉。荷花生日，有此快雨，但兵楫倾危耳。滩上飘一船至，安稳不动，视之若甚乐，

料其中沾濡不堪坐卧，久之乃帆而去。

廿五日　晨雨午霁，竟日凉适。作谱表。萧礼卿及其子来，新入学谒先生也。年十六，颇好谈，无瑟缩之态，问鲍诗“命逢福世丁，溢恩及邢邵，五丞接光景”，余皆忘之。夜雨，四更月。

廿六日　晴。检代辈兄弟齿序，亦尚蕃衍。曹东寅自桂阳还家，特来访，借文二本去，兼以三挽联与之。艾刻工复来，取谱稿去。夕北风飞雨，暑已过矣。西禅僧及黄船芝来。

廿七日　晴。将出无船，大睡半日。午后竟可伏案。考受葛之节，未有明文，方知《礼经》阙略者多间。《传》以去麻服葛系既虞之后，则斩衰受服，宜加葛绖之文。《少仪》曰“葛绖而麻带”，注亦以为虞后。《丧服》：斩，绖带，《传》云绳带。齐三年布带，期亦布带；而《传》言有缘，然则布非葛也。五服既葬，去麻，麻为在殡之服，而《丧服》直云“牡①麻绖三年”，文似疏矣。夜雨，程郎送瓜，殊不能佳。

廿八日　朝复雨，遂凉。晨出答访萧礼卿，大风簸舟，携两

---

①“牡”，原作“壮”，据《仪礼·丧服》校改。

小女皆闷眩睡倒，久之不得至。至复日出，不能陆还，仍上船，还则已朝食，责诸子不我待，皆不晓事人也。午睡起，巡四斋，无所谓课矣。六百元已到手，可谓虚费。

廿九日　阴竟日，遂已成秋。看课卷半日，晡毕将出，王峋云弟嵝峰来，诸生讲论未竟，已昏暮。雨潇潇复作，登楼赏秋，讲典故未毕，冷不可支，纷纷俱下。看常宁王荣光著书，亦复通达，古今无书不览，然不得成为《兔园册》，其故可哀也。始闻锡侯擢黔抚。与书许笃斋。

晦日　阴，不甚凉。朝课毕后入城看隽丞，顿瘦矣，泛谈久之。至程宅，答访鲁峰。得杨世兄、李幼梅、丁重庵书，并吕、许两生书，功儿书不明白，而颇自是，他日任其行踬而事疢也。行至太史马头，船未至，立看采茶戏，殊不知其何以移俗。将谛观之，恐雨，附船还。甫近洲，大风飞雨，顷之止，两小儿榜还，食讫已暮。

七　月

七月癸亥朔　升堂，月课诸生，颇思决科，因牌谕之。天晴日烈，风气已凉，近秋节，应逃暑，心安矣。作初秋四咏。食瓜。复许生书，遣信去。

二日　晴。作闽中三复书。将复杨世兄，念重烦笔札。因作宾石家传，不汉不晋，随笔写去，看是如何。午后雨凉。

三日　晴。朝食未毕，“文擅湖南”、周屏侯、程屼樵来。午后雨，雷震屋壁摇动，而声不烈，未知其理，岂起于水中耶？

四日　丙寅，寅初立秋。晡食甚热，浴罢，骤雨忽至。夕食将出，大雨如注，自崖而返。雨后复翩然有扁舟之兴，昏黑泛棹，舁至城中，访文不遇，诣周而还。周壬午清泉举人也，习于陈氏诸郎。

五日　晴凉。作杨传成，复书其子，兼复李郎书，送郭郎脩金，移宿前房。黄僧来。

六日　晴，大风甚凉。为常宁王荣光华庭。题《治平略》，一学究耳，不愧学究之目。

七日　晴。看课卷，稍有长进，无胡说者矣。补说《硕鼠》，稍愈于前。

八日　庚午，末伏。晨起出内堂，设几案，待课生来课者。本议起于罗伯勋，而罗反坐视不至，至者十一人，出《论语》题一，本经题一，未有能兼作者，知好事者少，每人为改一"起讲"，乃退，各散。监院袁海平来，不至此半年矣。请来吃饭者，言印卷加谷事。杨伯琇及程、文、周续至。已有交卷者，尚不得食，将夕乃饭，外二席，内一席，共二十一人。甚热。夜携真女泛湘，看月，放河灯。

九日　晴热。检"蒐狩"通推，得三罕之例，乃甚明晰。后三大蒐不发传，故滋疑耳，作说明之，并改《笺》说，积疑至此始得说，治经之难，无师故也。夕食后遣舆儿还作中元，因遣英子两儿去，无益，徒费食耳。

十日　晴热。几席为温风所吹，始有伏日意，然已秋矣。人心安定，炎威亦不能侵也。写诗幅四张。

十一日　晴。午后闷甚，已而阴云，大风夕起，遂成秋矣。诸事粗毕，两日因热遂无所作。夕风振簸，又不能事，夜早眠。

十二日　阴雨。看课文十二篇，无甚杰出者，较之张、许辈犹为差胜。久欲作卌四《七夕诗》，小儿相恼，苦无暇日，因挥去之。诗载诗集，故未录。

十三日　阴，不甚凉。了笔墨债，序李竹吾遗集。懿儿云烧包日必有雨，颇有念亲之感。命佣人皆尝新。

十四日　晴热。理草部字，似失去一包，未知在后否，暂不能补，遂姑置之。父女三人已劳神半日，无记性之累也。若王仲宣、张真源辈，只须一目，何但一百十千之隔。午后泛湘，入铁炉门，饮程家，儁臣、周屏侯、黄，德、秦、丁继至，纵谈将帅等弟，颇讽儁臣之暗。儁未悟也，乃以我为戏狂人，苦不自知，知言亦不易，幸其不出，出仍前辙耳。景韩移浙，薛臬补常卿，朝廷无事，雍容太平矣。夜过杨伯琇还。热，浴。

十五日　晴。看杨郎文，有一篇甚深微，虽不佳，然非今手所能。午热有风。陈郎复心及商霖来，未午食，甚饥，催饭，因留共食。夜送客，看河镫，儿女俱从。程生从父去。

十六日　晴热。改文二篇。故书箱久未整治，命匠补之。分经为一箱，文词为一箱。

十七日　晴热。登楼看炮船，云刘营官诱致唐本有来矣。众疑唐将作乱，观此，知其鲁莽。北风不凉，读课早毕。

十八日　晴阴，热。寄禅及其徒来，谈一日，早课幸毕，字课对客了之，僧去已夕矣。小愒，杨伯琇来。夜闻叫声，恐狗搏兔，遣视之，则大蛇吸蛙。灭镫而寝，竟夕酣适。

十九日　辛巳，处暑。晴热。改伯琇文毕，早课，写字。浴毕，杨家催客，复小坐，待饭后而往，诸客毕至矣。北风振树，而院落未凉，紫薇垂花，犹有暑气。夜散还舟，渐入云下，以为当雨，俄而晴。

廿日　阴热。院生告去者八辈。袁生字式南。父来，言过卡被盗，尚不知有厘金局，欲诉府司，真桃源中人也。王叟华庭来，则又博通世事，学究中自有等级，要之不足致用。为尹生题《船山遗稿》。写字数纸。夜雨。宋生典试桂林，遣人来送《周官凡例》。

廿一日　雨，暑不凉。写扇幅未竟，尚无笔法，既苦漠子，复患日燥，心不静也。书《七夕诗》，无可寄，惟黼堂为故人，当以示之。

廿二日　阴晴。暑热，移坐外斋。懿儿讲《礼记》毕。寄禅遣其徒碧泉来，未饭去，洲上无物可供客也。

廿三日　阴暑。外斋通北风，稍凉，而漠子尤多。余欲以漠为蜮，小者如沙，射人无迹，其来令人烦燥，亦能作寒热，或当时有死者，故传含沙射影之说，不然，吴越无此鬼物也。左生复来相寻，云周署守丁母忧。

廿四日　阴暑。每日有雨而殊不凉。枕席久未理，蠦蜰窠焉，乃缘衣领，为碧泉所见。始解枕衣，则成行而出，令人肉颤，大索床蓐，竟无得也。懿始讲《易》。

廿五日　阴暑。将夕得震霆，或可解温。作秦六生墓志成，嫌太长，复删十余字，乃不过七百，文亦雅饬。

廿六日　晴，时有大雨，犹未解暑。闻厘卡旗竿电裂一半，前雷亦震柱而动屋角，昨雷更近，而反不震，未可测也。看《图书集成》竟日。

廿七日　晴，午雨。湘涨平岸，如夏水矣。看《图书集成》。除讲课外，更无所作。

廿八日　晴，有风。孙翼之代知府印，来通候。艾刻工来取谱稿。周铁园来赴其母丧，继而无子，福人也。

廿九日　晴，始有凉意。漠子苦人，不得伏案。抄谱稿三页。

八　月

八月壬辰朔　晴，日烈气凉。早课毕，出访俊臣，异答孙代府，过子粹，还，至程家小坐，步出。寻祭幛不得，还舟，溯湘还。日晒，颇苦照灼，久之始至。抄谱稿。

二日　晴。内斋可坐，垂帘督课。作周母挽联，铁园继母也。揄翟列崇班，南海鱼轩春富贵；寿麋荣万石，西风雁信月凄清。抄谱稿。

三日　晴，尚凉。午吊周署府，先至程安记处写挽联，即与月樵同去。至则吉服满堂，礼不须吊，然犹闻哭声，愈于彭氏。还，出南门，待船久之。

四日　晴热。看《集成》竟日。

五日　晴热。晨贺孙代府母生，留吃面，热甚，食半碗，亟还，朝食。将浴，隽丞来，久谈，去已夕矣。补课毕。铺食遂夜。

六日　晴热。今日丁酉，白露。祭先圣，送胙者皆败矣。抄谱稿三页，嫌太小，复辍之。

七日　晴。遣佣至三女家，告将去。得功儿书，报镜初丧，所学未成，物论同异，可惜也。得景韩书，唁妻丧，天下知音将死亡尽矣。二邓不复如少时同志，乃与李少泉无异，尚不及张香涛，则可怪也。朱宗胜送广味，昨大觅不得远物，遣使甫行，而此适至，信珰女之命薄也。

八日　晴热。写扇二柄。刘静生、卜云哉、程屼樵来，隽丞送文诗来看，为作一序。如其自道，以僻远失学为恨，正其自负知书味也。艾刻工来议谱式，改抄墓表与之。今日煮莲子甚佳。抄文稿。

九日　晴热。北风将一月矣，晴止半月，似甚旱者，水退才一日也。段怀堂来。艾刻工继至，纷纭颇久，欲留之饭，乃云无米。与同至城，访秦容臣，答段、刘不遇，过隽丞处吃面，言张朗帅正吃鸭子，忽然而死。醇王储以代李者，今李存而二人先死，信难测也。夜步月还，热风吹水气，复似乙亥还石门时，中秋未知有风否。得意在《甫刑》《离骚》，晚更覃思，尽阐微言契神解；立身兼仲尼、墨翟，世无知己，空传余论侮时人。镜初自挽联，唯记首二句，故仍用之，说此已卅年矣。

十日　晴热。秦容臣来，言鹿滋轩颠倒是非，殊无人理。观其平时，亦矫矫自好，临利害则颠狂失志，故知读书非俗人所能也。艾格未至，抄谱稿未妥，聊充日课耳。

十一日　晴。写字三幅。资斧告竭，只得去之，须卅千乃能行，借之刘、程二处。黄一还，得珰女书。王藩台不来，陈一无处安顿，托隽丞荐去。

十二日　晴。觅船未得，程郎唤一永州船来，即令检行。吴少春舣船来访，名鼎荣，东安令，张楚宝之友也。颇有书气，不知与鹿滋轩何如，久谈乃去。寄禅又来索书。登吴舟答谒，甚热，促其开行。写对一副，寄禅乃去。午饭毕尚早，移装理箧，携二子、二女、两仆、一佣以行，泊柴步待钱。隽丞来谈，二鼓始去。旋即开船，舣樟木寺。

十三日　晴。船中虽甚照灼，亦不甚热，昼夜不停，夜分稍惕黄石望。

十四日　晴。晨过朱亭，午下昭陵滩，水石安平，初无激浪。过渌口已夕，风止，泊株洲下。夜月剧佳。

十五日　阴，北风渐壮。朝食后至湘潭城下，子女并上岸，遣人力还山庄，余独坐久之。许生父子来。族孙永、云均至，询学政，皆不知。步至杨总兵处看差单，乃知福润抚东不妄，近除东、新二抚，均出意外。访子云、石山不遇，还舟，看烧瓦塔。二更戴道生、许笃斋来谈。遣问陈伯焘，初忘其应试，不必空门乃有意味也。

十六日　阴。风犹未息，停舟半日。陈升从鹞崖往易湾，云不过二三里。舟中蔬肉并竭，钱亦告匮，夜半始得行。

十七日　晴。质明过观音涧，厨人具朝食，食讫，久之乃至朝宗门，携儿女登岸。坐未定，程郎来，遣邀入卧谈，自九日以来，小便甚痛，未知痳耶，杨梅耶，故不健旺。则常寄鸿亦同来。家中不能具食，久坐不得设，各自辞去。自后来者纷纷，或见或不见，皆为之评文而去。邓婿文最佳，酒气薰薰，得意非年少耳。陈佩秋夜来求荐。

十八日　晴。登楼设坐，稍理功课。唯懿儿心放如鸡犬，不知求书。秦子直、蔡子耕来，言病状，云必服药。余云砒鸩亦可服，但不服时医方耳。郭见安来。

十九日　晴。陈芳畹、胡大郎来。子仪颇右孝达，理安则恕一吾，清浊不从其类，亦持论之妙者。罗顺循甚愠陈伯弢，又与功儿恶之之意不同，每以此观人情，亦复可乐。甯女、次妇同还，门庭喧阒。

廿日　晴。程、郭、二胡来，余客未见。杨儿来，正困，又当吊之，亦辞以疾。蓬海自题“诗人杨坦园之墓”，此则乱命，不可从也。理安云李竹屋孙得吾序，以为伪。好代人求文者，闻此可以止。秦子直拟方来，为服一剂。

廿一日　壬子，秋分。晴。六十年不服药，再进一瓯，已费去二千钱矣，亦可以止。人客来渐多。往山庄避之。又以三妇请写其长子庚帖。依期一往，夕出城，无船，从王夔帅坊下觅得一赌船，卧舵楼，不出一语。北风顿息，行十里止。王夔帅已不帅矣，民不能忘，谅哉！谭序帅再摄督，亦黔中盛事。谭文帅又不文矣。

廿二日　晴。缆行，偶帆，过午始抵县城，竟日未食。至蒇家，待梁生来写庚，余祖母弟妻之玄孙女，父名本荣，字向欣，兄名唤奎，字璧垣，弥之高等生也。女已廿二矣，宜其汲汲，写书成已昏，设宴款女使，并二媒戴、徐，及蒇亚婿张子立，客去三更。

廿三日　晏起，觅船不得，唤夫力来，复去，再易一夫乃行，已过辰矣。二杨、许生、帅锡林子云来。途日甚灼，晡过姜畲，饭辅迪店中。许郎来见。待饭一时许乃行，夕至山庄，正日落矣。入门惫甚，未暇问事，即卧。

廿四日　晴。晏起，朝食后复睡，晡时又睡。闻外有吹烟筒声，起视则三子、张子在堂候见，要入坐谈。夕食已暝，夜睡较晚，校墓地簿，至月出乃寝。

廿五日　晴。始得出户，看后山树尽为虫伤，仅存秃干，老桂亦死，此殆不祥也。蛓乃毒于蝗，而言灾异者罕书，盖北地无枞，南灾不记耳。数千万株埽地俱尽，非常大灾也。满耶与佃争草，心欲我助之，辞以不能，众皆忿忿。谭团总来。校墓簿毕一本，无头绪。账记亦费我数日钩考，此好考据之报也。痳似稍愈，始知食味，细验病证，乃精管中生一小痈耳。《说文》云疝病。疝盖精管之名，有盥①有血，自然疼痛，不疗亦必愈，他痳则未闻也。字从山林取义，盖得之于积湿，若障岚之气亦可。本皆从水，以后起汕淋为义，与鱼椮同，尾水不通之状，非取痳、癗也。

---

① “盥”，字书不见此字，疑是“璺”之误。“璺”为古“衅”字，有缝隙、裂痕之义。

廿六日　阴。冯甲来。乔子始来见，与同至戴弯，看开枝后妻，小坐还。周生来。夜有雨。

廿七日　阴。风凉，始夹旋绵。刘生来送文，为改三篇。说“思无邪”归重于思，言先正其本，虽不合《駉颂》，而未骇俗目。比日食甚少，而事尤简，复有不耐静寂之意，以屋中无一本书，不可度日也。静者固不待书而能凝神，斯所以寿，而李云舅之不寿，则又家运为之。

廿八日　阴。小疾，卧一日。佃户争柴打樵童，顷之三四妇女登其门喧呶，余卧强起，视闰儿复与桂子斗嚷。石珊及甲总、牌头均夜来。震孙专足来，求荐张子立。

廿九日　阴。揺子来，初以为为萧郎说客，后乃知其为李郎也。石珊、田、周均来。

晦日　阴，微雨。揺子去石潭。石珊来，方留午餐，乃云请会酒，同往戴弯，为曙生种会。乡人呼醵谷助人曰“种”。余来二五石，珊四而桂子三，菊女六也。五簋既陈，告饱而散。揺子复来。

九　月

九月壬戌朔　阴雨。抄谱稿，纸毕，将去之。午间盛生员来，诉团总见陵之状。乡人争闲气，不可理喻，与同至团局和解之。至则众皆不至，乃坐饭店，余托故步出，裴回平原。族子太明自铁店出，问其兄曰成死状。又遇石珊，极言樵童不可赦，与同至田店论之。田夫妻抗不服，云追至礲中太凶恶。余语石珊，此余过也，遂置不问。村老四五人论谭、盛事，余复和之，纷然而罢，设食亟还。至门，揺子随至，云招女来矣。招女嫁李氏，有贤名，其婿在桂林，欲求荐信，思之不得，唯忆一向子振，当与书托之。

太明亦至，令借帐子，买烛代镫，俄顷粗办。乡中每有此仓卒客，甚可怖也。

二日　晨雨。暂留一日。招女携女去。忽热。石珊来，欲得熊子，熊乃不愿，石珊甚愠，余惟匿笑耳。天下真有梦董事，非口舌所能明也。家中遣人送衣来。

三日　晴。遣觅夫力，云晏不至，盖乡间已早饭，则不作工也。竟日无事，将夕晋庵来，戴弯诸子招之析产，余亦随往，依其意而断焉，至夜然烛还。

四日　晴。先曾祖忌日。热。与晋、石同船下县。待至过午

始行。舟中极热，夜至蒋家马头，步上，携被，张生从行，为持之，又益热，汗透衣矣。投宿宾兴堂。夜风。

五日　阴。李廿二舅子字麓生来访，招孙兄公也，犹有李氏家派。张、萧来，遂与张同过陈伯弢，看详复求才文书，还与萧同上总，雅南亦相随以往。至吴园访桂，还为仁裕合主人所要，适逢匡、杨挟妓，兼招罗小元、翁强生、龚文生天成亨同饮，遂留夜饭，未免有铺啜之意，非雅游，亦非冶游也。夜还寓，吴少芝来。

六日　阴。丁卯，寒露。陈伯弢为监生所撼，物论亦龁龁之，欲余解焉。请李、朱同会，俱辞不至，又改招市侩、武人，亦辞不至。乃自来相约，从朝至夕，始得沽酒市脯耳。张生亦与坐，乃其党也。许生来。仁裕请为子师，萧正皇皇求而不得，乃托萧代通，真无可如何之情。酒罢还，正逢孙蔚林与客俱至，陈事其所主者，余讽以惜才，乃不肯认，往复浮谈，亦无着落。余云欲其去易耳，仍是不能容隽异士也。陈亦披昌不受裁制，末世士多如此庸劣，所以得意。

七日　阴。从许生处觅二夫以行，行甚急速，未夕已入城，

城中无事，唯出门无可往耳。窊女亦还，夜奠其母，哭声甚叩，已而斗牌，殊不悖礼意。

八日　阴。欲出，待饭不果。陈芳畹书来，叩冥寿。淦郎亦来。为四女课方名，夕往贡院一看，遇一人甚贫薄，自云久违了，不识之。致书向万鑅。子振仁兄大人阁下：久未奉问，侧闻政名隆隆，宜民获上，骋其骥足，继美鹿、张，桂荫非遥，乡人咸喜，幸甚颂甚！闿运蜀游十载，遂成老翁，伏匿山陬，久谢人事。昨因族孙女来觐，询其家事，云其夫李恩生谋食浔、梧，曾蒙盼睐。去岁重游漓上，未得枝栖，四壁既空，一身无寄。李氏湘南旧姓，恩生兄弟孝友笃诚，俱善楷书，亦谙笺记。与闿运重昏旧媾，曾未能拔振其才，自愧力微，每嗟贫病。但以粗知名字，即是因缘，欲令于领外安身，或期树立。然旅食不继，漂母难逢。伏维仁兄洞悉人情，素宏奖纳，曳裾虽众，授馆不难，用介一函，专求鉴爱，尚乞遣招至府，先借尺阶，徐量所宜，沛之河润，月请能得二万钱以上，方可稍资奉养，略办衣装，既获归仁，自然堪事，他日再当关之当道，俾遂机缘。前汤右庵过衡时，初不知恩生在桂，失于面托，旋闻移镇，知饮啄有方也。闿运频岁遘凶，今甘穷处，筑室涟上，假馆东洲，城中故人散亡略尽，意气衰落，无可告言。因事奉笺，知哂疏率，敬颂台安。不尽。为招孙家干请也。三更榜发，唯萧生一人中式卅六名，与曾涤侯、俞荫甫名次相同，亦性翁衣钵也。

九日　阴晴，有雨，甚热。杨性翁来，重宴鹿鸣，欲往看之，牵率未果。胡子夷来。午饭，与诸女看榜，看号舍，游浩园，还讲课。

十日　阴雨，晚晴，愈热。性翁来，半体偏枯，精神犹旺，能作字吟诗属文，聪明未耗，面亦丰腴，然热怀未冷，甚以与宴为荣，属考《会典》。步至黼堂处寻之，辞以病懒。循城将还，忽悟当至四胡家，又循城还，至廉福堂，四胡皆在。从小说抄得重宴礼节，便与性翁。小雨廉纤，急步而返，至家大晴。思此事官士必不甚重，而性翁一人有毁无援，因与书王逸梧，以大义劝之。

好事者亦难其人，可叹也。夜间王书来，果不以为然。秦子质送润笔，复书辞谢。铸乃夜来。

十一日　晨雨，顿凉。登楼讲课，竟日无客。

十二日　雨竟日。曾荣甲士元来，新中亚元，弥之旧客也。看闱墨，遂无甚庸滥文，而多荒缪字面。近今风气果变，非徐桐辈所能挽回也。小女字学顿荒，音读惝恍，责之过苦。

十三日　阴。邹生来呈艺，甫被放而仍应课，亦可谓勤进者，为点定二篇。解“亳”字为商邑之名，文从京、宅省，似为确当。亥夜滋女得男，颇为欣慰。

十四日　阴。看王逸吾《荀子集注》。彭生来呈课文。张编修发题，问郊禘是一是二。王苇塘类也，不知何人始发此义，无从驳证。

十五日　雨。滋儿三朝。李幼梅、王逸梧来，云性翁复欲与宴，院司以坐次屈抑之，使列监试之下。向亦闻此说，借《会典》未得，不能定其是否。梁山舟礼单则坐在东北隅，又似不依官班。此大礼，而任意轻重，可怪也。陈芳畹告绝粮，搜钱四百应之。终夜梦与孝达剧谈，云因行过我，请为供设，与同食冬黏，饭甚软美。

十六日　阴。看徐松《登科记》。道、笠两僧来。笠僧云南岳祠僧被逐，请余缓颊。房妪告去，留之甚切，终不顾也。盖匠治屋漏，亦不能赴工，人力不足如此。

十七日　大雨竟日。唐葆吾来。送艺公遗集请校，云其兄子考荫，便令作小京官，以习宦事，亲为运资寄去。其家庭雍穆可喜，薄俗鲜闻此矣。

十八日　阴晴。看《郎潜二笔》，似曾见之，殊不成书，多剿袭袁子才而又诋之，尤为无状。夕过益吾，又访何棠孙借《会典》，不遇。笠、道二僧来，约斋集。

十九日　晴阴。始出临�仙、镜初、蓬海之丧，便过黄母，道逢邓三郎子沅，还遇文擅湖，顷之子沅来，颇以正论裁抑之。郑七耶来，子沅留饭，郑云已食。夕访翰仙，夜雨舁还。

廿日　子后大雨，至辰乃稍止，犹点滴蒙溟，真词料也。秋霖曾赋，自中年后，渐减愁趣。连宵到晓何事，向孤灯外，敲窗摇树。料是无眠惯听，更凄切蛩语。蓦记起、飘箔红楼，点点声声断肠处。　残花落溷泥沾絮，总饶天、漏尽何须补。闲情已自难奈，争得管、酒帘花橹。睡也休休，侵晓冲门，一段寒雾。只怕到、丝鬓重青，早又潇潇暮。右谱《雨淋铃》。张秉文子虞来谈文，武冈新举人，其父为广东令。黄七郎来。逸梧约饮，辞以忌月，云“黎简堂云只可避人吃肉”。此余平生自欺欺人得力之处也。午赴笠僧约，南岳祠住持设谢，唯菌笋一盆，外有白菜、茭瓜，俱鲜旨，食面二碗，腹果然矣。易、涂、道、杨同坐。周郢生过谈，旋去。夕还，舆、茙口角，乃敢质我，其愚不可诲，姑责教之。余虽有慈无威，未遽疲堕，而子女不戢惧，由性顽致然，非无家教之过，然不能辞责，所谓王家息妇不可做者。

廿一日　雨竟日。翰仙来谈半日。戴道生来取荐函与淮盐，姑依所愿应之。李幼梅又来，约饮浩园，辞之费口笔，不若一去了事。窊女还。唐葆吾来。

廿二日　阴。癸未，霜降。孺人忌日，清居愁感，邓、胡两婿来。检破箧，见草书一卷，乃雨苍寄来者。余初未闻知，开看则妄人所为也，然用力甚勤，作伪亦巨，余初不闻有此，付诸胡请考之。

廿三日　阴。与书俊臣，荐翰仙。四川科录传到，知者九人，中有十余年院生，虽云徼幸，亦沉滞矣。有一吕曙文，似是翼文，而籍贯不符，要之翼文亦必中式，分迟早耳。朱宇恬送衣裘，致词甚妙，有似送子思鱼者，盖非假手所能为也。复书受之。商农来。

廿四日　雨阴。始出，答访保吾、邓郎、张孝廉、杨性翁，过文正祠，以为李设宴在此，往问，则余误看也。复还至柑园，甚早，坐顷之，雨珊亦至，徐仲衡、王、杨先后来。闻冶秋得南斋，盖作诗之力。谈不甚洽，各有意趣也。夜还。

廿五日　阴。遣人致外舅练祭明衣，其家无一介之使，余亦未往，不可无此仪也。将还衡而无资，占之得"死灰复然"，与书保吾贷之。见郎来，云当还元卷。余云凡辞钱，更俗于要钱，以其沾沾重之也，宜勿更言。陈总兵来，招陪翰仙，以在练前一日，不可往，而无所喻之，姑为画诺。

廿六日　阴晴。保吾来。送百元。借以开销，始复翩然。看杂书，连日殊无雅致。彭石如来。田生来，言讼事。喻以无求胜，不用钱，乃可保家也。夜大风不寐。

廿七日　大风竟日。两佣妇来上工。城中佣力极难久，故以多人备其反复，然家中内外佣十一人，似肃豫庭儿所言，无可省减者矣。今日陈改设于其家，乃引礼得辞之。夜视涤濯，定练礼，稍斟酌虞吉而为之，似亦可行。

廿八日　晴。己丑，练祭，辰正行事，哀敬可观。天色晴寒，始有冬意。郭、彭、邓郎均来，窊女还，皆不及事。曾知州来，常熟人，杨师亲友也。

廿九日　晴热。见郎晨来，云王灼棠最敬我，求一薰之，余方谢客，见意殷殷，许为一言。午请去年敛宾，因约唐葆吾一饭，瞿、郭、胡、邓先集，唐后至，文擅南①、海岸闯席来，并入内坐，

---

①"南"，应为"湖"之误。

功儿陪之，馔余甚旨。惜未丰耳，戌散。为弥之书短屏，甚劣。

晦日　阴煊。王藩台来谢，未见。海岸来，久谈，云求福严寺碑。革逐慈航，以为护法。

十　月

十月壬辰朔　晴，南风。晨答访曾琢如，因过王藩，未晤，出城上冢，露湿衣屦。还，王送菜道意，以遗黄观察。得杨吉南书。

二日　晴。见郎复来，欲干王藩，无阶以通，儒冠之困如此。诸子坐食，各令谋生。功儿往鄂，舆儿往浙，诸女还乡，庶几可振。午遣觅船上衡，南风仍壮，舟子不发，还家，朝夕食罢，乃复登舟。夜有雨。

三日　晴阴。缆行七十里，泊暮云司，尽日困卧，夜不寐。

四日　晴。缆行至午，始抵县城。入宾兴堂，剃发，出则六、萧坐待矣。未交言，趣还舟，即发。至夕始至涟口，暗行卅里至姜畬，扣乾元门，索夫力，笼镫山行十七里至山庄。入门则男妇纵横数十人，大似蒲志所记群狼者。欲暂眠不可得，夜凡四五起。今夜当斋宿，不能斋也。

五日　烝祭，旧例公祀也。随桂堂七耶行礼，红顶无翎，武弁所绝无者。余与敬安亚、三献。外房来者四五人，盛二抚孙亦来，十三节母并至，为坟山谷事。王沐与余接席，云前年未上书，余亦不复究之。待船至午未至，颇为皇惑，已而陈升来，亟令熊率二子以行，乡庄稍为肃清，而胡孙不能不散矣。非吾勇敢强有力，不能办此。舣南北塘，晡食后乃行，夕泊涟口。又遣人取衣物于城中，萧某所代买也，去钱十二元。今日及夜并煊，似夏。

六日　阴。稍凉，可二禅衣。缆行一日，泊株洲对岸。夜雨，仍南风。

七日　雨。晨缆行，食时转风，雨亦密淅，天气骤寒，二绵犹瑟缩。夕泊淦田，夜风甚壮。今日戊戌，立冬，不宜雨也。

八日　阴凉。北风横雨，帆行卅里，缆行卅里，复帆行廿里，泊衡山塔北。夜寒霜重。

九日　晴，复暄。廿里舣雷石，帆行九十里泊坫门前。夜月。

十日　晴煊。南风，缆行十五里，至樟寺，过已将午矣。复缆行廿里，至来雁塔，日已将夕。令吴僮安置熊妪于城中，余从陆行入北门，至金银巷，访俊臣，云宋生今早甫过二程郎，俱不遇。步还东洲，斋夫云，宋主考昨夕至此独坐而去。院生还者五人，俱入见。船未至，寻衣被不得，借匙开箱，乃得绵衣。顷之人船俱集，始得夕食。夜月萧清，梯磴新成，登楼临岸，久之乃寝。而梦调度兵事，指挥萧、曹，可笑也。

十一日　晴。晨起不得食。屺樵来候，云夏生犹在城，荒唐穷困。又云铸乃已赴官矣。竟日闲坐，看《端州石室记》，孙伯渊校，文句误读可笑。《记》云“遗土驷马”，犹言脱屣千乘，乃以为“杖龙遗土，驷马陵晨”，何其妄谬。夕诣杨伯琇不遇，步月还。

十二日　晴霜。晨起无菜，昨夜煮肉，野狗阑入，尽食之，恶烦人，遂白饭致饱。抄谱稿。沈郎、曾生、熊生来。熊，老晓之子也，久不见矣，云来衡觅馆，告以绝地。又欲往鄂干陈右铭，求书以往。余云办钱二千，不遇，亟回可矣。遣吴僮觅刻工，再返始达。

十三日　晴。来三日，主人不过问，遣催火食亦不至，乃知在陈绝粮，狂简小子为之也。寄禅来，索写屏风甚迫。程郎、儁丞继至。程送鸡鸭，即以款之，谈半日乃去。寄禅食于邻寺，夜复来谈，初更即去。

十四日　阴。晨无霜露，午乃大风骤寒。为寄僧作《罗汉寺壁记》，文成未书。衡山穿洲金莲寺三僧来，出巨纸索书屏风六幅，尽费其墨，信有缘有定也。樊衡阳送蟹，兼自来问候。隆兵备复来设拜，则不知其何因。唐葆吾舣船来候，正得百元还之，自来还账无如此快。艾刻工来送谱稿，则尚未得半，今年恐不能成。

十五日　卯初月食，已乃复圆，俱入地不见也。阴风欲雨。辰出点名，得九人耳。朝食颇早，午间首事送火食、脩金、川资，云王藩台岁加四百元，今岁加二百元，意外财也，受之无愧。论教学，则今年初不须人，实为糜费，非我不教，无人可教。杨伯琇及常郎来，少坐即去。丁笃生来。沈子粹，孙翼之，衡、清两令继至，设酒，请屺樵主办，殽馔颇精，宾主俱欢，戌正乃散。子粹赠诗，临帖六纸，摹北海而似永兴，于此见唐初书派，欧、褚为别调，苏、颜则又异矣。徐在其间，结体独奇，开柳派者。李、徐皆是羊豪书，故柳不能用羲之笔，此消息未经人识，盖鼠兔坚硬，不能方也。簿书窘俗吏，章句困儒巾。良材不可枉，高志自然申。夙昔慕之子，逍遥观国宾。邂逅君平里，绸缪清沫滨。易游当代豪，微睨辨玉瑨。咨余实疏率，嘉子赏我真。归与各怀土，里巷分弥亲。复此湘东游，开襟拂清尘。鄗湖异锦水，同有双翠鳞。举网辄相忆，临觞忽披云。来诗何温其，霜烛夜回春。渊渊金石韵，近答山水新。伤今政俗殊，思古才隽珍。谁云高难和，信彼德有邻。

十六日　晴，复煊。罗生知扣课，复来点卯。未几儁丞来，杨伯琇继至。今日夕集，而儁当午来，久坐，待厨人，索点心不得。秦容臣、段怀堂、程屺樵毕至，已酉初矣。设烧猪、蟹羹甚佳。客散，月高，夜景甚丽，颇有佚思，再起看月。与书陈右铭。秦容臣云："作菌油，但取生菌阴干，以麻油酱油泡满，五月后取食。"

十七日　晴。朝食后熊生石华来谢信。云子粹次子，字翼生，尚未昏，托其媒撍女。临《石室记》一纸，笔意殊超。托伯琇定油三石，还酒席钱，已去半百矣。

十八日　晴。晨起写寄僧屏风，作李太和体。方挥洒得意，闻扣水门，以为僧来，则一生闯然。知是黄姓，而忘其字，云明年欲住书院。余云极佳。与同下湘，看小皮衣，至程宅，请轿，谢隆道台，步菊山甚佳，云其小孩子所种也。隆无子，盖以仆如子而称之。山西抚，故湘臬，递迁京尹。王濂得湘臬。今日话多，得数十句，端茶告退。复还程宅，同商霖步至儁丞处，则杨柄、斗垣、三䶵先在矣，怀堂、伯琇继至，鱼翅甚肥，面食亦佳，夜还甫瞑。煮肉烹菌，至月出，久之乃眠，甚热。熊妪移入院，以无人照料，得之为愈。

十九日　晴。院生唐、丁来点卯。萧生来呈卷。熊生复来取字去。夜校艺渠遗文，亦有佳者。看徐海宗诗，皆果臣所成诵者，余亦耳熟，匆匆四十年矣。风寒将雨，俄而月出。

廿日　晴。晨糊窗未毕，僧秀枝来，送橙柑，云西禅新接住持明果，将与寄禅偕来。顷之俱至，促写对一副。丁、段催客，黄德总兵来，余匆匆乘船至杨宅门口，约伯琇同往，至则儁丞、程郎、周屏侯俱先在，即席会食，酉正散。返照如月，赤光照岸，到院已夜。兴宁段、袁两生来受业。程郎云尚有数人欲来见，余俱许之。

廿一日　壬子，小雪。晴。黄生来见，云贺子引之同居，八月已来，今始通名耳。煮面晨餐，饭熟复将食，衡阳令催客，写对一幅出。乘船至程宅，舁谒新守未遇。至县，清泉令先至，程生、刘定生同集，设馔云极经营，殊未见精腆，夕散。还舟，遇乔生从乡来，又得宋生书，云功儿已游武昌去矣。词意凄婉，而曲突焦头，未知所指。晋庵、石珊、迪庭弟侄同览：得晋弟书，具悉一切。查谱载之贯、士莒葬六都十甲天鹅背荒山内界，穿心三丈，今云王姓葬其岳父王之贯，则六都王姓乃我家女婿也。之贯两女，次适汪德麟，汪德麟即王德麟，修谱时避婚同姓而改耳。既系六都王氏葬其岳父，则此山必王德麟管业，后卖与谁家，转及田家，但看老契自明。若田家老契无王姓出笔，则此坟非田姓业地矣。若系王姓出笔，则此乃王姓岳父，非王姓老坟，且系父子，并无女坟，葬时在道光十二年及十六年，出笔必在十六年后，此易明也。王姓先既美意送地与我家，今反令其输官事，恐非睦姻劝善之道。迪庭为六都所信，与王姓诸名公皆有往来，但请公正明人取谱一查，王德麟子孙尚有何人，何年售田，何年葬坟，真假立分，讼事可息。王姓先有送地之惠，田姓又有照管之功，此次酒席，当出自甘棠坤及我七房诸家，公同预备，为之和息，乃美举也。若看谱无王德麟，则此山非王氏之山，或匿谱不肯借看，则是有意欺田，因而欺我，非经官不能断结。似闻王姓有斗钱一千串打官司之说，我当告之县太爷，从重罚捐，以戒邻里好讼之辈。王姓多明人，必不肯输理又输气也。此事经官一问，曲直自然，无须请托，但恐官不知此窾窍，上堂时将此信呈太爷可也。十月廿一日书。

廿二日　晴。湘潭信力取回信，乃知昨宿我处，荒唐胡涂，适欲附书，因与以二百文遣之。长沙金生游学，送有诗画卷，以四百文与之。熊妪求衣，以六千文与之，月费罄矣。写诗卷二轴。忆文小坡《广均①》未毕，取“五质”，日写一页，将以廿日了之，自今夜始。

廿三日　阴，朝有寒风。抄《韵》一页。丁生来，言求馆事，云当往湖北，欲余函荐，与同船至伯琇门前登岸。访杨未遇，又答访黄营官，遇周署守辞行，未茶即出。遇程生，与同至杨斗垣家，儁丞、伯琇先在，笃生、怀堂继至，看花园，还饮，至酉散。与伯琇同船上湘，乘院舫以还。斗垣好夜饮，而今早散，亦罕事也。伯琇请海侯教读，以脩金多少，送聘迟延，致成参差，与书

① “均”，应为“韵”之误。

海侯劝驾。

廿四日　阴，稍寒。校谱稿，舛互百出，伏案细勘卅页，改定发刻，已过午矣。稍睡起，作字，抄《韵》一页，已暮。杨伯琇不知《会典》，误以纂本为全书。□□黔豫许苏奇，盛矣漕河建八旗。三浙三湘□鼎足，四徽人最占便宜。　二直兼漕合十旗，三湘鼎足未全衰。两江独对甘黔豫，四浙安能比四徽。　当年六五擅军功，鱼鳖蛟龙也自雄。今日十三新太保，男儿看杀可怜虫。

廿五日　阴晴，有霜。朝食后抄《韵》一页，写字四张。下湘访秦容臣，言糟鱼片，但以绍酒烧开，入鱼即起，并汤上碗，即成矣。至周屏侯处小坐，访俊臣，同至程家，道台遣催已久，舁往。刘定生、张训导皆至，同食，席散未昏。步至百搭桥，船未来，复还至盐卡呼渡，到院初更矣。少坐假寐，遂睡着，醒已人定，解衣遂寝。

廿六日　阴，有风。丁生来求书干鄂抚，与书托之。抄《韵》一页。丁生母子开妻。送礼八色，配装颇精致，能人也，受半还半。至二程郎处少谈，舁答访清泉典史蒋翁未遇，至潘茉坡处会食，丁笃生、孙翼之已先至，樊琅圃后来。席散，初更至铁炉门，溯湘还。借得《会典》，考重宴鹿鸣，初无本末，唯载乾隆卅九年甲午，同知孟琇重宴顺天。卌八年癸卯，知县康定遇重宴江西。五十四年己酉，知县赛玙重宴云南，及河南纪昉。五十七年壬子，大学士蔡新、知县石鹏翥，衡山谭、湘潭昌明等，重宴福建、湖南。六十年丙辰，御史冯浩、知县孙似茗等。至嘉庆十二年徐绩、翁方纲丁卯顺天，梁同书浙江，始有恩褒。十五年赵翼、姚鼐庚午两江。浙江周春、山西文水郑岱钟、山东林培由、湖北施弈学、江西赵鸣岐，皆依本品加一级。而黄叔琳、史贻直、嵇璜重遇胪传，则无准其之诏。

廿七日　阴，始有寒色。马岱青次儿来。看读《通志》一过，无重宴鹿鸣之文，已费一日功矣。《通志》唯《六书略》可存，余皆无取。夜抄《韵》一页。颇饿，无可食者，食橙一枚。

廿八日　阴。看《通考》四函。巡四斋，小惕。黄滋圃总兵来，请渡湘，步往则儁舁已转，云早到矣。丁、程继至，孙翼之最后至，酉散。黄久从李希庵，盛称其战功。抄《韵》一页。

廿九日　晴。课卷十八本，抄《韵》一页。海侯来，云明当起学，留饭不住，小坐遂去。日照窗甚炫灼，掩扉小睡。夕泛湘，赴仙姬巷孙翼之寓会饮。沈子粹、黄营官、陈郎子声、屺樵皆先在，设食颇费，二炮散。到院则莲耶、陈五耶专人皆来矣。夜看《通考》二函。

十一月

十一月辛酉朔　晴，晓雾。出堂点名。抄《韵》一页。诸生入者七人，略谈读书之意。看《通考》四函，无重赴鹿鸣之说。夜睡稍迟，犹不得眠。

二日　阴，晨雨，气煊。多卧少事。抄《韵》一页。始分芍药，壅牡丹，插樱桃、枇杷，种杏，作红茏吉①。其释以归，为拒霜，望文生训，存异说也。夜看《通考》三函。雨竟夜。

三日　雨阴，风寒。抄《韵》一页。午渡湘，步至杨慕李家，过海侯少谈，闻珰又生女。至慕李处，笃生先在，怀堂继至，屺樵、伯琇均在方伯第醵饮，待客未至，夕来会食。主人厚我特设，而寡言词，客亦无多语，酉坐船还。陈芳畹人求盘费去衡阳，去

① “吉”，应为“古”之误。

八元矣。

四日　阴晴。小觉不适，未朝食。抄《韵》一页，阅课卷廿本。秀枝来请客，为出知单。许惺吾教官、辅堂来谈。

五日　晴。周屏侯早来，云有两魏生来从学，出见之，亦农之子，荫兆族孙也。一字少殷，抚其兄子成立，同年入学，俱欲肄业，留饭去。抄《韵》一页。秦容臣来，夕去。初月满窗，开窗赏之。

六日　阴煊。竟日清闲。抄《韵》一页。可以赋诗，无新景物，再抄《韵》一页。与书止珰入城，兼附食物去。

七日　丁卯，大雪节。阴，午雨，甚煊。先孺人忌日，素食。忆丁大故，时近冬至，天正寒也。驷隙不留，丧亡相继，块然孤独，年过二亲，亦何聊哉！计自卅年来，丁口增廿七，亡者八，未为不幸，然知心尽矣，臣之质死久矣。晨抄《韵》一页。校谱稿，作开之传，又忽忽不乐。取海参，已失去，凡物供用否，信有缘也。偷钱买补焉，余之教下以权如此。袁生来，取《易说》去。

八日　阴。与书常晴生，借《通礼》。午巡二斋，已值夕食，还小愒。校墓表毕，尚有三页未抄，明当促之。无菜不食，仍上楼斋，仅有三人，而无言者，下已夕矣。抄《韵》一页，今日颇勤。

九日　阴。作阁道。周屏侯介二魏来，坤能胞弟也。因忆赵伯璋，并与书文小坡，寄《诗韵》去。艾工送谱稿，尽日内校之，补作《耆寿表》，亦手自抄稿。功课拥挤，犹患日长，乃知惜分阴为仕宦人说，非处士所宜引。

十日　晴。理齿录，校疏漏者。刘、程来谈。西禅孽徒来，求塘税。贺年侄送寿履。纷纭总至，欲留客食未得，逡巡夕矣。今日凡抄稿十余页，而谱事全毕，可以去矣。

十一日　晴煊。感寒，咳嗽颇甚，竟日无为。写对二幅、屏四幅，治装欲行，遣熊先去。

十二日　晴。晨起乘雾下湘，至程家待饭，已过午矣。儁丞来谈，要同至西门，不可，遂独步出西门。寻旧路，已仿佛，遇黄生引至寺，子粹、寄禅先在，顷之潘清泉、黄水师、刘静生、樊衡阳俱至。夕月照筵，本午集而遂至夜，笼镫传呵，居然盛会。还宿程家。

十三日　晴。遣人还书院，发行李，觅乳媪不得，仍令熊携子以去。余坐程家，迎儁丞来谈竟日。樊衡阳送陈澧馆，来同朝食。伯琇来送，言石家有道士镜，能见人前生。要儁丞同看之，则一常镜。遣小鬟看余，久之，云无所见。复令一人看，云见光一指许，亦无所见。儁丞照之，婢云一道士，棕团棕拂，坐岩上，旁有清池。与其自梦略同。再看余，则见一长面老翁，着衩衣，两童侍后，案有书本，而俱白光。盖看者揑怪耳。步月下船，送陈、程还城，余至石鼓。登舟即发，宿章木寺。炮边鹦鹉睡，簰上牡丹开。诗思浮江阔，春光待酒催。六年明月在，一梦紫云回。独背团圆影，繁霜戍角哀。

十四日　晴煊。才可一绵。行至七里站，邻船胶舟，待久之乃发。少泊雷石滩上。夜风不寒。

十五日　阴。日下有气如彗，晨下雷石二滩，水涌碧堆，可名清浪，频过未见此景，盖风激使然。邻船有一伧父，似相识，来问讯，乃知为常宁张某，以无妄被县令吕封门闭店，诉之不直，欲往省城寻筠仙之流，告之抚、藩。此事知县诬陷把总，无所为而为之，但为人指使报睚眦，其义甚古，非近今俗吏所能，而张受其祸，乃其父诬讦唐艺渠之报耳。反复捷于影响，唯旁观知之。夜泊朱亭，行百卅里。张姓来聒谈。

十六日　阴。北风，行卌五里昭灵滩，自此上不过二百里，然难计日，且须守浅也。舟中煮鲞，偶思“鲞”字未知何声，乃“鲜”字别体，“仙”“想”声转，加飞以别新鲜字耳。《说文》云“乐浪鱼”，盖制始辽东。若作“鯗”字，无缘读“想”也。午后时有飞雨。阮芸台老不识字，余亦多别字矣。

十七日　阴。昨夜雨，至晨忽止，北风稍寒。行卅里便一日，未知何由迟钝也。至沱心换拨船下滩，即泊凿石浦。

十八日　阴。鸡鸣即行，晨至鼓磉洲，未饭。午后舣仓门前，离岸甚远，不可登。见湘勇回者，衣装累累，妇女华绮，江南女悉当配伧虏，前作马卒妻，后为湘乡妇，皆无一豪温柔者。彼俗陵夫专家，故有此报。若邯郸才人，正自刚强，反可奴厮养也。夕过昭山，望湘水平流，如临池上，因作一律。昭山南对锦弯城，淡霭轻烟潭水清。桃叶门前衣带阔，枫林霜后布帆轻。观澜自觉颜无皱，叹逝安知圣有情。行役徒劳归又老，白蘋吟尽暮云生。泊暮云司，有村女支更，收钱甚急，戏作一诗。小鬟水驿报更筹，缺月瞢腾映市楼。直恐繁霜龟玉手，断无余火宿香篝。数钱莫学河间姹，呼櫂曾非赵主舟。等是红颜任漂泊，不如渔妇黛眉愁。李少荃挽联。分陕兼一相之权，今古帅臣无与比；专阃制四夷以外，夙宵忧畏有谁知。

十九日　阴雨。朝食时过枫树望，午泊朝宗门，登岸则泥深一尺，云雨二日矣。冬日晴雨百里不同，可异也。舆儿方从县回。得功儿书，云鄂中宾客颇盛。

廿日　阴。为儿女孙男理字课，一日仅毕。与循来，谈陈、孙事，妄起风波，殊无因由，甚为可笑。

廿一日　晴阴。起稍晏，日课殊未毕。召匠及苏四，欲作西房槿篱，木架亦需五万钱，宜汉文之辍工也。

廿二日　壬午，冬至。晴。出城看妻墓，还遇杨三叔。夜片野鸡，求酒不得，家中无人任事，曾不如煮面斗牌时，匆匆已卌年矣。夜寒。

廿三日　晴。晨大雾，隔波离视之，反较空处分明，盖目为气昏，气不盛则光见也。彭石如来，谈半日。

廿四日　晴煊。督课粗毕。郭见安来，谈半日。为瞿海渔写诗卷。“子在川上”为叹逝之言，乃悼颜渊也。

廿五日　晴。功儿书还，尚未渡江，可知其懈怠。胡婿来。说《尔雅》分“糐①”“米”二句承“食餲”。乃知平日草草读过不少。夜坐至鸡鸣。

廿六日　晴。说《论语》“明衣”为蒙衣，即蒙彼绉絺之蒙。明布则浴布。旧云衣布晞身，乃着布衣以待身燥，非也。衣布者，以布为衣，即语所谓蒙布。明衣布者，有明衣，又有明布，明衣以蒙亲身之衣，明布以供浴后之用。《礼》又云：“明衣裳用功布。”则又一衣布，不可混同。

廿七日　晨雨，旋晴。步至北门，看季高新祠，工作颇盛，子虽不才，固贤于曾劼刚，犹有不忘亲之心也。惜其不临水，则尘俗使然，又诒谋之无雅致耳。夜掀牌。

廿八日　晴。族孙焘自县来。看自注《楚辞》，《离骚》托意幽隐，而子兰知怒，盖其门客为解说也。疑即屈子所进改节之士，故能通文心。此意未经人道。窊女还。郭见郎、胡婿并来馔祝，设饼待之。彭石如来借钱，本负百千，以百元贷之。夜雨，斗牌至三更。

廿九日　微雨。坐楼上未出。食汤饼，殽菜均美，盖吾家习侈久矣。见郎、胡婿及胡子威均必欲面，出见之。

晦日　阴。出谢客，唯王、李、胡、黄均入见。王处遇张，

---

①“糐”，应为“搏”之误。

李处遇陈，皆必欲醵钱唱戏，以余为囮，拒之则不同流，许以初二日一集。黼堂病甚，殆将不起，不见已两年矣。日短天暗，匆匆还。斗牌。

十二月

十二月辛卯朔　晴，稍寒。督课甚忙，须半日坐功，方能粗了。由小儿不及前慧，吾亦不及前锐也。

二日　晴。公请看戏，新入者黄觐虞、郭子宽、谭文儿，皆王祭酒所招派也。十三主人，而五不至，可知其局矣。又不请客点戏，尤为新奇。至戌乃散。

三日　阴风，寒雨。将看船，又辍计不去。特访黄觐虞，咫尺三年未往还。遇唐兰生。

四日　雪，才能白瓦，起看已消。仞字，听书，聊充腊课，归来废弛颇甚。

五日　阴。龙芝生来，神貌均似皞臣，而俊爽不及，反富贵过之，益知人不以俊异为贵。

六日　阴。镜初二子来，送父书。顷之保之来，遂辞去。保之盛称香涛礼贤好士，致敬尽礼，及治越之美政，一千金用得着也。夜大满来，保之复来谈。

七日　阴。大满言春林母妻开烟馆，被访闻，求为解之。余在县了无声气，与片龚吉生，试干之。催饭，出答保之。保之云吾两人不得为朋友，未有劝善规过之益。然则保之盖可以为孝达之友，而吾诚负之也。以其匆匆将去，未欲多论，以开纷竞，当与书讲明之。又过芝生，陶聋来，遂出。道闻黼堂丧，至张通典君豫处小坐，仍折还柑子园临吊，驰还。大满去。

八日　晴。始定南迁。家人欲作粥，令但熬供粥而已，不能更分施也。为胡婿作《经解序》，兼看镜初《春秋笺记》，犹嫌夹入《左传》议论，已为杰作，与船山可抗行。

九日　晴煊。看曹《笺记》毕。发行李。芝生送瓷器，唯花瓶尚佳。瞿海渔来。致书刘尚书。岘庄先生尚书节下：奉别经年，侧闻敷政，每与陈俊臣叹息，以为今多暮气，如得明公同志一二人，砥柱方州，其功更在戡乱之右。窃喜精力弥满，福寿无涯，江介重游，归仁有日，方期之十年后耳。闿运烝阳重寓，居然老宿，此邦人士新筑江楼，俾携小儿女孙辈同居，借作休佚之地，既感其意，谊当复少留。自计生平，无少欠缺，惟少更世难，多识英奇，事变时移，公卿方以军功为虚诞，有宿将老兵、说士剑客，或及身漂泊，或身后荒寒，说项既不见怜，分米又无其力。近岁海关盐局，皆势要请托，锦上添花，二纪之间未尝染指。恭逢明公大澄斯路，通饬查核，想已洞照。夫冗食者既在所裁，则廉退者宜蒙奖励，值公道章明之日，有披云自诉之途，敢将应予矜恤者开单呈览，伏乞指㧑总办，一一量材。武安除吏尽，汉武乃得除吏，此亦汉学之渊源、湘州之佳话也。此外有二武人，一系闿运堂弟，曾从武慎公卅年，晚得云南武定参将，从武慎复归，乃朴山之旧部，刘武壮之本管官也。耳聋家贫，安静自守，晨夕耕作，不免饥寒。其一苏文藻，乃骆文忠亲兵，人甚明白谨慎，粗堪驱策，今遣叩谒，伏冀垂怜旧勋，恤其储胥，于营局中任赏一差，俾终温饱。斯皆田子方之所以报文侯，非闿运一身之事也。雅道久微，古风不复，左、李犹难语此，他贤益复可知。非遇闳规，末由披写，仰鉴与否，诚不敢知，韩退之所云试一鸣号耳。又闿运外甥曾纪元，略涉多通，人甚懒散，一衿穷困，亦屡为海上之游，如幕府需人，似可备数，并去年所蓎①胡子夷，均几案之材也。湘中近岁章句词章之士实胜往时，而桢干之材盖寡。闿运与俊秀诸生讲求坚苦，均无能信从者，此则谋才路辟，进取途多，世极繁华，斯人趋自困，非复绵薄所能挽回。而明公居高位，握重权，但可推波而送舟，不能反奢而示俭，此又时局之所由成，风会之莫能转者矣。因感摅情，伏维鉴照，不具。名达，次子扬鹏。小名筱阳，行四。

---

①“蓎”，应为“荐”之误。

字润泉，辛卯十月三日未时生。名显，长子扬清，嫡出。行一，小字孟须，小名曦明，辛卯十月十七日戌时生。

十日　晴，稍寒。发行李，移家衡州，留二子守城居，携次妇、诸女、四儿、孙儿女以行。为胡婿作《经解序》。

十一日　晴，复煊。遣滋携儿觐西妪，议留同居，来迎两妇往谋。行李毕发，余适登舟，熊邻来寻人，令自往迎，余复上至黄家。西媪云年八十，不能约束孙子，致此乖张，且欲尽力谋之。余许滋留，遂还家宿，竟夜不寐。张庆来，送皮衣、西毡。

十二日　晴，北风甚利。以待房妪，竟日不能去，凡数返，乃求陈妇同行。夕发，二更至县，泊九总。

十三日　晴。买米炭。永孙、许、萧登舟，过午始发，十五里至下滠。

十四日　晴煊。南风大作，缆行卅五里，泊白石港。懿儿疾，不能课读，但教诸女仞字。夜月不甚明。

十五日　阴。先曾祖忌日，素食。行七十里至昭灵滩，舵挂而止。夜雨如春，潺潺至晓。真女复疾，卧竟日，并字课亦停。

十六日　雨，仍煊。晓发，复挂舵石间，念水寒恐濡没，起视已活。缆行十里，仅至淦田。遣视曾氏妹，因送端罩还竹甥，并索《论语》，遣黄一去。稍进，泊龙船港，夜黑如磐。真愈，懿未痊。黄梅甚香。

十七日　晨晴，朝食后阴，有飞雨。船发甚早，至朱亭甫闻晨鸡。舣待黄一至，日高乃发，缆戗兼行，五十里泊三江戍。

十八日　晴。晨发颇迟，将至衡山，得顺风，夜泊萱洲。午间黄一还，曾甥来书，不还《论语注》，送薰鸡肉、饧醴。自至朱亭来候，不及而返，其实无须相见也。

十九日　晴。朝食时舣大步，久之乃发，不至章寺，三里泊白石港。

廿日　晴。北风甚微，船人亦怠，行半日乃至潇湘门，已不欲行矣。余本欲泊衡城，以船人不从命，不复命之，乃竟如意。因登岸寻俊臣，云往桂阳矣。程郎亦不晤，独行至院，埽榻而寝。夜雨。

廿一日　晴煊。斋夫具食为费，因晨出，欲至程宅借钱。过杨伯琇，问段海侯未归，与一医生黄姓同坐，因留朝食，更有一西席出陪，忘问其姓。食罢，见船至，遂还。妇彭、女茙均至程母处，诸小幼先至，起行李，竟尽一日。埽除外斋，未施床帐而寝。懿儿居外间。

廿二日　阴晴。布置粗妥，尚无灯盏，然烛照两房，始理字课。

廿三日　晴。将入城，西禅新僧来，言塘税事并送食物，与黄船芝同至，辞受其半。同船至铁炉门，访二程，遇隽丞，云已来访矣，即还。童仆均贪城市不归，饥不得食，申饬之。斋夫送灶，颇有节物之感。昨忽梦先祖母病笃，犹督祭餚。甚怒功儿，盖废祭过期，由国制子主母丧，不能吉服，时制供灵三年，吉凶不相杂。今祭已过时，又不便再举。梦中祖母亦颔余言。肹蠁有冯，令人悲惧。

廿四日　晴。刻工来请价，与书隽丞贷之。程、陈院生俱送节物。理字课。秀枝僧来。

廿五日　晴煊。命茙往杨家，已出吊魏纲丧，舟往，遇衡守文，唯程商霖一人陪客。登岸易麑裘，步唁樊衡阳，至隽丞处吃面，过二秦，与陈妪同还，已暮。

廿六日　晴。煊甚，仅可一绵。秦容丞来，托其假贷不得。至暮，隽丞贷我百金，始得料理，已不及寄家用矣。

廿七日　晴，仍煊。昨以为必有风雨，午更开朗。携儿僮入城，从铁炉门入，直至罗汉寺，寻寄僧不遇，听月设斋，饱食而还。从者分散，欲渡无钱，往容臣处求之，遇沈子粹、秦子和少谈，还遇洲舫，便附以归。买杂物仍未齐，方知理务不易。萱洲僧及寄公坐候，至夜乃去。五更睡暖，起自然镫，仍寝。

廿八日　阴煊。杨家送节物。复遣仆入城，市零碎。成家不易，但能备办无遗，已为能也，因此知前此内助有人。贺仪仲所云眼前只觉嗣徽难者，非嘲丘嫂之词，吾家则不唯嗣徽，即联芳比美，亦无不难。夜大雨。

廿九日　晨雨，巳晴。年光甚美，登楼赏之。得家书，滋女复失所恃，要当自往料理。检点食馔，遂忘字课，至夜乃觉焉。正斗牌喧呼，亦不更补也。懿亦未讲《诗》。

除日　晴。晨祠善化城隍，旧典也。始设神位，以展瞻依。杨伯琇来馈岁。夕食，招在院生五人年饭，衡城云羹饭。又云取更新义，曰更饭。询之常宁无此语，桂阳亦无此语也。戌散。亥初祀门、灶、祢庙。子初待妇女仆婢俱睡去乃寝。斋夫守岁，终夜纷纭，恐其乘盗，自起看之，内中寂静，乃还，安寝。

光绪十八年壬辰

正　月

壬辰岁正月朔旦　辛酉。雨风。晨起辨色，率诸生五人尹、段、陈、袁、焦。礼先圣、先师、湘水神，俱斟酌古今礼，设拜不上香。先圣再拜稽首，先师明礼四拜，湘神今礼六叩。还内，拜祢庙毕。五生设酒果，小坐。朝食后沈子粹、萧礼卿父子、程商霖兄弟来。黄船芝来。向夕乃闲，还内摊钱，镫上即寝。

二日　阴，不寒。晨起，宅门未开，待久之乃入，朝食于外斋。船至杨家门口登岸，舁过六家门，从潇湘门对岸过渡至衡州府、清泉县门、通判刘门，遂西至两县学门，入大西门，至都司协镇门，访隽丞小酌，少谈，循正街还到兵备府学门，及程、秦诸家而还，唯北门贺家未去。发家书，由水师寄去。从盐卡渡湘还院。贺郎、彭佩芝、杨斗垣来。隆、黄来，未遇。

三日　晴。杨伯琇、萧伯康、秦子和、陈子声、朱宗胜来。始理字课，听认《杜诗注》。三女斗牌，纷争啼号，初睡未能料理，父子异宫，不宜问也。得谭敬甫复书。

四日　晴煊。换小毛衣，犹汗浃胸背。隽丞、张训导、丁笃生、陈郎澍雷、高都司、郑赞侯来。郑曾至蜀半年，竟未相见。又曾在吴竹庄处相知，闻年五十五，须白耳聋，如六七十许人。谈《诗》《庄》，以余为栎社之寄，免不知者诟厉也。又与袁爽秋、王蒿庵相善，亦喜缪小山，而盛诋近日文衡诸公。陈郎云寿衡病甚。五更大风雷雨，而不能寒。

五日　雨澍如春。寄银与雅南。校谱稿，登楼迎春，看梅花，课字。食狸残鸡，甚甘美。夜听蕉上雨声，居然似船背，明烛赏之。西禅二僧来，请作佛会。

六日　雨寒。丙寅，申时立春。依例迎福。因令子女入学，懿儿辞以日辰非吉，荒唐不足诲也，听之而已。寄家用与长妇，余附寄者遂至十金，其奢如此，五十年前借十金遂度岁，兼充正月粮也。

人日　有雪。杨慕李、孙翼之来。儿女读书，余昏昏睡去，比醒已散去矣。校之廿年前，真成两代也。

八日　阴雨。竟日督课讲书，颇能提振，说《易》“大牲”，亦有搜剔。姚铭阁来包税。更忆刘刚直投书，时人定不可以礼化，故拨乱先进野人，知士大夫积习之深也。夜雨浓酣，有助幽梦，复煊，竟夕未醒。

九日　雨更冥蒙。搜蔬茗送西禅寺助道场供设。清坐无事，竟无可作。督课如额，复始学书，莪讲《诗》。

十日　晴。午泛湘入城，补贺年，至四家，俱未入。出城赴西禅寺，行香执炉，随僧礼佛，从来未行此礼。刘通判、沈子粹、程商霖、寄禅僧俱集，以余斋设，初开经也。刘自命老吏，而语多俗法，又别自一种抑塞之才，使其得意，未知于王、卞何如。夕散。补课。

十一日　阴。遣懿儿往行香，诸女惟理字课。办衬僧线布，适值空乏，仅能每僧供钱三百，犹假之于佣妇。布店更无红布，远市求索为难也。

十二日　阴。遣复女送衬去，于彼法亦可谓应酬周到者。兰奢兰奢，自不可少。复曾竹林书。

十三日　雨。未明有狂人登楼叫呼，自起逐之，倏然去矣。

还寝待旦，起稍晏。朝食后正讲书，西禅二僧来。偶出临水还，见新柳葱然已黄，作诗一首。霖雨新水涣，汀洲岁华鲜。桑柳忽葱茏，初黄暖烟涟。久煊方望雪，含彩预迎年。霜霰傥再寒，芳茗何遽妍？人情贵初荣，与物共欣然。微风动地气，远兴赴流川。闲居每玩时，良序岂争先。春至有早暮，佳期安可谖。

十四日　阴。曾使求书去。考生多来见者。茙与小女戏，偶诮之，便拂衣睡去。余诸女皆傲很，容之则不可，责之则伤恩，未知近代人皆然耶，抑独余家有此也。前七人皆未至此，诚十年内失教之过。

十五日　雨。诸生入贺节者十一人。文擅湖来。夕食甚甘。师子来角抵，诸女出看，余独守屋。上下然烛，煮汤圆成糜，令择好者供荐，礼庙贺节，已二更矣。小坐烹茶，月出朦朦，已有春景，童稚无足与嬉，又多烂漫睡去，余亦还寝。

十六日　雨。讲《易》，仞字，毕，携盈孙至城，入江南馆，官士十余人，为补庆六十岁，秦子和以丧不与会，而衣冠待行礼，先辞谢之，并答谢文擅湖。主人先至者：二程、萧、杨伯琇、清泉令、杨斗垣、丁笃生、孙翼之、沈子粹。续至余未出迎者：文衡州子章、刘通判心葵、郑赞侯、高都司葆吾。后至者：儁丞、隆兵备、丁星五。余与擅湖①。共三席，亦有笙笛，犹愈于省城。大雨，水尺余，夜还，如客行江湖，野兴寥旷。子粹赠诗，即和二首。试镫风过绮筵新，高会湘东盛主宾。旗鼓论诗兼论酒，管弦催雨为催春。升平坐镇清南服，文雅同僚接搢绅。更喜曲终闻白雪，朱轮画舫共逡巡。（缺）依稀锦宴月溶溶。新栽桐树将鸣凤，旧种松枝已化龙。一卧东山理丝竹，偶窥春幕对芙蓉。十年弹指吾衰矣，输与酃湖酒味酴。

① 此处有脱文。前云至而“答谢文擅湖”，复云“续至余未出迎”。“余与擅湖”不得为后至明矣。

十七日　阴。晏起，讲书仞字，莪女无会心，尚不及滋，略愈窳耳，今乃知之。丁生来入学，衣冠见之。舟至大马头，舁往道署，诸客毕至，设二席，陈、丁、魏、萧、二程、二杨、朱，共十客一主，散稍迟，至院皆睡去，惟嫕妇相待，外一僮耳。午月照窗，明镫独坐。

十八日　朝雨，晨阴。食后出看冯絜卿，问江南官事。还讲书，已夕矣。仞字一百，不辨笔画，然烛毕课。入讲《诗》，《草虫》教妇顺，亦非以顺为正，以礼为顺也。《孟子》引《昏礼》而曰"妾妇之道"，谬矣。幼即疑之，未暇指摘耳。说《易》"或承之羞"及《论语》"不占而已"，皆有疑。《易》无以羞为辱者。又何以云"不占"，疑承羞仍当用《否》爻义，言或以脔为羞也。礼有常典，脔者，俎实。实者，豆实。今或以承为羞，是为不占，言助祭者贱不待占也。占、叶古为一字。《说文》："占，视兆问也。""叶，卜以问疑也。"一字，误分明矣。《书》"占疑"，或作"稽疑"，今文误以下有占字而殊之。不言不卜者，卜主于人，占主于鬼神也。人而无恒，则不待卜；不卜，则鬼亦不知也。《语》言作巫医者，南人本言巫医当以恒人为之，后改为卜筮，故《记》曰"古之遗言"。或曰"占"，口在下；"叶"，口在旁；"用"，口在外。三者为指事字。"用"，从卜中，非也。当作"申"，即中字，后分二耳。然卜在口内无义。得沈萱甫书。

十九日　雨寒。课读一日，颇似初在石门时。絜卿来，留坐，看新楼，并入室谈。李桂林孙来见，陈氏外孙也，颇有外家风，无李氏蛮气，当可成也。召匠检漏，因开左门，占书，壁宿值日，开门大利，当生英贤，恰合书院之祥。无心巧合，必有验也。

廿日　寒雨。督课竟日。说《旅传》"终莫之闻"，扞格未通，夜乃悟焉。旅人丧牛，无人肯告，故莫闻也。

廿一日　辛巳，雨水。雨寒。

廿二日　晴阴，始有春意。陈孙石次子来，及李桂林孙俱入内斋受业。萧鹤祥之父来，傲然自得，乡中脚色也。说“壹发为耦”，随君大夫射贵侯，前，君射三侯，为优尊者。后，士射三侯，为优贤者。大有经义，前思所未及也。检《礼经》多被人借去。不知谁某，所谓借书一痴者。郑衡阳送诗来，押韵稳妥，大似张粤卿。

廿三日　晴。得常晴生书，并送寿礼。罗荣来，求荐馆。近日诸生皆沿门托钵者，士风不振，可为一叹。和郑老湛二诗，所谓押韵而已。检日记，误少一日，廿一日犹未霁，雨中无事，忘记一日也。小女字课不误，余固未信，得郑湛侯书，乃知之。夜雨。

廿四日　晴煊。复书晴生。春气骤发，草木皆欣欣有花叶之意。检《尔雅·释草》篇，重校改之。

廿五日　昨夜雷雨骤寒，竟日雨晦，不复能行游。讲读如额。

廿六日　雨寒，有小雹。久闲游惰，重抄补《诗笺》一页。金莲僧偕寄禅来捐船，为移监院详府取之。

廿七日　雨。抄书课读，犹有闲日。得张文心书。为孺人作一小传，非常人情也。又寄悼亡诗来，求作妻志。殊无新颖可记者。新田文若火来。见道台，请阅卷者。懿讲《离骚》毕。

廿八日　雨。改“由房”旧说，驳房中乐，以为非典。正考索间，功儿来，云滋女、舆儿均至矣。院生方送礼，为余补祝，儿女均至，可喜也。滋在黄家甚不安，留依为宜，尤免纷纭。秦蓉臣来，内外喧腾。常婿来，珰侍姑疾不至。

廿九日　阴。诸生入贺者十五人，外客有彭、黄，皆谢未见。设汤饼三筵，内外家人二席。朝食后，又吃面三碗，院生补到者三人，又出见之。竟日停课。

二月

二月庚寅朔　雨。讲课毕，出谢客，已晡矣。秦子和来催客，自湘东还船赴之。朱从九、容臣、沈子粹、程商霖俱先在，戌初散。还，诸人俱倦寐，欲坐无可坐，乃出抄书一页，与功儿略话即寝，半寐忽醒，残镫犹明，复起少坐，梦曾涤丈，云收恤左孟辛之子，云已流落不堪。谈话分明，增人感怆。

二日　阴。子和来。督课早毕，抄书二页。讲《北门》，有疑焉，"王事适我"，必非泛言，盖亦卫朔之事。出北门者，廿五年会燕伐周。"入自外"者，入国。"王事"盖谓四年立黔牟，立八年，出十三年矣。"政事"则未知何指。儁丞召功儿食，并及舆儿，冒雨而往。

三日　晴。方入内讲书，偶出，遇程、杨，俱过功儿者，出谈，顷之去。功儿校《诗笺》，本余亦欲通校改，未暇也。

四日　晴。抄《王风》毕，计每日可二页，未为懒也。陈复心偕其弟师彭政钦字肃斋来。两湖院生不及陈也。陈问学甚殷，似有悟者。

五日　晴，南风大煊。预饬衤勺事。山茶一朵同心。儁丞来，衣冠答访功儿，老辈过谦，余不能也。夜大风，复寒。

六日　大风，阴寒。课读半工。功儿率两弟至西禅寺。杨家催客，往则絜卿、儁丞先在，程、杨后至，夜雨如酥，步泥还船。功儿尚未还，将睡复归，小坐寝。

七日　丙申，惊蛰。雨。家人庀具，余斋内寝。停课一日，唯写《诗》二页，夜分乃寝。

八日　丁酉。礿祭行弥，以显嫔神祫。案古礼，妇人不合食，于今情事未宜，故设位而祝，不称，亡于礼之礼也。午初始行事，未初馂，乃朝食，未觉饥倦。儿女俱与执事，又依今礼，不与于献。晡后小女孙辈看寿佛道场，云有烟火，衡俗所重也。大晴，甚寒，燎火以温，夜月如雪。

九日　阴。朝课未毕，絜卿来谈。本约今日竟日谈，为设面饭，要二杨、八、三上踝。萧礼卿、商霖同集，陆续来，已夕矣，散犹未夜。

十日　阴，夕雨雷。复常课，早毕，欲作杂文，未决也。抄《诗》二页。

十一日　阴雨，甚寒。常婿要伯琇同来，小坐去。课读如额。抄《诗》一页。

十二日　晴，仍寒。抄《诗》一页，作书与景韩，遣舆儿往学习世事。写字三张。

十三日　阴。常寄鸿、段怀堂来。课读无暇，仅而后毕。莪生日，未讲书，两儿今日当去，以闭日，改期二日。寄字五六纸。

十四日　雨风，甚寒。仞字课未毕，襆被放船，答访孙翼之、沈子粹，至儁丞处会饮。杨慕李、萧理卿、刘小峰、寄鸿同集，待久矣。席散，与陈郎复心小坐，儁丞同往程家饋庆春甫母八六生日，还船宿。夜雨。

十五日　雨寒，午后小雪。曾介石来谈。晨至程家祝寿，宾客杂至，云设五十席，余在内坐，待儁丞至乃设汤饼，王鲁峰、段怀堂、袁海平同坐。还，舟将至东洲，两儿船已发，相遇，便令即去。金莲僧来，言讼事，谢令亟去。

十六日　雨。先府君忌日，素食，独居。郭见郎、沈萱甫从长沙来，不能不见。已而二程来谢，黄德来拜寿，秦郎子和来看萱甫，皆入谈，且留饭，非特冲破忌日，乃更热闹于平时，无可如何也。申初设荐。酉正子和去，郭、沈同宿对房。郭报翰仙、陆恒斋之丧。

十七日　雨寒。沈发隐辞去。艾刻工送谱来校，未毕。文太尊送诗来，与书谢之，并与衡令书，荐沈生。陈复新来，留居客房，不肯，即襆被其甥榻，诸生皆往应考也。诸女暂入内斋，并糊楼窗，令滋女时坐其间，不恒与婢妪为缘，以洗浴陋。王佣欲蚕织，余嘉其意，将求蚕子与之。

十八日　愈寒，雨愈细如尘。稍理女课。文太尊赠寿诗。沈

萱甫催荐馆，匆匆复之。抄《诗》一页。改定青衿"往""来"之义。仞字，讲书，燎火始能列坐，然不似冬寒，尚能作字。

十九日　戊申，社日。雨。陪客稍暇，闲入督课，精神不甚相属，聊应故事耳。送米人索钱，竟无以应，借屼郎十千应付，复为富有。

廿日　寒雨，稍闻潇潇，犹非春澍。作书，应见郎之求，以干鄂藩，并致抚部，恐无益也。午后客去，复心亦辞暂归。夜暇，和文衡州二诗。陈芳畹又专足来，亦作书复之。谅其苦衷，存吾交谊，前怒殊不必也。南岳云开五马春，新分铜虎下丹宸。文章旧掌芝泥检，政化兼苻葛浦神。皂盖临流辉画鹢，朱轮飞辖驾翔麟。笙歌不为遨头宴，待向东胶问理人。　尊俎余欢得句先，阳春曲和武城弦。惭将樗栎施丹雘，敢坐桃笙首玉筵。都讲受经知雅化，微斯乐职待他年。春来莫讶花开早，为奏云璈集众仙。

廿一日　庚戌，春分。雨雪，时见日。晏起，佣妪犹眠。午前复晴，新燕参差，登楼看水，夕步洲旁，访桃花，犹未及院中盛开，杶亦未芽，春已半矣。抄《诗》一卷成，课读如额。

廿二日　雨寒。抄《诗》，《齐风》起。本欲仍旧，以抽补反废前功，不如作清本得二分也。程生招陪，儁丞躲生，雨未能去，

遣李孙往要之。

廿三日　雨蒙蒙。抄《诗》一页。将入城贺儁生日，保之来，及其第八子子新同至，留谈一日。清言娓娓，亦复可听，但不容他人说一句，又非小时争闲事之比。凡人老大学成，即有此敝，我自谓不好奉承，又未知比马士英何如。晡后入城，至仓颉祠，儁丞避客于此。冯絜卿、程、杨俱在，又一躲生法也。面至，辞还。招保之父子同食，夜谈至更初辞去，余未登舟，舟小人众，徒为扰耳。夜作诗二首。老年浑不怯春寒，清馆孤眠蜡炬干。恩遇许知归隐乐，旧勋闲当史书看。五州珍膳供甘旨，三熟蟠桃饤晬盘。为报玉堂厅酒好，急开家酿赛堂餐。（戏赠儁丞）　　汀洲散烟雨，春寒满川陆。登楼无所思，佳客来不速。沉阴谁与开，赖子豁纡郁。新柳绿复妍，轻波暗相蹴，既欣玄理畅，共乐清言寂。还舟更孤酌，掩扉遥望烛。咫尺复分襟，千里如在目。涉江多采芳，槃阿独寤宿。湘汉春草同，驰思向晴旭。

廿四日　雨。晨起，看邓船犹未开，陈佣女附舟去，将分付进止，皆尚未起，顷之去，已发矣。樊衡阳来，久谈，登楼，客去始理功课，抄《诗》二页。

廿五日　阴。急督学课，防有客至，未几儁丞果来，久坐乃去。仞字毕，已过晡矣。抄《诗》一页。夜再磕睡，起视尚余数行字未了，又补成一页。迎医治外孙耳疾，兼治真吻，乃欲服汤药，笑而已之。

廿六日　阴晴。桃李并开，乃督课，无暇出游。午后乃携四小女渡湘小步，天蒙蒙欲雨。抄《诗》三页。懿讲《易》毕。

廿七日　阴。四僧一令来，遂费半日。新清泉刘榆生，字星白，丙戌进士，人似朴实。抄《诗》三页。懿始讲《书》。诸女仞字未毕，已暮，夜乃毕之。雨潇潇至晓。

廿八日　雨竟日。石鼓馆师胡镇北来，字敬侯，壬戌举人，官教谕十余年矣。道署送课卷来，百七十四卷，晨起为翻阅一过，午后始毕，儿女并未暇课。秦容臣来请客，冒雨舟行，儁丞、丁、秦、朱、程同坐，云张联桂得桂抚，唐砚农黔臬矣。政府拔俊秀于外台，殊不知其何取，盖以正途未便索钱耳。夕还，夜至，衣履尽濡。夜早眠，三更后觉，展转不寐。

廿九日　雨竟日。湘水骤涨，夜寒欲雪。作文心妻墓志成，文格不高，挥洒如意，甚自得意，再抄视之，平平耳。与书文心夸之。儿女课早毕，登楼夜坐，二日未抄经，难于补足矣。

三　月

三月己未朔　晴。朝食后仞字毕，舁至东岸，答访黄总兵，即至冯家，絜卿方陈设花木。看画册，有王晓霞、董友善山水花卉数十页，云甘肃名家。又有赵千里《阿房宫图》，董思白字册。待至日昃，儁丞、程、丁、杨续至，懿儿侍坐，酉正散。溯湘还，水盛涨，行半时许，得一人助榜乃至。夜雨。

二日　雨，复寒。课毕，写字二纸。诸生未取录者及后至者来，见数人。得珰女书，荐其甥黄荣辛，云欲从学，大概思得一课，以给膏火耳，非担簦裹粮者也。

三日　雨。滋起甚早，云令节，欲踏青。庭中犹不可步，杏花未坼，小桃渐开，较城中固胜。课未毕，陈复心来，同朝食，久坐，问政学甚殷。与论患所以立之道，要在求人。午后去，方登楼，寄禅来辞，留夕食，遂至暮。夜乃毕课，已倦矣。十二日抄廿八页书，疲极无以加，比之世人犹为勤也。

四日　雨寒。课早毕。刻字人从省城来，家中寄杂物，四日而至。云曾沅浦修年谱，震伯率众抢其稿本，荒唐至此，又劼刚所不为。湘孙生日，作馓饵。夜睡稍迟。

五日　晴。早起抄书二页，犹未得食，申饬之。常宁课外生来见，以先入院待取，今不取，恐占房见诘也。邹刻字借钱四百，欲扰我，是区区者耳。督课早毕。谢庭兰习《尔雅》，来，欲留住。廖生云今年坐取者尽未取，颇为公道。去年畏鼎甲妹夫，今则无情面矣。衡山一曹生，道台熟识，亦未列正取，俟覆试升之。

六日　晴，稍煊。遣湘孙往程、陈、杨三家拜年，未初去。仍督课如额。懿、茙始看《左传》。莲耶作巡丁去。

七日　晴煊。湘孙出城，小船流去，还亦吐，欧、王妇亦吐。信妇女之不宜出游，天定之也。遣吴僮入城请客，套礼也，恐其来而先迎之，并与书程生，戒用烧猪。

八日　晴。丙寅，清明。早课未毕，程宅已来催客，本欲答刘清泉，因此未能往。步从白鹭桥上至城，儁丞、冯絜卿先在，段海侯、黄将、丁笃生继至，伯琇最后来，席散已暝，步至白鹭桥，已不辨路高下，适船至，乃还。夜月甚佳，率诸女步月。作杏酪。

九日　晴。将出石鼓，答访胡镇北孝廉，适有衡阳童生来见，云萧姓，取第三。众云："监生不可取课，有此例否?"余唯唯应之，以非我本识也。儿女读毕，并携至杨园看花，唯有木笔。将与海侯谈，迫暮，步月还，二女一孙均奈不何矣。夜月，寝，忽大风雨。

十日　晴煊。文若火南皋来。沈子粹、曹郎应萱、沈萱甫来，云衡阳令子来受业，名寿黎，字叔献，老廪生矣，年廿一，颇似黄星渔，又似易实甫，均留饭。道台来送课卷，欲假我名以行其私，黾勉应之。此皆为贫而仕之苦，无人知我也。

十一日　魏亦农来，无须而肥，甚言樾、璜之害。抄经，督课，如额。晴煊。

十二日　晴。晨起设荐曾祖母生辰。出答拜两县，并过旧令，诣隆兵备、刘心葵、高保吾。高处牡丹一花，颇为娟丽。出城诣石鼓，答胡敬侯，热甚，褫绅易衣，犹有汗洽。至樊琅圃处听曲，二麻、一周、冯、程、杨，余未及问。居然围鼓笙箫间作，度曲将百调，留食再唱，散已二更。步月渡湘，与冯、杨循磴至东岸冯宅门首，冯归，杨同步至其家门。月色正明，东风吹衣，至滩呼渡，家人半睡矣。夜起风。

十三日　阴雨，风凉。督课一日。夜大雨沉酣，湘流复黄，新绿映水，饶有春色。湘兰满花，马缨红缀，杂树皆碧，鸠啼甚急，正清明景物也。

十四日　雨。连日夜骤冷，复可皮衣。抄《秦风》，早可毕，忽懒，遂置之。说"渭阳"在华山下，乃悟晋东于秦将千里，地理荒疏如此。

十五日　大雨，风寒，午后复晴。昨未加衣，今复忍冻，甚不适，对饭不思食，已而又饥，颇难调理。

十六日　晴。稍理逋课，作西禅募疏。明果来，送黄精。夜月剧佳，小坐赏之。乔子来。

十七日　晴。午课未毕，王鲁峰来，欲觅阅卷馆，恐其未胜任也，辞以不荐。与同船渡湘，至铁卢门登岸，舁馔隆书村。答访胡蘁亭，辞以有客。入小西门，至衡阳，曹子已去，二沈略谈，郑少耶出，未及谈。闻府考童生散去，云"拔毛连茹""讨以金谷"，及"峋嵝禹碑"，皆别字，故不服也。府尊方厉精考校，而复得此报，所谓求全之毁。因过刘心葵小坐，复至程家更服。步访儁丞，遇子粹，别去，至江南馆，又遇之，因与同访容臣，云在朱嘉瑞店。入则朱方请我，容臣亦同出，过袁海平。秦在王店相待，遣邀看花。出城正冥矣，待渡又稍久，还院月上，赏玩久之。

十八日　晴。刘心葵来答访，云心安可补粮道。补课未毕，已复日夕。新生来见者数人，皆无威仪，作文戒饬之。拟作具留隆道台一饭，以报加礼。

十九日　晴。方欲理课，适请客，馔具皆须自料理，赖晨书三纸耳。日间懿儿写学规，遂未作课，仅为四女仞字而已。日夕高都司、段怀堂、袁监院相继来。客去甚倦，夜早眠。

廿日　晨雨，旋见日，朝食后遂雨。道台送学，便留食，答其公局及私燕二次之礼也。请儁丞作陪，因请通判，以黄营官陪，恐两县来，设二席，兼请教官及程、杨、丁、段，共十五人，俱不至，来者程生、丁笃生耳。四客中，道台本当早来，因请反晏，申初始起学，客散已夕。始闻子规。

廿一日　雨竟日。午课毕，泛湘至南门，舁至朱嘉瑞，陪儁丞，絜卿、沈子粹、秦容臣、程生均在，烧蟗菜甚佳，夕还。雨蒙草碧，春思满川。

廿二日　晴。遣乔子视珰。考“三百赤市”，并无大夫赤市之说，亦可谓奇闻也。诸儒朦混，误我一生，可笑亦可恨。

廿三日　辛巳，谷雨。晴煊。可单衣，将出游，阴雨忽至，抄《诗》又毕一卷。湘涨平岸，月藺甚开，桑叶成阴，蚕已头眠矣，子规夜啼，雨声愈壮。

廿四日　晨大雨，朝食后晴。遣觅佣妪于秦容臣，得二枚，皆不可用，以无人留之。

廿五日　晴，南风甚煊。课毕将午睡，因循未得。邹刻字来，取新抄《诗》二卷，与之写刻。

廿六日　晴。南风吹楼，芨芨有声，煊不可衣。夜往杨家，寻海侯谈，彼尚未知周公用王礼之事，可怪也。

廿七日　晴。彭仆去。沈萱甫及卜厚生来。小坐去。夜转风始凉。

廿八日　雨凉。复绵。抄《诗》欲毕，诸女仞字亦将毕六千文矣。说“三百赤市”，杌陧不安。盖曹无命卿，而大夫骄贵，自比大国，故云三百于赤市也。《左传》亦知三百人不妥，又伪造“距跃三百，曲踊三百”一说，以为三百注脚，千载而下，如见其肺肝，不然何三百如此之快迅耶！以文为戏，未免太任意，不似文人所为。为李孙改《韩诗》。

廿九日　雨。鱼子水大至，春思满川，所谓“熙熙登春台”者。抄《风》诗毕，纸亦罄矣。米贩索钱，借银与之。“去年穷，未是穷；今年穷，锥也无。”不知其所以然。写字数纸，恶劣不可看，取其涂满而已。以身为人役，亦须遇能役人之人，若不知艰难，但欲当差，徒自敝耳。

晦日　雨。晨起登楼，有咏诗之意，学徒纷至，遂不成咏，已而拟课题，看谢诗，勉拟一首。鱼子满川，唐以前无咏者，欲作两句，而意必熙熙，非雅言也。仅以一句备故实而已。诸女仞毕六千文，实为奇功。

四　月

四月朔　己丑。雨。晨出讲堂训诸生，虽有四十余人，未知学者有几，已屡饬整齐，犹未肃静。儿女看书，亦行故事，秀良者不易得也。

二日　雨竟日。考邶、鄘地，略分三辅，皆在河北。欲作一图，泲渎久淹，竟无从下笔也。

三日　雨。晨起登楼看《说文》，重复俗字太多，可作一书检之。懿儿讲《楚词》毕。无可讲者，令看类书，师劳无功，莫过于此。写诗，第二本毕六日矣，更无功课。

四日　晴煊。水涨平岸。遣觅抄书纸，欲重抄《诗笺》一通，犹未果也，所谓老懒。

五日　复雨。看课卷。考“练衣黄里”，无说通之，姑以为皮弁，出接宾客之服，国君之制；若以为祭服，实不通也。

六日　晴。为丁生改《礼记考》一篇，未甚精确。王嘉禾兆涵代便令，来访，洲中无设，备肉汤索面款之。

七日　晴。程屺樵送苋瓮、白䱀。二沈生来，送之渡湘。已有夏气，即还。诸女校《说文》，皆欲渴睡，数休之，日限一篇，不令少耳。茙女被训饬，遂称病不起。

八日　晨晴，午雨，夜遂点滴似冬。为李孙改时务策一篇，颇为扼要。始重抄《邶风》。

九日　丁酉，立夏。雨。晨起最早，沈子粹来辞行，作羹糁饷之，不饭而去。补督功课，已不及看类书矣。

十日　晴。抄书最勤，兼三日之功。欲检《水经注》经地别抄之，抄两三条而止。以无甚古说，多影响之言，于说经无甚益也。算诸女仞字已过七千。

十一日　晴。看《说文》，“鴙”误以为“餳”字，重看乃知不同，所谓“眊及之者”。湘潭沈赞勋字约门，自云廿年前曾往还，今来求馆，兼挟子筠书，少坐去。郑赞侯来，谈镜初临终，有无数呼冤者。盖其戒杀疑心，故生命示报，未了生死之魔也。夜始出两斋一行视。

十二日　晴。早课毕，命舟出，送沈子粹至潇湘门，觅渡不得，还泊柴步，登岸寻二程，均出。天极闷蒸，欲雨。得功儿书，当复，因留书程家，己亟还船。顷之不雨，复上岸看秦容臣，命移舟太史马头，雨复欲至，地湿不可坐，遂还。杨家觅得一佣妪来。

十三日　雨竟日。蚕长不能得干叶，蚕娘当愁苦时，而但责男工摘桑，可笑也。因此始知桑妇之苦，无异农人忧旱，凡事非亲见不知。午眠多梦，起乃奋然。呼缝工作夏衣，与书郑衡阳，辞戏酒。

十四日　霁阴。纨女生日，放学闲戏。闻花香甚甜，未辨何薰，有类崇祯所闻者，岂客氏复生耶？人心甚不易持，方悟六贼之说，大有体会。向来论无鼻有鼻无大关涉，十年前鼻塞两月，不甚知苦，今鼻通，乃甚危也，急收摄，静念以正之，俄而哑然。

十五日　晴。停课一日。先祖妣忌日，午后设奠。抄《邶风》毕。诸女校《说文》字毕，但须补部首一分。夜改廖生课卷。

十六日　晴。一日未抄书，正欲闲谈，潘蕉坡、秦容臣继至，客去，又倦矣。补部首篆百字，点画不成，匆匆便罢。

十七日　阴，夕雨。抄《诗》三页。真女独仞字，得三分之二耳。

十八日　晴。秦容臣来。考旄、麾、翿同异，未得确证。出城始谒衡守郑赞侯，遇黄镇，言湖北事，还至俊臣处小坐，甚热，夕还。夜雨。作小词。

十九日　雨。遣借缫丝具未得，蚕毕成茧，亦自可观。

廿日　晴。课早毕。算系厩马数，误以六为三，龃龉不合。检单衣，竟失之。

廿一日　晴。但课仞字，巡四斋，人半去矣。夕食前入城，两县招饮看戏，复见朱月秋，正十年矣。与絜卿、程、杨同坐，更有一任师耶、陈委员，二更散。得文心书。

廿二日　晴。抄《诗》三页，至夜乃毕之。许惺吾、程、杨来，乞荷花，夜往载还，钓者得鳇鱼，与食之。

廿三日　晴。“有求常百虑，斯文亦吾病”，不胜其好逸之思而至有求，虽智镫不能烧也。西禅僧送枇杷来，谢未见。儁丞送肉。萧圜桥来，坐一日，留饭去。

廿四日　晴。晨毕抄书及字课。朝食后得石珊书，言熊子事。午至城看《题名录》，湖南中者多熟人，蜀生中三人，亦名下，翁师定能衡鉴。会戏江南馆，听曲至六时，然吾未费日也，夜还怯风，步归。今日壬子，小满。夜见陈芳畹书。

廿五日　无事。

廿六日　阴晴，颇煊。督课早毕。复女复患喉痛，夜无人管，乃知孤女伶仃。与罗生讲书理。

廿七日　大雨。晨移复女自领之，并遣迎医，暂停书课，唯令看仞字，夜寝稍安。

廿八日　晴。抄《卫风》毕。说“萱草”，别无可证，唯有丹棘一说，未知金针为萱，出何典记。唯改“朅”“桀”义，比旧稍切，午诣俊臣、潘蕉坡，与商霖同行，至其家门各散。余赴樊琅圃处听曲吃饭，二更散。

廿九日　雨。新燕来翔，不巢而去。复女大愈，滋女又腹痛，盖热湿所致。夜发明课题。遣熊使去。

五　月

五月戊午朔　晴。宿斋内寝，唯督字课，小儿不可一日间断。

二日　己未。礿祭祖考，仍以嫔祔，祝词称之，不嫌也。巳正利[1]成馂毕。浏阳送文卷，衡、永送脩金，丁、段请饭，似有受嘏之兆。船至丁马头登岸，至水师营看张铭批禀。同至冯家，段、陈皆在，遂同至丁家，游杨园，满园湿暗，不可行。伯琇后至，设食初饱后昵，未夜还。看李老友伯寅墓志，虽不得体，亦尚不俗。

三日　晨阴。复芳畹书，送八元。与从姆书，送廿金。取百元还账，算火食。今年四月，用去百六十金，而寄卌金回家矣，每月犹卅金，未为节也。然一节百金，而百事可举，信钱之通神。

四日　雨。湿不可奈，坐楼上竟日，携女孙斗牌，连负甚愠。隽、冯送粽，又谢喉科。欧生办节物。西禅僧来。

五日节　晴。晨醒已晏，家奴未起也。得郭生鄂书。蒸煊未解，贺节者皆谢不见。午拜影堂。看竞渡。斗牌半日。晡食，冯絜翁送鳖，杨伯琇送粽、扇。絺衣犹汗，蚊声如雷，非佳境也。夜早眠。

六日　阴，蒸热。息风三日，便如盛夏，觉伏中犹较快也。午浴，絺衣，未觉能凉。

七日　晴热。看浏阳课卷，讲课，如额。遣募盆米于清泉，辞以僧道无缘。骤闻正论，不觉自沮。

八日　晴。吴僮饱欲扬去，顽不可使，复遣之。看课卷，督字课，余无所事。夜月。

九日　阴。遣寻黄营借钱，云往衡山矣。百孔千创，方知易笏山之窘况。夜大雨。贺年子遣相闻。

十日　雨竟日。滋生日，放学一日。写对联毕，楼上斗牌，仞字，阅卷，毕，食汤饼，看新妇。

---

①“利”，应为“礼”之误。

十一日　雨。理学徒常课。得鄂书，即复二函。水涨平岸。是日戊辰，芒种。

十二日　晴。教纨女、少孙写信。佣妪背所私，尽卷衣物以逃，其人追至洲上，阑入厨房，抱持而去，可骇也，亟遣之。盈孙始学仞字，日二文。

十三日　晴。先祖考忌日，素食居内。程生自泸溪教官回，来见，大水特来，便服见之。午设奠毕。课字，停余课。

十四日　晴。仞字毕。入城看儁丞，先过容臣，求女工丝车，与至朱德臣店中，求之不得，同至程家，遇儁丞，遂留夕食。看彭祠，得浙书，夕仍与秦还。步至衣庄，看衣，有一件甚似故物，欲买之。

十五日　晴。从黄总兵借钱得百千，补发浏阳奖银。复舆儿书。

十六日　晴。荒嬉半月矣，事不可长，复抄《诗》三页。懿病困卧，女妇缫丝，始知煮茧法。得瑎书。

十七日　晴。邹生来，云即当上省，托带课卷去。因补送廖母七十寿礼，与书朵翁，兼教少孙作家书，纷纭至夜半乃毕。

十八日　晴热，无风甚闷。遣乔子上工，并送邹去。看词谱，改课文。

十九日　晴。抄《诗》三页，懿始来讲。西禅僧来。复校谱稿。杨诚[①]斋说“《塞翁吟》衰飒，《帝台春》不顺，《隔浦莲》奇煞，《斗百花》无味”，今谱此四调于下。丨丨——丨•—丨丨丨——∘丨丨丨•丨——∘丨———∘——丨丨——丨•—丨丨丨——∘丨丨丨•丨——丨—•丨——∘————丨——丨丨•—丨丨——丨—∘丨丨丨——丨丨•丨—丨•丨丨——•丨丨——∘——丨丨•丨丨——•—丨——∘《塞》—丨丨丨∘——•丨—丨∘—

---

① “诚”，应为“守”之误。杨缵，宋代词人，号守斋。

｜｜—•｜｜——•———｜○｜｜——｜｜｜•｜—｜｜——｜○｜——•｜｜——•———｜○——｜○—｜｜○｜｜｜○｜—｜○｜｜｜——•｜——｜•｜｜｜——｜○—｜——｜—｜•—｜｜—｜—｜○｜—｜——•｜———｜○《帝》———｜｜｜○｜｜——｜○｜｜——•｜——｜•——｜○—｜—｜｜○——｜○｜｜——｜○｜—｜○——｜｜•———｜—｜○——｜｜•｜｜｜——｜○—｜——｜｜｜○—｜○———｜—｜○《隔》｜｜———｜○—｜———｜○——｜｜——•—｜———｜○｜｜——•—｜｜｜——•｜｜｜——｜○｜｜——•｜｜————｜○—｜｜—｜｜——｜•——｜——｜○—｜——•——｜｜——•—｜｜——｜○《斗》

廿日　晴。南风，午后北风，夕凉，大雨。前二夜未美睡，始得清枕簟也。看课文，讲读，抄书，如额，夜雨倾盆。

廿一日　雨。检汗衫尽失之，唯存八绔，盖佣妇所窃，以遗其夫，又当作之。仞字毕，放学。抄书三页。

廿二日　雨。复女生日，去年已作十岁，今但放学耳。小不适，一日未食，亦似去年，则可异也。仞字不可旷日，仍令如课。

廿三日　阴。抄书半页。看孙退谷笔记，似欲修史，而断烂不完，未知其用。夜早眠。

廿四日　晴。移两女下楼，日光渐灼也。重看吴梅村诗，专以用故事为长，是当时风气。

廿五日　晴热。儁丞来，尚衣夹。贺郎来，留饭去。夜看陆耀《文钞》，正如说梦，所谓经济之学如此，贺《文编》似尚稍博也。秦子和送洋绸纱来。

廿六日　阴，仍热。南风吹衣，风止即蒸，所谓愠也。连日唯晨抄一纸，尽日跂卧，移榻楼上。

廿七日　甲申，夏至。雨，甫移入而凉，未便仍出。看许玉叔试帖，张茂先所谓廿年内书也。云帐已破，重为装之。

廿八日　雨竟日。仍移外斋，课字，抄书，检地图，寻汝坟所在。今以叶、裕之间为汝坟，《水经注》以涡、淮之间为汝渍。

彼以溃为颍也，其说近是。

廿九日　雨连日夜。昨误展一日，斋夫又误以为月大，每日有日记，而往往差日，赖有临书记日可检校耳。

六　月

六月丁亥朔　雨凉。始出堂点名，领膏火者毕至。有陶钧者误后而索房汹汹，遂捶落李生门琐。余以琐门本当槌落，但不当径入内斋，申饬之。因自巡楼上下，则人满矣。钧又来谢罪，则更丑拙，喻止之。此衡阳人不知事如此，以为上舍生，何其谬取，总为要钱所害也。

二日　晨，雨止。水涨平岸，乘潮入城，便过杨伯琇，闻庶常湖南选六人，可谓多矣。孙莱山告病，文卿当入枢府耶？过儁丞，遇海侯、程、孙，段去程留，坐久之。步出登舟，至对岸雨至，强进数丈，斜风细雨，避人檐下。遣看絜卿，借轿来，伯琇适在，留饭，还船已暮，仅而后至，皆从稻田行舟，云水通酃湖，损膏腴田数百顷。雨仍不止，小坐即睡。

三日　雨竟日。水退气寒，小不悆。课讲抄书，聊了日课。黄船生送一佣妇，云年轻秀丽，家人皆欲壳①，以前佣索高价，姑留之。

四日　雨。竟日水退五尺矣。困卧不能理事，强起毕课。

五日　阴，稍愈，蒸湿不快。卧看小说。明、清科场文，亦自有经营想境鞭辟入里之义，但识见可笑耳。观此乃不能不咎定制之陋，若移以说经，必发明积疑矣。不肯放人心眼，宜其鄙浅。

---

①“壳”，疑为“卖”之误。

六日　阴。仍未愈。小女字课甚荒，未能卒业，而己之余课亦不复理。卧看平话，捻匪所作也。

七日　晴。早抄《诗》半页。说《采蘋》“盛”“湘”，乃知大夫妻不能视饎爨，天子用大夫礼，后亦不视爨也。故《周官》无视爨文，而《诗》美“踖踖”，又何说乎？户西牖东，位不可易，东南曰窔，牖所在也，以交木名之，宧以庋阁名之，但四隅各制名，制必有异，君子主奥，恒当户，未可南面向门布席而寝，其必更有屏蔽乎。段海侯、西禅僧来。

八日　晴。稍愈。晨抄《诗》，昼课，均毕，尚有暇。程生复来就学，移房居之，诸女并入内。夕有雨。

九日　晴，风凉。真女字稍生，盖日温八百太多，当酌减二百，自明日始。

十日　晴。复令程生讲《礼记》，仍有当改定者。日课甚忙，竟不暇息。珰书来，报寄鸿都尉之丧。

十一日　晴。复看《礼笺》，殊多未了。夕携盈孙与程、懿步至杨家寻海侯，谈“箱”“序”，未尽其说。余近欲改“箱”即序端，未知可通否。

十二日　阴。诸女游西湖，工人尽去，絜卿来，无人具茗，小坐而去。真女独认字。未几游人还，凡三遇雨，幸未沾濡耳。湖头蔡生来，外家族人也。

十三日　晨雨，俄止。阴凉，夕热，更浴。始理方名，检遗漏者，满屋散钱，殊难校对。

十四日　庚子，小暑。凉。看课卷。复思秦伯不名，“嫡得之也”。乃谓嫡得中国之礼，故以中国进之，余则从同，故初不发问。夜初更，闻院中嘈嘈，城中失火，诸生家城中者并去。

十五日　晴。搢子来，得萧顺孙蜀书。城中还者皆言儁丞家亦惊动，夜往看之，则安堵如故。遇程郎同坐，乘月舟还。

十六日　晴。看课卷毕。始得秦伯不名之例，夷礼不名，即中国书名也，不足以示进退，故于其始卒反名之，至后乃不名，与诸国之先名而后不名，一也，说者殊未思。乃为廖生改一艺，积疑顿豁，亦一快也。

十七日　晴。衡人今日尝新，家家设祭，颇有年景。程、杨衣冠来，初以为杨来辞行，及见拜簏，则为陈家送八字。儁丞欲与我结昏，其少子八龄矣，唯幼女相当，因即回庚与之，向例所无，乃古礼所有也。夕息风颇燠，顷之乃凉。

十八日　晴，有风。重校《馈食礼》，改定“箱”即序端，似无不合。陈郎兆奎完夫。新入学，来见。

十九日　晴热。课毕，已将夕，作诗一首，赠陈十一郎。玉堂金印有家风，璓佩青衿舞勺童。学篆已谙三体妙，成诗还与八叉同。南崖未肯夸年小，东鲁知曾养圣功。忧国不须求将种，坐看黼黻佐熙隆。初写时用传韵，误重押，重复改之，可笑也。定老矣，下笔易讹。黄生顾一佣妪来，苏州秦氏，颇有旧家格，近来所罕，但笃老，小女辈不能优之。何妇初求去，亦不去矣。黄佣不谙官礼，立即遣之。桂阳刘生来见。

廿日　阴凉。诸生毕来，外舍已满。为诸女仞字毕，小卧。日见蒸闷，泛湘至容臣处少坐，答访蔡翁、徐、孙，因至安记，絜卿方与陈渭春打窖，出谈顷之。舁至儁丞处，答访十一郎，容臣先在，怀堂、魏伊农、海侯、朱德臣、胡镇南、董亭、程、杨继至，设二席，芹酌也，未夕散。

廿一日　晴。摺子告去，与黄佣同行，仆从零落，遂无人应门。夏户部两子来，诲以干禄之道，及家庭争财之事。闻唐葆吾之丧，艺渠家遂无人撑持，可叹也。此则多财之累，若吾身后无所可撑持，则无所陵夷。午间率诸女清方名，检遗漏，满屋散钱，大风吹楼欲倾，满楼漂散，继以雷电，实骇心目，避之后廊，然九千文不可复理矣。风止仍清得二百文，失散者十之一，当再检之。

廿二日　晴热。检字近二千，亦有可乐。刘生允嘉来。始罢夕食，汗浃衣，急浴复汗，夜移楼上。

廿三日　晴，稍得凉风。检字数作数休，讲书稍晚。厨人来治具。秦容丞来，留夕食，云已饭矣。

廿四日　庚戌，初伏。得鲥鱼、羊肉，约伯琇来朝食，兼约嶰侯演祭礼，来迟，日烈，不可动作，清谈而已。二客俱未早饭，各食饱，待偶丞，未初始至，饭罢已夕，送客去，遂暮矣。

廿五日　晴。始得甘食，佣妇忽病，恐其中暑，皇皇然。次妇生日，办汤饼，殊不能佳，偶送林禽、新藕。佣人来上工。检字竟日。复女病泄。夜起看月。

廿六日　晴。正热，甚爽。懿、复俱病，功课俱懈，而夕热，听讲不能休。愚人多忙，责之不可，忍热毕之。夜检方名，甚郁，移出外斋，闻开门声甚厉，斋夫夜分不睡，未知外间何所作，欲出看，又须惊动人，将私察之，近于掩人私，遂寐无为。

廿七日　晴。检方名竟日，多失散，诘问湘孙，则啼匿楼上，呼之不下，及夜遂病矣。

廿八日　晴。检方名。懿稍愈，亦未问其功课。

廿九日　晴热。连日北风，炎气颇甚，坐廊下，漠子嗜噬，足胫无完肤。湘孙病，似疟，将问医防护之。

卅日　晴，日烈。将携湘孙往求医，惮暑，遣懿儿代往，则啼不肯从，不得已自携仆妪入城，至江南馆，屼郎不在，请王辅世来诊之，石门旧邻也。暂至程家省程母，借坐阑，还已夕矣。

闰六月

闰月丁巳朔　晴。晨出点名，诸生一夜不睡，颇似试场。朝食前毕散，皆往道考矣。检方名，听讲书，程生亦草草，不能大愈于懿也。

二日　晴。佣工告去，以我为可困也，即遣之。陈郎湄春来，留食不就，云其甥已办矣。西禅二僧来，言寄禅复至。

三日　晴。寄禅来。看日记，数日不书，似于荒怠，实则日理字书，无暇他及也。满屋散钱，以廿日一一清理之，大似年大将军，一发一蝇系解俱关精力，只是初写时一懒，遂须一月勤始可补救。令诸女日理六百，更分六书次第别之。夜热伤暑，起眠外斋。

四日　晴。得风顿快，中伏反凉，然已廿日不雨矣。检字六百。夕食炒羊甚美，已而烦闷不可支，佛氏冤亲之说，疑有之耶?何一箸之能为疾如此。夜稍愈。

五日　晴凉。检字讲书。火夫去半月，殊无人力，程家又觅一佣工刘姓来，姑留试用。遣斋夫除草，乃知芍药久枯，恐不活矣。

六日　晴。稍热，然有薰风，尚可伏案，但入室则肤燥耳。临桂李小浦鼎星。自京下第归，道过来见，云得之秦子和，在螺山守风十日谈及，因便访也。人朴质，颇有本务，言及蚕桑不行之故，官局茧斤二百，而茧纸一千，乡民失利者多，亦可笑也。戴生卒哭来。回斋读书。挥汗接二客，退，亟当风，而热气灼肤。至夜入室则热，五更始解。

七日　晴。检字，竟须半日，日日以此为事，及罢已倦矣。

夕下湘看程郎，因答彭肃斋，送陈郎，即过儁丞谈，来往热风吹面，不可呼吸。

八日　晴。看小说。检字已过半，夜不能凉，尚可就枕耳。日食则大减。

九日　晴。偶作《苦热诗》云“露枕毛发烦。夜风絺纻温”，似有图云汉之意。因寻《乐府诗》，苦热苦寒皆述征役之劳，知闲居不得言寒热，更无所谓苦也，诗不可作。屼樵送瓜六枚，夜食二枚，俱未熟。

十日　晴，向晨即热。仞字一百，不能复坐，罢之。游行少愈，再坐仍热，盖今年极暑日矣。北风徐起，震霆骤至，雨随飘入庭阶，庭下芭蕉顿折四五科，而不甚凉。将夕乃毕字课，五更复雨。

十一日　晨雨连午，遂有秋声。昨夜云暗气凉，川空寂旷，不胜泬寥之感。盖四时迭代，皆有惊觉，无如秋之最愁也。然宋悲凛秋，则仍未写此意，苦热诗既不可作，感秋其可广乎？屼樵来，言萧生妇为雷击死，观者数千人。其妇有贤孝名，而俗云雷不击孕妇，今两失之。遣懿唁焉。仞字可毕，以太久罢之。

十二日　晴，复热。检字始毕，乃定六书之分。凡有部类而象形者如“眉”　“肩”，仍象形也。有部类而象事者如“衣”“弦”，仍象事也。会意则必两体皆成文，转注则两体皆不成文，或形不成文也。有声者，皆形声也，省声亦声，不假借而实假借也。如此则六书皆有字，且截然可分，一省牵缠，复大次焉。

十三日　晴热。看《水经注》，讲《礼记》，又毕一编。夜与诸女谈时事，为诵赠伯足诗，忘一句，检稿本，则黄生琐箧中矣，荒唐无知，可叹也。

十四日　庚午，末伏。晴凉。程生欲讲《公羊》，亦助我温理，姑坐听之。与懿念书经无异也。教初学不必求益，有明知无益，而于我有益者。

十五日　辛未，巳时立秋。立表候之，无凉信，唯稍阴耳。暗晴更热，终日无所事，唯仞字听书而已。

十六日　晴。家中未能办中元，前在石门，皆用省城寓钱，因附书求之，并寄《诗补笺》样本去。

十七日　日烈风凉，居然秋阳矣。火夫懒甚，遣之。觅人未得，陈仆晨炊，王、何妪夕爨，殊不成事。夜月如镜，再起裴回。

十八日　晴，复热。偶思桂阳山水，看孟辛旧图，兼校全本《水经》底稿未毕，初无同异也。又浙中水注文不似道元，亦从来所未觉。

十九日　晨起甚早，初无风凉。马岱青子来。儿女中已少知者，唯次妇尚忆之耳。弹指古今，可为一叹。

廿日　晴。闻雋臣腹疾，遣问之，云尚可见客。日烈不敢出，将俟稍凉入城也。今日极热，有雷日之炎，以为必雨，乃竟爞爞至夜，南风骤吹，炎气愈盛，工课草草了事，已则一无所作也。为程生改诗一篇。

廿一日　晴。日光稍淡，然热气未减，二日即末伏矣，不患难逃也。仞字苦不能毕课，因早在楼，便检之，至三百，已蒸炎如洪炉，避下，小睡。大风南来，桑叶乱飞，飘雨横一丈，犹为青蘋末也。然无大雷雨，顷之而霁，得稍凉快。进粥一盂，食饼四枚，日内锐减饭数，亦殊不饥。卧看小说，复温《大传》，偶思“方六七十如五六十”，盖兼殷、周三等伯、子、男国也。殷伯七十，子、男同五十，故有方七方五之异。周则伯三百里，食三之一，是食百里。子二百里，食四之一，是食五十里。男百里，食四之一，则食廿五里。三者合百七十五里。三六百八，故有六数。

本据殷制，合为一等，故皆言六十，非真有六十里国也。

廿二日　晴热。楼窗有风。课字未毕，衣燥肤烘，下房暂睡。看《船山诗话》，甚诋子建，可云有胆。然知其诗境不能高也，不离乎空灵妙寂而已，又何以赏“远犹辰告”之句。夜得李雨苍诗，雨、月通押，骇人闻见，戏作二首嘲之。男儿得寿已非奇，定远封侯却太迟。尚有蜗庐供笑傲，更无牛相赏嵚崎。胸中自郁匡时略，病后能吟出韵诗。伏枥壮心千古恨，可怜张额不曾知。　六白翔栖振鹤翎，下看南极老人星。九州落落存知己，霖雨茫茫梦武丁。自是仲华持节早，莫辞陶令闭门醒。且携丝竹东山去，别墅棋声正好听。

廿三日　晴，稍凉。欲入城，畏日，遣信去，问儁丞，看瓷锡器，还报皆无。程生来，云城中多病，暑盛使然。

廿四日　庚辰，出伏矣。热乃未减。晨坐楼上，便如蒸熬，功课竟未能毕。夜看《诗》二页，蚊漠纷集，额肿矣。

廿五日　晴。热光外灼，虫蚁来咬，极苦境也，然亦不觉。昔人视足犹土，小痛蛘何足问，但咬我者亦殊不必，岂亦有冤缘耶？督课早毕。

廿六日　晴热，有雨，愈暑，夜乃小凉。何妪告归，求千钱不得，可笑也！向程家借之。功课仅毕，早眠。

廿七日　晨阴。朝食后入城，省儁丞疾，遇医诊脉，至一时之久，可厌甚矣。儁殊不觉，反以我方为可怪，如此处事，安得不愦愦。既非性命所关，无庸与争；即性命关，亦不能争也。见其九郎兆兰，字芝年。还遇卜允斋，与陈梅生正将出门，要还小坐，欲问京中事，匆匆不遑也。字课未毕，已夕。大风雨，始凉。

廿八日　晨日鲜红，知为阴雨之兆，暑可逃矣。检《水经》未下笔。海侯来，谈《礼》，问倚庐地。初言在殡宫，误也，乃各在其宫，庶子从长子耳。湘乡罗培钧来，罗山族人也，东洋随员，正欲招客，又得一烟客矣。云曾家被劫，殊骇人听。昨课未毕，今更晏，急督之，未夕而竟。程生欲讲诗法，偶解潘诗二首示之，兼言文字之用，所以养性情也。

廿九日　晴。起晏，日上窗矣，夜凉好眠，致不觉迟。当入城看梅生，烈日灼人，迟久之乃行。步自白鹭桥，过子和、儁公，遇程郎、王医，留点心。乃出访樊琅圃，至清泉，梅生已出，因出城答访罗知州，看瓷器。入北门，看两贺，郇仙留食，其弟亦出见，款待殷殷，甚有年家雅故，亦不特杀，尤为率真也，为饭两碗。还过二程，呼舟溯湘，已昏黑，犹有热风。秦容臣来。

七　月

七月丙戌朔　晨起盥毕，已日出。出点名，发题，入城还。夜有雨。

二日　丁亥，处暑。晴。遣人入城，治办尝祭碗楪。张郎卜臣来，鹤帆第三子也，名家枚，附学生，李黼堂所云克家者。云求书干黔臬，正欲通信，即书与之。沈生来谋卝务，儁丞送佛手。纷纭客使，无应门人，甚为仓卒。留午饭，无人炊爨，遣呼次妇自出办之，幸而得食。日课亦未废，差为有条理。

三日　阴晴。早课毕，治具招客。罗晋锡最先至，陈郎、程屼樵、子和继至，待梅生至暮，肉干人饥，频欲设矣，家人故迟之，将夕乃来，卜允斋同至。饭毕犹未昏，可知其早办也。

四日　晴，有雨雷疾风。作书与聂仲芳，论衡山捐款。诸女仞字，又校一过。借王菉友《释例》，看其分六书，自转注外，差为有伦，而说假借处尚非，欲更为说正之。

五日　晴。得功儿书，寄孺人墓志拓本，亦有可观，偶钱未至，秋荐将临，遣人城先备之。丁生母将往长沙，因遣次妇同去，以省护送。夜雨。佣工去。

六日　晴。看王《字说》，如数家珍，亦尚可喜。又得蚕胎生之说，蚕书所无也。阅课卷，有周秉章者，甚有心孔，遣召之入谈，云已卌余矣，向未从师，可惜也。祁阳彭瑞龄亦有《经解》，可取。妇女作包。

七日　晴。朝食后樊衡阳来，谈颇久，客去，暂歇，仞字毕，已晏，讲书后，未暇他事。夕食，雨骤至，雷风飘雨，半屋不可立足，非可久居者。岁作金银锭，用纸万张，所未闻也。盖孺人兴之，宜长妇之避事，固非一手可办。乔生来，正无人炊，令暂主之。佣妪去亦三日矣，内外俱定，方遣人去，更请黄船芝觅之。凡人家不可无杂客，此等事正须人了。夜看集帖。

八日　晴。将出城，日灼不敢去。家信来，往返将一月，迟滞可笑。黄船芝来。

九日　晴，更热。将出报谒学台，仆云国忌，乃止。遣信回，并复陈芳畹。夕张子虞预编修来，议论亦慷爽，非阴鄙者，久坐乃去，无一人应门沽矣。

十日　晴。晨起送张登舟，日出矣。闻炮声，知舟发。复问梅生，亦去矣。过儁丞而还。烈日灼人，几不任暴，仅而后返。楼中已不可坐，朝食减少。

十一日　晴。暑气愈炎，日夜无纤风。次妇将归，约丁生母同行，船已定，劝止之。湘孙床已卷，夜从真眠，余乃登楼，热未退，小坐看月，无可共语者。

十二日　晴。朝气不凉，热将极矣。小时笑高旭堂呓语不忘张石卿，今乃频梦孝达，其交情未能至此，盖亦督楚之力耶？凡人平等观极难，余用功卅年，未能去其种子，挑水夫与总督大有分别，何怪俗人之颠倒。然外面排场已做成矣，近世殆无能及。程生告去，令周生移内，以彼词章尚有思路也。

十三日 戊戌，尝祭。新稻未送，从市觅之，已而送米人来。治具，未晡而办，然热甚，非妇职可任，厨人为之，失家法矣。申正行礼，热亦稍减。郑赞侯来，谈易笏山父子。程生辞去，回任送考。

十四日 晴。看课卷毕。作书寄文心，送墓志。得陈芳畹书。与书朵园，云其女宜留侍养。作字三纸。

十五日 晴，北风大作。次妇、两孙均待去，船过午乃至，行李累累，亦可为累矣。秀枝夕来，饮酒一杯。

十六日 晴。移床内室，扫除布置，又一境界也。北风犹壮，秋日盛阳，课读稍减。讲仲山甫家世，未知其祖，寻《世本》不得。胡婿有考尚详，云仲山甫，异姓之臣，汉人说也。

十七日 晴。壬寅，白露。稍凉犹风。寄禅来，谈官事，云李友兰甚悔召之。何佣复来。午后欲雨，旋止。

十八日 晴。方乐闲静，雅南忽来，如牛玉浦遇油襟人，通身不自在。徐而询之，云欲干刘鹤龄，且令少安。看近人古文。

十九日 晴。携复女下湘，看塞温神，至絜卿家小坐，叫嚣不宁，还止大树下，施榻小坐。渡湘看儁丞，遇程郎，言英夷必欲入湖南。儁颇知其无害，近识时务者。还树下，看天符出巡。还舟始夕食，懿儿、乔子均去矣。

廿日 晴。晨理字课毕，始朝食。黄总兵来，云新抚将至。作书与刘松生。送雅二千，又渡一厄。讲《顾命》“东堂”“西堂”不了。说“黼裳”“蟻①裳”皆杂裳，庶乎无牵扯之敝。

---

①“蟻”，应为“蚁”之误。

廿一日　晴。说“祛褒”，分为二服，皆继袂者，似为稳妥，而深衣三袪，无文言之。暇寻桐城前后诸家，亦有以自乐，正所谓俳优之文也。初时心粗，但觉其可笑耳。卧间房午睡，乃不觉受热，醒遂不适，至夜大剧。

廿二日　晴。刘心葵来谈，亦云吴大徵①欲立洋马头。余独以为不然，节前将至矣，以余度之，必先杀人，而后要钱，乃为文武之材也。外斋日灼，移内，未事。

廿三日　晴。顿凉，可夹衣。卧病一日，诸女云顿瘦矣。看小说遣日，饮酒化痰，觉比他药为效。

廿四日　晴。小愈。蒸肉不可食，亦不思食也。秦子和送梨，食二枚。稍饮杏浆、索面。多卧少坐。

廿五日　晴。周生来，问古文，告以近日所得，周云吾论甚奇。盖彼日闻奇论而不悟，乃以平者为奇耳。夫学之逐末者，其始在厌常舍近，故益奇也。言治不已，而言交邻、言战、言阵、言器械，至于言炮火，奇已极矣，乃以言自治者为大奇也。言学不已，而言道、言读书、言文、言佳恶、言骈俪、言单思凑微，至于八家门径、桐城派，奇不可究矣，乃以言时习者为大奇也。言仕不已，而言科举、言书院正附课、言膏火多少、言学规、言赏罚、言规避，至于冒名领卷，请人住斋，奇不可方物矣，乃以言闭户用功者为目所未见、耳所未闻也，岂非惑之甚哉！由此推之，则父子路人，而以孝慈为奇；朋友市道，而以然诺为奇。举古昔之所谓布帛菽粟，皆以为景星庆云，此又宋儒传《中庸》后之别境，要皆自以至奇为至庸者，心目中无庸之非奇也。蔡舅、徐孙来。

---

①“徵”，应为“澂”之误。

廿六日　晴。将入城，贺年子兄弟来，并携一子，留饭去，已夕。仅于中入讲《诗》二章，诸课并停。

廿七日　晴。未日出起，命舟下湘，自白鹭桥步上。至儁处，闻州县小有不靖，张、李颇欲求退，奇闻也。要地难闲，何能有此想。过程生处早饭，至衡阳令、衡通判处久谈。还至屺樵处，遇子年、允斋，云有曲会。欲往樊琅圃处，余惮行，更邀之来，遣约冯絜卿不至。饭后步出南门，过盐局，正欲饭，下船已昏，路沙不可行。得唐葆吾赴书。门祚赖丕承，不愧州闾旌孝行；京华昔从宦，至今台阁尚嗟称。

廿八日　凉雨。顿服二夹。写挽对，并作常寄鸿一联。世爵不干荣，老作诸生，克家何必曾勤惠；趋冈重访旧，秋清邻笛，叹逝增怀阮竹林。待干，寄唐联去，加一幛，报百元也。唐氏交情恐自此止矣，为之怆然。舁舟下湘，入柴步门，至樊宅听曲，二鼓始散。

廿九日　雨竟日。真始诵经，授以《特牲》，自抄三页，始知《特牲》为宗礼。今日仲章死日也，未为设奠，以其在三年之中，妻子始有忌耳。城中移桂来。

晦日　雨寒。抄《礼》二页。耒阳送卷来，无甚可取者，以其初学，亦随事诲之。诸生来点卯者三四人。

八　月

八月丙辰朔　晨起，出点名，发题，还内看课卷卅一本毕。雨竟日。校谱传，抄《礼》二页。

二日　晴阴。丁巳，秋分。贺郎送蔬脯，云当北行，求信荐馆。祖考生日，设荐。冯絜卿送羊，秦蓉城送饼。莫觐庭来，云分江南令，丁忧还，来看陈中丞，夕去。食羊过饱，夜闷眠不安。

抄《礼》一页。

三日　晴，始凉。水涨，遣陈升还乡收租，并办半山祠祭。佣仆尽去，方欲闭门习静，樊衡阳之弟及卜允哉来。任师、庄生、张某来，皆府幕也。陈绶卿来，云丁婿来就昏，已至长沙。顷之文衡州来。人客纷纭，家无僮仆，甚为忙窘。六客坐半日去，陈留饭，致丁慎五书，去已夕矣。晴生来，正值客拥挤，少坐即去。

四日　晴。出答晴生、莫觐庭，并与屺樵同行，看儁丞，殊未愈。过商霖，发家信，还作二绝句。为江西樊少尉题帧。字菊圃，琅圃弟。计方名字七千三百九十八。不到庐山三十年，五松双瀑想依然。无情只有长江水，闲打空滩四板船。　塔去林存又一时，比来番客劚墙基。琵琶亭畔唐时柳，斫尽烧残更作丝。夜雨。

五日　晴。贺子求书，为作二函，干李、勉林。陈。伯屏。抄《礼》一页。

六日　晴。仞字毕，已过午。自出呼舟渡湘，循岸寻秦容臣，与同过二程，便买《水注》不得。秦力已疲，与同还，过子和少坐，下船还，已上镫。诸女皆候外斋，饭一碗，少坐即寝。城桂已香。

七日　晴。艾刻字送谱稿来，棼不可理，约自往告之。抄经一页。夜雨。

八日　雨竟日，虽清不爽，颇有孤寂之伤。抄经督课，间以斗牌，壮心尽消矣。

九日　雨半日，晡后见日，夜月甚明。家中遣人来，送男、女佣各一，见三儿书，云将还矣。功儿又往江夏。

十日　晴。抄书一页，日课毕后看课卷，兼考堂室之制，仍未分明。因思宫室遗规，何至荡尽，盖亦秦坏阡陌，并毁之也。

十一日　晴。秦子和送桂来，香在梦空，怃然不乐。两日头疡大发，遂废眠食，谁云疥癣可不治也。海侯来谈。

十二日　阴。絜卿约听曲，阅卷毕而往，已后客矣。樊、卜诸人毕在，唱阔口者为佳，元曲亦自顿挫，无词章习气，宜其独步。夜还微雨，榜行颇久。

十三日　昨夜雨不绝，及晨愈壮。正在岑寂，郑湛侯来，谈文友甚洽，因留早饭。客去过午，余犹以为甚早，从容课业，旋闻食具，尚嗔其早，钟表已停，唯视天色似欲夕，乃命食。又遣儿往程宅问煤炭，还已二更，雨未停滴，湘水复涨。得易硕甫书。

十四日　雨连昨夜无息时。冒雨下船，看儁丞，与其从子芙初谈，儁所最称许人也。稳当无名士公子习，然闻其欲加捐，则又甚谬，尚未能知其深。大要世俗人算账，草草不能结，略为部署而还。醴陵已报捷矣，云避兵者颇动两县，江西尤扰，湖南尚安静。新抚已视事，首送军功与之，愈于璁、桂进官耶？夜雨势稍衰，然赏月会已不必论。看易氏父子诗。

十五日　阴沉颇固。中秋无月，幸有桂耳，拒霜争花，秋湿闷人。携诸女斗牌，亦各有意见，旋复罢之。张妪喜作灶婢，则又陈仆之流，人好尚信不同，刀砧何足乐也，而甘之终日。子和来谈，云阿克达春不职，乃革道府候补员数人，而本官但察议，是候补之贱于实缺，有奴主之分也，求仕者可以鉴。

十六日　阴。癸酉，寒露。抄经督课。程郎来，云阿抚查办诸人，并有后议，近事之稍有公道者。萧郎伯康入学来见。

十七日　阴。茙始讲《礼记》，说“五人异席”及“冠衣纯素”，皆有大疑，方知治经无穷。

十八日　阴，有日。晨荐先祖妣生辰，设汤饼，馂毕，出答萧郎，因过海侯，勘《特牲》疑义。还将渡湘，日出，饬回。见一小舟泊门前，云瑒女回，携两外孙女，一乳妪，虚南室居之。

夜始见月。

十九日　晴。胡敬侯来，言夷务。抄经，督课，如额。头创夜发，不眠。

廿日　晴。晨起沐发。王辅世来。抄经。督女课，懿儿愚痴，遂废学矣。字尤俗拙，可恨。夕至子和处不遇。

廿一日　晴。抄经，得解，颇释诸窒。夜与周生论学，老生固蔽，不可诲也。

廿二日　晴。卜允斋与衡阳尉及蔡生来。刘清泉继至，遂忙半日。

廿三日　晴。稍理逋课。晴生寄其宗子所著书二种，亦乡间肯用功人，请为序刊，藏之。

廿四日　晴。朝食后至城外寻容臣，与同看儁丞，遂入府署，答访任师耶、甫臣。庄、叔成。杨，子亨。至清泉尉蒋、子湘。衡阳尉江，少甫。兼寻卜允斋。过当铺，看蔡，德民。甚饥，还至秦家吃菌面。复与其仆入城，过二程，买柑、笋、花生、红薯而还。夜食甚甘。得功儿鄂信、陈荪石书。夜倦早眠。抄书半页，诸课并停。

廿五日　晴。抄《特牲》毕，细勘，似较前为简到，然无卓绝处，唯考出玄冠三裳，又得一典制耳。

廿六日　晴。陈升回，一事无成，复遣下湘。涂一滑很，不可用，并遣之。张妪遂求去，去其所私故也，笑而遣之。近日人情诡谲，迥非卅年前风气，乱不久矣。湖南为天下朴俗，败坏至此，武功太盛故也。

廿七日　晴。乔生、熊子并去，徒为船户笑耳。北风大作。蔡德民送画。抄《少牢》，始识牲体有二肩，而从来无说。采菌盈担，一家厌饫，亦口腹之一乐。

廿八日　阴。散学一日，携两小女秋游，便至海侯馆，中耕夫人必欲舁送，且令两子留饭，俛而从之，又生一事矣。夕还即睡。

廿九日　阴。得张孝达书，笔迹不似早年，盖幕客所为，不然则红顶必学颜书也，亦不似杨锐之作。

晦日　雨。昨日秦容臣来，言衡阳馆事，必欲予至彼探之。老湛非了事人，余辞以未闻也。还过儁丞，小愈，可无忧也。至程家，遇笃生，乃知明日船山生日，有祭。同至安记听曲，吃鱼翅。夜散还舟，颇有老大江湖之感。

九　月

九月丙戌朔　雨。因祀船山，不点名，拟祭礼，既非释奠，又非馈食，当用乡饮飨礼，未遑改定，姑依俗三献行之。诸生无衣冠者，大半手足无措，再演略胜跪拜耳。已至夕矣，要海侯来看之，设四席，食半，秦子和及周琴师、李道士、蔡画工来，皆绝妙诗料也。夜倦早眠。

二日　阴雨。抄经二页，于“载俎”稍有据征，读书不熟，非再抄不觉也。经中罅漏不少，乌能尽通，大要《仪礼》太僻，用功者少，以至如此，考得无甚用，不知则大可耻，有类刻楮耶?

三日　戊子，霜降。阴晴。抄《少牢》毕。竟日不得肉食，明日当素，今日已疏矣。廖生来求荐，书院又一多欲者。刘刚直坚苦卓绝之行，士林所少，奈何奈何。

四日　晴。先曾祖忌日。萧、丁招饮，辞焉。在外斋闻人语，开户视之，二客闯然入，一王鲁峰，一苏彬把弟，来游学者，所谓狗冲破忌日者，不得已亦延坐，与泛谈久之。客去，设荐毕，已暮矣。

五日　晴。冯絜卿来邀，云其家已设，当往，候客至，则曾未告厨人及诸客，可谓荒唐绝天下之伦者。人船已还，芒芒渡湘，至安记，客来麻、沈矣，顷之曲师继至，待樊琅圃未来。往看儁丞，门遇接三子及程郎，商霖送熊掌。仍至安记，诸客次第来，席设三处，外坐傅、姚、唐、马、麻、沈、周、冯，皆曲会友也。内厅樊、蒋、江、卜、张、蔡、李，五官、二画师。内房蔡、任、庄、杨、周、程，五幕、二主。棋曲间作，至二更乃散。

六日　阴，午后雨。抄经已卌日，得八十页，日课之效如此。夜思吴大澂告示，殊不知保富贵之道。欲书谕之，既念无益，且不闻往教，当作一论耳。自余生时逢侲儴，天下迄无一明理之人，今我不述，后生何闻哉！

七日　雨。寂静无营，抄《礼经》四页，颇有发明。金莲两僧来，言官事，与书文衡州说之。衡山萱洲金莲寺僧，前到书院，捐渡船一只，并云可捐钱百千，问其何故远捐，诉云为地方所苦。因其先有租船借渡，遂欲其捐田为经费。本寺先有田租二三千石，今衰落不支，因船受累，不捐公所，后患方长云云。当告以书院现有二船，方苦多费，又无因受僧家捐钱之理，既惫口舌，为请府尊行文衡山查明，将坐船解来可也。僧即书契，交监院备文，蒙饬行衡山令查明，有无别情。申覆在案，迄今半年，官更三任，并不申覆，似有碍难之处，或疑书院利此一船耶？原契只求将船充公，如衡山县有需此船，或径将船断与地方，原无不可，本府公文置之不覆，则无此体。今寺僧又来面诉，云船窗格扇篙桅桨蓬①一切早被地方抢去。欲僧报抢案，则可构讼，构讼则可令僧家破财。既见寺僧不争，复又在护县令及代理吴县令具控二呈，不知何词，但见新批候催带究追。未知追与地方，追与书院。若追与书院，书院无须此船，府尊文亦无“究追”字样。若追与地方，其船现在本处，宜追具控之人，不宜追寺僧也。总之寺富有名，多财为害，借端生事，县令恐不及知，若不严防讼棍，良懦受害，上朦府札，下蔽县聪，使书院息讼之心转为滋讼之本。合无请饬代理吴令，于回

①“蓬”，应为“篷”之误。

衡时便道勘明，此渡船有何可争，有何为累，使地方、僧家两得相安。并移新令，申覆府文，以存政体。

八日　晴。梦缇生辰也，设奠。小儿能哀，尚有可取，诸女皆垂涕，余亦素食思哀，竟日无营。

九日　晴。朝食后出送画师二元。至程家，写信与陈伯严，便看僞丞。过子和，已去，至容臣处买疏果而还。午后前堂无人，两学斋并无读书声，数责之。兼闻斋夫、馆童斗戏盗窃，召监院申饬焉。老矣无聊，不能与失教者挽回万一也。夜气颇寒。

十日　晴。抄《有司》篇将毕。说"六俎"，终未妥，重改之。颜镜潭、接三子。陈芙初来。遣懿入城，兼送《礼记》与海侯。

十一日　晴。稍理学课。茙女眼痛未讲书。黄氏外孙将周岁，例有给赐，无人料理。将往城会。夜雨。

十二日　阴雨。《有司》篇抄毕，重改补。艾刻工、李游客来。卜云斋、江少甫、紫谷道人来。

十三日　雨。黄氏外孙周晬，家中既无内主，又居荒洲，一无所赐。遣至城，托岏樵代觅冠履、衣绔、手钏、帽字及烛爆、面肉等，至午而集，设汤饼，已夕，未晡食也。

十四日　雨。紫谷又来求信，云差坐观中，声言欲拆屋。为书告老湛，请于陈明府以免之。黄船芝来，求书与陈右铭。二客去已日晡矣。字课未毕，看课卷，王者香能抄书一部，升课奖之。

十五日　雨。始抄《虞》篇。小女仞字甚竭蹶，费半日功也。王大耶油饼，使人不聊生，乃知盗臣亦足患，孟献子盖知之，而故抑扬其词，余唯减膳闭关耳。

十六日　雨。日课粗毕。寄禅来，神色消沮，云上封寺无赖群起为难，已被熟打。余告以迦叶、阿难均被打，当委心听之，万不可求胜。紫谷昨云方外有名者，祖师必阴困之。盖出家尤忌名，此言有旨。劝师兄且往西禅听讲，使心目暂清，俗尘自远也。寄公唯唯否否，殆不可救。余遂命舟下湘，至杨园访菊，半途斗垣来催客，设食不甘，甫夜而还。率三女斗牌，未三更忽头眩目花，殆不自持，心疑脱中谓此耶？还斋小坐乃寝。闻夜雨潺潺，病随愁去矣。

十七日　雨意浓至，呼婢起，已晏，移坐楼上。容臣送饼，黄生父送饼果脩脯，亦足扰人。仞字毕，已夕。

十八日　雨。张郎、卜臣来。致艺农书，不能携带，又一奴才也。湘乡罗姓来，言试馆械斗，刘爵帅、曾翰林俱奔往，大有湘乡国之意。王辅世求荐协标兵粮，尤为奇想。字课未毕而暮，大睡一时许。

十九日　阴。昨夜梦与儁丞论兵。儁云登邛山城，望渝州江边，一沙线八百里，钩勒向里。又九江亦有一沙，钩界苏、杭，此天所以隔华夷。余因言黄河北徙，为复南北国之势，及枝江向湖南，而湘州兴。欲寻笔记此二段，以谂后来，未及下笔而寤。壮心未已，有童之见，殊可笑也。又论轻兵疾进之能，儁固非其人，醒又提衡人材，感喟久之。文武并用，行军为下，然自有快人意处，吾未见其人也。今日癸卯，立冬。

廿日　欲晴甚燠。衣冠待荐曾祖及先妣生辰，将午始得行事。插烛忽落地，有似妻丧之岁，不知何祥也。午间陈升还。丁百川书言八郎暂未能来，盖凑资未集，当再召之。陈复心寄貂靴来。夜坐无事，携两小女斗牌，颇违追慕之礼，顷之遂罢。

廿一日　昨夜风雨大作，今日竟澍霖不止，雨声外无所闻。坐楼上抄书无光，移至外斋，抄《虞礼》“无尸”一条，悟阴厌阳厌，非郑所说之事，改定《记笺》，大有发明，易笏山所谓吾心自光明也。对烛颇夺目光，未能抄改。

廿二日　孺人忌日。大雨竟日。熊携子来，真所谓狗冲忌日者，且令居洲上。申时设奠，亦三献，未祥祭也。儿女哭甚哀，犹有礼意。

廿三日　又雨半日。今日懿生日，因昨忌未设果饼。夕召熊来，具言三屠横贪之状，未知信否。且令诸女看其子，仍遣之，盖均孩气，非知事体者。

廿四日　雨阴。湘涨一丈。与书二陈编修，并寄问宋生。诲嫁女以世故礼体。吾女似不蠢矣，而未知经史，非不教也，天分低也。

廿五日　阴雨。遣领尹儿来，姑试养之。抄《虞》篇成，前似较密，无须另写，且校勘之。

廿六日　阴，少霁见日，夜而大雨。断屠三日矣，菜食苦费，甚不便也。校改《士丧》篇。齐鹤秋训导及其女夫来。

廿七日　雨。校改《士丧》下篇毕，欲校《丧服》，寻学徒，则逃去矣。且重校《虞》篇。与书丁百川，催八郎早来。

廿八日　阴。检旧说，误妇服为大功，可谓纰缪，十年不悟，未重校之故也。七事俱无，遣仆营之。珰携长女杨家去。王迪安来，西禅僧正欲干之，因便与谈及，亦因缘也。

廿九日　阴。始校《冠礼》。丁生寄省书，窊女婿送经课题来，又欲作序。胡家好事，不惜工本，宜其窘也。冯絜卿、程岘樵、紫谷均来。

十　月

十月乙卯朔　晨起堂课，发题。稍清馆用。冒雨入城，答清泉宾主，正值民壮团操。刘星伯设面，与卜允哉同坐，待散，过衡阳，谈易实甫踪迹，还至程家小坐，便看僑丞，已重茧衣裘，居内室矣。雨势不已，日色将夕，还泊杨家门前，遣问珰还否，旋移船至院，食毕遂夜。大雨穷日夜。

二日　雨。日课未毕而暮。冯絜卿遣蒋荣炳来求荐，天壤茫茫，不知当何向。雨中久谈，思得上海一隅，犹是招纳之所，盖人愈拥挤则事愈多也。珰夕还，滋早睡去，小坐还寝，乃觉夜长。耒阳请题，久遂忘之。

三日　雨止。日短课多，但有竭蹶，夜课不可停也。而小儿向夕便欲睡，故知十年就傅，为俟长大。

四日　阴。校改《礼笺》。复书帅锡林、徐若蒙、陈芳畹，皆所识穷乏而不得我者。闻僑丞疾亟，忧之皇皇，他友皆不能如此，住近情亲也。今日戊午，小雪。

五日　阴。校改《礼笺》。寻喻生，仍不至。午至萧家，萧郎设烧猪，请培元小儿作陪，甚有阙党童子之意，然倜傥非常儿，盖胜其兄。夜散，还。

六日　阴。看课卷，督课，如额，诸生大半去矣。有新来涞阴刘生发英，词章可观。

七日　阴。督课如额。校《礼经》，草草便过，覆寻仍多罅漏，逐条勘之，乃又嫌破碎，方知无字处为难。顿寒，围垆。

八日　阴。文衡州生日，前有寿诗，不可无报，因成一律。衡麓庭南寄股肱，一年舆诵有循称。鹤粮暂为秋霖减，虎竹新闻郡甲增。梅蕊放晴霜管脆，垆香献寿岳云蒸。王褒解听中和乐，更为群黎颂日升。自往庆之。便过僑丞，亦无增减。还已将夕，携懿同行。

九日　阴。理昨日逋课，仞字甚竭蹶，减一百，犹须一时许，比讲毕，已将暮。夜月甚佳。

十日　阴，稍煊。讲书，课字，校《礼笺》，夜斗牌至三更，解衣已闻鸡鸣，人云夜长，夜又短也。

十一日　阴晴。点书毕，仅课字一百。步循湘岸至冯家，云蒋县丞设请我，为求荐信也。沅浦部下非苞苴酒食不行，再传犹有其风。夜还，不寒。

十二日　晴，有日。校《礼笺》粗毕。夕至秦宅，将答访朱梅臣少尉，适在其寓，因与久谈，待船未至，复至程家吃面而还。

十三日　阴。李孙来，云儁公已愈，七郎将还蜀矣。求信与瞿九，并谢萧郎后事。人间无处着牢骚，未若死之为愈。

十四日　阴。蒋大使来，谈段道台缉私事。江南无天日，固应有此，广东犹少愈也。盐务以淮为敝，享利三百年矣，若非焚璧捐金，不可为治。陈吟钵孝廉来。

十五日　阴。吟钵，老湛女夫也，多闻世事，将约之来谈，贫不能设，亦无人手之故。何妪窃金，遣之。

十六日　阴雨。讲课不能毕，改于灯下完之。看易中硕诗，如与对面。易与曾震①伯皆仙童也，余生平所仅见，而不能安顿，有傀焉之势，托契于余，无以规之，颇称负负。大锣大鼓之后，出一对和合，俄成蚌蛤精，戏亦散矣，奈何奈何。珰往彭家。

十七日　阴。先府君生辰，设荐，汤饼。日课未毕而夜。夜烧炉煮生菜，诸女饱食而眠。

十八日　壬申，大雪。阴寒。丁绍鸿举人字次山来，叙黄氏姻亲也。斗垣来，谈苏元春。何妪去。

十九日　阴雨。竟日燕居，初更霰雪交作，外报舆儿来，云自浙还。在家大祥，祭后故来也。常婿先来，留未去，俱居外斋。夜雪未成，萧寒颇甚。

---

①“震”，应为“重”之误。

廿日　雨。将入城，杨慕李请上学，因先往，其六岁儿犹须乳母，拜则啼呼，似未周岁孩也。文南皋作陪，设面、粽。过湘，答访陈吟钵，郑湛侯父子俱出，又要入买池轩，将长谈。余欲往西禅寺，匆匆出，至则闻明果欲退院矣。苦贫无可恋，而能遗名，亦难也。还船已暮，复至杨家，丁笃生及何人先在，文、黄、斗垣后至，散已二更。

廿一日　欲霜未霜，不雨仍雨。西禅二僧及黄营官来，遂废半日，课讲未毕而暮。晡始见日，夜见星，不见月也。常氏第二孙女周岁，无人力，未办也。

廿二日　晴。《礼笺》改毕，意倦，姑辍之。看小说，引《名山藏》，言明初事，颇异正史，二书皆敕撰，其互异乃不校也。

廿三日　雨。珰女作包子庆次庆，食三枚，犹未饱，以其当留奉姑，不可尽之。西禅新请住持曰碧崖，与明果俱来。大风夕霁。新墨成。郑郎来，谈文，留饭去。

廿四日　晨寒有霜，夜冰，午日甚朗。作字数纸，看两女作篆。蒋大使来谢，未见，送乘禽三双，字课未毕也。孙同知送蟹菘。

廿五日　晴。看家人治具，手脚粗疏，殊无章法。邓第武来，石阡人，字子侠，席部也，眉目颇似香孙，方知黔派。待郑湛父子久不至，日夕乃来，陈吟钵先与登楼谈。将饮，丁郎来，长成庄雅不佻，佳子弟也，文诚固应有子。即留与常婿同陪客。食甚不旨，亦不饱，夜散，复与丁郎谈顷之。珰明当去，早睡。

廿六日　晴阴。丁携四仆，以两房与之，两儿移内斋，纷纭半日，稍督字课。复书丁巩秦。致刘康侯、聂仲方书。为蒋大使求馆。复郭见安，谢蟹鱿之馈。珰携二女归去。

廿七日　阴。入城答邓未遇，过儁丞谈，渡湘答黄，比还已夕，信为短畧。复丁百川书。仞字二百未毕。莪讲《檀弓》毕。

廿八日　晴。日课早毕，更抄《特牲》一页。程郎送凫雉，分半送儁丞，自又得二雉腊之，供祭。首事送聘书来，具文不可废，答一元旌使。丁纪还沸南，亦与一元，则嫌太少，多又无名也。

廿九日　晴。蒋大使来辞行。办嫁衣，开单苏、杭觅之。远物四达，尔来新开风气。

晦日　晴霜。为丁郎选程文，乃知金、黄作无甚可取者，快一时耳，于书理无干也，与近日野战者无甚异。桂阳人酗酒，共攻阅卷。家叔父文生告去。

十一月

十一月乙酉朔　晴。晨起，晏出点名，犹有卅余人。两年之效，使取课者知有书院而已，亦可笑也。丁郎与两儿出游雁峰寺，余独坐，秦容臣来，无人应门，命复对客。梳发后出谈，设常宁糖。

二日　晴，大雾。明日烝祭，斋居，视馔具，洗濯致洁，儿女俱停课一日。

三日　丁亥，冬至。烝祭，用丁而适得吉，亥南至，祥日也。昨已饔饪，今晨新之，巳初行事，午初馂。要李孙陪丁郎，为客。晡游东岸，甚热。夜抄经一页。

四日　晴。抄经一页。每日为丁郎选试程文字一篇，并令习书大字二张。夜梦筠仙，鸡鸣不寐，起作一诗。夕入城换钱，买盐作脯百斤。

五日　晴。讲课，抄经，改文。紫谷道人来，作包子啖之。

陈仆新学也。

六日　晴。一诗三日始成，颇能跌宕。复沈子趣书。夜月剧佳，甚煊。

七日　阴。先孺人忌日，素食深居，一无所作，而未能哀敬。虽时自反，习气好戏，竟不斋也。病此卅年矣，少时犹有至情，何学成而更退，庄子齐物之过耶？

八日　晴煊。遣觅昇夫，给云得之，及呼令昇，则跛者也。仍坐船下湘，至丁巷口，往贺笃生嫁女，门庭寂静无一人，所仅见也。渡柴步至陈家，亦静无人，唯有马矢，则女已嫁矣。入见儁丞，白布包头，云又跌破眼角。小坐，出至程家，丁女尚未至，官场满坐，待至申刻乃送去揖仪。还院已暮，遣使至常家去。

九日　晴。真九龄生日，放学。丁笃生来谢，朝食未毕，吐哺待之。陈升眼疽剧，欲作馔无人，仅作包子，令诸女作饼不成，夜炒面复不成，口食亦不易也。明日丁郎生日，内外无人手，厨子又忙，遂不为设。

十日　晴。滋女办具，早面。丁郎来行礼，设食未毕，程郎来谢，遂避入内。儁丞招饮，欲不去，又非礼，欲去，则无聊。下湘寻容臣主仆，要主同访朱县丞，遣仆买鱼肉。又过程家，闻丝竹之声，遇江、卜两尉，萧少耶，坐久之。陈家犹无客至，往入谈顷之，食未毕已暮，步出南门，黑矣。秦仆来迎，复入少坐。携鱼还船，月明湘澄，初无寒色。

十一日　晴煊。杨家一砚，有百廿眼，看之麻犯，来求题，为作诗。鸜鹆眼多为石病，石兄多病更成妍。旁人错认阿房瓦，粟粒钉头尚俨然。写屏对数幅，笔不成笔，字不成字，可恼者。“者”读为蔗，衡阳语。诸女为其生母忌日设荐，犹能啼涕，故胜生男。陈孝廉借《宣德炉谱》，向所未见，检《图书集成》乃无之，又读破一万卷也。

夜月如春。

十二日 晴。复沈子粹书。入城看秦容臣，即过程家。闻陈编修还，往看之，有戚容，知礼人也，略坐而还。

十三日 晴。日课连日积欠，正欲了之，陈吟钵来，方饭，因留食去。

十四日 晴。遣舆儿作嫁衣，懿亦同去。初不关白，本自无教，不齿以儿子也。有此痴人，未知何业，子贤愚了不相关，以云不帅则不可。看课卷，颇有佳者。

十五日 晴。欲开剪，尚无定裁，嫁装烦琐，殊令人厌，且宜委之儿女。樊故令来。仞字未毕而暮。

十六日 阴。往答樊、陈，无从者，独步渡湘。樊落落，陈则未见，盖方设食。即出，过安记，饬裁缝还。周竹轩、李紫谷来论画。

十七日 阴。日课仅毕。复常晴生书，彼欲从宦，告以有资则可。

十八日 壬寅，阴晴。甚煊，不可裘。今日小寒节，而气候如此，可怪也。说屋漏之设，为待鬼使，亦令其馂余耳。未有以尸食人馂之余，而更令厌饫者，此理易明，千年无人知，可叹也，阴阳二厌，为二压，则或知之矣。日知所无，差为好学之劝。

十九日 阴。有雨如春，尤煊，可夹衣。紫谷来。字课未毕而暮。

廿日 阴。入城寻容臣，送画，与至当铺，二程处皆设点心，秦又送点心，家中复作馅饵，匆匆还。讲书未仞字。

廿一日 阴。方补昨课，陈子声复心来，遂留半日，夕去。讲“养壮佼”，前漏未理会。《月令》有三养，皆非官养，春养幼少，夏养壮佼，秋养衰老，皆谓防时疾也。夜风。

廿二日　阴。课始如额。有雨。

廿三日　雨寒。点书甫毕，入少坐，看小女围棋。俄闻湘潭人来，萧顺思之子来，又一鹘突人也，甚愠，而无如何，入内避之。

廿四日　阴，寒少减。晨为萧儿讲"立人达人"章，劝其入乡自立。朝食后萧儿去。

廿五日　阴。课毕尚早，薄暮，功儿来，遂夜谈。及睡颇寒，五更起，几似燕、齐间气候，小坐仍寝。

廿六日　晨起，见盘盂尽冰，朝食后飒飒雪声，登楼小坐，出看已皓然矣。冬雪可喜，游子新归，作诗一首。因念儁丞两子甫归，复遣之去，非宜，与书劝之。功儿奉百金，以四十璧还钟亲家，亦与一书。今日仅写字半页。雪深一寸。

廿七日　阴。滴水便冰，殊为凛冽，晨后大雪。陈吟钵、郑叔献自方广游还来谈，匆匆便暮，舁夫频促，未饭而去。

廿八日　雪。家人治具馔祝。程郎遣报道台欲来，甚窘，与书程生阻止之，兼止城中客。向不喜躲生，今乃知生之不如死也，死而客来，吾但偃卧待之，何所畏哉！院生贺礼亦不可止，冰雪严寒，仓皇吝啬，甚可笑矣。夜烛爆热闹，诸生来者廿一人。

廿九日　大晴。欲早起，念寒扰人，待日高始起。诸生踵至，未暇扫泛，设面待之。方欲食，冯、程、陈、彭来，遽出延坐。张、江两尉至，犹能设一面。俄而黄滋圃、孙翌之、石平甫、程月樵、卜允哉、王迪安继至，则无如何矣。诸生和诗者五人。谭、周、胡、陈。留程、陈同舟，携两女赴公戏，舟遇道士，主客卅一人，有七八人未一面者，戌散。大风，舟不能上，泊荒洲，翼二雏，寒风暗云，天下之至苦，而本以为乐，信苦乐之非境也。

晦日　晴冻。出谢客，从东岸出西门，绕城行几遍，舁夫凡四跌，至樊琅圃处换轿。看俊臣唐诗楼，饭于程家。还至太史马头，冰合不能步，扪搎而下，大似泰山磴道，奇景也。到院初更。

十二月

十二月乙卯朔　晴，仍冻。稍理逋课，笔冻墨涬，不可书，未抄经四日矣，作诗四首以赎之。郑太耶诗韵当和，甚窘于押，乱凑成之，成则不乱矣。儒吏风流似子居，催科行县只篮舆。休吟野菊秋霖瘦，来看官梅雪萼舒。秫酒未盈逢俭岁，籯金犹富有传书。婿乡近已通仙籍，喜气门阑定不如。　　雪韵谁能斗五肴，蕉心愁拆竹愁苞。寒诗砚北尖叉险，酃酒湘东献酢交。韩愈醉红诚自笑，扬雄尚白有人嘲。买池胜赏犹堪继，容易东风上柳梢。老湛来谈，兼约会饮。功入城去。

二日　晴，冻始消。紫谷来。课字未毕。功还。日欲暮，携被蓐入城，还樊轿，便至衡阳夜宴。姚西甫年侄、二刘、黄、郑、陈、余及郑子八人，纵谈无忌讳。郑言武昌陈仲孚尚书作漕督，过长沙，长沙令为除馆，误题"糟台"。陈寄诗云。平生不解醉乡侯，况拜君恩速置邮。岂有尚书真曲部，漫劳邑宰垒糟丘。读书也合稽鱼豕，过客原如风马牛。闻道使君已迁转，武冈州是五缸篘。前辈风流，可为佳话。二更散，宿程家。俊臣复危疾，所谓几死者数。洲人嫁生妻，媒者券成而死。

三日　晴。待食甚晏，程生大具款我，邀姚西甫、陈复心来陪，遇罗艺崖、左生、张子年、子谷。午出看儁丞，惫矣。出城答朱、秦，再诣孙厘金不遇。还至安记，主人毕集，以我为客，则孙翼之、蔡心泉、樊琅圃、陈华甫、石平甫、任辅臣、程屼樵也。设食甚丰，兼定十日复集。是日丁巳，大寒。

四日　晴。再宴于邓营，芷侯请陈郎，及往则陈侍疾不至，冯、杨、黄、刘久待，夜还颇劳，甚无谓也。五日不事矣。

五日　阴。稍理学课，出题试丁郎，兼课诸生，作者惟二陈耳。文俱偏锋，时派也。丁尚无理路。夜抄《记笺》三本。

六日　阴。三儿均归。晨抄《记笺》一本，尚无行意，食后促之。陈华甫来。复女咽痛，往城视之，至夕未还，携真往迎，相遇而船不至岸，还，复已到久矣。又一日未事。夜斗牌。看郑湛侯诗，又属为其女夫陈孝廉荐达。移宿内室。

七日　晨雨，阴。理逋课，还陈账。润森去，遣之，与以三千，了今年工价矣。复书郑老湛。甫去，陈吟钵来，欲干香涛也。坐久之，不得食，比去已夕。仞字未毕，夜乃讲书。

八日　阴，晨亦有微雨，甚煊。朝食后正欲有抄撰，忽门开，一人闯入，初甚讶之，闻其声，乃朱通公也。致沈萱甫书，云朱小舟之弟，欲求一书干王芍棠，不知其何以设想。又请作桥上火祠碑文，又索扁字门对。窥其意恨役我之犹轻也，笑而应焉。留饭，赠钱二百而去，又破一日功。旧例熬腊粥，今亦罢之。八女作糜，应景而已。课毕斗牌，感寒不快。夜闻雨。

九日　阴。抄《特牲》毕，五易稿矣，今年功止于此。僧秀枝、道士李焘来谢布施。两学官来答拜。三教同流，费我一日忙。夜雪，雷教官来。

十日　大雪。晏起，知会闯门入，云当请客，姑诺之，未问何人也。改课文。论"回非助我"，宋人以为喜之，甚矣其小矣，弟子说师言，有何可喜，孔子岂伪求助耶？陈实莱作王维《梅诗》，用插萸事甚新。每日改抄笺稿三页。

十一日　雪自昨夜至晓。令仆人移房，竟日在内，仅一出巡斋，余四人耳，尚有一人不识。夜斗牌甚欢，将鸡鸣乃散。

十二日　霁。

十三日　阴。程郎遣告儁丞病棘，请客改期，礼也。讲《曾子问》“除丧君服”章，前笺殊鲁莽，此除丧，谓吉祭，而误以丧服说之。方新有斩衰，何除之云，改正之。

十四日　雪犹未释。邻人入城，便令办祭牲。纨讲类书，毕一本。以其竭蹶，且已之。夜为鼠扰，竟夕不安。

十五日　晴。夏生从京假还。二马生来。先曾祖妣忌日，素食设奠。适腼熊掌，因以荐焉。四豆、二俎、二笾，似太少。明年宜加一俎，从月半礼可也。

十六日　晴阴。入城看儁丞，两过皆未起。复心云夜轻昼重，阳虚证也。至程家欲看迎春，云已过矣。刘清泉撤任，进士官近难做，然亦骇人听闻。夕还。

十七日　辛未，立春。晴。改课文六篇，仞字三百，腰驼背涨矣。渡湘小步，泥沙未燥，不便翔行，乃还。闻爆竹声，甚讶之，徐乃知迎春也。家旧有此典，余以非礼而罢之。迎春祭月，皆近僭妄，不宜从俗也。回思十六七岁时迎春作词，已成隔世矣。作诗词不妨，亲行礼则不可。丁郎学作词，聊作一首示之。

十八日　阴。仞字课劳，以将过年，罢之。纨讲类书，亦毕一本，唯令莪日讲《记》三页耳。余仍抄笺三页，此外无课。胡秀才来，常宁诸生，儁丞孙师也，云儁病又间。夜雨。

十九日　雨。胡秀才与王生俱去，问儁丞病，犹云平稳。夜寻周生闲谈。辛眉、孝达皆寻人讲话，余方笑之，亲宦官宫妾之日多，又不如寻人闲谈之为乐也。

廿日　雨。外间有行者，闻儁丧，遣问之，乃云昨日巳时卒矣，何久不报？病经年而终亡，亦扰我经年，谁云死息也？呼船往临之，则已敛矣，又迅疾可骇。留坐陪临宾，有綦镇、隆道、两县。刘清泉被撤任，疑绅士为之，说之凿凿。余呼舁告去，至院已暮。

廿一日 雨。得晴生书，云昨日曾来，初未之知，来亦无端，以皮而忙耳。“皮”者，废弛之名。又北人以顽钝为皮，不知当何字。抄改《特牲》毕。陈生问从祖父服。意以为降一等，当大功，今乃小功，则从父服，当作一表。又增一经义，每问必有启发，学之不讲久矣。

廿二日 雨。遣僮入城办年事，因居内未出，家中不知作糕，遂罢之，渐不成家，有官派矣。王迪安来，谈半日。

廿三日 阴。朝食毕，临陈丧，客尚无一至，衡俗成服以夕，为写铭旌而还。舁至白鹭桥，呼渡不得，几困于夜。江西客夜葬，炬火甚盛，而未能照我也。乞于路旁一村民，乃仅得还。

廿四日 晴。真读《特牲记》毕。茂讲《记》毕四本，暂停今年工课。作《丧服从降表》未成，以妇臣亦当并列，头绪甚繁也。

廿五日 晴。以为今冬雨雪多，必可过热闹年，甚喜，散步赏之，大风不可远行。李生来，请改陈中丞功状，云桂阳人，将上闻也。以为太遽，姑依状增补。儁丞以力辞统带为最难，当筱泉抚湘时，黄少鹍、席研香一席可立致，不营权利，故可嘉也。盖棺论定，乃为真好人。其钝暗由天资，虽亦自知，而不自悟，亦其钝也。养育人材必能去短用长，要在必采之列，与易、邓异矣。

廿六日 阴雨，有雪。复抄《少牢笺》。纨读《诗风》毕。二程郎送年礼，欲作糕饼报之，经营数日，均云无暇，可笑也。过年不办饮食。寻买卖，未知此间工商复何所作，此荒僻乡村之风，不意今犹得之。

廿七日 雨。为徐生和写春联。二秦、程生来，云儁丞行状当于十日内成之，以便送院。其事迹无可考，又不比雪琴诸子，未能撰述，虽太史公，茫无头绪也。惜其家贫，不然乃奇货可居。盖有所欲，则人得要挟之，故阐扬先德，亦非易事，然以我为职分，则又慢矣。律不诛心，无以斥之。

廿八日　雨寒。西禅二僧来，云黄船芝得差矣。文人一书，如汤沃雪，右铭亦太不为人省事，要自是内行，湘人无此快手。看陈奏折，在山东屡致人言，乃皆东人，未知何以得此，岂张朗帅反胜耶？

廿九日　雨。寄禅来，改诗，云衡州无人商量，此僧定诗魔矣。述陈吟钵言，箴以枯冷。改课文五篇。夜大雪。

除日　雪消如雨，天阴似雾。晨起，仆妪未兴，更衣浣沫。祠善化城隍毕，易衣出外斋，看《礼笺》，抄三页，出课题。陈生送年礼，从祖、祖方成服而干吉事，非礼也，辞谕之。又遣送来，大雪，仆痡可念，姑赏钱收礼，遣之。待城人久不回，几至夜方得食。招诸生团饭，三爵后入内，未饭已饱。夜祠灶，礼庙，祀门，已鸡鸣。见电光闪烁，询佣工，言语不通，竟不能喻。

光绪十九年癸巳

正　月

癸巳岁正月乙酉朔旦　外间晏起，出行香，已向晨矣。还待煮糕，祀庙，受贺。出挂红，正见初日，已而雨雪杂作。二萧、屺山弟。丁生、程、屼樵。秦、子和。陈从孙、焕。喻、谭生、杨、八踦。周文献。来。八生送酒肴，仍以餔之。未夕，诸女并睡去，余亦早眠。闻雷。

二日　丙戌，雨水。程、丁、杨、伯琇。杨、斗垣。秦容丞。来。雨雪未已。校改《礼笺》始毕。夜起见星。

三日　晨晴。彭孙来，忌辰补服，告使易之。丁慧舆来。煮茶，有银鱼羹味，可谓奇也。馄饨注砚，亦何足异。

四日　晴。出答拜来贺岁者，东岸五家，城厢四家，余皆不往，以省酬报。至陈家，复心未出，询之，云与家人口角，已归桂阳矣。甚为诧异。

五日　阴。李孙来，云八舅未去，八舅母去耳，亦劝还矣。蒋尉、郑儿来。冯絜卿来，呼舟以去。

六日　阴。西禅二僧来。若蒙来。作西禅募疏。萧郎来，匆匆去。

七日　阴。絜卿次子来。明果复来，言法门丛林、十方丛林之异。十方丛林，湘中无之，始自衡僧法空，高僧也。

八日　阴，有雪。看耒阳课卷，稍已成章，文诗亦有佳者。

九日　雪。看课卷毕，取七名奖之。有刘奎能读吾笺，而诗赋不成句，似非一手。

十日　阴。雪消如雨，竟日淅沥。始登楼讲书，仞字，改课文。

十一日　阴。晨未起，樊琅圃来辞行，忌辰贺岁，亦开缺之一端也。吴僮复来，亦尚有衣被。

十二日　晴。今年始得佳日，将出城，秦容臣来，甫去，文太尊来，久坐。比去将暮，急行入柴步门，答访两县，送樊行。还，乘月榜舟，星明水漫，初春景也。

十三日　阴。文若火拔贡来，诵吴抚诗。子泌三儿来，留食饼去。夜雨，寐不知也，起乃见满院流潦，知得大雨。

十四日　雨。作隽丞行状，竟日握管，从心所欲，殊非叙事之体，大似太史公文，以其频相促，便以付之。

十五日　雨，旋晴，见月，夜大雾。作汤丸，至二更后乃献庙，拜节，掷骰，斗牌，意钱，以毕年景。张子年来，云道台待幕友甚厚，有宾主之情。满洲俗厚，近数百年不浇，所谓尧之遗风也。鸡鸣始寝。

十六日　晴阴，始煊。讲书，仞字，兼理己课，重取《周官》勘之。夜见月。

十七日　辛丑，惊蛰。阴。高都司来，颇喜作诗，字面典故甚多，因留其六集看之。作杨八䢼寿序。勘《封神演义》诸神名，大有脱落。此书亦宜有校本，非考据不知也。内用“狼筅”字，知在明世宗已后，故魏上公未之重也。夜月甚佳。

十八日　晴。甚煊，始解裘而袍。改课文二篇，讲书，仞字，不能无愠，非君子也。夜犬吠甚急，搅人美睡。

十九日　阴。夜大风，得诗二句，云“寂寂高楼坠曲琼，夜风时有研门声”，意不属而止。

廿日　雨。年初寂静，别有情味，诗家所未言。《封神演义》者，本拟《水浒传》《西游记》而作，亦兼袭《三国志》，其文有“狼筅”，在明嘉靖以后，而俗间大信用之，至以改撰神号。至今言四天王、哼哈、财神、温疸，皆本之，已为市井不刊之典矣。余童时喜其言太极图有焚身之祸，盖意在讥明太宗杀方正学诸君。及其言猪狗佐白猿总戎，以讥李景隆诸将，以为各有所指。然其文衍成数十万言，必有所命意，乃能敷演。而闻仲者，又以拟张江陵不学而跋扈也。其言姜环又明斥梃击事。明人喜为传奇演义之言，而此独恢诡不平，多所指斥，大致以财色为戒，故独重赵公明兄妹。财为兄，而色为妹，未有无财而能耽色者也。置之十绝之中者，戕生多端，中年尤在财色也。十绝破而杀仙，万仙诛而沐猴冠矣。此由庶人以至天子，不可以太极图自陷于落魂也。故必以太极图易草菅人，不可以太子入太极图，乃愤时嫉俗者之所为。大要言贤智皆助逆，谗邪皆为神，唯禽兽乃可通天，甚恶道学之词，疑李卓吾之所为也。昔疑其有金丹医方之说，尝欲评之，今乃知其仍为迂儒，故标其作意如此。至其神名，盖别有所本，非由此始，则无可考矣。偶作一首，已入魔道，乃知诗不可言理。

廿一日　雨。讲生无爵，死无谥，两易其说，皆未甚安。又讲夫死不嫁，亦不合礼制，盖儒者一偏之词，或未照顾礼律也。因此亦可疑《仪礼》为乱世之书，则其害大矣。怕戴绿帽人，三代前亦有，要皆迂儒，不足知礼意，姑用两可说斡旋之。

廿二日　雨。竟无醒时，人亦绝未振作，殊非新年景象。讲《礼》、仞字为课。闲改不通时文一二篇，岂得云学，幸犹未离书耳。“醆酒涚清”，抄无新笺，未知何故。

廿三日　雨。朝夕沉冥，未能出城，亦废事之一端。偶得《续经世文》看之，则《申报》、邸抄并列，幸无我名，上海葛姓之所为，盖书贾也。而有王夔帅字，中载公法，言出使事颇详，斯其可以经世。

廿四日　雨。郑衡阳送诗来，和函楼《元日看说文有感》，笏山父子依韵和之。

廿五日　阴雨。作书寄鄂二司，一说刘清泉，一说陈吟钵。并复见郎一函。

廿六日　阴，无雨。城中公宴，以余为客，午往戌归。甚煊，且饥。作蔡师耶挽联。棋酒正新欢，谁知饮罢屠苏，三日春风余合冷；申韩推旧学，应有惠留零桂，仁人恺泽利民多。

廿七日　阴。朝食后有曹姓来，自云曾相见，游客也，似缠皮非缠皮，无以测之，留之坐终日。王迪安来，云从此至邵阳县，有曾、尹械斗大案，烧死一举人。又言潘令陷刘，已亦死去，似冥报也。曹又言柳正笏富贵横死，以为冥报，余思潘报太过，然尚可报；柳则必死，而富贵已足，无所谓报。天富淫人，不能殃之，盖淫人不畏死而畏贫，即善人亦不愿赏生而愿赏富也。唯以富贵寿为浊，以贫贱死为清，则得之，而要非世法。看地图，欲增新州县名，茫然不知方向。

廿八日　阴。甫朝食，杨八踫催客，迟久方去，则主人萧礼卿犹未至，坐及两时许乃得食，食过饱。还舟风寒，绵衣太薄，觉烦闷，欲欧。于晦若欧以热渴，余欧以凉冷，即闷船亦有不同也，至岸加衣乃愈。

廿九日　雨。邹生来，衣尽湿，留与同舟下湘。入铁炉门，门楼已焕然一新。至蔡师耶处作吊客，遇陈华甫、任辅丞等。又有一周松桥甚光昌，云水师幕友也，盖一有来头人。还尚早，课字，见两女蠢甚，颇怒。

二　月

二月甲寅朔　雨，稍寒。隆兵备来，言通判释奠陪祀，不得分献，属告文庙首事云云。此事本无道理，由屏斥通判为佐杂，故令两县干与府祀。及问丁笃生、程商霖，皆推不知。余本不与闻，因受道台托，为考《通典》定之。通判当分献，两县不当分献，其论又怪，众所河汉也，姑予书言之。已而众议言殿上不可分，分之两庑可也。

二日　晴热。常霖生、凌知县来。督课甚荒，久停夜讲，而不废夜戏，老境也。写条幅四纸。

三日　丙辰，春分。晴。斋宿不理功课。厨中无人，办祭竭蹶，但自尽其敬耳。

四日　丁巳。礿祭，待饪，至过午乃得行事。新考定阳厌非祭祖祢，略变其礼，以加豆在亚献时，亦略合从献之义。以莪摄亚，滋摄三，复为祝，取足给事，不外求也。招霖生饭，因请邓营官、秦容臣、程、杨同集。晨夕俱雨，幸昼阴耳。小桃初开。

五日　雨寒。复裘。午初入城，答霖生、凌令、杨都司，诣椿协，过程生，过絜卿，同至道署春宴，看戏，至戌乃散。

六日　雨，寒甚。午睡甚久，看课文。两学送胙，将败矣。燔肉，虚礼，宜子贡之欲去。

七日　阴雨。水复涨。院中小儿书声甚朗。桃花始开，于节候为最迟。《明堂》《月令》以为在雨水时，汉人以为在惊蛰时，以今证之，不能也。春暖则早，岂汉时惊蛰已暖耶？去年春分燕已至，今将清明犹似冬时，则草木禽虫各有其候。所谓占验者，但候气寒温，故农家下种，必候桐花，太平时气如节也。

八日　晨阴，午后大晴。课毕，携小女看佛会，殊无所见，倾家尽往，但留三长女，还乃知其绝饮食，一时粗疏未思也，人不可以乘兴。见雁峰旧游，为之怅然，同游人死尽矣。余尔时亦不自意披昌至此，向平知贫不知生，余则知生不如死久矣。韩退之能言百年未满不得死，而皇皇于名禄，则又何哉？故知文人巧言，亦时合道，而茫乎自不知也。

九日　阴，有雾。稍理儿课，看本朝文，皆小说家数。夕晴，仞字未毕而暮。刘清泉、郑少耶来。

十日　晴。出游，从白鹭桥步上，过容臣未起，访周竹轩，问永州锡器。始诣两府学，各言其志。至陈家，六渔观察已归，谈行状宜增改。至岏樵处，取钱，遇伯寿、云哉。还已暮。润子告去，而不忍去。怪哉，无聊多端，而自云有耻，不可教也，其敝在不听善言。孔子云说从不绎改，犹是上等。并不说不从，吾非圣人，更莫如何。买二对联归，其价甚贵，以程母待我厚，无可报，聊尽我心耳。

十一日　晨晴。改课文，仞字，毕，下春疾风甚雨，外斋有雹子，内院无也。楼上下皆沾湿，已而见日，至夜忽风吹屋欲倾，已而大雨雹雷，震骇不安，危坐待霁。外斋前半皆漏，仆从移内房，女佣闭房不敢出，夜风震簸，久之乃寝。

十二日　阴雨，复寒。得钟蘧庵书，老矣，亦云欲去，不知去何之也。夜雷长鸣。

十三日　大雨，寒。真读《礼经》。误加长胁于少牢，乃悟牢无长胁，牲无正胁，检六笺并未照，重补其漏，所谓因误得悟也。又补“手泽口泽存焉尔”，乃是欲其存，非怆其存，亦较深远。

十四日　大雨，午后尤澍，夕霁。桂阳二罗来见。夜独与真坐，待二更乃寝。

十五日　晴。晨携复女往贺程母生日，至城已朝食矣。客犹未大集，乡午先还，将夕复携真迎复，舣白鹭桥，遇一僧，坚邀入寺，辞还舟待月，轿至乃还。

十六日　晴热。午设荐先考忌日。仅可单衣，增一铏羹薇芼。

危苦建功名，休云爵未酬劳，看满门簪笏綦缨，当世公卿无此福；精明归浑厚，自许鉴无虚照，想同辈雌黄月旦，不言桃李自成蹊。隽丞挽联。夜风。

十七日　阴。改文督课。携复、真渡湘踏青，桑荑已绿。夜为鼠扰，竟毙其一。曹姓来，求信与田明山副将，所谓非想。

十八日　辛未，清明。阴。有风，未宜游赏。陈荪石来奔期丧，今之古人也。略谈京中事。夕与周生谈文，彼乃以我为轻薄文人，非不知我，乃不知文也。中人以下不可语上，悔不屑教之。得功儿书，言谱刻未成。

十九日　阴。讲"大夫不主士之丧"，于大夫士丧祭服之分，终无确据。去古已远，此等小节，疑不能明，可叹也。家费无节，稍裁制之，柳家婢必闷倒矣。寒，加重绵。

廿日　阴。旧燕群来，知玄鸟不必应节，大抵应月耳，去年始社，亦早至也。问学徒志学志道之异，依德依仁之辨，莫能理会。

廿一日　阴。欲渡无舟，临川而返。牡丹消息尚早。看秦生文，颇为充畅。始闻杜鹃。

廿二日　晨晴。出答刘师耶、金聘之，过荪石，云将行矣。天沉沉欲雨，亟还，未至，澍雨沾衣。院中人尽出，周生言有贼来，洲人遂大蠢动，云欲劫我。初不为意，继思之洲人俱至愚，或闻丁婿有赍装而生心，不备必殆。飞书笃生，请水师船来护之，此吾笑朵翁求救之报也。半夜戒备，及两哨来，已鸡鸣矣。诸葛孔明有计可以尽禽劫贼，而部下无人，不能附耳低言如此如此，可为一笑。大雨竟夜。

廿三日　晨雨午止。雨亦厌矣，而辛眉不至，隽丞已死，昨岁之游，杳不可追。黄滋圃来，云吴抚移督陕甘，求贤馆有姚文卿，手书所招致，又有涂舜臣、胡子威云云。王镜芙来，留饭，作半日谈，夕去。

廿四日 晴。春游，未见一花，往伯琇家寻之，云尽为雹损矣。外间讹言俄人将生事，与书翁叔平问之。交荪石去，约危急时乃通，否则烧之。乘危出奇，子贡之义，然今日必不用也，聊尽我心以答稺璜耳。

廿五日 晴热。耒阳炭船来，晨梦，恍惚知之。余于近事往往前知一刻，已三验矣，未知灵通所由，亦殊无益，但可怪耳。朝食后赴西禅寺斋，单衫犹热，至则寄禅谈诗入魔，客来不止，殊不肯休。与石孙登山，北风忽起，顷之郑老湛来，雨亦至矣。俗家唯我四人，僧则近百，将夕乃散。见道旁拔去豫章，余前所誉者，根入土甚浅，宜其不寿，然亦过百年，盖飞子也。过湘见一船，似是镜湖，遣问之，登舟小坐，其妻、子并出见。又遇炮船来赴围者，辞之使去。

廿六日 阴，晴煊。晨，王嘉禾移船来，泊楼下，遣诸女往迎其妻，留食，疾发辞去。镜芙与其客陈鹤仙、易炎熙凤琴、杨徽五来，久坐，同渡湘，畏日而返，午散。夕仍延来便饭，又为其妻延医，竟日泛谈，夜乃得食。得卢生书。

廿七日 大晴，重露。晨起，镜妻复延医未发。登舟，看易、杨俱在小船，殆不堪热，上船小坐，仍约陈、王登岸，易辞未起。二马、徐、文、夏生俱来。文言少湖妻居龙藻琦屋后。夏摇摇欲去，非复令我热时，至夕船开。纨讲《周官》。

廿八日 晴热。晨下湘至杨家，伯琇母生，去年府道皆至，唯我未往，故补礼之。因答黄滋圃及三哨官，渡西岸入南门，贺朱德臣母八十生辰，翰林新诗甚多，云王慧堂所致也。道府文武毕集，亦留面，出，热甚，还，向午矣。邹生来。舟遇海侯，俱还，欲与谈经，而彼皇皇求馆，无心学业，唯问布缕升数。因与画策，令干吴抚，不得，则荐之张督，较胜求人也。今日人材殊有登进之路，比余壮少时风气蒸蒸，而人亦益浮滑，无节信，知难进之养士气也。遣复往杨家。

廿九日　晴热。方理字课，外传片见，王君豫来，江华训导。急出迎之，因留谈，问胡子威入招贤馆状，及县中杂事。并知刘兰翁入思贤，蔡郎中将主讲，皆张雨珊力也。又闻孙婿兄弟皆倾轧，岂福建派耶。夜送客，觅船不得，舟子甚困。卜允哉来求差。

三　月

三月癸未朔　晨起甚早，为君豫书扇，因作二诗。初未醒时，忽得四句，亦殊不佳，发我诗思耳。留客无清酒，回舟失远镫。烟中语未歇，物外想俱澄。重露融花暖，轻澜漱石增。明朝楼下别，鹭羽惜良朋。　见说泂溪好，丹崖到每难。羡君探远秀，吏隐得儒官。敷衽重吹管，升堂定采兰。耆贤访泠、桂，更当好山看。午前船至，送客去。女客来，诸女不知送，笞小女以耻之，遂罢讲课。刘清泉送碗桌竹帘，正欲织帘，得之适用，旧物也，胜于送套礼者。

二日　晴。午后大风吹楼，窗纸尽裂，震霆一声，遂复凉冷，北风顿起，雨潇潇至夜。郭见郎送添箱，与书谢之。

三日　佳节。闷雨。殆将断蔬，从来无此苦也。玿女遣人来问喜期，并送粑，甚不佳。翻道署甄别卷。闻布谷。

四日　雨竟日。冒雨入城，赴文衡州招饮，胡山长、两学官、两幕客，特设也。挂面点心，犹有满风，食甚饱还。

五日　雨，午霁，夜见星。丁郎请期，云拟十八。将入城趁办，以省繁文，因谕以不必乡试，宜还入都。今日丁亥，谷雨。

六日　晴。朝食后出，从白桥步上，至麻家，作苍蝇，门庭岑静，仅有至者。竹师酒人，固宜寂寞身后。回思麻协提拔雪琴时，诚不料其有此。还舟，遇一北使，云自石潭来，疑是柢㝝人，询之则伯宜人，其子专书求干香帅，诚不可辞，留为谋之。明果求书，为书一幅。

七日　晴煊。诸生覆试去，余亦将往城，闲思得一策，正欲遣人往鄂，即以罗生充使，骑尉职也。晨得京抄，儁丞依巡抚例恤，往其家，促令治丧葬，因过卜允哉。还雨，入戏场，乃至江南馆小惕。主人待久，与秦、程俱上，设四席，官士杂糅，非伦，以予为客，与郑、秦、程、杨同坐，散已夜分。

八日　晴。谢客。复罗书，并退还山舟一联，九二之年，何能执笔，罗氏父子见辄谋致，不宜送人也。马先棨来谢，未见，出则已去。唯许、贺二子在书房，甚为诧异。

九日　晴。晨起甚早，至饭后昏睡，三女均不点书，看汉碑亦自可乐。讲《乐记》“行成而先，事成而后”，行与德不甚可分，正分体用耳。此儒生言，非圣语，故不圆也。

十日　晨阴，食时雨。复睡甚久，字课未毕已暮。得唐艺公孙书，名诗观，字莘农，云欲捐官，非善策也。余为唐作墓铭，久不省矣，重看之，不能佳，盖所谓谀墓者。大人先生不能与女子争隽永逋峭之文，虽有交情，无如何志铭本不宜大手笔也。遗命勿作，固自有见。

十一日　雨竟日。看艺渠集，亦有逸度，非俗吏，惜不能为大官，使在牧守职，循吏也。初与往还，但觉其德优于才，犹未足以尽之，用人之难也，即平生交友，殊未能位置，无惑乎诸公之不知我，我亦岂自信耶？复唐孙书。万委员来谒，平度州人也，名阶。

十二日　晴。晨荐曾祖妣，待菜，午乃行事。某妃配某氏，屡说不安，如此而治《礼经》，岂不多愧。课案发，复大颠倒，昏人之难喻也，必欲归美于我，而自发其私，以为有权，岂不哀哉！

十三日　晴。晨看《论语》，思周有八士四乳之说，甚谬。制：字在廿时，八子已皆童冠矣，然记之何益？又礼无两伯，今不著其氏，但云周有，岂宗室耶？此盖王朝士仕鲁者，旧族也，故记之“故旧不弃”之下。伯，氏也，如伯纠、宰士之类，必非同姓。仲、叔、季，则鲁有之矣。伯禽以王官封，故得从王士，当日或选此四族，以备大宗之支辅，鲁为宗邦，以四房统诸宗，意其是与？子路为仲姓。得程生报，言儁妾服毒，遣问敛礼。与书丁巩秦。

十四日　晴热。遣纨帅真往临陈李之丧，至午后复自往问焉。其家皆言其德性坚定，从容殉死，且先刲臂，而人不知，有识度女子也，年廿七。大雨俄至，渡湘，赴水营饮。本欲辞之，因事起匆匆，黄处已办，又当重费，故勉一往，程生则辞之矣。丁、杨、杨俱先在，夜冒雨还。

十五日　雨。道台送学，两县、两府学均至，余官不到。笃生先来，坐两时许乃散，又待久之，见新生二班。至城答访万委员。临陈李丧，主人成服。夏进士补服迎我，非礼也，以为敬我，犹愈于以纯吉临凶事者。少坐而退。

十六日　阴。桂阳刘生问《月令注》，乃知前注错谬，亟改正之。今古文说五藏配五行，今文于冬无说自圆，当从古文。春脾土，夏肺金，中心火，秋肝木，乃为今医家定法，吁可悲矣。

十七日　雨阴，有风。日出答胡江亭不遇，过道署预祝，辞退亟还。大改“朝服玄端同冠”之说，于是大通。以“委武玄缟”证之，知异在武也。玄端之冠，谓之居冠。单言冠者，委貌也。院生请刻诗文集，力辞之，告以不可刻集之意，刻则损名矣。《诗笺》可启后学，无妨刻也。周、王生因此相争，尤为可笑。徐老师做生而糊壁单，非尽老师之过也。

十八日　晴。得郭郎书，言易氏父子事，以余前诗不可示人，其言是也。因复一书，并及看文章之法。文人不轻薄，轻薄必无文也。

十九日　阴，食时雨。笏子来，云镇江事脱，将他谋也，留宿外斋。始重抄《王风》，补成一本。

廿日　阴雨。冯絜卿来送柚，云常生儿携归，其子所寄也，甘过于橙。

廿一日　晴。晨得家信，云胡郎带至，遣召入谈，训导宁远，过此也。留住一日，不可，饭后遂去。斋长来，言道幕不通，将不应课，谕止之。

廿二日　晴。写刻《诗经》，自校之。兼抄《王风》。袁监院来，云课卷尽涂坏，宜作何办理。余云急脉缓受，且姑休矣。袁去，召诸生问焉，大要能者多不服，次等又不服。不服者断断分党，袁指胡、李、曾为首，皆秀才也；执笔画字者则王、陈、丁，亦佳士也。且令应课，乃徐图之。

廿三日　晴，热极。绂子入城，求计于程生，又可笑也。陈请改公呈窓斋尚书，所谓随地拾者，尽去其枝叶而清翻焉。马先生子又送土仪，亦难辞受，以厚往薄来答之。其子先棨，字质庵，频见未问也。故苞苴信使有用。

廿四日　晴。偕绂入城，便答絜卿，道遇一轿，呼之，乃屼樵也，要登舟同下，即至其寓。往寻卜允斋，游行馆不遇，渡湘至冯家，亦不遇。过伯琇，得鳗而还。

廿五日　晴。冯、丁、程来，云特留行。本不言去，门人张大之耳。李、孙又诉原委，正欲倾听，而客闯入，一笑而罢。

廿六日　晴。院生探听巡抚将来，可谓好管闲事者，已而清泉来办差，余以为有点心，方欲扰之，已而一无所办，等候半日，幸未废课耳。昨夜作祭儁丞文，独坐至三更，今晨未能倍书也。将夕窓帅来，云廿年知名，又何太晚。谈“圭璧”，大有发明。说“剡圭”，与余说暗合。剡即火焰，非削之也。又说“璧羡”，亦余所未照，采之入笺。其人书痴，非吾意中人，前妄下雌黄，何其鲁莽。

廿七日　晨送巡抚，不见。至陈宅，回信云当来吊。王荩宣庶常、夏彝恂户部均在，余亦作陪。久之，抚至，谈一时许，没紧要，然其人非佥壬，则可窥也，人不易知，且复志之。说时事亦中肯，云泽臣藩闽矣。程生亦来，客去，同过晴生兄弟。热甚，饥疲，亟返登舟。作寄景韩诗，即景生情，有风人之旨，但词条寥寂，岂才尽耶？

廿八日　阴雨。稍理逋课，作诗题扇寄景韩，交王从九带去，监院来催卷，令人复忆程、方。

廿九日　晴，有雨。极热，夏衣犹汗。朝食后出城奠儁丞，待我如大宾，亦请王、夏作陪。奠毕，急解带，热不可耐。步出，又遇雨，还程家，遇酒丐，少坐避睡客房。絜卿、笃生、袁海平、晴生兄弟、伯琇继至，夕散。步还已昏，城门遇秦容丞，不暇谈也。夜热，五更转风。

晦日　晴，稍凉。补抄《诗经》。王虎伺来，晴生在坐，久谈，又废半日。夜遣借缺。船流人溺，几不得至。

四月

四月癸丑朔　始开课，出堂会食，诸生七十人，亦尚整齐。初令封门，自坐外厅监之。抄《诗》三页，还稍愒，屺樵来，虎伺又来，云不求信矣，皇皇可怜。新燕营巢，登楼看之。作书与袁爽秋，荐经四去。是日晴凉。

二日　晴。晨出厅，见一客人，乃武陵陈伯弢，见之甚喜，以为来吊陈氏兄弟，谈次，云署桂阳学官，颇及西路新闻。留饭，不食而去，送之登舟，还食。西禅四僧来。抄《诗》未及额，倦还惕楼。郑少耶来，云寄禅约之，坐良久乃去。夕欲睡矣，寄禅来。今日应接不暇。得席郎书，求文，复谢之。

三日　晴。朝食毕，坐外厅抄书。寄禅又来，谈久之。邓副将及刘信卿来，云往迎抚台，路过此耳。夜得杨侄书，为人求文，复谢之。

四日　晴热。朝食后改课文。少愒，胡敬侯山长及其子来，顷之孙、石二同知，杜、万、张、金四委员，均以迎抚便过。甫去，容臣来，云颜可秋同来，则俊臣处帮闲者，言盐店事。将入城未果，因留不去。本欲小静而忙愈甚，生员事多，不虚也。

五日　晴。看课卷。邓营、衡营俱迎巡抚。卜允哉来，云文拔贡登门呼之，已遂不答，皆非礼也。遣借帘篁。抄《诗》将毕，欲急成之，逡巡复罢。

六日　戊午，小满。晴热。晨看摆队，至午日烈旗燥，人皆四散。遣召厨人、缝人，一时总至，六尺帘短小，殊不可用，聊障眼耳。晨始阅毕课卷，凡五十三本，有四生未预，共五十七人也。三陈来谢孝。将暮，抚船过，欲泊，出迎之，水浅不能拢，命艇将往趁之，不及，愈行愈远，比至马头，初更矣。谈文、诗、官吏，俱无可纪。将访陆廉夫，云尚在后。二更还。众雏烂熳，唤起，不飧，遂亦少食而眠。

七日　晴热。西禅僧求书与苏元春。抄《诗》未毕，改写大字。诸生假归，缺。风日温蒸，遂夏，漠子将出。今年缺。壮盛时，日日新。老年朝气，岁不过百日，此非体验不知。王吉士良弼来。

八日　稍凉。抄《诗笺》毕一卷，亦所谓强弩之末。格子忽失去，殆惩余惰。闻西陵宫演《封神》，携复往看，借凳朱嘉瑞主人，延登楼，要容丞同坐，俄顷五设。絜卿催客，戏无可看，遂往，令复自还。渡湘大风，客尚未至。见《阿房图》，题“赵伯驹”。“驹”字“句”上有一横撇笔，及“口”字亦有涂改形。又王翚画，连题二诗，皆真本也。或云赝作，则不应破绽如此。丁、程、三杨同集，酒精肴多，乘月与伯琇步还。

九日　阴，风凉。陈培之来，富不可求，无复执鞭之态，便欲与中丞平交矣。隆道台来。方去，大风飘雨，萧然遂寒。《诗》复抄毕，改课文。夜月。

十日　晴凉。廖生抄道台牌文，语甚倨妄，欲与理论，片致监院，请牌读之。马先生子来，云欲求馆，茫茫江南，何以置之？杜诗云：“飘飖风尘际，何地置老夫。”妙语也。改课文毕。考木铎治教，刑官乃有之，礼兵官无也。祝澹溪儿甚有思致，时文信有种，余诸子不通，宜哉！

十一日　晴。晨作文致监院，则责在袁海平一人，彼岂能当此咎，因循罢焉。佛氏慈悲，庶其弘忍。孔子论公伯寮，意在斯乎？余之去来，非偶然也。以此益知前定，能巧作机缘，以合于道，庸人尚不须前定，临时可以弄之。

十二日　晴。入城答培之道台、胡敬侯父子、赞侯父子，过二程，步邀容丞买纱衣，至夕乃还。

十三日　晴。诸生有与丁郎出者，在丁为败坏学规，在学者为引诱良家，皆不如自出之为愈，小申饬之。因言张、廖当引去之义，而俱不能悟，反疑我之逐之也，人之度量相越岂不远哉！二马来。彭、陈来看，留早饭去。明果辞缺。好诗题，懒寻典故，不能作也。

十四日　晴。缺。作包子。允哉、容丞来看，去年今日，人面桃花。缺。

十五日　阴凉。祖妣忌日，素食，内坐。陈澍甘来辞，往四川，亦是一世界。如是流转，终无已时，究有何益，徒令人茫茫耳。

十六日　雨，夜更凉冷。诸生唯左增公然请客看马镫。彼烟馆儿也，不可以诘，日课早毕，未夜即睡。

十七日　阴晴。常宁送课卷来，已忘之矣。一望黄茅白苇，始叹宋儒之汩没。临武邝生送家信来，意在求助，许月廪之。欲寄衣钟氏外孙，澍甘已去。

十八日　晴。抄书，课字，稍有条理。左生、萧孝廉来，又费应酬。

十九日　晴。看课卷，日十本，犹为竭蹶，十个钱不易得也。题为"知者乐水"一章，本不易说，而欲乡曲儒生文之，宜其难矣。

廿日　晴。复以"漆雕开仕"发题。看方苞作，宛然八家文也。声入心通，此老年之所得。

廿一日　晴凉。水长一尺，竞渡乾龙船已冬冬矣。抄《冠》篇将毕，看课卷，甚困，未能加工也。今日癸酉，芒种。

廿二日　晴。邝生送课文，因为讲方苞作之不合题。漆雕非高于孔子，而其作似孔子，使仕，反浅视之，此所谓好说大话者。因连日改文十余篇，所谓好行小慧，然未尝无小发明也。

廿三日　晴。连日甚忙，而抄书课废，始补三页。容丞、允斋来。入城鞫书。至容丞处则已出。至程家遇之。程生女疾，亟还。至安记少坐，又遇多客，芒芒然归，一无成也。

廿四日　求雨小降，已复开屠。课文始毕，拔一卷佳者，欲调来与共学，卷面无名，遂无可问。何地无才，此孙、胡之流也。

廿五日　晴。说“缁”“韠”①缺。朝服缁衣。古制茫昧，莫如何也。小坐内室，蟆子纷缺。盖其鳞中所集，急出避之。

廿六日　晴。复禁屠求雨。漆匠来。允哉及其子来。海侯来，正思招与问礼，相见甚喜，固要移来同住。方信夏生言将干吴抚，未肯诺也，强而后可。

廿七日　晴。夜雨，城中甚大，此处潇潇数点耳。无日不改文，颇废正事，使在封疆，又一常文节矣。明当打扫净尽，抄书课字，虽未减，甚匆匆也。抄《冠》篇始成，一懈六日。

廿八日　阴。朝食时海侯来，留住对房，移床入内，仍匆忙未暇讲论。木匠来，作书箱，亦我功课，所谓丛脞也。然事烦食不少，司马懿无如我何。

廿九日　雨，颇沾足。书箱亦改成，课文尽毕，课卷全发，但余三扇耳。连日逋课则不能补。课读颇费日力。

五　月

五月壬午朔　凉雨。晨出发题，杨生辞正课，余云许由让天下，恐巢父洗耳耳。然让，美德也，宜使监院知之。乃闻监院告退矣，余甚愧焉，己不能去，而令人不安耶？便当学刘玄德披发入山，不失信于天下也。说“侧尊”，大有所悟，乃知朱老晦又错了，康成经神而如此耶？刻工送《诗经》来，夜校半本。

二日　阴。抄经未满额。张老师来到任，云袁海平辞监院矣，

---

① 据下文，当指《仪礼·士冠礼》之“缁带素韠”。

空坐去。

三日　晴。与海侯入城看程生，遇四川委员何世叔，送夏大人还湘，为前站，因过两府学，绕西出城，闭南门求雨也。文太尊日三次步祷，禁屠甚严，差役大索城中，举罚无算，亦生财之一道也。还遇郑生，同舟至院坐。

四日　晴。程、郑送节礼，和尚送节礼，耒阳送脩金、课卷。诸生放假。秦子损及容丞、程生来。

五日节　禁屠无肉。程生、陈郎送节礼。午祀庙，受贺。丁郎已缺。矣。饮蒲酒，招周生陪客。将夕食，外有喧声。缺。同坐，诉诬盗事，刻工失物，责缺。打帮者。予好言劝令去。过节，彼等复因斫竹大闹，所谓日将值勾陈耶？将出浴，大雨忽至，遂罢。卜世兄来，未见。

六日　晨雨，午晴。遣仆入城而僮从去，一日无使令。抄《礼》至"北堂"，忽悟房制乃不与房间壁，于是大通，群经房盖两头有门也。仆还，云未开屠。当礿祭，买猪杀之，求雨无禁杀之礼。《诗》云"靡爱斯牲"，则当多杀也。

七日　有雨，凉燠不常，斋居内寝。丁家专信来。郑太耶、三马郎来。每谢客，必有不能不见之客，此非偶置之也，人事不如意，必当如此。抄《昏》篇成。

八日　己丑，夏至。礿祭祖庙，巳正行事。约陈华甫、杨斗垣、秦子损馂馔，程屼樵后至，巳未正矣，酉正乃散。竟日未食，亦不能饭也。夜早眠。

九日　晴。晨至丁家看笃生，有子妇丧，乃云未起，问斗垣亦未起，过絜卿小坐还。将至盐卡，饥疲还食，已而遇雨，遂未去。补课如额。王辅世来，求荐其子。

十日　晴，有雨。滋生日，放学一日。午过子损还。闷热。谢生来问《礼记》，似有乡学之意。

十一日　晴。看课卷，“盛德”一本甚佳，不知其人，取其遗卷看之，非假手也。抄《相见》篇成。

十二日　晴。看课卷，抄《乡饮》。夜与海侯坐月，颇惜清光，各有功课，不能久赏。

十三日　晴。祖考忌日，设奠。刘清泉、马世兄来，皆不能不见者。冲破忌日，废事且久，一日无所作。

十四日　晴。缺。毕。两日未抄经，畏漠子也。然久坐缺。为难，非复十年前摇笔即成矣。改定陈。缺。

十五日　晴。因热缺。喜贺仲缺。看末卷廿余本，讲《奔丧》，补《小敛》后缺。者之仪。

十六日　晴。看末卷，抄书三页。偶从丁郎处见《山东兵略》，似愈于各省，云赵菁衫所为也。

十七日　晴。晨出抄书。午后将认字，陈华甫来催客，往则尚早，满街米筐乞人，疑以为乡人求粜者，询之程生，则卖谷耳。过允斋，“姻愚弟”黄生在焉。又一谢姓，不知何人也。入道署，坐刑斋，少顷陈慰农庶弟来，字望农，颇似世幕。卜、张、石、程继至，食甚久，夕出。过容丞，将乘月还，而云阴欲雨。

十八日　晴。欲出惮日，多卧少事，本将尽补逋课，手不应心，写字不能多，亦无笔也。

十九日　晴。复断屠求雨。晨出，将写书，见课案复撕去，甚讶之，严饬诸生查究。认字，甚热，夜有雨。

廿日　晴。改于饭后认字。楼上晨凉，复觉腰痛，不能多作字，竟少一日课。诸生复游散，申饬之。抄《乡饮》篇成。写条幅。

廿一日　晴，风煊。何人复于讲堂糊撕案人姓名，此则所谓糊黄帖白，诬告人罪当反坐者，而诸生乃以为无害。风波易动，且宜静之，乃移席入内。

廿二日　晴。晨未食，絜卿来。两贺子来，未见。霖生来，致珰书。复女生日，散学。夕风雨甚暴。

廿三日　晴。诸生来，言左增妄言，当驱逐。昨四生见，有刘莹甚愚谬，而似悻悻。诸生皆以我为无学规，逐一人肃然矣。然此等不可教之人，背地语言，何足深究，当度外置之。改课文，出城答刘、常缺。行往缺。新道台缺。余皆去矣。欲出，放学一日。始抄。缺。

廿四日　缺。欲衣食于八行缺。盗入内院，掠晒晾衣巾而去。妪闻，开门问之，已无踪矣。

廿五日　晴，有微风飘雨，俄顷而止。召捕快来迹盗，二役年少壮健，非能捕也。功儿寄食物来，并呈课文。舆儿刊绝句诗，误字无数。

廿六日　晴，有风雨。张年侄来，亦求信往鄂，且令移来住一二日。得功儿四月书。

廿七日　晴。邓营官自省还，送茶、腿。陈六渔送润笔，甚腆，受笔墨表里，余悉谢之。夜有小雨。陈子声来谢。

廿八日　晴。写条幅、对子，字益恶稚，无可取。晨改功儿文，亦无可取，闷热无风，遂停字课。

廿九日　庚戌，初伏。午后有小雨，似漏非漏也。风日颇正，成夏令矣。

六　月

六月辛亥朔　晴。与书功儿，论尝祭事，便寄银八两与之。

撕案主名未获，停课不理事，不便者皆自便矣。书一联赠郑老湛，劝其去官，省日日言去也。此人染笏山习气，殊为可笑。官如陶令多酃酒；年近何公减宦情。

二日　晨，张年侄去，赠以二千。竟日晴光，多避，未事。

三日　晴。抄经始如额。夕大风，无雨，稍得理课。盗久不获，夜劳守戒，亦非策也。

四日　晴。课半毕，乃出答陈年弟，贺老湛生日，遇石太尊。还至安记，算账，寄银回家办床。道遇雨。

五日　晴。理课改文，抄《乡射》，十余日矣，尚未毕工。莲来，且令烧豚，今日开屠。夕得透雨，天不欲成灾也。有游僧誓天自焚，众信向之。吴僮告去。

六日　阴凉。天赐节日。得彭畯五书，问《公羊》疑字，并送飞面。悉改课文。

七日　晴。检《公羊》表，缺讹殊甚，初不意其至此，乃误后学，甚鲁莽也。

八日　晴。复畯五书。匿名四生来诉冤诬，与之谈圣道，颇平其气，异类有可化之理，定不虚也。稍热，停字课。莪讲《礼记》毕。

九日　晴。抄《乡射》经毕。有可勘《饮酒》篇者悉著之。写字七八张。夕将出，遇云阴无月，少时雨至，遂止。夜未午，闻乳妪唤贼，起则门反关矣。闻盗行楼下墙径去。诸女悉起，遂不睡也。夜遣呼捕快不至。

十日　庚申，中伏。雨阴风凉。午初捕役来，缚之于庭，捕厅来索去。检“举爵三作”，郑注恐误，献爵不得谓之举也。晨晏起，遂忘出题。夜至杨家，送彭信。闻湖南考官信，黄、秦皆初得差人。黄即仲弢弟也。

十一日　辛酉，大暑。小不适。杨叔文、刘试馆来。刘清泉午来，遂不去，停务对之，甚倦困。夜澍雨，抄《乡射》，欠半页不能成。

十二日　晨起洞泄，拟以八十次，未能满数也，三十余次耳，然已气微目凹。夜复大雨，起行院中，丁仆乃伏暗处伺盗，亦可笑也。

十三日　暑雨。疾愈。改课文。茷始讲《书》。程孙来，送瓜、鹅。食瓜汁两碗，诸女靳之而止。

十四日　暑雨。凉湿，甚不适。写扇八柄，犹未稻食。夜仍伺盗，捕快云治盗人犹未生，其言微中。

十五日　阴。张老师来，请开课，自以为礼贤下士之至也，唯唯应之。甫去，大雨，大似隆观察及秦始皇封泰山时，无谓天道之无应也。疾未大愈，家中送瓜来，顿食两枚。

十六日　阴。揩榜人不可得，去四生以应之。功儿乞猫于朱嘉瑞，乞夹带于夏进士，为我劳神。海侯亦疾发，竟日营营，未遑抄经。

十七日　始晴。发家信。方一去，补课发题。搢子来，居之楼上，留房待程孙也。至夕果至，仍居前年旧斋。

十八日　晴。雅南来，深山远亲，甚为热闹。海侯尚未还，抄经颇懈，未全荒耳。

十九日　晴。二王出游，理稍[①]逋课，以热罢字课一日，今又复之。看伯琇选昏日，乃正忌辰，选择家不知牝牡骊黄，几误我为长子明也。

廿日　庚午，三伏。颇凉，食瓜甚快。抄《燕礼》，大有所

① “理稍”，应为“稍理”之误。

悟。当令海侯先勘，乃后说之，今又增一郑康成，仍锢蔽聪明也。以“主人立鲜南”误为“士立鲜南”，何其鲁莽。夜又警盗，起视月明如水，且笑且悲。

廿一日　晴。雅南告去。索得龙蔚生一诗，不负此行。夜与两女坐楼上，不觉睡去，比醒，遂不寐至晓。

廿二日　晴，风凉。检《燕礼》又误，因罢未抄。海侯补注，亦以塞责，盖为贫累也，亦不知谋食者矣。廿年前安于力作，何以今遂不支，殊不可解。

廿三日　晴。晨起送海侯，尚未辨色，又可笑也。复坐抄经。文柄来。笏子致袁芜湖书。又有一封称王金玉，似是伎女名，乃不知为何房族孙，但自称苏家坤，知为近支耳。夜雨。

廿四日　雨凉。邓副将请客，佳日也。午课毕而往，秋意满襟，杨斗垣、丁、程、庄弟同坐，亥始还院。

廿五日　雨又竟日。《燕》篇成。悉阅诸课文。搢子疾未食，居然老矣。

廿六日　丙子，立秋。今年暑过矣。楼上凉风，至午始下，夕雨，至夜复潇潇。

廿七日　晴。子瑞来。尚未知兄丧，告令急还。湘水正涨，二日可至也。然还归亦复何益，徒增扰耳。董子宜来，云从邵阳特相投，长妇舅子也，少甚颖敏，余未尝相与谈，未知果如何。始抄《大射》篇。夕伯琇来，告丁婿昏期，并为余推星盘。

廿八日　晴。正秋阳也。午前楼上可坐。课毕入城，丁、程招饮，席于安记，客皆不至，唯一般师似旧识。朱德臣约看屋，湫隘不可入，过商霖小坐还。待伯琇，至暮不来。始食蒲桃，夜舁还。约子宜未见，至院则已先至，且安床矣。

廿九日　晴。始令莪看地图，勘《水经》，讲《禹贡》。以暑热暂停字课。

晦日　晴。抄《射》篇，欲去郑注重复者，则失其本真，欲存之，则似未照。当时盖单篇各行，故繁复如此，初亦不知也。

七　月

七月辛巳朔　晴热。晨出点名。刻匠盘礴，不成局面。送还板凳，今年散学矣。颇书屏幅，字势似进。

二日　晴。无风极热，然几席凉冷，但不快耳，非真热也。诸女作包，并未仞字。每日跂足闲眠，甚不振作。

三日　晴，仍热。午后有北风，不入屋，亦不能事，夕乃得凉。改课文，甚有思笔。谢生论宋处臼内娶，欲以华孙仍证无大夫，不知当日何以云处臼不内娶。

四日　晴热。起不能早，仅抄经二页，日已照灼矣。真未读书，而不自觉其贪戏至此，亦罕见也。大要性愚则昏，余儿女皆至愚，岂所谓清中浊耶？何前后之县殊。

五日　晴阴。出访世事，至容丞处，乃知秦子損已去，周竹轩见撵。过朱嘉瑞不遇，至儁丞家问葬期，过黄兹圃问进学报。急还，犹遇飘雨，俄而复热。抄经二页，未理余事。

六日　晴热。朝食后摺子忽告去，因问陈乳媪从否，云不去，要主人送，斥以无理。滋女遂求去，盖闻女婿入京，欲还分资财，取嫁装也。纷纭一日，至夜分乃登舟。一夜未安眠。

七日　晴热。北风甚壮，而汗如浆，夕浴，从来所未有也。夜半忽闻雷，风雨大至。经声琅琅，云做盂兰会者，起听久之。与书珰女，俟中秋后迎之。

八日　阴。北风，热气未散。程孙告去。陈伯弢来，谈余诗，所赏俱幽怨者，背时人也。程、杨来留行，前日诸生已留矣。

九日　阴。絜卿来，云屺樵生痈，往看之，余欲同去，彼轿我笠，不可偕。夜雨。

十日　阴。出城至程家看屺樵，彼兄弟分居，始一私谒耳。还舟过絜卿、伯琇而还。莪作包毕。赏以二千。以十元送陈芳畹，奖其不专足也。说《论语》，多闻择善，多见而识，圣人不能过此，知之上也。何以云次。

十一日　晴。始复点读，已六日未抄书，多写屏幅，殊无笔墨之乐。海岸来，欲觅祠禄，意在廿万，衡州无此价也。

十二日　晴。郑老湛来，云中丞以逸犯勒限撤参，不讲例牌，必亏空万金矣。余谓此杀人之报也，执三人，其一逸去，遂杀不逸者，此而非冤，何以服人。容丞来。夜涤濯陈设，至鸡鸣乃寝。

十三日　癸巳，处暑。晴。荐新，增高祖位，以源远一祠将废，未尝在家执事也。申初行事，热甚，亦常年所无。约丁佩苍来馂，兼招廖、周，周不至。抄唐排律四页，始輍成本，十余年未竟功也。

十四日　晴。始复常课，犹未抄经。夕李馥先生来，欲约看月，会倦睡而罢。校《诗经》竟日，刻手极劣。

十五日　晴。烈日北风，甚热灼不快。夏竹轩自桂阳来，李子正来，早谈，留饭，亦不至，祁阳派也。夜月至佳，我懒欲眠，至五更乃起。

十六日　晴。彭家请作雪琴像赞，留四五日矣，无以下笔，晨忽得之，起写两三张，俱不佳，复写对槅，亦不称意，心为怫然，虽求诸己，不能不愠也。李结甫学师来，艺公老友也，年七十九。小舟烈日，道貌粹然，如见山阴老民送刘宠时。科场则有人瑞，使人穆然知黄、农、虞、夏之未没，矜平而躁释也。送所作小学书及诗文各一种，亦自有得之言。常国翰次卿。来。霖生屡为先容，云曾于石门见余，二纪矣。

十七日　晴。亢阳铄人，无精采，聊完日课，但觉昼长，写对改文，不足遣日，欲出，复畏烈光。坐无凉风，又防漠子，频移坐处，幸夜凉美睡耳。今年消夏，但懒，非闲适也。停抄经，已积欠卅余页，非旬日不能补足，遂不补矣。夜思禹名九州，必有取义，而徐、豫独得美名，荆、梁乃只漫与，且必因古旧，岂无说与？冀；从“北异”。北亦异也。分北取正之地。沇；九州渥土，溶漾渐洳。青；海隅苍生，草木蒙密。徐；舍也。洪水时人得所舍。豫；舒也。与“徐”同义，亦中土所舍止。扬、荆；皆取于木，杨绝荆彊耳，东南材木之地。雍；拥隔。梁；多山水，非梁不渡，亦取山以为名。其先盖皆以牧伯之都名之，《尔雅》无青、梁，殷制也。又何以云皆禹所名。

十八日　晴。稍自振刷。王华庭及其子来。华不如结，多通故也，又甚诋者香，亦不相宜。夜雨。

十九日　阴。侵晨入城，看屺樵，闻其疾甚，往则已定，其兄云不寝八夜矣。畏日亟还。

廿日　晴。抄经补课，又失去《大雅》一篇，须一月乃能补，可谓荒唐也。

廿一日　晴。《大射》篇成，始抄《聘礼》。得大夫朝服非皮弁之证，改《少牢》说。夜雨。风声萧萧，纯乎秋声。

廿二日　阴。抄经毕始出，乘草船至盐卡，步访容丞，要同看屋，复至程家小坐。出城看王幼元故宅，亦隘不可居，高房大厦之不可安也，便无住处矣。访陈慰农小弟望滨及湛侯，方欲纵谈，马协适至，遂出。渡湘访斗垣，求馆得猫，留食舁还。

廿三日　晴。老湛送北菜，遣遗屺樵，反报火腿，所谓厚往薄来者。酷热，然几席自凉，人不快耳。

廿四日　晴，热未减。看张生等刊《诗经》，签题“先生著”，可谓陋也，蜀中必无此事。张孝达先导之力，湖南蛮子，风气淳古，未足通于上国。

廿五日　晴。女课颇勤，纨书尚熟，蠢人记性佳也。周月樵年侄来，周先生之弟也。甚热，未能接对之。

廿六日　晴。晨周佣还，云次妇来，泊城下，遣迎暂来。城中屋不可得，三儿亦至，午始到院。周竹轩来。移房出宿，盈孙哮发，竟夜不寐。《相见》篇成。

廿七日　晴，稍有凉风。复理书课，说“见贤思齐”，人人有之，见不贤自省，百中无一，故不作平列。斋中闷甚，独往石磴坐，吹风甚凉，乃还。已中寒气，夜顿加夹衣乃愈。雨。今日丁未，白露。

廿八日　雨。抄经甚勇，未午毕功。看宋生颂文，极意揄扬，然未畅达，彼文派如此也。视孝达寿少泉，则两无愧矣。县之中堂，亦可观也。招丁郎讲《诗》。

廿九日　阴，有雨。晨改二文，抄经又误，遂以昨赢补今绌，如额而罢。说《关雎》“荇菜”，正举加豆实者，馈食祭祀，已所自尽，故但以事尸宾为职，前笺未申其说，反似举轻遗重也。夜梦与恭王谈时事，九卿皆集，唯余及恭王先至，坐里屋泛论往事。恭云翁承矩一案，部中操切，先革左侍郎及东阁郎二人，又欲治居停，出结伍编修，伍遂假归。其言未毕，裴樾岑至，戒余云，若言宜小检点，观众意。余云但言办法，不言今误，则此集又无益矣。恭以为然。又云载鹤翁太肥，是以迟来。余故识载，计其年八九十矣。恭乃云止六十六。载者，恭所举以代前八仙者也。恭貌敷腴而无须，颇似岐子惠，非恭旧容也。又言少荃自以为不见用，而天下方目为权臣。又云兼约三儿来，余言彼亦颇知轮船机器，但论夷务犹沿家说耳。主战乃能和，必须亟罢海军、通商二署。裴因起，语余，宜询申王何时来。又有二三满大臣不相识者，恭起俱出。外间喧传射石龟，则一人挟弓当门，石龟趺上有碑孔，在磴道半，有乳羊携子数十头将至射所，射者驱之，未射而瘏。以诡异，故记之。

八　月

八月庚戌朔　晴。初忘月大小，闻爆竹，乃知是初一。大风连五六日不息，渡湘如江海，浪泼入船，侍妪色变也。舣从尼庵上，至，秦、程、陈，程生已去赴科矣。城中无所止，至，故衣店看衣，还从太史马头义渡，陆道至院。补抄经、课字。夜梦少荃，除夕必梦芳畹矣。

二日　阴。常霖生来，言故宅可居卅年，已不记其形制。祖考生辰，设荐，将午乃具馔，求羊肉犹未得，饭后已睉。又久之，抄经，点书，仍未夕，日长由地僻也。夜补写经一页，唯未课字。雨风飒飒，鸡鸣更起。

三日　风雨如晦。王君豫来，场外举人也，貌甚悴，留饭而去。少愒，闻外书声，乃知尚有三人未去，二罗一王，俱以此为馆舍。王犹有名，罗乃无因，而至困不能归也。

四日　阴。晨出看霖生，因看其馆，尚胜王、彭二处，便定寓焉。取甲日移居，即还朝食，散学治装。

五日　晴热。船移具凡三返，正运被箱时，大雨尽湿。新来佣妇衣裤尽濡，抚问之，如香菱对宝玉也。信有洗车之祥。夜乃率妇女仆妪往，虽有一敞厅住房，殆不可安，以急无停处，强令挤住，非复廿年前乔迁之喜矣。视夏儿窥觇处，仿佛当年，屋在人亡，曷胜感悼。卧窗下，蚊扰风吹一夜。

六日　晨还院，朝食后料理半山祠祭，遣仆代祀，以昨忽北风，恐不时至也。夕复入城，匆匆遣使，遂除下厢而宿。周妪居屏后大厅，亦有行铺。明镫竟夕。

七日　阴。可行，至安记将雨，复还城宅，已而细雨如雾，遂留不还。桂树初花，香满衢巷。

八日　雨，竟日淅沥。端居无事，与女孙斗牌。有扣门送知单一人，云凌署令母生日，要屏分也，余请从冯、杨之后。

九日　阴。晨起甚晏。周兆矩还，便令唤船。顷之子宜、恒儿来，送桂花，留恒儿，约子宜俱还，又不能待，先至太史马头，遇陈姓，前年渡夫也，请余先发。至院夕食，船还。

十日　晴。稍理己课，抄《聘》毕，仍欠十日程，此月则有余也。夕月甚佳。

十一日　晴，复热。午出下湘，至盐卡上，步访容丞。至城宅视诸女，湫隘不可安，仍还东洲。女荐生母，送胙，夜食而寝，思绣帏待晓之情，如隔世矣。

十二日　晴。炎日，仍禅衣。抄《公食》，检"奠酒豆东"不得，乃知读经不可少。舆入城去。今日辛酉，秋分。

十三日　晴。舆还。日课毕，入城看女，因留居下室，将十日而仍无办，令检点帷幕帟绶之事。至程宅寻人问题不得，遇陈六少耶，云初还，将至广东也。

十四日　晴。出步城中，觅一人传信不得，径入清泉刑幕问焉，则监院、泉学、府幕皆在。热甚，汗如雨，吃包子，闻老湛暴病甚危，可骇也。与章老师同至寓，夕约船迎不至，呼划子夜还。

十五日　晴。热如伏日，从来所无也。写《公食》毕，更抄

《觐礼》。月上甚早，率婿、子乘月泛舟，则云蒙不及昨宵。与至城宅，得家书，又生一孙。问题仍未得，请董子宜送还书院，余留城寓，始得苎服。

十六日　晴。任辅臣来，云衡阳昨始得题，两章题也。夕有小雨，贺年侄来，无所遇而归，又费去我二书及李勉林廿元，无聊也。送礼谢之。见叔鸿字，亦圆润有材。

十七日　晴。舆儿芒芒来，云英子已死，八年不得一第，竟以荡子终，可悲也。留之虽无益家国，死后求此比亦难，余自伏不能裁成之罪，则无位禄使然，桓公所云人不可无势。夜待船至二更不来，率舆还，将至遇雨，呼渡乃不应，颇怒责之，已知其醉，用赵主故事释之，不待女涓也。周生亦还，见镫，犹以为其侄，已而扣门请见，乃知之。衣袜并濡，不能久坐也。

十八日　晨醒，闻大雨倾盆，蕉叶厉响，犹未甚辨色。起唤人入城领祭品，午初荐祖妣生辰。忆童时寿筵，及今六十余年，可谓德厚流广者。舆寒疾，不与行礼，独馂。茙遣妪来省，送姜枣，甚有官派。抄改《丧服》篇。夜月。

十九日　微雨竟日。抄经三页，改文二篇。睡一时许，甚凉，顿着重绵。

廿日　阴雨。抄经讲《诗》，余无可作。夜不寐，思英子，欲作一联悼之。荷囊烧尽独伤心，狂简未能裁，空望家驹日千里；笔阵横飞曾得意，貂珠总无分，不如枯蠹对寒镫。

廿一日　阴雨。抄经八页，预为明日计也。四页多，夜懒坐不能补，故先储之。

廿二日　晴。晨放舟下湘，径至清泉，客尚未至，亦有未起者，孙翼之留陪客，并留听戏，遂坐一日，甚热，二更还，内外无一镫。

廿三日　阴。看岏樵，已能送客矣，可喜也。天阴欲雨，小步夕还。夜雨。写黄拔贡锡圭。母挽联。

廿四日　晨雨甚壮，遂连日夜。抄经四页。得夏子振书，前发轫于常馆，今复思根本，殆将死矣。

廿五日　雨。陈升还，云功儿不至。看程生父子文，子胜于父，或可入彀。出答文太尊，因看老湛，云病惫几死。人如巴蕉，信乎屈伸臂顷。巡城西行，至道署孙局。水满街巷，上复淅沥，比至清泉，衣袖尽濡。与二杨、任、陈同席看戏。闻报弥之之丧，检《申报》未得其日，聊复作不然之想。前在弥家宴，闻仪安丧而罢，今不能也，老而无情，其皆然耶？抑余独耶？

廿六日　雨。晨起见报纸，取视之，则言弥之于七月廿日酉时病故。卅七年姻好，初损其一，然诗卷长留，不足悲也。去死路近，自此闻人死，皆以为当然，不知者以我为薄恩甚矣。出吊黄荚青，冯、丁、胡、程俱在，郑太耶示其儿文，亦尚可中。

廿七日　阴晴。待船至午。程生来，久谈。真、盈俱欲还洲，便携同行。舆儿忽入城，因留照料。盈孙至夕念母，将啼，幸扑得一萤照之，令睡，余入内寝领之。

廿八日　阴。午初遣仆入城，便送女及孙还寓。夕雨。抄经六页。夜还外寝。

廿九日　雨。船山祠祭草率，将整顿之。考释奠礼及祭乡贤礼，无所凭，略依《乡饮》，陈设宾尸三献凑成。丁仆烧烟，驱之令出。

卅日　雨。抄经四页，积欠已补足矣。院生至夜习仪，丁郎甚认真，故为老成。

九　月

九月庚辰朔　晨闻杀猪声乃起，厨人早来，而无所事，坐久之。丁笃生、冯絜卿、胡蕫亭均来，乃衣冠，又久之，演礼稍成款式。张监院来，程、杨继至，午正行礼未毕，忽寒汗欲昏倒，老矣，幸未陨越，又待久之，乃入坐，至申始食，已不能饱。客去，亟睡倒。二马生来求荐，蒙被应之，昏而不寐，过半夜乃少安。今日寒雨飘风，换带暖帽，然犹不能绵衣也。

二日　阴雨。睡至午始起，吃面。夕食稍愈。抄经三页，纸尽矣，《丧服》篇成，当抄《士丧》，以不吉暂停。

三日　阴。仍未愈，舆引刻工来，始知谱版已至，稿则未来，匆匆不能督工，亦罢之。

四日　阴晴。周竹轩父子、程孙来。设荐曾祖，因留客饭。饭后同出城，至寓已夜。

五日　晴。郑老湛及其从子芝岑来，遂至移日。傍晚访周竹轩，将请张子年，闻其母病甚剧，又同访谢少琴不遇，得易实甫赴母丧书。

六日　晴。看朝珠，秦容丞云不可用。与竹轩看彭祠侧屋。改文二篇。

七日　晴。段怀堂来。华二来寻饭吃，姑留待事。任辅臣、杨斗垣来。写易妻挽联。早岁名闻孝绰夸，况兼同谱，所幸莱妻管妾，并挹清芬，全福羡三多，同说凤雏能振羽；百年歌共刘纲和，正乐归田，岂期弄玉飞琼，便迎仙驾，敛衣空一品，更无官俸与营斋。

八日　晴。孺人生日，以新逝，命增四豆荐之。朝仍设面，及将夕荐，厨人覆槃，碎碗倾肴，次妇甚窘，余云盖汝姑不敢过先例也。仍依常荐，儿女行礼。郑从子来。

九日　晴。岏樵、竹轩来，不意岏即能行，留谈，同出。余出南门，遇容丞，看蓝顶，旋登雁峰，至摩云舍，指月寮旧迹空存，故人已没，唯王耕娱尚健耳。怀堂招客登高，而有蹇人，亦韵事也。笃生先在，絜卿、斗垣继至，程孙、舆儿并与。谈科场，见主考诗片，居然达贱名于众听，不知关防避忌，可骇也。夜踏月还。

十日　阴。待夕，时衡阳始朝食，往答访，其从子未去。问[①]省报至，程孙中式，余可答其曾大母饔飧之惠矣。事有贪天，故自可喜。武陵陈锐亦举，而为孙蔚林年侄，又可乐也。往程宅看名录还。饭后又少坐，乃至衡阳，杂谈无章。见胡二耶校本《通鉴》，与三省注不分，殊不成书。亦余《通鉴》学荒，故益迷闷。夜训程孙处世之方，深以雷飞鹏为戒。功儿艰于一举，不似少耶而似老儒，何哉？

十一日　晴。明日将移寓，当请交亲、开容娘子。先拜彭老太耶不遇，还院。子、婿并将入城，无可留连，少坐仍还。步内湘岸，访冯、杨均不遇，渡湘入寓宅。

十二日　晴。程郎来，及邹松谷请赞婚者同出，至彭祠少坐，仍还。携真女、良孙同看新宅，复还寓。携复女、湘孙来船，李亦至。程郎又拉余贺彭，勉为一往，待轿夫久之，步还，乃舁渡湘，看新妇而还。夜安床，乘月还。鼠鸡作闹数起，不安枕。

十三日　晴。晨至新宅，殊无端绪，居人亦多在梦中。独往铁炉门。徘徊周竺轩门前，闻有人声，乃入谈，仍还常馆朝食。午后至新宅，居前客房，才容半榻。周、邹来，酌借办铺张诸事，待谢少琴不至。真、盈来，留饭去。夜还常馆，月已圆矣，步月复还。

十四日　癸巳，霜降。晴。往来二宅，以消永日。为程孙改《易经》文。说《豫》象先王上帝。以一阳在地上为嗣君，上有二

① “问”，应为“闻”之误。

阴，为先王上帝也。引《乾》上、《大有》五证之，乃亦附合，信乎《易》之无方。少琴夜来，云衡阳解任。

十五日　晴。容丞来，本荐衡阳，今又罢矣。入梦不入梦无殊，情也。昨和老湛诗，大有发明。

十六日　晴。往来二宅。絜卿来。木匠始出门，老湛夜来，云众劝倒票，己独不肯，请绅士助税契，亏空七千金。容丞云妄也，已作令不知有亏空，缺不负人，无亏空之理。屽樵夜来。

十七日　晴。稍有头绪，始请媒。余但坐，一无所营，诸事皆邹松谷为之。久未答槐堂，晨往，则去久矣。改《孟子》文一篇，作“罪我者唯春秋”，实疏“罪”字，颇有奇语，自批自赞，送老湛看之，老湛殊不喜也。余能赏其行，彼不能赏余文，不知我，必不罪我矣。

十八日　晴。昨夜眠不安，晨还，看女，思六元不知所往，询真乃悟，老来健忘又多思，思多故易忘也。招诸女来新宅，始理客单。莲弟携子来见，得慎五秦州八月书。夜间功儿携妇子女来。男女家大哥均依期有信，亦巧事也。朵翁考终，年八十七。复、真、湘、盈均在新宅，留真女不去。功居对房，纯孙从之，夜半不眠，余先睡已觉矣。

十九日　晴。功、纯起甚早，真亦夙兴。遣报次妇父丧，令依礼成服，次于异宫。因思女在涂而有兄弟之丧，则不返。入门改服，婿吊之，舅姑吊之，既卒哭，而后往见舅姑，礼之可推者。至常馆，妇女尚未起，仍还点心。复往吊次妇。还新宅，絜卿、竹轩、文擅湖来。容丞晚来。铺设略备。细孙来半日，思归，遂去。

廿日　晴。晨归寓馆，荐曾祖及先孺人生辰，还设酒起媒，兼请赞者谢少琴、周竹轩、邹松谷。媒人黄辞冯至，屽樵陪客，戌散。竟日未食。周妪来伴亲，先移后房。

廿一日　晴。借办略备，伯琇、商霖来，写门对及喜联。晨吊卜允哉妻丧，为送四千，答其前针莪，立愈喉疾也。过擅湖不遇。

廿二日　晴。孺人忌日，午还致奠，未去。江少甫来，久坐，与少琴同出，并携真行，拜讫即还寓。

廿三日　晴。送开容盘，即带被箱以来。男家无首饰，女家无花草，有似避兵时匆匆，以云草率极草率，以云经营又极经营，所谓金玉其外者。秦容丞来，不辞而去。

廿四日　晴。晨闻鼓吹，有似赛神，起视惟见二四轿北去，

盖魏家迎女也。还常馆，女客已至，陪客尚未来，自往催之。还过安记，文擅湖尚未起，至午，客陆续来者十许人，合卺杯犹未办，盖头未成，方知事非智虑可及，太监所以怀炭也。申正发轿入门，未几昏矣。男女客三十余，文擅湖最先去，闹房不成。

廿五日　晴热。晨过常馆，令检点移寓。还，有客三四辈来，未见。郑老湛送鄂墨，有似高老，有一卷云“舜有天下，考据足贵”，绝世奇文也。秦容丞来，未及谈，文太尊来，诸客续至，坚坐两时许，乃入坐。酒罢，杨斗垣兴未阑，设牌局，久之乃成。文擅湖欲招狗棫人①，及至，大胜，文又甚愠，杨、文相骂而散，余则马扁儿而已。

廿六日　晴。招两尉、府学、石鼓师、杜巡检、周、谢诸公宴集。先出谢客，竟日游谈。

廿七日　晴。国忌，无宴游。始清理归装，送还借器，亦云简捷矣。

---

①“棫人”，应为“棥”之误，《康熙字典》云“楚人有以此命名者”，“系湖广俗字”。

廿八日　晴。余思赞者，丁婿复飨我，客皆不至，请冯、孙、丁、刘相陪，至戌散。

廿九日　戊申，立冬。晴，南风甚煊。渡湘谢客，儿女婿孙俱渡，频频相逢。余步从浮桥旧步上，至伯琇家，乃舁过彭封翁，便还书院。比至夕食，已昏，逾窗入寝，寂无一人，回思文妓夭斜，又一笑矣。

十　月

十月己酉朔　晨出点名，招诸生十二人告之曰："书院之敝，在于师欲束脩，弟贪膏火，未知谁始图利，而上下竞于锥刀，市道不如，徒坏心术。余欲挽之，而三年无效，今将辞去，众乃相留，既不谅余心，亦只随俗浮沉，明年不复专馆矣。"晨餐其迟，饥来驱我，还寓朝食，守门半日。郑老湛来，告以所见，郑亦不能欣解，而自明三冤。余随机犍椎，聊发吾蕴。夕出，答胡薑亭，还亦迫暮。

二日　晴。送谢媒针线，一无所有，市之不得，方知女工之贵。邓妪思归，遣舁送还。

三日　晴。程母燕诸妇女孙，茂忽疾发，促之强往。仪安女婿黄生求书干夏道，疑我靳之，勉为一函。写对三幅。

四日　晴。看船，促行，携真往覆，与来船大小略等，可用也。还寓，理装。

五日　晴。周生来，呈月账，以余钱卅七千付程生代发。发行李。

六日　晴。晨吊张子年。文、程、陈郎来。遣冢妇吊陈丧，朝食后携盈孙、三孙步出铁炉门，上船，还书院，看课卷毕，复还船，妇女已登舟矣。郑侄相逐至船，求写扇面。道府公宴丁郎，并招我为客，都司、两县、程、杨、陈、孙委员、丁、冯十六人看戏，魏亦农、谢少琴与而不至，魏荫庭死矣，衡阳亦交卸。上镫始入坐，戌散。还船，船已移至东岸。

七日　朝食后开行，晴光甚皎。功儿买煤去，频频待之，未至也。夜泊季公塘，从来不知此地，或云鸡公塘，近之也。夜月。仆人无被。

八日　晴。晨过萱洲，复泊久之，船人事办，乃不肯待，斥告之，始泊雷石。二更后，董子宜、功儿均步至，云船触石几破，泊滩上不来。

九日　晨雾。发甚迟，夜月泛行，聊补日功。莪欲见七女，有感余心，当料理之。夜泊朱亭下。

十日　晴。真女仞字，稍读生书。下空冷，行甚迟，暮至株洲，登岸访聂姓，有瑞和祥米店，问七女从母家，云在残梅桅杆坳全寿堂，不能往返。还小船，见镫行，知坐船已到，初从沱心避浅，故余乘小舫先发，至是仍登舟，还故处。

十一日　晴。功儿留待聂姓，坐船先发，至晡阻风，泊向家塘。余心念半山，欲见女婿，故是稽迟。遣问夫力，定于明日往山塘，而莪必欲当日往还，未知何意也。

十二日　阴，将雨。三更起，食，复睡待明。八夫四舁，婿女携伴婆以行，余自送之，误由县城外过，绕道十里，过姜畬日睉矣。与辅迪略话即发，至山塘午食，白菜甚佳，丁郎不食，先去。余留问租谷，仍至姜畬宿焉。张正旸、许虹桥来谈。夜月。见迪子师汤生。

十三日　晴。晨待许乾元饭，及戴弯人，将午始往食，张、迪同坐，海参竟熟，亦异事也。饭后即行，夕至宾兴堂，无一人出吊。三妇云英殡未启，盖无盘费，许为致之。还，换轿夫，因吊子筠，遇诸涂，同访沈布衣不遇，至许庆丰，访其三子，留谈设酒。沈又寻来，初以为四碗四楪，许父乃设全席，咄嗟立办，亦尚可吃，近年阔派也。沈、许送余还寓。杨俊卿来相访。

十四日　晴。初起，许生已至，为办舁夫即行。子粹复来，步出北门始别。过炭塘，不见店妇，盖已移去。汪桥樟树炭塘船，大托遥遥黑石盘。豹岭南看湘水阔，新开北接社坛宽。投夕至城，子女已前至矣。

十五日　昨夜风雨，晓犹淅沥，至夕得小雪，初不觉寒。彭孙芝棣来，言朵翁病状，自知死日，由诊脉定之，何其神也。盖不讳乃有准，时医不敢直词耳。今日癸亥，小雪。

十六日　晴。午漧可步，至浩园，访笠云，见弥之新刻诗，亦有可取。得陈伯严书，甚怪辛眉知陈不如许也，笠云淦元流落不得归，余不引以为咎，而反有幸心，恩怨分明如此，何其似李篁仙。夜月如冰，惜无燕赏。复日抄书，聊以记日。

十七日　晴。先府君生辰，设荐。诸女谒其母墓，并出城，三子亦省祖茔，出城设饼待之。笠僧来，恒文竟不出。与循来，少坐去。夜答访之，乘月还。

十八日　晴。子女忙冗，未知其何事。诸务不理，且出行游。访采九、王益吾，王处遇唐子明，言江南事颇久，还已夕矣。王、唐约明日会饮碧湖。促女婿拜客。子瑞来。

十九日　晴。晨抄书二页。欲为诸女理方名，匆匆过午。陈海鹏催客，急往赴之，王、蔡先在，唐、王未至，小有修建，已成小亭矣。王，中江人，未知其何官，云吕生尚在。与诸人皆初交，亦不多言。夕散。

廿日　晴。王庶常来拜，乃知其名乃征字聘三，谢未延见。

周妪弟、夫来，余正写字。挥笔对之。彼乃挥涕如雨，自此定复召矣。勒令还家，劝之善去。其弟无状，盖欲学武二者。为杨跰干吴抚，求寿对。外孙女胡姈来。

廿一日 晴。答访王庶常，云其姊夫周姓，亦殷实商家，篁仙继妻，其从姊也。午携诸女诸孙出戏场避客，又遇曹四叔，还抄书半页。王聘三、周竹轩夜来。

廿二日 晨见红日，已而大雾，益验日赤为雨征。曹氏公孙晨至，遂不暇食。客之为弊如此。华二来。

廿三日 晴。晨露沾衣。出城展墓，因吊胡子正。还，周妪突来，惧其求乞，出避至樊琅圃处。樊犹未起，少坐还。周氏已去，过以小人防人，吾之蔽也。与循、丁婿来。今日功请新婿，母舅、妹夫作陪。丁百川适来，因便留之。余未送酒，因饥，出吃包子，遂散。王沐来，未暇见。亦未抄书。

廿四日 晴。催儿女束装，皆迟迟不去。皮麓云来久谈，留点心。张子持从田间来，未及纵谈。采九催客，我倦欲眠矣，昏昏而去。与循先在，云洪章京当来，待之少顷，洪至，面无烟色，不甚相识。顷之一梧来，入坐。将暮乃散。还家，茙女已去。

廿五日 晨晴。至茙舟送行。遇百川父子，立谈便别。功将夕乃行。吾欲东游，而功请北上，嘉其远志，姑任之也。校补谱稿，看《世说》新本。与循、顺循来，顺留谈颇久。

廿六日 晴。晨闻船人来，知茙船犹未发，朝食时乃去，华子从，功儿送之，惟携一婢，赆以半山遗金卌两，殊草草也。雅南来，未饭去。搢子复来。朱雨田每岁必燕我，乘其未备，直造访之，乃闭匿，无人应客，未入门而返。稍理馆课。作《常文节祀议》。常氏在衡阳，始于明代指挥使以军功屯田，立爵不祧，易代乃除。百余岁，而文节公父子以科第继世，跻一品，著忠烈，被诏锡四品，世爵罔替，如是常氏复有爵。当祖文节，别建庙立宗，既遵国典，专祠于城。父老议曰：礼，卑不祖尊，尊得祖卑，父子君臣之义也。常氏世爵，两代相蝉，为族光荣，以文节为别子，不足以彰尊祖光显之美。盖有祖有宗，祀之大经，士大夫虽无宗，而有干祫高祖之文，明其可配祖也。文节宜配享始迁祖，以明不祧。以闿运习礼，来问宜否。谨案：后世宗法废，而族姓愈繁，宗祠之立，所以统族也。令甲有族长，非宗何统。故今家庙，皆题曰宗祠，异于祭五祭三之制，而有爵无爵无异。盖一族之中，有一立爵者，则并其祖尊之矣。始迁者虽无爵，而子孙数十百世皆奉为宗，不可以僭远废也。《周官》曰："宗以族得民。"宗子无爵而世，则其祖无爵而亦世，古今时势然也。礼，时为大宗，祠制不可，非常氏之祠独应《周礼》，要亦偶相合，非从古异于今也。独文节子孙不别立宗，而宗之人以其功宗之，斯则今世所难遘，可以教孝劝终，敬宗收族，既不戾立爵为祖之义，且以劝后之子孙知所以显扬先祖，故赞其义，而以文证成之云。

廿七日　晴。看王刻《世说》及梁清远小说、近人试帖。略理学课。抄《诗经》。

廿八日　晴。雨恬来，颜色敷腴，云与子析产矣。胡氏外孙回去。珰出吊陈氏。张年侄来。

廿九日　晴。吴尚书来访，方欲诣之，而吴先至，辞不得命，就庭见之。采九来谈，延入内斋。

晦日　戊寅，大雪节。晴。将出诣客，舁夫出城去，待一日不至，遂止。夕过采九不值，偶行旁径，遇成静帅，入谈，乃知陈氏妹子到省已久，甚可诧也。未欲穷之，不问而还。

十一月

十一月己卯朔　晴。出送采九，已行。便诣陶少云、左子翼、吴巡抚、徐年丈、但粮道、刘定甫道台、黄子襄、椿副将、邓副将，日夕人饥，还餔食。庄心盦约相见，黄昏始去。点镫而还。

王祭酒夜来。

二日　晴。王祭酒早来，同过抚署，方见司道，因至徐芸丈处久坐。兼约杜仲丹同往抚署会饮。问杜行当中门耶？答云直入，余不敢也。三轿从中，余独旁行斜上，以为礼于邦君。王用治年帖，亦不合款。京官还籍，不得抗礼，宜今人之不喜绅士。看古玉，及仇石①洲画柳，绝妙。谈玩永日，出已夕矣，仅过笠西而还。陈甥来，留宿，辞去。夜将雨而霁。

三日　晴。府县将祈雪，天愈暖矣。晨起见有沫者，则震孙从汉口还，顷之月□亦至。邓副将来。但粮储来。易清涟同年将往广东，来谈踪迹。丁百川来。张正旸来。得乾元书，云蒋太耶要钱，适专信往，便复谕之。夕过乾升栈，重登心远楼，二纪不到矣。一梧、与循、幼梅、陈李二总兵、唐子明同集，虽各年过五十，曾非当日上客，亦诗料也。一梧诵弥之诗，强作吉语者。

四日　晴。待异夫一日不至，略理功课。张年侄来。送杨八踯抚书寿对，真可生蓬荜之辉，壮朱门之色也。

五日　晴，愈煊。晨与正旸考家埻无释奠礼，但宾主设拜而已。送两孙入塾，便当飨宾，而至午始具。庄米汤来。午吊曹润之，遇郭副榜、杨乾子，携黄氏外甥以行，便过陈芳畹。闻谭敬甫往蜀，竹崖故事耶？少荃故事耶？安徽人大费调停。

六日　晴。昨未彻字，朝食后补课之。抄《诗》一页。出访二黄、翰仙从子。罗顺循俱不遇。过与循，与同过笠僧，有一少年不相识，问之，江芾生子也。顷之意城孙恪士亦来，萧希鲁先在，皆不多谈。斋食甚饱，与道香同出，至局祠，独归已夕。复抄《诗》一页。

七日　晴。先孺人忌日，素食独居。夜霜颇冷。常霖生闯入，

①“石”，应为“十”之误。仇英，明代画家，号十洲。

不去。

八日　晴。烝祭斋居。刘太耶来求官，直入不去，强出对之。萧传胪来。邓婿遣赴，云弥之柩至，未能即往，遣舆儿临之。夜涤濯，甚寒，先寝。

九日　丁亥。烝祭曾庙，巳正行事，荐馔失节，礼文生疏，盖行之廿年而犹未娴，甚可愧也。已事，因彻馔，往奠弥之，子廉送柩，淦郎亦尚知哀。不告友朋，竟日唯一吊客。看仙屏书札，殊有交情，非时辈所及，人定不可测。今日真女十龄，夜设汤饼。三更后雨声潇潇，欣感不寐。

十日　霁。抄《诗·荡》成。袁守愚来。文擅湖、朱秬泉继至，皆功儿往还者。夕出答二萧，过庄心安，交荐条。叔衡孝廉夜来，送文为贽。陈若愚儿来辞行。

十一日　晴。始抄《士丧》。考"纯衣"，未得确解，以为缁则不待言，以为丝则不应有布弁服，以为缘则不待言袡。正旸云纯帛无过五两，则纯为帛名，犹玉锦也，其说可通。余因定以为缎子，以纯边相宜，故名纯耳。"屯"者，难出之义，丝密不易抽，因以名之。午过浩园会斋，希鲁为主人，袁、罗及笠、道二僧与余同集。顺循盛称筠仙庶长子之美，因往看之。先看沅浦祠，正似彭祠制度，盖下江派也，彭轿夫字抑斋监工。希鲁留谈。顺守，笠、道复至余家小坐，啜茗谈月。

十二日　晴。约子宜出，几十日矣，皆未暇往，因与同行，看木器，便借文擅湖银零用。因答访黄觐虞，久谈。至刘星白宅，未得入，径往局关祠，郭郎炎生先在，周、唐、艾皆先不相识。周生，次妇侄婿也，颇多闻见，能诵吴獬文，云獬罢官矣。郭无一语。希鲁后至，道乡设斋，夕散。

十三日　晴。文擅湖来，问蜀程，便留抄日记，半日乃去。

铸郎来。遣舆往迎其妹，觅船不得。夜雨有风。

十四日　壬辰，冬至。阴风欲寒。铸郎来早饭。真女喉痛不食，命作饵哺之。兼看珰作篆，佳节思闲戏，竟无暇也。四者难并，信有之乎？邻妇嫌贫而骂其姑，其夫畏之如母，妇不能挞姑，毒打己女，忍人也。将料理之，而无奈何。

十五日　复霁，冬晴明快。得功儿、丁婿书，云九日乃登江轮，计今正在淮浦矣。陈海鹏来，云公请作文寿巡抚。又言饶文卿骤进，众议不谓然，此故刘仲良用杜、俞意耳。饶不能胜邓，而不能敷衍，所谓世局使然。

十六日　晴。晨方书屏，笠僧来送诗，未暇见也。及出，已去。往吊左子栗，值巡抚在，乘间先还。胡子夷来。

十七日　晴，风颇寒。出看左引，不及还。未朝食，陈伯弢来。胡婿来，留同饭，兼邀正旸访伯弢。过府前，忽忆袁守愚，因往看之，语及孔摺阶，又过孔，遂俱行至坡子街伯弢寓店，值潘碧泉，谈话已夜，各散。与正旸还，正见月上霜寒，道上说少牢，朝服非常祭，与士端同是降一等，可通弁而祭己之说。

十八日　晴。寿春生日。胡氏女携初生外孙念华来出窠。余步至东城看杨儿，答访子夷不遇，过刘清泉寓，见吴翔冈讣榜，吴年六十八死矣，城中复少一米贩。吴死而饶兴，又所谓何代无才也。夕还。窊女亦还其家。

十九日　晴。黄氏妇父病亟，遣还省之。夜有雨，大风。校摺子所校谱稿。

廿日　晴。舁看黄亲家，已不能语矣。筠仙庶子来，名焯莹，字炎生，盖八字缺火者。与论大臣子弟当侪儒素及先辈典型，城中非复前时风气。看筠遗属。夜风有雪，作和笠云感旧诗。

廿一日　雪未白地，颇有瀌瀌意耳。看浏阳课卷毕，送去。

舆盗其银而诡云未送，佣工不服，其事彰彻。因语证羊父为子隐，则事当隐，而治家复不可隐，宜外隐而内证耳，且含容之。摺子去，携谱稿，增公田，遣周佣同行。

廿二日　阴，有日。乾元送米银来，度岁有资，且住为佳耳。盆瓮充盈，遂无□处。然在城中犹为容盖藏者。长妇父病，犹恋儿女不往。为诸女说郭巨埋儿事，乃知往年訾巨，未为通论，砭世厉俗，不嫌矫过也，今日正用得着。

廿三日　阴。黄家报丧，舁往看之，棺犹未办，因还告诸女，现身说法。胡宅司书左寿檀来知会，初不知为何家，询知星曹妻也。

廿四日　阴。朝食后往胡宅，看成服。周霖生陪客，不相识矣。居顷之，唐、魏、胡、孔来，唯孔相识，余以意辨之。待至午不行事，乃出，过黄亲家家，视敛尚早，乃还。顷之三往，犹未能含。萧叔衡来夜谈，复与同往，堂上寂然，竟不及事而还。

廿五日　阴，夜有雨。抄《礼》日一页，犹不足程，暇为补之。皮小舲儿寿恒字荷生来，年四十许矣，云其兄书令见求事。罗顺孙来，谈著书不可早。张生语余，余告以讲书不可迟也。此二事绝不同，一为己，一为人，孔子尝语子夏矣。

廿六日　阴。说诸侯朝服，忘《周官·司服》无之。盖与皮屦同，非王朝之服，疑皮屦，朝服屦也。与正旸论《说文》。正旸欲以“正”“疋”俱为射物，则此字亦自中古，又欲以“辨”象侯制，吾门穿凿第一人也。说未可通。

廿七日　雨，欲雪不成，夜寒。刘清泉来。昨夜寓街失火，方遣问之也。珰看八婶去，旋送镜还之。

廿八日　雨，有雪，颇寒。诸女停课，看小说竟日。张彦实有咏笔诗云“包羞曾借虎皮蒙，笔阵仍推免作锋”，是紫兼毫当时已有也。此又误也，兼毫已见晋时《笔阵图》。丁百川来，预祝。

廿九日　雨。生日，设汤饼，有三客来，并谢不见。胡郎入，少坐去。孔摺阶来，留夕食。得郭见安书。

晦日　阴晴。当出城，因看孺人墓，还过百川、程初，坐行轿，市人哗笑之。西南风大作，亦异事也。

十二月

十二月己酉朔　晴。黄亲家成服，因往柑子园谢寿，出稍晏，不及他往，便至黄家，亦有铺排，但无礼节。因盈孙出后，议服当降否，余以为旁远服无降，当仍本服。后又以从服，无从当不服，二义均通。胡子夷来，试问之，则云《周礼》《仪礼》均不可行，纯乎宋学也。笠、道两僧来。

二日　大霜冻，大晴。胡迪卿元吉专足来，言同弟女昏事。左年侄辅来见，求书与张楚宝，云张颇振孤寒，佳士也。苏彬已官矣。

三日　晴。窊女归去，其筑里①凡五六人，今遂当家，殊非望也。孔子言“不患无位”，妇女亦有超用者，不以才任，非阅历，其孰知之。

四日　晴。吴抚作生日，众推我文，既不可辞，而文武猥杂，与书王亦梧论之，亦梧颟顸，余遂行其意，不顾世俗惊也。杨儿来。

五日　晴。竟日无事而殊不暇，未课字也。偶闲行，忽遇来宗馆童，白须，为之怃然。

---

①“筑里”，应为“妯娌”之误。

六日　晴。晨见红日，知当风雪，已而有小寒气。出吊胡杏江，将谒巡抚，国忌遂止。连二日，前值穆宗，故恍惚也。夜风，四更西方火，询云犁家巷，无此名。

七日　晴煊。元甫入祠，遍请城中，既来及我，不敢不往。至则熟生相半，留陪抚台。方欲正席，而难于序班。吴乃指挥云，官西绅东，自为次列。余亟赞其得法。候补道中竟有五熟人，何道之多。夜作吴寿文成，甚有格律。

八日　阴。作粥斋僧。何棠孙来，与袁守愚、萧希鲁、叔衡、孔掞阶看寿文竟日。笠、道两道人来，设食已晚，从人皆不得食，无中馈故也。窊女来借珰钱。

九日　晴煊。得婿、女清江来书，即作复，寄沛南，为丁百川见都。午至府城隍祠，素蕉设斋，希鲁同集，又有龙祠僧法裕。夜教女孙写家信。

十日　阴欲雪。珰女请还衡，无以为资，以诗稿质钱二万供之。过萧叔衡，因自买信纸，还发家信。

十一日　雨，稍寒。长妇还家殷奠。余为心盦改寿序竟日，晚乃得吊左通副之丧，客尽散矣。有一宁乡蓝顶人，未遑问姓名。遇唐懋阶亦诉病苦，过吊黄亲家。

十二日　雨阴，欲霁。珰船已去，诸女再留之一日。郭恪士来，送诗，请看湘潭外孙也。出答曾岳松，国忌不可往，乃至粮道署会饮，遇蒋龙安、张放账、刘选青道台及岳松。寄衡州二程书。

十三日　阴。珰女上船，谭、彭送之，周兆矩护行。蒋少穆来，送申夫文集。午出答岳松、少穆，过刘道台、刘清泉，因至杨儿处，为其子发蒙，三、五出陪，王莲生、张雨珊并集。余作吴寿文，不充公礼，充公[①]，索润笔千金，众咸怪之，独但少村请买，始信文章有价也。酒间发明必须重价之意，雨珊唯唯。近日文贱极矣，而又好文，故为一明之。张正旸犹不知此意，以为戏言，则重我过也。夜改庄文毕。

十四日　壬戌，大寒。晨送庄文去，顷之但又送文来，可谓庄、但殷勤觅也。欲作一佳对，则竟不能。夕食时，心盦自来，日已迫矣，皆无章程。余代耽心，日夜不闲，可笑也。夜改但文至三更，睡未顷之，为猫所扰，竟至曙不寐。夜雨如尘。少六送束脩。

十五日　雨如丝。陈道台养元来，冲破忌日，勉强出对之。少六亦来论田事，求与皮麓云论之。设奠曾祖妣，夕乃行事，嫌迟怠也。宗兄复来，留之校谱。

十六日　阴。抄《士丧》上篇毕。少六[②]来，论田事，初无腹心之谈，殊乖所望。少村送文来，又不买矣。

十七日　阴。绍六复来，再与片皮家说之。少村来。眼肿，甚闷，夕至心盦处谈诗。

十八日　雨。送寿序，交觐虞。绍六三来，云绍曾已出料理矣。携稿去。

十九日　雨。张正旸散学去，余为拟苦乐二境，皆可诗者，问其何途之从。携榻外斋，适有一女工来，留之过年，欣然愿住。明日翩然而去，初未辞也。夜雨。

廿日　雨。陈佩秋来，专相投告。余疾未朝食，空坐而去。稍理孙课，夜雪，始见白。夜半，一梧打门，请删序文。

---

①“充公”二字疑衍。

②“少六”，原作“六云”，误，据上文改正。

廿一日　雪消，间作。陈佩秋来，坐一日去。疾仍未食，夜欲作诗，未暇也。程子大来，言易中硕单舸逃来，又不见人，近清狂也。易后刻有行记，乃陆行，非水道。

廿二日　雪。晨，四老少来，催我起，乃去。清卿送雪诗来，依韵和之。每防霜旱接春霖，燮化调元蕴酿深。下尺土膏融地脉，十分寒骨称冰心。玉龙晓吹初横笛，梅鹤空山待访林。莫道高歌曲难和，早闻街巷有讴吟。江介流闻美政和，故乡梅发谱新歌。应知茂悦同松柏，预喜丰穰兆麦禾。咏絮一庭连句好，搓绵万丈覆裘多。田家糕粥消年事，且得新吟斗沈何。飞花满城，舁访笠僧，索和雪诗。又至陈海、胡婿家小坐。陈处遇郑子惠，居然老矣。访郑太耶于陋巷，旋至李幼梅家，消寒小集，称得一消也。坐客为何棠孙、周霖孙、王一梧、陈海鹏、黄觐虞，主人自谓设馔精美，而实未饱，所谓口不同嗜者耶？

廿三日　阴，有雪。送灶无人，以九女摄之。作糕团，稍理功课。笠僧送诗来，“何”字韵，居然有巡抚口气，阔派也。与书杨巩借钱，辞以下乡，绍六来，乃知之。

廿四日　阴。陈佩秋来，吴僮辞以外出，遂闹而入。此客此僮，均出意外。陈程初、郑三少来。与书逸梧借钱，云钱树子倒矣。岁暮借钱，自是一乐，无饥寒之苦，观贪吝之情，所谓我静如镜，民动如烟，佩秋不知也。

廿五日　晴。佩秋来，不坐去，借钱未得，无以遗之也。心盦来。萧传胪来，执贽，未解其理。巡抚馈岁，长沙套礼，一日顿费数千犒赏，正在奇窘，又可笑也。与书程初借钱，亦不回信。萧叔衡来。为柴烟所薰，涕泗滂沱。

廿六日　霜寒，大晴。陈海鹏送五十金，挥之。更与但少村借之，亦不报。佩秋复来。巡抚送米票一石，属与贫者。余不能知此等贫家，宜亦有得之有益者。黄敬舆来。

廿七日　晴。晨有送信者，则王嘉手送洋钱四十圆，正济所需，虽不受，可权以济也，复书留用。遂以送二陈、邹刻字，沛然矣。雅南亦分四元，九弟妻二元，龖妇一元，与陈升四元，遣之去。自往陈佩秋处答拜，送行，彼待不至，又作诗矣。夕笠僧及郑七老耶来。佩秋复来。

廿八日　阴，有风。携女孙看迎春，坐浩园一日，竟未见土牛芒神，一大奇也。步还已夕。夜待迎春颇倦，先寝。

廿九日　丁丑，立春。四十元挥霍复尽，陈处尚欠五千，遣吴僮于汪妾处假二万，付之，遂余万钱，称富翁也。瞿海渔来。抄《礼经》垂毕，以事因循，尚余十余页，待明年矣。检点笔墨逋债。为萧看文未毕，寄禅来。夜添吴文二百字。

除日　晴煊。步至南城磨盘弯，看敬舆写屏，因为画格，正无事度岁，得此可消闲也。自至纸店取格式以还。过郑太耶，看百韵诗，闻二新事，皆死人复活者。今年初忙死巡抚，年终忙活巡抚，亦死而复活也。来一女工，奇蠢，殆不辨黑白，从来所未见也。自愿事二少娘，因与次妇互易之。

光绪二十年甲午

正　月

甲午正月己卯朔旦　晴。昨夜通宵未睡，早起，家人已毕集矣。谒三庙、三祀。朝食后携复、真两女，纯、盈、慧、寿四孙，黄氏外孙，王妪步至浩园，未扣门，纨女、湘孙异来，同入僧寮，寄禅、道香、澄念及不知名三僧先在，诸女旋还，余留午斋还。

二日　风雨。意象萧索，因不出门，复谢客，居楼中抄书，掷骰。胡婿来时，天稍开霁，略谈而去。舆儿画屏款格竟日，送纸店不收，又可怪也。近日四民皆无情理。

三日　阴雨。郑七、笠僧闯入，设素食款之。薄暮，寄禅偕七僧来，复为设供。今日斋僧一日，夜复得斋，颇为恬愉，作得寿对一联。眉寿铭功，有吉金瑞玉；衡山刻石，纪海晏河清。

四日　雨。笠僧复来，索改新诗。窊女来。胡大爷及海渔来久坐。夕，窊去。

五日　阴。料理贺年，茫无头绪，呼戴明来，排路将出，沈子趣来，云湘潭令将讹诈之，求解臬司，甚可诧也。出，从东北绕南西半城而还。入者�仙小儿家、程子大家、黄三亲家、藩署、粮署、胡婿家。觅一轿夫饭处不得，道遇岳州水师总兵，同行数处，还犹未暮。跪诵《莲经》，身心泊然。

六日　阴，见日。沈子粹暮来，云事未发，任师耶荒唐也，是儿今将败耶？家中年事无办，未能款之，约其明日午饭。黄兆槐新放古江兵备，来拜。罗顺循亦入。隆观察必欲踵入，余甚窘也。程子大又来。

人日　阴。看田契，寻粮票，家中遂无存者，可免追呼之虑矣。沈子粹来。黄兆槐、罗顺循皆于忌辰拜客，罗本不可拜客，黄则恐相见嫌简耳。

八日　阴。清卿作生日，晨往，寝门不辟，衣冠满庭，不复通异。余步入重门，遇孙翼之，云当分班而入。因直入，逢送客，遂独坐，面谈久之，看玉琴款题。王芳省字复一，其铭以“洞”“淡”为韵，顾亭林以后人也。诸客竟无入者，排门而出，答隆道、沈粹，沈已先往拜门还矣。急还，早饭，沈又来谈。诸妇女并出游左祠一日，费轿钱千，亦奢教也。

九日　阴，有雨。出城省墓。因答黄、孙、张学台。张处与陈道台妻驻门一时许，余不耐欲还，二仆不出，久之乃入。问去年寄书，云遂不达，奇人也，拳拳恐我失馆，无以为生。瞿子久之流，学台才也。申至苏州馆看戏，抚台大会绅幕将弁从末流官，分二厅设席，余坐一席，居然与徐年伯比肩，亦自忘其僭，资望使之然，然非礼也，何以率诸后辈！张子容同席，迂直可厌。客惮主劳，相约夙退，未终席也，可惜无数烧猪冤死，不见人。夜雨。掷骰。

十日　阴。晨餐未毕，王恂同知来访，必欲入坐，辍食见之。萧文昭踵来。笠、道两僧俱来。凌厚增大令强入欲见，云县考求总校，诺之。庄观察又来，云李小泉作生日，得七珠蟒，并有送翠钏者，巡抚此生不及百分之一。余因得一联，云：“八日谢客，愧孝达之专精；七蟒排珠，欣小泉之富丽。”金圣叹所谓“此一联堪绝倒”者。

十一日　大晴。今年始见好日，必得热闹上元也。邓第武来。郑老湛来，屑屑亏空事。杨儿来，云皮鹿门已去。

十二日　晴。老湛复来。作王逸侯《通鉴引义序》成，即送去。王年八十，犹坐补边缺，太仓人，汤临川师门也。将出，湘霞拜客，遂留不去。

十三日　丙午，雨水。晴煊。始着羔裘。出答刘彦臣直牧，谈王镜芙事甚详。还携孙男看戏，欲令知市井事，乃一无所开发，挥汗而还。寄僧来。左年侄来，求书干张胖子。左志和妻来。

十四日　晴阴。步至浩园，陪吴主考，镜初子、罗顺循、寄禅、素蕉、筱喻同集。用廿八千刻磁碗，云筱所置也。颇谙官事，言陈、李二弁干预放纵之状，及两县昏愦，颇类王、张太保之为。城中用宵小主文坛，筠仙所云斫丧元气者。未散，刘桂阳催客，步往，王、陈俱集，采九亦至，云到我处，未知也。夜还，甚饱，掷骰至三更。

十五日　雨。闻雨，晏起。作张楚宝《寓馆记》，并为左子与书托之。夜镫如月，得句云："镫如月影留晴色，雨入元宵有喜声。"滋妾生女，来报，命遣老妪视之。掷骰未终局，客来遂散。凌清泉送聘八金，正窘，亦得小济，可笑也。有时挥千金，无时宝一钱，然千金仍不顾也。此谓固穷，亦可验人无饿死时，余熟知此理，故能全其节。渊明冥报相贻，则别有寓言，非感恩之说。

十六日　晴。晨未起，法喻来，请陪吴主考。罗、曹续至，申散，步还。李妪生子去。鲁乃修师耶来见。

十七日　大雨竟日。王恂逸侯专请早饭，余误以为夕食，久不去，再催乃悟。陈德生先在，又一人冒冒失失，自谓故人，殊不知其姓，但闻澄翁、正翁，久乃知为曹广泽副将，以其自称镜初也。又一人，云诸桓之子，曾任永绥厅。又一曾生，常熟人，识杨吉南，今在抚幕。

十八日　晴。始理家事。王迪安来，云清泉须索重聘，乃可往。未知其意，似是刘星白遣之也。

十九日　阴。杜荣来，欲干临湘令，为强一见之。吕生求书，久未作，因闲试写一段。郑襄老湛、魏仲青来访，又消半日。夜雨。遣工迎馆师。

廿日　雨。盈孙千文错乱生落，召三女一孙，大为清理，遂尽一日，亦可乐也。序镜初《阴符疏》。

廿一日　雨势益浓，北顾骤寒欲雪，移榻楼上。将出城矣，鲁师耶招饮，辞之。招诸女斗牌，百负不得一胜。乃知败子破家，非关殃咎。半山云败亦可喜。喜则不情，然甘败而极其败，败不能奈我何，亦执拗人所由喜也。

廿二日　雨寒。恻恻正有春景。鲁师耶、魏仲青、郑太耶均来。魏云午庄从子，初不相闻，未知何以至此。

廿三日　雨。张先生来上学，遣迎未遇，受苦五夜，好一首孟郊诗料也。柳一亦夕至。魏仲青送竹笠。

廿四日　雨。积负应酬，当出一了之。命舁往城北，东谒采九，遂东行，答魏、鲁、徐、方泰、幼穆。刘，皆不遇，至粮署前，与学台争道，钦差官无威势，令人忆孙公符丢荷包时。还家已夕，夜与诸女斗牌，滋不依法，怒责之。饮人狂药，责人正礼，遂罢戏。庄米汤来。王迪安言于宝雪舲斫破凤鞋、包头，以画自给，为徐耕娱弟子，近青泥莲花也。四老少来。

廿五日　风雨，逾寒。郑三少耶来，云其父约饮，请改明早。言次复欲摸脚，又请定工课。余拟以不摸为一条，续以当告其父，遂未及也。本非师生，何劳教训。次妇往魏家迎父殡，余亦专人迎之，礼也。庄米汤来谈。

廿六日　雨。舁出，不备笠，轿工衣裤皆湿。出大西门，临彭亲翁之丧，小舟大风雨，二子号哭有礼，令人感异。旋入西门，送王恂逸侯。至东城。赴徐方泰幼穆之招，郑太耶犹未至，安徽二令刘、王续来。吴楚卿立达来，云曾至四川，主如冠九，恂谨雅儒，大器也。赴藩使招，先去，余借夫乘夕先还。风雨益急。英子两儿震、焘来，旋去。

廿七日　晨未起，房妪甘言大雪，披衣起视。午间震、焘来，令之亟归。司道府县公宴乡士，报其先宴也。余先不与，而应官招，亦成其相礼之意。待至酉初，不催客，自往，则咸集矣。臬使初未相见，府县亦面生可疑，有但少村粮储主席同坐者亦面生，心知为张金刚门下生。下彩四挂，补前日之阙。每事立异，亦令人厌，俗不可谐，唯有闭门可以免咎。得辛眉书，荒唐胆大，吾道益孤矣。看蓬道人眼福书竟日，夜竟不寐。雨雪竟夜。

廿八日　雨。作书荐李恩生于黄右江，荐陈芳畹于河南三官，荐陈佣于但粮储，荐胡杏江于李朝斌。闲暇无事，补抄《隋书赞》。今日丙午，惊蛰，冷过大寒。徐幼穆来。

廿九日　阴雨。看蓬道人戏本。寄禅僧来，问“僧敲月下门”胜“推”字易知，何必推敲。余云实是推门，以声调不美，改用敲耳。敲则内有人，又寺门高大不可敲，月下而敲门，是入民家矣，敲字必不可用，韩未思也。因请张正旸改一字，张改“关”字，余改“留”字。

二　月

二月戊申朔　晨醒甚早，待房媪久不至，遂至日晏，家人尽起朝食矣。欲有所作，而难于起手，以未久当去也。唯看小说，殊非自强之义。夕食待夜，为张年侄与书刘道台，并与书任师耶，荐秦容丞。午见日，旋阴。

二日　仍雨，所不料也。午复见日。看《八代文》，每日点廿页。夜雨，闻漏滴桌上，呼复起，舆亦起，明灯复睡。

三日　晨雨，午后晴。万祖恕来，颜色敷腴，似知县矣。谈辛眉行事，亦有微词。夜看《八代文》。撍子去，慧孙生日。

四日　晴。食索面。周兆矩来。得卢元张书，云将主讲万县。寄禅来，顷之，笠云约游浩园，即留午斋，道、素两僧皆在，将散，遇张雨珊，要至其寓。自彼管园，尚未一至，略谈而散。湖北寄银来，正在窘迫，又得济也。

五日　晴。作游诗。笠、素来，要游左祠，不去。午课毕，至荷池，逸吾招陪陆廉夫，曹副榜、杨儿、李幼梅、小坪、黄觐虞、刘采九杂谈纵论，至戌乃散。

六日　晴阴。看张县丞绍龄诗，亦学卢、孟。子择儿也，而不知余为父执，盖自恃其年老，孟子所谓挟长者。得山东儿女书，命诸女作复。步答张丞，遇之于涂。心盦招饮，先往清谈，顷之逸吾、雨珊、觐虞、幼梅继至，陪客陈道台允颐养原最后至。看电报。夜雨。

七日　雨。真女字生，反复示之，始知强教无益。郭见安来，送鄂局银九十两。将觅寄京寓也，决意捐官，真有痰气，遣舆儿答之。李朝斌擅囚贡生，众人右李，势利中于人心，无所利而为此，出于至诚，亦可闵也。

八日　阴晴。晨起催饭，买猪羊，泥不能去，以钱代之。过丁百川小坐，循铺路，行卅里至大托，临彭朵翁之丧，四子均哀，诸孙亦知戚敬，不易得也。客有沈心海父子、李芝岑兄弟，余与沈、李非知交，然其子则当视为父友，谈论之间，难于接对。夕开圹见水，土中雨浸也。二李一左均言不可葬，主人亦皇皇然，待至鸡鸣乃寝。假大托逆旅为馆，铺张亦备，且设中牢二席。

九日　晴。待异夫饭毕而行。道遇何棠孙，问郑事甚关切，饷以回饼一枚。午正到家，庀具略备矣。更考《馈食礼》，将刊谱中，以垂后世，请正旸更定之。

十日　丁巳。晴，午阴夕雨。祠祭祢庙，仲章祔食，巳正行事，既设西北隅，忽悟此为祔食之荐，厞用筵席者，筵席于厞也。始虞初葬而有祔食者，祭厉之意，以安死者，凡祭有配则不可祔食，亦非也，前说鬼馁为安，故少牢无此设。午要见安、正旸饮。周郢生、杨儿作陪，子孙侍食，实馂也。见安送银，将还报之，故不辞。

十一日　晴。清泉书来，告试期，而未遣迎，报闻而已。午出北门，至碧湖，与祭酒先后行，呼之不应，既入，则黄觐虞、唐子明先在，陈总兵为主人，李幼眉后至，论戏酒事，“祭酒”成“祭戏”矣。夕散。作书与治秋。寄功旅费。

十二日　雨。约送京信，至张雨珊处不遇，见其子仲卣略谈。访笠僧不遇。答访县令彭飞熊，驰还。午后笠、寄来，议游集斋设。丁百川来。

十三日　雨。送蓬海书画跋与巡抚，其子欲达姓名故也。用阶次子小阶来见，云困于旅次。为致书右江道谋之。曹梅舫来，部属也，余与之言庶吉事，云其兄子欲来执贽。抚台书来，报武冈之捷，邓氏复安矣。贤人果益人国，且益人家也。然被窝牲口，所损亦多。

十四日　庚申，春分。雨。曹典初来受业，美才也。雨珊来，言汇钞仍由票号。

十五日　雨竟日。约陆廉夫、曾士虎为碧湖之游，兼斋五僧，筏喻不至，曾亦旋去。李小坪云当发折，且言武冈寇乃慑于魏午庄，非贤人力也。魏新募六百，盖将继俊臣之后，湖南强干犹存，可谓有本。廉夫于紫微堂楼作画，李小坪将作字，寄禅作诗，道香借纸，素蕉和墨，笠云看画，至夕乃散。住持性华同集，前未识之。

十六日　阴。先府君忌辰，素食。郭见安来。看无名人《经解》卷。得功、茙、丁婿书，元夕前发。未正设荐。夜看湘孙家信，闻吹号，云起火，或又云月食也。胡杏江来索钱。

十七日　晴煊。素蕉来送画，工笔佳品也。曹梅舫来。寄禅来送诗。改功文二篇，点《文粹》，毕六本。徐幼穆来，约游麓山。

十八日　晴。遣看船，买海棠。笠云率魏生来。朱稺泉、张年侄来。彭云楼珌来，李朝斌所捕贡生也。李买田，而彭墓山地在其中，先无契存，李作生圹，彭恐侵之，遣唐姓往说，李为平毁，待之有礼矣。彭乃夜葬其穴，于是李怒，躬往讨捉，诸生大哗。诸富人助李，以彭为可罪，余得其情，劝彭迁葬，而彭不许也。构讼分朋，不知何时当了，因为诸客言昔封𪉲事。诸女作寄远书。道香又来求字。闲复斗牌，至夜乃忆日课。姜畲两生来学礼。烛下点书卅余页。章养吾、陈润清。

十九日　雨。早起，饭后睡起，偶出，遇见安来送行。刘梅生、陈梅根、许猪贩来。秉钧。笠云改诗甚佳。

廿日　雨。用阶继妻送土仪，云借钱未得。始命看船，以避需索。收文二篇，邹桂生三篇，邹来取去。校《荀子》一过，取前本勘之，所见无异，而眇不复忆矣。

廿一日　晴。始约徐幼穆游麓山。拟于今日下船，明日遂移泊对岸，后日长行。诸女喜于从游，踊跃不寐。清卿来，辞以登舟。黄福生来，云翰仙还装六千金，今乌有矣。斗牌方纷纭，念陈家必须照料，步往心盦处商之，遇全兴，已知州矣。心盦云须寻陈养源，属百川通。因至抚署，访陆廉夫、李小坪、曾虎士，遣告，主人出，久谈，论累黍及铢、两黍数，甚有新解。廉夫画《碧湖图》，清卿题之，云军书旁午，不暇诗也。具言武冈、溆浦、麻阳三处盗起，遂至夜分乃出。青衣小帽，夜入节署，不相宜也，以当去，姑一为之。买桃一株。

廿二日　晴。昨桃禁戊未栽，晨起看栽，因摇去蚁榖朽株，补于其处。昨未得发行李，今晨客已至舟，饭后亟往，四孙二女俱从。丁百川在舟，徐幼穆、郑老湛父子亦先至，余约正旸在舟照料。与寄禅同渡，三舁二步，过书院未入，至万寿寺，以为小庙，试入，乃知即虎岑堂也。岑法师开山，禅门呼为"岑大虫"，故云虎岑。住持不相识，留饭，未待，先游云麓宫，傍有岳云石，道士居也。啜茶，看湘州二津，形势甚壮，盖所谓吴芮陵也。吃薰鸡、干肉、包子、草橐肉，甚饱。万寿僧来请斋，不能食矣。烹六安茶，饮白鹤泉而还。遍游岳麓斋寺，馆宇甚壮，大似焦山。还，乃遇正旸，携两孙，懿、复、真、湘、慧孙俱来。余送真至渡口，复至书院，诸生并出观，遂携诸女游屈祠，再登赫曦台，川原壮秀，佳处也。夜来登舟，夕食毕，暮矣。即泊牌坊下。问正旸，牌坊古何名，正旸以为"爿"。诸女毕留舟宿。

廿三日　晴。晨起移泊水麓洲，送诸孙、复女入城，男女仆从者四人。从百搭桥待义渡，入大西门，唤两轿，送三女二佣，携两孙先归，余后到。遇陈跃龙门，云方相访，复随入谈。客去，登楼，稍检书札。作书与陈养源道台，为陈家借盘费。携甘妪泛小艇上船。午饭，正旸复入城去，顷之两孙来，翔嬉洲上，昏暮始还舟。正旸亦至，南风未息，仍泊故处。

廿四日　晴。晨开缆行，至探塘，得西北风，帆行过昭山，西风愈急，舟漏不可驶，帆楫倾危，仅而得进，泊小东门下。

夜雨。

廿五日　晴。半帆半缆，行六十余里泊朱洲对岸。补三日课，点《八代文》，得六七十页。昨夜酣睡，今午复大睡，杂梦颇多，略不能记。

廿六日　晴。南风，缆行甚迟，午始至漉口，舟中无钱，欲断菜矣。夜泊山门，仅行四十里。

廿七日　晴。南风，缆不能进，泊淦田久之，夜宿花石戍。点《文粹》三本毕。花石戍，今名下梅冲，行卅五里。

廿八日　晴，稍阴，仍煊。南风更壮，缆行卌余里，泊油黄麻田。舟人云油麻田在黄田上，此间误答误书也。晓珠长对碧氤氲，细语还愁隔坐闻。贪逗袜香频惹袖，许衔鞋绣不遮裙。冰脂定自肌无汗，睡靥多应梦作云。直恐如花太娇小，芝田才尽枉殷勤。

廿九日　南风，愈煊。行十五里泊麻田，以为不能进矣，忽转北风，帆行卅五里，至衡山。西风横吹，几不得渡，本欲泊雷石，竟不能矣。所谓凡事难逆料也。

卅日　丁丑，清明。晓雨旋止，顺风扬帆，行百廿五里泊章木市。令节，不放学，三僮皆有笞责，非礼也。点《文粹》仅如额，亦月来所未有。天气顿寒，可重绵。夜风，复开，行十五里。

三　月

三月戊寅朔　阴。北风晨息，缆行久之，朝食时始至耒口，得风径泊东洲。门役已故，诸生唯桂阳人在，余皆新来者。正旸从后门入，久乃得茶，遣告清泉凌幼甫，遣来迎，云已考二场矣。复襆被入城，至程生家，其祖母健安，方请客，吴桂樵先在，更有两官，顷之任辅臣、陈华甫均至，朱嘉瑞德臣后至，余遂至清泉署，馆于陈望滨处。望滨导访同舍诸君，及账房李杭圃、胡绶之、二凌、少卿、海航。胡、厚之。朱、月秋。毛、清卿。陈、时卿。周、德陔。袁、葆年。程、锡卿。刘。信甫。后归，庄叔塍。不在署。辅臣夕来谈，二更始去。饭后看卷百余本，无佳者，三更寝。

二日　雨竟日。午饭后要信卿过府署，杨子亨、庄叔塍均在辅臣斋，因留斗牌吃饼，夕散。孙翼之同知先来先去，还署时尚在县斋，牌兴未阑，仍要起局。望滨、葆年大胜，三更后散。

三日　雨。翼之早起，朝食后复斗牌，七八人纷纭一局，为叶子戏，别开一派。夜当入场，幼甫云不必去，而自发气痛，几亦不能入。余未待点名，先睡。

四日　晴，夜雨。晨出诣道、府、衡令、孙同知、朱、张、谢数处，邀翼之早饭程家，便过彭祠，答晋卿，留看戏，冯、杨俱在。暂还清泉，步至府署，邀陈时卿、庄叔塍、任虎丞同去看戏，与丁、杨相见，兼寻邹松谷，礼宾十四人则无熟识者，二更还。

五日　雨。看卷六十余本，翻阅百余本，无甚佳者。夜斗牌，二陈一庄。余与刘信卿同火，大胜。孙、彭送菜饵。

六日　雨。晨起翻卷二百余本。衡阳送信与任辅臣，云西乡寇欲入境。幼甫又云已劫八家。辅臣来，旋去，发兵委千总、典史去。知县仍入场覆童试，可谓不知缓急者。胡厚之来，看发案，因留较牌，袁、陈同局，庄叔塍先去，余因代之，未二更散。朱纯卿来，翼之后来，约明日之局，兼欲看花杨园。

七日　阴，欲晴。终日较牌。任辅臣约吃烧猪，一日得三警报，竟不暇戏，晚乃会饮，兼邀蒋典史同往，九人俱饱，乃散。翼之亦宿清泉。看蜀报，陈锡鬯革职，刘牧议处。

八日　晴。寅初，雪琴入主，夙兴往会道府，文武已集，质明毕事，设面各散。异还东洲，欲携两孙入城，其师不可而止。舟还铁炉门，取单衣，仍至彭祠看戏，官士共五席，二更散，仍还清泉。今日程家遇竹轩长子，名寿田。

九日　晴热。晨看试卷，朝食后倦惕，闻履声错然，刘信卿言凌令丁忧矣。已而论取录，宜悉徇私营利。主者既不能言，余唯有急去之。步至程家，遇丁生德敬，复至江南馆寻既樵，值其请钱贾，退入于房。絜卿来，便同渡湘，访丁、杨不遇，遇伯琇于马上，言将粜谷备兵费，并劝其弟侄无避去。数日以来，闻此差为有识。同饭冯家，异送还书院，清泉再来迎，固辞不往。夜电照窗，掩门而寝。

十日　晨雨，午晴。朝食后泛湘，仍至清泉，唁凌知县。案已发矣，欲辞还，陈望滨再三留，并为作饼。与钧卿同过任辅臣小坐，仍还斗牌，未终局，饼至，饱啖，辞陈、孙而出，夕还院看月。珰遣人来，云定不迁移。

十一日　晴煊。新生来见者九人，中有袁生，投刺称“治晚”，辞之。复用单名，忘其为葆年也，复辞之。其仆入言，乃悟。为作书与文衡州，荐阅卷，而又误葆年为葆卿，恍忽如此。周竹轩偕陈宝卿来，则真“卿”也，即接脚姑妈之子。云银已借得，初三始成行，犹未欲去，留滞如此，仆从已无人色矣，命谭妪作饼待之。夜要正旸率子孙同出步月，兼命真女携佣妇至杨家，水陆并发。伯琇三兄弟均出见，云清泉前列，值八十银钱，真高价也，以余观之，无真才之可拔。郭先弨况宾。来，令正旸与谈，言语不通，写扇二柄。

十二日　晴阴。二程、絜卿、诸生胡欧亭、莲弟来，竟日对客，仅能点《文粹》半本，聊充日课。城中斩劫者二人，传云朱八武举最狡。

十三日　阴晴。笃生来。诸生纷纷入见。桂阳四生告去。彭报信来见，作一新褂，未知是借是骗，诸生目笑之。

十四日　晴热。点书毕，携女孙入城，正旸亦欲从往，懿儿陪之。至絜卿处取轿，余卧舟中，见一上水船，似是陈媪，而未相呼，遂各背去。彭家请陪太尊，太尊不来，马协白须，杨都司肥美，两县后至，余皆前人也。正饮间，报已禽朱八，众皆欣然。夜携诸雏分道出城，城已闭矣。

十五日　晴，愈热。点文未毕，笃生来。久之，监院至，诸生争舍，令就丁、张谋之。周竹轩送单衫来，留坐内斋。午正，隆兵备至。顷之，朱衡阳至。行香送学，着纻衣，犹汗重襟，亟催隆去，解带散坐。吃春卷正甜，孙代清泉至，纷纭久之，不胜其倦。客去，夕食毕，遂眠至夜，起啜粥，复闭门而睡。衡山文生来见，令其少待，竟睡去不省，伊川磕睡不虚也。今日壬辰，谷雨。

十六日　阴，顿凉。驿吏始送丁巩秦来书。召见文生，为府试来也。黄德总兵来。补点《文粹》。程师耶来。

十七日　晴凉。朝食后毕课，泛湘，从太史马头上，舁至道署，答隆兵备，言前引大臣派"福、寿、绵、长"，以人为戏，今未之有也，可谓俳优畜之矣。绕城诣两县，还渡邹家马头，访彭松臣封翁。还院入门，逢见安，云来久矣。谈顷之，夕食。松翁来答。张学使过境，遣帖迎之。夜雨。

十八日　晨雨，旋止复作，午后阴。看玫瑰、荼蘼、新荷、嫩笋。点文一本。与见郎论文字。

十九日　阴。始抄《士冠》，七抄矣，犹未能无惑。陈望滨来片，为程师耶索信，其事甚怪。袁葆年求信，文知府回绝斩截，名条掷还。而程师耶复欲求之，且云任师耶意也。任恨袁欲极之，故弄手段，以我作囮。若曰非求我不得，而文太尊甘为搬弄，余亦何辞搬弄哉，复因而与之。夜看课卷。

廿日　晴。晨看彭生卷一本，便销一早，朝食后看毕，以卫青为第一。设洗，仍行日课。夕渡东岸，迫暮乃还。夜梦与家人召僧作佛事，于牲骨得一佛像，而无由开，置盘中，其骨自行，上佛坐，余约众合掌诵咒开之。先召主僧，弗能开，次召知客僧，诵咒毕，爆响如霆，现观音像，众皆礼拜，称菩萨。已而游京师，寄书某人，似是常晴生。题诗云。元夜怀清局，诗人有晋风。琴歌深自惜，禅坐偶相同。取纸书之。纸上画一老翁，似是弥勒，自云此诗斟酌尽善。书未成而醒。正旸取课卷，见彭生瑞龄悉扯去批语，乃知去年揩案人，此公也。事无不破。

廿一日　阴晴。杨伯琇、紫谷道人、郭群之、春原子。曾介石父子、魏康侯、胡薑亭兄弟、吴桂樵、湛大娘来，纷纭满堂室。久之，吴去湛留，余与诸人同坐。炮船至厘卡午饭。介石子泳周甚能议论，文则未达，欲与余谈，复邀之还，因襆被来宿。乃与正旸谈经济，甚欢，二更睡去。余独抄书一页。入内室寝。

廿二日　晴。曾父子起甚晏，居家无本矣。早饭后客去，点书廿余页，抄书二页。真女告病，放学一日。

廿三日　晴热。点文，抄书未毕，见客。催入城，至容丞门分路，余入，与秦略谈，至安记小坐。入清泉署，见孙代令，一刘姓同坐，望滨亦还，尚未朝食，留饮半杯。出访周竹轩，遇左生，写凌母祭幛，托周代买送去。渡湘至黄、萧家，均不遇。步还，待渡，久之无人，乃呼船，渡者应声而集。院中方食，小坐，大风起，以为见安不能还，顷之亦归。

廿四日　阴，复凉。点书，抄改《冠笺》，于“玄冠冠端”仍说不安，凡三易其说，姑分玄冠与冠为二，仍居冠委武之说，而小变之。见安送其《六书目录》来求序。

廿五日　雨竟日，然未酣足。检《汉书》，欲作《度量考》，未详千二百黍之重，且求黍衡之。正旸疾未愈，见安早睡，祁阳三生二李一许。来见。赏雨无朋，徘徊独坐。《易传》曰："上古结绳而治，后世圣人易之以书契。"然则六书本于一画一绳，而具众形。自六代弥文，二篆更孳，点画曳引，务趋平正，六书之分，仅存其说。刘、班述之于前，许、郑区之于后，而总录万字，独存许书。唐、宋迭传，义例可睹。圣清文治，许学大兴，家有其书，人通其解，或奉之为科律，或小补其罅漏。余自弱冠，始比学僮，讽诵九千，察其恉谊，乃知承学之士未达六书，以事意为字形，误转、假为虚用。且许虽博访，本求理董，至其释"帝"从刺，"畏""鬼"如虎，显违经训，殆等俳谐，马头四羊犹愈于此。同县郭生，少承家学，妙悟冥叩，不肯雷同，证以金石之遗，知其传写之谬，且寻训义，犹有望文。覃思十年，始通本始，立部首三十有八，皆一画所化成，自此孳益为五百六十八部，制字之源庶乎昭矣。又就其形事，推其意用，知一画之作已备六画，散为万殊，弥于六合，文字之赅通广博，故雨粟之应不虚，盖近世通儒发斯耑绪，专研之效乃在斯人。扬雄奇字，曾何足数；汲郡古文，信非难识。冀以传诸好事，附彼雅经，虽曰违众，吾从其朔。命曰六书讨原云尔。

廿六日　雨竟日。冒雨吊清泉令，宾客寥寥。过程生，得会试考官名题。还未晡，夕睡甚久，比觉，客将睡矣。房媪龂龂，方欲寻仇，叱止之。乃搅吾睡，独坐写家书两封。

廿七日　阴晴，夕雨。珰遣人来，闻其妾不安，作书喻之。作《吴清卿权度考》。累黍九粒长，衡尺八分，恐与书不合。又黍有大小，亦殊不齐，尚非确诂。抄经，点文，并如额。今日伏案用功颇勤。

廿八日 阴。晨抄经，点文，作书，毕，小愒。湘涨，携女泛舟还。量黍九粒，得今尺八分，仍有纵横，纵长一分也。六百粒重四钱，廿四粒重一铢，皆非密数。

廿九日 竟日雨。邹松谷、杨斗垣来。冒雨出门，讲究应酬者。夕畏寒，早眠。

四 月

四月丁未朔 立夏。出堂点书，发卷，诸生卌三人。雨殊未止，见安告去，赠以卅元，退其馈银也。疾甚，不能食，夕欲睡，不能寐，久之乃得小愒。柳一遣去，院中寂静。

二日 晨雷雨盘桓，方困，不甚省，顷之起，已得盈尺雨水，湘流反减尺许。补昨点文逋课，抄经至《冠义》，文甚鲁莽，不足加笺，尽去旧说。乃知《礼记》颇不精核，取旧笺勘之，未分醴醮为互文，故疑《记》二文对举之谬，因尽易焉。说“作谥”，发前所未发。朝食半碗，点文毕，疾发，遂困卧，唯饱啖枇杷。夜犹未愈，谢生来，房中见之。三更后始汗。

三日 晴。晨起抄经，犹不欲食，点文半本，卧久之，至晡稍愈，食一碗。倏欲行游，呼舟至徽州馆看紫谷道人，大兴工作，已有小章程。云胡品高死矣，龙芝生必有佳文谀墓也。夜食炸鸭，颇云甘脆。

四日 雨晴无准。朝食一盂，未午疾发，睡一日，夜甚困，仅点文廿余页，余课并停。

五日 大雨。点文半本，抄经二页。喻生来，请抄《书笺》，令入院写之。

六日　大雨竟日，桃梅皆为雨压倒，向所未见也。疾遂过七，亦一奇矣。今日小愈，仍未能食。

七日　雨。朝食后疾已发，困卧昏沉，所谓瞑眩，不复知日早晏，但觉其长。

八日　阴。朝食仍不多。点文抄经，聊按日程。午后便下湘，至程生家饮，黄、丁、二杨、冯、孙翁，一人相熟而忘其姓字，未夕散。溯流甚迟，至院已暮。

九日　晴。朝食，课未毕，疾仍发，真疟矣。昏沉转甚，但寒热稍减，卧遂至十时乃苏。

十日　晨雨。晏起看课卷卌本，抄书半页，未点文也。正旸问《周官》无爵弁，前笺未照。紫谷道士来，求书堂扁。为题“洗练神宅”。

十一日　晨晴。倦，无课。午前寒似稍减，而困惫已甚，唯卧，自消息，晡稍愈，通体麻痹尤剧，顷之乃愈。起食。瀹鸡子两瓯。洲上殊不养疾，思食不得食。夜起为道士作字。

十二日　晴。大愈，实做旬有二日，乃间一句[①]，惜无养者耳。正旸问“大旱，金石流土，山焦而不热”，答云“你去热”。又问郑康成弟子不能问，答云“能问则非弟子”。孔子作《春秋》，游、夏不赞一词，初不肯问。

十三日　阴寒。段怀堂、秦容丞来，病犹未愈，仍卧半日，时起时眠。

十四日　晨课半毕，朝食后补足。水师舢板来迎，至黄德总兵处，待冯、魏、杨、十同饮，肴无可饱，亦杂铺而还。

十五日　阴。祖母忌日，素食。郑太耶来，久谈，设炒米、

① “句”，应为“旬”之误。

蚕豆、苋菜待之。云六属案首，以衡阳第一。又言凌幼甫匿丧。盖恐余拔真才，因发哀也。此理之可信者。

十六日　雨竟日。壬戌，小满。绂子来，云装米无顿放处。遣懿儿问杨伯琇借仓，竟不能得，云恐霉变不能还原也。大水漫江，雨倾如注，奔走一日，殊为可笑。背时人做背时事，故应如此。工课自了，不及女孙。丁生来，云请题大考，已有全单。

十七日　阴晴。晨毕日课。朝食后疾未发，小疲倦耳。得舆儿、丁伯川、浏阳首事书。胡子靖送文请阅，夜为定之。

十八日　晴。写对四副。遣人入城，索大考单，第一名即间面也，实为可笑。此人必革第一，例不终也。景吉人来，衡山实缺，新得保举者，亦儒雅，无俗吏状。盖巧于俗者，北人不宜巧，且徐察之。真始抄经。

十九日　阴，夕有雨。朝课毕。湘涨将平岸，乘舟下泛，值逆风不甚驶。刘教谕筠来，未得回看，至絜卿家，待段、程、二杨来会饮，黄总兵亦至，夕散。

廿日　阴。朝课毕，并督真课毕，携至城看戏，大雨殊不快。行至府署、清泉、段宅皆不遇，入彭祠，诸人半至矣。景吉人二更始来，殊有首县阔派。真留程家，余从陆还，几闭外城中，初所不料也。院中半睡去。进士报到。

廿一日　晨雨，午晴。遣迎真，至夜乃至。黄船芝来，退其被扇，坚不肯收，再三喻之，竟不听信，甚可怪也。

廿二日　晨雨，午晴。复书浏阳，并寄题去。始欲篆《诗》，补旧抄之阙，自恨笔不副意，不及童稚，未达此关也。

廿三日　阴。邻童媳失去，云赴水矣。抄经三页，渐复壮课。《昏礼笺》殊老成，有作者之模。四老少告去，正雨，不能送。

廿四日　阴雨。周竹轩同一玉器客看首饰，无可用者，留饭去。说“酌玄酒”“弃余水”，乃知当年若梦。使年不满六十，遂糊涂死耶。老将知而耄及之，古人所以致叹。

廿五日　阴雨，天竟病矣。抄经三页，暇豫殊甚，复点书篆经，皆加一倍，犹不得暮。乔子来。

廿六日　阴，有雨。陈芳畹专足来。抄经，点文，皆加常课。张正旸游吾门，而病恍惚，劝以有恒无常之学，以为之己当有恒，入世则无常也。

廿七日　大雨竟日。昨课早毕，今乃仅完，未知何以迟速。夜暂愒，闻行声，起看，则舆儿已入。出房，康侯设拜，初未知何人，起乃识之。正雨不休，乃从衡山舁来，人夫总至，设床安枕，均须自督乃办，真所谓仓卒主人也。衣被尽濡，虚榻宿之，移入内寝。得清卿书。郭信尚未投。

廿八日　有雨，朝食后阴晴。《昏礼》抄毕。巧如玉合子，且补二页，暂停，乃理《馈食》。此四篇毕，书即成也。府县求晴。

廿九日　晴。抄《馈食》二页，点文一本，篆《诗》《记》各一页。湘涨平堤，微行阻水。

晦日　晴。点《文粹》一本，八十卷毕，约四千八百页，以六旬了之，虽草率，尚迅速也。《特牲》前六页改毕，将改少牢。篆《诗》《记》二页。夜复大雨，殊出意外。

五　月

五月一日至八日阙。

九日　阙一段。弟妇强索一元。同访沈子粹不遇。要萧文星上总觅船，遇子粹，同去，觅不得，乔生乃得之。已而复变计，乃坐一船，亦略如沈觅之价，不知胡卢买何药也。来往城总甚困，吃面一碗，乘舁至船，船甚宽敞。湘潭附常德船，定价每人二百六十文，顾一船，三四千文。

十日　晴，南风甚凉。疾甚，晏起。子粹偕陈佩秋来。陈尚未朝食，子粹送卷馒，坐至午后去。甚困稍愒，补昨日课，乃多半日，写四页而足额。遂卧，看沈诗。夜有雨。

十一日　阴。北风，船人不行，余亦偷得一容身处，便送日月，不必急也。将登岸而雨至，遂止。

十二日　雨。泊一日。写字三张。甚病，不能久坐。

十三日　雨。病少愈。仍泊一日。先祖考忌日，素食，一溢米不尽。未抄书。

十四日　雨。东风，计日可行，而仍不发，因为丁郎陈苦乐二义，丁则极乐，我则奇苦也。十日滩头坐，生平未曾有此逆境。老病空随一叶舟，故乡羁旅不胜愁。只言女配成鸾凤，刚被人驱作马牛。短夜晦明皆似岁，长川风雨冷如秋。此行直恐灵均笑，夏日陶陶爱远游。

十五日　雨，午霁。船人恋恋，复停一日，雨亦仍至。作《上林寺藏经阁记》，点笔成文，无愧齐梁小儿。晡后开行，水急风顺，未夕而至。入城，夜饭，闻李朝斌死矣，左小姐亦终，彭稷初母丧。与诸女较牌至三更。李妪复来，与登楼，赏以一元，自此别矣，亦巧值也，约会犹不能如此。

十六日　晨雨。安床移炕。寄禅来，顷之笠云来。萧传胪来，云朝考报未到，滇、黔考官报亦未到，怪事也。窊女回。大雨三作三止，见青天，乃登舟。邓婿来，留饭，不能待也，夜泊乔口。

十七日　阴。检逋课，正少五日。《少牢》早当毕，以病懒未补。帆行百五十里，泊羊角脑，闻更鼓分明，思访廖大妹，甚困不能起。

十八日　晴。甲午，夏至。行九十里，将晡天变，泊舟待之，顷之，大北风，望见龙阳而不能至。《少牢》抄毕。题诗寄易硕甫。窈窕红楼隔玉真，风波一舸病中身。百年离别寻常事，咫尺相思最损人。又一首寄湘衡诸女。冻雨筛珠浪喷银，此时行止不由身。暂游莫比长征客，愁水愁风大有人。一夜狂风，至晓乃止。

十九日　雨寒，竟可绵衣。缆行十五里，至仓港，舟人云昔川米萃于此。改丁郎课文一篇。弥之挽联未送，遂忘之矣，补作之，非前意也。绝笔犹承荐士书，忆当年风雪貂裘，败絮蓬头真倚玉；清材自可薇垣老，悔无端辉煌豸绣，青丝蹶足望横门。然非真知不能言。病小愈，再改文一篇。与书茷女。夜忽得东南风，帆行甚快，以为当至，待至亥正月出，乃闻城中炮声，风息，仍止泊苏家渡，距城可七八里。并作保之生挽联。童稚论交五十年，晚事尚书，始知吾辈非真友；云山札记千百卷，言皆儒者，毕竟先公有鉴裁。

廿日　晴。疾又发，殊不适，早起一绵犹寒，卧盖薄被不觉，朝食，欲不起，无人办饭，强饭半匙，复卧。舟行，篙缆并穷，唯恃橹力，行至辰正始舣常德府城对岸，壮郡也。午正乃移泊下南门，胡耶先觅船去，乔耶同去，先还，云彼不欲人偕。遣张顺送丁郎至邓第武牙门，彼协镇而误以为都司。顷之遣人来，胡子先还，云船已得，水脚八千。余乃入城，从南门入，行僻巷，汉口派也。先过提督牙门，百余步乃至中军，邓将出迎，陪客有杜陪之、丁逸臣、药店主。田郎、兴恕子，杜甥。及二馆客。见考官报，第一乃罚俸官，与大考不相照应如此。剃头毕。请丁诊脉，大加恭维，有似阎王升玉皇之说，颇不逆耳。吃炒米肉，设席，田郎不能坐立，野孩子耳。坐客誉为功臣之后，亦甚可听。其实兔儿陪兔翁，月宫中一段佳话。酉初舁还，令邓发船价，余送火食一万，船须廿二日开，不能再待矣。附船不得，自买小舟。亥正开行，花船也。

廿一日　晴。卯正至龙阳，步入北门，欲至南门寻仙童，阻恶水而还。买醋十斤。辰正开行，大睡，起视横陈，方知佛经之味。行六十余里，申初避东风，舣流星潭。村妇犹定子头，亦有美者，知妍媸不关妆饰。夜行廿里泊羊角脑，已亥正矣。

廿二日　晴。寅初开行，入南湖，晓日满船，湖水襄陵，沅为逆流，南风烈日，舣三时许，榜至沅江县，不到十年矣。云六十里，不足五十里也。

廿三日　晴。晨发，篙行十里，守风一日，逮暮强进，泊官窑，亦得十里。疾愈，知香味矣，尚不能食耳。

廿四日　晴。晨过琴棋望，舟人云沅水不出西湖，泆而东，遏资水，使倒流，非湖遏流也。凡水逆行则为降水，西湖当为桑田，则湖必至长沙，加以枝江水势日南，正《水经》时川道乎？午始闻蝉，卧船头，看烈日碧芜，牵夫暍行，别有可乐。帆缆桨篙，竟日劳扰，卅里舣百岁坊，十年不到，无恍惚矣。又廿里泊益阳八字埽十八垸，西流垸对面也。旧游迅疾，了不记地望。夜热。

廿五日　晴。未明呼舟人起，篙缆辛勤，行六十里泊乔口。初行牌口甚迟，及出乔口，水逆流甚迅，而行更快。舟妇暴疾，明镫煎药，至子正乃寐。

廿六日　夜得顺风，行至旦，已至靖港，舟女遇夫，落帆相见。看千帆并上，势若风马，顷之亦行，乃不能驶，巳初至，未初乃泊朝宗门。入城逢塞城隍，家人并出观，尹、芸皆在，未暇与言，则登楼少愒。夕食后出访笠云、与循，要笠同访刘希陶，甚言辛眉之缪，又多诋其兄，仍故吾耳。饮百花酒而还，诸女已睡矣，过一梧门，亦云睡去。

廿七日　晴。北风，附舟还衡。过心盦，为董子宜求馆，云张孝达犹重梁星海。梁名了不能忆，大盗之貌，而有穿窬之行。登舟，催行李来，乃不持一钱。行亦不甚驶，竭蹶至湘潭，已亥初矣。午正开，正行五时许，一时得十余里耳。夏水流迅故然。有飘江来附舟者，伧夫也，乃闻吾名。老仆呼君实，宋人气度，亦殊不易及。若船山，定当力拒之，余处马、王之间。

廿八日　晴。船人买豆，停一日，欲遵陆行，当分两道，盆瓮甚多，又畏啮虫，不如且止也。稍觉炙热，犹未成暑。移泊犁头嘴。

廿九日　晴。正可帆，南风忽转东风，风之巧也。缆行甚早，朝食时始至洛口，风忽西忽东，才能动草。午梦，欲谋诛元乂，半山语余云："彼一夜三徙，已警备矣，恐有刺客，不可不备。"已而黄叔度来，半山复云："此世外人，自以人不防之，安知不为间谍。"因厉声呵止之，其人乃返立门中。余云叔度汪汪若千顷波，若不怒，当至西厅坐；若怒而去，吾有以测之矣。其人立久之，余立其后，乃化为女人，衣青衣，印花裙，自言曰，怒不怒皆可坐否。余应声赞之，即携手同行。乃一小儿，赤身无衣裤，伤暑而嚏。余云当加衣，携之至西堂。两阶中施版桥，当桥而进，家人争问，余云此大人物也。欲至正室取衣，而忘左右，自念与家人太疏，何以至此，旁皇而醒。此有似十八扯，异而记之。夜泊象石潭，醴陵地，行七十余里。

六　月

六月丙午朔　晴。南风缆行。有感而作。屈上沅舲杜入湘，炎炎夏日旅情长。绿波枉渚迷津阔，喷浪空泠乱石荒。迁客偶来留啸咏，野鸥何事亦栖遑。南风烈日牵船去，犹有长年为我忙。午泊山门，戏作消暑诗。云蒸日炙自威风，静坐曾无暑气攻。除热不过寻扇箑，谁知扇箑热烘烘。夜泊淦田，行七十里。

二日　晴热。文债毕还，可以至矣。计日内必有顺风也。自渌口至朱亭，恒西行，夜观北斗乃知之。舟人望东风甚急，不记前日之怨东风矣。已而果转东风，过黄石望，复转北风，益知风巧，稍偿三日劳也。此行虽迟一日，犹兼春来二日之程，行七十五里泊黄田下。一月冲风水逆行，天教凉吹散羁情。帆随舵转樯乌喜，雨过篷开夕虹明。碧叶露光疏返照，玄蝉喝①爱日起秋声。人生得意偏多感，暗数流年百恨并。无地名，欲雨不雨，夜半南风吹山，船如震荡。

三日　晴。风稍息，晨凉，从石湾至衡山县，有感前游。当年飞鞚指城楼，十里扬鞭跃紫骝。一蹴青云竟何益，重来芳草几经秋。散霜岳气常欺县，澙日晨光复漾舟。垂老无因罢津逻，怕闻估客诉诛求。近县颇有佳泉，宜多科第，遣取一瓶试之，苦有泥沙。询新书院正在郭外，余行对岸，不能往也。泊乌石矶，六十里不足。舟人谈乌石为“五鸦”，正作加字韵诗，即用为典。碧天无暑浪无花，樯燕风轻缆力加。山影欺人半川黑，月眉窥我一弯斜。芦洲退鹢惊双鹭，石濑飞龙下五鸦。野宿梦回闻戍鼓，涞开津吏正晨挝。　　曲浦无人夜独经，繁星明处树青青。江萤渡急知船过，岸犬鸣稀见桨停。露坐茗瓯闻易冷，暗眠邻火照仍醒。纸窗此际成惆怅，应讶凉光点画屏。

四日　晴。晨过雷石，戏作舟暑咏。南风正午煽川原，但怪琉璃簟席温。日似火光常闪焰，暑蒸云朵尽无根。扁舟浅水真游釜，大冶洪炉一覆盆。却被程生嘲褦襶，整巾摇扇共堪论。实无暑也。南风甚凉，犹不可纻衣。舟人泊舟避风，申正风大作，乃吹篷去。半时霁，小北风，曾不能动尘。看去年今日，避雨陈祠，亦晡时也。西风后复继以东风，夜泊螺蛳滩，行四十五里。

五日　庚戌，小暑。晨阴，至萱洲见日。西风缆行，小雨午

---

① 据《湘绮楼说诗》，“喝”应为衍字。

凉，夹衣犹薄，逆风吹船倒行。及入，望顺风，则微细若属纩将绝之气，然船亦不退。至夜兀兀，泊章寺对岸，亦行六十余里。渡夫云此间日日大雨。

六日　晴凉。晨过大石渡，始朝食时，未食也。巳初乃至耒口，呼划船，索价不二，乃入耒口，欲从陆道径至东洲。忽得一船，百钱愿送，仍出口，溯流极艰，午正乃至。张先生果生事矣，余逆知必不能安。前与茂书已告之，云不知张先生与甘嫂生何是非。何其必中，通人情耳。卷堂大散，并我器用而卷之，则懿儿不通，又非张之咎。此来大有二郎神还灌口之状。卧榻有一面生人，斥之不动，因假骂陈十一郎而去之。陈亦孩气，又不能主事，然不得不骂也。永、桂盘踞，皆我私党，此蒋道台所不料。闻程母丧，犹未朝食，食毕，亟往吊之。因告以服制无明文，宜请部示。盖两祧则孙，父仍子。父为子，则子为孙，不可依出后降也。又礼亦无孙降祖父之说，圣人之所难言，礼疑从厚。凡从服皆不降，以此推之，良孙于本生外王父亦不降。即为创稿，令上礼部。程生颇知礼，能呼曾孙奔丧，近世所罕。与綮卿及两面熟人同饭毕，还书院，已扫除矣。事在人为，仍设内外寝，而宿于外。

七日　晴。晨抄《记》一页。朝食后，抄《诗》一页，又补抄二页。南风甚壮，几席凉甚，然无所作。看李昌谷诗销日。彭肃斋言梦至一处，垂黄帘，门者止不令入。窥之，内皆坐老翁，有其族父，八十六矣，亦在坐。徘徊前堂，朵园自内出，衣道衣，云吾将归矣。肃斋为设藕粉，饮毕而去。其年族父卒，又十年朵翁卒，年亦八十六。未卒时，肃斋送藕粉、莲子，竟食藕粉乃卒。甚诡异也。夕稍温，夜起纳凉，五更后冷。

八日　晴，晨无风。抄经二页，未毕，朝食一碗。见新生二人，嘉禾者殊嘉。秀枝僧来，复欲有求，与八指同为讨厌，悔初与作缘也。人言保之死，余交游多有始无终，岂余之过与？亦非不慎其初，而不能保其往，盖圣人言交，已兼二义。抄经二页，又补二页。胡欧亭来，与肃斋泛月，送至厘卡。

九日　晴。抄经二页，补二页。阅卷三本，余时仍跂坐闲卧，非但避暑，兼畏漠子也。听肃斋谈张天师，亦兼有杂艺相术。

十日　晴。晨起抄经三页，乃朝食。始知夏起宜早，又补二页，睡半时许，阅卷十余本，已毕课矣。写对无笔，殊不成字。遣送程母挽联。名门五代昌，天将福寿酬清节；登堂一人在，我拜帷筵感逝川。实存二人，而云一人，先忘其人也。周生引《说文》：京房说"贞"为"鼎"省声。余忘之，而批云"京房不讲小学，此殆贞观是汉朝年号之类"。又云汉有两京房，余亦忘之。夜热忽雨，雷电并至，遂成秋景。

十一日　晨雨犹未歇，风凉可坐，尽补逋课。

十二日　晴。抄经二页，补二页。晡时忽大风，蕉叶皆破，窗帘尽断，避至前斋。稍定，胡欧亭来。

十三日　晴。抄经三页，补二页。周竹轩及道士来，留谈半日，夕送客泛舟。

十四日　晴。抄经纸尽，仅写二页。令斋长查肄业生，已半去矣。

十五日　庚申，初伏。无衣冠，不能出堂发题补课。朝食后送胡欧亭登舟，因与肃斋访紫谷不遇，入城各散。余至程家写铭旌，周竹轩先在，遇马叔云、周寿山。闻经声，甚倦略睡，起，写字毕。邀竹轩买纸、笔、墨、研、茶叶、帘钩，还安记，陈子声与肃斋先在，留坐，取面吃毕各散。肃斋仍从至竹轩家小坐，复同出，至太史马头上船还。

十六日　晨觉停食，起泄，复眠，未朝食。得玿书，即复与之。抄经三页，写扇三柄，看《水经注》，每日一本。

十七日　晨起抄书一页。偶出，遇一人在客坐，出马质庵手肃书单，开数十人，求信一封，视之皆无可托者。内有一王定安，荒唐人也，与书荒唐试之。瞬息即去，并无一人，知迅疾骇人也。还内，抄书一页。朝食饭量减半，食后，复抄二页。

十八日　晴。有暑气，得风即解。抄书二页，补二页。看诸生试文，无能成章者。杨伯琇来，昨与片，言罗氏昏议，据云张先生催促甚急，已告女家，不便辞退。怪哉，张先生也，乃至此乎？吾生逢此一群胡涂人，虽智无所用之。杨慕李送润笔十色，受其酒、茶、面筋。

十九日　晴风。抄书二页。看《水经注》，欲寻狼台事，忽悟且从狼故实寻之，乃得于《图书集成》《魏书·高车传》也。十数年遗忘，得以补《天问注》。夜凉。彭先生与榷局斗气，几兴口舌，且劝缓之。

廿日　晴阴，风凉。始浴。抄经，补抄如额。看《水经》一本未毕。冯絜卿早来，张老师午来，有耽阁也。

廿一日　阴晴。丙寅，大暑。戴明来。为冯公作书与鄂臬，此月生意兴隆。夕与彭肃斋泛舟，答絜卿，因过黄、杨，二兄弟出，留食藕花。还看信，有王鹏运者，初不知为何人，云不见二十四年。徐乃知为霞轩之子，亦自命不凡人也。

廿二日　晴，无风，犹未甚热。抄《诗》毕一本。泛看类书，亦自有益，惜懒未能伏案校记耳。晨为彭肃斋作字，遂忘看《水经》，晚乃悟焉，已不能暗中作字矣。张、江二尉夜来，食瓜甚生。

廿三日　晴。抄经二页，补二页，计当补足矣，中留数页在家，未能数之。《水经》余三本未看，且看小说，朝鲜事甚新，可采补史志，未见原本。夕热，坐至乙夜始凉，丙夜起，月光已移南角，乃知月躔之疾。为陈复新作字，劝以有恒，云淡泊、坚定、静敬皆有恒之别名也。

廿四日　晴。抄经如额，仍补二页。看课卷十本，小说十余本。

廿五日　庚午，中伏。艺渠两孙来，其一新入学，面甚老苍，乃云甫弱冠。作家书，托其带祭银寄家，因发京书。陈子声来，午饭去。抄补书如额。看课卷十本。夕雨，中伏得漏，吾知免矣。树子来。

廿六日　晴，风凉，黄昏雨。抄经，补毕。看课卷十余本，亦毕阅矣。冯絜卿早来，不及鄂书，想老健忘也。黄生锦章言余风裁太峻，人皆却步，其然，岂其然乎？谭妪生子，满月来见，云其翁姑欲嫁之，彼见再嫁无好者，不如佣工云云。赏以斗酒之钱，遣令去嫁，其言不诚，不足信也。酉正大风吹屋，幸无大雨，避于外斋，才动帘钩耳。

廿七日　晴。晨抄经，朝食后补抄毕。待雨，竟不至。明长子来，遣令送租米，供尝祭，并令树生同去。

廿八日　晴。颇热，犹未妨事。朝食后写字补记，遂欠一页。周兆矩索饭钱，无以与之。雨仍未至，夜不甚凉。

廿九日　阴。热一二日必阴，张弛之道也。晨抄书二页。饭尚未熟，顷之外持帖送银鱼、春茶，云陈伯弢来。惊喜迎之，依然无恙，谈一时才彦，略得踪迹，皆如面对也。留饭，为之加餐。其妾女在船，则不能延之，夕送登舟，留扇索诗，乃文小坡所画，湘绮楼可诗也。

七　月

七月乙亥朔　晴。晨凉甚，出堂点名作文，戒饬诸生。要钱。抄经二页乃朝食，午后热，遂不能事。夜复热，二更乃凉可睡。

二日　晏起，抄经三页。饭后仍睡，起写字。郴陈璞臣及杨叔文来，送舆书，云招股刻《湘绮九经注》，荒唐也。陈则京甫之子，文廷式妻弟，犹有宦家风，伯商之流。客去，乃毕课。酉正得雨，始夜作。

三日　晴，午雨。抄《诗·郑风》毕，《檀弓》尚余三页，二本略相等也。廖生来，论文，大有悟入。

四日　晴，辰雨，每雨更早。中伏将过，可喜。北风甚壮，不甚入屋。曾广惠来。夕答访陈璞臣，遇石应元，夜还遇雨。程生自京奔曾祖母丧，昨还，当往吊之，令李生金鍨议定仪节。五更后大雨。

五日　雨，时大时小，天气顿凉，亦可夹亦可单。抄《檀弓》毕，补课足矣。自此不言补而定为常课。看李生礼节单，吊者宜俟有事而往，不特吊也，三日五哭而毕事，今夕往会之，则已过夕奠，更为铺张，二更乃还。大雨。

六日　雨。抄经四页，阅课卷三本。朱纯卿来，言朝政京事。庚辰，三伏。又漏。

七日　雨。水顿涨平堤，作一句云："西风一夜水平堤。"抄经四页，阅课卷三本。夜凉可坐，始入内斋，作王霞轩诗序，廿四家文也。是日辛巳，立秋。漏伏，又穿秋，暑可逃矣。

八日　阴。何衡峰侵早来，倦未能起，久之，出觅客不得，乃在外坐，延入，送文稿求正，以盐为挚。其人好用钱，贫不肯节，于我已三馈矣。留早饭而去。肃斋兄弟来，则不肯来食。抄经未能如额。

九日　凉雨。时有暑气，则蒸闷反不快。抄书，看课卷，毕，补解《论语》数条。

十日　阴凉。抄书毕。看文一篇，重检《论语》，又无甚可补。珰书来，亦有归志。夜雨潇潇，早眠早醒。

十一日　晴凉，竟秋矣。彭先生率李、彭俱去，诸生亦多赴试者。看课文三篇。往城中问戟传京中事，至衡阳看庶常单，竟失周、范名。夜月独坐内庭，更无人至。今日廖生烱富父伯镡字剑潭来，六十五矣。比、闾、族、党、州、邻、里、酂、鄙、县。

十二日　晴。昨夜雨。此二日漏伏，俱在子丑时。晨抄补《礼记》一页。朝食后抄《诗》《记》四页，看文三篇，闲暇殊甚。又抄《特牲》一页，《记》一页。看去年日记，伏中甚懒，今又太勤矣，荒唐人之力也。作书约陆廉夫游九疑。

十三日　晴凉。昨五更亦有雨。朝食甚晏，已抄书三页，饭后复抄三页。夜月偶起，误谓天明，取表视之，才丑正，复还外寝。

十四日　晴。晨不思食，遂饿一日而愈。抄书六页。夜招两周人谈。大风雷电，衣单觉寒，及入外斋，则仍闷热，复至阶上纳凉。

十五日　晴。末伏日矣，稍热。抄书五页。夕出访道士不遇，盂兰会亦寂寥。

十六日　庚寅。晴。昨夜未雨，当可正旸。晨看文数篇，复不欲食，勉饭半碗，抄书五页而错二页，实七页也。夕仍访道士，与过二尉，步月还。至湘岸，月波如素縠，大有诗兴。今日晴生长子来，字伯书，酷似其父，胜其弟叔祥。闻叶提死于高丽，二刘皆称病笃。

十七日　晴，风凉。晨不欲食，强饭半碗。抄书五页。周竹轩来，正欲寻之，代屼樵必不可少之员也。夜梦行藩后街于张氏故宅，有一家结彩鼓吹，门前肥马十余匹。复有联骑过者，皆駔壮鲜明。停舆投刺，一人韗裘出，答帖，似是其子弟。入则高堂华镫，有一人似是余嫂姊辈，云此新昏，汝何不贺。余问何人，云瑞芝，行三。遂加端罩于夹衫，冠而待见。顷之，新妇出，其夫颀长，恍惚周蝶园，偕行未至拜垫，伏叩如礼，余在左，亦三拜敬答。案上烛未剪，将入新房而醒。情事历历，竟不知何祥也。夜水平如席，秋烟碧似罗。御风停羽客，摇月碎金波。铁笛声相送，兰洲露稍多。高楼对飞阁，真是隔银河。补昨夜诗。

十八日　晴。晨作字，饭后抄书六页。作饼饵寄珰，佣工失期，至夕方至，欲求北厨未得，任辅丞乃送二盘包子面，未发。诸生夜来告去。闻徐幼穆令宜章，麓山诗债当还也，月下得四句。

十九日　晴。晨起不遑盥栉，补成昨诗，佳作也。使徐竟不来，遂不得此。藩委一令，而增余一诗，铜钟相应，谁知此机。抄书六页。无风甚热，然几席凉冷，不妨眠坐。

廿日　晴，晨热。抄书二页，尚不得食，云无菜肉。催饭吃了，未午，遂大睡，起已日斜矣，向来无此午卧也。抄书三页，已形竭蹶。晡后云阴，雷电作，雨不成，但成秋耳。点滴寂寥，又睡一时许。

廿一日　晴，亦热，有小雨。抄书五页，尚早，看小说，寻负盘。日夕不快，移床楼上，又热多蚊。谭妪来，正无人，留之。

廿二日　晴，有风。抄《礼记》至“士饮酒不乐”，说为乡饮，但工歌不笙入也。笙有华黍，时和岁丰，及诸诗多言太平，凶年不可歌，若御琴瑟，则丧礼矣。久不入城，不知世事，因过周竹轩，看新爵，便要同访陈鹤春，子声亦在，又过商霖兄弟。看《申报》，无所闻，但闻刘死，叶未死。乘月还，复移床向壁，早睡始安，至晓始觉。

廿三日　晴，南风不凉。丁酉，处暑。起甚早，不复呼人。抄经二页，补足昨夜半页，犹未得食。饭后小惕，复抄三页。逃正暑，不能逃残暑，实做“处”字也。

廿四日　晴。晨无风，朝食后始凉，申时极热，今年第一，顷之得风乃解。抄经五页。夜热，寝不凉。

廿五日　晴，热不减昨。申，覃妪去。《通志》云“加言为谭”。抄《诗经》毕一卷。抄《记》二页。印本误重，遂不暇检，亦重抄一句，可笑也。《礼经》晨已抄毕。午睡久之，但觉葛衣温焦，未至浃汗，所谓羲皇上人，其乐如此，知当骤凉矣。已而层阴郁隆，万木无风，夜坐阶檐，殊不快意。昼可度，昏难逃也。三更乃寝。

廿六日　晴。朝食甚晏，向巳正矣。抄书毕，以洲上无可食，就食城中，至道士馆谋之，为设鸡、鳖、白肉。招秦蓉丞不至，周竹轩来，道士又招万福海。夜还犹热。

廿七日　晴。晨起极热，辰乃得风。抄书三页。未朝食，巳乃饭二碗，甚甘。未午课毕，仍至道士处混饭避热，遣邀絮卿唱曲，唐阔口先至，而云咳嗽不能唱。江、张二尉来，共道士，各唱三四曲。久不得食，夕乃办具，吃佛爬墙、摊黄菜、蜜火腿，饮酒一杯，饭碗半。还得风凉，果销去二日，明日无暑矣。去年热四日，今年倍之。

廿八日　晴。有雨，不成点。犹热于六月，但稍减前三日耳。抄书如额。《白虎通》以禄甫、武庚释二名，亦《公羊》师说，或以为《左氏》说，《左氏》无二名之文也。治《左氏》者附《公羊》以为义耳。

廿九日　晴，仍热。抄书，看小说，以消永日。移榻入内斋，与楼上无异，终不及外斋凉也。避蜚不敢去。

晦日　晴，有热风。抄书四页，改错一页，《国风》毕。“国”字盖毛传所加，《豳》《王》不得为国也。《特牲》篇已改毕，因说“宾不执俎”，须改郑义，又重写之。尚午，热不得低头。程孙来，示礼部服议，留饭而去，竟未毕课。

八　月

八月乙巳朔　北风甚壮，南屋犹热。抄书四页。登楼，坐东斋抄一页，凉甚，乃出至内斋，仍热。外间汹汹调兵，出探消息。至府署，问任辅丞，乃知巡抚走去，投袂赴急，又一派也。庄叔塍云李鸿章夺太傅马褂花翎，亦赫然骇人。还洲已夕。

二日　阴凉。晨抄书三页，犹未得食，催饭罢。周圆成先生竹湾。来，祁阳诗人也。留宿周房，招食不至，忽然辞去。常霖生、周竹轩、陈芳畹专足相继来，一日甚热闹。新造祭爵十一亦成。谭妪复来。十日秋炎苦，洪炉坐夕蒸。只增蝇蚋势，每梦簟床冰。凉动川光碧，阴连野气澄。双鸠肯相唤，雨意蔼晨兴。

三日　晴阴，北风未凉。课毕始午初，下湘答常、周不遇，过程家点心，至吉祥祠甚早，复至周竹轩寓，闻炮声，刘踂子至矣。出洋大将，不欲冒险，拟修炮台，为自固之计，所谓有名将风者。出城看之，待久不见。过财神祠看戏，亦久之无着落。还至安记，与竹轩同出，再至吉祥吃局，有二杨、荣子。江、汪、庄、张，寺僧先在，任、孙、陈华甫继至，设食甚清腴，有鳆鱼肺、火爪、豆筋，佳制也。夜大风骤凉，任邀打较，与庄、杨、杨同步至府署较牌，至四更，赢四千。宿胡厚芝之床，与杨连榻。

四日　阴凉，渐雨。早闻杨起，旋睡，已而余起，杨亦同起。告去，出至湘岸，船未至，从太史渡趁船还。朝食，抄书三页。睡楼上夹被犹冷，顿起，着二夹，当一绵矣。

五日　有雨，阴凉。抄书二页，看小说，乃得朝食。午初又抄三页。欲出，戴明给云有雨，遂止。谭妪疟发告去。

六日　晨凉，旋雨。抄改《特牲》毕。说牲体右胖不升，欲破□左臂之说，以非经大义，未暇也。抄《鹿鸣》毕。思《南陔》《白华》，独阙教孝二诗，且孝子相戒，何以为雅，岂卿大夫皆孝而又劳戒乎？或者"女曰鸡鸣"之类耶？亦无人言及此。午寻道士未遇，还见双燕，顿忆少时与龙、邓衡山之游，光景如昨，而弥之《燕》诗殊不合时，秋飞者多雏燕，不得开口便赋辛苦也，因作一首正之。新燕每随舟，身轻喜及秋。碧波澄倒影，朱幔飐凉钩。春思从人说，泥痕认母留。翔嬉方得意，诗客误言愁。如我所作，便来不得杜诗，乃知考据有妨词章，故是此等处。夜戏作竹湾诗，有稿。

七日　晴。北风甚壮，凉可夹衣，烈日中犹挥汗耳。秋光朗然，一年佳景。写书六页，犹未及晡。看周圆成诗，云欧阳利见有大鱼尾骨，云系光绪七年辛巳五月淮安大水后，有死鱼，上有"唐罪鱼"三字，亦不言朱书墨书。其时余在蜀，初无所闻，盖未奏报。夜眠月下，遂睡去，四更乃起，竟不知蚊啮，乃知帷帐为不寐人设也，又增一见解。

八日　晴，复热。课未毕，道士来，经厅继至，与客赏秋，亦自爽适，但太懒耳。此月有诗六首，亦不为负。说"免绖"恍惚，免绖不并，谓无服者耳。丧主明有免绖之文，余乃以无服者例之，甚谬。夜月剧佳。

九日　癸丑，白露。热。晨写书三页乃饭，饭后写三页。张、江二尉来谈。杏酪，陈尉所遗也。今日颇勤，陪客半日，犹写书二页，一弛一张，庶乎得日记之力。谭妪复来。

十日　阴。课毕，正午出城，至安记，招周竹轩来，同至当铺看衣被，俱无可用者。至张子年寓，因过江宅，遇庄叔塍。江设酒馔，未具，便要庄同至安记，道逢监院张虞阶同返，小坐，仍至江处斗牌。未终局，诸客纷至，前八仙俱集，行令猜拳，至二更乃散。借宿江南馆，看李冶《杂说》。

十一日　晴。安记留早饭，并请竹轩来陪。饭后同出看荒货，步至北门买磁器，亦无可买，买一拆盘而还。至府经历汪答拜，遇王辅廷，言海军事甚晰云云。还至府署，寻任、杨、庄，终昨日之局，未毕，朱纯卿催客，三请矣。特请见其弟。陶镜甫儿，号益卿，名福增，委员清泉。景吉人、张教官先在。食未三觳，外间哄然，疑为失火，询之，乃众人看女犯也。顷之，果报北门火起，二令仓皇去，草草终席。至府署终局，凡三日赢六千，可以止矣。步月还街，人静矣。

十二日　阴。黎明问船未至，安记留饭，仍邀竹轩来陪，反为烦费。饭后已午，乘船过道士，还大睡。写字三页，已暮，夜成二页。

十三日　晴，复热。课毕未午。徐幼穆来，云即从此长行。谈谑方洽，黄德来，徐欲辞之，不知洲上不可辞客也，因请入同坐，久谈，送登舟。还小愒，入城算账。见学差报，似是而非，似非而是，湖南唯洪联五一人，而督学为山东马步元，愿其非真，不然十八人无一知名者。送芳畹万钱，遣信去。渡湘看斗垣，还院已夜，初更大雨。

十四日　阴，有雨。日课早毕。程生送鱼唇，向来未买此物，正约客，即送张子年治之。

十五日　阴，微雨如尘。诸生尽散，写经毕，寻道士闲话，遇一后生，不识也，执礼甚恭，久之，乃知为竹轩从子，云与道士约至书院。顷之，道士还，雾露神无一至者。坐看《随园诗话》半日，乃竟一本。其云尤长五古，竟不知何者为长。但欲刻万首七律，则大有可采也。待饭未来，道士留飧，又杀鸡煮肉，甚费经营，为之一饱。戴明云饭餲，未觉也。初更无月，还，小坐无聊，看《红楼梦》，正见凹晶联句，因思妖精打架，不知哀乐之何从生，少年之何以一往伤心也。陈家三生还。大月，三更后复暗。得碧绫帐，古物也，盖道光初送嫁之物，张之而寝，始还正床。

十六日　晴阴。写经毕，已未初矣。谭云今日起甚晏也。连梦孺人，故为惘惘。未初至新安馆，赴公局，兼作曲会，凡廿人，至者已十六人矣，冯、任、周后至。闻乡试题，真学差报云：芝生，江南；湖南，江标也。初月正赤，旋为云蔽，二更始开，三更云散，乘月还。抄《王制》毕。

十七日　阴，复热。絺衣。抄《小雅》又毕一什。遣人入城，取学差单。胡欧亭来，初言移入书院甚急，至是又不欲来，云已辞馆矣。夕凉。

十八日　阴凉。抄书未毕，闻履声橐橐，道士领木匠来看凉棚茅亭地。甫送去，黄船芝来，云杨八耶父子同至，出则无人，遣觅之。杨棣，字幼青，子青嗣子也。云来二次矣，匆匆去。方入检书，暂出，又一人见呼“年伯”，冒冒失失，云特来相寻。桃源教谕谢同年之子也，字印秋，自称文生，而不入场，伪也。求书荐局务。与书心盦求义塾，亦其前所亟谋者。余初以为姓魏，至今犹未知其父名。

十九日　阴凉，申稍热。抄书、睡觉皆毕，时犹甚早。李生告归。

廿日　阴雨，不凉。贺年侄领同局三人来，太仓李、浙江魏、湘乡谭，游眺内外而去。谢年侄来取信，送两合。抄书亦未毕，日渐短，几不能了，晏起故也。早晚实静于日中，竟不能异于众。贺年侄云谢有一恩灿，有一恩树，此乃恩灿儿。八跸云杨斗垣做生，无可铺叙，余作一联贺之。洛社耆英，堂留绿野；天家寿酒，婿寄黄封。此联亦值百金。

廿一日　午前晴热，至东斋吹风。午后北风微雨，旋止。课毕，乘舟欲下，顶风飘雨，回船避之，至磴已沾衣矣。夜雨甚壮，水暴涨三尺，大水也。而陆游云才添三尺，未知体物。

廿二日　阴晴。抄书未毕，道士来，欲作一亭，须百金。谢生价人自秋闱还。午正乃写毕《诗》《记》。夜梦李玉阶来代丁文诚释奠，问余礼，余云再拜。李甚有难色，余知其欲九叩，乃引阙里仪有再拜证之。已而李欲登湘绮楼，梯而上，甚危险，余自后掖之，且令儿先上铺版成路，未至之间，皇遽而醒。李自云旧楼屡登，余不知也。又云与功儿至稔，岂功儿当出其儿门下耶？午后下湘，遇李生，桂阳船至。黄德营见探报，吴抚几为倭人搜捉，自云遁走，何其失辞。南北洋大臣，令日本至威海断道，并可斩也。吴公可谓豪杰矣。朱纯卿云中国气为一振。夕还，李、陈、彭、何并至，留何衡峰居内斋，将为驱狐，夜起视之无妖气。祁阳二周、东安唐生、耒阳刘生均至。

廿三日　阴晴。抄书六页，看画苑诸家。为何衡峰点定叙事文三篇。看人文亦定为日课，可笑也。

廿四日　戊辰，秋分。社日。晨阴。抄书二页。朝食后雨意甚浓，已而开霁。抄《士虞》毕，殆无遗恨。复抄《诗》《记》，又作小诗寄清卿，今日甚勤。夜要何、周登楼杂谈，竟懒看文，日课以诗抵，且多抄书至七页，无须再补也。

廿五日　晴。课未毕，董子宜送懿、真行李来，过午尚未朝食，促令办饭。得功、茙书，闻耆孙殇，家中不报，可怪也。陈伯屏书来，言其弟在陕，奏列循吏，欲余作文，余不知其治状，亦不闻其人名迹。树生来，作灶养。

廿六日　晴热。课毕入城，问北闱考官，均庸暗无名字，房考亦如之，题则大有寓意。昔琦善偾事，而叹小人闲居，今鸿章覆悚，而责小人文过，皆于吾身亲见之，亦可慨矣。程家小坐。任、杨师爷来，同至彭祠会饮听曲。小雨，孙翼之邀同陈华甫同步出城，张子年从。斗牌至鸡鸣，留宿客房。夜大雨。寄茙书。

廿七日　阴雨。陈华甫早去，余被留打牌，更要秦容丞、庄叔塍来。至夜风雨萧凄，余不欲夜榜，因遣船还，仍宿厘局，复见星矣。

廿八日　晴。晨起，船轿已来，翼之复留点心，午乃得归，亟补日课。午睡起，见廖焵富文，必中之作也。

廿九日　雨阴。书院秋祭，庀具，习礼，诸生来者廿人。课毕下湘，至清泉，与景吉人谈淮军事。幼樵复为端良所劾，奉旨驱逐，真堕矣。吴湘尉、江少尉、朱云卿、齐孝廉慎庵之子。同集，杨芝轩亦出同坐，二更乃散。还云已肄仪，将睡，偶检篆书《礼经》，珰女竟曳白，遗一页，炳烛补成，乃寝。

九　月

九月甲戌朔　阴。晨睡甚美，几忘有事，惊起出，则礼事犹未办。丁笃生早来，监院后至，衡学唐、清学梅同至，午正行事，礼节生疏，亦尚不懈耳。食面毕，客去已暮，大睡至夕乃起。抄书三页。

二日　阴雨。真复入学。抄书五页，小睡。夕得朱永顺诗，和寄巡抚，起四句甚佳。夜始移外寝。

三日　阴，不凉。抄书五页。说《有司》六俎、十一俎未了，姑依吾前义分析，若不合，又当重抄矣。午后至清泉幕杨芝轩处会饮，九人外又增齐稃庵，中食烦热，归遂不适。

四日　阴。腹泄一次而愈，微痛，减中食。抄书，看浏阳课卷。有人以阈为砌，引“不逾阈”为不逾阶，甚佳也。

五日　阴。抄经，阅卷，课读，竟日矻矻，颇似老儒。始悟冠弁之说。

六日　阴雨。和尚来。抄经六页。说十一俎竟通矣，依郑亦可通，但不应从二鼎耳。《礼》熟则义见，苦其难熟，后世学人不及当时有司。成楚材孙来见，名□，字莘夫，生员矣。

七日　阴雨。看课卷毕，一日得廿卷，犹未尽过笔也。抄经七页，将于登高前蒇成《礼记》全册，成卅年之功。弹指隔世，犹恨怠荒，天下学人，更当愧死，无惑乎白首茫茫，吠声相继也。夜大雨倾盆，惟闻蕉茎拗折声。课卷阅毕，无事，不能夜坐也，自重来即未尝点镫。

八日　雨止，大风。抄《月令》毕，《诗》亦毕一卷，《有司》改未毕，亦先蒇之。

九日　阴晴，雨无定。日课毕，与客登高，将出，雨至，真欲从不果，比至雁峰，何、董、懿儿已在峰顶。余步至厘局，庄、杨先在，江、杨、陈、汪继至，翼之好客，设大盘大碗，饱食终日，斗牌至二更散。

十日　阴。癸未，寒露。彭肃斋来送文，且告去。留学堂，空居两月，未知何意。陈郎率甥俱去，如脱金钩也。抄《诗》四页，以为日课。

十一日　晴。云今日揭晓，天气甚佳。汤慎楼训导来谈经，云与胡子威畅谈两日，所学甚多，扣之未宣一二，匆匆而去。熊妪子来寻娘，所谓“天要落雨”也。抄《诗》又毕一卷。胡营官来见，云都老耶之弟也。

十二日　晴。彭生秉圭来问“冠陈鼎”，检注无之。自谓周密矣，一问即失枝脱节，经学之难密如此。抄《诗》四页。

十三日　晴。斋夫来报，三书院唯中一人。妄言也，不在书院，吾书院中一人彼又不知。往城中寻名录，兼遣董子宜还家，何衡峰亦同入城，懿儿从行。至安记借百元，以八十元与长妇家用，以四元遣熊子，二元赠子宜，余十四元欲赌钱。寻江尉，同寻张、蒋二尉，皆不遇，至府署寻庄师亦不遇，至厘局追寻之，不遇，乃至容丞家煮菌吃面。同江尉访道士，小坐双桂楼，前泊妓船，亦无人同往，可叹也。乘月夜还。杨儿、姚子俱中式。

十四日　晴。昨抄《诗》三页，谭妪不肯收，补足交之，又抄六页，毕一卷，十月可抄成也。何孝廉尚不还，院生稍集矣。

十五日　晴。晨出点名，正课廿三名，有七人未到。遣树生买鱼，辰去午犹未还。蒋养吾子国璋从京来，云钟西芸求书甚急，亦一奇矣。客去，黄船芝来，正在纷纭，庄、杨师耶来，仆从无一人，谭妪往来奔命，且开点心，日夕始散。孙翼之又来，遂不皇食，可笑甚矣。夜月极佳，忆去年彭园墙角光阴如在。抄书五页，移砚南房。

十六日　晴。遣船迎道士来，理荒园，抄书五页，悉去榛芜。蒋尉来。

十七日　晴。道士仍来。抄书五页，看《道藏》目录，殊无伦次，然竟是能手所为。陈华甫来，报恭王复用，李相出师，朝发饷三百万，济军需。新政殊慰人意。

十八日　晴。道士言不来，方欲食而忽至，云当作一短篱，自指挥也。抄书三页，出与道士同泛湘东登岸，答蒋儿。入城贺朱永顺儿昏，不得入，但闻城中皆言嫁装有卅二被。出城至两路口，答胡营官，字简斋，名则未见也。云是乙卯年侄，小坐还。至安记，颇惊牌友。旋至舟，到院饥矣，索食不得。

十九日　阴。工匠纷纭，又一大场面也。抄《诗》五页。旋看课卷，于“肃邕和鸣”又得一义，盖备九献之仪也。后亚献，故咏肃邕；客三献，故咏我客；其四献以次宾，盖三公分之；六献以下，六卿主之，亦宜有太子举爵，五齐咸备，犹可推行。帝初献，后亚献，二王后三献，三公四、五、六献，五卿七、八、九、十、十一献，大夫十二献，其有助祭诸侯，随时命之。

廿日　阴。先孺人生辰，忆丁年称觞，此日大寒，今犹仿佛也。晨不抄书，为钟西耘作字六幅，又写斗对一幅。午后出贺杨慕李双生，过道人不遇而还。抄《诗》五页。

廿一日　阴，午后微雨如尘。《诗》又毕一卷。成生来，求书抵鄂监，试送闱墨，平庸之至。抄《诗》五页。与书迎珰，为孙翼庆祝，作一联。慈覆卌年，中外禔福；臣门五叶，歌颂承平。

廿二日　阴。抄《诗》五页。珰书来，云小月不能即来。虚费往返，无电报之故。今日孺人忌日，懿犹能痛哭，差不负幼子矣。名位并彭陈，唯公冠冕贤科，应知将略真儒术；崇祠镇淮汉，更此馨香里社，允迪前光佑后人。

廿三日　阴，有雨。抄《诗》毕，乃出贺杨斗垣，大设寿堂，宾客毕集，熟人甚多，未遑细谈，但闻张孝达入都，张湘雨病故，家赓虞内召，又一番鼓荡也。懿生日放学。

廿四日　阴雨。为唐孙写艺渠祠联，尽了笔债。抄《诗》三页。泛湘过道士，至城探北信，无所闻。过容丞吃菌面，还邀道士看花苑。程孙久待，属为其曾祖母作行略，留饭而去。成孙复来，言李中堂结连外夷，已入刑部云云，甚可骇，余人皆无所闻，盖谣言也。然万寿日近，国是未定，亦可伤矣。夜抄《诗》二页，补足日课。

廿五日　阴。抄《诗》五页。遣懿往杨家吊问，杨棣幼青来甫四十日，尚未及答拜而遽死，又珰姑子也，故往视之。真不好读，少纵之。夜雨，作万寿厘局二联。王德榜弟五子来。

廿六日　晴阴。抄《诗》毕，出城闲游，从百搭桥上，绕雁峰至厘局，少坐，牌友继至，遂留共戏。因出未卜夜，至夜遂留宿局中。看北榜录，功儿仍未得举，蹭蹬四十矣。

廿七日　阴晴。再留戏一日。招道士来，剪石昌蒲，云不可理也。忘其未食，待局竟乃饭，饿半日矣。还与道士同船。

廿八日　阴。抄补昨日课。《诗》又毕一卷，指顾成功矣。写对悉还，未十日又积盈几。逋债将稍停，抄经念三日，功有十五纸，不可懈也，午后复抄五页。闻崧锡侯、李小泉之丧。王少耶来，问之，云皆讹传。王少耶，德榜子。

廿九日　晴。抄《诗》，点书，毕，翩然欲游，循东岸渡湘，无所可往，因至金聘之经历处看电线图，还坐船至院，正夕食，已上镫矣。作程母祭文。

卅日　晴。道士送柑。金聘之来答拜，送茶、腿。抄书五页，写对两副。经营程母奠馔，觅绿螺不得，可笑也。烹羊豕至半夜。

十　月

十月甲辰朔　晴。晨出点名，朝食后抄书五页，出城诣程宅，设奠，读文颇朽。张子年陪客，云邵小村放湘抚，善避事哉，安知非祸。至清泉，寻吉人化缘未遇。复黄道台书，应庄叔塍。还过程宅，要子年同至厘局，小坐还。甚热不适，食柑，稍定乃饭。与书陈大名。

二日　晴。糊窗，日灼面，不能久立。抄《诗》六页。作朱衡阳令母寿颂序，走笔而成，曾不费杯酒温凉之候，以示周生，则云气散。未必然也，复增一段，回旋其气。

三日　晴。抄书六页，廿卷毕功，计四月廿日起，扣建正百六十日，纂经不缺矣。凡卅年，屡分屡散而仍成，但不精耳。忆见徐姓所刻纂经卅八年，非女欲写本进呈，竟亦未得。若稍加整理，可为底本，从此珍之，以待后人。

四日　晴。日课暂停。凌三告去。与书心盦，并为成楚材子槐关节，人云槐廉吏，未知信否。请道士来剪花，乃云花匠事也，其用在栽篱插棘而已，因与同出，至厘局看皇会而还。传云凤皇城失守，盛京岌岌，因忆文山当宋末有衡州元夕之记，正相类也。还，遇景吉人。

五日　晴。夜卧，念竟停日课，乃阙三本书，非计，仍当勉之，但志未定，莫知所从事。真点书毕，出城，复至厘局，闻程母曾孙妇丧，往吊。屹樵盛夸其贤智早世。出看江、张不遇，至道署，华甫为会，招孙、汪、任、杨、庄、杨、江、张，唯张未回，增一金聘之。夕散，要陈同宿厘局，斗牌未终局而罢。

六日　晴。华甫早去，余留待看戏。厘局陈设花镫，客来往纷纭，内有一唐小宋贡生，知名初见，此外则萧伯康最悉。省委李同知来查盐卡。过午始食，夕赴衡阳小集，十二人。看文□、汪四扮演。寒热不适，未多食菜，仍宿厘局，早睡。

七日　晴。厘局办事能员怒去，与刘子惠同往拉之来，便要保甲、江委员同看天后宫，江仍呼为建福寺，真乡音也。未食，周、蒋二尉来，主人避入，客久不去，夕乃朝食。分卡委员毛与张子年有嫌，自来辞差，余又为解之。白沙卡员贺年侄又来，已而任、杨、庄、陈、杨、汪、金、江皆至，公设一局，迎金送庄，并要华甫打牌。未毕，另起一局。复未毕，饮酒未半，吴桂樵来，醉熏熏不可理，食亦未毕而散。余恐吴醉，误笞辱市人，步随之行，送上轿而还。因看镫，东至铁炉门，北至柴步，西至天后宫，仍还厘局。翼之要毛、谭、张陪打牌，重起一局，亦未毕而罢。

八日　晴。张子年欲同至书院扎烟火架，余晨起，张尚鼾雷，步从太史渡还，始得饱食。午后大睡。秦容丞来，设汤饼。常宁詹生来见。谢生夜来，讲《春秋》。真入城看镫，书院结彩张灯，恭祝慈寿。闻程生有一联，六十六字，“九重重九”，后颇有匠心，未记其全，容丞得之赞礼生云。夜月甚明，不似上弦月子。

九日　晴。无所事，稍督真课，作点心待客，将三更乃至。放烟火合子，不似荆、蜀，多为葡萄架，火亦不盛，客来亦少，唯孙、毛、陈、张、道士六人至耳。吃馄饨汤而去。

十日　晴。始抄《尔雅》，得一页，点书，复出城，仍至厘局，食客会饮，曲客唱戏，牌客打牌。景吉人来。杨师屡骗博进，今又欲入局，拖我下水，方得意间，余连胜，尽复所负，反赢千钱，而杨遁去矣。家部王所云“败亦可喜”，喜此类也。留宿厘局，又斗骨牌，至鸡鸣乃罢，遂不能眠。今日癸丑，立冬。

十一日　晴。晨步至德丰，答常霖生，已去矣。复至西湖，答魏翁。至莲湖，答蕫亭，见其少子，看文本，颇有排场。同至厘局，行十里矣，犹空腹未沾水米，已而连食致饱。丁笃生来，余再遁乃得免。步至太史马头，坐船还，正夕食。既昏便息，至晓乃醒。

十二日　晴。督真课毕。抄《尔雅》一条。真入城看镫，独留岑寂。懿时出时入，无可与语者。僧照空来，未见。

十三日　晴。点书毕，抄《尔雅》一条。仍入城至厘局斗牌，遂无对手，可叹也。人材难得，文友既鲜，赌友亦稀，酒肉友亦唯一孙翼之好客不倦，欲倾家酿耳。

十四日　晴。晨出，畏日仍还，酒客复集，当有面情。舁至文衡州处，询近事。因贺任辅臣母生日，留面，议唱戏，还局朝食，日斜矣。金聘之来，移尊看菊，无新客，唯增一萧伯康耳，暮集，初更散。复舁至府，争班劝其早散，至则已去矣，小坐还厘局。

十五日　晴。今日会散，当各还家，复闻宫中有丧，未知其审，至程家问之，乃知失火，几出屋，壁已焦矣。还局朝食，正午渡湘，与张、唐同过絜翁听曲，字字审谛，静气领之，洞箫与人语不殊，胜横吹也。毕四曲，吃鱼粉而还，家中已夕食。夜课毕乃饭，饭罢而寝。

十六日　晴。杨斗垣戏酒，欲省加官百钱，遂辞不往。程屺樵长妇成主，来请，亦未去。抄《尔雅》半页，督课略毕。闻张湘雨定不死。

十七日　晴。抄《尔雅》一页。朝食甫毕，任师耶来谢寿，留面而去。罗汉寺都监闯入，道士引庄、马、谢、张同来，即邀至新安馆看月，本欲听笛，乃复斗牌，二更后散还。道士又费一鸡，三牺皆用矣。

十八日　晴。抄《尔雅》半页。真课竭蹶，颇令人闷。得郑老湛书，又欲署事，可谓干没不已者。

十九日　晴。抄《尔雅》半页，欲待点书毕乃入城，百孔千创，正似易笏山作蜀藩时。道士与徐若蒙、张童子来。大风，不果下湘，少坐，改周、廖二生寿文，正如写家信。如此作文，日万言不难，然或旬月不得一文，不论难易，在应付耳。张老师来，真课因得少逋。夜补注《尔雅》半页。

廿日　晴。抄《尔雅》数行，待真点书，已至晡矣。方移船，遇孙家张宜人携妾来看真，遣仆还。从百搭桥渡至厘局，遂被留，兼招二客来陪，晚饭留斗牌，固辞，约以明日，乃得还。

廿一日　晴。看卷廿一本，未抄书。点书后下湘，至道士房，张、谢先在，兼邀马彤廷来唱曲，孙来斗牌，吃蓺羹，月出乃散。玚遣人来告病，心甚忧之。

廿二日　晴。晨闷不事，与书问玚。懿告假入城。周竹轩往

江西，来辞，送茶叶。竟日唯看类书。雨苍刻有草书，未知所自。《字学典》引《墨池琐录》，金张天锡集古名家草书曰《草书韵会》，其即此本与？云汉有王瞻。又《书史会要》："魏夫人有子璞，为光禄勋，夫曰刘幼彦。"

廿三日　晴。遣懿视玚。

廿四日　晴热。抄《尔雅》半页。秦容丞来，云秦子和专信求余，为关节江督，奇闻也。以南洋填北洋，此举得矣。以孝达代岘庄，恐不能安静。夜雨始寒，凄然憾老。看小说半夜。

廿五日　丁卯，小雪。阴雨。邓翼之来，落水裤湿，留之烘洗，云当往江南，求书与刘、吴。夜当至张虞阶处会食，不能留饭，亲送之去。比至张处，会暮，食不能饱。夜还吃红薯，抄《尔雅》一条，乃寝。

廿六日　阴寒。晨作二书与刘岘庄、吴清卿，即自往翼之舟中答访送行，未能款留，亦我法也。至府署，与陈、任两师步至衡阳，为郑湛侯催结。纯卿欲留打较，因约其同集任处，便留宿焉。四较甫完，三更尽矣。翼之亦留同宿。

廿七日　阴煊。晨至程家，均未起。至江家少坐，答访徐若

蒙。因思翼之迷于召客，既食其食，当苦口劝之，为力陈困于酒食之道，遂辞而出。还院得玿信，云疾愈。得翼之文，亦颇滔滔。午欲少息，竟不能寐，日又平西，复践孙约，陪任三食蟹打较，累骗，各不踊跃，乃知赌亦有道也。夜留厘局看《申报》，"拚命"严议，当又革职矣。

廿八日　晴。晨起，刘子重坚留点心，食毕，步至太史马头，待戴、邹、曙，无一至者。栖皇渡头，见者怜之，不胜其聒，乃渡湘步还，真尚未起，稍理日课。

廿九日　晴。抄《尔雅》半页。冯絜卿来，同舟下湘，至厘局会食。张子年不至，云又发怪。孙翼设二席，补请石平甫、金、汪二人，余皆办事者，夜乃得食，意馔俱阑，二更各散，还院少坐即寝。今日时雨时晴，大有夏景。

十一月

十一月癸酉朔　阴。理蕉删叶，点名发题，今年毕事矣。新举人何镇丰、莫申甫来。喻生校抄《礼》二篇，颇细。其父来求馆，无以应之。懿儿还，云玿家分爨，不胜妾家之扰，将遣谭妪往伴之，始令看船。抄《尔雅》一页。

二日　晴阴，夕风，始寒。抄《尔雅》，写大字，懿复告假入城，院中寂静，督课竟日。夜雨，始然薪煨芋，塞向墐户，有岁暮风景矣。

三日　晨雨，旋晴。常氏仆妪去，与书玿，告以分家无益，遣厨妪伴之。抄《尔雅》一页。得功儿书，云当即来，已归廿日矣，正在治行，亟命懿与书止之。

四日　阴，大有雪风。江少甫、李紫谷来送画障。督课毕，下湘已暮，步入柴步门，至府署会饮。九子会，于今日完满，亦共费钱四十余万，若税间架，抵中人十家产，因倡议节之。夕散，暗还，反暖于来时。

五日　晴阴。看船还湘，自至铁炉门，定一永船，遣仆取钱。余欲还，念当别程生，复从缸店马头步入城，程家宾客似有所议，小坐即出。至厘局，留待刘子惠，适其在局。孙翼之留余待信，因至衡阳打较，三更冒禁呼城，出宿厘局。闻闽督移蜀，边都督闽。

六日　晴阴。刘子惠来，告前船不成，别有一船，视之又不可坐，仍呼前船，令泊卡旁。余留陪桂东令施又涛，字麓崖，其尉陆姓亦至，皆未相识者。纯卿来，任、杨继至，已夜，设食甚迟，二更散。失去二猫，呼寻久之，鸡鸣乃寝。

七日　阴。以忌日不待点心，晨步至船，便过道士，约子惠，议行，定十日开。遂坐此船还东洲，步沙上还。常霖生来。又有一人，似是次卿，云欲渡台，问余有熟人否，曰无矣。客方去，又三人来，则东丰胡、刘，新安道士也。顷之又一客来，云长须老人，则秦容丞送行。检点未毕，又二人来请客。熊妪争吃，夜始登舟，李生同行。

八日　晴。晨至铁炉门，看卷数本，诸生未送者。廖、邹来送行，岷樵、江少甫送程仪，斋夫送脩金，应接不暇。乃渡湘至丁、冯处辞行，还欲睡，程生来，丁笃生继至，客去少愒。步至衡阳，手谈。孙、任、杨均来，朱翁、陈华甫会饮，二更散。还船便睡。

九日　阴煊。换绵衣。未饭，彭肃斋、陈郎完夫来。看课卷毕，定等第。衣冠辞、行，唯至道署、厘局。厘局遇委员李乐才，亦开展，话多，且识于晦若、陈伯严，狂令也。小坐步出，至新安馆，张子年设酒，金聘之正徘徊馆前，与同入，江少甫已先至，招刘子惠推牌九，顷之萧伯康来，未夕入坐，二更乃散。与金、萧、江、张步还，同至珠琳巷，分道各去。余还船早眠，夜半起开门，惊篷濡湿，乃知有雨。

十日　子夜大雨，迨晓始寐，质明后起，移船下岸。文太尊送馒头，殊不能佳，意在索诗，取冯道台名片题之，未成。厘局遣轿来迎，往与李洛才畅谈，景吉人、陈华甫继至，厘局三员陪饮，翼之微醉，谩骂抚、藩而散。南关城已下钥，退出，从城外还舟，众雏澜漫睡，房妪鬓蓬松，此何人也，金妪也。又一佳景也。花鼓哇声，颇亦可听。

十一日　癸未，大雪节。寻《尔雅》勘之。真女不知中秋节在何日，而知其母忌日，习教使然也。竟日阴雨，行九十里泊萱洲。

十二日　阴雨，颇寒。晏起，朝食后舣雷石，久之乃行，半日尚未至石湾，风不甚逆，水漫使然。抄《尔雅》一页。

十三日　雨。晨发石湾，与巡丁斗气久之，余起，乃令开行，十五里泊黄田，竟日。使巡丁羁之，必愤郁不堪，而今恬然，所谓众狙喜怒，阅世久乃能齐之也。抄《尔雅》一页。岸上设醮，铳炮不绝，余颇厌之，是又未能齐物者，尚不及木鸡也。晚来天欲雪，已而见星。

十四日　晴。早行，仅百里泊昭灵滩，昏暮未能下。抄《尔雅》一页。经典“仇”“匹”，余说之皆有怨敌之义，欲求一合“匹”之专义，未之有也。夜月极佳。

十五日　晴。晨雾过滩，方烹茗，兆云有客来。以为必无其事，顷之见一船在前，云李委员智俦官舫相呼，过谈，即洛才也。可行十余里，别去，送肉丝冬笋。夕又过谈，将至湘口乃别。余令曙生附船觅拨，即泊舟待之。舟人云防盗，又闻鼠啮甚厉，终夜不寐，闻行舟声急，意是拨船来，而寂无声。夜月如昼，霜寒怯起。

十六日　晴。晨起见小船旁缆，舟人俱酣睡，急呼之起，令李生、戴明先至省，余率懿入乡，真不惯舟，更从陆行，乔生送之。将午乃发，得南风，至姜畲正午饭，过乾元取钱，复行。日夕从炭塘起行李，人力少，至二更后乃息。滋、纨居此已月半，石珊弟亦留此月余矣。家中什物尽散失，盖王三耶赌钱散去。

十七日　早晴，午阴忽风。许虹桥、绂子携其从孙杨德、周生及田泽林先后来，日夕方散。夜斗牌，风厉不可久，子夜前散。卧听叶瓦琤珍玐，颇有寒意。

十八日　风雨。谭团总来，云育婴谷未付。绂子去。

十九日　风寒。迪庭来，留夕食，遂不能去。佃夫迎之，欲退耕也。自辍绵被覆之，夜斗牌，鸡鸣乃罢。

廿日　风雪。迪子去。曙、森、育从子来谒祖庙，乡俗重礼神也。夜更寒，不可坐，月明霜凛，独寐寤宿。

廿一日　晴。晨霜，晏起。石珊去，令唤轿工，欲取一日至城。夜假寐待发，寒甚。

廿二日　晴。轿工来，从人尚寐，起自呼之，乃云一日不能至，则不必犯寒也，从容朝食，又斗牌一局而行。至姜畲，绂子已去，当自带衣箱，定由舟行。饭于迪子家，与汤先生略谈，同出看船，适来相遇，石珊尚未饭，行至袁河，昏暮矣。到城下已二更，闻九炮再鸣，未知何船也。石珊登岸，余宿舟中，不解带三夜矣。

廿三日　阴晴。晨遣乔子觅船，云不可得。令原船飘江附载，得一芦菔船，未持一馔，泊船易湾，买肉煮芦菔，始得午餐。迫夜犹未至，宿枯石，复买干鱼夕食。

廿四日　晴煊。晨至西湖桥，附舟信脚登岸去，余至朝宗门乃上，到家，闻书声琅琅，妇女皆未起，顷之始集。功儿往衡未归，召李生、绂子来，促令附船。自至曾祠觅笠云，言还钱事，遇黄子霖。张楚宝寄余二百金，正济用也。以五十金退佃，六十金与长妇，自携两锭以行，并胡杏江亦得所欲焉。召窊女来一谈，留食面卷、鸡片而去。

廿五日　晴。晨晏起，无人觉，唯张先生、雷妪、方四起耳，余俱酣眠。独立门外久之，出游，遇屠豕阻道而还。催饭，食毕，促发行李，而留斗牌，顷之起。稷初来絮谈。戴明报船欲发，余直起去，乘舁出大西门，李、绂先在，舆儿送至舟边即去。船行水迟，昏暮始泊荆子湾。

廿六日　戊戌，冬至。多卧少事，看浏阳课卷廿本。夜泊扁担夹，行八十里，云湾河不能行，行壕河也。

廿七日　阴。五十里泊白鱼岐，舟人过载，余登岸访旧游，则神祠无遗址，一塔孤存耳。四十一年不至，犹可仿佛，登二级而止，徘徊久之，舟迎乃还。飘雨忽至，看课卷卅本，夜闻土星港更鼓。

廿八日　晨雾，至午乃行，犹不能进，复舣舟久之。阅卷卌本。行百里，泊火镰滩，鹿角对岸地。

廿九日　晴。南风暖日，江行甚快，午初舣岳阳楼下，舟人促发，又未拢岸，不能与洞宾具汤饼。阅卷十本，毕览矣，无甚佳者。绂子为余具鸡面，夜泊鸭阑矶。

晦日　晓日正红，知当有风。午后至宝塔洲，不复能行。课卷阅毕，一无所事。

十二月

十二月癸卯朔　守风一日，小泠。厘榷移局至洲，云九年矣。洲为嘉鱼地，上颇繁盛，有歌管之声，怯风未能上岸，唯竟日拥被，夜霜颇寒。

二日　大晴冻，似去年。定课卷等第。李生问："有从无服，而有服外兄弟，依注则妻本无服，而特制耶?"答曰："不然。检丧服，夫妻同服者，初无兄弟，唯有婿及外孙，殆谓此也。若夫之诸祖父母从兄弟以下之子孙公子，容自小功以下不服，要不得为外。郑以外祖父母当夫之诸祖父母，而臆增夫之舅与从母为外兄弟，非经据也。凡言从无服，必有服不服，乃为无服。若本无服，不得言无服。"斜风频戗行，至牌洲已暮，未能百里也。

三日　阴。风定波平，行百十里泊沌口，夜溜难拢，久之乃定。

四日　晴。晨发，食时至汉口，复不能拢久之。饭罢，与砥、绂渡江，寻陈右铭则已去矣，王赓帅亦驰去。依依寻陈伯严，号房云在山前。至山前，无所之，复问保甲局，云在保安门。绂误听为广武门，询之无此门。复中途，有来拉者，则萧孝廉、罗次结，衡州院生也。罗在两湖书院三年，颇识路，导余至制府，又至行台。陈始移居，云不能出门，当就臬署见之。复还，过书院，大似长沙曾祠，香涛向能造宅，何乃若此。保之尚在，至其院，唯见花生壳，遣寻之又不能待，遇诸途，至其寓，两子在焉，子新、子棣。乃请见亲家母，少坐出。至臬署，寻伯严，久之乃出，稍闻世事。寻与丹初坐处，已隔世矣。留住无榻，交课卷，托其寄湘。决计渡江，坐摆江还，登汉口，萧、罗从焉。绂子皇皇欲还舟，乃与先还。砥子寻母舅去。饭罢，陈渭春大令来，云山东盐差已撤，将改鄂令。余力阻之，二更乃去。舟复移泊，上下择稳处，三迁犹未尽稳也。

五日　晨戒砥、绂治行，因率登岸，自至马头寻萧、罗不遇，下至悦来店，寻陈郎，遇欧阳生，其幕客也。索面吃毕，云轮船已定，当急往，因分道。渭春送余先至船，尚早，徙倚久之，复还。罗生来，云萧欲同行，已还取行李。又一客同来，似相识，移坐接谈，则夏子青，余旧负其六万，久觅不得，适相值，又无钱可还。老矣，幸再见，此段公案尚在日记存本之先，若不补叙，后莫能明也。子青，夏生时济兄，以其弟入学，谢业师，曾送不受，后适乏用，又假焉，十万还其四，余未尽送，而石门宅圮，自此廿年不相逢。负余钱者皆不还，余故亦未料理。频见夏生，以其好负人，不可信，必欲面交，再三附信，彼乃留鄂，不肯还。家已析产，仅收租，岁不及百石，贫矣。余负债最多，此为次急，故与罗次结来，结者急也。渭郎招其甥来，同早饭，日过午矣，吃蟹甚多，顷之腹痛。又一人来寻，姚瑞麟也，已官矣，又得优差，同出游后湖，急欲便，觅厕不得，几大困，如冠九溲大成殿，有由也。绕湖北行，竟不见湖，唯见防营，拟题曰“仿淮”。从西还，已至大街，姚生邀点心，误入斋楼，炸年糕一盘，食未尽，仍还悦来店，竟饱矣。日已近暮，待李生饭罢，仍与渭、罗、姚登舟，坐一时顷，乃送客去。又顷之，乃发船，曰德兴，新制者，有官舱，无大舱，甚秽杂，有华风。萧生晚来，云岘庄代恭王总统。舟行摇摇，通夕不寐。

六日　大晴。晨过蕲州，朝食时已过九江。与书劝慰少荃，此书不难于激，而难于随，殆合作也。夜至芜湖，甚早，但闻船中铁木开合声甚厉，未遑问其所作。无义不搜，应有尽有。

七日　晴煊。未明已看关，行甚迅速。逢陈右铭舟，先余三日发，后余三时至江宁下关，上划子至岸，复盘堤，溯城沟，至水西门。余与李生先步入城，行不知东西，唯问制台牙门，可四五里，遇一人飞奔，翼之仆也，又巧遇，亦奇事。久之乃至三元客栈，云在花牌楼，询知尚是葛玉家，呼其母出，不类，谈次乃知其妻母。见其妻、儿，儿年十岁，貌甚韶秀，相待欢然。遣知会孝达，号房不肯传帖，萧、李复往觅巡捕，乃得一受业名片"邹履和"，昔为余重庆办差，今为余上元传帖，何其好事。总督大有师传，孝达请余休一夜，非礼也。礼，主人曰既拚以俟矣，宾曰俟闲。夜月，闻隔墙钗钏声。翼之夜来。

八日　大晴。今日本欲往朝天宫食粥，初到未暇也。孝达遣迎，步至督署，绂、乔从，持帖，主人风帽出房，须大半白，身材似稍高，岂与官俱长耶？纵谈时事，心意开朗，似甚大进。顷之，彭楚汉来，新署水师提督，陆用朱洪章，亦惬人心，为之欢喜。余欲并招彭来谈，孝达不肯。余出早饭，告以"今日不能来，亦不必回拜。曾文正不回拜，则不赴食，君不回拜，招食必来。平辈不嫌简，前辈不可傲也"。至店饭毕，步出，直至城南湘馆，寻秦子和，云衙参未归。一后生询云："王壬秋耶？我可出陪。"则唐大人令弟，字子靖。李、萧同行，留待秦还，又招梁璧垣孝廉来，待其午饭，余取衣亦至。舁出，诣桂香亭、张楚宝，均不遇，至江宁府，亦有督署阔派，金顶不可拜会，何世风之遂至此。李小轩同年出谈，并见其子庶常，改兵部矣。将暮乃还，则楚宝已先来，杨锐亦至矣。未食，田明山直入不去，云明日即赴太湖，且言魏盘仲家，收孺人赙赠甚多，均未到也。食毕，作书寄莪。楚宝、莫仲武、子偲儿。张通典、秦子和来，至三更乃散。

九日　晴。谢客，写信寄莪，并抄李书。门偶不关，楚宝、仲武、子和、伯纯来谈。张玙干堂，子衡儿也，颇好论史，亦有文笔，喜故人之有子。蔡子庚亦来相见。至夜，王步轩来，十年不闻消息，今已捐资得理问，稽查神策门，云张謇季直知余，又言再娶成家，必欲报余，得一见为幸。虽甚谀誉，亦可喜也。夜寒甚，冰冻。今日辛亥，小寒。

十日　晴。邓炬、曾岳松、徐定生、袁荚生、桂香亭、唐生容川、邹生祥麟早来。朝食后，要王理问出游毗卢寺，住持寄禅，云江南诗僧，笠云弟子也。少坐出游，至华林园，见连山斩断，往看之，远不能至。登太平城楼，入城内卡房啜茶，看玄武湖，知六朝宫殿在北也。循城而西，过鸡鸣寺，云是同泰寺，有志公台、燕脂井，井是妄说也。过十庙，龙蟠里，登清凉山，乃误过而西。还看皇姑，李秀成妹也，再送茶，谈事，颇谙官礼。访随园，织妇满阶，外有长壕。北行久之，至督署，东门闭，不得入，绕前而西，逢传事，云已改期矣。邹丞出，云督帅已睡。余言可待其醒。遂入坐，兼访叶临公，杨生锐、顾生印愚在焉。顾已选洪雅教谕，与杨皆四十矣。顷之陈养源来，久谈，乃去。与两生夜游煦园，登三台乃还。久之，已二更，孝达乃延客，则衣冠送酒，养源为宾，余小帽长袄，固辞不获，云不能多谈多饮食。已而絮絮源源，殊无止期。上菜极迟，出已四更三点。戟门洞开，镫月霜晖，甚可乐也。当寒反暖。

十一日　晴。晨未起，李刑部希圣亦元来。彭子茂儿，袁荚生，陈养源，叶临公，杨、顾两生，吴书办祖荫，陈明山，邓孝廉炳麟，吴楚公所曾见，忘之矣。张幹堂，杨慕璿，道台，守初。邓翼之，王步轩，赵晴帆，唐容川，彭连须来，客势不断，急呼饭独食，与步轩俱出，萧、李俱从，留绂、乔发行李。至曾沅祠，岳松留吃酒糟卵，子和亦来，少坐，旋出旱西门，登襄艑。子和、岳松旋来送行。差官云楚宝为余具舟，复当自来，待暮不至。子耕、晴帆来送，余促发。与书香涛、陈养源、桂香庭，各荐数人，而以绂子委蜀三生，乔子委楚宝，少玉委养源而去。夜初开行，假寐石城下，三更传呼舟至，淮江下断舫，不可出，步行数步，换小划二只，与李生、乔子、胡守备、张差官移行李，写船票后诸人皆去，独李生从余耳。热甚，解衣纳凉，又觉寒，乃寝。

十二日　晴阴。朝食时至芜湖，乃起，食毕乃行。看唐礼部医书。煊甚，复着单绵衣。点定张玓文诗。闻越女谈，不复忆越语矣。独坐至三更乃寝。见一人，中国衣冠，望而知为夷人，听其言亦越语也。此船十万元，云有半倍息。

十三日　晴阴，煊。昨夜因水浅停船，质明始发。起，正见小姑，将午乃至九江，夕至蕲州。常德守姊子张姓频来，接谈，前与李生争席者也。夜雨，越女赠蔗甚甘。

十四日　阴风，稍寒。辰泊汉口，唤划子至南岸觜，觅衡船。李生渡江寻陈郎，始忆遗梅盆食箸未检。顷之，陈遣人至，云已遣寻梅去，且与其甥俱来相看，为办路菜甚周至。此来得张、陈，无行李之劳。

十五日　忌辰，以远不躬奠，不素食。陈郎复来同早饭，促令渡江。余尧衢来寻，就官舫略谈，亦谢令去，旋送笋脯。大风簸舟，舟人留一日。陈遣人送余还湘，曰李松柏，剃工也。夜雪。

十六日　雪。晨发，舣沌口，验票新移在此，旧不尔也。未午至东瓜脑，缆行出望，船漏湿帽合，复移后舱。夜泊牌洲。

十七日　阴。晨，舟买枯。饭后缆行数里，得西北风，帆行泊塔洲。今日频有日光，夜后见星。

十八日　晨待看船，朝食后乃行，得顺风，夕至岳州，云橹船不可泊。帆过扁山，昏黑不复能进，舣高山，望月出，复行，五更过磊石矣。昼寒，夜寒冻。

十九日　阴。朝食后过湘阴。湘瑟秋清更懒弹，只言骑虎胜骖鸾。东华旧吏犹簪笔，南岳真妃枉降坛。叔夜倪凭金换骨，陈平何用玉为冠。淮王自是能骄贵，却被人呼作从官。　只学吹箫便得仙，霓旌绛节领诸天。定知吴质难成梦，不与洪崖共拍肩。星阙未辞先受箓，神仙欲望恐无船。鸣鸡夜半空回首，惊怪人间爱早眠。　新承凤诏出金闺，争看河西坠马郎。幸不倚吴持玉斧，可能窥宋出东墙。劳挼仙带招燕使，只借天钱办聘装。曾受茅家兄弟诀，休将十赉损华阳。　郁金堂内下重帏，玉女无眠但掩扉。尘暗素书常自读，月明乌鹊定何依。蛇珠未必能开雾，鸳锦犹闻劝织机。莫道素娥偏耐冷，为卿寒透五铢衣。风息船迟，初更仅至金子湾，泊待月出，遂起南风。

廿日　阴晴。晨行愈迟，将午乃达朝宗步，李生留船上衡，余先还家，行李继至，询知儿女犹未尽归，遣舆就船上湘迎之。遣陈仆去，赏以千钱。滨女适还，留饭去。夜较牌。

廿一日　阴冻。张先生来讲书，余告以吾门有二登，廖登廷、张登寿。皆宋学，他日必为余累，然二登亦终无成也。胡子夷来。东华真诰有新封，朵殿亲题御墨浓。眉妩不描张敞笔，额黄犹待景阳钟。仙家往事如棋局，夜宴来时带酒容。青雀定知王母意，几时瑶岛驾双龙。

廿二日　阴，雪消。张雨珊来。胡婿来见。王逸吾、庄心盦继至，闻王翁新政糊涂，大类游、黄在蜀时，乃知实缺官不可少。

廿三日　晴。尚不可出，唯日较牌。夜送灶甚早，余方在楼，已毕事矣。

廿四日　晴。始步出至浩园，寻僧，兼遇黄、萧，同至张雨珊处，啜茗，但觉水劣，频年未入城，浊故也。还僧寮，朝食而归。缝人作冠，一绒一貂，胜于帽店，赏以千钱。

廿五日　晴。丁卯，大寒。乡中儿女均至，人役喧腾。笠云僧与黄子霖来。舆儿粗蛮，欲与兄较曲直，功儿亦负委屈，思展千里之足，异事也。吾不教儿，乃至有此等奇想，殊非子弟之过，叹诧而已。亦从容讽谏之，使我为子弟，彼为父兄，庶有悟乎？

廿六日　阴风。笠云使素蕉送润笔多金，无受礼，有捐施之道，今僧不如唐僧富也。仆懒不肯出，余亦遂其懒。播子来，竟无被盖，适有寄襆，假以用之，所谓天无绝人路，饮啄皆前定也。看蜀士来书。

廿七日　阴晴。始出看客，从城堤绕南城根，东北还。见两半桌，价贵，未可得。诣李洛才、庄心安、胡婿家、王祭酒。捐金上林寺而还。

廿八日　晴。郑太耶来。校补《论语训》。得丁百川空函。心安送瑞香。

廿九日　晴。日课年事，一无所办，唯与诸女、女孙闲坐斗牌，近老派也。陈新河送鸭。窊女还。

除夕　阴煊。家中未冬祭，因父子俱外出，今还度岁，不可无荐，改为岁荐，女妇办具。余竟日懒下楼，亦彭刚直诗料也。芳畹遣信来，竟不得达，尤为咄咄。戌始行礼，热不可裘，仅无陨越。饭后大睡，至鸡鸣乃兴。命功祭三祀。余复谒庙，受贺，还室。祭诗分两筵，一以奠妻妾，又新例也。家人皆侍祠，又恻恻感人。得沈子趣、陈佩秋诗。王梦虎来访，夜雨。

光绪二十一年乙未

正　月

乙未正月癸酉元旦　阴煊。家人晏起，余与播生放爆竹，开门以待来客。将午乃谒庙，受贺。瞿郎海渔独入见，余客尽谢之。夜与子女十五人六博，热甚，汗浃，夜分乃罢，已见星矣。

二日　晴。李洛才来，欲入无坐处，皆未洒扫也，余家弛惰如此。午后胡婿来，余适欲出，匆匆数语而行。从西绕南至东，唯见学使江标建霞，清于冯煦，腴于吴抚，似是有用材。至曾祠，饭笠僧堂，道、素俱在，又一僧局关当家者，饭罢，同过道乡而别。

三日　大晴。晨起太晏，楼门辟矣。朝食后道僧先来，云不能待笠、素，已而郑少耶至，幸未摸脚。明心复来，与笠、素同斋，不及去年欢饱。彭桐孙复闯入，巳去，余乃避楼上。夜掷骰。鸡鸣时大风吹寝门开，未能关枨①。

四日　风，仍晴。为张雨珊写诗。窊女还，留戏一日，从子女三人，小者余尚未见。

五日　晴。始理丛残书籍，日理一箧，以为日课。沅陵令送干脩来与董子宜。夜煊，成雨。庄、但来，但未见。

六日　复晴。郑太耶、李洛才招游定王台，不作此会正十年矣，欣然命舁，善化王令亦预，为主，与程子大、吴楚卿同集，

① “枨”，应为“帐”之误。

夜散。见月，得句云“汉时月色”。

七日　晴煊。作成昨词。因国忌未出。郑七、笠僧来。湘臬新迁，城中争闹。彭稷初来谈。

八日　晴。家人并出，独留守舍。胡婿来，夜转风，复吹门开，顿寒。杨儿来。汉时月色。向古城一角，长窥词客。试傍玉梅，岁岁春来探消息。环佩归时夜冷，料瘦损、胡沙天北。又十载、蜡屐重经，长啸楚天碧。南国。远岑寂。比雪苑兔园，未到烽镝。故垣约略，时有幽禽觑苔石。休道长沙地小，长乐外、欢娱堪忆。这冷淡、踪迹处，几人觅得。

九日　阴，雨风，不可出。叶麻子来，躁妄殊甚，湘潭派无此村野，童生派也。因当会于学院，故先来见。去后，余即先过心安、少村，答其加礼，均不得入。至学署尚早，顷之叶至，云黄子寿孙欲见，余请江学使要之，复辞不至。心安继至，看字画，有王原祁三种，均不佳。又有《栾廷玉点将录》，亦未知何人字句，颇有小致。还已街鼓，甚寒。

十日　壬午，立春。寒雪。始从心安处得历本。郑少耶、郭见安来见。安叔母卒，哭，服内遽着补服，甚可皇骇。昨正谈其《六书讨源》，故与言之。夜移楼中寝。

十一日　大雪冰冻，终日在楼。绂子儿来，犯寒陆行，甚匆匆，且留之小住。城中少夫力，并留其二佣工，助装任也。近日闲民甚骄惰，不便于事。江使送图来请题，报以二书。

十二日　雪消，题江藩《募梓图》，并填小词，颂华兰贞，江学台母也。频改未稳，乃知遣词不易。王逸梧招陪伍教官，趋往，则伍不至，唯甲子刘君、阎秬香、杨儿略可识，又一萧生及王莲生、叶麻子，游谈而散。夜漏湿女床，家人不寤，自起料理，遂晓矣。

十三日　晨题华图。欧氏灰寒，孟家机暖，长是辛勤慈母。紫诰回鸾，金觞捕鲤，春晖待报难补。写不尽书镫味，当年折菱处。 岁华暮。问从来、雪叨冰坼，几曾见、翠柏碧筠寒冱？莫作傲霜看，想人生、随分为遇。玉树庭阶，喜承欢、更有谢絮。只披图暗恨，我亦曾经荼苦。《法曲献仙音》。真读《服》篇，遂不能成诵，其愚不可及。竟日斗牌。乾元二子来。

十四日 阴。请撍子看船。乾元二子去。郑太耶、李洛才、黄望之相继来，遂至日夕。庄心安招饮，王、张、但、周同集，王、张无礼，道台有礼。

十五日 阴，有雨。晨兴无事，郭见安来，云王赓虞佐北洋，朝廷以权臣待李鸿章，李未尝以权臣自居，又古来所未有。夜雨妨镫，寒风凄恻。

十六日 晴。待船未至，且停一日，出答郭、郑、李、黄，遂赴团拜，已迟矣。公请唐，瞿子玖不来，艺农则坐胞叔之上，所谓仁内义外，打诨写意，至戌而散。

十七日 晴。将出城而雨，行李零星，纷纭一日。召周妪侍行，别经年矣，不可复待，乃诡云夫死可来，是以起用。

十八日 阴。行李唯二力转运，家人坐视，切责功儿，乃又急送诸妹出城，其不通如此。张正旸来，亦不遽见，恶其多诈也。过晡乃得出城，上冢急还，登舟尚未暮。滋、纨、复、真、懿儿已先在，撍子、盈孙亦从去，女仆金、周，男工吴、戴并杉塘二工，凡十五人，侍从极盛也。遂宿朝宗门下。

十九日 阴。西北风，移泊小西门，船人朝食毕乃行。得顺风，夜二更泊观湘门。懿欲登岸，遣视石珊弟，顷之同来，亦欲同行，约明晨至，遂去买食物，无钱而止。夜雨，防漏不寐。

廿日 阴雨。缆行四十里，至姜畲已暮，撍子去，乾元二子来，辅庭亦至岸边。以无跳版，辞之。许红桥来，均约次日往食。

廿一日 晨雨。不可登岸，船人亦遽发，遂至湖江口中，遇大风，疑此行不顺，衣被书箱皆当沾湿。正旁皇间，杉塘二夫以舁来迎盈生，余留盈，径往山塘，而附其便舁至姜畲践约，至已午矣。频欲大雨而霁。夜饭许雁峰家，遣要陈枚根不至，还宿乾元。

廿二日　晴煊。朝食后呼舁还山，至则行李犹未上，因以已舁迎周妪来。尘粪不可理，姜畲三力助之拚除。乾元二子来读书，令四孙居两房，石珊居前房，未夕而定。但觉饿甚，饱食而寝。黄昏复起小坐，觅食未得，又复睡去，夜分闻门砑声，起唤诸佣，则卅侄看花鼓还，来打花鼓也。牵率老夫，干笑而已。

廿三日　晴。定诸生日课。冯卜甲、周翼云、张子持来，俱空坐而去。煊不可裘，至夜大风雷电。

廿四日　风拍门动屋，竟日无雨。七篾来，诉傅团总报赌，据其言亦有声势，留饭无饭，乡中创见，异事也。夕去。燎火御寒。

廿五日　丁酉，雨水。晴，改课文，以名培为第一，知引经也。田猛子来。王明山长孙来，年十二矣，长脚似秦相，贵骨也。留点心待之。

廿六日　晴阴。石珊去。乾元二子归。上学。华二来。彭稷初专足来，求书干江督，奇想也，不可以却，从而与之。孝达年先生尚书节下：二纪暌违，两宵谈宴，还舟迅迈，八日抵家，追想勤劬，但有永叹。然江南部署，已冠李、刘，鰕岛微虫，未能送死，从容造膝，亮有其时。新岁延禧绥福为颂。前话干馆之敝，尚未尽词，患中人心，尤甚水火。士农弃业，唯事钻营。计敝州厘盐二局，岁縻五万金，卅年来几二百万矣。而湘人不富，游惰日滋，纯实之风荡然已尽。且专就盐政言之，商运原不须督销，督销尤无须分局。其始由于曾侯欲调剂一二穷乏，遂致全归势家，渐及京官亲族，至于督抚仆婢姨媪，又其小小者也。盐商浮冒五六十万金，许薛阿稍欲理之，盐幕陈姓，纳贿三千，许道反被撤差，非沅甫固不能有此奇政，实亦根株盘互，不可得理。今谭生告终，事可更始，公遂能廓清之耶，湘人之福也。若犹欲循常更替，则必如志道其人者，稍去兼并，颇振孤寒，或不失设局之本意。盖此差初以位置湘人，渐以位置湘官，渐为江南道员一差，渐为湘人官江南者二等美差，本原既差，何能综核，虚费金谷，不感宪恩，甚无谓也。此差又有帮办一人，例以举人充之。李相曾欲以见委，闿运对曰："公不笑讶，则捧檄矣。"今有姻家彭主事，江督外孙，名父之子。父子五举，不免饥枵，其性直戆，嫌怨者众。王祭酒等力能绝其生路，无所告诉。敢干明公，试一垂询，必纷然短斥，考其劣迹，乃一无征，如魏武用人，必蒙首选。今非敢谓其能破除积习，仰助鸿纲，特以私恩，同之请托。闿运资格境地，本应干馆之条，偶一干求，知当笑许，其或大风吹垢，一洗凡空，悉罢诸差，为风俗人心之计，则清源正本，又何求焉。因论一事，故不多及。夜起写书，家人熟睡，唯两女未寝。至厨房，厨人夜阑犹未吹镫，反为诧事也。

廿七日　阴风。满绅、姜麻来，余志在看学差，未遑与语。从曲尺塘至大路，扛担纷纷不绝，还后山，乃更近于道旁，顷之闻呵殿声，似欲停轿。家丁皆往桥市迎客，仓卒无一人，自出接帖，周妪送茶，江编修已入室矣。纵谈三时许，两点一粥，上镫乃去。

廿八日　晴，大雾。晨起送江学使至火祠，客辞当去，乃出。还朝食，遣戴明、华二去。要冯甲同过王妪家，答其遣曾孙来礼，留饭，未欲食，既食甚饥，竟饭二盂，饮啄犹不得自主如此。更过谭洪才，还已昏矣。石珊来又去。

廿九日　晴。搢子携瑞孙来，七箴弟复来。留瑞管家，即令去取被装，搢遂不去。携诸女游后林。张子持来。

晦节　晴。看逐年日记。抄七律诗。周翊云来。夜讲沈、宋应制诗，起觅沈诗未得。

二　月

二月癸卯朔　晴。滋女欲过田家，未去，彼已备办。又当诣王家，王妪先来，余避林下，已而闻伐木声，自呵止之，乃不可隐，入与相见。滋便与同去，三女并去，轿力未备，至昏，乃使佣妇行旷野，无防已甚，余甚虑之，幸轿往还疾速，未至笼镫耳。凡诣两家，便食两餐。

二日　晴阴。瑞孙及岫孙来。岫为吾家通童，颇有老师宿儒之貌。人客拥挤，一席不能容，余遂别馔。石珊又来。

三日　阴。昨夜微雨，搢、岫俱去，石珊夜亦去。余不起火，则儿女为我累，起火又无定处，殊难摆布。看前廿年日记，大要为妻妾所扰，枉用道术，全无效验，不如与之鬼混。近年则为宾客所扰，又不可鬼混者，然则道不胜命，理不胜数，仍以鬼混为长。一言以蔽之曰：伤哉贫也！贫而充富，所谓羊质虎皮。夜煊。瑞留管账不去。

四日　阴雨，复寒，午后大风。看日记。张金刚无题诗未录，半遗忘矣。

五日　雨连日。补作《驿程诗记》，看保定道中水道，全无影响。畿辅水利殊难言之，即寿衡所谓子牙河亦未见也。

六日　晴。佃户送租，亦从来所无之事。国安去。

七日　晴。诸生并去，乾元为国安长子周晬请酒也。滋女亦携子去。家中唯三女一佣妪，余移内室照料。田小雷来。

八日　晴。王家请陪子师。王姓，字印潭，俊民族兄弟子，年垂老矣。让坐甚坚，主妇出安席，余固辞。见其二弟子，一李、一汤，汤年卅余矣，复来读书，亦一奇想。夜雨，三子已归。

九日　雨。谷子与团总来卖珠，珠已对穿，不可用矣。张木匠来索椅子，又议竖门，因雨不至。周翼云来。樱桃一花。

十日　壬子。晴，南风扇春。寅初惊蛰。猫儿打架，其声甚厉，余起至书室，正见一人卧榻上，惊责诸生，乡人不知规矩可咤也。大风驱雨，复去，徘徊阡陌间。石珊告去。

十一日　晴煊。遣迎滋女，频出候之，不至。王塾师及其弟子李生来，乃舁从纷然亦至，未几遂暮。说“三赐不及车马”，较前稍安。夜风，微雨旋至，还寝早眠。

十二日　雨风。许两生来，佳客忽临，甚为欣遇，留坐不可，坚辞而去。大风泥滑，其行匆匆，亦未坚留之。问覃谿《考定论》①，余未之见。午后小霁。邻有盗至。

十三日　雨，未酣透，风亦间作。督工移双桂内庭，种樱桃地下。翻《水经注》校语，总录之，得六十八条，亦可成一卷。石珊又来。

十四日　阴晴。石珊弟去，彼管公糊涂，无账可算，公私交困，吾许为填补，瑞生代之也。瑞生人地生疏，遣还募人。

十五日　阴。朝食后出门闲望，见二客来，则周生偕王凤喈来访，邀至云峰庵看丛馆师陈岱生，谭心兰甥也。留饭，遇雨，舁还已暮。

十六日　阴。周、张、陈复来，云欲访韩石泉问《地球图》，因雨泥未同去。瑞生募一佣来。沈子粹送诗来。

十七日　阴。韩石泉及朱通公来。石泉开廓无乡派，少坐去。云图小不能载州县，当更拓之。萧顺思妻来。

十八日　阴寒，大风。张正旸来，吾固知其必归。此人自入学以来，恍惚无定，盖所谓希当大任者。留宿一夜。自赴团总之招，接席一王老秀才，自云与我同入学，盖人字题人物也。问同案，唯知周权、黄茂皆死矣。大风吹轿顶去，步还。耳冷欲堕，俄而便暖，春寒不似冬也。

---

①《考定论》，应为《考订论》之误，翁方纲（覃谿）所作。

十九日　大风，昨夜小雪，今复间作冰冻，似凝寒时。萧妻告去，乃借得千钱，欲小挥霍，顿去六百矣。张生亦去。风雷达旦。佣工恋土逃去。

廿日　风雪闭门，自谓萧然，七篾闯入，大败人意。竟二昼夜皆燎火自暖，烝薪告绝，夜寒不成寐。看课文，以懿第一，能引《明堂位》证木铎唯天子有之。

廿一日　晴，雪消犹寒。看松雪，欲赋未能，写字手冷，且散学。忽闻有客来，见一人，不识也。视其片，邓炳麟，心知为举人。检日记不记其字，七年三见，犹不省忆，有愧于褚渊多矣。特为陈福山邮书，尤为可骇。陈不余识，而来求信，余报书云：非我湘潭无此冒失人也。邓不肯饭，匆匆便去，其广德当宣之类耶？夜作书复陈、乔，兼与梦虎，消受得漱口盂、酒茶杯也。三更乃寝，复盖冬被。

廿二日　阴。陈弁晏起，亦为异事。以此攻敌，何敌不摧，湘军暮气如此。说古者言之不出为言不出位，今者言道国为政，则躬不逮矣。此砭人喜谈经济者，亦以自解无其位而言其事也。

廿三日　晴。晨雪尚飞，知昨夜复得一二寸，树枝积素，犹未落也。春雪兆水，今年特甚，遂连六七日，从来所未见，而乡人云乙酉年有之，余在蜀未归耳。搢子复来。

廿四日　阴晴。雪尚未消，天气犹寒。张生来，言讼盗事。余云盗无重罪，讼须万钱，不如径释之。至暮盗来谢，且求助焉。此雏盗，无能耐，专扰知旧，非可化诱者，未之见也。乡人又来言积谷事。

廿五日　丁卯，春分。晴。李有飞花，桃新半放，闲游本山，见林树均盗斫尽矣。然新松数千，已有成林之势，不出十年复丛密矣，败子其奈我何。乾元子师汤幹廷、谭复卿来。开枝长女许来。谭团总、陈岱生来。二师留宿，余暂居内寝。得城书。金妪云“牛在田边”，余不解其语，周妪云村话也，已五夜矣。银为张楚宝所送。

廿六日　社，散学。要陈、汤、谭同朝食。甲总来，请入仓，许之。饭后携国孙同行至田家，周生先在，云其业师以老科被讼，欲求解之。云未能也。为作一呈词，言谱年不足据，学册可凭，纯乎官话也。即邀田、周、赵同至六都团总王凤喈家，待饭甚久，乃出，从南柏塘还。周、赵留，汤、谭早分道去矣。余与陈、田、国行过沙子坝，甚似沭水石湍，从湖口渡木桥，访古城，土人欲以之当汉湘南，韩生云周二里半，无此小城，必寨基也。韩生字石泉，以舆地名，即在城间上。因至其家看日本图，请其钩影轮廓，向夕促归。过张生门，其翁扶杖迎候，要入具食，感其殷殷，竟食半碗。还至炭塘，田、陈分道去，余与国孙归。国误失道，引入荆棘中，从对门塘头乃得路，入门则云卿次女楚已先到相待，与谈族人，如梦如古事。余倦欲眠，乃还寝。

廿七日　晴煊。熊瑛石华来，携子同行之沔阳，征收岁千金，渠加以月课卷，甚得意，而无一余，仍当往也。午饭毕，沈子粹、陈佩秋来，沈亦携子。翼生。楚女甫去，曙妇又来，人客总集，内外匆忙，幸瑞生去，得一空床。余避入内室，夜分始寝。

廿八日　晴煊。辰正饭后客去，田生具舟南柏塘，余步送，看桃花烘日成紫荆色，亦奇观也。过张武元店小坐，看舟发，乃还，至门许生又相待矣。张犯官又寄二百金，瑞生昨去屯米，与同来也。与书程十郎，问盐局事，兼为熊谋。乡人又来迎，议积谷，往则团总未至，无定议而还。

廿九日　晴。晨起，闻厨人言，昨夜盗取脯腊数十斤而去，盖以此谢恩也。欲遣人踪迹之，而皆正人，不可遣。赵否来，言挨打事，甚有德色。姜店来追债，告以无可问矣。今日所理皆极鄙事，惜无鄙人共之，人材难得，邪正一也。后山看桃花，差为解秽。

三月

三月壬申朔　晴煊。夹衣犹热。讲书未毕，唐五先生来，亦王氏门婿也。子明族父与弟薰甫不睦，来诉委曲。观其弟所为，令人发指，宜子明之特委之，又宜岘庄之用子明，恭王之重岘庄也。未饭，茂修来，余责数其盗物，抗颜盛气，欲坐我诬良，遂与吴僮斗喧。吴僮正宜人打，余但坐观欣慰，所谓夷狄相攻，中国之利也。斗毕，俱睡。每日必来无聊人四五，不胜其扰，始有行意。夜大风。

二日　阴，大风。劝谕唐医翁，令友爱学舜。唐云吾以公为名士，今乃知理学也，使早知理学，则不来矣。余云名士爱钱，子何不以钱来？且唐族合而比于弟，则"众叛亲离"，难逃四字。费我三升米而去。

三日　晴，犹寒。以佳节放学，出游前后山，殊无天朗气清之景。率诸女斗牌。团总复来，族妇女及开枝后妻时来相闻，亦不能闲适，唯设汤饼。

四日　晴，稍煊。呼船出涟口，久待未至。辅廷率其少子来。辰发行李，至午，待作杏酪，几二时许，食毕而行。留盈伴懿，遣乾元二子从辅廷还，余独登舟，则张生方在湖口与甲总相持，云有盗讼团总，县差来提人也。过姜畲未上，亦未夕食，初更泊沙弯，则船帮皆知我来，田生及王哲臣秀士舣棹相待，真无处避人也。田生坚欲具馔，谕之不听，凡费五百钱而不能饱，食毕即眠。今日专论马快诬良事，情伪百出，如剥蕉抽茧，甚为可乐。

五日　晨卧未兴，甲总又来，允为一料理，遂移舟过行李。登岸访许翁，见其二子，看课作甚佳，已有成矣。诣石珊，看新妇，便留早饭。朱通公及谭生先在，具诉黄六胖女嫁周甲为妇，侄从姑也。其先以婢金凤伴嫁，甲纳为妾，黄氏弗善。及将死，乃均分房产。子妇亦无子，各买一子与之，以为二家。妇薄翁妾，又欲兼其产，遂入城居，而劝金嫁。金又贪产不去，而私顾工，有子，自送挂门前树间，又自收之，已四龄矣。妇还乡居，日相勃豀。佃户妻交构其间，俱得其欢，去年遂盗妇箧。诉官，遣缉妇，疑顾工，縶以去。捕役因私佃妻，为之隐藏，且教令金避入城，而盗其物，又教令佯败露，使金搜得，而指为栽赃。因遂入城，钩通诸役，乘尉详县，乃反诬金移家时遗衣物，皆妇所失也。令果拘金，团甲不能左右，求余告令。余义不入县门，往托沈师耶，遂与同告朱巡检。朱名玉成，字伟斋，伯严弟妻兄也，遍识诸名士，因允告令，且约饮焉。方有所求，不可辞之，遂至宾兴堂，倬夫亦在，遇李兰次，福生子也。清瑞前在曾军，数相见。留饭，与盛团总、万秀才同席。夜取被来宿堂中，团总来，云门房不许金投到，已送之去，被押其一吓以闹堂，余不能救。与沈俱过许庆丰夜饭。一席数至，变怪百出，云令已讯明，交差押候，费万钱矣。今日方知州县之扰民也。“眉间心上，无计相回避”，二许送余还堂，金凤候门求救，期以明日。

六日　晨雨。子趣约早饭，与倬夫偕往。金凤攀辕叩头，此婢殊有胆，非真冤也。又随至沈家，遂不复理之。顷之朱伟斋、陈佩秋、云孙俱至，看沈石田、文衡山画竹，枝山字。食新椿芥茎，饭后客散，路漧，与沈步东城根，看黄学录、李少尉墓，亦古迹也。芙蓉园已歇业，微雨复至，避至宾兴堂，绛桃半开，停步赏之。倬夫至作霖处会饮，因告余至，遣舁来迎，至则宾客大会，所识者余伯钧、徐老太、欧阳价人、王鹓甫。闻恪帅撤还，清流自此当祀秦太师矣。朱尉催客，入与舅母借轿送去。钟丞父子、尉弟、沈师先在，午后连食不休，殊不得饱。借《曾惠敏集》还。佩秋久待矣，看至二更。倬夫还，颇饥，不得食，遂坐至鸡再鸣乃寝。夜雨。

七日　雨，始不霁，然不能滂沛。昨约晏起，闻外履声，则六弟、沈师久待，楚玉、王金亦来，三杨继至。余誉杨孙，问其小字，云廷忠，字训民，年十余矣。金凤又来，势不可留，催饭遽出，借轿上船，如脱金钩。假寐片时，经子来从行，云卿兄之子也，年卅矣。

八日　雨仍霡霂，时作浓云，俄然滴沥而已。沈子粹来，自言其乐，知不堪其忧也。移泊杨梅洲，乃登岸去。小睡。写三扇，遣送城中。卧闻霹雳。夜见月，三更后雨。

九日　晨雨，午晴。六日连雨，未为霖也。晏起，看云水昏蒙，知为晴征。篙行甚迟，聊作行意耳。四十里泊下弯。见月，湘涨三尺。

十日　晴。午初雨势甚浓，才飘数点，春阴蔼蔼。舟行安稳，亦时挂抢风，行七十里泊昭灵滩下。看怀宁马生《江图》。

十一日　壬午，清明。阴。早行。因早起，南风甚壮，船人殊不顾也。得诗一首。猎猎南风拂驿亭，五更牵缆上空泠。惯行不解愁风水，涧瀑滩雷只卧听。和议将成，念清卿，为之失笑，又得一首。不用金牌便卷旗，苻离心学古来稀。申王贵后无骄将，强把吴璘当岳飞。长日如年，一无所事，欲作清明诗，无可着想。午雨旋止旋作，湘水又长，天气顿煊，才可一薄绵。夕过黄石望，泊黄田，期年三宿，犹仿佛也。行九十里。

十二日　阴。晨雾旋散，大晴征也，竟不见日。碧湘新雨涨鹅黄，忆凭阑干看锦鸯。盖白满川鱼散子，落红随地蝶寻香。碧桃暗合文窗绿，玉镜明开翠黛长。往日依依今日梦，五年消遣好时光。鱼子不宜庄语，故以绮语咏之，羌无故实，非寓言也。此诗虽妖冶，而音韵沉雄，殊非温、李，正如关西大汉唱“红窗迥底”。行百卅五里，皆帆风，犹嫌空船不胜帆力。宿杜公浦，余势未宁，终夜摆簸，时有雨声。

十三日　阴，复寒。晨过大步，入望拉纤，亦前此所未记，盖大顺风乃有此。甲午，小暑。所谓属纩风地也。尔时颇愁风水，今乃浑忘，则舟人使然，亦未始非畏热所致，心不可有累，如此行乃适也。峭风飘雨过芳辰，惟有孤舟荡漾春。雪冻千林犹未缬，草晴三日已如茵。嬉春处处墦间酒，垂白年年客里身。百五凄清似寒食，行厨灶冷甑无尘。过樟木寺，复缆久之。将至，忽得顺风，行至耒口，风息强进，欲投铁炉，竟不得上，泊潇湘门，遣吴僮寻船。余将取钱安记，见周家巷，误谓已过，复还，从雋丞门至程家。留饭，舁出柴步门，程生遣送余还船，小艇游行，呼之不应。复至安记，吴僮始至，云船得矣。湘滩难上，遣要陈子声复新来谈，李生亦至，三更散。竟夜未寐，宿程榻。

十四日　晴，晨雨。遇一地师，尊余老伯，不知何许人也。复新、李生来，同饭。午还书院，诸生陆续来见。李钟侨，光地弟子，年四十四岁，有子五人，癸卯中二，壬子中二，庚戌进士一。计抑亭生己巳，当癸卯卅五，则癸卯二子，最大者廿岁止矣。当时科举专取世家如此。

十五日　晴。朝食后先遣取轿，旋坐船下湘，舣太史马头，正见告祭使臣渡湘，云从南岳往炎陵，文知府为副使，已皆渡矣。后犹有吏典金顶二人，欲掳我船，泊中流观之，直至道台送还，轿犹未至，云不知下落也。重告晓渡夫往取之，已过午矣。诣客十余家，朱、张道、陈、程、颜、朱皆见，缕觇。又待面于府署任斋，已将夕，乃渡湘。幸唯见丁、冯，若再一家，必至夜行。以今日所诣率门外候一刻，谈半刻，便去三时，又行廿里，去一时，竟日奔忙，可笑也。还夕食。

十六日　晴。内外萧然。笃生来，云李少荃被狙击，伤颊。清卿回任矣。诸生来见者不记人数，大约可三十许人。看《鹖冠》，欲抄无纸。

十七日　阴雨。颜生镡昨来，登楼，谈蜀士浮诈，甚诋廖平，盖非张、曾之徒，亦未知其孰胜。伯琇来。张老师来，衣冠见之。看《律例》廿余卷，无微不至，正其不知治法处也，焉用是哓哓者为。夜恐伤目，看至《刑律》而止。

十八日　晴。出门而雨。看秦容丞，云卧病三月矣。冒雨舁至安记，待买布纸，因留剃头。金聘之、卜允哉继至，斗垣复来，遂成较局，至二更毕。笼镫上太史渡船，横风吹还洲觜，明镫照之，乃上。煊甚，雨入屋阶前，不可行也。解衣闭户，久乃得食。

十九日　雨。晨起，衣冠见诸生。朝食后，笃生、何教授春涧、张老师来，坐久之。道台来，匆匆拜谒，待面未来而去。景吉人旋至，已将散矣。云汉报刊《游仙诗》并注，此近猪觜关也。诸生争席，首事周、张竟无以处之，将夕乃去。

廿日　雨寒。复裘。始抄《鹖冠》，看《韩非》，聊以消日，犹觉昼长。陈十一郎送诗赋来，大有天分，隽丞有佳儿也。频卧频起，至夜益无事，遂睡。

廿一日　晨雨，午晴。抄书，分三时以遣长日。金、张二尉来，杨叔文亦衣冠至，较昨稍不寂寞。黄船芝来，则瞎闹矣。比日阅诸课文，皆不入工课。

廿二日　内斋开火食，住内者六人同席，余仍独饭。抄书三页。黄德来，言恪帅又回矣。作家书二函交寄。杨八踂来，有病容，言见王藩之难，不减于张督。常宁李生来，送新茶。与书八女，问山东避兵事，附薯干与两孙。

廿三日　晴煊。易单衫，行日中犹汗。抄书二页，睡足半时乃起，泛湘至厘局，孙翼之未醒也，大似今内外大臣矣。泥未干，绕从雁峰岳屏入西门，寻大公馆未得，益西行，至堰塘，访金聘之，欲取潇湘门，复误从布政角至卜允哉寓小坐。过天符庙看戏，戏场才十许人，短衣者亦不过数十人，自来未见如此寂寥戏场也，戏亦无聊。出南门，至容丞处，正见洋报，云清卿实败退，奇闻也。道遇胡敬侯，云其从子来谒，因还。行上水久之，已夕食矣，呼饭吃毕遂暮。

廿四日　晴煊。蒋尉来。抄书三页。闻炮，知孙翼之当来，久之乃至，与马、丁同来。丁字子俊，云在南海至狎，曾同冶游，不忆之矣。盖知则有之，同实未也。莽莽撞撞，犹似陈涉故人，久不见此矣。陈子声与罗立庵先在，因要同游白沙，饭于厘局，毛少云主之。贺年侄问语亦鹘突，烛至乃饮，吃面甚饱，复同坐局船行数十步，余独坐小船还。热不可衣。李生讲《礼记》十页。

廿五日　晴阴，愈煊。未朝食，刘子惠、毛少云来，又一胡叟，初未知其名字。抄书三页。胡桂樵来，匆匆去。渡夫报有贵客携芍药来，以为江、张当至，传帖则朱益藩，又误以为益濬，延入。将至，乃悟为主考官，自云乙酉年谊，称“世愚侄”，与功儿等熟稔，江西平正通达人也。单衫与坐，汗浃里衣。常伯书来，晴生长子也。欲考府考，余云可不必。县考犹有谱，府考醨矣，夜讲《记》未半，震霆起于窗下，电光明丽，惜未先登楼观雷起处，已而翻风洒雨，终夜雷霆。

廿六日　丁酉，谷雨。阴雨，稍凉。大风吹水，涛如江河，晓闻布谷。午睡，梦崧锡侯以舁迎我至蜀鹾署，不入正门，更从旁行甚远，念系右园，曾饮焉，而今盐事顿至此，当时要人所不料。方为感怆，昇至一室外，欲入，失谒者。自寻路往，犹见三犬迎我，一人不相识，在我后。闻语声，似是客坐矣，又久不至，小坐遂眠。仆从纷纭，眼不能开，又似闻黄七哥语，数客，犹有三人未至，终不入而醒。念唐鄂生，真一大梦也。稺公无故兴此，徒供指摘，始终为文云衢利害而已。抄书四页，犹不得晡，睡两觉乃夕食。

廿七日　阴。寄还沈带，再与珰书。抄书三页，欲再足二页，合卅页。徐生和来催客，盖生意兴隆矣。排枪声厉，御香使还，坐船往看，已过。至徐店，甚早，江尉先来，朱、徐后至，热楪点心尚精，然坐太久，不胜其倦。步从南冈至厘卡，答访胡四耶，岸斗不能下，待船来乃登。篨鱼子已到，云饭碗口。未知其义，大约言子多口不必大也。水涨流平，到院甫夜，讲《记》毕而寝。隆孙均当行役，未能送也。

廿八日　大晴。晏起，抄书。罗立庵来。程生请其送程母行述求文，云钟西芸可据之作传也。看黎莼斋《续文篇》，既无佳文，复无新事，然足销一日功。江、张二尉来，客去遂暮。

廿九日　晴煊。贺年侄来，云为毛尉所陵藉，盖齷齪有以取之。索作孙同知寿对，竟欲立等，笑辞令去。朝食后昇至安记，始知未换凉帽，余畏领热，仍夏服，而往吊石平甫之丧，刘判、朱令、三学皆在。吴任支宾，庄叔后来。少坐，余出答访朱主考，吊立庵，谈俊臣事，皆所未闻。过常、丁不遇，小愒厘局，解带升冠，从百搭桥登舟还。今日未抄书，忽懒故停，盖《鹖冠》亦伪书，无可爱也。

晦日　晴。抄书四页，写字。作程母行状，走笔为文，若有神助，夜不伏案，余尾未成也。

四　月

四月壬寅朔　早起，闻人扰扰，颇似场屋，亦佳景也。出堂点名，入解衣，补成昨文，因补昨字，仍未抄书。莫生送文赋来看，未可加削，暂置之。与同下湘，郴陈亦从至太史马头。余上岸，步至厘局，乃知有戏，局中公庆翼之五十生辰，因留。客五桌，内有任并陈子声、马县丞较牌，余入局，共戏至夕。看戏至三更，倦矣，主人不睡，又待久之，乃宿客房，有啮虫扰眠。吴僮逃去。周子来。

二日　晨起，始寻得盥巾，沫毕，要子年至安记买零碎，局丁来催，仍还朝食，昨未午餐，饱食两碗。午复较牌，则朱九、张尉、马丞，朱不谙戏，更招刘子惠。刘言善城隍为盗戕毁，并及诸像，次日药局发火，未知何祥也。翼之谢客还，朱六复来，署永守，三否之弟也，似甚相习，云久慕无缘，曾托秦容叔介绍，仿佛有之。并约余往零陵，本欲游九疑，随而诺之。永州新书院讲席分四等，庶常以上八百金，进士六百，举人四百，贡生以下二百，人皆笑之，余独以为合法，盖资格以待中材，不可破例也。然但可以意消息，订为条规，则笑杀人。余前议非馆选不掌教，犹胜于此。夜还，补讲书。

三日　晴风。看芍药，奇可笑，四百钱一花，可补五年求乞之贫。抄书足额，本荒四日，而但补一页，已足积累之效，益知旷废之敝。桂阳送卷来，殊不易看，三百元非便宜可得。

四日　晴。大风不能开门户，热如五月后。看卷抄书，竭蹶矣，幸卷少，又苦无佳者，益知八比今成绝学。夜得曹以忠赋一篇，稍为生色。

五日　晴。仍风，但有止息时。陈伯弢来，不复修年再侄之敬，盖不会试，故不循世俗礼也，或者两年桂阳腰缠足乎？看文卷毕，复看经卷，题太不佳，故无佳作，诗竟有可摘句者。杨慕李请客，甫朝食而来催，迟延久之，仍不得夕，冒烈日而往，客毕集矣。子声、子年、笃生、伯寿、陈生及其女婿，衡山李生也，馔比去年为洁。初夜散，惧雨急还，冻雨打篷，风势甚促，俄而遽止。到院初月朗如，夜半复雨。

六日　雨阴，稍凉。晨未抄书，看毕廿卷，再出题，并发奖钱十一枚附去。游行坐卧，萧然自得。率斋长巡斋，正课尽琐门去矣，出榜示之，未知愧否，余则自愧也。有五人不游，所当急奖。孙翼之来，云和议已成，割地纳币，全权大臣还朝矣。所谓三四一旗难蔽日者也。又云寥帅还辕，明日接印。

七日　晴。看课卷五十余本，初以为难，乃甚易也。抄《鹖冠》亦将成，又得一书。夕阴无事，独寐久之，起出看月，还觉热，又睡，遂至二更。挑镫再起，久不成梦，已而闻雷风隆隆，沉沉遂睡。

八日　雨。抄书四页，补昨一页。复寒，寂静，午睡久之，看《汉书》二本。

九日　阴。抄《鹖冠》毕。写扇六柄。夕与陈生同至杨家会食，蒋儿先来，陈九郎亦在，顷之斗、踺、冯絜卿来，询昨杨婿，即朱纯卿亲家儿，因大三其颓[①]，冰玉口角，决裂矣。夜还，遣借俞荫甫书。校《鹖冠》。

十日　晴。湘复涨。发案毕，无事，与李、何、陈生下湘，从外城门步上，看容丞，言淮督俱陨，谭、鹿新命。欲更作一诗，

---

① 此句盖谐“泰山其颓”，下句亦隐语。

则头绪繁多，恐非廿八字所能尽。至程家、江尉、邹店，要江共访朱主考，过文师耶房，至邓云徒房久坐，与艾卿至买池轩斗牌，纯卿夜至。夕食甚早，余未食，步月至安记，则内外二局，陈、杨逃去，余无所宿，与斗、谌、王老德共局至明。得儿女书。

十一日　阴。晨步从太史马头呼船还院，朝食后小睡，起无一事。桂阳诸生告去，斋长又空矣。府学何春鉴及其弟子三人来游。

十二日　晴热。作王德榜墓志，初无意，漫与耳，已乃心花怒发，汩汩其来，人文信有缘。将成，报珰女还，诸生移房避之。谭妪亦来，余移外寝。今日癸丑，立夏。

十三日　晴热。作王志成，自书之。夜闷甚，早睡。旋起，与珰看月吃面。午后寄禅引岐山僧来。

十四日　晴热。卧看《玉谿诗》，始知吴梅村古体所自，然李无丑态，又非吴比。夕至城，发山东信，以为必雨，亟还，竟至衣汗浃矣。陈鸿孙及卜云哉来，留食，辞去。

十五日　雨。素食，祖妣忌日。程送瓜、鱼，家人为设瓜，亦非礼也，忌日不宜食新果菜。皆烦热，今始少解。

十六日　晴。订《鹖冠》，寄束脩与功儿，并及次妇、三儿，交杨伯寿带去。夜宿矮屋，谭明镫相守。

十七日　晴。看张小华所刻《查声山笔记》，始知李筱泉有丛书。周生还院，夜谈。

十八日　晴。看《湖海文传》。长日屡睡。呼厨人为珰作汤饼，至夕乃来，遂未晡食，二更后始得饼，疲矣。月出乃寝。

十九日　晴。晨起叩内寝门，问厨妪馔具，遂不睡，濯足。珰三十生日，出拜。吃点心。看《文传》毕。沈德潜云娄东三王：烟客、元照、石谷也；二王：耕烟、即石谷。麓台也。又云五画师：

恽寿平、吴渔山、王麓台、王石谷、黄尊古。王、黄皆常熟人。

廿日　晴，无风，闷热。看《史通》。思《史记·甘罗传》云：燕、秦和，以罗计归燕质。他处皆言子丹自亡归，怨秦政。盖秦以质亡伐燕，罗幸值其时耳。又鲁仲连与燕将书，众家以栗腹明其非实，栗腹不止一败，未足定之。得山中儿女书，及陈老张京书，去年作也。

廿一日　阴，有风。覃妪告去。写字数纸。曾省吾、刘子重、韦瀹泉来。将出，遇雨，立门外吹风久之，客去，复热。

廿二日　雨，复凉。看《论衡》书，憨语也，然时足发笑。

廿三日　阴。校《论语训》，抄序其端。出城买布，忆与篁仙蚩蚩，几五十年矣，无故张、陈，良可笑叹。泥泞早还，见营屯接香差，初无侦探，露立岸旁，复匆匆而散，余亦榜船还。

廿四日　雨。昨梦与元、明开国君论建都，醒而自蚩，何异乘车入鼠穴，思想辽阳失声而起。抄程母行述，改定数十字。

廿五日　阴雨。看石印古书廿二种，皆校本也。江南人于刻书甚为内行，多余前与曾侯论当刻者。张霸《百两书》，《论衡》引两句，此外似未见他证。"伊君死，大雾三日"，盖其文多诡异。

廿六日　阴晴，有雨。看学使题，言洋务者之无耻极矣，浏阳诸生实有先见。谭妪来。

廿七日　大雨。晨起已晏，甫朝食，家人遣人来，得滋、懿、纨书，并山蔬、京杏。经历余来。

廿八日　雨。余经历又来迎学台，余方朝食，看来船已至楼前，大雨益密，未能相闻也。料理行厨，议散内斋生，已陆续去，才余一人矣。

廿九日　晴。出看监院，因过安记，料理下湘，始得进士报，无心及此矣。改"麻拐"文。

五　月

五月辛未朔　晨起点名。朝食后安记人来，云船怯水。欲自往厘卡谋之，因作书复子和，为通桂宫锦，遣送盐局。忽悟可乘渡船回往，因不问卡，便至厘局看翼之。闻孝达劾罢李儿，差强人意。还命治装，过午乃下船，又久之，将夕始行。至安记取钱算账，遇王鲁翁，同看商霖，因遇絜卿及二王翁。还船，买煤不成，煮饭不熟，遂泊季公塘，行七十六里。珰携二女及谭妪分仓而居。

二日　晴热。过二卡，均未舣。厘榷愈于关征，此亦其效。午始至朱亭，欲泊朱洲，余促夜泛，水手昏然不辨上下，明日又当缆行，因令暂停。渔人云六矶盗船来此，近在三里内，不如早去。余与相问答，以为可恃。已而二盗蛇行来，张六厉声呵之，彼乃反唇，语浸强，余善谢之而去。渔人不复出一语。岸上明镫来者十数，大似宋江遇白跳，恐携女被劫，为天下笑，亟令移船。舟人仍未醒，又泊荒山下，通夕不眠。

三日　晴阴，甚热。天晓看方向，乃知已至易俗场。大水弥漫，入涟口如潭，可以橹进，复兼用缆。至湖口，雨微洒，登岸裴回，瑞生来迎，同行至山庄，诸女出迎，不暇巡视，风雨大至。吃饭毕，较牌，复回龙天九，懿负十千，屡角屡胜，负终不能至五千，乃令复接手，将鸡鸣乃散，竟负四千六百。吃面极佳。

四日　阴。晨便斗牌，至二更始罢，悉复所负，反赢五千八百。午间石珊来。涧秋儿贡生无饭吃，与冬篯偕来，遂留此。瑞生办篷帆节物，至暮始还。得八女三月书。

五日　阴。家人俱早起，未午，令六女祀神，余皆为客。受贺毕，戏未半，石珊来，邀冬篌、贡孙会食。杉塘遣人来，便告盈孙，令来。散节赏，答王妪送礼。夜早眠。

六日　晴。谭团总来，诉仓谷及赌钱事。周翼云来，讲《春秋》自《隐》至《哀》，疑义百余条，多典故，无大关系。末问《哀》致太平，何以但书战事。又问晋京师楚，何为而书。余顿悟《哀》篇专纪伯国事，自治以正天下，在用二伯也。堕名城，罢田赋，征伐自天子出。秦亦暗合于道，但不能任二伯耳。然则郡县之制，殆亦孔子本意。张子持来。余讲倦入睡，起便夕矣。未食，客去。至夜烹鸭啜湆，饱餐而寝。盈生、岫生来。石珊未饭去。

七日　晴。晨装待饭，周妪请从珰女下省，兼令吴僮侍行。余率懿、盈登舟，至姜畬，换桡张帆，买米菜，许、张、迪庭登舟，岫子、瑞生登岸去，料理粗了，客去即行。湘落流迅，仅泊易俗场对岸向家塘，行六十里。

八日　大晴。东风后转南风，缆行。湘水复涨，因问水手鱼子所产地，云江浙在大通、枞阳取之，江西取之湖北武汉，唯北河子最佳，皆鳙鱼也，陆地河、泲之间则不能知。夜泊泥弯，行五十余里。

九日　晴热，无风。刘佣欲泊渌口，斥之，令泊山门。钉船桅，梁板已朽，不受钉，用木支之。缆行七十二里，夜乘月行，至二更泊淦田下。

十日　晨见红日，知当有风，舟人则以鱼食为验。午转东风，已而南风飞雨，遂大西北风。雨寒顿冷，拥被久睡。帆至朱亭，不能进泊，久之，强缆行，十里宿黄石望中，行四十五里。

十一日　晴凉。辰正始出望，帆行九十里，泊老牛仓。乡人牛以仓量，前云漕仓旧步，非也。雷市卡不复相呼，盖惮于生事。

十二日　晴凉。缆行至萱洲，已过午矣。得顺风，帆行至樟寺始夕，风息未能更进。讲“疾医”“疕疡”“祝药”，均无昀诂。“疕”为新创，“祝”为注，他无见也。“疕”从匕比，盖小疡相鳞次者。“祝”不妨为祝由，下“剂”字专属刮杀亦可。今日行八十里。

十三日　家忌，素食，不能食瓜。俟至何家套，乃得豆干饭，已过午矣。大晴仍凉。晡至院，诸生陆续归，有二人甚眼咤，竟不知其姓字。喻、魏二生迎于石磴，云已和矣。今日行四十五里，计共四百五十里，水程有短有长，不遇顺风，犹不能至，遇勤壮水手则可至耳。大要日行六十里，合吉行之数也。得郑少耶书。

十四日　甲申，芒种。晴阴。定两子工课。令内斋会食。看卷廿六本。衡山刘、岳屏。清泉许、本恺。衡阳夏钦。皆美才，次第取之。今年文若火大有长进，许、夏词章必可继起，但不知继谁耳。终日以讲书看文为工课，亦不惜分阴矣。《寰宇记》引《水经注》大陵川出巡河。考巡河所在未得。偶闲，看胡棣萼等课艺，作“巡和”，当更取北魏、隋《志》考之。陈鸿甥来，告葬母。

十五日　晴阴。看《近思录》，当日所不肯挂眼者，今取观之，大要皆发明心性，而以为实无心性，云才发动，便非矣。二程、张私相谈禅，后数百年有一姓朱人大说之，与吕姓同编此书，专裂其说经诸条，殊为诧事。寄书招于晦若。

十六日　晴。周、廖、刘生皆去。未朝食，邹松谷来送靴勒，而上有忌辰日，殊不敬也。桂阳送课卷，并得陈复心书。写扇二柄。

十七日　晴热。待饭，向午出城，至监院家，陪吊客来十余人，而皆知宾者，吊客不过六七人。余陪道台，因待轿，遂饭后乃去。看苏州人批《红楼梦》，与贾政意思一般。

十八日　晴。看桂阳卷十本，殊少佳者。《红楼梦》虽烂熟，而意不欲辍，频频看之，亦旷日功。

十九日　晴。许儿来请文，懒不欲见。信局送信，一送江建赧，一号横街头，不知何人，以号资不多，破例收之。桂阳卷殊多，一日十本不能了，乃加工看之。文卷卅本毕阅。乔子来。

廿日　阴凉。宜游。课卷未毕，坐内斋，半日了之，得廿五本，无佳者。稍睡甚昏，投枕起，至城访孙翼之不遇，过安记，借轿吊任师耶，庄师陪客，匆匆还。

廿一日　雨。发桂阳信，并复江学使书，寄五元去。巡斋，无琐门人矣。夕食不甘，无所事。

廿二日　晨雨，食时霁，午晴。洞泄，觉伤食，不饭以治之。朱纯卿来，亦用世侄帖，误也，兄不从弟。吾方以为主考，问辞行耶，则更误矣。虽不饭，犹食四两面。卧看《氏族志》，寻但姓不得。不知为平声，检竟无之，可怪也。

廿三日　晴。昨始闻蝉。芒种后二五之节，去年在夏至后五日。《月令》以蝉始鸣在夏至之后，明不同五日之候，不可以验节气，故不系是月，大约随月气不随节气者，而《时训》以为候，非也。夜热未被，水涨平堤，看《灵素》，实无可取。

廿四日　晴。复泄，未多食。冯立臣来，石鼓师也。名焵孝，乙酉年侄。明日当同席，故先来见。黄水军来，言朱主考今日生辰，有戏酒。昨其兄面约，初未言生，今闻此，不可不去，遂至厘局，则正遣迎矣。小坐，旋唤轿至安记，取钱借仆而往，尽江西人也，唯我及孙二客。初甚凉快，已乃镫火，甚热，戏又无聊，遂还厘局，困顿早眠。

廿五日　晴。未甚愈，仍未食。留厘局吃馒头，更邀丁子俊吃功夫茶，建旗劣味，不可饮。未午更过秦容丞，至安记，闻罗立庵急死，程生更言其详，数百言。水师催客，借秦仆而往，二杨、一冯先至。絜卿家小坐，亦未能食，未昏辞还。

廿六日　晴。可食未食，吃面一瓯，小睡始浴。坐船至厘局，要翼之同往衡阳。甚热，与文兰皋、邓云生同至买池轩，艾卿兄弟出，较牌，终局，余得一胜。复同文天九至暮。杨芸阶女疾，辞去。夕上菜，未能食，略尝而已。二更还厘局宿。

廿七日　晴。待饭至午，翼之剥面鱼，余初未识，乃面老鼠也。丁子俊复来，余辞出，溯湘还，已日斜矣。犹未食，夕早眠。

廿八日　晴。南风五日，几席皆温。《舜歌》乃云“可解”，非古词也。或者“可”当作“何”。午浴。

廿九日　晴。西禅两僧来，实一僧也，有侍者，以同坐，故不分别。云秀枝又往隆州矣。荒绝之地，今皆户庭。遣索梅浆于厘局，自言能作，故特试之。桂阳何生来，云已考毕。

晦日　庚子，夏至。南风，晴。看坊刻律赋，跂卧西户，薰风烘衣，出外斋又无风，皆不甚适。翼之送梅浆，犹吾梅浆也。午食拌面颇佳。看《管子》一过。

闰五月

闰月辛丑朔　晴，南风仍熏。偶思“闰”字从王居门，是先有礼而后有闰。尧始置闰，则尧始居门也。《大传》帝、王不分，盖尧仍是王，舜乃帝耳。或者“王”即“皇”本字，后乃加“自”以别三王。此说前所未到。夕并无风，暑气已至，蝉鸣未聒，节候犹迟。夜热忽凉。

二日　阴晴，稍凉，以昨夜北风也。风盖十日必转，唯小暑过旬为异。北风则内斋闷热，因至楼东寻坐处，与谢童同席，写字一张而还。看次青选赋，追悼清才，自甘浊宦，令人感惜。夜凉，早睡，醒闻跫然声，云瑞生来。滋女来书，言守屋，不往长沙，是也。

三日　晴凉。早饭甚暗，与诸生分席，不以闲人溷读书人也。待鰕甚久，众俱散矣。以卅元借瑞贩油，饭后即行，尚似办事人。

四日　晴，阴凉。看《北齐书》，甚有新事。欲往石鼓不果。乔生夜归，余谕劝之，彼不喻而反发恶，拘而训焉。稍吃板栗。午后孙翼之来，云割地事定议。小集作闰端午。客去，夕食。率周涣舟、瀛孙至石鼓，见主考，船犹在水步，冯山长不住院，门堂丛杂，殆不可入，比之张成时又有今昔之殊。取小巷至合江亭，诸生浴堂也。还穿城，至外城东门下船。周生指列宿，言北辰不动处以小星为候，又言河鼓非牵牛，皆宋学家言。看初月已夺众星光，未能了了。

五日　晴，稍热。待午浴毕下湘，至厘局，作闰端午，因与庄、毛、马、丁较牌。翼之设食，馒头过饱，遂不能食，初夜散，乘月还，云阴无星。

六日　晴，北风，甚热。夕食避出外斋。重看同时人奏议，无可取者。大要皆自欺欺人，始知才难。昔与周旋，亦服其英隽，考其所见，乃无异庸人，然后知叔季无足观也，况不如彼者乎！使我当事，未知何若，要之议论必可观。

七日　晴。温风复至，往来内外，闲卧而已。周生求去，盖为乔子，儒家不能容人，乃使我有不容贤之咎，任之而已。彼初来有久计，尚欲兴利除敝，翻然见幾，不俟终日，真宋学也。纵容不肖子侄，我之谬矣。仪安外孙黄生来。邹、彭两生自鄂来见。许盲者，亦欲入院，何也？

八日　晴。众云稍凉，余独觉热，绝无一事，唯卧而已。夜渡湘，立沙上，反凉于树间。文若火及杨叔文来，秦子省来，皆云此处凉快。月明无风，三更犹汗，今年防水，乃有旱象，盖倚伏之先几也。

九日 晴。晨起即热，坐卧内斋。胡生传檮及其弟来，云尚有弟俱在盐局，有庵甚狭，二胡居之，檮欲入院读书，无室以容之。廖生将处之陈、李之房，余以为不可。

十日 晴，午后阴。程生崇信来，自浙还鄂，溯江、湘阻风，凡再，遵陆始至。云在长沙见两儿，有信在船也。留坐一日去。有人捶后门，云厘局来者。未知何以不由正门。王秋江亦不见，于法当革二巡丁，唯可不问耳。夜云有雨，余未之闻。巡丁从白沙来，因抄便路也。

十一日 阴凉。犹未事，冯絜翁、颜仲秦来，消半日矣。写日记误以二日事归一日，已乃觉之，不事事之过也。夜雨。得儿女书。

十二日 雨阴，甚凉。朝食后泛湘至潇湘门，步至府署，吊任辅臣，城中官士多在。见电报，台湾袭得倭船，俘斩万计，从此又生事矣。午后过安记，见陈十郎账房欧生。欲出南门，求雨门塞，绕出东门，直至盐局。桅旗风绕久之，竟不辨字，徐审是盐卡，因入答子省，设冰燕，反侈于任。派船送归。看课卷十余本。一睡失晚，误以为夜深矣。

十三日 阴。看课卷毕，游息一日。天阴不雨，未测水旱。复书但粮储。程生送鱼片，题曰“马交”。初不闻此鱼，询浙人无知者，炸食之，乃知为白鲌。后廿日阅朱竹垞诗，乃知为当湖马皋鱼。马皋城，《水经注》所云谷水经之者。鱼以端午前后来，家家烘以为腊。“马[1]”盖“鳗”音之转，“交”即“蛟”也。廖生辨之，余以意定之。巨如儿臂无刺。

---

[1]“马”字原在“鲌”字之后，盖误排，据文意移至此。

十四日　凉。周监院疾甚，岂郁结所致耶？则又不如张监院矣。外人盗院生名请课，利其三百青铜，有十倍获也，派杨、李查办。巡四斋，胡传榪已入居矣。

十五日　乙卯，小暑。阴凉。午出见日，旋暗，有飞霂。与杨、李同至城，余独至涵今阁买小说，始得《燕子笺》，并办裱糊纸轴。还出东门，循湘上，至道士馆，马少云设馔，刘子蕙亦在，余皆前销夏人。未初入局，戌初入坐，谑笑饮啖甚欢。孙翼之办公未毕，余先还。邹生从省来。

十六日　阴晴，仍凉。看小说，客、魏事不似幼时所忆者，

盖隔世矣。看《燕子笺》，则纯学玉茗，宜其名重。然以妓先配，固知其无名节，言为心声，况情发于声音乎？至其关目全仿《牡丹亭》，则固曲子当家，胜李、蒋多多，亦雅于孔文，固不以意胜。且孔仍重妓，妓而贞，尤强颜也。

十七日　阴凉。复但少村书，问其姓望，《万姓谱》无但姓，则明末犹未著也。看梁巡抚小说。梁因归闽，把持总督勒捐，逃出又为儿求缺，督刘韵珂欲劾之，惧而自归，刘乃不问，其踪迹诡秘，疑刘受赂也。温州儿无故为左季高所劾，犹因父累，李黼堂慕之，信道光派矣。看浏阳课卷。

十八日　阴晴。左生来求事，未去，石珊又来，其以我为木居士乎？看浏阳课卷。

十九日　阴。断屠已久，颇有菜色。木工来，搭凉棚。石珊云王屠被县令差拘，求余解之。

廿日　庚申，初伏。石珊去，送之入城，至程生处探消息，无所闻，吃面，过陈郎家小坐而还。浏卷本可毕阅，因外斋无风，遂辍。

廿一日　雨，始霡霂。看课卷毕，百廿本七日了之，犹为迅

速。初阅时，百六十本，半日了，弹指廿年矣。遣看石珊。午热，浴，将半月尘一洗，甚快。

廿二日　阴。对卷出题，公事又毕。桂阳刘生来，云陈伯弢将至。前欠笔债，悉为了之。石珊引王屠来，谕之使早去。并寄课卷、鱼翅，分城、山两宅。李生早来，云镜赋亦洋话。

廿三日　大晴。夏生寿璋来。王生来，言吴抚将游黑沙潭，王船山所谓目光如炬时也。余亦欲去，而无游资，少辽缓之。

廿四日　晴。晨甚凉，起看《玉豁生诗隐》。王烟客像似元照画也，或是麓台，久乃忘之。凡伏日雨，须热乃为漏，今年极凉，故虽漏不应也。功儿遣方四来进瓜，正凉，不须此。询城中求雨状，闵雨未为志民。院生纷纷告去，云火牌到矣。卧看陈伯弢诗。

廿五日　晴凉。朝食后三生讲书毕，点定陈诗。内外斋几席并清，可以伏案，似四月时也。久待城中人不至，日斜时始来，邀往东洲，云太晚矣。手谈未终局，凉甚加衣，遂饭，始得蒲桃。夜从洲后还，几胶不达，比到磴前，城中人亦到岸，闻炮声矣。

廿六日　晴凉。作书复珰，并寄茶、米与方四去。诸生竞入城，纷纷舟送。木匠复来要船，送余竹木，因自载以往。未行，陈华甫与金润生、一陈姓来，开卝送铜人也，自云花二百，外人云送二千矣。客去，遂至厘局，探吴抚去官，谁当代之，孙翼之云不识也。毛、马亦来，逡巡成牌局。斗垣又来，则成赌局，自酉至卯，七时十二较，毛大负，余与孙小负，斗遂任意指挥，居然无敌，方知人不对不赌之说，二家技劣，遂从风而靡也。

廿七日　晴。辰正始还，未朝食，讲书毕，又见一衡山生，及衡山刘生煌然，曾价石女婿也，昨始知之。匠人安棚席，纷纭楼上，殊不得寐。夕起，又见廖、张两生，旧肄业，今来问讯者。夕食后又睡，乃得安眠。夜凉。

廿八日　晴。程郎送羊肩，云又断屠矣。常宁三生来。晡后大风，吹卷篷上屋，屋瓦皆飞，外斋曾不动帘，疑亦得地也。小雨旋止。吃饼。

廿九日　晴。早起唤两生醒。杜子美所云无食起我早者。黄生锦章来，亦旧徒也。晡后雨，可得一寸泽。

六　月

六月庚午朔　中伏。诸生尽去，停课无事，出游西禅寺，周、李二生、瀛、乔、懿儿俱从，碧崖坚留食，辞出。访两学，闻学使到，仓黄辞出。访莲湖胡江亭，不遇而还。分道入城，余与周过秦容丞，门环上一卵，未知何意，告容丞出视，误破之，疑为厌胜术，其门虚掩，欲内出破之也。还船，待四人不至，遂先发，而皆次第来。始抄《尔雅》。

二日　辛未，大暑。晴。熊庶常希龄来，和尚、巡丁继至。抄《尔雅》一页。木匠修棚，复费两工。夕雨，懿与李生入城，欲迎之，因未至，甚凉，可不劳人，而瀛孙谬言船去，复还，闭门先睡。二更后懿竟归，余起开门，人言之不足信，岂但日食。

三日　阴晴。抄《尔雅》一页。较前似有头绪，盖停留长智，凤去锦尽，不虚也。食瓜甚佳，忆辛未事廿五年矣，同食者唯二张在，各居危邦，亦可怜也。

四日　晴。南乡民入城闹，官为之闭南门，大禁五荤。乔子求作巡丁，叩头称谢，皆可怪也。看《经义考》，乃知有所谓《格致通》百卷，湛若水作，仿《大学衍义》也。广东人好著此等书，胡瑗之枝流。抄《尔雅》如例，后不更记。

五日　晴，晨凉。入城答拜熊庶常，至颜生处，闻德寿来抚，我不事旗抚六十年矣，天道周星，故宜有此。过程生小坐而还。至厘局，遣要斗、䶮还赌账，不至，约庄、马共戏，孙总骂人，客甚不安，二更步还。热浴，又多恶梦。

六日　晴。乔子去。抄《尔雅》一页未毕，李生亦未讲书，闲看朱诗，遂销一日。朱但摘一二稀见字，遂成一诗，不顾文理，与王爱好，皆极蠢人也。

七日　晴，始有暑意。晨得王嘉禾书。午间颜通判来，未知考事。补成昨抄书页。夕风有雨。

八日　晴。昨夜莲弟来，送豆粟、干菜，早去，余犹未起。晡后大风，一雷震而声甚雌，未知其理，雨才湿地。

九日　晨阴似秋。毛、胡来谈。衡山向、刘告去。向夕，频有微雨，跂足闲吟，萧然多感，辄作小诗。苎薄惊秋早，蕉喧觉雨来。重楼凉可坐，万事老难灰。江海鲸鲵斗，朝昏燕雀回。得闲唯稳睡，愁绪梦中开。罗宅赴丧，而先发白，盖衡州大礼。

十日　晴凉，竟秋矣。天时反常，颇为忧惧。考“我”“予”“吾”“朕”之分，始知词气有别。说“台”“朕”为赐予之“予”，亦能助《尔雅》，不使同《兔园册》也。

十一日　庚辰，三伏。甚凉。昨夕李恪檄孝廉来，结甫从子也。云结甫重游泮水，因知衡州不入学谒圣。入城问莼卿可举行否，因过吉人。子章新用一随丁，与府茶房相骂，子章必有巡抚之望也。步过李结甫，因买《后红楼》而还，亦少年未读书，当时怕丑，今不怕丑也。见美斯见恶，前不美则后不丑矣，然亦须五十年阅历。

十二日　晴。求雨不应，遂罢祷矣。渡夫告假，金子暴疾，几无人爨。郴陈生来。湘复小涨。

十三日　晴风，稍热。王、曾、程三生来，云彭生恐革廪，求为关说。

十四日 晴。呼小童汲水灌花，自学漂布，未能白也。竟日闲卧。王叟携子夜来，云乘月。即去，又忘其字。

十五日 晴。金子告病，厨中无人，幸周生、佣工复来，仇人已去，可安顿矣。

十六日 晴。莫生来，亦为革廪求关说，余方避暑，未之闻也。

十七日 晴。比日南风如焚，衣簟皆焦，然未甚热。程生夜来。

十八日 晴。晨即无风，颇有热意。冯絜翁来，为其孙师革廪请为关说。其孙亦为所累，不得入学，乃不怨之，盛德人也，必为请之。午下湘，临罗立庵之丧，正将请客，匆匆而出。程生遣舁迎我至其家，换衣，遇江尉，借《花月痕》小说而还。李生补讲《礼记》。今日丁亥，立秋。

十九日 晴热。卧阅劼刚诗，偶感花梨之作，辄为易之。“花梨书架紫檀床，此物今归易佛桑。忆接芳邻移枉死，“网师园”音易讹如“枉死”，余极恶之。又师真一爇沉香。”“仙童也复迷花酒，天女无由问草堂。世事白云苍狗变，只余春在在金阊。”前寻但姓不得，书问少村，抄谱来，乃恍然，“但”是平声，令诸生检得之。殊以自愧。老年愈无记性，宜文闾面之白眼也。

廿日 晴，夕凉。秦容丞来，衰病仍得出游，是可喜也。周生病甚，议论颇多，余以义当留之。

廿一日 庚寅，末伏。犹热。检点抄书，竟少一页，甚暑，无时可补。李生讲《礼记》甚细，亦费半时功，然竟得合《三礼》，无歧义，则大有益。吉人来，久谈。夜雨，明星朗然。

廿二日 晴热，朝食甚晏。午初入城，吊罗宅，遇胡、冯。

步从南门出，买墨。至秦容臣处，请龚管家买米，检药，自至厘局坐待之。闻孙翼之言，马尉辞差，人事多变，亦可叹也。久坐，人不来，自至船上，则俱办矣，畏热亟还。鸿甥及梅生子鹏来，字仲明，一等生也。夏生二子均来见，新入学，言掌故者。客去，方欲稍息，喻生父来求馆，已忘之矣。

廿三日　晴阴，仍热。与书八女。李生讲书，问明堂朝会之服，向未致思者。

廿四日　晴，夕大风有雨。登楼闻雷声，被风吹不复能震，得句足成一诗。新喜夜凉，早睡，又不能镫，未及录也。

廿五日　晴。周生病归郴。何生送簟。邹、左二生从上庠归试，来谈。陈完夫及李生弟安泽来。谢年侄夜来，未见。

廿六日　晴。朝课毕，入城，问李结甫病否。未行，陈捕厅培之名家珍从永州来，相识几四十年矣，处处过从，然非交游，其人自大而望我者厚。拉至其舟，远不能及，因呼渡船送之。同至屺樵处，索面。复与同出至长街，招谢生，问来意。因至卜允斋寓，看二陈，遣问李翁。至衡阳，议请学台，便留打牌。仍至李寓问之，则云学台已牌示，于发落日设宴招之，不必入学宫矣。至程家，复招培之来，午饭，朱遣人来二次矣，往与孙、邓入局，甚热，俄雨，不能终局而出，宿安记。

廿七日　晴。招培之来早饭。张、江二尉来，麻七子亦至。谢生复来辞，与千钱，遣令暂还。孙翼之来，同至衡阳，了昨局，开新局，负四千，舁还安记。

廿八日　阴。近程家改早饭为午食，甚不合宜，盖办菜费事，固非居家之道。过厘局，招萧伯康问榆关事，仍无所闻。纯卿来，共食，鸭羹甚佳。饭后拜学台，还船归院。谭妪来，得滋书。

廿九日　晴。朝课未毕，已及午正。今日与府官同请学台，兼要李翁，公宴听戏。至颜通判处坐待，见其季弟。将一时许，纯卿乃至，吉人亦在，兵勇三将熊、黄、王继至，文、隆并来，李翁后至，犹未日斜。顷之，学台来。甚热，不能解带，因令先送酒，后荐羞，乃单衫入坐。建棂正坐，李左余右，建棂因逊余，乃反陪中坐，与隆书村对席。李左坐，镇府作陪。王右坐，黄、朱、景作陪。唱戏认真，看戏写意。当与学台言八事：一、开复刘维珂、莫之先。二、蔡州判为邹家泽纠众欧伤其嫂，宜访黄、刘二老耶，枷号示惩。三、程母行状送使馆。四、孙翼之、颜通判求差缺。五、请画扇。六、问邮政。七、言邹桂生、许本恺、夏钦宜一等。八、问春季加课。皆尽其词。建棂约明日至书院，余云纯卿颇有收藏，可往一看，后日至书院可也。因约九点钟集于衡阳署。初更散，舁出南门，从百搭桥登渡船还。大睡失晓。

七　月

七月己亥朔　阴。久未查课，出堂点名。朝食甚早，下湘步至衡阳，吉人先在，县学仆从斗口生事，余令少迂缓之，请学台来，则无事矣。过午建棂乃来，看字画百余种，无可欲者。有北宋及赵子昂摹临摩诘画，巨擘也。申散，还夕食，夜啜杏酪，甘之，以余与金子，诸生尽睡去，不得尝也。余亦久不知此味矣。

二日　晴。逋课六日，晨补日记，亦费一时功，可笑也。庄叔塍来，要往厘局，因过东丰马丞少云点心。同至仙姬巷局，翼之外出，余欲去，而庄欲烟，旋遇曾省吾来告假，翼之亦归，较牌至二更还。夕食甚旨。

三日　晴。朝课甫毕，马丞来，又要至白沙卡，与毛、龚较牌，至二更还。雅南来。热，浴即睡，未及谈。

四日　壬寅，处暑。晴。谭妪去。一日无客，稍看《书目》，陆存斋家藏也。纯卿送诗来，颇有寄托，但公宴作歌行，有违当食不叹之义。

五日　晴炎。补字课，写对联。刘维珂来。暮欲访衡阳，余暑尚炽，临流而返。

六日　阴。午燠夕凉，凄然秋至。文衡州来，写扇五柄。

七日　晴。写扇，尽了笔债。颜通判来。夕至湘东岸。李生来，言油船事，重贻仳[①]缪，人之不知心，信难与共事也。过杨家，闻弦声，稍有节意。江、萧、麻均在，食梨二片而还。

八日　晴。不复蒸热，但未凉适耳。补抄书一页。欲作事无兴致，燕雀处堂，白鹇愁水，漆室啸不虚也，郭筠仙悲悯岂徒然哉！陈子声来。作逸吾、夏生二书，为人关说。

九日　晴凉。雅南欲去，牵动瀛孙思归之情，亦告假尝祭。余许之，而责其不晓事，方在芘荫，无所谓春露秋霜之感也。又一人去，船水可危，义不可许，余素疏脱，无不可者，然理不可不明也。当送雅南，故待夕下湘。王石丞弟四子来，云已移居织机巷，久不相闻矣。饭后雅南又不去，余已办送，反促之，舟面吹风甚冷，登岸借钱二千遣之。步月至厘局，又要同过容丞，船从石鼓还，乃借衣而回，已过二更。

十日　晴。陈子声请客，何、程俱去，吃饭顿少三人，幸留瀛孙，否益寥落矣。王石丞子云管事亏空，欲寻其来往店铺代赔，亦奇想也。

十一日　晴。早课甫毕，任黼臣来谢吊，因饭其从人，并为设面，船送渡杨家而去。

---

① “仳”，应为“纰”之误。

十二日　晴。书抄少五页，稍补，终未能足。积压事多，始看课文。

十三日　晴。日课甚勤，犹未能奋迅。夕，萧、杨来看月。客去，始夜作，看卷二本耳，可笑也。复热。

十四日　晴热。阅卷十余本，抄补《尔雅》二页。夕下湘，大风不能进，上岸从南门步至布政街，问王儿，云逼死一人，被围，求援，景清泉犯门逃去，今在县署矣。可怪也。过蒋尉借镫，径至盐卡上船还，夜雨。

十五日　晴。阅桂文毕，少停，抄补《尔雅》一页，已补足矣。烈日明月，杲杲当心，殊无闲写，但有照灼，反不如风雨之幽寂也。

十六日　晴。晨阅经传毕，定等第，亦劳半日。庄师耶昨送鼓子，未知何意。馒头亦不佳，而蠢仆但知磨磨，朝食四枚，待饭将夕。抄书始毕，不欠矣。

十七日　晴。李生如槐来，言修船事，因知廖生耽耽于公钱，欲瓜分之，人之不相知如此，殆又胜于蜀生，可伤也。待李生讲书，久不至，遂与诸生放舟至厘局较牌，盖五局犹未夜，可谓旷日也。乘月还。今日补前集，外招朱、任并至。

十八日　晴。北风，秋炎。看课卷毕百十本，佳者胜桂阳也。邹桂生来。

十九日　晴。《释诂》抄毕，得七十二页，未遑检校。与程、李下湘，逆风难行，下水推船，仅至渡口。登东岸，访絜翁，问刘贡生，已归去。夭孙失馆，儿又将殇，流年极不佳，犹孳孳于复廪，可叹也。午供未毕，不能久坐。至杨家，叔文芹酌请客，俱不至，唯二陈，陈、李生在坐。伯琇子疾，方经营医方。更邀冯来。肴馔甚费，故不能饱，二炮后乃还，夜凉不可纻。

廿日　戊午，白露，八月节。阴。朝课毕，待李生讲书，又不至。衡、清两学官来，欲留点心，无可使者。午正下湘，至新安馆，马尉请客，毛、龚来终局，庄、江、孙、任续至，秦子省亦不期而集，笑谈甚欢，别起一局，一更后散。

廿一日　晴。李生问“诸侯三祭”，未之思也，检旧注皆仍师说，非情理，更与余新说分祭不合。因说烝彝，复得干祫之义。书熟自有悟，乃改定三祭为除丧后事，初非定制，太祖禘尝，以二祧附，亦可通矣。得功、茂书。

廿二日　晴。将出无船，停一日。遣约萧郎西餐，因与陈子声饯行。

廿三日　晴热。误绵布衣出，挥汗如雨。至府署，留斗牌，一后生不知姓名而久在戎幕，送余夜出。至程家得镫乃还船，路过厘局一茶，喻生先待船中，二更始至。

廿四日　晴热，入秋。外斋晓日照几，不可伏案，心情顿懒，游卧而已。杨氏兄弟夜来，留宿。

廿五日　晴。以有客先饭，客乃遽去，写字数纸。孙、秦两总办及马少云来。船不得至，沙行乃达，再遣船送之。杨家送点心，陈复心亦寄碱粽，得以款客。

廿六日　晴热。灼汗如雨，朝食后至厘卡要客，马、刘同至，渡湘至萧家。府署友人欲吃洋菜，请伯康具馔，庄叔塍出三千，归结夏局，余费金与萧共之。萧云须十金。不值也，或酒贵使然，抑以客计数耶？招客孙、丁、二任、毛、马、刘、黄、陈、杨、秦、张共十五人，斗麻雀，热不可坐，频起频散。夕忽大南风，又云北风，实西风也。烝、酃无正南北，故所在风不同。午初集，戌正散，惫矣。

廿七日　阴。昨夜有雨，稍凉。闲极无聊，呼匠作盆。写对如扫叶旋至，虽欲应之，势无已时。颜芝云知县来，接三子也。欧阳翰林，雋丞姨子，则所未闻，然未来见。子声来辞行，云已得千八百金，神矣，而犹自谓窘，留饭而去。程生妻暴卒，遣懿、银往唁之。

廿八日　阴。朝课毕，至厘卡觅船，因至盐卡，要秦、马至总局寻牌，孙翼之外出，往容丞处点心，还较牌至丙夜，因留宿。久留船夫，甚不合理。夜热。

廿九日　晴热。晨起，待点心后往程生家吊丧，因唁其父、叔。还局午饭，马少云来，同步至新安馆，刘子惠先在剃头，与秦、马较牌，毛尉旋来，任、孙继至，派刘作东，夜饭后散。

卅日　晴，大风。夕至絜卿处，陪陈道台饯席，余仍首坐，颜次之，伯琇兄弟并在。从洲西沙行还内。得王华庭书，赠睡椅。

八　月

八月己巳朔　出堂发题，申饬后至三生。未午下湘，送子声行，一时许乃至。凡再至程家，换衣出城，烈日中行二里许，至盐局。萧伯康送鹿肉，并携麻雀来斗牌，无心相局，将阑矣。陈华甫、孙翼之来，江捕厅、马少云同集，又有一新化甘肃举人，未问其姓，未昏已散。步至白鹭桥待船，船反在卡待我，一更后乃还，夜雨。

二日　阴。顿寒，一绵一夹。毛、贺来送行，云局中已觅得一船，将去而止。常霖生来，留饭久谈，客去已倦。

三日　阴，复暄。刘子惠晨来，告舟具，即令文银先去，舟运往反，倏过午时。曾昭吉来，督委开卝，留之午饭。颜通判引峨眉刘师来，芮少海之徒也。今年梦芮之祥，乃兆于此。主人欲饭而行，无奈亦留之饭，使为总督，必不至此。饭罢夕矣，亟登舟，至安记交账，还船作书告丁公。李生来送，因与言，不动声色，措天下太山之安，昔疑此语，今此近之矣。首事议凶荒裁课额，其丑有四，余一去而泯然甚自喜也。求书者纷然，一一应之，又不动色之小小者耳。秦子省夜来寻船。遣金生取米，一夜不至，通宵明镫候之。

四日　阴晴。晨初金犹未至，买菜亦不至，朝食时发，行甚迟，水退矣，恐前必阻浅。刘子惠来看，已在中流，遥揖而别。七里滩胶舟，久之乃活。宿大步，行六十里。

五日　癸酉，秋分。晴。舟人懒行，泛四十五里泊萱洲下，遂不发。邻舟喧杂。

六日　晴热。北风愈壮，行三十里舣雷卡久之。篙行十五里，泊衡山。复抄《尔雅》。夜宿石弯。

七日　晴。晨兴，看卡丁巡盐，遂不复睡。朝食颇早，行卅许里忽舣黄田，云不可行。欲觅拨船，无之。还睡甚热，大风吹沙，毛发为焦。泊晚洲，亦行六十里。盖永船行不过一站，欲作十日程，苻古地里耳。《晋书》记湘东至州六百里。

八日　晴，稍凉。风止，早行过黄石望，复因风大，惧石不能进，久之移朱亭下，遂不前矣。补抄《尔雅》，已足额。明当拨船，遂亦任之。夜反解缆，至二更泊昭灵滩上，亦六十里。邻舟妇呼盗，起明镫，云攫去男被。通夕警备不眠。

九日　阴。下滩，山门唤船未成，倏至渌口，计明日可至矣。顺风增水，正在快意，忽触石船破，水入前仓，急呼船救，本地拨船皆笑视不前，过船不敢来拯，云畏众怒。初不知恶俗如此，近在本县，可耻可恨。余裴回舱中，幸先已检点，将待船沉而下水耳。久不得雨，至此忽潇潇生寒，若专厄船主者。亦天下怪事。邻舟徐巡检来救，已而又来一拨船。舟人拨米，三里石二百，余斥其非。后船惭愧，九十里仅索千二百，喜而应之。至夜乃移舟，即行，泊石家步，距凿石五里。

十日　晨雨，仍沉霪。船米定败矣，疑亦有神鬼弄之，余得脱免。鼓棹顺风，未午至涟口，因雨留船。入涟又翘足高吟，以为即至，未一里胶沙不能进，乃至一时许，昏黑矣。遂知前定小数，必不可违，安眠默然，宿袁家河下。

十一日　晴。寸步泥沙，船待下水悉过，乃能进一步。舣袁步，买米，泊渡口，守洪一时许，复午饭矣。幸水道不长，晡至姜畲，懿儿先偕盈孙从陆至此，竟不来迎，呼箩夫亦无应者，乃遣金生往乾元。顷之镇南来，懿亦至，问考试事，知舆儿与名泰俱入学。遂至乾元，见辅迪夫妻、许虹桥、汤干廷，剃发、出恭、拨船、扎轿，幸俱集事。借二力，夕发，至七里铺，便夜，乘月驶行，比马快又快意也。初更已至山塘，珰女已来，病卧未醒，诸女迎入。蔬木颇整齐，但不甚茂，桂花香过矣，道上芳菲盈路。女祭已毕，留俎待余，俟懿儿来同馂。坐谈至四更乃寝，通夜未熟睡。

十二日　大雾，晴。功儿求金，以百金助之，遣瑞孙送去。训饬舆儿，命纨谕之。与珰女等斗牌，至晡散，复较牌至二更。酣眠至三更醒，复眠至曙。此后每夜必醒，乃得安眠，看初日也。

十三日　晴。谭前总来。抄书点读，复常课。暇则斗牌，亦为定课。

十四日　晴。甲总、田团总来，三十子请饭，以其父死后能为宾主，诺之。烝鸡煮肉，为之一饱，仍送余还。夜早眠，闻雨。

十五日　阴。秋节，无办，谭总送鱼、芋。池鱼反美于川鱼。张子持来，留饭，辞去。夜待菱藕，至月中，乃看诸女拜节，余虽迎高主而不奉祠，从客礼，率旧章，所以为敬也。女自从事生礼，设拜可耳。瑞生夜分始至。雨。

十六日 凉雨潇潇，东风甚壮。闭窗独居，课毕较牌，夕早眠。

十七日 阴，复欲晴。田生复来。瑞孙冒雨往姜畬，还已二更。夜三起。

十八日 晴。遣取半桌来，乃有□舍。放砖已过时，且令浚塘，今年家计又毕矣。日不暇给，若将终身无可如何也。杉塘三孙来。

十九日 晴。师子来，不易得也。云又将入城。许氏从女来觅工，无以位之。族人失业可惧。

廿日 戊子，寒露。晴。彭畯五来，云盐商请开衡岸，求人列名，欲往衡也。乡中得客甚喜。茂修来，又甚恼。顷之韩石泉、陈岱生、张子持、朱通公均来，作包子馅之。

廿一日 晴。将出游，畏日，又不识路而止。董子宜来，荒唐奇想，无以喻之。留宿对房。

廿二日 晴阴。晏起，午睡起已将夕，唯与客谈。夜起见月，甚思清话，家人皆眠，逡巡亦睡。

廿三日 晴。晨起，云船已备，二客将去，馈以豚蹄。作书与陈杏生，属董生。与萧伯康论盐事，携外孙送客至山塘，捉鳖而还。始食新柑。夜早眠，见月欲起，镫皆烬矣。

廿四日 大晴。刘立堂来，送花砖，云得自雨花台。彼土人甚重之，砖值数千，以求谱序，留面而去。

廿五日 阴，暮雨。为刘书谱序，题画册，并送一元，以答老意。

廿六日 阴晴。谭武童来，云学台不许入试。石子坤族孙镇湘来。

廿七日　晴。正旸及乾元二子来。谭前总招食，遣孙来舁。二王先在，一恩举王生，与我同案，曾晤之，不知其名，询舁者，云祥三阿公。还问正旸，云字慕唐。盖一人大费考据如此，犹未知其名也。遣送两孙还。文柄来。

廿八日　阴。晨课未毕，倦卧，正旸将去，出送之，因留且住。午课毕，同出，欲渡湖口，雨至仍还，竟不雨，至夕乃有霡霂。抄书毕。补改火祠碑。

廿九日　阴晴。张、陈引一生客来，云周兰生，罗家旧姻也。眉宇来，留须，后始相见，不识之矣。唐人多有百字文，试学之，终不及其宽纾，笔重故也。正旸言湘人欲击台抚，快哉，何减留都之逐大铖，城中故有人。夕雨旋止，夜乃潇潇。滋女书碑甚佳。

九　月

九月戊戌朔　雨。留文柄作工，令设书房。留正旸启诱懿儿，二人同案。

二日　阴晴。晨作书复许生，寄《尔雅》，令删补之，金子送去。午作饼未食。张六兄及周生来，留午饭，乃至昏黑。张去周留。夜诵诗至三更。

三日　雨。课闲时至书室讲《诗》。周翼云问大似王光棣，亦随而喻之。夜大雨。

四日　雨间作。师子生女来报，夕往视之，笼镫而还。夜闻小儿啼，呼人不应，自起视之，隔房人始觉。

五日　阴。夕雨，遂连宵。塘堤水满，放散土工。真女复一字不识，信知教之无益。

六日　雨。秋霖始作。讲艺得朋，闲中一乐也，可以作诗。张生家忽遣人来迎，云当请六甲符，芒芒夕归，因语周生云：“欲学岑嘉州，可作《山塘秋雨歌送张秀才归姜畲》。”余亦作之，殊不似高、岑，但是一首唐诗耳。

七日　甲辰，晴，霜降。作诗传示未毕，杨毅生长子承瓒来，“未几见兮”，已举顺天乡试矣。天真未漓，留谈半日。留宿，云不可，昏暮径去。城中人回，云舆儿当来，余不知也。初更舆及云孙来，人夫喧阗，幸余早为孺人生日具馔，得资以供芹酌。诘问舆儿恭兄之道，兼欲训云，匆匆未暇。

八日　晴阴。令两子拜客四家，还朝食，再出诣四家，还设汤饼，令与周、许同出，步寻韩、张。爵一来，颇习故事，言之娓娓。夕两子还。待经管不来。今午本具馔为孺人生辰，因仓卒无办，留作奠菜。

九日　阴雨。设荐高祖庙，亦依馈食礼，非荐常事，因改为嘉事，入学比冠，嘉礼类也。午祭，便召宾，会者十六人，分内外二席，远者两乾元、利成。舆儿复荐半山，余云未敢，当为孺人设位，半山祔焉，礼足观矣。恐客触夜，催饭甚急，自至厨人督之，仅而得具。《侏儒观》一节，又不知云何也。向昏皆去，爵一亦往庄上去矣。

十日　阴晴。晨为两子部署行住期日，兼训饬切实要语，即遣之，往谒祠、墓。方谓小定，忽有客来，罗伯宜之子也。送贺礼，呈杂文，留面而去。师子家迎诸女三朝饭，珰一人往。六耶又来，人客纷纷，令人不安。

十一日　雨。瑞生下县去。计一月，仅一日无事，如之何而不老。写对子二幅、横条一张。

十二日　雨。许生送文并贺仪，辞十万而受万。看所拟文未甚精采。金子归。

十三日　晴。罗柢甥来，送酒肉、菌茶、贺仪，留居一日。黄氏外孙生朝，作饼及汤饼。乾元子师汤、谭来，并款之，夜遂俱留。六耶去。

十四日　晴。三客饭后去。葛璲薅来，不饭去。稍理逋课。初夜，功儿来，方问讯未毕，又来两人闯入，则搢子、月孙也，急令出坐。言少湖事，云在外无一文，而不肯归，荒乎其唐。得樾岑书，并李生送课卷。夜热，感往伤今，为之再起。

十五日　大风，不能开户，顿冷矣。急着绵裤、皮褂以御之。

一无所事，检前寄樾岑书未得。

十六日　晨雪，大风，午后晴。复樾岑书。胡氏女复得一男，与书复贺，并得郭见郎藏外书。

十七日　晨晴，大霜，甚寒。曾甥来，亦言开卝事，云陈右铭将履新矣。送洋镫。

十八日　雾，风，大晴。饭后曾甥去。程郎专足来迎，初归时殊未言及，何其慎密。瑞孙送鱼、橘，人未还，众皆云逃去矣。其父先已来投首，则可疑，以理度之，不至此。

十九日　晴。饭后功儿去，未得现银，颇为怏怏。钱何难得，独咎瑞孙，枉矣。今日幸无人来，且闲一日，创题主仪节，用饯礼。

廿日　晴霜。晨兴束装，辰正饭后即行，一女荐其婿从出，曰许美成。行三十里，至平山领，已不能担，觅一夫，送至涓岸。渡涓，宿花石，仅而后至。

廿一日　晴霜。饭后行至龙口，复顾一夫，稍进，愒瓦铺，增二夫，欲宿□清。饭于牛髀潭，遇三村学，作雷祠碑，请余改正，为略点定。三夫复艰于行，未至界牌已昏暮，投宿清水塘。

廿二日　晴，稍煊。行十里，饭蚌塘，进至江口堰，春甫葬处也。换三夫，始知为墓田佃夫，已过矣，未能往访。又闻俊臣葬处，亦可望见。又知黑沙潭相去不远，地图未熟，负此胜游。舁夫饭于干塘坳。至城已夕，呼船未至，宿江南馆。碧湄赠印泥合子，为蠢仆所破，陈母水挑亦无意折损，故物无存，殆不祥也。是日己未，立冬。

廿三日　晴。王鲁峰来，陪话，将吃燕窝，一人赚使去。还书院早饭，院生十二人来见。邹松谷来问礼。丁星五衣冠来道喜。程家遣厨办午餐。看桂卷廿余本。早眠。谢年侄来。

廿四日　晴。质明泛湘，至铁炉门，舁入江南馆，沐浴更衣。乘绿轿至程家，絜翁陪客，李如槐、萧伯康俱在，小毛衣热甚，汗洽，不能行礼，易毡冠，稍凉。巳正为程母书主，用虞荐祔礼，以意成之，夏五彝甚以为典。朱衡阳来观，任师亦在，同留早饭，道府来，乃散。出陪客，朱、任约共手谈，易衣步出，还馆少睡。至衡阳，孙翼之先在，言与朱嘉瑞争石宝，纯乎孩气也。庄叔塍亦来，邓定师同局，四较一胜。食莲花乡酒甚佳，鸭亦肥美，二更散，还江南馆。

廿五日　晴。晨晏起，程家具汤饼，食毕而行。期仆夫于盐卡，步访马、秦、刘及道士，皆去矣。丁子俊、蒋捕厅则死，一月之间，便如隔世。戏挽丁一联。薄宦幸归休，羞涩越装难送老；重阳空有约，寻常酒债不须偿。假寐久之。宾司事来，言船不至，自至太史马头坐洲划子，将上书院，船反从城中寻我，适相值，过船还洲，逆水久行，到已日晡。许六亦去，无所得水火。看卷数本。袁猪还，谭妪亦来，拦腰一扁担，遂暮矣。少寐。

廿六日　晴。刘子惠来，阅卷毕稍息，因送客至渡口，适遇程家人来，云请陪景吉人。正欲问其消息，未遑入内，即同刘往。

至则云冯大人来，为陪款我，非要我陪客也。诓人吃饭，无可奈何，与冯对坐一日，将夕犹无客来。李生来，亦逡巡欲退，呼之入。寻客皆不至，夏五彝、丁星五来，凑成一席，设食甚精，皆非礼也，姑饱而还，幸非丧侧耳。至院即寝。

廿七日　晴。看桂经课，及本书院课卷，并毕。陈完夫、李选青、夏五夷并来。

廿八日　晴。晨定三课等第。朝食后至厘局，约朱、任来较牌，均迟迟始至。邓、庄先来，未终局，纯卿来。吃蟹、笋甚快。夜至程家看祖奠，读祭文，累数千言，脚为之痹，无赗，但拜送。还宿安记。冯絜翁送关书。

廿九日　晴。晨起至程家陪客，熊副将、吴知县、李孝廉、萧司子并在，祖遣甚晏。还安记，与冯、熊、吴、李久坐，吃点心。凡三往乃遇柩，人拥挤不可分，立南门内，送出，便还寓愒。步至府署，犹无所得食，任师亦出看，至晡始还。看蓝山生万言书，遇李啮臂儿，云来署清泉捕。主人还，邀邓徒较牌，孙翼之亦来。食甚快，散已三鼓，寓门闭，呼城，至厘局借宿。

晦日　晴热。晏起，要任、庄、刘、杨来较牌，三战三北，兴亦阑矣。毛太耶本输家，今乃大胜。食全蟹，炒蟹、蟹羹。夜看课卷。

十　月

十月戊辰朔　晴。晨看课卷毕，点心，出至安记，索饭不得，强乞一盂，水浇而餐。步至府署，寻邓云生来较牌，又负。同至捕署，江尉设饮，更招朱芸卿、邓云生、孙翼之。看《希奇古怪》二本，还厘局宿。

二日　晴。连日食不节，加以寒温未调，忽然而病，晨不思食。与毛、刘较牌，又负。夕同至新安馆岸卡上，附船还洲，浅不可拢，旁皇无计，舟人负登岸，从红薯土中牵挽而上。呼门入，谭妪独在，从人尽去，冥坐顷之，乃寝。

三日　阴寒。诸生质问经字相踵。颜通判弟来。朝食后命舟襆被下湘，先吊冯絜翁，适遇迎柩，冯云全家落水，被难甚苦，闻之悚然。虽未可全信，然盗劫风波，客中所有，携家远游，非计也。吊客十许人，无甚熟者。移船城岸，舣潇湘门，舁至清泉会饮。因彼发帖，余未及见，本日不能辞，故勉赴之。萧子、曾昭吉、朱纯卿、熊协台续至。初更下船，即发三十里至樟木寺，正三更矣。程家有客馆在此，深夜未上，送茶亦未饮，便睡。夜雨。

四日　阴。程店遣舁来迎。上山，循大路左转，从大禾坤上山，羊肠内转，虎丘高涌，中有阴宅，地师大费搜寻也。程母柩已下窆，捧土设拜，即下，至庄屋早饭，喻封翁、祝价人相陪。食毕还舟，未夕已至城，舣浮桥，步吊丁笃生，云过湘矣。遂至厘局投宿。

五日　晴。招刘子惠来相陪。毛少云午后亦来较牌，未一局，协台催客，与毛步往。云卿设饮，招翼之、曾昭吉、景吉人同集，设席上房，萧伯康先在，七人同坐，多谈卝务、洋枪，夜舁还局。

六日　晴。笃生来。庄师来较牌。熊协来，言永州无位置，署守必欲请我别开一馆，可往否，余云必往。朱叔彝其懿好事人也，轻诺寡信，约一年矣，犹欲我辞之，则曲在我，以此知公山佛肸，孔子非真欲往，亦穷其情也。萧伯康复来斗雀，一较未终而散。是日癸酉，小雪。谢生来求书。

七日　晴。晨往厘局取行李，冤魂散矣，而失我夹衣。取钱二千，欲还火食，刘子重买南盐一包，恰以给之。庄、萧来较雀，更请张子年来。府学教授萧子端来。贺年侄来求馆。书报丁氏女近日行止。较牌复负，凡三十较三十负，不一振，十倍夷吾也。夜与翼之谈寿州斗用甘肃土，孙、黄致富巨万金，及彼在湘宦况，上司爱憎、同官倾轧之状，遂至鸡鸣。

八日　晴。厘局较牌。与子惠至演武坪看《万人缘》。还至安记寻纸，得之。张训导、陈华甫来。夜过秦容丞，看《安邦志弹词》，不成话。

九日　晴。写二条。程生来，遂留午食，至夜去。樾樵夜来，言彭盐事。陈华甫送菌面。

十日　晴热。张子年设食，饭后往。杨子亨在，与庄、刘、任较牌，食烧羊甚饱，中席暂散，复饭。厘局勇被船户击伤。与子惠同至萧教授子端处小坐。自至衡州四十较，今日始两胜，若赌博，倾家矣。无钱仍有输赢，如中日和战，亦关兴亡也。

十一日　晴热。夹衣。晨与子惠同邀张老师至子年处点心。书院三生来送行，小坐去。同至府署，便设朝餐，任午饭，邓师来较牌，两胜，刘去孙来，夜散。二程送程仪。

十二日　阴晴，渐欲转风。晨为沈、孙写条幅，感苏班盛衰，辄作一诗。小年好声寻笛谱，金庭别馆听琴鼓。当时寓客尽豪家，诸舅相逢作吴语。西山蔡沈多姻连，美衣鲜食吟诗篇。澧湘繁盛百物好，关征不榷船车骈。官吏昏庸蕴灾蠥，荆江水患连兵劫。农工废业盐茶兴，苏湖商困招鄞粤。我初遁饮酃湖春，沈家酒面千缸陈。二老萧然曳朱履，刘生拍板随歌唇。三十年间一弹指，东风酒酸曲生耳。长蛟驱我出山去，嘻嘻怪鸟东门毁。故人门巷空蓬蒿，黄垆无复相招邀。西华葛帔有家法，孤孙傲骨棱棱高。时歌偃蹇颇自得，众中见我忽凄恻。他人富贵等浮云，但道数奇人不惜。我今万事不关心，感时为尔一沉吟。人生由命亦由己，莫向风尘求赏音。哀情不用哀筝诉，谁吟七夕茶瓜句？秋天寂寂星汉明，夕照前时醉眠处。湘边老树青婆娑，有酒不饮将如何。谁能不辞醉，诗成为谁歌？未成。程孙来，送谢礼金币，辞之，收土物七八种。饥甚，走至程家吃油条，城外求此亦不能得。李孝廉来，谈王侍郎妻葬期，正在花衣日内，幕友之过也。还安记小睡，步至衡阳邓师房，招赌友未来，遇冯絜卿，即拉入局，顷之主人出，孙翼之来，共戏，六较一胜，二更散。二刘在局，云行李尽发矣。夏生来，言段海侯死。蜀学有书相遗，不知何言也。陈芳畹专足来，无可安顿，令还长沙。

十三日　阴，微雨。曾昭吉、程戟传、李道士早来，坐半日始得食，过午矣。舁登舟，解饷船也。哨官发三铳，程、二刘步来，黄船芝后至，已将解缆，未及一语，余但告以不可再说“陈又翁，陈又老”。船迟于划，半日甫至大石渡。为任师聘妻母孙许五十节旌，作诗一篇。早吟高凤匹椅梧，鞶帨犹新镜影孤。自有贞心坚匪石，果传遗腹得双珠。虔恭汨鲤陔兰意，辛苦晨鸡画荻图。紫诰定闻褒懿行，共留佳咏和吴趋。此等真打油腔，四十年来始办此本领，回思少时矜慎，又一笑也。行四十五里泊七里站。今年尚存钱十万，桂阳冬奉十万，并交厘局，携十五万而归，于骑鹤之缠，千之一也。

十四日　阴，北风。大睡一日，醒已将夕，过雷石矣。许云饭熟，可饭否？饭已冷，而云始熟，乡人词令之妙如此。暮泊衡山，行百五里。

十五日　阴晴。晨过石弯，私盐百斤，偷漏且免税。《乙未十月督抚歌》：苏浙江西两两分，孤危鄂粤又滇秦。徽人去尽郯人死，北直旗湘十五臣。舣黄田买肉，暮泊昭灵滩上，行百廿里。前来六日。今三日。微雨。

十六日　晨雨，俄晴。舣怀杜崖买米，云下水铺。丐女纷然，颇似沅江嫂子，向所未见也。岸多肉厂，望渌口，高山在眼，至则非渌口山，盖紫荆山也。昔入渌时，满怀幽怨，今思之犹恻恻然，仍当重作赣游，以偿夙恨。饥来驱我，饱则思游，今昔之情，未为顿异。长路倦于眺望，睡久之，始至沱心寺。去来船拥塞，从隙中过，水流甚急，复有小雨，计五十余里已费半日力，舟人云此路最长也。雨意如春，重绵嫌热。半月来体中未快，亦未多食。看杨表侄新文。劳劳橹行，三更泊涟口，欲登岸，阻雨而止。

十七日　雨。北风欲寒，天竟变矣。五更遣许婿寻船，朝食后不至，用无用人，殊未得无用之用，乃自附铁船以行，行十余里，许唤船至，亦得小用。过船行，未十里，在姜畬下遇一舟，识是珰轿，船中亦云老耶来矣。未辨何声，两儿在船头相呼，余遥问皆来耶？云六、十一妹未来。过船，付花边百、花二、栗一、饼一，小外孙女大愈矣。急于还山，不及款语，仍分途各行，亦诗料也。夕至南柏塘，潇潇雨至，冲泥到庄，真女出迎，云常四哥来，又一奇也。瑞孙幸未逃去。起行李，至三更，饭一碗，觉倦乃眠。通宵仅朦胧半刻。

十八日　雨意甚浓。晨晏起，石珊来。甲总来，言讼事。盛团总、倪生来，皆言讼事。又差拘王三屠，三屠不出一钱，差遂勒余人，摘名乡间，久无此扰，此殆团总之力也。夜学“栗冈飘”。

十九日　阴。常婿告去，专演“栗冈飘”，皆习矣。稽家用公账，大概如户部，唯有空簿。

廿日　雨竟日。滋女急欲入城，未知何意，云由我定日。遂如其意，唤船下行李，因雨，至夕稍止，登舟已夜，扶瑞孙以行。三更泊涟口。

廿一日　戊子，大雪。风，阴。晨至沙弯，遣觅船移拨，正晡食矣。竟日不食，以待诸女。初更乃至，又无镫，独寻官船不得，顾一湘乡倒爬，有二高床，亦新派也。张六从行，三更乃饭。

廿二日　雨风。仍泊蒋家马头，诸女皆往巇子家去。夜冷大雪，但觉篷重。

廿三日　雪。风仍未息，泊故处，吟诗一首。《出山逢雪舟中作》。闲云虽无心，已出不遑息。徒御方春粮，淹留忽三夕。南中孟冬雪，先集何瀌淅。岂能病蔬果，将为扫尘迹。因风每斜飞，回坳偶旋积。哂余无足行，坐次清涟碧。岁暮期自赊，还山路仍识。松桂横眼前，回瞻眇云石。待冷菜未至，烧羊而食。金妪烧火腿，不减劳六少耶。周妪与同床，而来去自如，又一奇也。

廿四日　晴霜。晨觅工人，已去，又不得食，移泊通济门。二许生已出游矣。永、云两孙来，诸女皆还船，知虈丧已满，又一世界也。北风甚厉，午初行，夕始至昭山。终夜扰扰，仅宿包殿。

廿五日　晨兴不食，待至朝宗门已午，乘舁入城。黄、孙及复、真从，入门见一人，似甚熟习，询乃知为苏三，老瘦不复翩翩。见景韩书及茷女书。功儿生硬，殊不驯扰。罗顺循来。滋到家，窊亦还，舆生日，作汤饼。常婿仍来，二彭同至，不问余事，但戏而已。

廿六日　晴。舆儿言学使维舟待我，遣视信否，云尚在船中。往问所以，殊无着落，又一朱其懿也。为言校经堂必不可主，以陈又老言我不可无馆也。彼自不可无官，而云我必不可无馆，忠恕而已矣。叶麻来探消息，功儿云彼欲得之，此言近是。复起麻拐堂，坐楼上督之。夜访心安不遇。周生昌牧来，未见。

廿七日　阴。作曹子善墓表未成。曹应萱兄弟来，云皆伪也。且甚诋广权，又言郑太耶未颠，今仍官。胡婿、曾甥来。

廿八日　阴。程屼樵、彭畯五来，论盐庄。颜来，论抚臬。作点心，极不佳，幸程先去耳。胡子靖来，夕食去。

廿九日　晴。文柄去。六日始还，亦怪事也。当答屼樵，因便过朱、但、庄、王。庄处遇李督销，久谈，还犹未暮。夜庀祭事，定礼仪。

十一月

十一月丁酉朔　晴。曹郎来，未见。朝课毕，过金聘之，还，剃，未毕，金来。麻郎来。汪经历绍基来。苏三献生雉，正觅供祭，甚喜。当斋，罢戏，夜清坐至三更。常婿自来取其女去。祭酒来。校经三生来，言杜贵墀发恶之状。本以高节得此席，今无耻横蛮，可惜也。苟患失之，无所不至。盖自古以来，考春秋时祭孟仲月无定，依《周官》则仲月。欲为文家、质家之说，未有确据。看桂卷。

二日　晴。斋居终日，在楼小咳，功进姜饮，不辨寒热，可笑也。夜视涤濯，早寝。何人窃鸡湆，告以书无灾之说。

三日　晴。质明衣冠待事，诸子犹未严，龚定行礼，稍有节度，视常年为整饬，以位定故也，未午而毕。胡婿、曾甥来馂，兼招屼樵、畯五及黄氏妇弟、常婿。黄、常辞不至，金品之来陪屼樵，酒半，张子年来，酉集亥散。中席，余入稍愒，令功陪客。酒罢，复与程、彭、胡同步至老照壁，答访毛太耶，遇桂古香，二炮还。

四日　阴。二彭、程来，言盐事，欲余与书盐院。书云："湘岸积敝久矣，左季公尝蹶于前，湘人之有名字者多殉焉。余向不言盐，彭孝廉《公羊》名家，而言海丰新票之利，试一召见，其利敝影射与否，则非我所知。"以与巡捕，呈之香帅。三君即刻东下，又一波也。可惜黄子寿死，不能这个这个耳。看桂卷毕。寄五元，请毛少云寄去。夜间祭酒来，报香帅月资五十金以供我。

李艺元问当何所致之，余云弟向来瞒人吃肉，蔡与循之所习知也，岂老而当人吃肉乎？吃肉典出日记，非熟于王学者不知，恐非刘子雄、李砥卿所解。

五日　阴。朝课毕，出答李盐局，因过曾岳松、刘定甫。出城上冢，又诣樊琅圃、三太保，皆不遇。至胡婿家，大耶颓然老矣。刘定甫取十弟一①，不意其止此，又代致湘潭干馆。还见八指头陀，亦云陈又老不复认前妻。余云此郭筠老显灵也。曾甥来，荒荒唐唐，豪无着落，大要想钱风了。夜至金太耶家，送张子年葬费。今晨为鸡叫扰梦，夜倦早眠。

六日　晴。太保来，未见。邹生、任三老耶及一贺姓来。皮六云来，与贺相识而甚轻简，言词亦佻薄无书气，甚可厌也。任云有田姓寄诗衡州，故知我来。心安来，云到唐坡，三日始还。又云俞廙仙欲来访。余问何人，云新臬使也，与李小香至交，其人盖能吏。“廙”，行屋也，即离宫，从来不见用此字。夜煊不可裘。

七日　癸卯，冬至。阴。先孺人忌日，素食斋居。夜风寒。

八日　晴。笠僧、程镇来。笠云陈今骤黑，视之果有墨气。又老来谢，未敢见。珰移西宅，贵人到宫，吉祥也，遣房妪伴之，郑家来告期。

九日　晴煊。真女生日。干儿义子来。任师来。言任师已脱馆。但粮储云南州事发矣，李盐亦不免。余云打死老虎，坐中大笑。但设饮，招王祭酒、陈老师、林世兄同集。林、凌未分，平江人也。甯女还，余酒罢已归去矣。夜毛雨。

十日　晴。朝课毕，携儿僮出看木器、衣裘，贵不可言，然

---

① 此句疑有脱误。

寻得两裘可用，究胜衡城，遣功儿往取之。便过叶麻，憧憧不可安坐，亦不知其何意。王敬生逃来，未暇见之。

十一日　阴。晨得裴樾岑书，由新岳常桂中行履香真转致者，并寄尹杏农文诗，索序。桂岳常寻来谢，未见。出谒院、司、道，均见谈。俞廙仙幕友起家，久在山西，询故人均寥落，无后起者。欲询尹杏农查办事，谢以不知，盖为李小香讳。自言与丁慎五屡交代，而不为阎丹初所知。李仲仙亦言己出处、学业、志趣。还家尚早，久之，祭酒催客，往则大集文人，皆我所不悦者，殊为"费而不惠"，可对罗顺循"欲彰弥盖"也。金山僧请书《楞伽》，送纸本来。

十二日　晴。但粮储来。诸女照相，出访心安，于巷口遇俞臬使，避井上，遣人谢之。俞赠杨秋湄笃所作《山西志》两门。尹榜眼来拜，未见，便答之。还登楼小愒，遂睡去。颜伯琴夜来，云周绍煊死矣。未至藩司，相法未验，而小京官之相不爽，盖幾微之间，非瞟学可审。夜月。

十三日　朝阴，午后晴。朝食时麻年侄来。夏生自关外还，来见，便令约曾昭吉、颜生兄弟晚饭一谈，余仍赴李督销招，陪采九、秬香、萧刑部、张同知，多谈易笏山父子。答访毕莼斋。

十四日　阴晴。晨与书刘希陶，唁其妻丧。笏山来，例谢而去，追之不及矣。夜过其寓密谈，并见仙童，同步月至李真祠，裴回别去。

十五日　阴，风忽寒。功夫妇下乡料理舆婚。不得意人即遇不如意天，雨雪杂至，想甚困也。曾岳松请客，客多不至，唯一曾春陔，自命老江湖，不安分人也；又一叶县丞，尤梦懂；李督销称人物矣。二更未散，家中遣报笏山来，还则已去。

十六日　晴。课毕出看怪鸟、乐道人、壶天司，皆久谈。壶天约至吕阁看月，余不欲去，遣告八指，令邀至浩园，同访笠僧，二寄禅相会，仙童亦从行，更有周简斋，佐卿家旧识也。云再晤于曾氏，则忘之矣。壶天说《心经》分四层，以观菩萨，舍利子等为标准，甚得理解。三更还。更有黄子霖邂逅同集。

十七日　晴。曾、李二道来。李送百金，孝达月奉也。过心盦，还，曾昭吉来，谈卝政。并见巡抚，可叹可笑。笏山乃痛根厘金，作为诗歌，何其见小。蔡子耕内侄来。何棠生来。

十八日　晴。舆当亲迎，释币于祢。释币礼在《聘》篇，醮子礼在《昏》篇，唯长子耳，庶子不宜言宗事，故未醮也。亦以"勖帅"敕之，使受命而往，朝食后行。刘道台来。壶天父子三送诗，余亦一酬之。

十九日　阴。晨答访朱卓夫。丁果臣家子来，倦未能见也。故旧不遗，故是一德。曾、朱俱送贺礼，家初无办，敬谢不敢当。夜有微雨。沈子趣来，云将鄂游。

廿日　晴。素蕉来，代借铺垫。道香来请斋，辞以太早。午后寄禅及其师南瓜来，要同往关祠，黄子林、陈彤叔先在，遣要哭庵僧来，同陪叶吏部。酉初散，更与八指、哭师同还。登楼小坐。

廿一日　晴煊。作长歌答笏山，亦劝世文也。此为诗经，不是诗史。陈梅根、杨秀才来，字叔云、仲三，世侄也。

廿二日　晴煊。戊午，小寒。课毕访实甫，笏山亦出，多谈卟仙，门可罗雀。还，程子大、邓子竹来，瞿海渔继至，朱倬夫夜来。与书莪。

廿三日　晴。朝课粗毕，将访媒人，因过觐虞，遇犬而退。至小古道巷瞿家，海渔自出开门，留食面。还仍从鸡公坡至黄家，见其从孙，有老成之风。还得易诗，果因述蜀事惹出牢骚，以仙童在此，未便与辨。巡抚来，未见。

廿四日　晴，愈煊。笠僧来。看陈伯弢诗，学我已似矣，但词未妍丽耳。专人下乡换绵衣。

廿五日　晴。中硕送诗来，押韵工稳，令人意消。彭稷初、陈伯弢来，遂尽半日。夜风。胡氏外孙女来。

廿六日　风雨不寒。遣迎窅芳未至，和尚催客，舁往，则程、陈、黄、易并集，生客有陈静渊，怀庭弟也。余先误以为叔怀弟，作官，向不知也。笏山好谈禅，禅客厌之。食未毕，轿夫来，不辞而出。至觐虞处，尽生客也，有新探花郑沅叔静、李解元、黄楚樵举人，王祭酒、李幼梅后至。二更还，久无南门夜游之事矣。窊还。

廿七日　阴。闻抚、藩步祷李祠，携盈孙往看，两次皆不遇，遇镜初两子。还乡人还。瑞师耶已去。

廿八日　雨。送生日礼者纷纷，然僧家为多。笏山又送诗来。已有位置在省过年且过节矣，大要明正必又去也。进退无据人，往往为人所料，以其前据之坚也。招僧斋集，至夕不至，笏山父子先来，五众续集，本约不烛，乃至夜分。诸女待贺，要僧入书室，乃得行礼。夕晴。

廿九日　阴。晨起受贺，外孙男女七人，甚热闹，孙男女亦有五人胜衣矣。胡婿、瞿年子、张太耶、麻年侄、黄仲子来，辞皆不得。董子宜则请来，旋去。常婿亦频来频去。今午留客，仅两婿一瞿耳。至夜三十和来，同一冯姓送礼，未能见之。内外较局，亦未暇终也，三更矣，遂寝。

晦日　阴。催滋女往黄子襄家送葬，余亦至赵坪，则已发矣，遂遍谢客而还。唯入陈静渊、彭稷初寓少谈，便过孔搢阶。窊女本携儿女来，欲久住，忽被催促去，云胡婿妒常婿也，李十郎复见于今耶？可为匿笑。夜校改《记笺》，寄衡。

十二月

十二月丁卯朔　阴。珰亦被催去，与窊大异而小同也。两女皆不得意，余但干笑而已。处世俗人若无道术，则寸寸荆棘，余那有闲功训诲之，听其自苦乐耳。夜复问功儿失众心之故，功尤愚愎，亦自听之。遣金妪入乡取茶叶，即随珰同去。夜闻笠西家火，往看，不得入。

二日　阴。宗兄送米来，与庚年又不同，庚年其米，今年吾米也。陈治有族人被永禁，托庄心安告臬使出之。为删呈稿，便送去，至庄处一谈。萧主事属送条子，与片李督销。

三日　晴，夜雨。三儿告将归觐，已又因其妇母病，不果来。周笠西、朱宇恬均来谢步。海琴僧来，焦山琴僧也，与张子年同寓，余云未合，劝其移寺观。何常孙来，看船山画册。宗兄来。

四日　雨寒。为萧主事改经文，看程子大诗。笏山送《诗义折衷》来，亦以一本《补笺》答之。午过浩园，陪易父子，叶、陈、程、黄、六僧、一祭酒、何棠孙斋会，听琴，夜散。舆儿还。

五日　大霜，晴，旋阴。写字数张，甚劣。夕始写经。陈静渊来。

六日　阴。晨写经，旋出赴斋。陈同叔、程子大、黄子霖为主人，请二易、二僧，将晡乃朝食。粥罢，至浩园看梅，复至张寮看诗卷。黄榜眼诗独凄恻可怜，殆不祥也。还得樾岑赴，为之惊愕，正盼其来，竟不得见，前书计亦不达，伤哉，为之罢戏。王祭酒来。张冬生母来，久不闻此家消息矣。今日壬申，大寒。

七日　阴。陈静渊来，云臬批不通关节，幸不得谢，不然退包矣。告知心安，揶揄之。

八日　雪雨。陈芳畹来久谈，心安来始去。客去而出，至督销局，见胡公孙，问知已裁馆，不能更领，因约其至上林同斋。余先去，则笏、梧已至，更有黄子林，登楼少坐，寄禅有诗，东林亦有诗。功儿于前怒儿女，无礼已极，犹不自知也。舆儿亦敢呼兄小名，失教至于如此，略数责之。笏山方颠狂自恣，亦微箴之。乱机已成，只手障河，终无益也，默然遂散。忆柏丞骂易时，居然两世。还补写经，遂连误。

九日　阴雨，稍寒。晨起写经。午后宾客杂至，唯朱耻江久绝不通，强一见之。作樾岑挽联。噩耗五年惊，喜闻单舸三山，更飞雁传书，如共丁令归鹤语；密云秋雪冷，正值重昏八表，便拂衣大去，怕听澎岛水龙吟。得陈老张书。

十日　阴寒。作尹杏农奏议序。八指暮来，棒喝犍椎，悲泪而去。夜大雨。

十一日　晴煊，四老少来。张伯已送菜，喻辞之。写挽联唁裴郎。写经。闻绂子携妾还，责数之，以其贫而乐，老还少。

十二日　阴。课毕。携盈孙出，从抚至藩署还，未见一人。萧主事来。

十三日　阴，颇寒。晨有窃入堂中取烛台去，并及绂子雨鞋，方哗笑间，绂子取舆儿鞋以去，荒唐乎，荒唐乎！与笠云同访陈德生。

十四日　阴。巡抚书来，言已祷雪术穷，望藐姑射仙人以道气煦之，其词绝妙，亦有至理，余乃斋心祷焉。然彼以我、笏山并论，则曾西䑛①然耳。至夜果风而寒。

十五日　寒。曾祖妣忌日，举家素食。陈德生来，以其老步，

---

①“䑛”，疑为“艴”之误。《孟子·公孙丑上》：“曾西艴然不悦。”

强延之，朱耻江复阑入，比设奠，秦子損复来，遂冲破忌日矣。夜小雪。

十六日　雨寒。三女移下室，功儿强设坐外房，盖不复能恂恂矣。周笠西来，言租谷阻不得出。

十七日　阴寒。张语山来。朱雨恬送菜，夜雪溓雨，不甚寒。搢子率瑞孙来。

十八日　雪，仍溓雨，仅白瓦缝。程、彭自江南还，谋财不成，彭甚悔之，颜色背晦。写经一页，遽倦假寐，遂梦与孝达剧谈，无所不言，且及唐、王昏事，见下有治丧者而醒。

十九日　晴。看桂阳课卷。写《楞伽》，成一卷，付茂修黏之，乃不及我手段，乡中裱匠其技可笑。夜过益吾谈。

廿日　阴。诸女看迎春。申时见日，作饼招胡婿来，其生辰也，至夕乃去。张东生娘来。

廿一日　雨。为张、陈乞贷雨恬。计今年余钱不敷资助，微生高不易为也。窊女还，云其姑令说陈总兵买屋，今年必得四百金乃可。昨作包子，忘与将归，夜作浆自食。丁亥，立春。

廿二日　雨。看桂卷，未十本已倦，无期程，事不易成，且姑置之。

廿三日　雨。雨恬送廿元来，遣懿儿送六元与张家，余待除夕乃能与陈，张知俭，故令得送灶也。思蒙正可怜，殊不得其风味，人各有性情，余实不能忧贫，非道力也。晡过张子年，见麻郎尚在旅寓，此又一风味。至李幼梅家会饮，乃有戏局，周厘金先在，王益吾、朱雨恬继至，心安最后，云上院散晚。城中复有昆腔，有三五人能之，犹未纯熟，庆龄居然老生，为留连至亥正乃归。客犹未散，貂狐蒸燠，几不能堪，故独先出。

廿四日　阴雨，稍寒。一日无客，为易中硕评阅诗稿，颇多箴纠，易或未足语此，要之正论，宜令时贤知之。

廿五日　风，阴，有雨。何棠孙、王愓庵来，遂去半日。午后新妇入门，铺排待之。窊女亦还，至二更乃静。谣言今年有满日，取官历互校实无，此亦歧异，甚可诧也。夜移正寝。

廿六日　晴。新妇来拜，水上绣佩。李督销来，言凌善人告休，唐艺农病故，恽心耘还乡。董子宜、胡子瑞来贺喜。易实甫来索词。子瑞云夜子刻合朔属前日，京外各省有后四刻者则属次日，故湖南有晦日，历无晦日，以此通书不符时宪，此亦民主之兆。诸女自行散学，大有唐藩镇之意。

廿七日　阴。陈总兵来，言无钱买屋，允为胡家代借数百金，詟言也。然先借四百，非谋买而何？功儿负债旁皇，今悉出所藏，为之料理，大要无米账，则易为搪塞。笠僧来。约春斋，例在朔日，改于二日。王愓庵来。董子宜干脩来。

廿八日　阴。易郎来，索诗片，因令告巡抚，为胡生支火食百金。窊女还辞岁。陈海鹏馈鸭。钱六少来，以其被劾，亟见之。

廿九日　阴晴。债家已了，贷家无以应，与素僧假之，未得，更向督销假之，亦与胡家支火食同也，五万钱遂已充然。张子年、刘定夫均馈岁。更作蜜橘与易、沈。鲁荒唐馈人参、鹿筋，人参有一枝佳者，不知何人当消受，余尚非其人也。子年送麻雀牌来。朱致廿元，尚余其六，当分与极贫者，而无其人，念胡杏江即其人也，虽自取，究可怜，与以二千。夜至鸡鸣乃寝。